Michael Robotham

Nachtboot

Vertaling Joost Mulder

2011
DE BEZIGE BIJ
AMSTERDAM

Cargo is een imprint van uitgeverij De Bezige Bij, Amsterdam

Copyright © 2007 Michael Robotham
Copyright Nederlandse vertaling © 2007 Joost Mulder
Eerste druk 2007
Vierde druk 2011
Oorspronkelijke titel *The Night Ferry*
Oorspronkelijke uitgever Time Warner Books
Omslagontwerp Marry van Baar
Omslagillustratie Jaqueline Vanek
Foto auteur Mike Newling
Vormgeving binnenwerk Peter Verwey, Heemstede
Druk Koninklijke Wöhrmann, Zutphen
ISBN 978 90 234 6263 7
NUR 305

www.uitgeverijcargo.nl

Graham Greene heeft ooit gezegd dat een verhaal geen begin en geen einde heeft. De schrijver pikt gewoon een moment uit, een willekeurig punt, en kijkt ofwel vooruit, of terug. Dat moment is nu, een oktobermorgen waarop ik de metalen klep van de brievenbus de ochtendpost hoor aankondigen.

Er ligt een envelop op de deurmat. Er zit een stug papieren kaartje in dat niets zegt en tegelijkertijd alles.

Lieve Ali,
Ik zit in de problemen. Ik moet je zien. Kom naar de reünie,
alsjeblieft.
Liefs, Cate.

Achttien woorden. Lang genoeg voor de aankondiging van een zelfmoord. Kort genoeg om een verhouding te beëindigen. Ik weet niet waarom Cate me nu schrijft. Ze haat me. Dat zei ze de laatste keer dat we elkaar spraken, acht jaar geleden. Het verleden. Als je me de tijd gunde, zou ik je de maand, de dag en het tijdstip kunnen noemen, maar dat zijn onbelangrijke details.

Het enige wat je hoeft te weten is het jaar: 1997. Het had de zomer moeten worden waarin we afstudeerden, de zomer dat we met onze rugzakken Europa doorkruisten, de zomer dat ik ontmaagd werd door Brian Rusconi en niet door Cates vader. In plaats daarvan was het de zomer waarin ze vertrok en de zomer waarin ik het huis uit ging – een zomer die niet lang genoeg was voor alles wat er gebeurde.

En nu wil ze me weer zien. Soms weet je wanneer een verhaal begint…

Als ze me ooit vragen de kalender opnieuw in te delen, hak ik van januari en februari een week af en maak ik oktober langer. Oktober verdient het om veertig dagen te duren, misschien nog wel meer.

Ik hou van deze tijd van het jaar. De toeristen zijn allang vertrokken en de kinderen weer naar school. De televisie zendt geen eindeloze herhalingen meer uit en ik kan weer onder een dekbed slapen. Maar vooral hou ik van de tinteling die in de lucht zit, zonder de pollen van de platanen, zodat ik mijn longen kan openzetten en vrijuit kan hardlopen.

Ik loop elke ochtend hard. Drie circuitjes Victoria Park, in Bethnal Green, ruim anderhalve kilometer per stuk. Op dit moment passeer ik Durward Street in Whitechapel – het Jack the Ripper-gebied. Ik heb ooit een Ripperwandeling gedaan, een met griezelverhalen opgetuigde kroegentocht. Het laatste slachtoffer, Mary Kelly, is me het meest bijgebleven. Ze stierf op 9 november, de dag van mijn verjaardag.

We vergeten vaak hoe klein het gebied was dat Jack afschuimde. Spitalfields, Shoreditch en Whitechapel beslaan samen minder dan tweeënhalve vierkante kilometer, maar in 1880 zaten daar meer dan een miljoen mensen opgepropt in achterbuurten, zonder behoorlijke waterleiding en riolering. Het is er nog steeds overbevolkt en armoedig, maar dan alleen vergeleken met plekken als Hampstead of Chiswick of Holland Park. Armoede is relatief in een rijk land vol mensen die roepen dat ze arm zijn.

Het is zeven jaar geleden dat ik voor het laatst een wedstrijd liep, op een septemberavond in Birmingham, op een verlicht parcours. Ik wilde naar de Olympische Spelen van Sydney, waar maar twee van ons heen konden. Er zat vier honderdste van een seconde tussen de nummer één en de nummer vijf – een halve meter, een hartslag, een gebroken hart.

Ik loop niet langer om te winnen. Ik loop omdat ik het kan en omdat ik snel ben. Snel genoeg om mijn contouren te laten vervagen. Daarom ben ik nu hier, flirtend met de grond terwijl het zweet tussen mijn borsten loopt en mijn T-shirt aan mijn buik kleeft.

Als ik loop worden mijn gedachten helderder. Meestal denk ik aan mijn werk en verbeeld ik me dat er vandaag iemand zal bellen en me mijn oude baan zal teruggeven.

Een jaar geleden heb ik geholpen een ontvoeringszaak op te lossen en een meisje terug te vinden. Een van de ontvoerders smakte me dwars over een muur, waarbij ik mijn ruggengraat brak. Zes operaties en negen maanden fysiotherapie later ben ik weer fit, met meer staal in mijn ruggengraat dan de achterhoede van het Engelse nationale elftal. Helaas weet niemand bij de Metropolitan Police wat ze met me aan moeten. Voor hen ben ik het vijfde wiel aan de wagen.

Terwijl ik langs de speelplaats ren, zie ik een man die op een bank de krant leest. Er is geen kind op het klimrek achter hem en de andere banken baden in het zonlicht. Waarom heeft hij de schaduw opgezocht?

Hij is halverwege de dertig, met overhemd en stropdas, en kijkt niet op als ik langsloop. Hij bestudeert een kruiswoordpuzzel. Wie zit er op dit uur van de ochtend in een park een kruiswoordpuzzel op te lossen? Een man die niet kan slapen. Een man die zit te wachten.

Tot een jaar geleden bestudeerde ik mensen voor mijn beroep. Ik bewaakte diplomaten en bezoekende staatshoofden, bracht hun echtgenotes naar Harrods om te winkelen en zette hun kinderen af bij school. Het is waarschijnlijk de saaiste baan bij de Metropolitan Police, maar ik was er goed in. In mijn vijf jaar bij de Diplomatieke Beschermingseenheid heb ik me nooit laten uitlokken te schieten en heb ik nooit een van hun afspraken bij de kapper gemist. Ik was als een soldaat in een raketsilo, biddend dat de telefoon niet zal overgaan.

Tijdens mijn tweede rondje door het park zit hij er nog. Zijn suède jack ligt over zijn knieën. Hij heeft sproeten en glad bruin haar, symmetrisch geknipt en links een scheiding. Een leren aktetas staat pal naast hem.

Een windvlaag rukt de krant uit zijn vingers. Drie stappen en ik ben er als eerste bij. De krant slaat zich om mijn benen.

Heel even aarzelt hij, alsof hij te dicht bij de rand komt. Zijn sproeten maken hem jonger. Zijn ogen ontwijken de mijne. Verlegen trekt hij zijn schouders samen en bedankt me. De voorpagina zit nog steeds om mijn dij geslagen. Heel even kom ik in de verleiding een geintje te maken. Ik zou een grapje kunnen maken dat ik me voel als de fish and chips van morgen.

De bries voelt koel aan in mijn hals. 'Sorry, ik ben nogal bezweet.'

Hij raakt zenuwachtig zijn neus aan, knikt en raakt opnieuw zijn neus aan.

'Loopt u elke dag?' vraagt hij plotseling.

'Als het even kan wel.'

'Hoe lang?'

'Een kilometer of zes.'

Hij heeft een Amerikaans accent. Hij weet niet wat hij nog meer moet zeggen.

'Ik moet weer verder. Ik wil niet te veel afkoelen.'

'Oké. Prima. Een hele fijne dag nog.' Uit de mond van een Amerikaan klinkt het niet eens onoprecht.

Als ik mijn derde rondje maak is de bank verlaten. Ik kijk of ik hem in de straat zie lopen, maar er zijn geen silhouetten. Alles is weer bij het oude.

Verderop in de straat, nog net zichtbaar op de hoek, staat een bestelbusje langs de stoeprand geparkeerd. Dichterbij gekomen zie ik een witte plastic tent over ontbrekende straatstenen staan. Een metalen hek staat opengevouwen rond het gat. Ze zijn vroeg begonnen.

Zulke dingen doe ik: mensen en voertuigen opmerken. Ik zoek naar dingen die afwijken van het gewone: mensen op de verkeerde plaats of met de verkeerde kleren aan, fout geparkeerde auto's, hetzelfde gezicht op verschillende plekken. Ik kan het niet helpen.

Ik maak mijn veters los, haal een sleutel onder de binnenzool vandaan en open mijn voordeur. Mijn buurman, meneer Mordacai, wuift van achter zijn raam. Ik heb hem ooit zijn voornaam gevraagd en hij zei dat het Yo'man moest zijn.

'Hoe dat zo?'

'Omdat mijn jongens me zo noemen. "Yo man, kan ik wat geld krijgen?" "Yo man, kan ik de auto lenen?"'

Zijn lach klonk als noten die op een dak ploffen.

In de keuken tap ik een groot glas water en drink het gulzig leeg. Met één been op de rugleuning van een stoel balancerend rek ik mijn bovenbeenspieren.

Voor de muis die onder mijn koelkast huist is dit het moment om tevoorschijn te komen. Het is een heel ambivalente muis, die nauwelijks de moeite neemt zijn kopje op te tillen om te laten zien dat hij me opmerkt. Het lijkt hem ook weinig te doen dat mijn jongste broer Hari muizenvallen zet. Misschien weet hij dat ik ze onschadelijk maak en de kaas eruit haal zodra Hari niet kijkt.

Eindelijk kijkt de muis naar me op, alsof hij wil klagen over een gebrek aan kruimels. Hij snuift en maakt zich uit de voeten.

In de deuropening verschijnt Hari, blootsvoets en met ontbloot bovenlijf. Hij opent de koelkast, neemt een pak sinaasappelsap en draait de plastic dop eraf. Hij kijkt me aan, denkt even na en pakt een glas uit de kast. Soms denk ik dat hij knapper is dan ik. Hij heeft langere wimpers en dikker haar.

'Ga je vanavond naar de reünie?' vraag ik.

'Neu.'

'Waarom niet?'

'Je wilt toch niet zeggen dat jij wel gaat, hè? Je wilde er nog niet dood worden aangetroffen.'

'Ik heb me bedacht.'

'Hé, heb jij mijn slipje gezien?' klinkt van boven een stem.

Hari kijkt me schaapachtig aan.

'Ik weet nog dat ik hem had. Op de grond ligt niks.'

'Ik dacht dat je al weg was,' fluistert Hari.

'Ik ben wezen hardlopen. Wie is dat?'

'Een oude vriendin.'

'Dan weet je ook hoe ze heet.'

'Cheryl.'

'Cheryl Taylor!' (Een geblondeerd typetje dat in de White Horse achter de bar staat.) 'Die is ouder dan ik.'

'Niet waar.'

'Wat zie je in 's hemelsnaam in haar?'

'Wat doet dat ertoe?'

'Ik ben gewoon benieuwd.'

'Nou, ze heeft pluspunten.'

'Pluspunten?'

'Hele grote.'

'Vind je?'

'Absoluut.'

'En Phoebe Griggs dan?'

'Te klein.'

'Emma Shipley?'

'Die hangen.'

'De mijne?'

'Heel grappig.'

Cheryl komt de trap af. Ik hoor haar in de voorkamer rommelen. 'Ik heb hem,' roept ze.

Ze komt de keuken binnen terwijl ze het elastiek onder haar rok goed doet.

'O, hallo,' piept ze.

'Cheryl, dit is mijn zus, Alisha.'

'Leuk je weer te zien,' zegt ze zonder het te menen.

De stilte lijkt zich uit te breiden. Misschien zeg ik wel nooit meer iets. Uiteindelijk excuseer ik me en ga naar boven om te douchen. Met een beetje geluk is Cheryl verdwenen tegen de tijd dat ik weer beneden kom.

Hari woont sinds twee maanden bij me in huis omdat dat dichter bij de universiteit is. Hij wordt geacht mijn zedelijkheid te bewaken en mee te betalen aan de hypotheek, maar loopt vier weken achter met de huur en gebruikt mijn logeerkamer als peeskamertje.

Mijn benen tintelen. Ik hou van het gevoel van wegvloeiend melkzuur. Ik kijk in de spiegel en doe mijn haar naar achteren. In mijn irissen glinsteren gele vlekjes als goudvissen in een vijver. Geen rimpels. Zwart blijft strak.

Mijn 'pluspunten' zijn zo slecht nog niet. Toen ik nog wedstrijden liep was ik altijd blij dat ze aan de kleine kant waren en strak onder een sportbeha konden worden weggestopt. Maar nu zou ik best een maatje meer willen hebben, voor een beetje decolleté.

Hari roept iets. 'Hé zus, ik pak even een twintigje uit je portemonnee.'

'Hoezo?'

'Omdat vreemden boos worden als ik in hún portemonnee zit.'

Ontzettend grappig. 'Je bent me nog huur schuldig.'

'Morgen.'

'Dat zei je gisteren ook.' *En eergisteren.*

De voordeur valt dicht. Het huis is stil.

Beneden pak ik de ansichtkaart weer op en hou hem tussen mijn vingertoppen vast. Daarna zet ik hem op tafel tegen de zout- en pepervaatjes en staar er een tijdje naar.

Cate Elliot. Haar naam doet me nog steeds glimlachen. Een van de rare dingen van vriendschap is dat je de tijd die je samen doorbrengt niet kunt wegstrepen tegen de tijd zonder elkaar. Het een wist het ander niet uit en de periodes liggen ook niet op de een of andere onzichtbare weegschaal. Je kunt een paar uren met iemand doorbrengen die je leven kunnen veranderen of een leven lang met iemand samen zijn zonder dat er iets verandert.

We zijn in hetzelfde ziekenhuis geboren en groeiden allebei op in Bethnal Green, in het East End van Londen, hoewel we er de eerste dertien jaar in slaagden elkaar min of meer te ontlopen. Het lot bracht ons samen, als je tenminste in dat soort dingen gelooft.

We werden onafscheidelijk. Bijna telepathisch. We waren twee handen op één buik, pikten bier uit haar vaders koelkast, keken etalages op Kings Road, aten patat met moutazijn op de weg van school naar huis, glipten het huis uit om bands te zien in het Hammersmith Odeon en filmsterren op de rode loper op Leicester Square.

In het jaar na ons examen gingen we naar Frankrijk. Ik reed een bromfiets in de prak, kreeg een waarschuwing vanwege mijn nepidentiteitsbewijs en probeerde voor het eerst hasj. Bij een nachtelijke zwempartij verloor Cate de sleutel van ons hotel, zodat we om twee uur 's nachts langs de plantensteunen omhoog moesten klauteren.

Geen enkele breuk is zo erg als die tussen beste vriendinnen. Verbroken liefdesrelaties doen pijn. Echtscheidingen zijn altijd rommelig. Gebroken gezinnen zijn soms een verbetering. Onze breuk was het allerergst.

En nu, acht jaar later, wil ze me ontmoeten. Ik voel een aangename huivering. Zal ik erop ingaan? Dan voel ik een zeurderige, niet af te schudden angst. Ze zit in de problemen.

Mijn autosleutels liggen in de voorkamer. Als ik ze pak, zie ik vlekken op de glasplaat van de salontafel. Als ik beter kijk zie ik twee duidelijke bilafdrukken en iets wat volgens mij elleboogafdrukken zijn. Ik zou mijn broertje wel kunnen wurgen!

3

Iemand heeft Bloody Mary gemorst op mijn schoenen. Op zich geen probleem, maar het zijn niet de mijne. Ik heb ze te leen, net als dit topje, dat te ruim zit. Mijn ondergoed is wel van mezelf. 'Leen nooit geld of ondergoed,' zegt mijn moeder altijd aan het eind van haar schoon-ondergoedpreek, met beeldende beschrijvingen van verkeersongevallen en ambulanceverplegers die mijn slip losknippen. Geen wonder dat ik eng droom.

Cate is er nog niet. Ik heb geprobeerd de deur in de gaten te houden en me niet in gesprekken te storten.

Schoolreünies zouden verboden moeten worden. Op de uitnodigingen zouden waarschuwingsstickers moeten zitten. Ze komen nooit op het goede moment. Je bent ofwel te jong, ofwel te oud of te dik.

Dit is niet eens een echte schoolreünie. Iemand heeft de practicumlokalen van natuur- en scheikunde van Oaklands in de as gelegd. Een vandaal met een jerrycan benzine in plaats van een kapotte bunsenbrander. Vandaag wordt er een gloednieuwe vleugel geopend, met een of andere onderminister die de honneurs waarneemt.

Het nieuwe gebouw is functioneel en solide, en ontbeert alle charme van zijn Victoriaanse voorganger. De gewelfde plafonds en boogramen zijn vervangen door houtwolcementplaten, tl-buizen en aluminium kozijnen.

De school is versierd met slingers en ballonnen die van de dakspanten omlaaghangen. Aan de voorkant van het podium is een schoolvaandel gedrapeerd.

Er staat een rij bij de spiegel in de meisjestoiletten. Lindsay Saunders buigt zich langs me heen over de wasbak en wrijft lippenstift van haar tanden. Tevredengesteld draait ze zich om en kijkt me taxerend aan.

'Hou eens op met dat Punjabi-prinsessengedoe en ontspan je. Maak lol.'

'Is dit lol?'

Ik heb Lindsays topje aan, het bronskleurige met veterdunne bandjes, waar ik eigenlijk de borsten niet voor heb. Er glijdt een bandje van mijn schouder. Ik trek het weer recht.

'Ik weet dat je doet alsof het je niks kan schelen. Je bent gewoon zenuwachtig over Cate. Waar is ze?'

'Weet ik niet.'

Lindsay werkt haar lippenstift bij en trekt haar jurk glad. Ze heeft wekenlang naar de reünie uitgekeken, vanwege Rocco Manspiezer. Op school had ze zes jaar lang een oogje op hem, alleen niet de moed het hem te vertellen.

'Waarom denk je dat je hem dit keer wél krijgt?'

'Ik heb echt geen tweehonderd pond aan deze jurk gespendeerd en me in deze rotschoenen gewurmd om me weer door hem te laten negeren.'

In tegenstelling tot Lindsay heb ik geen zin om op te trekken met mensen die ik twaalf jaar lang heb gemeden. Ik hoef niet te horen hoeveel geld ze verdienen of hoe groot hun huis is, of foto's te bekijken van kinderen met namen als shampoomerken.

Dat heb je met schoolreünies: mensen komen alleen om hun leven te vergelijken met dat van anderen en de mislukkingen te zien. Ze willen weten wie van de schoonheidskoninginnen vijfendertig kilo is aangekomen en wie haar man er met zijn secretaresse vandoor heeft zien gaan, en horen welke leraar gepakt is toen hij stiekem foto's maakte in de kleedkamers.

'Kom op, hé, ben jij niet nieuwsgierig?' vraagt Lindsay.

'Natuurlijk ben ik nieuwsgierig. Ik heb er de pest over in dat ik nieuwsgierig ben. Ik wou dat ik onzichtbaar was.'

'Wees nou geen spelbreker.' Ze haalt haar vinger langs mijn wenkbrauwen.

'Heb je Annabelle Trunzo gezien? God, wat een jurk! En dan dat haar!'

'Rocco heeft helemáál geen haar.'

'Ah, maar hij ziet er nog strak uit.'

'Is hij getrouwd?'

'Hou je mond.'

'Nou, ik vind dat je dat toch op z'n minst te weten moet komen voordat jullie een wip maken.'

Ze grijnst veelbetekenend. 'Ik vraag het na afloop wel.'

Lindsay doet alsof ze een echte mannenverslindster is, maar ik weet dat ze niet echt zo'n jachtgodin is. Dat hou ik mezelf de hele tijd voor, maar ik zou haar niet met mijn broers laten uitgaan.

Weer terug in de hal zijn de lichten gedimd en staat de muziek harder. Spandau Ballet is vervangen door andere hits uit de jaren tachtig. De vrouwen dragen een mix van cocktailjurkjes en sari's. Anderen, in leren jacks en designerjeans, doen alsof het ze allemaal niks kan schelen.

Op Oaklands had je altijd stammen. De blanken vormden een minderheid. De meeste studenten waren Bangla's, daardoorheen een handjevol Paki's en Indiërs.

Ik was een 'curry', een 'yindoo', een olifantendompteur. Indiaas bruin, als je het wilt weten. Als onderscheidend kenmerk kwam daar op Oaklands niets ook maar bij in de buurt. Mijn zwarte haar niet, mijn beugel of mijn dunne benen niet, het feit dat ik op mijn zevende geen ziekte van Pfeiffer had, of dat ik kon rennen als de wind niet. Al het andere verbleekte bij mijn huidskleur en mijn afkomst als sikh.

Het is niet waar dat alle sikhs Singh heten. En we dragen ook niet allemaal een krom mes op onze borst (hoewel dat imago in het East End wel handig is).

Zelfs nu klitten de Bangla's bij elkaar. Mensen zitten naast dezelfde mensen als destijds op school. Ondanks alles wat er in de tussenliggende jaren is gebeurd zijn de kernpunten van onze persoonlijkheden onaangetast. Al onze zwakke en sterke punten zijn hetzelfde gebleven.

Aan de andere kant van de zaal zie ik Cate binnenkomen. Ze ziet er bleek en opvallend uit; heeft een kort, duur kapsel en draagt goedkope sexy schoenen. Met haar lange, lichte kaki rok en zijden bloes ziet ze er elegant en – inderdaad – zwanger uit. Haar handen strijken over haar keurige, compacte zwelling. Het is meer dan een zwelling. Een strandbal. Ze loopt bijna op het einde.

Ik wil niet dat ze me ziet staren. Ik draai me om.

'Alisha?'

'Natuurlijk. Wie anders?' Ik draai me abrupt om en zet een halfgare glimlach op.

Cate buigt zich voorover en kust mijn wang. Ik hou mijn ogen open. Zij ook. We staren elkaar aan. Verbaasd. Ze ruikt naar kindertijd.

Bij haar ooghoeken heeft ze dunne lijntjes. Ik heb ze niet zien ontstaan. Het kleine litteken op haar linkerslaap, net onder haar haarlijn, dat herinner ik me nog wel.

We zijn even oud, negenentwintig, en hebben hetzelfde figuur, op de zwelling na. Ik heb een donkerder huid en verborgen diepten (zoals alle brunettes), maar ik kan verklaren dat ik er nooit zo goed zal uitzien als Cate. Ze heeft geleerd – nee, dat klinkt te bestudeerd – ze is geboren met het vermogen mannen haar te laten bewonderen. Ik ken het geheim niet. Een oogbeweging, een wending van het hoofd, een stembuiging of een aanraking van de arm zorgt voor een moment, een illusie waar alle mannen, homo of niet, oud of jong, voor vallen.

Ik zie de mensen naar haar kijken. Ik betwijfel of ze het überhaupt beseft.

'Hoe gaat het met je?'

'Prima,' zeg ik iets te snel, en ik begin opnieuw. 'Het gaat goed.'
'Is dat alles?'
Ik probeer te lachen. 'Maar nou jij, jij bent zwanger.'
'Ja.'
'Wanneer ben je uitgerekend?'
'Over vier weken.'
'Gefeliciteerd.'
'Dank je.'
De vragen en antwoorden komen te abrupt en te zakelijk. Praten is nog nooit zo moeizaam geweest als nu, althans niet met Cate. Ze kijkt nerveus over mijn schouder, alsof ze bang is dat we afgeluisterd kunnen worden.
'Was jij niet getrouwd met...?'
'Felix Beaumont. Hij staat daar.'
Ik volg haar blik in de richting van een lange, zwaargebouwde figuur in vrijetijdsbroek en een los wit overhemd. Felix zat niet op Oaklands en zijn echte naam is Buczkowski, niet Beaumont. Zijn vader was een Poolse winkelier die een elektrawinkel dreef op Tottenham Court Road.
En nu is hij diep in gesprek met Annabelle Trunzo, die een niemendalletje aanheeft dat door haar borsten omhoog wordt gehouden. Als ze een keer flink uitademt ligt het om haar enkels.
'Weet je wat ik vroeger het ergste vond van avonden zoals deze?' zegt Cate. 'Dat iemand die er onberispelijk uitziet je dan vertelt hoe ze de hele dag bezig is geweest de kinderen naar ballet of voetbal of cricket te brengen. En dan komt de voor de hand liggende vraag: "Heb jij kinderen?" En dan zeg ik: "Nee, geen kinderen." En dan grapt zij: "Waarom neem je er niet eentje van mij?" God, wat heb ik daar een hekel aan.'
'Nou, daar hoef jij anders niet meer bang voor te zijn.'
'Nee.'
Ze pakt een glas wijn van een voorbijkomend dienblad. Ze kijkt opnieuw om zich heen: er niet helemaal bij, zo te zien.
'Waarom ging het mis tussen ons? Het moet aan mij hebben gelegen.'

'Je weet het vast nog wel,' zeg ik.

'Het doet er niet meer toe. Tussen haakjes, ik wil jou vragen als peettante.'

'Ik ben niet eens christelijk.'

'O, dat maakt niet uit.'

Ze ontwijkt datgene waar ze eigenlijk over wil praten.

'Zeg wat er aan hand is.'

Ze aarzelt. 'Dit keer ben ik te ver gegaan, Ali. Ik heb alles op het spel gezet.'

Terwijl ik haar arm pak, leid ik haar naar een rustiger hoekje. Er wordt gedanst. De muziek staat te hard. Cate brengt haar mond dicht naar mijn oor. 'Je moet me helpen. Zeg dat je me zult helpen…'

'Natuurlijk.'

Ze onderdrukt een snik, alsof ze erop bijt. 'Ze willen mijn baby afpakken. Dat mag niet gebeuren. Jij moet ze tegenhouden…'

Een hand raakt haar schouder en ze veert op, geschrokken.

'Hallo, schitterende zwangere dame, wie mag dit zijn?'

Cate doet een stap achteruit. 'Niemand. Gewoon een oude vriendin.' In haar binnenste gebeurt iets. Ze wil ontsnappen.

Felix Beaumont heeft volmaakte tanden. Mijn moeder heeft iets met gebitten, het valt haar als eerste op bij mensen.

'Jou ken ik,' zegt hij. 'Jij kwam na mij.'

'Op school?'

'Nee, aan de bar.'

Hij lacht en trekt een geamuseerd-nieuwsgierig gezicht.

Cate is nog verder weg gaan staan. Mijn ogen ontmoeten die van haar. Met een nauwelijks waarneembaar hoofdschudden zegt ze me dat ik haar met rust moet laten. Ik voel een golf van tederheid voor haar. Ze gebaart met haar lege glas. 'Ik haal er nog eentje.'

'Kalm aan met dat spul, liefje. Je bent niet alleen.' Hij strijkt over haar zwelling.

'De laatste.'

Felix kijkt haar na met een mengeling van droefheid en verlangen. Na een poos draait hij zich weer naar mij.

'Is het Miss of Mrs.?'

'Pardon?'

'Ben je getrouwd?'

'Ik ben alleen'.

'Dat verklaart het.'

'Wat?'

'Degenen met kinderen hebben foto's bij zich. Degenen zonder dragen leukere kleren en hebben minder rimpels.'

Is dat als compliment bedoeld?

Er staan lachrimpels rond zijn ogen. Hij beweegt zich als een beer, van de ene op de andere voet hobbelend.

'Wat doe je eigenlijk, Alisha?'

'Ik zit de hele dag thuis met mijn pantoffels aan op Channel 4 naar herhalingen van soaps en oude films te kijken.'

Hij begrijpt het niet.

'Ik ben met ziekteverlof van de Metropolitan Police.'

'Wat is er gebeurd?'

'Ik heb mijn rug gebroken. Iemand drapeerde me over een muur.'

Hij krimpt ineen. Mijn ogen dwalen langs hem heen.

'Ze komt zo terug,' zegt hij, mijn gedachten lezend. 'Ze laat me nooit lang alleen met een knappe vrouw.'

'Je zult wel in de wolken zijn, over de baby.'

De gladde holte onder zijn adamsappel golft heen en weer terwijl hij slikt. 'Het is onze wonderbaby. We hebben het zo lang geprobeerd.'

Op de dansvloer gaat iemand voorop in een congadans die zich tussen de tafels door slingert. Gopal Dhir pakt me bij mijn middel en schudt mijn heupen heen en weer. Iemand anders trekt Felix een ander deel van de stoet in en we bewegen van elkaar weg.

Gopal tettert in mijn oor: 'Nee maar, Alisha Barba! Loop je nog steeds hard?'

'Alleen voor de lol.'

'Ik had altijd een oogje op je, maar je was veel te snel voor mij.' Over zijn schouder schreeuwt hij naar iemand anders. 'Hé, Rao. Kijk eens wie we hier hebben! Alisha Barba. Heb ik niet altijd gezegd dat ze knap was?'

Rao kan hem onmogelijk boven de muziek uit horen, maar knikt verwoed en maakt een hupje.

Ik probeer mezelf los te rukken.

'Waarom stop je?'

'Ik weiger de conga te doen als er niet iemand uit Trinidad aanwezig is.'

Teleurgesteld laat hij me los en schudt zijn hoofd. Iemand anders probeert me vast te pakken, maar ik huppel weg.

De menigte bij de bar is uitgedund. Cate zie ik niet. Buiten zitten mensen op de trap, anderen verspreiden zich over de binnenplaats. Aan de andere kant van het schoolplein zie ik de beroemde eikenboom, bijna zilverkleurig in het lamplicht. Iemand heeft kippengaas rond de stam gespannen om klimmende kinderen tegen te houden. In mijn laatste jaar viel een van de Bangla's eruit en brak zijn arm, een jochie dat Paakhi heette, Bengali voor 'vogel'. Wat zeggen namen toch weinig.

Het nieuwe practicumgebouw staat aan de overkant van de binnenplaats. Verlaten. Ik steek het schoolplein over, duw een deur open en stap een lange gang in met aan de linkerkant klaslokalen. Ik doe een paar passen en kijk naar binnen. Chromen kranen en gebogen buizen vangen het zwakke schijnsel op dat door de ramen valt.

Als mijn ogen zich aan het donker hebben aangepast zie ik iemand bewegen. Een vrouw met haar rok tot boven haar middel gestroopt staat over een tafel gebogen met een man tussen haar benen.

Terwijl ik achteruitdeins in de richting van de deur voel ik dat er nog iemand kijkt. Ik hoef mijn blik nauwelijks te verplaatsen of we zien elkaar.

Hij fluistert. 'Jij houdt wel van kijken hè, yindoo?'

Ik hervind mijn adem. Een halve adem. Paul Donavon duwt zijn gezicht haast in het mijne. De jaren hebben zijn haar dunner doen worden en zijn wangen boller, maar hij heeft nog dezelfde ogen. Verbazingwekkend hoe ik hem na al die tijd nog net zo intens kan haten.

Zelfs in het schemerlicht zie ik het getatoeëerde kruis in zijn nek. Hij snuffelt aan mijn haar. 'Waar is Cate?'

'Laat haar met rust,' zeg ik iets te hard. Vanuit het duister klinkt gevloek. Lindsay en haar metgezel maken zich van elkaar los. Rocco danst op één been, in een poging zijn broek op te hijsen. Aan de andere kant van de gang gaat een deur open en valt er licht naar buiten terwijl Donavon verdwijnt.

'Jezus, Ali, ik schrik me het leplazarus,' zegt Lindsay terwijl ze haar jurk omlaagtrekt.

'Sorry.'

'Wie was die ander?'

'Niemand. Het spijt me echt. Ga maar gewoon door.'

'Ik denk dat het moment wel voorbij is.'

Rocco loopt al de gang af.

'De hartelijke groeten aan je vrouw,' roept ze hem na.

Ik moet Cate zien te vinden. Ze moet weten dat Donavon er ook is. En ik wil dat ze uitlegt wat ze bedoelde. Wie wil haar baby afpakken?

Ik kijk in de zaal en op de binnenplaats. Ze is nergens te zien. Misschien is ze al weg. Een gek idee dat ik haar zo kort na haar weer te hebben ontmoet alweer kwijtraak.

Ik loop naar de schoolhekken. Aan beide kanten van de weg staan auto's geparkeerd. Overal op de stoep staan mensen. Aan de overkant vang ik een glimp op van Cate en Felix. Ze staat met iemand te praten. Donavon. Ze houdt een hand op zijn arm.

Cate kijkt op en wuift. Ik loop haar kant op, maar ze gebaart me te wachten. Donavon draait zich om. Felix en Cate lopen tussen de geparkeerde auto's door.

Ergens achter hen hoor ik Donavon roepen. Daarna klinkt het geknepen hoge geluid van rubber en asfalt. De wielen van een auto zijn geblokkeerd en piepen. Hoofden draaien zich om alsof ze van een palletje losschieten.

Felix verdwijnt onder de wielen, die bijna zonder te bonken over zijn hoofd omhoog- en weer omlaaggaan. Op hetzelfde moment buigt Cate dubbel over de motorkap en veert weer terug. Midden in de lucht draait ze haar hoofd, dat ineens door de voorruit wordt gegrepen. Als in een vertraagde film tuimelt ze door de

24

lucht, als een trapezeartiest die klaar is om opgevangen te worden. Maar er staat niemand klaar met witbepoederde handen.

In plaats daarvan slaat ze tegen een andere auto, die van de andere kant komt. De bestuurder remt en zwenkt. Cate rolt naar voren en komt met een gestrekte arm en één been onder zich gedraaid op haar rug neer.

Als in een omgekeerde explosie worden mensen naar de klap gezogen. Ze klauteren uit auto's en komen uit deuropeningen gesneld. Donavon reageert sneller dan de meesten en is als eerste bij Cate. Ik laat me naast hem op mijn knieën vallen.

In een moment van aangehouden stilte komen wij drieën weer tot elkaar. Ze ligt op de weg. Uit haar neus sijpelt bloed van een diepe, zacht satijnen zwartheid. Haar lippen, iets van elkaar, borrelen en schuimen. Ze heeft een prachtige mond.

Ik leg mijn arm om haar hoofd. Wat is er met haar schoen gebeurd? Ze heeft er nog maar één. Ineens ben ik gefixeerd op haar ontbrekende schoen en vraag de mensen om me heen ernaar. Ik moet hem vinden. Zwart, met een halfopen hiel. Haar rok is opgekropen. Ze draagt een zwangerschapsonderbroek om haar zwelling te bedekken.

Een jonge man stapt beleefd naar voren. 'Ik heb het alarmnummer gebeld.'

Zijn vriendin ziet eruit of ze bijna moet overgeven.

Donavon trekt Cates rok goed. 'Niet haar hoofd verplaatsen. Ze moet in een korset.' Hij draait zich naar de omstanders. 'Er moeten dekens komen en een arts.'

'Is ze dood?' vraagt iemand.

'Ken je haar?' vraagt iemand anders.

'Ze is zwanger!' roept iemand anders uit.

Cate heeft haar ogen open. Ik zie mezelf erin weerspiegeld. Een stevig gebouwde man met een grijze paardenstaart buigt zich over ons heen. Hij heeft een Iers accent.

'Ze stapten zomaar de weg op. Ik heb ze niet gezien. Ik zweer het.'

Cates hele lichaam verstijft en haar ogen verwijden zich. Ondanks het bloed in haar mond probeert ze iets te roepen en haar hoofd schudt heen en weer.

Donavon springt op en pakt het shirt van de bestuurder beet. 'Je had kunnen stoppen, klootzak!'

'Ik heb ze niet gezien.'

'Leugenaar!' Zijn stem is schor van haat. 'Je hebt ze gewoon aangereden.'

De bestuurder kijkt zenuwachtig langs de menigte. 'Ik weet niet waar hij het over heeft. Het was een ongeluk. Ik zweer het. Hij raaskalt.'

'Je zag ze.'

'Pas toen het al te laat was.'

Hij duwt Donavon opzij. Er springen knopen los en zijn overhemd vliegt open. De tatoeage op zijn borst verbeeldt Christus en de kruisiging.

Mensen zijn uit de reünie weggelopen om te zien wat het tumult te betekenen heeft. Sommigen van hen schreeuwen en proberen de straat vrij te maken. Ik hoor de sirenes.

Een ambulanceverpleegkundige duwt de menigte uiteen. Mijn vingers zijn glibberig en warm. Het voelt alsof ik Cates hoofd bij elkaar hou. Er komen nog twee ploegen. De verpleegkundigen groeperen zich. Ik ken de routine: is er vuur, zijn er brandstoflekken, zijn er gebroken elektriciteitskabels? Ze zorgen eerst voor hun eigen veiligheid.

Ik kijk of ik Felix zie. Onder de achteras van de auto zit een donkere gestalte klem. Bewegingloos.

Een verpleger kruipt onder de wielkast. 'Deze is er geweest,' roept hij.

Een andere steekt zijn handen onder de mijne en neemt Cates hoofd over. Twee van hen zijn met haar bezig.

'Luchtwegen geblokkeerd. Ik ga intuberen.'

Hij stopt een gebogen plastic slang in haar mond en zuigt bloed weg.

'Honderdzeventig over negentig. Rechterpupil is verwijd.'

'Ze heeft lage bloeddruk.'

'Leg een kraag aan.'

Iemand zegt iets in een portofoon. 'We hebben een ernstig hoofdtrauma en inwendige bloedingen.'

'Ze is zwanger,' hoor ik mezelf zeggen. Ik weet niet of ze me horen.

'Bloeddruk loopt op. Lage pols.'

'Ze bloedt intracraniaal.'

'Laten we haar erin leggen.'

'Ze heeft vocht nodig.'

Ze leggen de wervelplank naast haar, rollen Cate behoedzaam op haar zij en tillen haar op een brancard.

'Ze is zwanger,' zeg ik nog eens.

'Bent u een bekende van haar?'

'Ja.'

'Er kan één iemand mee. U kunt voorin zitten.' Hij drukt op een rubberen zak waarmee hij lucht in haar longen perst. 'We moeten haar naam, adres en geboortedatum hebben – is ze allergisch voor bepaalde medicijnen?'

'Weet ik niet.'

'Wanneer is ze uitgerekend?'

'Over vier weken.'

De brancard staat in de ziekenwagen. De verplegers stappen in. Een medisch technicus helpt me in de passagiersstoel. De deur valt dicht. We rijden. Door het raampje zie ik de menigte ons aanstaren. Waar komen die zo gauw vandaan? Donavon zit in de goot, verdwaasd kijkend. Ik wil dat hij me ziet. Ik wil hem bedanken.

De verplegers zijn nog steeds bezig met Cate. Een van hen praat in een portofoon, met woorden als 'bradycardisch' en 'intracraniale druk'. Een hartmonitor piept een hakkelende boodschap.

'Gaat ze het redden?'

Niemand zegt iets.

'En de baby?'

Hij knoopt haar bloes los. 'Ik geef twee eenheden.'

'Nee, wacht. Ik voel geen pols meer.'

De monitor geeft een vlakke lijn te zien.

'Ze is asystolisch.'

'Ik ga over op hartmassage.'

Hij scheurt haar bloes open, zodat haar beha en bovenlijf zichtbaar worden.

De verplegers vallen stil en kijken elkaar aan. Eén enkele blik, woordloos maar alleszeggend. Op Cates buik zit een groot stuk schuimrubber gebonden, bijgesneden zodat het over haar buik past. De verpleger trekt het los. Cate is niet zwanger meer.

Terwijl hij met korte bewegingen hard op haar borst drukt, telt hij de compressies. De hartmonitor neemt het op tegen de sirene.

'Geen respons.'

'Misschien moeten we meer kracht geven.'

'Eén ampul adrenaline.' Hij bijt het kapje eraf en injecteert de inhoud in haar nek.

De minuten daarna gaan in een waas van knipperende lichten en gespreksflarden voorbij. Ik weet dat ze haar aan het kwijtraken zijn. Ik denk dat ik dat al die tijd al wist. De verwijde pupillen, de bloedingen in haar hoofd – de klassieke tekenen van hersentrauma. Cate is op te veel plaatsen beschadigd.

De lijn op de monitor stijgt en daalt, en valt weer terug tot een vlakke lijn. Ze tellen het opzwellen af tegen de borstcompressies. Eén keer knijpen op vijf compressies.

'Tommy.'

'Ja?'

'Ik stop de borstcompressies.'

'Waarom?'

'Omdat haar hersenen uit haar hoofd worden geperst.'

Achter haar rechteroor is haar schedel gebroken.

'Ga door.'

'Maar…'

'Gewoon doorgaan.'

Er verstrijkt een halve minuut. Wat ze ook proberen, het hart reageert niet.

'Wat nu?'

'Ik ga tot brekens toe doordrukken.'

Er spoelt een golf van misselijkheid mijn mond binnen. Van de rest van de rit en de aankomst bij het ziekenhuis weet ik niets meer. Geen deuren die dichtslaan of witte jassen die zich door gangen spoeden. In plaats daarvan lijkt alles te vertragen.

Het gebouw slokt Cate in haar geheel op, niet langer heel, maar beschadigd.

Ziekenhuizen, ik haat ze. De lucht, de sfeer van onzekerheid, de witheid. Witte muren, witte lakens, witte kleding. Het enige wat niet wit is, zijn het bloed en de Afro-Caribische verpleegsters.

Ik sta nog steeds bij de ambulance. De verplegers komen terug en dweilen het bloed op.

'Gaat het?' vraagt een van hen. Hij heeft het stuk schuimrubber nog in zijn hand. De bungelende linten zien eruit als de poten van een vreemd zeedier.

Hij geeft me een natgemaakte papieren handdoek. 'Misschien heb je hier iets aan.'

Ik heb bloed op mijn handen, bloed over mijn hele broek.

'Er zit nog wat.' Hij wijst naar mijn wang. Ik veeg de verkeerde af.

'Kom maar, mag ik even?'

Hij neemt de handdoek, pakt mijn kin en veegt mijn wang af. 'Zo.'

'Dank je.'

Hij wil iets zeggen. 'Is ze een goede vriendin van je?'

'We zaten op dezelfde school.'

Hij knikt. 'Waarom zou ze… ik bedoel, waarom deed ze alsof ze zwanger was?'

Ik kijk langs hem heen, niet in staat te antwoorden. Het waarom ontgaat me, ik begrijp er niets van. Ze wilde me zien. Ze zei dat ze haar baby wilden afpakken. Welke baby?

'Is ze… gaat ze het redden?'

Het is zijn beurt om niets te zeggen. De droefheid in zijn ogen is zorgvuldig gedoseerd, omdat meer mensen er nog een beroep op zullen doen.

Er begint een slang te spuiten. Roze water kringelt de afvoer in. De verpleger geeft me de prothese en ik voel iets in me knappen. Ooit dacht ik Cate voorgoed kwijt te zijn. Misschien is het dit keer werkelijk zover.

4

Wachtkamers in ziekenhuizen zijn nutteloze, hulpeloze plekken, vol gefluister en smeekbeden. Iedereen mijdt mijn blik. Misschien komt het door het bloed op mijn kleren. In de toiletten heb ik geprobeerd Lindsays topje schoon te krijgen door het onder de kraan met handzeep te schrobben. Ik heb de vlek alleen maar groter gemaakt.

Artsen en verpleegsters lopen in en uit, zonder een moment van rust. Een patiënt op een rijdende brancard lijkt net een vlieg in een web van slangen en draden. De huid rond zijn mond is gerimpeld en droog.

Ik heb nooit echt over de dood nagedacht. Zelfs toen ik in het ziekenhuis lag met pennen die mijn ruggengraat bij elkaar hielden kwam het niet in me op. Ik heb oog in oog met verdachten gestaan, auto's achtervolgd, ben door deuren gebeukt en verlaten gebouwen binnengelopen, maar heb nooit gedacht dat ik zou kunnen sterven. Misschien is dat wel een van de voordelen als je niet veel waarde aan jezelf hecht.

Een verpleegster heeft Cates familiegegevens genoteerd. Van Felix heb ik geen gegevens. Misschien leeft zijn moeder nog. Niemand kan me iets vertellen, behalve dat Cate op de operatietafel ligt. De verpleegsters zijn onstuitbaar positief. De artsen zijn voorzichtiger. Zij moeten de waarheid onder ogen zien – de realiteit van wat ze wel en niet kunnen repareren.

Op een doodgewone avond, in een rustige straat, wordt een echtpaar door een auto aangereden. De een is dood, de ander heeft gruwelijke verwondingen. Wat is er met Cates andere schoen gebeurd? Wat is er van haar baby geworden?

Er komt een politieagent die me ondervraagt. Hij is van mijn leeftijd en draagt een uniform waaraan alles gepoetst en geperst is. Ik voel me ongemakkelijk over mijn verschijning.

Hij heeft een lijst met vragen: wat, waar, wanneer en waarom. Ik probeer me alles wat is voorgevallen te herinneren. De auto kwam uit het niets. Donavon schreeuwde.

'Dus u denkt dat het een ongeluk was?'

'Ik weet het niet.'

In gedachten hoor ik Donavon nog tegen de bestuurder zeggen dat hij ze met opzet heeft geraakt. De agent geeft me zijn kaartje. 'Als er nog dingen naar boven komen, bel me dan.'

Door de klapdeuren zie ik Cates familie aankomen. Haar vader, haar moeder in een rolstoel en haar oudere broer Jarrod.

Barnaby Elliot spreekt met stemverheffing. 'Hoe bedoelt u dat er geen baby is? Mijn dochter is zwanger.'

'Wat zeggen ze, Barnaby?' vraagt zijn vrouw terwijl ze hem aan zijn mouw trekt.

'Ze zeggen dat ze niet in verwachting was.'

'Dan kan het onze Cate niet zijn. Ze hebben de verkeerde voor zich.'

De arts valt hen in de rede. 'Als u hier wacht, komt er iemand met u praten.'

Mevrouw Elliot wordt hysterisch. 'Betekent dit dat ze de baby heeft verloren?'

'Ze is nooit zwanger geweest. Er was helemaal geen baby.'

Jarrod probeert ertussen te komen. 'Sorry, maar er moet sprake zijn van een misverstand. Cate was over vier weken uitgerekend.'

'Ik wil mijn dochter zien,' eist Barnaby. 'Ik wil haar nú zien.'

Jarrod is drie jaar ouder dan Cate. Vreemd hoe weinig ik me van hem herinner. Hij hield duiven en droeg tot zijn twintigste een beugel. Ik meen dat hij in Schotland naar de universiteit ging en later een baan vond in de City.

Van Cate daarentegen is niets vervaagd, op afstand geraakt of kleiner geworden. Ik herinner me nog steeds de eerste keer dat ik haar zag. Ze zat op een bank buiten de hekken van Oaklands, droeg witte sokken, een korte grijze plooirok en Doc Martens. Haar ogen, die onwaarschijnlijk groot leken, omringd door dikke mascara. Haar tegengekamde haren hadden alle kleuren van de regenboog.

Hoewel ze nieuw was op school, kende Cate binnen een paar dagen meer kinderen en had ze meer vrienden dan ik. Ze was altijd in beweging, sloeg haar armen om mensen heen, tikte met haar voet of zat met haar been te wippen.

Haar vader was vastgoedontwikkelaar, vertelde ze. Het klonk interessant, zoals een dubbele achternaam status geeft. 'Treinmachinist', wat mijn vader was, klonk in elk geval minder indrukwekkend en verschafte ook niet hetzelfde aanzien.

Barnaby Elliot droeg donkere pakken, gesteven witte overhemden en stropdassen van de een of andere club. Hij stond twee keer kandidaat voor de Tory's in Bethnal Green en slaagde er beide keren in een ogenschijnlijke onbereikbare zetel om te zetten in een gegarandeerde zetel voor de Labourpartij.

Ik vermoed dat de kiezersgunst de enige reden was om Cate naar Oaklands te sturen. Hij deed zich graag voor als iemand die zich een weg omhoog had gevochten, met het zwart nog onder zijn nagels en smeerolie in zijn aderen.

In werkelijkheid hadden de Elliots hun dochter volgens mij liever naar een particuliere school laten gaan, een anglicaanse en alleen voor meisjes, in plaats van naar Oaklands. Vooral mevrouw Elliot beschouwde onze school als een vreemd gebied dat ze liever niet bezocht.

Het duurde bijna een jaar voordat Cate en ik met elkaar spraken. Ze was het coolste, meest begerenswaardige meisje van de hele school en toch had ze een achteloze, bijna ongewilde schoonheid. Andere meisjes hingen om haar heen, kletsend en lachend, hengelend naar haar goedkeuring, wat zij niet scheen op te merken.

Ze sprak als iemand uit een tienerfilm, goed gebekt en vrijpostig. Ik weet dat tieners geacht worden zo te praten, maar Cate was de eerste die ik het ook echt hoorde doen. En ze was de enige die ik kende die haar emoties kon indampen tot druppels pure liefde, woede, angst of blijdschap.

Ik kwam van het Isle of Dogs, iets oostelijker, en ging naar Oaklands omdat mijn ouders me 'buiten het gebied' wilden laten leren. Sikhs vormden er een minderheid, maar dat waren de blanken ook, die het meest geducht waren. Sommigen zagen zichzelf als de echte Eastenders, alsof er een of andere koninklijke cockney-bloedlijn te beschermen viel. Paul Donavon was de ergste, een boef en een pestkop die zichzelf graag als vrouwenversierder en voetbaltalent zag. Zijn boezemvriend, Liam Bradley, was bijna even erg. Bradley, die een kop groter was en een voorhoofd had dat rood zag van de puisten, zag eruit of hij zijn gezicht met een kaasrasp schrobde in plaats van met zeep.

Nieuwkomers werden steevast ingewijd. Jongens kregen uiteraard het meest te verduren, maar meisjes bleven niet buiten schot, zeker niet als ze knap waren. Donavon en Bradley waren zeventien en altijd uit op Cate. Zelfs op haar veertiende had ze 'mogelijkheden', zoals de jongens het formuleerden, met volle lippen en een J-Lo-kont die in alles wat maar strak zat goed uitkwam. Het was het soort kont waar mannenogen instinctief naartoe trekken. Mannen en jongens en grootvaders.

Op een dag aan het eind van het schooljaar kwam Donavon op haar af. Hij stond voor de kamer van de directeur te wachten op straf voor zijn zoveelste vergrijp. Cate was met iets anders bezig: het afleveren van een stapeltje absentiebriefjes bij het secretariaat.

Donavon zag haar de gang bij de administratie in lopen. Ze moest pal langs hem. Hij ging haar achterna de trap op.

'Stel dat je verdwaalt,' zei hij op spottende toon terwijl hij haar de weg versperde. Ze stapte opzij. Hij bewoog met haar mee.

'Lekker kontje heb je. Als een perzik. En een prachtige huid. Laat mij eens zien hoe je de trap op loopt. Doe dan. Ik blijf hier staan en jij loopt door. Je rok een beetje omhoog, als het kan. Ik wil die sappige perzik zien.'

Cate probeerde zich om te draaien, maar Donavon danste om haar heen. Hij was altijd al lichtvoetig geweest. Op het voetbalveld was hij spits, langs verdedigers flitsend en ze alle kanten op sturend.

Het trappenhuis was afgesloten met grote zware branddeuren met horizontale stangen. Geluid kaatste hier terug van het koude harde beton, maar drong niet naar buiten door. Cate kon haar ogen niet op zijn gezicht gericht houden zonder zich om te draaien.

'Er bestaat een woord voor meisjes zoals jij,' zei hij. 'Meisjes die zulke rokjes dragen. Meisjes die hun kont laten schudden als perziken aan een boom.'

Donavon sloeg zijn arm om haar schouders en drukte zijn mond tegen haar oor. Hij hield haar armen boven haar hoofd vast bij haar polsen, die hij met zijn vuist omklemde. Zijn andere hand kroop omhoog langs haar been, onder haar rok, haar slipje opzij duwend. Twee vingers werkten zich naar binnen, schurend langs droge huid.

Cate bleef weg uit de klas. Mevrouw Pulanski stuurde me erop uit om haar te zoeken. Ik vond haar terug in de meisjestoiletten. Zwarte mascaratranen bevlekten haar wangen en het leek of haar ogen aan het smelten waren. Ze wilde eerst niet vertellen wat er was gebeurd. Ze pakte mijn hand en drukte hem in haar schoot. Haar jurkje was zo kort dat mijn vingers langs haar dij streken.

'Heb je je pijn gedaan?'

Ze schokschouderde.

'Wie heeft je pijn gedaan?'

Ze hield haar knieën tegen elkaar geperst. Op slot. Ik keek naar haar gezicht. Langzaam deed ik haar knieën uit elkaar. Het wit van haar katoenen slipje was bevlekt met een veeg bloed.

In mijn binnenste werd iets uitgerekt. Uitgerekt tot het zo dun was dat het mee vibreerde met mijn hart. Mijn moeder zegt dat ik nooit het woord 'haat' moet gebruiken. Dat je nooit iemand moet haten. Ik weet dat ze gelijk heeft, maar zij leeft in haar eigen, van elke controverse ontdane sikh-land.

De bel voor de lunchpauze ging. De speelplaats vulde zich met geschreeuw en gelach, dat tegen de kale bakstenen muren en het pokdalige asfalt terugkaatste. Donavon bevond zich aan de zuidkant in het 'vierkant', in de schaduw van een eikenboom waar zo veel initialen in waren gekerfd dat hij al dood had moeten zijn.

'Nee maar, wie hebben we daar?' zei hij terwijl ik op hem af liep. 'Een kleine yindoo.'

'Moet je haar gezicht zien,' zei Bradley. 'Of ze op ontploffen staat.'

'De vleesthermometer is net uit haar reet gefloept – ze is gaar.'

Er werd gelachen en Donavon genoot van zijn moment. Ik

moet hem nageven dat hij kennelijk iets van gevaar bespeurde, want zijn blik liet me niet los. Tegen die tijd was ik op een meter afstand van hem blijven staan. Mijn hoofd kwam tot halverwege zijn borst. Ik had niet bedacht hoe groot hij was. Ik bedacht niet hoe klein ik was. Ik dacht aan Cate.

'Het is die hardloopster,' zei Bradley.

'Nou, rennen dan maar, yindoo, het begint hier te stinken.'

Ik kon nog steeds niet praten. Donavons ogen werden onrustiger.

'Hoor eens, zieke sikh, rot op.'

Ik hervond mijn stem. 'Wat heb je gedaan?'

'Niets.'

Een menigte kinderen kwam onze kant op. Donavon zag ze aankomen. Hij was niet meer zo zeker.

Ik voelde me niet degene die op de speelplaats stond en hem aanstaarde. In plaats daarvan keek ik vanaf de takken van de boom als een vogel omlaag. Een donkere vogel.

'Sodemieter op, gestoord wijf.'

Donavon was snel, maar ik was degene die hard kon lopen. Mensen zeiden later dat ik vloog. Ik overbrugde de laatste meter in een flits. Mijn vingers vonden zijn oogkassen. Hij brulde en probeerde me van zich af te gooien. Ik hield vast in een doodsgreep, klauwend naar het zachte weefsel.

Met zijn vuisten in mijn haar gedraaid wrong hij mijn hoofd naar achteren in een poging me weg te trekken, maar ik liet niet los. Hij bewerkte mijn hoofd met zijn vuisten, terwijl hij gilde: 'Haal haar van me af! Haal haar van me af!'

Bradley had staan toekijken, te geschrokken om te reageren. Hij wist nooit zeker wat hij moest doen, tenzij Donavon het hem zei. Eerst probeerde hij me in een hoofdklem te nemen, mijn gezicht tegen zijn vochtige oksel geklemd, die naar natte sokken en goedkope deodorant rook.

Ik had mijn benen om Donavons middel geklemd. Mijn vingers priemden in zijn ogen. Bradley gooide het over een andere boeg. Hij greep een van mijn handen en trok mijn vingers los terwijl hij mijn arm naar achteren trok. Ik verloor mijn grip. Ik haalde mijn vingers over Donavons gezicht. Hoewel hij door de stroom die uit zijn ogen liep niets kon zien, haalde hij uit en schopte me in mijn gezicht. Mijn mond vulde zich met bloed.

Bradley had mijn linkerarm vast, maar mijn rechter was nog vrij. In een gezin met alleen jongens leer je wel vechten. Als je het enige meisje bent, leer je zelfs gemeen te vechten.

Terwijl ik mezelf op de been slingerde, sloeg ik mijn hand uit naar Donavons gezicht. Mijn wijsvinger en middelvinger priemden zijn neus in en haakten hem als een vis vast. Mijn vuist sloot zich. Wat er hierna ook zou gebeuren, Donavon zou meekomen. Bradley kon mijn arm breken, me achteruitslepen, me door de doelpalen trappen, en dan nog zou Donavon met me meekomen, als een stier met een ring door zijn neus.

Het enige wat ik uit zijn mond hoorde komen was een kreungeluid. Zijn armen en benen schokten.

'Niet aan haar komen. Niet aan haar komen,' smeekte hij. 'Laat haar gaan.'

Bradley liet zijn greep op mijn arm varen.

Donavons ogen waren gezwollen en zaten bijna dicht. Zijn neusvleugels waren door mijn vingers binnenstebuiten gedraaid. Ik hield hem vast, met zijn hoofd naar achteren gekanteld en met zijn onderkaak naar adem happend.

Juffrouw Flower, de muzieklerares, had die dag schoolpleintoezicht. In werkelijkheid zat ze in de docentenkamer een sigaret te roken toen er iemand de trap op kwam rennen om haar te halen.

Donavon bleef maar snotteren dat het hem speet. Ik zei geen woord. Dit was me allemaal niet echt overkomen. Het leek nog steeds of ik vanaf een boomtak toekeek. Het was een ander meisje dat zijn neus vasthield.

Juffrouw Flower was een fit, jeugdig, 'vooruit maar meisjes'-type met een voorkeur voor Franse sigaretten, en gymlerares. Ze nam het tafereel zonder veel drukte waar en besefte dat niemand me zou kunnen dwingen Donavon los te laten. En dus koos ze voor een verzoenende benadering vol troostende woorden en oproepen tot kalmte. Donavon was stilgevallen. Hoe minder hij bewoog, des te minder pijn het deed. Mak als een lammetje.

Ik kende juf Flower niet echt, maar ik denk dat ze me door-had, weet je. Een mager Indiaas meisje met een beugel en bril gaat niet zomaar de grootste kwelgeest van de school te lijf. Ze zat bij me in de ziekenboeg terwijl ik bloed in een kom spuugde. Twee voortanden waren losgerukt uit mijn beugel, en zaten klem in het verwrongen metaal.

Ik had een handdoek om mijn nek en een andere op mijn schoot. Ik weet niet waar ze Donavon mee naartoe hadden genomen. Juf Flower hield een ijszak tegen mijn mond.

'Wil je me vertellen waarom?'

Ik schudde mijn hoofd.

'Ik twijfel er niet aan dat hij het verdiende, maar je zult een ver-klaring moeten geven.'

Ik reageerde niet.

Ze zuchtte. 'Nou ja, dat komt later wel. Eerst moet je een schoon uniform hebben. Misschien bij de gevonden voorwerpen. Laten we je fatsoeneren voordat je ouders er zijn.'

'Ik wil naar de les,' sliste ik.

'Je moet eerst iets aan die tanden laten doen, lieverd.'

Normaal gesproken was het praktisch onmogelijk op stel en sprong bij een ziekenfondstandarts terecht te kunnen, maar ik had familieconnecties. Mijn oom Sandhu had een tandartspraktijk in Ealing. (Hij is niet echt mijn oom, maar elke oudere Aziaat die mijn familie kende werd oom of tante genoemd.) Oom Sandhu had mijn beugel 'tegen kostprijs' geplaatst. Bada was zo tevreden dat hij me voor bezoekers liet glimlachen om ze mijn tanden te laten zien.

Mama belde mijn schoonzus Nazeem en getweeën namen ze een taxi naar school. Nazeem was moeder van een tweeling en opnieuw zwanger. Ik werd ijlings naar oom Sandhu gebracht, die mijn beugel demonteerde en foto's nam van mijn tanden. Ik zag er weer uit als een slissende zesjarige.

De volgende ochtend was fris en stralend, en vervuld van een schoonheid die zo zuiver was dat de vorige dag niet leek te heb-ben plaatsgevonden. Cate was niet naar school gekomen. Ze bleef de twee weken voor de zomervakantie weg. Juf Flower zei dat ze pleuritis had.

Op mijn vastgelijmde tanden zuigend hervatte ik mijn lessen. Mensen behandelden me anders. Er was die dag iets gebeurd. Mij waren de schellen van de ogen gevallen; de aarde was het vereiste aantal keren om zijn as gedraaid en ik had mijn kindertijd vaarwel gezegd.

Donavon was van Oaklands gestuurd. Hij ging het leger in, bij de parachutisten, maar was te laat voor Bosnië. Er zou zich snel genoeg een andere oorlog aandienen. Bradley ging in de vakantie van school en werd leerling-cv-monteur. Ik zie hem nog weleens met zijn kinderen, bij de schommels op Bethnal Green.

Niemand heeft ooit iets gezegd over wat er met Cate was gebeurd. Alleen ik wist het. Ik denk dat ze zelfs haar ouders niets heeft verteld, zeker niet haar vader. Penetratie met de vinger geldt niet als verkrachting, omdat de wet onderscheid maakt tussen een penis en een vinger of vuist of fles. Ik ben het daar niet mee eens, maar het is wel een argument voor dure strafpleiters.

Mensen waren aardiger tegen me na mijn gevecht met Donavon. Ze erkenden mijn bestaan. Ik was niet langer alleen 'de hardloopster', ik had een naam. Een van mijn tanden was weer vastgegroeid. De andere werd geel en moest door oom Sandhu door een stifttand worden vervangen.

In de vakantie werd ik gebeld door Cate. Ik weet niet hoe ze achter mijn nummer was gekomen.

'Ik dacht: misschien vind je het leuk om naar de film te gaan.'

'Bedoel je wij samen?'

'We kunnen naar *Pretty Woman* gaan. Tenzij je hem al gezien hebt. Ik ben al drie keer geweest, maar ik wil best nog een keer.' Ze bleef praten. Ik had haar nooit eerder nerveus horen klinken.

Mijn moeder verbood me *Pretty Woman* te gaan zien. Ze zei dat het over een sloerie ging.

'Julia Roberts speelt een hoer met een hart,' legde ik uit, wat het alleen maar erger maakte. Zij mocht wel de term 'sloerie' gebruiken, maar o jee als ik 'hoer' zei. Uiteindelijk gingen we naar *Ghost*, met Patrick Swayze en Demi Moore.

Cate zei niets over Donavon. Ze was nog steeds mooi, met nog altijd een gave huid, en haar vingers vonden de mijne. Ze kneep in mijn hand en ik in de hare.

En zo begon het. We waren als een Siamese tweeling. Zout en peper, noemde juf Flower ons, maar ik vond 'melk en chocola' leuker, de term die meneer Nelson gebruikte. Hij was een Amerikaan en gaf biologie, en protesteerde als iemand zei dat zijn vak het makkelijkste van de exacte keuzevakken was.

Onze hele schooltijd en daarna op de universiteit waren we boezemvriendinnen. Ik hield van haar. Niet op een seksuele manier, al denk ik niet dat ik dat onderscheid op mijn veertiende kende.

Cate beweerde dat ze de toekomst kon voorspellen. Dan beschreef ze onze levenspaden, inclusief carrières, vriendjes, bruiloften, echtgenoten en kinderen. Ze kon zelfs verdrietig worden door te fantaseren dat onze vriendschap op een dag voorbij zou zijn.

'Ik heb nog nooit zo'n vriendin gehad als jij en dat zal ook nooit meer gebeuren. Nooit niet.'

Ik geneerde me.

Ze zei ook: 'Ik neem een heleboel kinderen, omdat die van me zullen houden en me nooit in de steek zullen laten.'

Ik weet niet waarom ze zo praatte. Met liefde en vriendschap ging ze om als een klein schepsel dat in een sneeuwstorm gevangenzit, vechtend om te overleven. Misschien dat ze toen iets wist wat ik niet wist.

5

Een nieuwe morgen. Ergens schijnt de zon. Ik zie blauwe lucht ingeklemd tussen gebouwen en een bouwkraan als in houtskool getekend in het tegenlicht. Ik kan niet zeggen hoeveel dagen er zijn verstreken sinds het ongeluk; het kunnen er vier zijn of veertien. Kleuren zijn hetzelfde: de lucht, de bomen, de gebouwen – niets is veranderd.

Ik ben elke dag naar het ziekenhuis gegaan, de wachtkamer en

Cates familie ontwijkend. In plaats daarvan ga ik in de cafetaria zitten en wacht tot ze weg zijn.

Cate ligt in coma. Ze wordt beademd. Volgens het ziekenhuisrapport heeft ze een geperforeerde long, een gebroken rug en meervoudige fracturen in beide benen opgelopen. De achterkant van haar schedel was verbrijzeld, maar met twee operaties hebben ze de bloeding kunnen stoppen.

Haar neurochirurg legt me uit dat een coma in haar geval gunstig is. Haar lichaam heeft zichzelf uitgeschakeld en probeert zichzelf te redden.

'En hoe zit het met hersenbeschadiging?'

Hij friemelt aan zijn stethoscoop en ontwijkt mijn blik. 'Het menselijk brein is het volmaaktst ontworpen stuk machinerie in het universum zoals we dat kennen,' legt hij uit. 'Helaas is het niet ontworpen om de krachten van een auto te weerstaan.'

'En dat houdt in?'

'Wij classificeren ernstig hersenletsel als een comascore van 8 of minder. Mevrouw Beaumont heeft een score van 4. Het is een buitengewoon ernstige vorm van hersenletsel.'

Halverwege de ochtend komt er een nieuw rapport. Haar toestand is ongewijzigd. In de cafetaria loop ik Jarrod tegen het lijf. We drinken koffie en praten over koetjes en kalfjes: banen en familie, de prijs van eieren, en dat papieren zakken tegenwoordig zo snel scheuren. Ons gesprek wordt onderbroken door lange pauzes, alsof stilte een deel van de taal is geworden.

'De artsen zeggen dat ze helemaal niet zwanger is geweest,' zegt hij. 'Ze is de baby niet kwijtgeraakt. Er was geen sprake van een miskraam of afbreking. Ma en pa zijn over hun toeren. Ze weten niet wat ze ervan moeten denken.'

'Ze moet een reden hebben gehad.'

'Ja, maar ik kan er geen bedenken.' Een zuchtje wind uit de ventilatiekokers speelt door zijn haar.

'Denk je dat Felix het wist?'

'Dat zal wel. Zoiets kun je toch niet geheimhouden voor je man?' Hij kijkt op zijn horloge. 'Ben je al bij haar geweest?'

'Nee.'

'Kom mee.'

Jarrod gaat me voor de trap op naar de intensive care. We lopen door pijnlijk witte gangen die er allemaal hetzelfde uitzien. Op de IC zijn maar twee bezoekers per patiënt toegestaan. Je moet een masker dragen en je handen wassen met een desinfecterend middel.

Jarrod komt niet mee naar binnen. 'Er is al iemand bij haar,' zegt hij. 'Ze zal je heus niet bijten,' voegt hij er nog aan toe.

Mijn maag krimpt ineen. Ik kan niet meer terug.

De gordijnen zijn open en het daglicht verlicht een rechthoekig stuk vloer. In haar rolstoel zit mevrouw Elliot als een hologram gevangen in het licht, haar huid bleek en fijn als wit porselein.

Cate ligt naast haar, gevangene van een wirwar aan slangen, plasmazakken en roestvrij staal. Er zijn naalden in haar aderen gestoken en haar hoofd is in verband gewikkeld. Monitoren en machines knipperen en zoemen, haar bestaan is gereduceerd tot een digitaal computerspel.

Ik wil dat ze wakker wordt, nu. Ik wil dat ze haar ogen opendoet en de beademingsslang wegtrekt als een haar die in haar mondhoek is blijven zitten.

Woordloos wijst mevrouw Elliot naar een stoel naast het bed. 'De laatste keer dat ik heb zitten kijken hoe mijn dochter sliep was ze acht. Ze had longontsteking. Ik denk dat ze die had opgelopen in een van de openbare zwembaden. Elke keer dat ze hoestte klonk net alsof iemand op het droge verdrinkt.'

Ik reik over de marmeren lakens en neem Cates vingers tussen de mijne. Ik voel haar moeder kijken. Een koude, vorsende blik. Ze wil niet dat ik hier ben.

Ik herinner me mevrouw Elliot van toen ze nog kon lopen: een lange, slanke vrouw die Cate bij een zoen altijd haar wang toedraaide om haar lippenstift niet te laten vlekken. Ze was ooit een actrice die hoofdzakelijk televisiereclames deed en altijd onberispelijk was opgemaakt, alsof ze altijd klaarstond voor de volgende close-up. Dat was uiteraard voordat ze een hersenbloeding kreeg en aan de rechterkant verlamd raakte.

En nu hangt een van haar oogleden omlaag en kan geen make-up ter wereld de zenuwverlamming rond haar mond camoufleren.

Fluisterend vraagt ze: 'Waarom zou ze liegen over de baby?'

'Dat weet ik niet. Ze wilde me spreken. Ze zei dat ze iets doms had gedaan en dat iemand haar baby wilde afpakken.'

'Welke baby? Ze is nooit zwanger geweest. Nooit! En nu zeggen ze dat haar bekken zo ernstig is beschadigd dat ze, zelfs als ze blijft leven, nooit meer een kind kan dragen.'

Ik ril vanbinnen. Het is een déjà vu uit een ander ziekenhuis en een andere tijd, toen het míjn botten waren die werden gerepareerd. Voor elke ingreep betaal je een prijs.

Mevrouw Elliot klemt een kussen tegen haar borst. 'Waarom zou ze zoiets doen? Waarom zou ze tegen ons liegen?'

Er schuilt warmte in haar stem. Ze voelt zich verraden. Voor schut gezet. Wat moet ze tegen de buren zeggen? Ik heb zin om uit te vallen en Cate te verdedigen, die beter verdient dan dit. In plaats daarvan doe ik mijn ogen dicht en hoor de wind die langs de daken blaast en het elektronische gepiep van de machines.

Hoe heeft ze het voor elkaar gekregen een dergelijke leugen weken en maanden vol te houden? Het moet haar hebben achtervolgd. Een deel van me is gek genoeg jaloers. Ik geloof niet dat ik ooit iets zo intens heb gewild, zelfs olympische medailles niet. Toen ik buiten het team voor de Spelen van Sydney viel, heb ik op de rand van de baan zitten huilen, maar dat waren eerder tranen van frustratie dan van teleurstelling. Het meisje dat mijn plaats innam wilde het gewoon nog liever.

Ik weet dat ik een olympische selectie niet met het moederschap moet vergelijken. Misschien zijn mijn ideeën vertroebeld door de medische realiteit van een opgelapt bekken en een deels vastgezette ruggengraat die nooit de beproevingen van zwangerschap en bevalling aan zullen kunnen. Voor mij is kinderen willen een gevaarlijke ambitie.

Terwijl ik in Cates hand knijp hoop ik dat ze weet dat ik er ben. Jarenlang heb ik gewild dat ze belde, om weer vriendinnen te worden, me weer nodig te hebben. En uitgerekend toen dat eindelijk gebeurde, werd ze weggegrist als een half afgemaakte vraag. Ik moet erachter komen wat ze wilde. Ik moet begrijpen waarom.

Verkeersgarage Euston zit op Drummond Crescent, ingeklemd tussen Euston Station en de British Library. De torenspits van de St.-Aloysiuskerk steekt erboven uit als een raket op een lanceerplatform.

De afdeling Botsingenonderzoek is een merkwaardige plek, een mengeling van geavanceerde technische apparatuur en een ouderwetse garage met krikken, vetvangers en mechanisch gereedschap. Dit is de plek waar ze voertuigen onderwerpen aan wat bij mensen een autopsie heet, en daar lijkt het ook erg op. Het lijdend voorwerp wordt opengemaakt en er worden dingen uit gehaald, gewogen en gemeten.

De dienstdoende agent, een kleine en dikke brigadier in overall, kijkt op van de verwrongen voorkant van een auto. 'Kan ik iets voor u doen?'

Ik stel mezelf voor en laat hem mijn badge zien. 'Vrijdagavond was er een ongeluk op Old Bethnal Green Road. Een echtpaar dat werd overreden.'

'Ja, die heb ik onder ogen gehad.' Hij veegt zijn handen af aan een lap en stopt hem terug in zijn zak.

'Een van hen is een vriendin van mij.'

'Leeft ze nog?'

'Ja.'

'Mazzel.'

'Hoe ver bent u met uw onderzoek?'

'Klaar, ik moet het alleen nog opschrijven.'

'Wat denkt u dat er gebeurd is?'

'Dat leek me nogal duidelijk. Uw vriendin en haar man probeerden een taxi te tackelen.' Het is geen poging ongevoelig te klinken; het is zijn manier van doen. 'Misschien had de bestuurder zijn remmen iets eerder kunnen intrappen. Soms heb je pech. Kies je het verkeerde moment om in je spiegels te kijken, dan gaat die fractie van een seconde af van je reactietijd. Het had misschien anders kunnen lopen. Misschien ook niet. We zullen het nooit weten.'

'Dus er komt geen aanklacht?'

'Voor wat?'

'Gevaarlijk rijden, nalatigheid – er moet iets zijn.'

'Hij had een vergunning, was verzekerd, geregistreerd en goedgekeurd – ik kan deze figuur niets maken.'

'Hij reed te hard.'

'Hij zegt dat ze ineens de weg op stapten. Hij kon niet stoppen.'

'Hebt u de wagen onderzocht?'

'Ter plaatse.'

'Waar staat hij nu?'

Hij zucht. 'Laat mij u de feiten des levens uitleggen, agent. Ziet u dat terrein daar?' Hij gebaart naar een open roldeur die uitkomt op een ommuurd stuk grond. 'Daar staan achtenzestig voertuigen, allemaal betrokken geweest bij een ernstig ongeluk. Wij moeten nog dertien rapporten leveren voor de lijkschouwer, een dikke twintig beoordelingen voor strafzaken. Zelf breng ik de helft van mijn tijd door in de getuigenbank en de andere helft tot aan mijn ellebogen in de motorolie en het bloed. Zoals ik het zie, zijn er geen goede verkeersongevallen, maar dat van vrijdagavond was beter dan de meeste omdat het een simpel ongeval was – triest, maar simpel. Ze stapten tussen geparkeerde auto's vandaan. De bestuurder kon niet op tijd stoppen. Einde verhaal.'

De gemoedelijke nieuwsgierigheid op zijn gezicht is verdwenen. 'We hebben de remmen bekeken. We hebben zijn vergunning bekeken. We hebben zijn staat van dienst bekeken. We hebben zijn promillage bekeken. We hebben ter plekke een verklaring afgenomen en de arme kerel naar huis laten gaan. Soms is een ongeluk gewoon een ongeluk. Als u bewijs hebt van het tegendeel, kom daar dan mee naar voren. Zo niet, dan zou ik het op prijs stellen als u me verder mijn werk laat doen.'

Een ogenblik kijken we elkaar recht in de ogen. Hij is niet zozeer kwaad als wel teleurgesteld.

'Sorry. Het was niet mijn bedoeling uw expertise in twijfel te trekken.'

'Dat deed u wel.' Zijn gezicht ontspant zich. 'Maar dat geeft niet. Het spijt me van uw vriendin.'

'Zou ik misschien een blik mogen werpen op de verklaring van de bestuurder?'

Daar heeft hij geen bezwaar tegen. Hij brengt me naar een kantoortje en gebaart naar een stoel. Op het bureau zoemt een computer en de planken zijn gevuld met archiefdozen als kartonnen bakstenen. De sergeant overhandigt me een map en een video. Heel even aarzelt hij bij de deur, hij weigert me alleen te laten.

De bestuurder heet Earl Blake en als beroep staat stuwadoor vermeld. Hij kluste bij als taxichauffeur om extra geld te verdienen, zei hij.

De video is tot op de seconde nauwkeurig van een tijdmarkering voorzien en begint met een panoramaopname van de straat, in de schokkerige stijl van een vakantievideo. Buiten de hekken van Oaklands lopen feestgangers rond, sommigen nog met een drankje of behangen met serpentines.

Earl Blake staat in de verte met een politieagent te praten. Hij merkt de camera op en lijkt zich af te draaien. Het zegt misschien niets.

Er zijn getuigenverklaringen van een tiental mensen. De meesten hoorden het gepiep van remmen en zagen de botsing. Verderop, bij de hoek van Mansford Street, hadden twee taxichauffeurs geparkeerd gestaan. De taxi kwam hen langzaam voorbijrijden, alsof hij een adres zocht.

Ik kijk of Donavon wordt genoemd. Zijn naam en adres zijn genoteerd, maar er is geen verklaring afgenomen.

'Ja, hem herinner ik me,' zegt de brigadier. 'Hij had een tatoeage.' Hij maakt een kruis in zijn nek onder zijn adamsappel, waar Donavon een tatoeage heeft. 'Hij zei dat hij niets gezien had.'

'Hij heeft het zien gebeuren.'

De brigadier trekt een wenkbrauw op tot een schuttersboog. 'Dat is niet wat hij tegen mij zei.'

Ik schrijf Donavons adres op een stukje papier.

'U gaat toch niet zelf een onderzoek beginnen, agent?'

'Nee, meneer.'

'Als u belangrijke informatie hebt met betrekking tot dit ongeval, bent u verplicht die aan mij mede te delen.'

'Ja, meneer. Ik heb geen informatie. De heer Donavon heeft geprobeerd mijn vriendin het leven te redden. Ik wil hem alleen maar bedanken. Wel zo netjes, begrijpt u? Zo heeft mijn moeder me opgevoed.'

6

Earl Blakes huis blijkt onderdeel te zijn van een klein huizenblok achter Pentonville Road, aan de vervallen kant van King's Cross. Er is niemand thuis. Ik zit hier al zo lang door de voorruit naar buiten te staren en op het stuur te trommelen dat mijn benen slapen. Voor een pub op de hoek staat een straatdealer tegen een lage muur geleund. Zijn gezicht gaat half schuil onder de klep van een honkbalpet. Hij zegt iets tegen twee langslopende tienermeisjes en glimlacht. Ze gooien hun haar in hun nek en versnellen lichtjes hun parmantige pas.

Voor me draait een vijfdeurs auto een parkeerplek in. Er stapt een vrouw van in de vijftig uit, in verpleegstersuniform. Ze pakt een tas met boodschappen uit de laadruimte, loopt naar een van de huizen en vloekt als ze haar sleutelbos laat vallen.

'Bent u mevrouw Blake?' vraag ik.

'Met wie heb ik het genoegen?' Haar blauwgrijze haar wordt met lak op zijn plaats gehouden.

'Ik ben op zoek naar uw man.'

'Maak je een geintje?'

Ze heeft de deur opengemaakt en stapt naar binnen.

'Uw echtgenoot was afgelopen vrijdagavond betrokken bij een aanrijding.'

'Weinig kans.'

Ze loopt verder de gang in.

'Ik heb het over Earl Blake.'

'Zo heet hij, ja.'

'Ik moet hem spreken.'

Over haar schouder roept ze: 'Nou, meissie, dan ben je zes jaar te laat, want toen heb ik hem begraven.'

'Is hij dood?'

'Dat mag ik hopen.' Ze glimlacht wrang.

Het huis ruikt naar natte hond en toiletverfrisser.

'Ik ben van de politie,' roep ik haar achterna. 'Mijn excuses als ik abuis ben. Hebt u dan misschien een zoon die Earl heet?'

'Nee.'

Terwijl ze in de keuken haar boodschappen op tafel zet, draait ze zich om. 'Hoor eens, moppie, binnenkomen of buiten blijven. Ik stook me hier een ongeluk.'

Ik volg haar het huis in en trek de deur dicht. Ze heeft aan de tafel plaatsgenomen, haar schoenen uitgeschopt en wrijft haar kousenvoeten over elkaar.

Ik kijk om me heen. In het raamkozijn staat een rij medicamenten, onder koelkastmagneetjes hangen kortingsbonnen. Op de kalender een baby in een uitgeholde pompoen.

'Zet even water op, wil je?'

De kraan spuugt en borrelt.

'Het spijt me van uw man.'

'Laat maar. Hij viel dood neer, precies daar, met zijn gezicht in zijn patat en gebakken ei. Hij zat te mekkeren dat ik de eieren te lang had gebakken en ineens: baf!' Ze laat haar hand op tafel vallen. 'Ik wilde niet dat hij in zijn ondergoed ontbeet, maar hij luisterde nooit. Alle buren stonden te kijken toen hij in zijn oude onderbroek het huis uit werd gereden.'

Ze gooit haar schoenen in de hoek naast de achterdeur. 'Ik weet dat alle mannen er ooit vantussen gaan, maar niet als je net een ei en patat voor ze hebt gebakken. Earl was altijd al verrekte weinig attent.'

Mevrouw Blake duwt zich omhoog en warmt de theepot voor. 'Je bent niet de eerste, weet je.'

'Hoe bedoelt u?'

'Gisteren kwam er een of andere gozer langs. Hij geloofde me ook niet toen ik zei dat Earl dood was. Hij zei dat Earl hem geld schuldig was. Het idee! Alsof hij van gene zijde nog steeds zou gokken.'

'Hoe zag die man eruit?'

'Hij had een tatoeage in zijn nek. Een kruis.'

Donavon is op zoek naar Blake.

'Ik haat tatoeages,' gaat ze verder. 'Earl had ze op zijn onderarmen. Voordat ik hem leerde kennen, had hij gevaren. Hij was overal geweest en had ze als souvenir overgehouden. Ik noemde het zijn huidaandoeningen.'

'Had hij er eentje hier?' vraag ik terwijl ik naar mijn borst wijs. 'Van een kruisiging?'

'Earl was nou niet wat je noemt religieus. Hij zei dat religie iets voor mensen was die in de hel geloofden.'

'Hebt u een foto van hem?'

'Ja, een paar. Hij was ooit een knappe vent.'

Ze neemt me mee naar de zitkamer, waar het wemelt van de meubels uit de jaren zeventig en verschoten kleden. Ze rommelt in een kast naast de gashaard en komt tevoorschijn met een fotoalbum.

Ze overhandigt me een kiekje. Earl heeft een jack met bontkraag en fluorescerende strepen aan. Hij lijkt totaal niet op de bestuurder van de taxi, hoewel ze ongeveer van dezelfde leeftijd zijn.

'Mevrouw Blake, komt er weleens post voor uw overleden man?'

'Jazeker, vooral troep. Banken sturen hem voortdurend formulieren voor creditcards. Wat moet híj nou met een creditcard?'

'Hebt u zijn rijbewijs laten opheffen?'

'Ik heb niet de moeite genomen. Ik heb zijn oude bestelbus verkocht. Daar heb ik die vijfdeurs voor gekocht. Ik ben nog getild ook als je het mij vraagt, die vuile Paki. Je maakt mij niet wijs dat dat ding er maar zesduizend kilometer op had zitten.'

Ze beseft wat ze net zei. 'Ik heb het niet over jou, schat.'

'Ik ben geen Pakistaanse.'

'Oké. Ik ken het verschil niet goed.'

Ze duikelt nog een foto op.

'Hebt u weleens huurders of gasten?'

'Nee.'

'Is er ooit bij u ingebroken?'

'Ja, een paar jaar terug.' Ze kijkt me argwanend aan.

Ik probeer haar uit te leggen dat iemand de identiteit van haar echtgenoot heeft ingepikt, wat minder ingewikkeld is dan het klinkt. Een bankafschrift en een gasrekening en je kunt al een kredietwaardigheidsverklaring opvragen, die je een sofi-nummer en een lijst met eerdere woonadressen oplevert. De rest komt dan vanzelf: geboortebewijzen, creditcards, een paspoort.

'Earl deed nooit iets kwaads,' zegt mevrouw Blake. 'Nooit echt veel goeds ook, trouwens.' Als ze staat wankelt ze even en zwaaien haar onderarmen van onder de korte mouwen van haar uniform heen en weer.

Ik wacht de kop thee niet af, wat haar teleurstelt. Als ik mezelf uitlaat, blijf ik heel even stilstaan op het stoepje en hou mijn gezicht in de motregen. Aan de overkant oefenen drie kinderen op een muur hun schrijfkunsten.

Verderop in de straat is een driehoekig parkje met banken en een speelplaatsje, omringd door een halve cirkel van platanen en een bruine beuk. Onder de onderste takken trekt iets mijn aandacht.

Als soldaten leren hoe ze zich in de jungle moeten schuilhouden, wordt hun verteld dat vier dingen hen kunnen verraden: beweging, vorm, schittering en silhouet. Beweging is nummer één. Dat is wat ik zie. Een gestalte staat op van een bank en loopt weg. Ik herken het loopje.

Vreemd hoe ik reageer. Jarenlang zwol er als ik me Donavons gezicht voorstelde een paniek op in de ruimte tussen mijn hart en longen. Nu ben ik niet bang voor hem. Ik ben op zoek naar antwoorden. Waarom is hij zo geïnteresseerd in Cate Beaumont?

Hij weet dat ik hem in de peiling heb. Zijn handen, uit zijn zakken, zwaaien heen en weer als hij het op een lopen zet. Als ik hem tot de andere kant van het parkje laat komen, raak ik hem in de zijstraten kwijt.

Eenmaal de hoek om versnel ik mijn pas over het pad, met aan beide kanten een traliehek en hoge struiken. Op de tegenoverliggende hoek staat een oud sorteerkantoor van de posterijen, met hoge, door geverfd steen omgeven ramen. Ik sla linksaf en volg de omheining. Voor me ligt de uitgang. Er verschijnt niemand. Hij zou er nu toch moeten zijn.

Ik sta stil bij het hek, mijn oren gespitst op voetstappen. Niets. Aan de andere kant van het park slaat een motorfiets aan. Hij is omgedraaid. Slim.

Ga maar. Ren maar, konijntje, ren. Ik weet waar je woont.

In mijn vestibule ruik ik bleekwater en een muffe stofzuigerlucht. Mijn moeder is komen schoonmaken. Dat is een van de tekenen dat mijn leven niet helemaal op orde is. Hoe vaak ik ook klaag dat ik geen schoonmaakster nodig heb, ze staat erop de bus te nemen vanaf het Isle of Dogs en 'een paar dingen aan kant te maken'.

'Ik ben de vriezer aan het ontdooien,' meldt ze vanuit de keuken.

'Dat hoeft niet, dat gaat automatisch.'

Ze maakt een pff-geluid. Haar blauw met groene sari heeft ze in haar panty-elastiek gestoken, wat haar een enorme derrière geeft. Het is gezichtsbedrog, net als haar ogen achter haar brillenglazen, die nat en bruin zijn als verse koemest.

Ze wacht op een kusje op haar wang. Ik moet me bukken. Ze is amper anderhalve meter hoog en peervormig, met uitstaande oren waarmee ze als een vleermuis hoort en een röntgenblik zoals alleen moeders die hebben. Ze heeft ook een wonderbaarlijk selectief reukvermogen dat op vijftien meter afstand de geur van parfum oppikt, maar haar tegelijkertijd wel in staat stelt om aan de onderbroeken van mijn vier broers te snuffelen om te zien of ze in de was moeten. Ik moet bijna kokhalzen bij de gedachte.

'Waarom zit er een hangslot op Hari's deur?'

'Privacy, wellicht?'

Vreemd. Hari doet zijn deur altijd zorgvuldig op slot.

Mama houdt mijn gezicht in haar handen. Ik heb wat dhal en rijst meegebracht.

Ze spreekt perfect school-Engels, zoals ze dat leerden in de oertijd toen zij naar school ging.

In de hoek staat een koffer. Even ben ik bang dat ze van plan is te blijven, maar één koffer zou daarvoor nooit genoeg zijn.

'Je vader was de zolder aan het opruimen,' legt ze uit.

'Waarom?'

'Omdat hij niets beters te doen heeft.' Ze klinkt geërgerd.

Mijn vader is na vijfendertig jaar als treinmachinist met pensioen gegaan en is er nog altijd niet aan gewend. Vorige week heeft hij mijn voorraadkast doorzocht en alles op uiterste verkoopdatum gerangschikt.

Mama opent de koffer. Keurig bovenop ligt mijn oude schooluniform van Oaklands. Ik voel een steek van herkenning en denk aan Cate. Ik zou het ziekenhuis moeten bellen om te vragen hoe het ervoor staat.

'Ik wilde niets weggooien zonder jouw toestemming,' legt ze uit. Ik zie sjaals, schriften, fotoalbums, dagboeken en hardlooptrofeeen. 'Ik wist niet dat jij verliefd was op meneer Elliot.'

'Wát, hebt u in mijn dagboek zitten lezen?'

Even overweeg ik moedermoord.

Ze verandert van onderwerp. 'Kom zondag vroeg, dan kun je helpen met koken. Zorg dat Hari iets leuks aantrekt. Zijn ivoorkleurige shirt.'

Mijn vader viert zijn vijfenzestigste verjaardag en het feest staat al maanden op stapel. Er zal ongetwijfeld minstens één begerenswaardige vrijgezel zijn. Mijn ouders willen dat ik een goede jonge sikh trouw, met baard uiteraard, niet een van die gladgeschoren Indiërs die denken dat ze een Bollywood-filmster zijn. Ze gaan eraan voorbij dat al mijn broers hun haar knippen, behalve Prakabar, de oudste, die de morele waarden van het gezin hooghoudt.

Ik weet dat alle ouders door hun kinderen excentriek worden gevonden, maar voor die van mij schaam je je helemaal. Mijn vader, bijvoorbeeld, is geobsedeerd door energiebesparing. Elk kwartaal bestudeert hij de elektriciteitsrekening en vergelijkt hem met die van de vorige kwartalen en jaren.

Mama kruist hele weken van tevoren weg op de kalender, zodat ze 'het niet vergeet'.

'Maar hoe weet je dan wat voor dag het is?' vroeg ik haar een keer.

'Iedereen weet wat voor dag het is,' was haar antwoord.

Tegen dat soort logica begin je niets.

'Tussen haakjes, je telefoon doet het weer,' meldt ze. 'Vanmiddag is er een aardige man langs geweest.'

'Daar heb ik niet om gevraagd.'

'Nou ja, hij kwam hem repareren.'

Er gaat een rilling over mijn huid alsof iemand een deur heeft laten openstaan. Ik bestook haar met vragen: hoe zag hij eruit? Wat had hij aan? Kon hij zich legitimeren? Mama kijkt eerst bezorgd en dan angstig.

'Hij had een klembord en een gereedschapskoffer bij zich.'

'Maar geen legitimatiebewijs.'

'Daar heb ik niet om gevraagd.'

'Hij had het je moeten laten zien. Heb je hem alleen gelaten?'

'Ik was aan het schoonmaken.'

Mijn ogen schieten van het ene voorwerp naar het andere en maken een inventaris op. Ik ga de trap op en doorzoek mijn kasten en laden. Al mijn sieraden zijn er nog. Mijn bankafschriften, paspoort en reservesleutels liggen nog in de la. Nauwgezet tel ik de pagina's van mijn chequeboek na.

'Misschien heeft Hari de storing gemeld,' zegt ze.

Ik bel hem op zijn mobiele telefoon. In de pub is het zo rumoerig dat hij me nauwelijks kan verstaan.

'Heb jij een probleem doorgegeven met de telefoon?'

'Wat zeg je?'

'Heb jij British Telecom gebeld?'

'Nee, moest dat dan?'

'Laat maar.'

Mijn moeder wiegt met haar hoofd en maakt bezorgde geluidjes. 'Moeten we de politie bellen?'

Die vraag was al bij me opgekomen. Wat zou ik moeten melden? Er was geen inbraak. Voorzover ik kan zien is er niets verdwenen. Het is ofwel de perfecte misdaad, ofwel helemaal geen misdaad.

'Maak je niet bezorgd, mama.'

'Maar die man…'

'Hij heeft alleen maar de telefoon gerepareerd.'

Ik wil niet dat ze zich zorgen maakt. Ze brengt hier al genoeg tijd door.

Mama kijkt op haar horloge. Als ze nu niet gaat is ze niet op tijd thuis voor het avondeten. Ik bied haar een lift aan en ze glimlacht. Het is de breedste, stralendste glimlach ooit geschapen. Geen wonder dat mensen doen wat ze zegt: ze willen haar glimlach zien.

Op mijn nachtkastje ligt een boek waar ik gisteravond in ben begonnen. De boekenlegger zit op de verkeerde plaats, twintig pagina's te ver. Misschien heb ik hem gedachteloos verplaatst. Paranoia is niet de werkelijkheid op een fijnere schaal; het is een dwaze reactie op onbeantwoorde vragen.

7

Op de allerlaatste dag dat ze nog zestien was trof Cate haar moeder bewusteloos aan op de keukenvloer. Ze had iets gehad wat een cerebrovasculair accident wordt genoemd en wat door Cate omschreven werd als 'een soort ontploffing in je hoofd'.

In het ziekenhuis kreeg Ruth Elliot nog twee attaques, waardoor ze aan de rechterkant verlamd raakte. Cate gaf zichzelf de schuld. Ze had thuis moeten zijn. In plaats daarvan waren we weggeglipt om de Beastie Boys te zien in de Brixton Academy. Cate had zich die avond laten zoenen door een jongen. Hij moet minstens vijfentwintig zijn geweest. Antiek.

'Misschien is dit een straf voor mijn liegen,' zei ze.

'Maar je moeder is degene die echt is gestraft,' merkte ik op.

Hierna begon Cate naar de kerk te gaan, althans voor een tijdje. Op een zondag ging ik mee en knielde ik met gesloten ogen neer.

'Wat ben je aan het doen?' fluisterde ze.

'Bidden voor je moeder.'

'Maar je bent niet anglicaans. Zal jouw god je geen overloper vinden?'

'Ik denk niet dat het uitmaakt welke god haar beter maakt.'

Mevrouw Elliot kwam thuis in een rolstoel, niet in staat goed te praten. In het begin kon ze maar één woord zeggen: 'wanneer', meer als constatering uitgesproken dan als vraag.

Wat je ook tegen haar zei, haar antwoord was hetzelfde.

'Hoe gaat het vandaag met u, mevrouw Elliot?'

'Wanneer, wanneer, wanneer.'

'Hebt u al gegeten?'

'Wanneer, wanneer, wanneer.'

'Cate en ik gaan huiswerk maken.'

'Wanneer, wanneer.'

Ik weet dat het afgrijselijk overkomt, maar we haalden er ook weleens geintjes mee uit.

'We hebben een biologieproefwerk, mevrouw E.'

'Wanneer, wanneer.'

'Aanstaande vrijdag.'

'Wanneer, wanneer, wanneer.'

'In de ochtend.'

Wanneer, wanneer.'

'Rond halftien.'

'Wanneer, wanneer.'

'Vierendertig over negen om precies te zijn, Greenwich Mean Time.'

Ze hadden een verpleegster die haar verzorgde. Een rijzige Jamaicaanse die Yvonne heette, met borsten als kussens, vlezige armen en gevlekte roze handen. Ze droeg altijd felle kleuren en mannenschoenen, en schreef haar slechte huid toe aan het Engelse weer. Yvonne was sterk genoeg om mevrouw Elliot in haar armen op te tillen en haar onder de douche en weer terug in haar rolstoel te zetten. En ze praatte voortdurend tegen haar, lange gesprekken die volstrekt plausibel klonken, totdat je echt goed luisterde.

Yvonnes grootste gave was echter dat ze het huis vulde met gelach en liedjes waarmee ze de zwaarte verdreef. Ze had zelf kinderen, Caspar en Bethany, die haar als staalwol hadden en een glimlach als een neonreclame. Van een echtgenoot is me niets bekend, die kwam nooit ter sprake, maar ik weet wel dat Yvonne elke zondag naar de kerk ging en de dinsdagen vrij had en de beste limoenkwarktaart ter wereld bakte.

In de weekenden bleef ik soms bij Cate slapen. We huurden een video en bleven laat op. Haar vader kwam nooit eerder dan na negenen thuis. Gebruind en onvermoeibaar, met een donkere stem en een eindeloze voorraad flauwe moppen. Ik vond hem onge-looflijk knap.

De tragedie van zijn vrouw bezorgde Barnaby veel sympathie, vooral als hij zich uitsloofde om te zorgen dat ze zich speciaal voelde. Met name vrouwen schenen zijn toewijding te bewonderen.

Ruth Elliot leek die bewondering echter niet te delen. Na maanden therapie herwon ze haar spraak, waarna ze Barnaby bij elke mogelijke gelegenheid aanviel en hem in het bijzijn van Yvonne, zijn kinderen en hun vriendjes kleineerde.

'Hoor je dat?' zei ze als de voordeur openging. 'Hij is thui-huis. Hij komt altijd thuis. Naar wie zal hij deze avond ruiken?'

'Kom nou, Ruth, alsjeblieft,' zei Barnaby dan, maar ze hield niet op.

'Hij ruikt naar zeep en shampoo. Hij ruikt altijd naar zeep en shampoo. Welke man doucht er nou voordat hij thuiskomt?'

'Je weet best waarom. Ik ben wezen tennissen op de club.'

'Hij wast zich voordat hij thuiskomt. Hij wast de geur weg.'

'Ruth, lieverd,' probeerde Barnaby, 'laten we het er boven over hebben.'

Dan weerde ze zijn handen af, om zich daarna over te geven als hij haar moeiteloos uit haar stoel tilde en haar de zestien treden op droeg. Dan hoorden we haar schreeuwen en daarna huilen. Hij legde haar als een kind in bed, om zich daarna in de keuken weer bij ons te voegen voor warme chocolademelk.

Toen ik Cate de eerste keer ontmoette, was Barnaby al veertig, maar hij zag er goed uit voor zijn leeftijd. En hij kon een hoop maken omdat hij zo'n enorm zelfvertrouwen had. Ik zag het hem talloze keren doen in restaurants, op open dagen van school en midden op straat. Hij kon de gekste dingen zeggen, vol dubbelzinnigheden en speelse kneepjes, waarna vrouwen alleen giechelden en slappe knieën kregen.

Hij noemde mij zijn 'Indiase Prinses' en 'Bollywood Beauty' en op een keer, toen hij ons mee uit paardrijden nam, voelde ik me zelfs duizelig toen hij zijn handen om mijn middel legde en me uit het zadel tilde.

Ik zou het nooit aan iemand hebben bekend, maar Cate raadde de waarheid. Ik bleef mezelf uitnodigen en excuses bedenken om met haar vader te kunnen praten. Ze wist zelfs niets van de keren dat ik op mijn fiets langs zijn kantoor reed en hoopte dat hij me zou zien en zwaaien. Twee keer reed ik tegen een opengeklapt autoportier op.

Cate vond mijn dweperij natuurlijk mateloos lachwekkend, waarmee ze ervoor zorgde dat ik later nooit meer heb toegegeven dat ik van een man hield.

Zie je nou wat voor dingen ik me herinner? Het komt allemaal terug: het goede, het slechte en het lelijke. Mijn hoofd doet er zeer van.

Dit is het moment dat ik heb gevreesd: Barnaby weer ontmoeten. Sinds het ongeluk heeft hij in Cates huis overnacht, zegt Jarrod. Hij is niet naar zijn werk geweest en heeft geen telefoontjes beantwoord.

De voordeur heeft panelen van glas in lood en een klopper in de vorm van een naakte torso, waarvan ik de heupen omvat. Er komt geen reactie. Ik probeer het nog eens.

Er wordt een slot opengedraaid. De deur gaat op een kier. Hij is ongeschoren en ongewassen, en wil me niet ontvangen. Zelfmedelijden vraagt zijn volledige aandacht.

'Alstublieft, laat me binnen.'

Hij aarzelt, maar de deur gaat open. Ik ga naar binnen, langs hem heen stappend alsof hij door een krachtveld wordt omgeven. Het is bedompt en benauwd in het huis. De ramen moeten nodig open, de planten moeten water hebben.

Ik volg hem naar de open keuken annex eetkamer, die uitkijkt op de tuin. De hand van Cate is overal zichtbaar, van de Franse boereneettafel tot aan de art deco-affiches aan de muren. Op de schoorsteenmantel staan foto's. Op een ervan, een trouwfoto, staat Cate in een twintigerjaren bakvissenjurk, afgezet met parelmoer.

Barnaby vlijt zich neer op een bank en slaat zijn benen over elkaar. Onder een opgekropen broekzoom is een kaal scheenbeen te zien. Mensen zeiden altijd dat hij leeftijdloos was en maakten grappen over dat hij net als Dorian Gray een portret op zolder had hangen. Het klopt niet. Zijn gelaatstrekken zijn te vrouwelijk om mooi oud te worden. In plaats van karaktervolle lijnen te krijgen is hij gerimpeld geraakt en op een dag, over tien jaar, zal hij als een oude man wakker worden.

Ik had nooit gedacht dat ik ooit weer met hem zou praten. Het valt me niet echt zwaar, alsof verdriet alles intiemer maakt.

'Ze zeggen dat een vader altijd degene is die dingen als laatste hoort,' zegt hij. 'Cate lachte me altijd uit. "Arme ouwe pa," zei ze. "Weet nooit ergens van."'

Verwarring verduistert zijn blik. Twijfel.

'Wist Felix het?'

'Ze sliepen niet samen.'

'Heeft hij dat verteld?'

'Cate liet hem niet aan haar zitten. Ze zei dat het slecht kon zijn voor de baby. Ze sliepen in aparte bedden, in aparte kamers.'

'Maar een man zou toch zeker…'

'Het huwelijk en seks zijn niet automatisch met elkaar verbonden,' zegt hij, omdat hij dat misschien zelf al te goed weet. Ik voel me ongemakkelijk. 'Cate zei Felix zelfs dat hij een prostituee mocht bezoeken als hij dat wilde. Dat ze dat niet erg zou vinden. Welke echtgenote zegt zoiets? Hij had door moeten hebben dat er iets fout zat.'

'Waarom kon ze niet zwanger worden?'

'Haar baarmoeder vernietigde zijn sperma. Ik weet de medische term er niet voor. Ze hebben het zeven jaar geprobeerd. IVF, medicijnen, injecties, kruidentherapieën; ze hebben boze geesten uit het huis gebannen en Chinese citroengrasolie in de tuin gesprenkeld. Cate was godverdomme een wandelend handboek onvruchtbaarheid. Daarom was het ook zo'n verrassing. Cate was in de wolken; ik heb haar nog nooit zo blij gezien. Ik weet nog dat ik naar Felix keek en dat hij zijn best deed om enthousiast te zijn, wat hij denk ik ook was, maar het was alsof hij met een vraag zat die maar niet weg wilde gaan.'

'Had hij twijfels?'

'Jarenlang stoot zijn vrouw zijn sperma af en ineens is ze zwanger. Iedere man zou zijn twijfels hebben.'

'Maar als dat zo is…'

'Hij wílde het geloven, begrijp je dat niet? Ze had iedereen beet.'

Hij staat op en gebaart me te volgen. Zijn slippers tikken zachtjes tegen zijn hielen terwijl hij de trap op loopt. De deur van de babykamer staat open. De kamer is opnieuw geschilderd en behangen. De meubels zijn nieuw. Een wieg, een commode, een gemakkelijke stoel met een Winnie de Poeh-kussen.

Hij opent een la en pakt er een map uit. Er zitten kassabonnen van het meubilair in en montagevoorschriften voor de wieg. Hij houdt een envelop op zijn kop en schudt hem voorzichtig. Twee vellen foto's, zwart-wit, vallen in zijn hand. Echo's.

Elke foto is maar een paar vierkante centimeter groot. De achtergrond is zwart, de beelden zelf wit. Een moment lang is het alsof ik door een viewmaster naar van die driedimensionale plaatjes kijk. Maar hier zie ik minuscule armpjes en beentjes. Een gezichtje, ogen, een neus.

'Ze zijn genomen met drieëntwintig weken.'

'Maar hoe?'

'Felix had erbij willen zijn, maar Cate had de datums verwisseld. Ze kwam thuis met de foto's.'

De rest van de map levert het bewijs van het bestaan van een ongeboren baby. Ik zie aanvraagformulieren van het ziekenhuis, afspraakbriefjes, medische rapporten, correspondentie en bonnen voor het babykamermeubilair. Een folder van het consultatiebureau legt uit hoe de geboorteaangifte in zijn werk gaat. Een tweede beschrijft de voordelen van foliumzuur tijdens de eerste maanden.

In de la liggen nog meer documenten, waaronder een in een hoek weggestopt bundeltje privé-correspondentie, bankafschriften, een paspoort en polissen van de ziektekostenverzekering. Een aparte map bevat details van haar IVF-behandeling. Sohan Banerjee, een in fertiliteit gespecialiseerde gynaecoloog in Wimbledon, wordt een aantal keren genoemd.

'Waar was ze van plan te bevallen?'

'In het ziekenhuis van Chelsea en Westminster.'

Ik bekijk een brochure over zwangerschapscursussen. 'Wat ik niet begrijp is hoe ze dacht dat het zou eindigen. Wat zou Cate vier weken later doen?'

Barnaby haalt zijn schouders op. 'Ontmaskerd worden als leugenaarster.'

'Nee, denk eens na. Die prothese was bijna een kunstwerk. Ze moet hem in de loop van die maanden twee of drie keer hebben aangepast. Daarnaast moest ze doktersbrieven en afspraken vervalsen. Hoe kwam ze aan echo's? Al die moeite die ze heeft gedaan. Ze moet een plan hebben gehad.'

'Zoals?'

'Misschien had ze een draagmoeder geregeld, of een privé-adoptie.'

'Waarom dan die geheimhouding?'

'Misschien kon ze het niemand vertellen. Commercieel draagmoederschap is verboden. Vrouwen mogen geen geld aannemen om een kind te baren. Ik weet dat het vergezocht klinkt, maar is dat niet het uitzoeken waard?'

Hij maakt een spottend en afwerend gebaar. 'Dus over een maand zou mijn dochter zich even uit de voeten maken, de vulling dumpen en terugkomen met een baby, op maat gemaakt, besteld bij de babyfabriek. Misschien heeft IKEA ze inmiddels wel.'

'Ik probeer te bedenken waarom.'

'Ik weet wel waarom. Ze was geobsedeerd. Wanhopig.'

'Wanhopig genoeg om dat te verklaren?' vraag ik terwijl ik naar de echo's wijs.

Hij reikt omlaag, opent de tweede la en pakt er een andere map uit. Deze bevat rechtbankverslagen, aanklachtformulieren en een vonnis.

'Achttien maanden geleden werd Cate betrapt toen ze bij een winkel babykleertjes stal. Bij de rechtbank waren ze heel vriendelijk. Ze gaven haar een voorwaardelijke straf.

Ze had zo'n zes maanden therapie, die leek te helpen. Ze was weer haar oude zelf. Er waren natuurlijk plekken die ze diende te mijden, zoals parken en speelplaatsen, scholen. Maar ze kon er niet mee ophouden zichzelf te kwellen. Ze gluurde in kinderwagens en knoopte gesprekken aan met moeders. Ze werd kwaad als ze vrouwen met grote gezinnen zag die opnieuw in verwachting waren. Het was oneerlijk, zei ze. Ze waren inhalig.

Felix en zij onderzochten of ze een kind konden adopteren. Ze gingen op gesprek en werden gescreend door maatschappelijk werkers. Helaas achtervolgde de veroordeling voor winkeldiefstal haar. De adoptiecommissie verklaarde haar geestelijk labiel. Dat was de druppel. Ze raakte de draad volledig kwijt. Felix vond haar zittend op de vloer van de babykamer, een teddybeer omklemmend. "Kijk nou eens wat een prachtig jongetje." Ze werd naar het ziekenhuis vervoerd en bracht twee weken door op een psychiatrische afdeling. Ze kreeg antidepressiva.'

'Dat wist ik allemaal niet.'

Hij haalt zijn schouders op. 'Dus, Alisha, bega niet de fout dat je mijn dochter rationele gedachten toeschrijft. Cate had geen plan. Wanhoop is de moeder van slechte ideeën.'

Alles wat hij zegt klinkt me logisch in de oren, en toch kan ik het beeld van Cate op de reünie niet uit mijn gedachten zetten, zoals ze me smeekte haar te helpen. Ze zei dat ze haar baby wilden afpakken. Over wie had ze het?

Er is niets zo ontwapenend als een hartgrondige smeekbede. Barnaby's aangeboren voorzichtigheid wankelt.

'Wat wil je hebben?'

'Ik heb lijsten van telefoongesprekken nodig, creditcardafschriften, strookjes van cheques en agenda's. Zijn er grote geldbedragen opgenomen van Cates of Felix' bankrekeningen? Zijn ze ergens heen gereisd of hebben ze nieuwe mensen ontmoet? Deed ze geheimzinnig over geld of afspraken? Ik moet ook haar computer inzien. Misschien kunnen e-mails me iets vertellen.'

Niet in staat het woord 'nee' over zijn lippen te krijgen probeert hij een slag om de arm te houden. Hij denkt aan iets.

'En als je nou op iets stuit wat dit gezin te schande maakt?'

Zijn zielige gedoe maakt me woest. Wat Cate ook gedaan mag hebben, ze heeft hem nu nodig.

De deurbel gaat. Hij draait zich verbaasd om. Ik volg hem de trap af en wacht in de vestibule terwijl hij de voordeur opendoet.

Van diep uit haar keel laat Yvonne een snik horen; ze slaat haar armen om hem heen en plet zijn hoofd tegen haar borst.

'Wat erg. Wat erg,' huilt ze. Haar ogen openen zich. 'Alisha?'

'Hallo, Yvonne.'

Ze duwt Barnaby opzij en smoort me in haar decolleté. Ik herinner me het gevoel. Het is alsof je in een donzige handdoek gewikkeld zit, zo uit de droger. Ze pakt me bij mijn onderarmen en houdt me van zich af. 'Kijk nou toch eens! Je bent helemaal volwassen.'

'Ja.'

'Je hebt je haar afgeknipt.'

'Eeuwen geleden.'

Yvonne is niet veranderd. Misschien een tikje dikker, en misschien is haar pokdalige gezicht wat vleziger. Op haar kuiten tekenen zich overbelaste aderen af en ze draagt nog altijd mannenschoenen.

Ook nadat Ruth Elliot haar spraak terug had gekregen bleef Yvonne bij het gezin komen; ze maakte eten klaar, waste kleren en streek Barnaby's overhemden. Ze was als een ouderwetse bediende, die samen met hen oud werd.

En nu wil ze dat ik blijf, maar ik zeg dat ik moet gaan. Bij de auto gekomen voel ik Barnaby's stoppelbaard nog op mijn wangen op de plek waar hij me gedag kuste. Terwijl ik achteromkijk naar het huis, herinner ik me een andere tragedie, een ander afscheid. Stemmen uit het verleden verdringen elkaar en versmelten. Het verdriet is verstikkend.

8

Het adres dat Donavon de politie gaf is in Hackney, niet ver van London Fields. Het vervallen huis, dat iets naar achteren ligt ten opzichte van de straat, heeft een voortuin van aangestampte aarde en gebarsten beton. Er staat een door de zon gebleekte Escort-bestelbus in geparkeerd, naast een motorfiets.

Een jonge vrouw doet open. Ze is rond de vijfentwintig, met een kort rokje, een vorderende zwangerschap en acnesporen op haar wangen. Tussen haar tenen zitten watten en ze staat plat op haar hakken met haar voorvoeten omhoog.

'Ik ben op zoek naar Donavon.'

'Hier woont niemand die zo heet.'

'Dat is jammer. Ik ben hem geld schuldig.'

'Ik kan het hem wel geven.'

'Je zei net dat hij hier niet woonde.'

'Ik bedoelde dat hij er op dit moment niet is,' zegt ze afgemeten. 'Later misschien wel.'

'Ik geef het hem liever persoonlijk.'

Hier denkt ze heel even over na, nog altijd op haar hakken balancerend. 'Ben je van de gemeente?'

'Nee.'

'Sociale dienst?'

'Nee.'

Ze verdwijnt en in plaats van haar verschijnt Donavon.

'Nee maar, als dat yindoo niet is.'

'Hou daar nou eens mee op, Donavon.'

Hij gaat met zijn tong langs een hoekje uit zijn voortand en laat zijn blik van top tot teen over me heen glijden. Ik ril.

'Heeft jouw moeder je nooit geleerd dat staren onbeleefd is?'

'Mijn moeder heeft me geleerd op te passen voor vreemden die leugens vertellen over dat ze me geld schuldig zijn.'

'Kan ik binnenkomen?'

'Hangt ervan af.'

'Van wat?'

'Ik zou zweren dat ik een Thais meisje had besteld, maar met jou gaat het denk ik ook wel.'

Hij is niks veranderd. Het zwangere meisje staat achter hem. 'Dit is mijn zus, Carla,' zegt hij.

Ze knikt nors.

'Leuk je te ontmoeten, Carla. Ik zat met je broer op school. Heb jij op Oaklands gezeten?'

Donavon antwoordt voor haar. 'Ik heb het daar geloof ik een beetje verpest.'

'Waarom rende je gisteren weg?'

Hij haalt zijn schouders op. 'Je hebt de verkeerde voor je.'

'Ik weet dat jij het was.'

Hij steekt zijn handen op in spottende overgave. 'Gaat u me arresteren, agent? Ik hoop dat u de handboeien bij u hebt. Dat is altijd leuk.'

Ik volg hem door de hal, langs een kapstok en een bonte verzameling schoenen. Aan de keukentafel gaat Carla verder met het lakken van haar teennagels. Ze is lenig, maar ook kippig en trekt haar voet bijna tegen haar neus terwijl ze de lak met een dun kwastje aanbrengt en haar slipje te zien is.

Onder de tafel bonkt een hond een paar keer met zijn staart, maar hij blijft liggen.

'Wil je iets drinken?'

'Nee, dank je.'

'Ik wel. Hé, Carla, haal verderop even een paar blikjes.'

Haar bovenlip krult op als ze het briefje van twintig pond uit zijn vuist grist.

'En dit keer wil ik mijn wisselgeld terug.'

Donavon geeft een rukje aan de stoel. 'Wil je zitten?'

Ik wacht eerst totdat hij zit. Met hem boven me voel ik me niet op mijn gemak. 'Is dit jouw huis?' vraag ik.

'Van mijn ouders. Mijn pa is dood. Ma woont in Spanje.'

'Je bent bij het leger gegaan.'

'Ja, bij de para's.' Zijn vingers trillen tegen de tafelrand.

'Waarom ben je eruit gestapt?'

Hij wijst naar zijn been. 'Afgekeurd. Ik had mijn been op twaalf plaatsen gebroken. We deden een oefensprong boven Andover. Een van de nieuwelingen draaide zijn parachute rond de mijne en we kwamen aan één scherm omlaag. Te snel. Daarna wilden ze me niet meer laten springen. Ze zeiden dat ik een uitkering zou krijgen, maar de regering heeft de regels gewijzigd. Ik moet werken.'

Ik laat mijn blik door de keuken gaan, die eruitziet als een werkplaats, met dozen met repen leer, kristallen, veren en beschilderde stenen kralen. Op tafel zie ik een rol ijzerdraad en tangetjes.

'Wat maak je?'

'Ik verkoop spullen op markten. Snuisterijen en andere prul-
letjes. Het brengt niet veel op, weet je…'

Hij maakt zijn zin niet af. Hij praat nog wat over de para's, met
hoorbaar heimwee naar het soldatenbestaan, totdat Carla terugkomt met een sixpack bier en een pak chocoladekoekjes. Ze trekt
zich met de koekjes terug op de trap en gaat zitten eten en mee-
luisteren. Door een opening in de balustrade zie ik haar gelakte
tenen.

Donavon trekt een blikje open en neemt luidruchtig een slok.
Hij veegt zijn mond af.

'Hoe gaat het met haar?'

'Mogelijk blijvende hersenbeschadiging.'

Zijn gezicht verstrakt. 'En de baby?'

'Ze was niet in verwachting.'

'Wat?'

'Ze deed alsof.'

'Hoe bedoel je, ze deed alsof? Waarom zou ze…? Dat wil er bij
mij niet in.'

De fantoomzwangerschap lijkt voor hem moeilijker te accepteren dan Cates gezondheidstoestand.

'Waarom ben jij zo geïnteresseerd in Earl Blake?'

'Om dezelfde reden als jij.'

'Ja, dag. Wat kan hem jou schelen?'

'Je zou het niet begrijpen.'

'Probeer het maar.'

'Lik me reet!'

'Dat mocht je willen.'

'Die klootzak had best kunnen stoppen,' zegt hij ineens met een
woede die aan gewelddadigheid grenst.

'Heb jij gezien dat de auto versnelde? Zwenkte hij hun kant op?'

Hij schudt zijn hoofd.

'Waarom weet je het dan zo zeker?'

'Hij stond te liegen.'

'Is dat het?'

Hij trekt een schouder op alsof hij ermee aan zijn oor wil krab-
ben. 'Vergeet het maar. Oké?'

'Nee, ik wil het weten. Je zei dat de bestuurder loog. Waarom?'

Hij wordt rustiger. 'Dat weet ik gewoon. Hij loog. Hij is op ze in gereden.'

'Hoe kun je dat zo zeker weten?'

Hij draait zich af en mompelt: 'Soms heb ik dat gewoon.'

Mijn moeder zei me altijd dat mensen met groene ogen familie zijn van elfjes, net als de Ieren, en dat als ik ooit iemand tegenkwam met één groen oog en één bruin oog, die persoon was overgenomen door een elfje, maar niet op een enge manier. Donavon is heel eng. De botten van zijn schouders gaan heen en weer onder zijn shirt.

'Ik ben het nodige aan de weet gekomen over Blake,' zegt hij, rustiger nu. 'Hij heeft zich een week geleden bij het taxibedrijf aangemeld en werkte alleen overdag. Aan het eind van elke dienst overhandigde hij tachtig pond voor de huur, maar de gemaakte kilometers kwamen niet overeen met wat hij binnenkreeg. Hij kan niet meer dan een paar kilometer hebben gereden. Tegen een andere chauffeur zei hij dat hij vaste klanten had die wilden dat hij altijd klaarstond. Een van hen was een filmproducent, maar je denkt toch zeker niet dat een hotshot van een filmproducer in een afgetrapte Vauxhall Cavalier door Londen wil rijden?'

Hij gaat rechtop zitten, helemaal in zijn verhaal nu. 'Dus vroeg ik mezelf af: waarom heeft iemand die nergens naartoe gaat de hele dag een auto nodig? Misschien bespiedt hij iemand of wacht hij die op.'

'Dat is een forse denkstap.'

'Ja, maar ik zag hoe Cate naar hem keek. Ze herkende hem.'

Hij had het dus ook gezien.

Hij schopt zijn stoel achteruit, staat op en trekt een keukenla open.

'Dit vond ik. Cate moet het hebben laten vallen.'

Hij overhandigt me een verfrommelde envelop. Mijn naam staat op de voorkant. De krullen en halen van het handschrift zijn die van Cate. Ik trek de flap open en haal een foto tevoorschijn. Een tienermeisje staart afwezig in de camera. Ze heeft dunne ledematen en rafelig, donker haar dat in de wind omhoogstaat. Haar brede lippen krullen omlaag bij de mondhoeken, wat haar eerder melancholiek dan somber maakt. Ze draagt een spijkerbroek, sandalen en een katoenen shirt. Haar handen hangen langs haar lichaam, de palm naar voren, met een wit bandje om haar pols.

Ik draai de foto om. Er staat een naam op de achterkant: Samira.

'Wie is dit?' vraagt Donavon.

'Weet ik niet.'

'En dat nummer?'

In de rechterbenedenhoek staan tien cijfers. Misschien een telefoonnummer.

Terwijl tientallen vragen elkaar verdringen bestudeer ik het plaatje nog eens. Cate simuleerde haar zwangerschap. Heeft dit meisje er iets mee te maken? Ze lijkt te jong om moeder te zijn.

Ik haal mijn mobiele telefoon tevoorschijn en toets het nummer in. Een mechanische stem meldt dat het niet beschikbaar is. Het kengetal komt binnen het Verenigd Koninkrijk niet voor. Misschien is het internationaal.

Donavon lijkt zijn vechthouding te hebben laten varen. Misschien maakt alcohol hem milder.

'Wat ga je doen?' vraagt hij.

'Dat weet ik nog niet.'

Ik sta op en loop naar de deur. Hij roept me na: 'Ik wil helpen.'

'Waarom?'

Hij wil het me nog steeds niet zeggen.

Carla houdt me staande voordat ik bij de deur ben.

'Hij dreigt de draad kwijt te raken,' fluistert ze. 'Hij had alles op een rij, maar in Afghanistan, of waar ze hem ook heen hebben gestuurd, is er iets gebeurd. Hij is niet meer de oude. Hij slaapt niet. Hij maakt zich druk om dingen. Ik hoor hem 's nachts rondlopen.'

'Denk je dat hij hulp nodig heeft?'

'Er moet iets gebeuren.'

9

Het kantoor van hoofdcommissaris-districtschef Lachlan North is op de elfde verdieping van New Scotland Yard, met uitzicht over Victoria Street en Westminster Abbey. Hij staat bij het raam naast een telescoop en tuurt door het oculair naar het verkeer beneden.

'Als die sukkel daar denkt te kunnen keren…'

Hij pakt een portofoon op en geeft een zendcode door aan de verkeerspolitie.

Een vermoeide stem antwoordt. 'Ja, meneer.'

'Er is hier in Victoria Street zojuist een idioot gedraaid. Hebben jullie dat gezien?'

'Ja, meneer, we zitten erachteraan.'

Al pratend kijkt de hoofdcommissaris nog steeds door de telescoop. 'Ik kan zijn nummerplaat lezen.'

'Alles is geregeld, meneer.'

'Goed werk. Over en sluiten.'

De hoofdcommissaris stapt weg van het raam en gaat zitten. 'Er rijden heel wat gevaarlijke mafkezen rond op onze wegen, agent Barba.'

'Ja, meneer.'

'Volgens mij zijn de gekken gevaarlijker dan de criminelen.'

'Ze zijn in elk geval talrijker, meneer.'

'Ja, absoluut.'

Hij buigt zich naar een la en pakt een donkergroene map. Terwijl hij door de inhoud rommelt, schraapt hij zijn keel en glimlacht in een poging warmer en aaibaarder over te komen. Ik voel een knagende twijfel zich in mijn borst vasthaken.

'De resultaten van je medisch onderzoek zijn geëvalueerd, agent Barba, en ook de psychologische beoordeling. Ik moet zeggen dat je herstel na je ongeval opmerkelijk is. Je verzoek om terugkeer naar de actieve dienst bij de Diplomatieke Beschermingseenheid is ons evenmin ontgaan. Moedig is het woord dat daarbij opkomt.' Hij trekt aan zijn manchetten. Nu komt het. 'Maar gegeven de omstandigheden, en na grondige bestudering van de zaak, is

besloten je een andere functie te geven. Aarzeling om een vuurwapen te gebruiken valt niet uit te sluiten, zie je, wat niet echt handig is als je diplomaten en buitenlandse staatshoofden beschermt.
Het kan tot gênante situaties leiden.'

'Ik heb geen vuurwapenvrees, meneer. Er is nooit op mij ge-
schoten.'

Hij heft zijn hand. 'Toch hebben wij een verantwoordelijkheid
jegens onze buitenlandse gasten, en hoewel ik alle vertrouwen in
je heb, is het onmogelijk vast te stellen hoe bekwaam jij nog bent
als het menens wordt en Abdul de Terrorist de Israëlische ambas-
sadeur onder vuur neemt.' Hij tikt een paar keer op het dossier
om zijn stelling kracht bij te zetten.

'Het belangrijkste onderdeel van mijn werk is met mensen en
prioriteiten schuiven. Een ondankbare taak, maar ik vraag niet
om medailles of lofprijzingen. Ik ben niet meer dan een nederige
publieksdienaar.' Zijn borst zwelt. 'We willen je niet kwijt, agent
Barba. We hebben meer mensen zoals jij nodig, en daarom ben ik
blij je een positie te kunnen aanbieden als wervingsfunctionaris.
We moeten meer jonge vrouwen zien te trekken, met name uit
minderheidsgroeperingen. Jij kunt daarin een rolmodel zijn.'

Er hangt een waas voor mijn ogen. Hij staat op, loopt weer naar
het raam, buigt zich voorover en tuurt weer door zijn telescoop.

'Ongelooflijke eikel!' roept hij hoofdschuddend.

Hij komt weer naar me toe en gaat half op het bureau zitten.
Achter zijn hoofd hangt een sepia foto, een beroemde opname
van de Bow Street Runners, Londens eerste politiekorps.

'Van jou worden grootse dingen verwacht, agent Barba.'

'Met alle respect, meneer, ik ben niet bang voor vuurwapens. Ik
ben fitter dan ooit. Ik loop in vierenhalve minuut een mijl. Ik ben
een betere schutter dan wie dan ook in de DBE. Mijn defensieve
rijvaardigheid bij hoge snelheid is uitmuntend. Ik ben dezelfde
agent als daarvoor…'

'Ja ja, je bent ongetwijfeld zeer capabel, maar de beslissing is
genomen. Ik kan niets meer doen. Je meldt je maandagochtend
bij het Politiewervingscentrum in Hendon.'

Hij opent de deur van zijn kantoor en wacht tot ik ga. 'Je bent nog steeds een belangrijk teamlid, Alisha. We zijn blij dat je er weer bent.'

Ik weet niets meer te zeggen. Ik weet dat ik in discussie zou moeten gaan of met mijn vuist op tafel slaan en herziening eisen. In plaats daarvan loop ik gedwee de deur uit, die achter me dichtvalt.

Buiten loop ik over Victoria Street. Ik vraag me af of de hoofdcommissaris me nakijkt. Ik heb de neiging omhoog te kijken en hem mijn middelvinger te laten zien.

Dat doe ik natuurlijk niet. Te beleefd, begrijp je. Dat is mijn probleem: ik intimideer niet. Ik koeioneer niet. Ik gebruik geen afgezaagde sporttermen, sla niet op schouders en heb niets tussen mijn benen bungelen. Helaas kan ik ook niet echt terugvallen op bij uitstek vrouwelijke wapens zoals een dodelijk decolleté of billen als J-Lo. De enige kwaliteiten die ik op tafel kan leggen zijn mijn sekse en mijn etnische geloofwaardigheid. Meer vraagt de Metropolitan Police niet van me.

Ik ben negenentwintig jaar oud en denk nog steeds dat ik iets bijzonders van mijn leven kan maken. Ik ben anders, uniek, onvergelijkbaar. Ik heb niet Cates stralende schoonheid of peilloze droefheid, haar welluidende lach of haar vermogen elke man het gevoel te geven dat hij een krijger is. Wat ik heb zijn wijsheid, vastberadenheid en ruggengraat.

Op mijn zestiende wilde ik olympisch goud winnen. Nu wil ik het verschil maken. Misschien wordt verliefd worden wel mijn opmerkelijke wapenfeit. Ga ik het hart van een ander menselijk wezen verkennen. Dat is toch zeker een voldoende grote uitdaging. Dat vond Cate tenminste altijd.

Als ik moet nadenken, ga ik hardlopen. Als ik wil vergeten, loop ik hard. Ik kan er mijn gedachten volledig mee verzetten of ze juist richten, als een vergrootglas dat de wereld buiten de lens doet krimpen. Als ik hardloop zoals ik weet dat ik het kan, speelt alles zich af in de lucht, de zuivere lucht, zwevend boven de grond; ik verhef mezelf zoals grote hardlopers zich dat in hun dromen voorstellen.

De artsen zeiden dat ik misschien nooit meer zou kunnen lopen. Ik heb hun voorspellingen weerlegd. Dat is een prettige gedachte. Ik hou niet van voorspelbaarheid. Ik wil niet doen wat mensen verwachten.

Ik begon met babypasjes. Eerst kruipen, dan lopen, zei Simon, mijn fysiotherapeut. Eerst lopen, dan rennen. Hij en ik lagen voortdurend overhoop. Hij prikkelde me, ik vervloekte hem. Hij draaide aan mijn lichaam, ik dreigde zijn arm te breken. Hij noemde me een huilebalk, ik hem een beul.

'Op je tenen, strekken.'

'Ik doe mijn best.'

'Hou mijn arm vast. Ogen dicht. Voel je het strekken in je kuit?'

'Ik voel het in mijn oogbol.'

Na maanden in tractie en nog langer in een rolstoel had ik er moeite mee te bepalen waar mijn benen ophielden en de grond begon. Ik botste tegen muren en struikelde over de stoep. Elke trap was een nieuwe Mount Everest. Mijn woonkamer was een hindernisbaan.

Ik legde mezelf kleine uitdagingen op, dwong mezelf elke morgen de straat op. Vijf minuten werden er tien, twintig. Na elke operatie hetzelfde liedje. Ik sleepte mezelf door de winter, de lente en een lange hete zomer, waarin de lucht verstopt zat met uitlaatgassen en elke baksteen en elke tegel warmte afgaf.

Ik heb iedere uithoek van het East End verkend, een wijk als een grote oorverdovende fabriek met een miljoen bewegende onderdelen. Ik heb op andere plekken in Londen gewoond en daar nooit oogcontact gemaakt met mijn buren. Nu heb ik meneer Mordacai naast me wonen, die mijn postzegelgrote grasperkje maait, terwijl mevrouw Goldie van de overkant mijn stomerijgoed ophaalt.

Het leven in het East End is van een schetterende, kibbelende gedrevenheid. Iedereen is op voordeel uit – marchanderend, klagend, gebarend en zich op het voorhoofd slaand. Dit zijn de 'mensen van de afgrond', zoals Jack London schreef. Dat was een eeuw geleden. Er is veel veranderd. De rest blijft hetzelfde.

Ik ren bijna een uur door, langs de Theems voorbij Westminster, Vauxhall en de oude elektriciteitscentrale van Battersea. Ik zie waar ik ben: de achterafstraten van Fulham. Mijn vroegere baas woont vlakbij, op Rainville Road: inspecteur Vincent Ruiz, gepensioneerd rechercheur. We bellen elkaar zo'n beetje elke dag. Hij stelt dan dezelfde twee vragen: gaat het goed, heb je iets nodig? Mijn antwoord is steevast: ja, het gaat goed en nee, ik heb niets nodig.

Zelfs van een afstand herken ik hem. Hij zit op een klapstoel bij de rivier, met in één hand een hengel en een boek op schoot.

'Wat ben je aan het doen, meneer?'

'Ik zit te vissen.'

'Niet echt veel kans om iets te vangen.'

'Nee.'

'Waarom dan toch die moeite?'

Hij zucht en zet zijn 'sprinkhaan-wat-heb-jij-nog-veel-te-leren'-gezicht op.

'Vissen gaat niet altijd over vangen, Alisha. Het gaat zelfs niet om de verwachting iets te vangen. Het gaat om uithoudingsvermogen, geduld en het allerbelangrijkste…' hij houdt een blikje omhoog '…om bier drinken.'

Meneer is aangekomen sinds zijn pensionering, te veel gebakjes bij de koffie en het kruiswoordraadsel in de *Times*, en zijn haar is langer. Het is vreemd te bedenken dat hij geen rechercheur meer is, maar gewoon burgerman.

Hij haalt zijn lijn binnen en klapt zijn stoel op.

'Je ziet eruit alsof je net een marathon hebt gelopen.'

'Niet helemaal.'

Ik help hem zijn spullen naar de overkant te dragen. We gaan zijn ruime huis in, met glas-in-loodramen boven lege plantenbakken. Hij vult de ketel en pakt een stapel getikte vellen papier van de keukentafel.

'Waar heb je je zoal mee beziggehouden, meneer?'

'Ik wou dat je dat "meneer" wegliet.'

'Wat moet ik dan zeggen?'

'Vincent.'

'Wat dacht je van IR?'

'Ik ben geen inspecteur-rechercheur meer.'

'Als bijnaam dan.'

Hij haalt zijn schouders op. 'Je koelt af. Ik haal een sweater.'

Ik hoor hem boven rommelen. Hij komt terug met een vest dat naar lavendel en mottenballen ruikt. 'Van mijn moeder,' zegt hij verontschuldigend.

Ik heb mevrouw Ruiz precies één keer ontmoet. Ze was als iemand uit een Europees sprookje: een oude vrouw met ontbrekende tanden, een sjaal, ringen en grote sieraden.

'Hoe gaat het met haar?'

'Zo gek als een deur. Ze beschuldigt de medewerkers van het tehuis er voortdurend van dat ze haar klisma's geven. Je zult er maar werken. Je kunt niet anders dan medelijden hebben met die arme kerel die haar verzorgt.'

Ruiz lacht hard, wat aangenaam klinkt. Normaal gesproken is hij buitengewoon zwijgzaam, met een permanente frons en een lage dunk van het menselijk ras, maar dat heeft me nooit afgeschrikt. Ik weet dat er onder zijn norse buitenkant géén hart van goud schuilgaat. Het zijne is van kostbaarder materiaal.

In een hoek zie ik een ouderwetse schrijfmachine staan.

'Ben je aan het schrijven, IR?'

'Nee.' Het komt iets te abrupt.

'Je bent een boek aan het schrijven.'

'Doe niet zo gek.'

Ik probeer niet te glimlachen, maar weet dat mijn lippen zich krullen. Nu wordt hij boos. Hij haat het als mensen om hem lachen. Hij pakt het manuscript en probeert het in een oude aktetas te proppen. Daarna gaat hij weer aan tafel zitten, zijn handen om zijn kop thee.

Ik laat een passende stilte vallen. 'Waar gaat het over?'

'Wat?'

'Het boek.'

'Het wordt geen boek. Gewoon wat aantekeningen.'

'Een soort dagboek.'

'Nee. Een soort aantekeningen.' Klaar.

Sinds mijn ontbijt heb ik niets meer gegeten. Ruiz biedt aan iets klaar te maken. Pasta putanesca. Volmaakt, verfijnder dan ik kan beschrijven en beter dan alles wat ik zelf had kunnen maken. Hij legt wat krullen Parmezaanse kaas op sneetjes zuurdesembrood en roostert ze onder de gril.

'Dit is erg lekker, IR.'

'Je klinkt verbaasd.'

'Ik ben ook verbaasd.'

'Niet alle mannen zijn hopeloos in de keuken.'

'En niet alle vrouwen zijn godinnen in het huishouden.' Ik spreek mijn plaatselijke Indiër vaker dan mijn moeder. Ze noemen het wel het tandoori-dieet.

Ruiz was erbij toen mijn ruggengraat werd verbrijzeld. We hebben het nooit echt gehad over wat er gebeurd is. Een soort onuitgesproken pact. Ik weet dat hij zich verantwoordelijk voelt, maar het was niet zijn schuld. Hij had me niet gedwongen mee te gaan en hij kan er ook niet voor zorgen dat de Metropolitan Police me mijn baan teruggeeft.

De afwas is gedaan en weggeruimd.

'Ik ga je een verhaal vertellen,' zeg ik. 'Het soort verhaal waar je gek op bent, omdat er een raadsel in verborgen zit. Ik wil niet dat je me onderbreekt en ik zeg niet of het waar is of verzonnen. Gewoon zitten. Ik moet alle details op een rijtje zetten om te kunnen horen hoe het klinkt. Als ik klaar ben, stel ik een vraag waar je ja of nee op mag zeggen. Daarna mag je me één vraag stellen.'

'Eentje maar?'

'Ja. Ik wil niet dat je mijn logica aan flarden scheurt of gaten prikt in mijn verhaal. Nog niet. Misschien morgen. Oké?'

Hij knikt.

Zorgvuldig geef ik hem alle details en vertel ik over Cate, Donavon en Earl Blake. Net als bij een knoop in een vislijn zou het verhaal verder in de war raken als ik er te hard aan sjorde en zouden feiten en veronderstellingen nog moeilijker uit elkaar te houden zijn.

'Wat nou als Cate een draagmoeder heeft geregeld en er iets is misgegaan? Er zou ergens een baby kunnen zijn, Cates baby.'

'Commercieel draagmoederschap is verboden,' zegt hij.

'Maar het gebeurt nog steeds. Vrouwen die het vrijwillig doen. Ze krijgen hun onkosten vergoed, wat is toegestaan, maar mogen niet aan de geboorte verdienen.'

'Vaak zijn ze op een of andere manier familie, een zus of een nicht.'

Ik laat hem de foto van Samira zien. Hij neemt de tijd om haar gezicht te bestuderen, alsof ze hem iets zou kunnen vertellen. Als hij de foto omdraait ziet hij de cijfers.

'De eerste vier cijfers kunnen het kengetal van een mobiel nummer zijn, maar niet van hier,' zegt hij. 'Je moet het precieze landnummer weten om het te kunnen bellen.'

Ik ben opnieuw verbaasd.

'Ik ben niet achterlijk,' protesteert hij.

'Maar je tikt je dágboek nog met een inktlint.'

Hij kijkt even naar de oude schrijfmachine. 'Nou ja, eh, ik ben eraan gehecht.'

De wolken wijken lang genoeg uiteen om ons een zonsondergang te tonen. De laatste gouden stralen strijken over de rivier. Nog even en ze zijn verdwenen en rest alleen nog een gure, vochtige kou.

'Ik mocht een vraag stellen,' zegt hij.

'Eentje.'

'Wil je een lift naar huis?'

'Is dat het?'

'Ik dacht: als we nou langs Oaklands gaan, dan kun jij me de plek laten zien waar het gebeurde.'

De inspecteur heeft een oude Mercedes met leren banken en een losse vering. Hij zuipt waarschijnlijk benzine en geeft hem het aanzien van een volkse bowlingspeler, maar Ruiz heeft zich nooit druk gemaakt over het milieu of wat mensen van hem denken.

Het voelt vreemd aan om op de passagiersstoel te zitten in plaats van achter het stuur. Jarenlang is het andersom geweest. Ik weet niet waarom hij mij als zijn chauffeur koos, maar ik hoorde geruchten dat de inspecteur van knappe gezichtjes hield. Zo is hij echt niet.

Toen ik voor het eerst mijn uniform verruilde voor de Groep Zware Misdaad, gaf de inspecteur me respect en een kans mezelf te bewijzen. Hij behandelde me niet anders vanwege mijn huidskleur of leeftijd of mijn vrouw-zijn.

Ik vertelde hem dat ik rechercheur wilde worden. Hij zei dat ik dan beter, sneller en slimmer moest zijn dan elke man die dezelfde positie ambieerde. Ja, het was oneerlijk. Nee, hij verdedigde het systeem niet, hij leerde me slechts hoe het zat.

Ruiz was al een legende toen ik nog in opleiding was. De docenten op Hendon vertelden verhalen over hem. In 1963, als aankomend agent, wist hij een van de daders van de Grote Britse Treinroof, Roger Cordrey, te arresteren en twee ton van de buit terug te vinden. Later, als rechercheur, hielp hij de Kilburn-verkrachter vangen, die Noord-Londen acht maanden lang had geterroriseerd.

Ik weet dat hij niet het type is dat mijmert of praat over die goeie ouwe tijd, maar ik voel dat hij de tijd mist waarin het gemakkelijker was schurken en agenten uit elkaar te houden en het grote publiek respect had voor de mensen die hen beschermden.

Hij parkeert de auto in Mansford Street en we lopen naar de school. De victoriaanse gebouwen, hoog en donker, tekenen zich scherp af tegen het omgevingslicht. Aan de vensters van de zaal hangen nog steeds gekleurde lichtjes. In mijn verbeelding zie ik de donkere vlek op het asfalt waar Cate neerviel. Aan de dichtstbijzijnde lantaarnpaal heeft iemand een boeketje opgehangen.

'Het is een rechte zichtlijn,' zegt hij. 'Het kan niet dat ze goed gekeken hebben.'

'Cate keek om.'

'Ze kan de taxi niet gezien hebben. Het is of dat, of hij is ineens opgetrokken.'

'Twee taxichauffeurs zeiden dat ze de taxi verderop in de straat hadden gezien, bijna stilstaand. Ze dachten dat hij een adres zocht.'

Ik denk terug, speel de gebeurtenissen af. 'Er is nog iets. Volgens mij herkende Cate de bestuurder.'

'Ze kende hem?'

'Misschien had hij haar daarvoor als klant gehad.'

'Of was hij haar gevolgd.'

'Ze was bang voor hem. Dat zag ik aan haar blik.'

Ik vertel over de tatoeage van de bestuurder. De kruisiging. Hij bedekte zijn hele borst. 'Een dergelijke tatoeage is misschien te achterhalen,' zegt de inspecteur. 'We hebben een vriend nodig uit dat wereldje.'

Ik weet waar hij heen wil.

'Hoe gaat het met Groentje Dave?' vraagt hij. 'Doen jullie het nog weleens?'

'Gaat je niks aan.'

Een sikh-meisje bloost vanbinnen.

Dave King is rechercheur bij de Groep Zware Misdaad (afdeling West), Ruiz' oude ploeg. Hij is begin dertig en heeft warrig, rossig haar dat hij kort houdt zodat het niet rechtop gaat staan. De bijnaam Groentje kreeg hij toen hij bij de GZM kwam, maar dat was vijf jaar geleden. Inmiddels is hij brigadier-rechercheur.

Dave woont in een flat in West Acton, pal achter Uxbridge Road, waar gashouders de horizon domineren en de treinstellen van de Paddington-lijn hem elke ochtend wakker ratelen. Het is een typisch vrijgezellenhonk in wording, met een reusachtig bed, breedbeeldtelevisie, een bank en verder bijna niets. De muren zijn half kaal gemaakt en de vloerbedekking is eruit getrokken, maar niet vervangen.

'Leuk opgeknapt hier,' luidt Ruiz' sardonische commentaar.

'Ja, nou ja, ik heb het nogal druk gehad,' zegt Dave. Hij kijkt vragend naar mij.

Ik geef hem een tikje op zijn wang, steek mijn hand onder zijn T-shirt en laat mijn vingers langs zijn ruggengraat gaan. Hij is wezen rugbyen en zijn haar ruikt naar gemaaid gras.

Dave en ik zijn twee jaar geleden voor het eerst met elkaar naar bed geweest en hebben een soort knipperlichtrelatie. Bij dat laatste zou Ruiz meesmuilend kijken. Het is mijn langste relatie ooit, zelfs als ik mijn tijd in het ziekenhuis niet meereken.

Dave denkt dat hij met me wil trouwen, maar hij heeft mijn familie nog niet ontmoet. Met een sikh-meisje trouw je niet. Je trouwt met haar moeder, haar grootmoeder, haar tantes, haar broers... Ik weet dat alle families bagage hebben, maar de bagage van mijn familie hoort thuis in een van die afgetrapte, met touw bij elkaar gehouden koffers die je eindeloos ziet rondcirkelen op de bagageband.

Dave probeert me te overtroeven met verhalen over zijn familie, met name zijn moeder, die doodgereden dieren opraapt en ze in haar vriezer bewaart. Ze heeft zich ten doel gesteld dassen te redden en bewerkt lokale bestuurders om drukke wegen te ondertunnelen.

'Ik heb niets te drinken in huis,' zegt hij verontschuldigend.

'Schaam je,' zegt Ruiz, die bekken staat te trekken naar de foto's op de koelkast. 'Wie mag dit wel niet zijn?'

'Mijn moeder,' zegt Dave.

'Dan lijk je zeker op je vader.'

Dave ruimt de tafel leeg en schuift een paar stoelen aan. Ik loop het verhaal opnieuw door. Daarna geeft Ruiz zijn commentaar, wat het relaas extra cachet geeft. Ondertussen zit Dave een stuk papier open en dicht te vouwen. Hij zoekt een reden om ons niet te helpen.

'Misschien kunnen jullie beter wachten op het officiële onderzoek,' probeert hij.

'Je weet dat ze dingen over het hoofd zien.'

'Ik wil niemand op de tenen trappen.'

'Daar ben jij een veel te goede danser voor, Groentje,' zegt Ruiz plagerig.

Ik kan schaamteloos zijn. Ik kan mijn grote bruine ogen laten knipperen als de beste. Vergeef mij, zusters. Ik pak Dave het stuk papier af en laat mijn vingers heel even op de zijne rusten. Hij pakt ze, wil de aanraking niet kwijt.

'Hij had een Iers accent, maar het meest interessante is de tatoeage,' vertel ik hem.

In zijn slaapkamer heeft Dave op een uit een wc-deur en twee schragen geïmproviseerd bureau een laptop staan. Terwijl hij het beeld voor mij afschermt, tikt hij een gebruikersnaam en wachtwoord in.

De Nationale Politie Computer is een reusachtige database met namen, bijnamen, schuilnamen, littekens, tatoeages, accenten, schoenmaten, lengtes, leeftijden, haarkleuren, oorkleuren, strafbladen, medeplichtigen en werkwijze van elke bekende wetsovertreder en persoon van belang in het Verenigd Koninkrijk. Zelfs deeldetails zijn soms al voldoende om zaken aan elkaar te koppelen en namen van mogelijke verdachten boven water te brengen.

In de goeie ouwe tijd had bijna elke politieman of -vrouw via internet toegang tot de NPC. Helaas kwamen een of twee van hen op het idee geld te gaan verdienen met het verkopen van de informatie. Tegenwoordig moet elk verzoek, zelfs het natrekken van een rijbewijs, worden onderbouwd.

Dave tikt het leeftijdsbereik, het accent en de kenmerken van de tatoeage in. Het duurt nog geen vijftien seconden of er verschijnen acht mogelijke kandidaten. Hij klikt de eerste naam aan en het beeld verspringt. Er verschijnen twee foto's, een vooraanzicht en een zijaanzicht van hetzelfde gelaat. Geboortedatum, afkomst en laatste bekende adres staan onderaan. Hij is te jong, met een te gladde huid.

'Dat is hem niet.'

Kandidaat nummer twee is ouder, heeft een bril met hoornen montuur en borstelige wenkbrauwen. Hij ziet eruit als een bij een pedofielenklopjacht ingerekende bibliothecaris. Waarom zijn politiefoto's altijd zo weinig flatteus? Het is niet alleen het harde licht of de kale witte achtergrond met verticale meetlat voor de lichaamslengte. Iedereen ziet er naargeestig, depressief en – wat het allerergste is – schuldig uit.

Er verschijnt een nieuwe foto. Een man van eind veertig met geschoren hoofd. Zijn ogen hebben iets wat mijn blik vasthoudt. Hij oogt arrogant, alsof hij weet dat hij slimmer is dan de grote meerderheid van zijn medemensen en dit besef geeft hem een neiging tot wreedheid.

Ik strek een arm uit naar het scherm, krom mijn hand tegen de bovenkant van het beeld en probeer me hem voor te stellen met een lange grijze paardenstaart.

'Dat is hem.'

'Weet je het zeker?'

'Honderd procent.'

Zijn naam is Brendan Dominic Pearl, in 1958 geboren in Rath-coole, een door de loyalisten beheerste wijk van Noord-Belfast.

'IRA,' fluistert Dave.

'Hoe weet jij dat?'

'Het is de klassieke achtergrond.' Hij verplaatst het beeld naar de biografie. Pearls vader was ketelbouwer in de dokken van Belfast. Zijn oudere broer, Tony, kwam in 1972 om bij een explosie toen een bom per ongeluk afging in een opslagloods die door de IRA als bommenfabriek werd gebruikt.

Een jaar later, vijftien jaar oud, werd Brendan Pearl veroordeeld wegens mishandeling en overtreding van de wapenwet. Hij kreeg achttien maanden jeugddetentie opgelegd. In 1977 voerde hij een mortieraanval uit op een politiepost in Belfast, waarbij vier gewonden vielen. Hij werd tot twaalf jaar veroordeeld.

In de Maze-gevangenis nam hij in 1981 met een vierentwintigtal republikeinse gevangenen deel aan een hongerstaking. Ze protesteerden tegen het feit dat ze als gewone gevangenen werden behandeld en niet als politieke gevangenen. De bekendste onder hen, Bobby Sands, stierf na zesenzestig dagen. Pearl raakte in de ziekenboeg van de gevangenis in coma, maar overleefde het.

Twee jaar later, in juli 1983, klommen hij en medegevangene Frank Farmer vanuit hun afdeling op het dak van de gevangenis en verschaften zich toegang tot de afdeling van de loyalisten. Ze vermoordden een paramilitaire leider, Patrick McNeill, en verminkten twee anderen. Pearl zag zijn straf omgezet in levenslang.

Ruiz komt bij ons staan. Ik wijs naar het scherm. 'Dat is hem, de bestuurder.'

'Weet je dat zeker?'

'Ja, hoezo? Wat is er dan?'

'Ik ken hem.'

Nu ben ik weer verbaasd.

Ruiz bestudeert de foto opnieuw, alsof de kennis moet worden opgeroepen of geruild tegen informatie die hij niet nodig heeft.

'In elke gevangenis heb je bendes. Pearl was een van de beulen van de IRA. Zijn favoriete wapen was een ijzeren stok met een kromme haak eraan, een soort pikhaak waarmee je bijvoorbeeld een grote vis zou kunnen aanpikken. Daarom noemden ze hem de Vissersman van Shankill. Veel vis komt er in de Maze niet voor, maar hij vond een andere toepassing voor zijn werktuig. Terwijl gevangenen lagen te slapen, schoof hij de stok tussen de tralies door en rukte met één polsbeweging hun keel open, waarbij hij tegelijk hun stembanden uitrukte, zodat ze niet om hulp konden schreeuwen.'

Het is alsof mijn slokdarm vol zit met watten. Ruiz stopt even, met gebogen hoofd, bewegingloos.

'Toen de vredesovereenkomst van Goede Vrijdag was getekend, werden meer dan vierhonderd gevangenen uit beide kampen, zowel republikeinen als loyalisten, vrijgelaten. De Britse regering stelde een lijst op van uitzonderingen, mensen die ze vast wilden houden. Daar hoorde Pearl bij. Merkwaardig genoeg stemde de IRA in. Zij wilden Pearl net zomin terug als wij.'

'Waarom zit hij dan niet meer gevangen?' vraagt Dave.

Ruiz glimlacht wrang. 'Dat is een hele goede vraag, Groentje. Veertig jaar lang maakt de Britse regering mensen wijs dat zij geen oorlog voerde in Noord-Ierland, dat het een "politieoperatie" was. En toen ondertekenden ze het Goede Vrijdagakkoord en verklaarden ze: "De oorlog is voorbij."

Pearl bezorgde zichzelf een goede advocaat en haakte precies daarop aan. Hij zei dat hij krijgsgevangene was. Er mochten geen uitzonderingen zijn. Bommenleggers, sluipschutters en moordenaars waren op vrije voeten gesteld. Waarom werd hij anders behandeld dan zij? Een rechter was het met hem eens. Frank Farmer en hij kwamen op dezelfde dag vrij.'

Hij strijkt met een hand langs zijn kin, wat een geluid maakt als van schuurpapier. 'Sommige soldaten redden het niet als het vrede is. Die hebben chaos nodig. Pearl is zo iemand.'

'Hoe komt het dat je zoveel over hem weet?'

Zijn ogen staan droef. 'Ik heb de lijst helpen opstellen.'

Naast me gaat Groentje Dave verliggen. Zijn arm komt over mijn borsten te liggen. Ik til de arm op en stop hem weg onder zijn kussen. Hij slaapt zo diep dat ik hem als een animatiepoppetje in elke houding kan leggen die ik wil.

Op het nachtkastje is het schijnsel van een digitale wekker te zien. Ik til mijn hoofd op. Het is zondagochtend, na tienen. Waar zijn de treinstellen? Ze hebben me niet wakker gemaakt. Ik heb minder dan anderhalf uur om me te douchen, aan te kleden en klaar te maken voor mijn vaders verjaardag.

Terwijl ik uit bed rol, kijk ik waar mijn kleren liggen. Daves kleren. Mijn hardloopspullen zijn nog klam van gisteren.

Hij strekt zich naar me uit, beweegt zijn duimen langs de onderkant van mijn borsten, een patroon volgend dat alleen mannen weten te vinden.

'Probeer je weg te sluipen?'

'Ik ben laat. Ik moet gaan.'

'Ik had ontbijt voor je willen maken.'

'Je kunt me naar mijn huis brengen. Daarna moet je Brendan Pearl zoeken.'

'Maar het is zondag. Je hebt me niet verteld…'

'Dat heb je nou met vrouwen. We zéggen niet precies wat we willen, maar behouden ons wel het recht voor pissig te worden als we het niet krijgen. Griezelig, hè?'

Terwijl ik douche maakt hij koffie. Ik blijf malen over de vraag waar Brendan Pearl en Cate Beaumont elkaar mogelijk van kennen. Hoewel ze uit verschillende werelden komen, herkende Cate hem. Het vóélt niet als een ongeluk. Nooit gedaan ook.

Onderweg naar het East End vertelt Dave over zijn werk en zijn nieuwe baas. Hij zegt iets over dat hij niet blij is, maar ik luister niet echt.

'Je kunt later eventueel naar me toe komen,' zegt hij in een poging niet te gretig te klinken. 'We kunnen een pizza laten bezorgen en een film kijken.'

'Lijkt me geweldig. Ik bel nog wel.'

Arme Dave. Ik weet dat hij iets meer wil dan dit. Een dezer dagen volgt hij mijn advies op en vindt hij een andere vriendin. En dan zal ik iets kwijt zijn wat ik nooit heb geprobeerd te behouden.

Dingen die ik leuk vind aan hem: hij is lief. Hij verschoont zijn lakens. Hij verdraagt mij. Ik voel me veilig bij hem. Hij maakt dat ik mezelf mooi voel en laat me winnen met darten.

Dingen die ik niet leuk vind aan hem: hij lacht te hard. Hij eet junkfood. Hij luistert naar cd's van Mariah Carey. En er groeit haar op zijn schouders (gorilla's hebben haar op hun schouders). Jezus, wat kan ik pedant zijn!

Zijn rugbymaten hebben bijnamen als Bronco en Sluggo en ze praten in een vreemd jargon dat niemand begrijpt, tenzij ze het rugby volgen en de fijnere kneepjes van mauls, rucks en liften in de line-out kennen. Dave heeft me een keer meegenomen naar een wedstrijd. Na afloop gingen we met z'n allen naar de pub, vrouwen en vriendinnen. Het was best leuk. Ze waren allemaal heel aardig en ik voelde me op mijn gemak. Dave week niet van mijn zijde en wierp me telkens stiekem blikken toe en glimlachte.

Ik dronk alleen mineraalwater, maar gaf wel een rondje. Terwijl ik aan de bar stond te wachten, kon ik in de spiegel de hoektafels zien.

'Wat gaan we hierna doen?' vroeg Bronco. 'Ik heb wel trek in een curry.'

Sluggo grinnikte. 'Dave is al voorzien.'

Ze lachten en een paar van hen knipoogden naar elkaar. 'Ik denk dat ze "very hot" is.'

'Nee, absoluut vindaloo.'

Het maakte me niet uit. Het was grappig. Ik vond het niet eens erg dat Dave ook lachte. Maar op dat moment, zo niet al eerder, wist ik dat mijn eerste gevoel juist was geweest. We zouden met elkaar in bad kunnen, naar bed, een weekend doorbrengen, maar nooit een leven delen.

We houden halt in Hanbury Street en ik zie meteen dat er iets ontbreekt.

'Ik maak hem af!'

'Wat is er?'

'Mijn auto. Mijn broer heeft hem gepakt.'

Ik ben Hari al aan het bellen op zijn mobiel. De wind doet zijn woorden verwaaien. Hij rijdt met het raam open.

'Hallo?'

'Breng mijn auto terug!'

'Zusje?'

'Waar zit je?'

'Brighton.'

'Dat meen je niet! Pa is vandaag jarig.'

'Is dat vandáág?' Hij begint naar excuses te zoeken. 'Zeg hem maar dat ik op excursie ben voor mijn studie.'

'Ik ga niet voor jou staan liegen.'

'Hè, toe nou.'

'Nee.'

'Goed dan. Ik kom eraan.'

Ik kijk op mijn horloge. Ik ben al laat. 'Ik haat je, Hari.'

Hij lacht. 'Gelukkig dan maar dat ik wel van jou hou.'

Boven ruk ik kasten open en gooi schoenen in het rond. Om mijn vader tevreden te stellen moet ik een sari aan. In zijn hoofd zijn sari's en verlossing door elkaar geraakt, alsof het ene me het andere zal brengen, of op z'n minst een echtgenoot.

Groentje Dave is beneden.

'Kun je een taxi voor me bellen?'

'Ik breng je wel.'

'Nee, echt.'

'Het is in een paar minuten gepiept, daarna ga ik naar mijn werk.'

Weer in mijn kamer wikkel ik de stof van de sari rond mijn lichaam, van links naar rechts, met de eerste wikkeling in mijn onderrok gestoken en zo dat de onderrand net mijn enkels raakt. Daarna maak ik zeven verticale plooien in het midden, met de vleug mee. Terwijl ik de plooien vasthoud, pak ik achter mijn rug de rest van de stof, haal hem langs mijn bovenlichaam en drapeer hem over mijn linkerschouder.

Deze is gemaakt van varanasi-zijde, rijk versierd in rood en groen, met delicate met zilverdraad vastgezette dierfiguurtjes langs de rand.

Ik steek mijn haar op met een gouden kam, maak me op en doe mijn sieraden om. Indiase vrouwen worden geacht veel sieraden te dragen. Het is een teken van welvaart en maatschappelijk aanzien.

Op de trap zittend gesp ik mijn sandalen dicht. Dave staat naar me te staren.

'Is er iets?'

'Nee.'

'Waarom gaap je me dan zo aan?'

'Je ziet er prachtig uit.'

'Zal wel.' Als de etalage van een kilojuwelier.

Hij probeert me aan te raken en ik geef hem een tik op zijn handen. 'Wilt u de artikelen niet aanraken! En rijd in godsnaam voorzichtig. Ik wil niet in deze kleren overlijden.'

Mijn ouders wonen nog altijd in het huis waar ik ben opgegroeid. Mijn moeder houdt niet van verandering. Haar volmaakte wereld is er een waarin kinderen nooit het huis uit gaan of zelf leren koken en schoonmaken. Aangezien dat er niet in zit, heeft ze zoveel mogelijk van onze kinderspullen bewaard en is ze de fulltime curator geworden van het Barba Gezinsmuseum.

Zodra we de doodlopende straat in draaien voel ik het gebruikelijke gloeien van mijn wangen. 'Zet me hier maar af.'

'Waar moet ik zijn?'

'Doet er niet toe. Het is goed zo.'

We houden stil voor een klein rijtje winkels. Vijftig meter verderop zie ik mijn nichtje en neefje in de voortuin spelen. Ze rennen naar binnen om mijn komst te melden.

'Vooruit, keren!'

'Ik kán hier niet keren.'

Te laat! Mijn moeder komt naar buiten en waggelt op ons af. Mijn ergste nachtmerrie wordt bewaarheid.

Ze kust me drie keer en omhelst me zo stevig dat mijn borsten pijn doen.

'Waar is Hari?'

'Ik heb hem eraan herinnerd. Ik heb zelfs zijn overhemd gestreken.'

'Die jongen wordt nog eens mijn dood.' Ze wijst naar haar slaap. 'Zie je die grijze haren?'

Haar blik valt op Groentje Dave. Ze wacht tot hij aan haar wordt voorgesteld.

'Een vriend van mijn werk. Hij moet meteen weg.'

Mama maakt een blaasgeluid. 'Heeft hij een naam?'

'O ja. Brigadier-rechercheur Dave King. Dit is mijn moeder.'

'Aangenaam, mevrouw Barba. Ali heeft me veel over u verteld.'

Mijn moeder lacht. 'Blijft u lunchen, brigadier?'

'Nee, hij moet ervandoor.'

'Onzin, het is zondag.'

'Bij de politie heb je weekenddiensten.'

'Rechercheurs mogen toch een lunchpauze nemen? Klopt dat?'

Mijn moeder glimlacht en ik weet dat ik verloren heb. Tegen die glimlach kan niemand nee zeggen.

Voor ons uit trippelen voetjes de gang door. Harveen en Daj ruziën over wie het nieuws mag brengen dat tante Ali iemand mee heeft genomen. Harveen komt terug, pakt mijn hand en sleept me de keuken in. Ze is zeven jaar oud en heeft rimpels op haar voorhoofd. Daj is twee jaar ouder en, zoals elk mannelijk lid van mijn familie, onwaarschijnlijk knap (en verwend).

'Hebt u iets voor ons meegenomen?' vraagt hij.

'Alleen een kus.'

'En een cadeautje?'

'Alleen voor Bada.'

Afgeladen tafels met eten, de lucht zwaar van de kookdamp en kruiden. De door elkaar heen pratende stemmen van mijn twee tantes en mijn schoonzussen vermengen zich met hun keukengekletter. Er wordt omarmd en gezoend. Glazen die mijn wangen aaien, vingers die aan mijn sari trekken of mijn haar goed doen, en niemand die Groentje Dave uit het oog verliest.

Mijn tantes Meena en Kala zijn zussen, maar lijken totaal niet op elkaar. Meena is nogal mannelijk en opvallend, met een krachtige kaaklijn en stevige wenkbrauwen. Kala daarentegen is in vrijwel alle opzichten onopvallend, wat mogelijk haar sierlijke bril verklaart, die haar gezicht meer karakter moet geven.

Meena speelt nog steeds met mijn haar. 'Zo knap en mooi gebouwd, en dan niet getrouwd.'

Er wordt een baby in mijn armen gelegd, de jongste aanwinst van de familie. Ravi is zes weken oud, met koffiekleurige ogen en vetplooien op zijn armen waar je een stuiver in kunt laten verdwijnen.

Hindoes mogen dan hun heilige koeien hebben, voor sikhs zijn baby's heilig, jongens meer dan meisjes. Ravi pakt mijn vinger en houdt hem omklemd tot zijn ogen dichtvallen.

'Ze is zo leuk met kinderen,' zegt mama stralend. Dave zou ineen moeten krimpen, maar vindt dit leuk. Sadist!

De mannen zijn buiten in de tuin. Ik zie mijn vaders blauwe tulband boven iedereen uitsteken. Zijn baard is van zijn wangen weggekamd en kruipt langs zijn nek als een zilveren waterspoor.

Ik tel de hoofden. Het zijn er meer dan anders. O, nee hè! Ze hebben iemand uitgenodigd om mij te ontmoeten.

Mijn moeder gaat Dave voor naar buiten. Hij werpt me over zijn schouder een blik toe, aarzelt en volgt haar dan. Over de zijtrap, het beschimmelde pad, langs de deur van het washok, komt hij in de achtertuin. Alle gezichten keren zich naar hem toe en de gesprekken vallen stil.

Het is alsof de Rode Zee splijt als mensen een stap terug doen en Groentje Dave voor mijn vader staat. Oog in oog, maar Dave verblikt niet, wat hem siert.

Ik hoor niet wat ze zeggen. Mijn vader kijkt omhoog naar het keukenraam. Hij ziet me. Dan glimlacht hij en steekt zijn hand uit. Dave neemt de uitnodiging aan en ineens worden de gesprekken hervat.

Mijn moeder staat aan het aanrecht mango's te schillen en te snijden. Soepel glijdt ze met het lemmet door het bleekgele vruchtvlees. 'We wisten niet dat je een vriend zou meebrengen.'

'Ik heb hem ook niet meegebracht.'

'Je vader heeft iemand uitgenodigd. Je moet zijn gast ontmoeten. Dat is beleefd. Hij is arts.'

'En een erg goeie ook,' echoot tante Kala. 'Heel succesvol.'

Ik monster de groep mannen en zie hem. Hij staat met zijn rug naar me toe, in een piekfijn gereinigd en gesteven Punjabipak.

'Hij is dik.'

'Een teken van succes,' zegt Kala.

'Goed gereedschap hangt onder een afdakje,' voegt Meena giechelend als een schoolmeisje toe. Kala kijkt misprijzend.

'Kijk niet zo lelijk, zus. Een vrouw moet leren hoe ze haar echtgenoot tevreden houdt in het boudoir.' Terwijl de twee verder kibbelen loop ik weer naar het raam.

De onbekende in de tuin draait zich om en werpt me een blik toe. Hij houdt zijn glas geheven, alsof hij proost. Met een schommelend gebaar geeft hij aan dat het leeg is.

'Gauw, meisje, schenk hem bij,' zegt Meena terwijl ze me een kan geeft.

Ik haal diep adem en loop de zijtrap af de tuin in. Mijn broers fluiten. Ze weten hoe ik baal als ik een sari aan moet. Alle mannen draaien zich naar me om. Ik hou mijn ogen op mijn sandalen gericht.

Mijn vader staat nog steeds te praten met Dave en mijn oom Rashid, een berucht billenknijper. Mijn moeder beweert dat het een dwangneurose is, maar volgens mij is hij gewoon een geile bok. Ze hebben het over cricket. Voor de mannen in mijn familie is dat een obsessie, zelfs als de zomer voorbij is.

De meeste Indiase mannen zijn klein en elegant, met slanke handen, maar mijn broers zijn stoere, potige kerels, behalve Hari, die een prachtige vrouw had kunnen zijn.

Bada kust mijn wang. Ik buig me licht voorover. Hij wenkt zijn gast en stelt ons aan elkaar voor.

'Alisha, dit is dokter Sohan Banerjee.'

Ik knik, mijn ogen nog neergeslagen.

De naam klinkt bekend. Waar heb ik die eerder gehoord?

Arme Dave snapt niet wat er gaande is. Hij is geen sikh, wat waarschijnlijk maar goed is ook. Als ik een sikh had meegebracht, hadden mijn ouders een geit geslacht.

Dokter Banerjee gaat kaarsrecht staan en buigt zijn hoofd. Mijn vader praat door. 'Sohan heeft mij persoonlijk benaderd en gevraagd jou te mogen ontmoeten, Alisha. Van familie tot familie, zoals het hoort.'

Ik word niet geacht iets te zeggen.

'Hij heeft meerdere medische graden,' gaat hij verder.

En meerdere kinnen.

Ik betwijfel of deze dag nog veel erger kan worden. Mensen kijken naar me. Dave staat aan de andere kant van de tuin te praten met mijn oudste broer, Prabakar, het meest religieuze lid van ons gezin, die het niet zal goedkeuren.

De arts praat tegen me. Ik moet me concentreren. 'Je werkt bij de politie?'

'Ja.'

'En je woont zelfstandig. Er zijn niet veel Indiase meisjes met een eigen huis. Hoe komt het dat je niet getrouwd bent?'

Zijn botheid overvalt me. Hij wacht mijn antwoord niet af. 'Ben je nog maagd?'

'Pardon?'

'Ik neem aan dat je moeder je heeft voorgelicht.'

'Dat gaat u niks aan.'

'Geen commentaar betekent ja.'

'Dat doet het niet.'

'In mijn ervaring wel. Drink je alcohol?'

'Nee.'

'Je hoeft niet zo defensief te doen. Mijn ouders vinden dat ik een meisje uit India moet nemen, omdat dorpsmeisjes hard werken en goede moeders zijn. Dat mag zo zijn, maar ik wil geen boerengriet die niet met mes en vork kan eten.'

In mijn keel welt woede op en ik moet verwoed slikken om die in te houden. Ik schenk hem mijn beleefdste glimlach. 'Vertelt u eens, dokter Banerjee…'

'Zeg maar Sohan.'

'Sohan, masturbeer jij weleens?'

Zijn mond opent en sluit zich als die van een buikspreekpop. 'Ik geloof niet…'

'Geen commentaar is ja.'

De flits van woede in zijn ogen is als een bloedrode sluier. Knarsetandend perst hij er een glimlach uit. 'Touché.'

'Wat voor soort arts ben je?'

'Gynaecoloog.'

Ineens weet ik weer waar ik zijn naam heb gelezen: in de map die Barnaby Elliot me liet zien. Sohan Banerjee is fertiliteitsspecialist. Hij heeft Cates IVF-behandelingen uitgevoerd.

Er wonen honderdduizend sikhs in Londen en, pak 'm beet, vierhonderd verloskundige artsen. Hoe groot is de kans dat Cates arts hier opduikt?

'We hebben een gemeenschappelijke kennis,' zeg ik. 'Cate Beaumont. Wist je dat ze een ongeluk heeft gehad?'

Zijn blik glijdt naar het gevlekte groene dak van mijn vaders schuurtje. 'Haar moeder belde me. Verschrikkelijk.'

'Heeft ze je verteld dat Cate haar zwangerschap simuleerde?'

'Ja.'

'Wat zei ze nog meer?'

'Het zou buitengewoon onethisch zijn als ik details van ons gesprek onthulde.' Hij stopt even en vervolgt: 'Zelfs tegenover een politieagente.'

Mijn ogen zoeken die van hem, of misschien wel andersom.

'Wanneer heb je Cate voor het laatst gezien?'

'Een jaar geleden.'

'Waarom kon ze niet zwanger worden?'

'Daar was geen enkele reden voor,' zegt hij opgeruimd. 'Ze heeft een laparoscopie gehad, bloedtests, echo's en een baarmoederonderzoek. Er waren geen afwijkingen, vergroeiingen of fibromen. Ze had zwanger moeten kunnen worden. Ongelukkigerwijs waren zij en haar echtgenoot niet compatibel. Felix had een laag spermagehalte, maar had bij een andere vrouw wellicht zonder veel moeite een kind kunnen verwekken. In dit geval werden zijn zaadcellen echter behandeld alsof het kankercellen waren en door het immuunsysteem van zijn vrouw vernietigd. Zwangerschap was theoretisch mogelijk, maar realistisch gezien onwaarschijnlijk.'

'Heb je ooit draagmoederschap genoemd als mogelijkheid?'

'Ja, maar er zijn niet veel vrouwen die voor een ander stel een kind willen baren. Maar er was nog iets...'

'Wat?'

'Zegt achondrogenese je iets?'

'Nee.'

'Het is een buitengewoon zeldzame genetische afwijking, een dodelijke vorm van dwerggroei.'

'Wat heeft dat met Cate te maken?'

'Haar voorzover bekend enige zwangerschap eindigde na zes maanden in een miskraam. De autopsie bracht ernstige misvormingen naar voren. Door een speling van het lot, een soort omgekeerde loterij, waren zij en Felix beiden drager van een recessief gen. Zelfs als ze, door een wonder, weer zwanger zou raken, was er vijfentwintig procent kans dat het weer zou gebeuren.'

'Maar ze bleven het proberen.'

Hij heft zijn hand. 'Sorry Alisha, maar mag ik uit je vragen opmaken dat jij op de een of andere manier betrokken bent bij een onderzoek naar deze zaak?'

'Ik zoek alleen antwoorden.'

'Oké.' Hij denkt na. 'Als ik jou was, zou ik erg voorzichtig zijn. Goede bedoelingen worden soms misverstaan.'

Ik weet niet of dit een advies is of een waarschuwing, maar hij blijft me aankijken tot ik er ongemakkelijk van word. Hij heeft een soort arrogantie over zich die typisch is voor sikhs van zijn generatie, die gedistingeerder doen dan welke Engelsman ook.

Even later ontspant hij wat. 'Ik zal je dit zeggen, Alisha. Mevrouw Beaumont heeft in twee jaar tijd vijf keer een IVF-behandeling ondergaan.'

'Vijf?'

'Correct.'

'Ik dacht zes?'

'Nee, ik ben redelijk zeker van vijf. Het is een heel complexe wetenschap, niet iets wat je thuis doet met een potje en een injectiespuit. Het is de laatste strohalm, als al het andere faalt.'

'Wat gebeurde er in Cates geval?'

'Elke keer een miskraam. Minder dan eenderde van alle IVF's

leidt tot een geboorte. Mijn succespercentage is relatief hoog, maar ik ben arts, geen wonderdoener.'

Zijn opmerking klinkt nu eens niet verwaand. Hij klinkt echt teleurgesteld.

Tante Meena roept iedereen naar binnen voor de lunch. Mijn vader is aan het hoofd van de tafel gezet. Ik zit tussen de vrouwen. De mannen zitten tegenover ons. Groentje Dave en dokter Banerjee zitten naast elkaar.

Hari komt op tijd voor het toetje en wordt door mijn tantes, die met hun vingers door zijn lange haar gaan, begroet als een verloren zoon. Terwijl hij zich bukt fluistert hij in mijn oor: 'Twee tegelijk maar liefst. En ik maar denken dat je een ouwe vrijster was.'

In mijn familie is eten een luidruchtige affaire. Er worden schalen doorgegeven. Mensen praten door elkaar heen. Lachen is als een specerij. Een ceremonie ontbreekt, maar er zijn wel rituelen (wat iets anders is). Er zijn toespraken, de kokkinnen moeten worden bedankt. Niemand praat door mijn vader heen. Alle onenigheden worden bewaard tot na afloop.

Zo lang laat ik Dave niet blijven. Hij moet aan de slag. Sohan Banerjee maakt zich ook op om te gaan. Ik begrijp nog steeds niet waarom hij er is. Het kan geen toeval zijn.

'Zou ik je nog een keer mogen ontmoeten, Alisha?' vraagt hij.

'Nee, sorry.'

'Je zou je ouders een groot plezier doen.'

'Die redden zich wel.'

Hij schudt zijn hoofd en knikt. 'Oké. Ik weet niet wat ik moet zeggen.'

'Tot ziens, zeggen wij meestal.'

Hij stapt achteruit. 'Ja. Tot ziens. Ik hoop dat je vriendin mevrouw Beaumont snel weer de oude is.'

Terwijl ik de voordeur dichtdoe, voel ik een mengeling van spanning en opluchting. Mijn leven kent al genoeg raadsels.

In de gang wacht Hari me op. Zijn donkere ogen vangen het licht en hij slaat zijn armen om me heen. Hij heeft mijn uitgeklapte mobieltje in zijn hand.

'Je vriendin, Cate, is om één uur vanmiddag overleden.'

Op straat en op de oprit voor het huis van de Elliots staan auto's geparkeerd. Dodenwake. Ik zou hen met rust moeten laten. Terwijl ik nog twijfel wat ik zal doen sta ik ineens al bij de voordeur en bel aan.

Hij gaat open. Barnaby. Hij heeft zich gedoucht, geschoren en opgeknapt, maar zijn ogen staan waterig en wazig.

'Wie is daar, lieverd?' klinkt een stem van binnen.

Hij verstrakt en doet een stap achteruit. Piepende wielen op het parket. Cates moeder, Ruth Elliot, komt aanrijden. Ze is in het zwart, wat haar gezicht nog bleker maakt.

'Kom binnen,' zegt ze, haar tanden ontbloot tot een gepijnigde glimlach.

'Ik vind het heel erg van Cate. Als ik iets kan doen…'

Ze reageert niet. Rollende wielen. Ik volg ze naar de zitkamer, die vol zit met bedroefd kijkende vrienden en familie. Enkelen herken ik. Judy en Richard Sutton, broer en zus. Richard was bij twee verkiezingen Barnaby's campagneleider en Judy werkt bij de Chase Manhattan Bank. Cates tante Paula is in gesprek met Jarrod en in de hoek ontwaar ik dominee Lunn, een anglicaanse priester.

Yvonne hangt op een stoel, pratend en snikkend tegelijk. Haar kleren, doorgaans zo kleurig en levendig, weerspiegelen dit keer haar stemming: zwart. Ze heeft haar twee kinderen bij zich, allebei volwassen en meer Engels dan Jamaicaans. Het meisje is een schoonheid. De jongen zou duizend plekken kunnen opnoemen waar hij liever zou zijn.

Voordat ik iets kan zeggen pakt Barnaby mijn arm en trekt me weg.

'Hoe wist je van het geld?' sist hij. Zijn adem ruikt naar alcohol.

'Waar heb je het over?'

Zijn woorden zijn nauwelijks te verstaan. 'Iemand heeft tachtigduizend pond opgenomen van Cates rekening.'

'Hoe kwam ze aan zo'n bedrag?'

Hij gaat nog zachter praten. 'Van haar overleden grootmoeder. Ik ben haar bankrekening nagegaan. De helft van het geld is afgelopen december opgenomen, de rest in maart.'

'Een bankcheque?'

'Contant. Meer wil de bank me niet vertellen.'

'En je hebt geen idee waarvoor?'

Hij schudt zijn hoofd en zet een struikelende stap. Ik leid hem naar de keuken, waar tussen opengescheurde enveloppen de van-harte-beterschap-kaarten liggen. Ze maken een futiele indruk, ingehaald door een groter leed.

Ik pak een glas water en geef het hem. 'De vorige keer zei je iets over een arts, een fertiliteitsspecialist.'

'Wat is daarmee?'

'Heb je hem ooit ontmoet?'

'Nee.'

'Heeft hij ooit andere mogelijkheden dan IVF genoemd, zoals adoptie of draagmoederschap?'

'Niet dat ik weet. Ik weet wel dat hij Cates kansen niet al te rooskleurig voorspiegelde. En hij weigerde meer dan twee embryo's te implanteren. Hij had nog een stelregel: drie slag is uit. Cate smeekte hem om nog een laatste kans. Het werden er uiteindelijk vijf.'

'Vijf.'

'Ze hadden achttien eitjes weggehaald, waarvan er maar twaalf geschikt waren. Per keer werden er twee embryo's geïmplanteerd.'

'Tien in totaal dus. En de andere twee?'

Hij haalt zijn schouders op. 'Dokter Banerjee wilde niet verdergaan. Hij zag hoe breekbaar Cate was geworden, emotioneel gezien. Ze stond op instorten.'

'Ze had naar een andere kliniek kunnen gaan.'

'Dat wilde Felix niet. Nog meer hormonen, de onderzoeken, de tranen – die wilde hij haar besparen.'

Het geld verklaar je er niet mee. Tachtigduizend pond geef je niet zomaar weg. Cate probeerde een kind te kopen maar er ging iets mis. Daarom zocht ze contact met me.

Ik loop het verhaal opnieuw door en leg de bewijzen naast elkaar. Sommige details en halve waarheden hebben de kracht van feiten gekregen. Ik zie Barnaby denken. Hij is bezorgd over zijn politieke ambities. Een schandaal als dit zou zijn kansen voorgoed om zeep helpen.

'Daarom moet ik Cates computer ook zien,' zeg ik.

'Die heeft ze niet.'

'Heb je gekeken?'

'Nee.'

Het glas tinkelt tegen zijn tanden. Hij liegt.

'De mappen die je me liet zien, en Cates brieven, kan ik die lenen?'

'Nee.'

Mijn teleurstelling begint in boosheid te veranderen. 'Waarom doe je zo? Hoe kan ik het je laten begrijpen?'

Zijn hand raakt mijn knie. 'Je zou lief voor me kunnen zijn.'

Ruth Elliot duikt op in de keuken, met geluidloze wielen ditmaal. Ze kijkt alsof ze een kikker heeft uitgespuugd.

'Er gaan al mensen weg, Barnaby. Je moet gedag komen zeggen.'

Hij volgt haar naar de voordeur. Ik grijp mijn jas en glip langs hen heen.

'Bedankt dat je geweest bent, liefje,' zegt ze mechanisch, en ze rekt zich in haar rolstoel uit. Haar lippen op mijn voorhoofd zijn droog als papier.

Barnaby slaat zijn armen om me heen en zijn lippen raken mijn linkeroorlel. Hij buigt zich naar me toe. Ik ga anders staan om onze dijen elkaar niet te laten raken.

'Waarom doen vrouwen dit altijd bij míj?'

Terwijl ik wegrijd kan ik de warmte van zijn adem nog voelen. Waarom denken mannen altijd dat het om hén gaat?

Ik weet zeker dat ik een excuus of een argument zou kunnen bedenken voor wat ik nu ga doen, maar hoe je het ook inkleedt, het blijft overtreding van de wet. Een halve baksteen. Een overjas. De ruit versplintert en valt naar binnen. Nu is het nog vandalisme of criminele schade. Ik steek mijn hand naar binnen en maak de deur open. Nu is het onrechtmatige toegang. Als ik de laptop vind, wordt het diefstal. Is dit wat ze bedoelen met het hellend vlak van de misdaad?

Het is na middernacht. Ik draag zwarte jeans, leren handschoenen en een koningsblauwe coltrui die tante Meena voor me heeft gebreid. Ik heb een grote rol zwart plastic bij me, afdichtingstape, een staaflantaarn en een USB-stick om computerbestanden op te kunnen zetten.

Ik sluit mijn ogen. Ik zie de indeling van de begane grond voor me. Ik herinner me het van drie dagen terug. Glas knarst onder mijn sportschoenen. Op het antwoordapparaat knippert een rood lampje.

Het had niet zover moeten komen. Barnaby loog. Niet dat ik hem van iets ernstigs verdenk. Goede mensen beschermen degenen die ze liefhebben. Maar soms zien ze niet hoe goede bedoelingen en blinde loyaliteit hun denken kunnen verwringen.

Hij is bang voor wat ik zou kunnen vinden. Ik ook. Hij maakt zich zorgen dat hij zijn dochter niet echt kende. Ik ook.

Ik ga de trap op. In de kinderkamer pak ik de rol plastic en plak met de afdichtingstape het raam af. Nu kan ik de staaflamp aandoen.

Voorzorgsmaatregelen zoals deze zijn misschien overbodig, maar ik kan me niet veroorloven dat er buren komen kijken of dat iemand de politie belt. Mijn carrière (welke?) hangt al aan een zijden draadje. Ik open de la van de commode. De mappen zijn verdwenen, het stapeltje brieven ook.

In de volgende kamers doe ik hetzelfde; ik doorzoek klerenkasten en laden onder bedden.

Naast de grote slaapkamer is een studeerkamertje met een bureau en een archiefkast. Het ene raam staat een stukje open. Als ik naar buiten gluur zie ik een maanverlichte tuin, bedekt met gevallen bladeren en schaduwen.

Ik rol een stuk zwart plastic af en blindeer het raam voordat ik mijn staaflamp aandoe. Onder het bureau, net boven de plint, zie ik een telefooncontactdoos. De bovenste la bevat software en een installatiehandleiding voor adsl. Ik zat goed wat betreft die computer. En wat betreft Barnaby.

In de andere laden liggen de gebruikelijke kantoordingen: markeerstiften, een nietmachine, paperclips, een bol elastiekjes, gele Post-It-briefjes, een aansteker…

Daarna doorzoek ik de archiefkast en blader door de hangmappen. Ze hebben geen etiket of datum. Ik moet ze een voor een doorzoeken. De huishoudelijke rekeningen zitten in plastic. Op elke telefoonrekening staat een lijst met uitgaande gesprekken naar mobiele en interlokale nummers. Ik zou ze kunnen natrekken, maar dat kost dagen.

Tussen de facturen zit er een van een internetprovider. Mensen laten soms kopieën van hun e-mails op de server staan, maar dan heb ik wel Cates gebruikersnaam en wachtwoord nodig.

Als ik de studeerkamer heb gehad, ga ik naar de grote slaapkamer, waar op de boekenplanken na geen papier te vinden is. Felix sliep links. Hij droeg een leesbril en hield van Armistead Maupin. Ik ga aan Cates kant zitten. In de la van het nachtkastje zie ik nachtcrème, vochtinbrengende crème, kartonnen nagelvijltjes en een op zijn kop liggend fotolijstje. Ik draai het om.

Twee tienermeisjes lachen naar de camera, de armen over elkaars schouders, de haren druipend van het zeewater. Ik kan het zout op hun huid haast proeven en de golven op het kiezelstrand horen.

In de maand augustus huurden de Elliots altijd een huisje in Cornwall en brachten ze hun dagen door met zeilen en zwemmen. Een keer had Cate me meegevraagd. Ik was vijftien en het was mijn eerste echte strandvakantie.

We zwommen, fietsten, zochten schelpen en keken naar de surfende jongens in Widemouth Bay. Een paar van hen boden aan Cate en mij te leren surfen, maar Barnaby zei dat surfers nietsnutten en hasjrokers waren. In plaats daarvan leerde hij ons in de haven van Padstow en de monding van de Camel zeilen in een eenmansbootje. Hij kon maar een van ons tegelijk meenemen.

Ik schaamde me voor het mintgroene badpak van katoenen wafeltjesstof dat mijn moeder had uitgekozen. Cate had me een van haar bikini's geleend. Als we naast elkaar zaten, raakte Barnaby's been soms het mijne. En om het bootje in balans te houden moesten we achteroverhangen, waarbij hij zijn arm om mijn middel sloeg. Ik hield van de manier waarop hij naar zout en zonnebrandolie rook.

's Avonds deden we spelletjes, zoals lettergreepraadsels en Triviant. Ik probeerde naast hem te gaan zitten omdat hij me in mijn zij porde als hij een van zijn moppen vertelde of tegen me aan leunde totdat we omvielen.

'Je zat met hem te sjansen,' zei Cate toen we in bed lagen. We deelden de zolder. Meneer en mevrouw Elliot hadden de grootste slaapkamer op de verdieping onder ons, Jarrod een eigen kamer aan de achterkant van het huis.

'Niet waar.'

'Wel waar.'

'Doe niet zo belachelijk.'

'Walgelijk gewoon.'

Ze had natuurlijk gelijk. Ik flirtte met hem en hij flirtte terug omdat hij geen andere manier wist om zich tegenover vrouwen of meisjes te gedragen.

Cate en ik lagen boven op ons beddengoed. We konden niet slapen vanwege de warmte. De zolder was niet geïsoleerd en leek de hitte van overdag vast te houden.

'Weet je wat jouw probleem is?' zei ze. 'Jij hebt nog nooit een jongen gezoend.'

'Welles.'

'Ik bedoel niet je broers, ik bedoel echt tongen.'

Ik begon me ongemakkelijk te voelen.

'Je zou moeten oefenen.'

'Pardon?'

'Hier, zo.' Ze hield haar duim en wijsvinger tegen elkaar. 'Doe alsof dit de lippen van een jongen zijn en kus ze.'

Ze pakte mijn hand en kuste hem, bewoog met haar tong tussen mijn duim en wijsvinger totdat ze nat waren van het speeksel.

'Nou jij.' Ze hield haar hand uitgestoken. Hij smaakte naar tandpasta en zeep. 'Nee, te veel tong. Getver!'

'Jij gebruikte ook veel tong.'

'Minder.' Ze veegde haar hand af aan de lakens en keek me met ongeduldige genegenheid aan. 'En nu moet je leren positie te kiezen.'

'Hoe bedoel je.'

'Je moet je hoofd naar links of naar rechts kantelen, zodat onze neuzen niet botsen. We zijn geen eskimo's.'

Ze zwaaide haar paardenstaart over haar schouder en trok me naar zich toe. Met haar handen rond mijn gezicht drukte ze haar lippen op de mijne. Ik voelde haar hartslag en haar bloed pulseren onder haar huid. Haar tong streek langs mijn lippen en danste over mijn tanden. We ademden dezelfde lucht. Mijn ogen bleven dicht. Het was een ongelooflijk, verbazingwekkend gevoel.

'Wauw, jij bent een snelle leerling,' zei ze.

'En jij een goede leraar.'

Mijn hart ging als een razende tekeer.

'Misschien moeten we het hier maar bij laten.'

'Het voelde wel een beetje raar.'

'Ja. Raar.'

Ik veegde mijn handpalmen af aan het voorpand van mijn nachtpon.

'Nou ja, je weet nu hoe het moet,' zei Cate terwijl ze een tijdschrift pakte.

Zelfs op haar vijftiende had ze al veel jongens gezoend, maar ze schepte er niet over op. Er volgden er nog veel meer, als parels en kiezelstenen die zich rond haar hals aaneenregen. Bij elk vriendje dat kwam en weer ging was er nauwelijks meer dan een schouderophaal van berusting of droefheid.

Ik laat mijn vinger over de foto glijden en vraag me af of ik hem mee zal nemen. Wie zou het merken? Op hetzelfde moment schiet me een antwoord te binnen. Ik loop terug naar de studeerkamer, open de la van het bureau en zie de aansteker. Als ik als kind bij Cate bleef logeren, smokkelde ze sigaretten naar boven en hing ze uit het raam te roken, zodat haar ouders het niet zouden ruiken.

Ik trek het zwarte plastic van het raam, schuif het omhoog en hou me aan de vensterbank vast terwijl ik, vijf meter boven de grond, naar buiten leun.

In het duister laat ik mijn blik langs de regenpijp gaan, die met metalen beugels aan de bakstenen is bevestigd. Ik heb meer licht nodig. Ik waag het erop en richt de bundel van de staaflamp op de pijp. Ik kan net het geknoopte eind van een dun koord ontwaren, dat buiten mijn bereik aan de dichtstbijzijnde beugel vastzit.

Hoe deed ze het?

Ik kijk de kamer rond. Achter het bureau, pal tegen de muur, ligt een kleerhanger van ijzerdraad die is verbogen tot een ruitvorm met een haak aan het uiteinde. Terug bij het raam buig ik me naar buiten en haal met het haakje het koord naar me toe. Als ik eraan trek, komt er uit het gebladerte een verfblik omhoog. Zodra ik erbij kan, grijp ik het beet.

Ik haal het blik binnen en wrik met een munt het deksel open. Er zit een half pakje sigaretten in en een groter pakje, in plastic gewikkeld en met elastiekjes bijeengehouden. Ik haal het eruit, doe het deksel weer op het blik en laat het aan het nylonkoord door mijn vingers vieren tot het weer in de struiken is verdwenen.

Ik loop terug naar de grote slaapkamer en haal het elastiek eraf. Het blijkt een opgerolde plastic tas te zijn, met onderin een paar papieren gepropt. Ik spreid de inhoud uit op het dekbed: twee luchthaveninstapkaarten, een toeristenkaart van Amsterdam en een brochure.

De instapkaarten zijn voor een British Midlandsvlucht van London Heathrow naar Schiphol op 9 maart, met de terugvlucht op 11 maart.

Op de voorkant van de toeristenkaart, waarvan de vouwranden beschadigd zijn, staat een foto van het Rijksmuseum. De kaart bestrijkt zo te zien het centrum van Amsterdam, met de grachtengordel en dwarsstraten. Op de achterkant staan bus, tram en metroroutes en een lijst met hotels. Een ervan is omcirkeld, het Red Tulip Hotel.

Ik pak de brochure. Een soort promotie voor een stichting, het New Life Adoption Centre, met een telefoonnummer en een postbusnummer in Hayward's Heath, West Sussex. Foto's van baby's en blijde stellen, met een citaat: *Is het niet prachtig dat, als het moederschap voor jou te vroeg komt, je anderen gelukkig kunt maken?*

Eenmaal opengevouwen zijn in de brochure nog meer foto's en getuigenissen te zien.

Uw hoop gevestigd op adoptie? Als u een veilige, succesvolle adoptie wilt, kunnen wij u helpen. Sinds 1995 hebben wij honderden echtparen geholpen een baby te adopteren. Onze selecte groep betrokken professionals kan uw droom van een gezin helpen waarmaken.

Op de tegenoverliggende pagina staat in hoofdletters: BEN JIJ ZWANGER EN ZOEK JE EEN OPLOSSING?

Wij kunnen je helpen! Wij bieden hulp en steun tijdens en na je zwangerschap en studiebeurzen voor de biologische ouder. Open adoptie betekent dat jij de keuzes maakt.

Eronder staat een foto van een kinderhandje dat de vinger van een volwassene omklemt.

Een zekere Julie schrijft: *Bedankt dat jullie van mijn onverhoopte zwangerschap een godsgeschenk voor alle betrokkenen hebben weten te maken.*

Op de volgende pagina nog meer getuigenissen, ditmaal van stellen: *De keuze voor adoptie heeft ons een prachtige dochter gebracht en ons leven compleet gemaakt.*

Er glipt een losse pagina uit het hart van de brochure.

Dit kind kan het uwe worden, staat er. *Deze maand geboren: een jongen, blank, vader onbekend. Moeder, achttien jaar, is prostituee en drugsverslaafde, maar inmiddels clean. Tegen een bemiddelingsvergoeding en vergoeding van de medische kosten kan dit kind het uwe worden.*

Ik stop de papieren terug in de plastic zak en doe de elastiekjes erom.

Voor het telefoonnummer achter op de foto van Samira was een landnummer nodig. Cate was in maart in Nederland. Dat valt ongeveer samen met het moment waarop ze bekendmaakte dat ze in verwachting was.

Ik pak de telefoon naast het bed en bel Inlichtingen Buitenland. Het voelt verkeerd om vanaf de plaats delict te bellen, alsof ik daarmee beken. Een medewerker geeft me het landnummer voor Nederland. Met de 31 ervoor bel ik het nummer.

De telefoon gaat over. Lang en monotoon.

Er wordt opgenomen. Stilte.

'Hallo?'

Niets.

'Hallo, hoort u mij?'

Ik hoor iemand ademen.

'Ik probeer Samira te bereiken? Is ze daar?'

Een schorre stem, borrelend van het slijm, antwoordt: 'Wie is daar?'

Het zou een Nederlands accent kunnen zijn, maar het klinkt eerder Oost-Europees.

'Een vriendin.'

'Uw naam?'

'Beter gezegd: een vriendin van een vriendin.'

'Hoe heet u? Hoe heet die vriendin?'

Wantrouwen overspoelt me als een kille schaduw. Deze stem bevalt me niet. Ik voel hoe hij me opzoekt en in mijn borst graait, op zoek naar mijn ziel.

'Is Samira daar?'

'Er is niemand aanwezig.'

Ik probeer kalm te klinken. 'Ik bel namens Cate Beaumont. Ik heb de rest van het geld.'

Ik extrapoleer op basis van de bekende feiten. Iets minder deftig gezegd: ik doe maar wat. *Hoeveel verder kan ik gaan?*

De verbinding wordt verbroken.

Niet ver genoeg.

Ik leg de telefoon weer op zijn plek, trek het bed glad en graai mijn spullen bij elkaar. Als ik naar de deur loop hoor ik beneden gerinkel. Ik herken het. Precies zo'n geluid maakte ik toen ik een ruitje van de voordeur insloeg.

Er is iemand binnen. Hoe groot is de kans op twee inbrekers op één avond? Magertjes. Nihil. Terwijl ik het pakketje in mijn broekband prop, gluur ik over de balustrade. In de hal klinken gedempte stemmen. Op z'n minst twee. Een lichtbundel strijkt langs de voet van de trap. Ik doe een stap achteruit.

Wat kan ik doen? Ik hoor hier niet te zijn. Zij ook niet. Voor me ligt de trap naar zolder. Ik loop snel omhoog en open een deur, die hoorbaar stroeve scharnieren blijkt te hebben.

Van beneden: 'Hoorde jij iets?'

'Hè?'

'Ik dacht dat ik iets hoorde.'

'Neu.'

'Ik ga boven kijken.'

Een van hen klinkt Iers. Mogelijk Brendan Pearl.

'Hé!'

'Wat?'

'Heb je dat gezien?'

'Heb ik wát gezien?'

'De ramen zijn met plastic afgedekt. Waarom zouden ze dat doen?'

'Al sla je me dood. Ga nou maar door.'

De zolder lijkt allerlei schuine kanten en uithoekjes te hebben. Mijn ogen beginnen te wennen aan het donker. Ik ontwaar een eenpersoonsbed, een staande ventilator en kartonnen dozen met allerlei rommel en prullaria.

Ik pers me in de ruimte tussen de kast en het schuine dak en schuif er een paar dozen voor. De stijlen van het ijzeren bed zijn voorzien van zware bronzen bollen. Voorzichtig schroef ik er een los, trek een sok uit en laat de bol erin glijden. Hij glijdt door tot aan de teen. Ik voel het gewicht. Genoeg om botten te breken.

Vanuit mijn schuilplek luister ik of ik voetstappen hoor op de trap en hou ik de deur in de gaten. Ik moet de politie bellen. Als ik mijn telefoon openklap zal het schermpje oplichten als een neonreclame met de boodschap 'Hier ben ik! Kom me maar halen!'

Met beide handen eromheen bel ik het alarmnummer. Ik krijg een telefonist.

'Agent in moeilijkheden. Insluipers ter plekke.'

Ik fluister het adres en mijn badgenummer. Ik kan niet aan de lijn blijven. De telefoon sluit zich, het scherm wordt donker. Alleen nog mijn ademhaling en de voetstappen...

De deur gaat open. Een lichtbundel flitst aan en zwaait de kamer door. Ik kan de gestalte erachter niet zien. Hij mij ook niet. Hij struikelt over een doos. Er rollen kerstballen uit. Een ervan rolt, vlak bij mijn voeten, de lichtbundel binnen.

Hij legt de staaflamp op het bed, met de lichtbundel naar zich toe. Hij verlicht het voorhoofd. Brendan Pearl. Mijn hele gewicht rust op de ballen van mijn voeten, klaar om te vechten. Wat doet hij nou?

Hij heeft iets in zijn vuist. Een rechthoekige bus. Hij knijpt erin. In een boog spuit een straal vloeistof weg van de tuit, zilverschijnend in de stralenbundel. Hij spuit opnieuw, doordrenkt de kartonnen dozen, tekent grillige lijnen op de muren. Vloeistof spat op mijn voorhoofd en loopt mijn ogen in.

Pijnscheuten als gloeidraden schieten door mijn hoofd en de geur zet zich achter in mijn keel vast. Wasbenzine. Aanstekerbenzine. Vuur!

De pijn is onvoorstelbaar, maar ik mag me niet bewegen. Hij gaat het huis in brand steken. Ik moet wegkomen. Ik zie niets. Trillingen op de trap. Hij is weg. Ik kruip mijn schuilplaats uit, loop naar de deur en leg mijn oor ertegenaan.

Zo gaat het niet, met mijn ogen. Ik moet ze spoelen. Op de eerste verdieping is een badkamer, en nog eentje, en suite, bij de grote slaapkamer. Ik weet ze te vinden, maar pas als Pearl weg is. Ik kan me geen uitstel veroorloven.

Beneden breekt er iets met een knal en valt om. Mijn blik is troebel, maar ik zie licht. Nee, geen licht – vuur!

De begane grond staat in lichterlaaie, rook stijgt omhoog. Me vastklampend aan de leuning bereik ik de overloop. Langs de muur tastend kom ik bij de tweede badkamer. Ik gooi water in mijn gezicht. Ik zie alleen vage contouren, schimmen in plaats van details.

De rook wordt dikker. Op handen en voeten zoek ik op de tast mijn weg door de slaapkamer. Ik ruik de aanstekerbenzine op het tapijt. Als het vuur deze verdieping bereikt, zal het hard gaan. Het studeerkamerraam staat nog open. Ik kruip over de overloop, stoot mijn hoofd tegen een muur. Mijn vingers vinden de plint. Ik voel de hitte.

Bij het raam aangekomen leun ik naar buiten en haal tussen de proestende hoestbuien door diep adem. Achter me klinkt een suizend geluid. Vlammen schieten langs de deuropening. Uitgehongerd, gevoed door de aanmaakvloeistof.

Ik klim op de vensterbank en kijk omlaag. Ik kan de tuin niet zien. Hij moet een meter of vijf meter onder me zijn. Dat kost me mijn benen. Ik draai mijn hoofd naar de regenpijp tegen de muur. Ik zie nog steeds bijna niets. Hoe ver was het? Ruim een meter, misschien iets meer.

Aan de achterkant van mijn benen voel ik de hitte van het vuur. Beneden me springt een raam kapot. Ik hoor glasscherven neerkomen in het struikgewas.

Ik moet mezelf dwingen dit te doen. Ik moet op mijn geheugen en mijn instinct vertrouwen. Ik laat me zijwaarts vallen en strek mijn armen uit.

Mijn linkerhand schampt langs de pijp, mijn rechterhand klauwt zich eromheen. Door de kracht van de val zal ik of los moeten laten, of mijn arm uit de kom laten rukken. Beide handen hebben nu beet. Mijn heup slaat tegen de bakstenen. Ik hou vast.

Hand voor hand slinger ik me omlaag. Ik hoor sirenes. Mijn voeten raken zachte grond. Ik zwaai rond, doe een paar struikelpassen en val over een ligbed languit op mijn gezicht.

Elk raam aan de achterkant van het huis is verlicht. Met mijn waterige blik oogt en klinkt het als een studentenfeest. De ultieme house-warming party.

12

Er zijn twee rechercheurs gearriveerd. Een van hen ken ik van de opleiding, Eric Softell. Een naam als een merk toiletpapier, wat hem op de academie de bijnaam 'Pleerol' bezorgde. Niet bij mij, natuurlijk. Sikh-meisjes wagen het niet mensen uit te schelden.

'Ik hoorde dat je het korps hebt verlaten.'

'Nee.'

'Loop je nog steeds hard?'

'Ja.'

'Niet hard genoeg, hebben ze me verteld.' Hij grijnst naar zijn maat, Billy Marsh, een beginnend rechercheur.

Verhalen over kameraadschap tussen politiemensen zijn vaak schandelijk overdreven. Er zijn niet veel collega's die ik bijzonder aardig of solidair vind, maar de meesten zijn tenminste wel oprecht en sommigen zijn om te koesteren, zoals inspecteur Ruiz.

Een verpleger heeft mijn ogen uitgespoeld met gedistilleerd water. Ik zit op de achterrand van de ambulance met mijn hoofd achterover, terwijl hij watten over mijn linkeroog vastplakt.

'Je moet naar een oogarts,' zegt hij. 'Het duurt soms wel een week voor de schade zich volledig manifesteert.'

'Blijvende schade?'

'Dat moet je aan je oogarts vragen.'

Achter hem liggen brandslangen over het glinsterende wegdek verspreid. Brandweerlieden in fluorescerende hesjes zijn aan het opruimen. Het huis staat er nog, maar het binnenwerk is uitgebrand en smeult nog na. De zolder is onder het gewicht van het water naar beneden gekomen.

Ik heb Hari gebeld of hij me komt ophalen. Met een mengeling van ontzag en afgunst staat hij de brandweerlieden te bekijken. Welke jongen wil er nou niet met een brandslang spelen?

De animositeit tussen Softell en mij ontgaat hem niet. Hij probeert tussenbeide te komen en de beschermende broer te spelen, wat niet echt bij hem past.

'Hé, waaierjongen, als jij ons nou eens even een kopje thee bezorgde,' zegt Softell.

Hari pikt de belediging niet op, maar herkent de toon.

Ik zou kwaad moeten zijn, maar ik ben gewend aan dit soort opmerkingen uit de mond van mensen als Softell. Tijdens de basisopleiding kreeg een groepje van ons oproerschilden uitgereikt met de opdracht naar het exercitieterrein te gaan. Een andere groep rekruten moest ons verbaal en fysiek aanvallen. Er waren geen regels, maar we waren niet in staat ons te verweren.

Softell spuugde me in mijn gezicht en noemde me 'Paki-hoer'. Het scheelde weinig of ik had hem nog bedankt ook.

Mijn linkerdij is enigszins gevoelloos, mijn knokkels zijn geschaafd en rauw. Er komen vragen. Antwoorden. De naam Brendan Pearl zegt hun niets.

'Leg nog eens uit wat je in het huis deed.'

'Ik reed langs en zag dat er werd ingebroken. Ik heb het doorgegeven.'

'Vanuit het huis?'

'Jazeker.'

'Dus je bent hem naar binnen gevolgd?'

'Ja.'

Hij schudt zijn hoofd. 'Dus jij reed toevallig langs het huis van een vriendin en zag daar dezelfde man die achter het stuur zat van de auto die haar aanreed. Wat vind jij ervan, Billy?'

'Lulkoek als je het mij vraagt.' Marsh maakt aantekeningen.

'Hoe heb je die aanstekerbenzine in je ogen gekregen?'

'Die sprenkelde hij in het rond.'

'Ja ja, terwijl jij je in een hoek had verstopt.'

Lul!

Achteloos zet hij zijn voet op het plateau van de ambulance. 'Als je je alleen verstopte, waarom dan al die moeite?'

'Ik dacht dat het er maar één was.'

Ik ben een kuil voor mezelf aan het graven.

'Waarom heb je geen versterking gevraagd voordat je naar binnen ging?'

Dieper en dieper.

'Dat weet ik niet, meneer.'

Waterdruppels liggen als kraaltjes op de glimmende neus van zijn schoen.

'Je voelt zeker wel aan hoe dit overkomt?' zegt hij.

'Hoe dan?'

'Er is een huis afgebrand. Er meldt zich een getuige die onder de aanstekerbenzine zit. De eerste regel bij brand is dat, negen van de tien keer, degene die "brand" roept degene is die de zaak heeft aangestoken.'

'Dat kun je niet menen. Waarom zou ik dat doen?'

Zijn schouders gaan op en neer. 'Wie zal het zeggen? Misschien vind jij het wel leuk dingen te zien branden.'

De hele straat is wakker geworden. Op de stoep staan in kamerjassen en overjassen gehulde omwonenden. Kinderen springen boven op een slang en weer weg van de plek waar hij lekt en een zilveren straal het straatlantaarnlicht in spuit.

Buiten de kring brandweerwagens stopt een auto. Ruiz stapt uit. Zonder acht te slaan op de politieman die hem tegen probeert te houden doorbreekt hij de kring pottenkijkers.

Na stilstaand het huis te hebben bekeken, loopt hij door tot hij bij me is. Met mijn witte oogbedekking zie ik eruit als een omgekeerde zeerover.

'Heb jij ooit weleens een normále dag?' vraagt hij.

'Eén keer gehad, een woensdag.'

Hij bekijkt me van top tot teen. Vanwege mijn dij sta ik grotendeels op één been. Tot mijn verrassing buigt hij zich en kust me op de wang, een absolute primeur.

'Ik dacht dat u met pensioen was,' zegt Billy Marsh.

'Dat klopt, mijn jongen.'

'Wat doet u dan hier?'

'Ik heb hem gevraagd te komen,' leg ik uit.

Ruiz monstert de twee rechercheurs. 'Bezwaar als ik meeluister?'

Het klinkt als een vraag, maar is het niet. Dat kan hij af en toe: van een vraag een vaststelling maken.

'Als je ons godverdomme maar niet voor de voeten loopt,' mompelt Softell.

Marsh is aan de telefoon om een onderzoeksteam plaats delict op te roepen. De brandweer zal een eigen onderzoek instellen. Ik strompel weg van de ambulance, die naar elders wordt ontboden. Ruiz pakt mijn arm.

Ik zie dat Hari er nog is. 'Je kunt nu wel naar huis gaan.'

'En jij dan?'

'Dat kan nog wel even duren.'

'Wil je dat ik blijf?'

'Nee, hoeft niet.'

Hij kijkt steels naar Softell en fluistert: 'Ken jij die eikel?'

'Hij is best geschikt.'

'Geen wonder dat mensen een hekel hebben aan smerissen.'

'Hé!'

Hij grijnst. 'Dat geldt niet voor jou, zus.'

Er zijn meer vragen te beantwoorden. Softells interesse in wat ik in het huis deed verflauwt, zijn interesse in Brendan Pearl neemt toe.

'Dus jij denkt dat de brandstichting verband houdt met de dood van de Beaumonts?'

'Ja.'

'Waarom zou Pearl hun huis in de as leggen?'

'Misschien wilde hij bewijsmateriaal vernietigen: brieven, e-mails, lijsten met telefoongesprekken – alles wat in zijn richting zou kunnen wijzen.'

Ik vertel hem over Cates nepzwangerschap en het verdwenen geld van haar rekening. 'Ik denk dat ze een baby probeerde te kopen, maar dat er iets fout liep.'

Marsh neemt het woord. 'Adoptie van buitenlandse kinderen, Chinees, Roemeens, Koreaans, is aan de orde van de dag; waarom zou je dan een kind kopen?'

'Ze heeft adoptie geprobeerd, maar dat kon niet.'

'Hoe koop je een kind?'

Ik heb geen antwoorden. Softell kijkt naar Billy Marsh. Het is heel even stil en ze wisselen iets onzichtbaars uit.

'Waarom heb je hier niet eerder melding van gemaakt.'

'Ik was niet zeker van mijn zaak.'

'Dus ging je op zoek naar bewijsmateriaal. En brak in het huis in.'

'Niet waar.'

'Vervolgens probeerde jij je sporen uit te wissen met een blik aanstekerbenzine en een lulverhaal.'

'Niet waar.'

Ruiz staat vlakbij, met afwisselend gebalde en ontspannen vuisten. Voor het eerst merk ik op hoe oud hij eruitziet in zijn vormloze overjas met sleetse ellebogen.

'Hé, brigadier, ik weet waar jij aan zit te denken,' zegt hij. 'Jij hebt liever een doodgewoon, alledaags zaakje dat voor negenen is opgelost, zodat je nog op tijd bent voor je balletles. Hier staat een van je collega's, een van jullie. Het is jouw taak haar te geloven.'

Softell zwelt op. Te stom om zijn mond te houden. 'En wie denk jij wel dat je bent?'

'Godzilla.'

'Nog eens?'

Ruiz rolt met zijn ogen. 'Ik ben het monster dat die carrière van jou naar de kloten zal helpen als jij deze dame niet wat meer respect betoont.'

Softell kijkt alsof hij een klap heeft gekregen. Hij pakt zijn telefoontje en toetst een nummer in. Ik hoor hem met zijn hoofdinspecteur praten. Ik weet niet wat die hem vertelt. Ruiz heeft nog steeds een hoop vrienden bij de MET, mensen met respect voor zijn staat van dienst.

Na afloop van het gesprek is Softell een gelouterd man. Er gaat een speciaal onderzoeksteam komen en er is een arrestatiebevel uitgegaan voor Brendan Pearl.

'Kom rond de middag naar het bureau voor een verklaring.'

'Dus ik kan gaan?'

'Ja.'

Ruiz wil niet dat ik rijd. Hij brengt me met mijn auto naar huis. Opgepropt achter het stuur van mijn vijfdeurs ziet hij eruit als een seniele dwaas.

'Was het Pearl?'

'Ja.'

'Heb je hem gezien?'

'Ja.'

Met één hand rijdend krabt hij aan zijn kin. Hij mist de helft van zijn ringvinger, met dank aan een hogesnelheidskogel. Zijn vaste grapje is dat zijn derde echtgenote hem met een hakmes te lijf is gegaan.

Ik vertel Ruiz over de instapkaarten en de brochure van het New Life Adoption Centre. We kennen allebei de verhalen over gestolen en gesmokkelde baby's. De meeste gaan richting broodje aap, over babyfokkerijen in Guatemala en orgaandiefstal van in de straten van São Paulo opgepikte weglopertjes.

'Laten we aannemen dat jij gelijk hebt en Cate Beaumont een of andere privé-adoptie heeft geregeld, of de koop van een kind. Waarom dan die nepzwangerschap?'

'Misschien wilde ze Felix doen geloven dat het zijn kind was.'

'Dat is nogal wat. Wat als het kind totaal niet op hem lijkt?'

'Veel mannen geloven maar al te graag dat zij de verwekker zijn. De geschiedenis wemelt van de vergissingen.'

Ruiz trekt een wenkbrauw op. 'Van de leugens, zul je bedoelen.'

Ik hap. 'Ja, vrouwen kunnen doortrapt zijn. Soms moeten we wel. Wij zijn degenen die achterblijven met de poepluiers als een vent besluit dat hij nog niet klaar is om zich te binden, of zijn Harley of zijn pornoverzameling aan de kant te schuiven.'

Stilte.

'Klonk dat als een tirade?'

'Een beetje.'

'Sorry.'

Ruiz begint hardop denkend zijn geheugen door te spitten. Dat is typisch de inspecteur: hij vergeet nooit iets. Terwijl anderen grommen en fronsen als ze de meest simpele feitjes proberen terug te halen, herinnert Ruiz zich moeiteloos feiten, cijfers, uitspraken en namen.

'Drie jaar geleden pakte de Italiaanse politie een bende Oekraïense mensensmokkelaars op die een ongeboren baby te koop aanbood. Ze hielden een soort veiling om de hoogste bieder te vinden. Iemand bood tweehonderdvijftigduizend pond.'

'Cate vloog in maart naar Amsterdam. Mogelijk om een deal te sluiten.'

'In haar eentje?'

'Dat weet ik niet.'

'Hoe onderhielden ze contact met haar?'

Ik denk terug aan de brand. 'Dat zullen we misschien nooit weten.'

Hij brengt me tot voor de deur en spreekt voor de volgende dag af.

'Zorg dat je naar een oogarts gaat.'

'Eerst moet ik mijn verklaring afleggen.'

Boven trek ik de telefoonstekker eruit en zet mijn mobiele telefoon uit. Ik heb vandaag genoeg mensen gesproken. Ik wil een douche en een warm bed. Ik wil in mijn kussen uithuilen en in slaap vallen. Daar heeft een meisje recht op.

13

Politiebureau Wembley is een gloednieuw, met blauw en wit materiaal bekleed gebouw aan Harrow Road. Het nieuwe nationale stadion, waarvan de enorme lichtmasten boven de daken te zien zijn, ligt bijna anderhalve kilometer verderop.

Softell laat me wachten voordat hij me mijn verklaring afneemt. Zijn houding is anders dan gisteravond. Hij heeft Pearl in de computer opgezocht en de nieuwsgierigheid twinkelt in zijn ogen als een aanfloepende gaspit. Softell is het type rechercheur dat zijn hele carrière doorbrengt met zijn hoofd in zijn oksel, zonder enig benul van wat mensen drijft en zonder arrestaties die de krant halen. Nu ruikt hij een kans.

De dood van Cate en Felix Beaumont is bijzaak. Een zijspoor. Ik voel waar hij heen wil. Hij zal Cate terzijde schuiven als een wanhopige vrouw met een psychiatrisch verleden en een strafblad. Pearl is degene waar het hem om gaat.

'Je hebt geen bewijs voor het bestaan van de baby,' zegt hij.

'En het verdwenen geld dan?'

'Waarschijnlijk heeft iemand haar bezwendeld.'

'En daarna vermoord.'

'Volgens het inspectierapport van het voertuig niet.'

Hij overhandigt me een getypte verklaring. Ik moet elke pagina tekenen en wijzigingen paraferen. Ik kijk naar mijn uitspraken. Ik heb gelogen over waarom ik in het huis was en wat er voorafgaand aan de brand gebeurd is. Maakt mijn handtekening het erger?

Hij neemt de verklaring in, legt de vellen recht en drukt op de nietmachine. 'Verdomd professioneel,' sneert hij. 'Je weet dat het nooit stopt, het liegen. Als je eenmaal begint, gaat het van kwaad tot erger.'

'Ja, jij kunt het weten,' zeg ik. Ik was liever met een iets minder zwakke tegenzet gekomen. Maar nog liever zou ik willen dat ik de verklaring kon verscheuren en opnieuw kon beginnen.

In de hal wacht Ruiz me op.

'Hoe is het met je oog?'

'De specialist zei dat ik een week lang een ooglapje moet dragen.'

'Waar is dat dan?'

'In mijn zak.'

We stappen op een zwarte rubberen rechthoek en de deuren gaan automatisch open.

'Je vriend heeft het afgelopen uur zes keer gebeld. Weleens aan gedacht een hond voor in de plaats te nemen?'

'Wat heb je hem verteld?'

'Niets. Daarom is hij ook hier.'

Ik kijk op en zie Dave, leunend tegen Ruiz' auto. Hij neemt me in een stevige omhelzing, zijn gezicht in mijn haren. Ruiz keert zich af, alsof hij zich geneert.

'Zit jij me te besnuffelen, Dave?'

'Yep.'

'Dat is een beetje griezelig.'

'Vind ik niet. Ik ben gewoon blij dat je nog heel bent.'

'Alleen wat kneuzingen.'

'Die kan ik weg kussen.'

'Later misschien.'

Dave, in donkerblauw pak, wit overhemd en kastanjebruine stropdas, gaat sinds zijn promotie netter gekleed, maar op zijn das zie ik een sausvlek die hij niet heeft weten weg te vegen. Zoiets kleins zou mijn moeder ook opmerken. Eng idee.

Ik heb een lege maag. Ik heb sinds gisteren niet gegeten.

Vlak bij Wembley Central vinden we een koffiehuis met een vlekkerig schoolbord als menukaart en genoeg vet in de lucht om Daves haar plat te slaan. Het is een ouderwetse zaak met formica tafels, papieren servetten en een schrikachtige serveerster met een neusknopje.

Ik bestel thee met toast. Ruiz en Dave kiezen het hele-dag-door-ontbijt, ook wel bekend als 'enkeltje monitor', omdat het een op een bord geserveerde hartaanval is. Niemand zegt iets totdat we uitgegeten zijn en de thee is ingeschonken. De inspecteur gebruikt melk en suiker.

'Er is iemand met wie ik nog heb gerugbyd,' zegt hij. 'Hij heeft nooit iets losgelaten over zijn werk, maar ik weet dat hij bij MI5 zit. Ik heb hem vanochtend gebeld. Hij vertelde me iets interessants over Brendan Pearl.

'Wat precies?'

Ruiz haalt een beduimeld opschrijfboek tevoorschijn dat met een elastiek bij elkaar wordt gehouden. Losse blaadjes tuimelen door zijn vingers. Veel rechercheurs geloven niet in aantekeningen maken. Ze willen dat hun geheugen 'flexibel' blijft voor het geval ze ooit in de getuigenbank terechtkomen. Ruiz heeft een geheugen als de spreekwoordelijke ijzeren pot, en toch schrijft hij alles ook nog eens op.

'Volgens mijn vriend heeft Pearl meest recentelijk als beveiligingsexpert bij een bouwbedrijf in Afghanistan gewerkt. Half september 2004 werden drie buitenlandse aannemers gedood toen er een zelfmoordterrorist op hen inreed terwijl ze in konvooi onderweg waren van de centrale luchthaven naar het centrum van Kabul. Pearl lag drie weken in een Duits ziekenhuis en schreef zich daar toen uit. Sindsdien is er niets meer van hem vernomen.'

'Wat brengt hem hier?' vraagt Dave.

'En hoe heeft Cate hem ontmoet?' vul ik aan.

Ruiz pakt de blaadjes bij elkaar en doet het elastiek eromheen. 'Misschien moeten we dat New Life Adoption Centre maar eens gaan bekijken.'

Dave vindt van niet. 'Het is niet ons onderzoek.'

'Officieel niet, nee,' geeft de inspecteur toe.

'En onofficieel ook niet.'

'Het is een onafhankelijk onderzoek.'

'Ongeautoriseerd.'

'Onbeperkt.'

Ik onderbreek hen en doe een voorstel. 'Je zou mee kunnen gaan, Dave.'

Hij aarzelt.

Ruiz ruikt een opening. 'Dat bevalt me zo aan je, Dave: je bent een vrijdenker. Sommige mensen vinden de hedendaagse Britse rechercheur terughoudend en pietluttig, maar dat ben jij niet. De MET kan trots op je zijn. Jij bent niet bang een mening te hebben of een ingeving te volgen.'

Het is alsof ik een visser een vlieg zie uitgooien. Hij krult door de lucht, komt neer op het water en drijft stroomafwaarts, drijft en drijft...

'Een kijkje nemen kan denk ik geen kwaad,' zegt Dave.

Er zijn geen borden die naar het New Life Adoption Centre verwijzen, noch in het nabijgelegen dorp, noch bij de door zandstenen pilaren geflankeerde poort. Een grindpad slingert zich door velden en over een smalle stenen brug. De Friese koeien in de wei kijken nauwelijks op als we passeren.

Uiteindelijk houden we stil bij een groot, geornamenteerd neoklassiek huis binnen de geluidszone van Gatwick Airport. Ik pak Daves arm.

'Moet je horen. Wij zijn zes jaar getrouwd. Het was een enorme sikh-bruiloft. Uiteraard zag ik er prachtig uit. We proberen al vijf jaar een kind te krijgen, maar jouw spermagehalte is te laag.'

'Moet het per se míjn spermagehalte zijn?'

'Doe niet zo kinderachtig. Geef me je ring.'

Hij laat een witgouden ring van zijn pink glijden. Ik doe hem om mijn ringvinger.

Ruiz is achtergebleven in de dichtstbijzijnde dorpspub, in gesprek met de stamgasten. Tot dusverre hebben we ontdekt dat het adoptiecentrum een particuliere liefdadigheidsinstelling is. De oprichter, Julian Shawcroft, was eerder algemeen directeur van de Kliniek voor Infertiliteit en Gepland Ouderschap in Manchester.

Een jonge vrouw, bijna nog een tiener, doet open. Ze draagt

wollige sokken en een bleekblauwe peignoir die nauwelijks verhult dat ze zwanger is.

'Ik kan u niet echt van dienst zijn,' zegt ze meteen. 'Ik let alleen op de balie omdat Stella moest plassen.'

'Stella?'

'Zij is de baas. Nou ja, niet echt de baas. Meneer Shawcroft is de echte baas, maar die is er vaak niet. Vandaag wel, wat niet gebruikelijk is. Hij is de voorzitter, of directeur. Ik weet nooit wat het verschil is. Ik bedoel, wat doet een directeur en wat doet een voorzitter? Ik praat een beetje te veel, vindt u niet? Ik heet Meredith. Vindt u Hugh een leuke naam voor een jongen? Hugh Jackman is echt knap. Ik kan even niet op andere Hughs komen.'

'Hugh Grant,' probeer ik.

'Vet cool.'

'Hugh Heffner,' oppert Dave.

'Wie is dat?' vraagt ze.

'Niet belangrijk.'

Haar haar is net lang genoeg voor een staartje; haar nagellak is afgeschilferd waar ze eraan heeft zitten pulken.

In de hal van het huis staan twee verschoten chesterfields aan weerszijden van een open haard. De trap, met rijk versierde balustrade, is afgesloten met een blauw kwastkoord dat tussen koperen paaltjes hangt.

Meredith brengt ons naar een kantoortje in een zijvertrek. Op verschillende bureaus staan computers. Een kopieerapparaat spuugt pagina's uit, onder de glasplaat glijdt een lichtbundel heen en weer.

Aan de muur hangen posters. Op een ervan is een stel te zien met een kind dat aan hun uitgestrekte handen heen en weer zwaait, alleen is het kind eruit gesneden als een ontbrekend puzzelstuk. *Is dit wat er ontbreekt in uw leven?* staat eronder.

Door openslaande deuren zie ik een rozentuin en een veldje waar misschien ooit croquet werd gespeeld.

'Wanneer ben je uitgerekend?'

'Over twee weken.'

'Waarom ben je hier?'

Ze giechelt. 'Dit is een adoptiecentrum, dommie.'

'Ja, maar mensen komen hier om een baby te adopteren, niet om te bevallen.'

'Ik heb nog geen besluit genomen,' zegt ze op luchtig nuchtere toon.

Er komt een vrouw binnen, Stella, die zich verontschuldigt voor het wachten. Ze ziet er heel zakelijk uit in een donkere coltrui, zwarte broek en imitatie-slangenleren schoenen met puntneuzen en halfhoge hakken.

Haar ogen nemen me van top tot teen op, alsof ze een inventaris opmaakt. Ik heb zin om te zeggen: 'Nee, de baarmoeder staat leeg.' Ze werpt een blik op een afsprakenboek.

'We hebben geen afspraak,' leg ik uit. 'Het kwam eigenlijk ineens bij ons op om hierheen te gaan.'

'Adoptie mag nooit iets zijn wat ineens opkomt.'

'Nee, dat bedoel ik ook niet. We hebben het er al maanden over. We waren in de buurt.'

'Ik heb hier vlakbij een tante wonen,' helpt Dave.

'Aha.'

'We willen een baby adopteren,' zeg ik, duidelijk ten overvloede.

Stella noteert onze namen. Ik noem mezelf mevrouw King, wat minder raar klinkt dan eigenlijk zou moeten.

'We zijn zes jaar getrouwd en proberen al vijf jaar een kindje te krijgen.'

'Dus u overweegt adoptie omdat u geen kind van uzelf kunt krijgen?'

Het is een suggestieve vraag. 'Ik kom uit een groot gezin. Dat wilde ik zelf ook. Ook al willen we kinderen van onszelf, we hebben het altijd over adoptie gehad.'

'Zijn jullie bereid een ouder kind te nemen?'

'We willen graag een baby.'

'Oké, dat kan, maar er worden in dit land maar heel weinig pasgeboren baby's ter adoptie aangeboden. De wachtlijst is erg lang.'

'Hoe lang?'

'Vijf jaar of langer.'

Dave blaast lucht uit zijn wangen. Hij is hier beter in dan ik dacht. 'Er is vast een manier om dat proces te versnellen,' zegt hij. 'Ik bedoel, zelfs het langzaamste radertje kun je met een drupje olie op weg helpen.'

Stella lijkt gepikeerd over de suggestie. 'Meneer King, wij zijn een instelling zonder winstoogmerk die onder dezelfde regels en voorschriften valt als de adoptiediensten van lokale overheden. Het begint en eindigt met het belang van het kind. Olie komt daar niet aan te pas.'

'Uiteraard. Ik wilde niet suggereren...'

'Mijn man is manager,' leg ik boetvaardig uit. 'Hij gelooft dat vrijwel elk probleem op te lossen valt door er meer geld of meer mensen tegenaan te gooien.'

Ze knikt begrijpend en lijkt voor het eerst mijn huidskleur op te merken. 'Wij bemiddelen ook bij adopties uit het buitenland, maar vanuit het subcontinent worden geen kinderen beschikbaar gesteld. De meeste mensen kiezen voor adoptie vanuit Oost-Europa.'

'Wij zijn niet pietluttig,' gaat Dave verder. Onder de tafel geef ik hem een schop. 'Wij zijn niet gauw van slag, bedoel ik. Het gaat niet om ras.'

Stella neemt hem argwanend op. 'Er zijn tal van slechte redenen voor adoptie. Sommige mensen proberen hun huwelijk te redden, of een overleden kind te vervangen, of doen het uit modieuze overwegingen, omdat al hun vrienden er eentje hebben.'

'Zo zijn wij niet,' leg ik uit.

'Mooi. Goed, bij adopties uit het buitenland is het beoordelings- en goedkeuringsproces precies hetzelfde als voor een binnenlandse adoptie. Het omvat grondig medisch onderzoek, huisbezoeken, antecedentenonderzoek en gesprekken met maatschappelijk werkers en psychologen.'

Ze staat op en opent een archiefkast. Het formulier telt dertig pagina's.

'Ik vroeg me af of de heer Shawcroft er vandaag misschien is.'

'U kent hem?'

'Alleen van naam. Zo heb ik van het centrum gehoord, van een vriendin.'

'En hoe heet uw vriendin?'

'Cate Beaumont.'

Ik kan niet opmaken of ze die naam eerder heeft gehoord.

'De heer Shawcroft is normaliter druk met fondsenwerving, maar vandaag is hij toevallig aanwezig. Wellicht heeft hij paar minuutjes tijd voor u.'

Ze verontschuldigt zich en ik hoor haar de trap op lopen.

'Wat vind jij ervan?' fluistert Dave.

'Hou de deur in de gaten.' Ik loop langs het bureau en trek de la van de archiefkast open.

'Dat is een onwettige zoekactie.'

'Hou die déur in de gaten!'

Mijn vingers lopen de hangmappen langs. Elk adoptiegezin blijkt een eigen map te hebben, maar er is er geen met Beaumont of Elliot. Sommige mappen zijn gemarkeerd met gekleurde stickers. Er staan namen op de etiketten. Ik denk eerst dat het misschien kinderen zijn, maar dat klopt niet met de leeftijden. Dit zijn jonge vrouwen.

Eén naam springt er uit: Carla Donavon. Donavons jongere zus. Zijn zwángere zus. Toeval? Dat kan haast niet.

'Die mappen zijn vertrouwelijk.' Ik schrik van de onzichtbare stem.

Ik kijk naar Dave. Hij schudt zijn hoofd. Er staat een intercom op het bureau. Ik speur het plafond af en zie in de hoek een kleine beveiligingscamera. Die had ik eerder moeten zien.

'Als u iets wilt weten, mevrouw King, dient u dat te vragen,' zegt de stem. 'Ik neem aan dat het uw echte naam is, maar misschien hebt u daar ook al over gelogen.'

'Doet u dat altijd, mensen afluisteren?'

'Doet u dat altijd, wederrechtelijk iemands kantoor doorzoeken en uiterst vertrouwelijke mappen inzien? Wie bent u eigenlijk?'

Dave geeft antwoord. 'Wij zijn van de politie. Ik ben brigadier Dave King, recherche. Dit is agent Alisha Barba, eveneens recherche. We doen onderzoek naar een vrouw die cliënt bij u is geweest.'

De zachte zoemtoon van de intercom valt stil. Er gaat een zijdeur open. Er komt een man binnen, halverwege de vijftig, stevig postuur en een breed gezicht, dat zich heel even plooit als hij ontwapenend glimlacht. Zijn haar, ooit blond en nu grijs, ligt in dichte krullen, als het afdraaisel van een houtdraaibank, tegen zijn hoofd.

'Ik weet zeker dat er een wet is die politiemensen verbiedt zich voor iemand anders uit te geven om ongeautoriseerde zoekacties te doen.'

'De la stond open. Ik deed hem alleen maar dicht.'

Hier moet hij om glimlachen. Hij heeft alle recht om boos en achterdochtig te zijn. In plaats daarvan vindt hij het amusant. Omstandig sluit hij de archiefkast en richt zich weer tot ons.

'Nu we precies weten wie we zijn, kan ik u misschien een rondleiding geven en kunt u mij vertellen wat u komt doen.'

Hij neemt ons mee door de hal en door de openslaande deuren het terras op. De jonge vrouw die we eerder zagen zit op een schommel in de tuin. Haar peignoir bolt op terwijl ze heen en weer schommelt, steeds hoger.

'Voorzichtig, Meredith,' roept hij. En tegen ons: 'Het is een onhandig jong ding.'

'Waarom is ze hier?'

'Meredith weet nog niet wat ze wil. Een baby afstaan is een moeilijke en moedige beslissing. Wij helpen jonge vrouwen zoals zij die beslissing te nemen.'

'Jullie proberen haar te overtuigen.'

'Integendeel. Wij bieden liefde en steun. Wij leren haar ouderschapsvaardigheden, zodat ze er klaar voor is. En als ze besluit haar baby af te staan, hebben wij studiebeurzen zodat ze een flat kan zoeken en een baan vinden. Wij werken met open adopties.'

'Open?'

'De biologische moeder en de adoptiefouders leren elkaar kennen en houden vaak ook daarna contact.'

Shawcroft neemt een niet-aangeharkt grindpad langs de zuidkant van het huis. Achter grote erkerramen is een zaal te zien. Bij een haardvuur zitten enkele jonge vrouwen te kaarten.

'Wij bieden prenatale lessen en massagetherapie en hebben een behoorlijk goed geoutilleerde sportzaal,' legt hij uit.

'Waarom?'

'Waarom niet?'

'Ik begrijp niet waarom dat nodig is.'

Shawcroft heeft oog voor kansen. Het geeft hem de gelegenheid zijn filosofie uiteen te zetten, wat hij gepassioneerd doet, terwijl hij afgeeft op de traditionele houding van waaruit jonge ongehuwde moeders werden verketterd of uitgestoten.

'Het alleenstaand moederschap is meer geaccepteerd geraakt, maar is nog altijd geen gemakkelijke keuze,' legt hij uit. 'Dat is de reden waarom ik dit centrum heb opgezet. Er zijn veel te veel wezen en ongewenste kinderen in onze samenleving en in het buitenland, en te weinig mogelijkheden om hun levens te verbeteren.

Hebben jullie enig idee hoe traag, bureaucratisch en oneerlijk ons adoptiesysteem is? We laten het over aan mensen die gebrek aan fondsen hebben, te weinig medewerkers en te weinig ervaring, mensen die voor God spelen, met de levens van kinderen.'

Dave is iets achter ons gaan lopen.

'Ik ben begonnen in een kantoortje in Mayfair. In mijn eentje. Ik vroeg vijftig pond voor een gesprekssessie van twee uur. Twee jaar later had ik acht fulltime medewerkers en meer dan honderd adopties tot een goed einde gebracht. En nu zitten we hier.' Hij wijst naar Followdale House.

'Hoe kunt u zich deze plek permitteren?'

'Mensen zijn erg gul geweest. We hebben veertien medewerkers, onder wie maatschappelijk werkers, consulenten, beroepskeuzeadviseurs, wijkverpleegkundigen en een psycholoog.'

In een hoek van de tuin zie ik een golftas staan onder een paraplu, en een emmer ballen, klaar om te worden weggeslagen. Hij heeft eeltplekken op zijn vingers.

'Mijn enige verzetje,' legt hij uit terwijl hij over de omheining het weiland in kijkt. 'De koeien zijn nogal bang voor golfballen. Sinds mijn operatie sla ik vaak met meer effect dan goed voor me is.'

'Uw operatie?'

'Mijn heup. De ouderdom komt met gebreken.'

Hij pakt een golfclub en zwaait hem zachtjes tegen een rozenstruik. Een roos spat uiteen in een wolk bloemblaadjes. Hij doet zijn hand open en dicht, en bekijkt zijn vingers.

'In de winter is het altijd lastiger vasthouden. Sommige mensen dragen handschoenen. Ik wil de grip voelen.'

Hij is even stil en draait zich naar me toe. 'Welnu, agent, laten we er niet langer omheen draaien: waarom bent u hier?'

'Kent u ene Cate Beaumont?'

'Nee.' Het antwoord klinkt abrupt.

'U controleert uw cliëntenbestanden niet?'

'Ik herinner me ze stuk voor stuk.'

'Ook de gevallen die niet slagen?'

'Júíst degenen die niet slagen.'

Dave heeft zich bij ons gevoegd. Hij pakt een metalen driver, tuurt naar een koe in de verte, maar ziet er toch maar van af.

'Mijn vriendin deed alsof ze zwanger was en plunderde haar bankrekening. Ik denk dat ze heeft geprobeerd een baby te kopen.'

'Wat verboden is.'

'Ze had een van jullie brochures in huis.'

'Wat niet verboden is.'

Shawcroft is niet beledigd en schiet niet in de verdediging. 'Waar is uw vriendin nu?'

'Ze is dood. Vermoord.'

Hij herhaalt het woord met hernieuwd respect. Zijn handen trillen ook nu niet.

'In de brochure stond een advertentie voor een jongetje van wie de moeder prostituee en drugsverslaafde was. Er was sprake van een bemiddelingsvergoeding en medische kosten.'

Shawcroft strijkt over zijn wang, neemt de tijd. Heel even worstelt er iets in zijn binnenste. Ik wil een ontkenning. Die blijft uit.

'De bemiddelingsvergoeding is voor papierwerk zoals visa en geboortecertificaten.'

'Kinderen verkopen is verboden.'

'De baby was niet te koop. Elke kandidaat wordt nagetrokken. We vragen om referenties en beoordelingsrapporten. Er zijn groepsworkshops en kennismakingssessies. Als laatste is er een adoptiepanel dat de adoptiefouders moet goedkeuren voordat er een passend kind voor hen wordt gezocht.'

'Als deze adopties bonafide zijn, waarom staan er in de advertenties dan postbusnummers?'

Hij kijkt recht vooruit, alsof hij de afstand voor zijn volgende slag probeert in te schatten.

'Weet u hoeveel kinderen er in de wereld elk jaar sterven, agent Barba? Vijf miljoen. Door oorlogen, armoede, ziekte, honger, verwaarlozing, landmijnen en uitbuiters. Ik heb kinderen gezien die zo ondervoed waren dat ze de energie niet hadden om vliegen weg te slaan, moeders met kinderen aan verlepte borsten. Ik heb kinderen over het hek gegooid zien worden bij rijke mensen, of erger nog in de rivier de Ganges, omdat ze ze niet konden voeden. Ik heb aids-wezen gezien, crackbaby's en kinderen die voor een schamele vijftien pond als slaaf werden verkocht. En wat doen wij hier ondertussen? We maken het moeilijker om een kind te adopteren. We vertellen de mensen dat ze te oud zijn, of de verkeerde huidskleur hebben, of het verkeerde geloof.'

Hij doet geen poging de bitterheid in zijn stem te maskeren. 'Het vereist moed voor een land om toe te geven dat het niet voor zijn jongste en zwakste burgers kan zorgen. Veel landen die minder moedig zijn zouden in de steek gelaten kinderen liever zien sterven dan weggaan, op weg naar een beter leven.

Het systeem is oneerlijk. Dus inderdaad, soms ga ik kort door de bocht. In sommige landen kun je een contract tekenen met de biologische moeder. Filmsterren in Hollywood doen dat. Ministers doen het. Kinderen kunnen gered worden. Onvruchtbare stellen kunnen een gezin stichten.'

'Door baby's te kópen.'

'Door ze te rédden.'

Ondanks zijn vaderlijke charme en vriendelijkheid schuilt er onverzettelijkheid in het karakter van deze man en iets onbenoembaar gevaarlijks. Een mengeling van sentimentaliteit en spirituele gedrevenheid dat het hart van tirannen versterkt.

'U vindt het immoreel wat ik doe. Ik zal u vertellen wat nóg immoreler is: níets doen. In je luie stoel blijven zitten in je fijne huis en denken dat je, omdat je toevallig een kind in Zambia sponsort, al genoeg doet.'

'Maar de wet overtreden gaat wel erg ver.'

'Elk gezin dat hier voor adoptie komt wordt grondig onderzocht en gekeurd door een panel deskundigen.'

Hij begint het aantal buitenlandse adopties op te sommen dat het centrum heeft begeleid en de diplomatieke hindernissen die hij heeft moeten overwinnen. Hij heeft zijn argumenten zo goed op orde dat ik er weinig tegenover weet te stellen. Mijn tegenwerpingen klinken bekrompen en vijandig. Ik zou mijn excuses moeten maken.

Shawcroft praat verder, uitvarend tegen het systeem, maar maakt dan zijn enige fout: emotionele chantage.

'Ik betreur het dat uw vriendin dood is, agent Barba, maar ik zou u willen waarschuwen geen onbekookte of ongegronde beweringen te doen over waar wij hier mee bezig zijn. Agenten die aankloppen, vragen stellen, gezinnen van streek maken – is dat wat u wilt?'

Stella komt het terras op lopen en roept hem, met haar hand een telefoongebaar makend.

'Ik moet gaan,' zegt hij met een vermoeide glimlach. 'De baby waar u het over had is vier weken geleden in Washington geboren. Een jongen. Jonge mensen uit Oxford gaan hem adopteren.'

Ik kijk hoe hij het pad weer op loopt, het grind knarsend onder zijn rubberen zolen. Meredith is nog buiten. Hij gebaart haar binnen te komen. Het begint koud te worden.

Groentje Dave komt naast me lopen en we volgen het pad in tegenovergestelde richting terug naar de parkeerplaats. We passeren een beeld van een jong meisje dat een urn vasthoudt en een ander beeld van een faun met een ontbrekende penis.

'Nou, wat denk jij ervan?'

'Welk adoptiecentrum heeft er nou bewakingscamera's?'

14

Op zoek naar Donavon klinkt als de titel van een artistieke Ierse film van Neil Jordan. *Donavons Deconstructie* is ook een goede titel. Het is precies wat ik met hem van plan ben als ik hem vind.

Misschien is het toeval en misschien ook niet, maar het bevalt me niet dat zijn naam telkens opduikt wanneer ik Cates gangen naga. Donavon zegt dat hij weet wanneer iemand liegt. Dat komt doordat hij zelf expert is op dat gebied – een geboren bedrieger.

Op de terugrit naar Londen laten we de details van onze ontmoeting met Shawcroft de revue passeren. Ruiz heeft geen bezwaren tegen financieel getinte adoptie als echtparen grondig worden gescreend. Een overmaat aan controle leidt tot het opbloeien van zwarte markten. Misschien heeft hij gelijk, maar bij een fanatiekeling als Shawcroft kan compassie uitmonden in een gevaarlijke kruistocht.

Groentje Dave heeft nog werk liggen. We zetten hem af bij politiebureau Harrow Road en op mijn aandringen belooft hij Shawcroft na te zullen trekken. Hij kust mijn wang en fluistert: 'Stop ermee.'

Dat kan ik niet. Zal ik niet. Hij zegt nog iets: 'Ik vond het léuk met je getrouwd te zijn.'

Het heeft nog korter geduurd dan Britney Spears' eerste huwelijk, maar ik hou me in.

Bij Donavons huis doet niemand open. De gordijnen zijn dicht en zijn motor staat niet buiten. Een buurvrouw tipt ons dat we de markt op Whitechapel Road kunnen proberen. Donavon heeft daar een weekendkraam.

We parkeren achter het Royal London Hospital en gaan op het lawaai, de kleuren en de bewegingen af. Op de stoep en het wegdek staan tientallen kraampjes. Alles is hier te koop: Belgische bonbons uit Polen, Griekse feta uit Yorkshire, Gucci handtassen uit China en Rolexen uit de voering van regenjassen.

Kooplieden schreeuwen door elkaar heen.

'Verse anjers. Twee vijftig een bos!'

'Levende mosselen!'

'Vuurrode tomaten van de kouwe grond!'

Donavon zie ik niet, maar ik herken zijn kraam. Over de metalen buizen gedrapeerd hangen tientallen kunstige halskettingen, of misschien zijn het wel windorgels. Ze wiegen in de zachte bries en weerkaatsen de restanten zonlicht. In de kraam zelf, schots en scheef uitgestald, staan prulradiootjes, digitale klokjes en krultangen uit Korea.

Carla ziet er verkleumd en verveeld uit. Ze draagt een rode wollen maillot en een kort spijkerrokje dat om haar boller wordende buik spant.

Ik stap naar haar toe en leg mijn hand onder haar trui op haar buik tot ik de warmte van haar huid voel.

'Hé!'

Ik trek mijn hand terug alsof ik me gebrand heb. 'Ik wilde het alleen maar even zeker weten.'

'Wat zeker weten?'

'Laat maar.'

Carla kijkt eerst mij argwanend aan en dan Ruiz. Ze zendt een vage, snelle trilling uit, alsof er in haar binnenste iets gruwelijks en geluidloos rondtolt.

'Heb je hem gezien?' vraagt ze gejaagd.

'Wie?'

'Paul. Hij is al twee dagen niet thuis geweest.'

'Wanneer heb je hem voor het laatst gezien?'

'Zaterdag. Hij belde iemand en ging toen weg.'

'Zei hij waarheen?'

'Nee. Zo lang als nu duurt het nooit. Hij belt altijd.'

Dat er zoiets als vrouwelijke intuïtie zou bestaan is veelal een fabeltje. Sommige vrouwen dénken een betere intuïtie te hebben. Ik weet dat ik de zusters ermee teleurstel, maar sekse speelt geen rol. Bloedverwantschap is bepalend. Je familie weet wanneer er iets mis is. Carla's ogen schieten langs het publiek heen en weer, alsof ze met een menselijke legpuzzel bezig is.

Haar mond lijkt iets te willen zeggen waarvoor ze zich geneert. Ik wacht.

'Ik weet niet wat voor soort moeder ik zal zijn. Paul zegt dat het goed komt. Hij zegt dat ik het heb geleerd van een van de sléchtste en daarom niet dezelfde fouten zal maken als onze ma.' Haar handen trillen. 'Een abortus wilde ik niet. Niet vanwege het geloof of zo. Gewoon om hoe ik erover denk, weet je. Daarom dacht ik aan adoptie.'

'Je bent bij Julian Shawcroft geweest.'

'Hij bood aan me te helpen. Hij zei dat ze studiebeurzen hadden, weet je. Ik heb altijd visagiste of schoonheidsspecialiste willen worden. Hij zei dat hij dat kon regelen.'

'Als jij je baby afstond?'

'Ja. Nou ja, je kunt het niet allebei, toch? Niet én voor een baby zorgen én fulltime werken, tenminste niet zonder hulp.'

'En wat heb je besloten?'

Haar schouders krommen zich. 'Dat gaat steeds op en neer. Paul wil dat ik het kind hou. Hij zegt dat hij voor ons zal zorgen.' Ze kluift op een rood geworden vingernagel.

Een jongen met kortgeknipt haar blijft staan en pakt een radiootje in de vorm van een blikje Pepsi.

'Gooi je geld niet in het water, dit is echt bagger,' zegt Carla. De jongen lijkt eerder beledigd dan dankbaar.

'Waarvan kende je het New Life Adoption Centre?'

'Paul had het van een vriendin.'

'Wie?'

Ze haalt haar schouders op.

Haar lichtpaars getinte oogleden trillen. Ze is niet in staat tegen me te liegen. Waarom zou ze? Ik kijk omhoog. Boven haar hoofd zie ik de veren en kralen.

Een van deze versieringen heb ik eerder gezien – in Cates huis, in de babykamer. Het hing boven de nieuwe wieg.

'Wat zijn dat?' vraag ik.

Carla maakt er een los van de kraam en laat hem aan haar vinger bungelen. Door de met veren en kralen behangen gevlochten houten cirkel kijkt ze me aan.

'Dit is een dromenvanger,' legt ze uit. 'Indianen geloven dat de nachtelijke lucht vol dromen zit, deels mooi, deels naar. Ze hangen een dromenvanger boven het kinderbedje zodat hij de voorbijdrijvende dromen kan opvangen. De mooie dromen weten hoe ze door de gaten moeten glippen, langs de zachte veren glijden en zachtjes op het hoofd van het kind neerdalen. Nare dromen raken verstrikt in het web en sneuvelen zodra de zon opkomt.'

Zacht blazend laat ze de veren op en neer kringelen.

Donavon was niet naar de reünie gekomen om het 'goed te maken' met Cate. Hij had haar al eerder ontmoet. Hij gaf haar een dromenvanger, of zij kocht er eentje van hem.

'Hoe goed kende jouw broer Cate Beaumont?'

Carla haalt haar schouders op. 'Ik zou het vriendschap noemen.'

'Dat kan niet.'

Ze steigert. 'Ik sta niet te liegen. Toen Paul bij de para's zat, schreef ze hem brieven. Die heb ik zelf gezien.'

'Brieven?'

'Hij nam ze mee terug uit Afghanistan. Hij had haar brieven bewaard.'

Ik hoor mezelf haar ondervragen, op zoek naar het waar, wanneer en waarom, maar ze kan niet voor haar broer antwoorden. Als ik probeer haar vast te pinnen op specifieke datums en tijdstippen, brengt dat haar nog verder in de war.

Ruiz komt tussenbeide en ik voel me een tikkeltje schuldig dat ik een zwangere vrouw die bezorgd is over haar broer zo op de huid heb gezeten.

De namiddagzon schuift achter de daken en werpt lange schaduwen. Kraamhouders zijn bezig hun spullen in dozen, zakken en metalen koffers te doen. Emmers ijs worden in de goot omgekeerd. Plastic zeilen worden opgerold en vastgebonden.

Nadat we Carla hebben geholpen haar rode Escort-bus in te laden, rijden we achter haar aan. Het huis is nog steeds verlaten. Er zijn geen berichten voor haar. Ik zou kwaad moeten zijn op Donavon, maar ik voel een knagende leegte. Het klopt niet. Waarom zou Cate iemand die haar heeft aangerand brieven schrijven? Op de avond van de reünie sprak ze met hem. Waar hadden ze het over?

Ruiz zet me thuis af. Met afgezette motor staren we naar het straatbeeld, alsof we verwachten dat het ineens zal veranderen na meer dan een eeuw min of meer gelijk te zijn gebleven.

'Kom je nog binnen?'

'Ik kan beter gaan.'

'Ik kan iets voor je koken.'

Hij kijkt me aan.

'We kunnen ook iets halen.'

'Heb je iets alcoholisch in huis?'

'Op de hoek zit een avondwinkel.'

Terwijl ik de deur openmaak en mijn antwoordapparaat afluister, hoor ik hem fluitend op pad gaan. Alle berichten zijn voor Hari. Zijn vriendinnen. Ik zou zijn huur moeten verdubbelen vanwege de telefoonrekening.

De bel gaat. Dat moet Ruiz zijn, maar hij is het niet. Er staat een jongere man voor de deur, in een pepergrijs pak. Gladgeschoren, breedgeschouderd en met Scandinavische trekken. Zijn rechthoekige bril lijkt te klein voor zijn gezicht. Achter hem, naast auto's die dubbel geparkeerd de weg blokkeren, staan nog twee mannen. Ze zien er officieel uit, maar het zijn geen politiemensen.

'Agent Barba, wilt u meekomen alstublieft?' Met zijn tong maakt hij een klakkend geluid dat een teken zou kunnen zijn, maar ook nervositeit.

'Waarom? Wie bent u?'

Hij haalt een badge tevoorschijn. AGZM, het Agentschap Georganiseerde Zware Misdaad. Het agentschap bestaat nog geen jaar en de media hebben het al het Britse antwoord op de FBI genoemd, met een eigen parlementair bekrachtigd statuut, budget en buitengewone bevoegdheden. Wat moeten ze van me?

'Ik ben politieagente,' stamel ik.

'Ik weet wie u bent.'

'Sta ik onder arrest?'

'Belangrijke personen willen u spreken.'

Ik kijk of ik Ruiz zie. Hij komt over de stoep aanrennen met een halve fles whisky in zijn jaszak. Een van de mannen naast de auto's probeert hem de weg te versperren. De inspecteur maakt een schijnbeweging naar links, duikt ineen en gooit de man over een stenen muurtje in een modderplas. Dit kon weleens uit de hand gaan lopen.

'Alles is in orde, meneer.'

'Wie zijn dit?'

'AGZM.'

Zijn gelaatsuitdrukking zegt alles: angst en walging.

'Misschien wilt u nog wat dingen pakken voor onderweg,' zegt de hogere in rang. Ruiz en hij staan tegenover elkaar als hanen in een kippenhok.

Ik doe een spijkerbroek, onderbroekjes en een dunne trui in een sporttas. Mijn pistool ligt in een doek gewikkeld boven op een keukenkastje. Ik speel met de gedachte het mee te nemen, maar verwerp het idee uiteindelijk. Ik heb geen idee wat deze mensen willen, maar ik wil geen herrie met ze schoppen.

Ruiz volgt me naar de auto. Terwijl ik me op de achterbank laat glijden, wordt er een hand op mijn hoofd gelegd. De rem wordt plotseling losgelaten en ik word achteruit in het nieuw ruikende leer geworpen.

'Ik hoop niet dat we uw plannen voor vanavond in het honderd hebben gestuurd, agent Barba,' zegt de man in het grijze pak.

'U weet hoe ik heet. Hoe heet u?'

'Robert Forbes.'

'U werkt voor het AGZM?'

'Ik werk voor de regering.'

'Welk deel van de regering?'

'Het deel waar men niet vaak over praat.' Hij maakt opnieuw het klakkende geluid.

De auto heeft het eind van Hanover Street bereikt. Onder een lantaarn staat een in zwart leer gehulde eenzame toeschouwer tegen een motorfiets geleund. Aan zijn rechterhand bungelt een helm. In zijn knuist smeult een peuk. Het is Donavon.

Het verkeer slingert zich in een tergend langzaam tempo voort, nu eens kruipend dan weer stilstaand. Van de bestuurder kan ik alleen zijn achterhoofd zien. Hij heeft een militair kapsel en een platliggende zonnebril als die van Bono, die er 's avonds met zonnebril eveneens belachelijk uitziet.

Ik probeer me te herinneren wat ik over het AGZM heb gelezen. Het is een samenraapsel van de voormalige Nationale Misdaadbrigade en de Nationale Criminele Inlichtingendienst, met elementen van de Douane en de Immigratiedienst. Vijfduizend agenten werden geselecteerd met het specifieke doel misdaadbendes, drugssmokkelaars en mensensmokkelaars aan te gaan pakken. Het nieuwe agentschap wordt geleid door een voormalig hoofd van de geheime dienst MI5.

'Waar nemen jullie me mee naartoe?'

'Naar een plaats delict,' zegt Forbes.

'Welk delict? Er moet een vergissing in het spel zijn.'

'U bent Alisha Kaur Barba. U bent negenentwintig jaar oud. U werkt bij de London Metropolitan Police, laatstelijk bij de Diplomatieke Beschermingseenheid. U hebt vier broers. Uw vader is gepensioneerd treinmachinist. Uw moeder verricht aan huis naaiwerk. U hebt op Falcon Street Primary en Oaklands Secondary op school gezeten. U hebt aan London University een graad in de sociologie behaald en was op Hendon Police Training College de beste van uw klas. U bent een uitmuntend schutter en voormalig atletiekkampioene. Een jaar geleden raakte u gewond bij een poging een verdachte te arresteren, die bijna uw ruggengraat brak. U accepteerde een medaille voor betoonde moed, maar weigerde een invaliditeitsuitkering. U lijkt er weer aardig bovenop te zijn.'

'Ik zou met gemak een ijzerwinkeltje kunnen beginnen.'

Ik weet niet of zijn kennis bedoeld is om interessant te doen of om mij te intimideren. Er wordt verder niets gezegd. Forbes zal mijn vragen pas beantwoorden als hij daar klaar voor is. Stilte is onderdeel van het murw maken. Dat heeft Ruiz me verteld.

We nemen de A12 via Brentford Londen uit. Ik hou niet van het platteland bij nacht. Te donker en te leeg. Zelfs bij maanlicht ziet het er geschonden en naargeestig uit, als een blauwe plek van een week oud na een val.

Forbes pleegt meerdere telefoontjes, met afgezien van het klakkende geluid in zijn keel alleen 'ja' en 'nee'. Hij is getrouwd. De gouden ring om zijn ringvinger is dik en zwaar. Thuis strijkt iemand zijn hemden en poetst zijn schoenen. Hij is rechtshandig. Hij draagt geen pistool. Hij weet zoveel van mij dat ik weer op gelijke hoogte probeer te komen.

We rijden door Chelmsford in Essex voordat we Colchester laten liggen en naar het oosten de A120 richting Harwich nemen. Voor ons worden de konvooien trekkers en trucks met oplegger steeds dichter. Ik kan de zilte lucht al ruiken.

Een groot bord boven de weg heet ons welkom in Harwich International Port. Over de New Port Entrance Road en twee rotondes komen we bij de ingang voor vrachtwagens. Bij de hekken staan er tientallen te wachten. Een douanebeambte met een lichtstaaf en een fluorescerende hes wuift dat we mogen doorrijden.

In de verte zie ik de haven van Felixtowe. Boven de schepen torenen enorme portaalkranen uit, die containers ophijsen en weer laten zakken. Het ziet eruit als een scène uit *War of the Worlds*, waarin buitenaardse machines zijn geland en nakomelingen creëren voor de volgende generatie. Rij na rij staan er containers boven op elkaar, tot honderden meters in elke richting.

Forbes besluit iets tegen me te zeggen.

'Bent u hier al eens eerder geweest, agent Barba?'

'Nee.'

Harwich is zowel vracht- als passagiershaven. De haven verwerkt cruiseschepen, veerboten, bulktankers en *roll-on-roll-off*-schepen. Er passeren dagelijks duizenden voertuigen uit Denemarken, Zweden, België, Duitsland en Hoek van Holland.

'Waarom ben ik hier?'

Hij wijst naar voren. De auto mindert vaart. In het midden van het douaneterrein is een tent neergezet voor het Team Plaats Delict. Politieauto's staan eromheen als huifkarren rond het kampvuur.

Booglampen in de tent maken de wanden doorschijnend en doen er het silhouet van een vrachtwagen op uitkomen. Achter het zeildoek zie ik mensen rondlopen, als poppen in een kabukitheater.

Forbes is uitgestapt en loopt over het asfalt. De afkoelende motor maakt een tikkend geluid als een klok. Op dat moment gaat een zijflap van de tent open. Er komt een lid van het Team Plaats Delict naar buiten in een overall en witte rubberen handschoenen, die hij als een tweede huid van zijn handen stroopt.

Ik herken hem: Gerard Noonan, forensisch patholoog. Vanwege zijn bleke huid en sneeuwwitte haar noemen ze hem 'de Albino'. Met zijn witte overall, witte handschoenen en witte hoedje lijkt hij op een als zaadcel uitgedoste feestganger.

Hij praat enkele minuten met Forbes. Ik sta te ver weg om te kunnen verstaan wat ze zeggen.

Forbes draait mijn kant uit en wenkt me. Zijn gezicht is hard als het blad van een bijl.

In de tent is de grond afgedekt met plastic zeilen, op hun plaats gehouden door zilverkleurige kisten met medische apparatuur en camera's. In het midden staat een vrachtwagen waarvan de dubbele achterdeuren openstaan. In de auto staan houten pallets met kistjes sinaasappelen. Een deel ervan is naar één kant geschoven om een smal pad door het midden vrij te maken. Er is net voldoende ruimte voor één persoon om naar het uiteinde van de oplegger te komen.

De flits van een camera onthult een ruimte tussen de pallets. Eerst denk ik dat het om etalagepoppen gaat, gebroken modellen of kleifiguren. Dan dringt de werkelijkheid tot me door: lichamen. Ik tel er vijf, op een hoop onder een ventilatiegat. Het zijn drie mannen, een vrouw en een kind. Hun monden staan open. Ademloos. Levenloos.

Het lijken overwegend Oost-Europeanen, in goedkope, bij elkaar geraapte kleren. Een arm steekt omhoog alsof hij aan een draad hangt. De vrouw heeft haar haar naar achteren. Een schildpadden haarklem is losgeschoten en bungelt aan een streng haar op haar wang. Het kind op haar arm draagt een Mickey Mouse-sweatshirt en omklemt een pop.

De flitslamp flitst opnieuw. Ik zie de gezichten op hun plek bevroren, gevangen in het moment waarop hun zuurstof opraakte en hun dromen op uitgedroogde tongen tot stof vergingen. Het is een tafereel dat me zal achtervolgen, een tafereel dat alles anders maakt. En hoewel ik me hun wereld niet kan voorstellen, die onmogelijk vreemd en ver lijkt, is hun dood ondraaglijk nabij.

'Ze zijn niet langer dan twaalf uur geleden gestorven,' zegt Noonan. Automatisch zet ik dit om in persoonlijke tijd. Wat deed ik in die tussentijd? Ik was op weg naar West Sussex. Ik sprak met Julian Shawcroft in het adoptiecentrum.

Noonan houdt een paar in een plastic zakje verzamelde bloederige vingernagels vast. Ik voel mijn maag protesteren.

'Als u moet kotsen, agent, maak dan dat u wegkomt van mijn plaats delict,' zegt hij.

'Ja, meneer.'

Forbes kijkt Noonan aan. 'Vertel haar hoe ze zijn gestorven.'

'Ze zijn gestikt,' antwoordt hij vermoeid.

'Leg het ons eens uit.'

De vraag is voor mijn bestwil. Forbes wil dat ik dit aanhoor en de zoete stank van sinaasappels en uitwerpselen ruik. Noonan gaat erop in.

'Het begint met een toenemende paniek terwijl je voor elke ademteug vecht, hem inhaalt en meer wilt. Het volgende stadium is dat je stil wordt. Berusting. En daarna bewusteloosheid. De stuiptrekkingen en incontinentie zijn onwillekeurig, onderdeel van de doodsstrijd. Niemand weet wat het eerst komt: zuurstofgebrek of kooldioxidevergiftiging.'

Forbes pakt mijn elleboog en leidt me de vrachtwagen uit. Er is een geïmproviseerd mortuarium gebouwd om de lijken te kunnen herbergen. Een ervan ligt al op een brancard, het gezicht omhoog en bedekt met een wit laken. Forbes strijkt met een vinger langs het laken.

'Iemand in de vrachtwagen had een mobiele telefoon,' legt hij uit. 'Toen ze dreigden te stikken hebben ze geprobeerd te bellen en kwamen ze bij een alarmnummer terecht. De telefonist dacht dat het nep was omdat de beller geen locatie kon geven.'

Ik kijk naar het enorme roll-on-roll-off-schip met zijn open boegdeuren.

'Waarom ben ik hier?'

Met een snelle polsbeweging slaat hij het laken terug. Op de koelplaat ligt een jonge jongen met mollige ledematen en donker haar. Zijn hoofd is bijna volmaakt rond en roze, op het blauw rond zijn lippen en de overlappende huidplooien onder zijn kin na.

Forbes heeft zich niet bewogen. Van achter zijn vierkante brillenglazen, die ineens te klein en armoedig voor zijn gezicht lijken, houdt hij me in de gaten.

Ik ruk mijn blik los. Met de vlugheid van een vogel grijpt hij me bij mijn arm. 'Dit is alles wat hij aanhad. Een goedkope broek en een shirt. Geen labels. Normaliter vertellen zulke kleren ons niets. Het zijn goedkope massaproducten.'

Zijn vingers graven zich dieper in. 'Deze kleren zijn anders. Er zat iets in de zoom genaaid. Een naam en een adres. Weet u wiens naam? Wiens adres?'

Ik schud mijn hoofd.

'Het uwe.'

Ik probeer niet te reageren, maar dat is op zich al een reactie.

'Kunt u dat verklaren?' vraagt hij.

'Nee.'

'Zelfs geen vage notie?'

In mijn hoofd raas ik langs de mogelijkheden. Mijn moeder naaide altijd labels in mijn kleding, omdat ze niet wilde dat ik iets kwijtraakte. Mijn naam, niet mijn adres.

'U voelt zeker wel hoe dit eruitziet,' zegt hij, met zijn tong klakkend. 'U bent mogelijke verdachte in een onderzoek naar mensensmokkel en wellicht zelfs een onderzoek naar moord. We denken dat hij Hasan Khan heet. Zegt dat u iets?'

'Nee.'

'De vrachtwagen heeft een Nederlands kenteken. De chauffeur staat als Arjan van Kleek op de passagierslijst.'

Ik schud andermaal mijn hoofd.

Ik ben eerder gevoelloos dan geschokt. Het is alsof er iemand op me af is komen lopen en me op mijn achterhoofd met een metalen dienblad een klap heeft gegeven die nog hoog naklinkt in mijn oren.

134

'Waarom zijn ze niet eerder gevonden?'

'Weet u wel hoeveel vrachtwagens er elke dag Harwich passeren? Meer dan tienduizend. Als de douane ze allemaal zou doorzoeken, zou er een rij schepen tot in Rotterdam liggen.'

Noonan komt bij ons staan. Hij buigt zich over het lichaam en praat alsof de tiener een patiënt is in plaats van een lijk.

'Oké, jongen, probeer eerlijk te antwoorden. Als je goed meewerkt kunnen we meer over je te weten komen. Goed, laten we eens kijken.'

Hij kijkt van dichterbij, zijn lippen bijna tegen de wangen van de jongen. 'Sporen van petechiale bloedingen, speldenknopgrootte, minder dan een millimeter, op oogleden, lippen, oren, gezicht en nek, overeenkomend met zuurstoftekort weefsel…'

Hij tilt een arm op en bekijkt de huid.

'Het littekenweefsel duidt vermoedelijk op een oude brandwond op de linkeronderarm en hand. Iets buitengewoon intens, mogelijk een explosie.'

Op zijn borst zitten tientallen kleinere littekens. Noonans nieuwsgierigheid is gewekt. Hij meet ze op.

'Zeer ongebruikelijk.'

'Wat zijn dat?'

'Van een mes.'

'Is hij gestoken?'

'Eerder gesneden.' Hij zigzagt met een denkbeeldig mes door de lucht. 'Geen van de wondjes is erg diep. Het lemmet heeft geen organen of grote bloedvaten bedreigt. Uitmuntende beheersing.'

De patholoog lijkt geïmponeerd, alsof hij het werk van een collega bewondert.

Hij ziet nog iets. Hij trekt de rechterarm van de jongen iets opzij en draait zijn pols. Halverwege de handpalm en de elleboog zweeft een getatoeëerde vlinder. Noonan meet de vlinder op en spreekt de gegevens in in een digitaal recordertje.

Forbes heeft me genoeg laten zien.

'Ik wil graag naar huis nu,' zeg ik.

'Ik heb nog meer vragen.'

'Heb ik een advocaat nodig?'

De vraag stelt hem teleur. 'Ik kan voor iemand zorgen, als u dat wilt.'

Ik weet dat ik ongeruster zou moeten zijn, maar mijn honger naar kennis wint het van mijn aangeboren voorzichtigheid. Niet dat ik me onoverwinnelijk waan of denk dat mijn onschuld me zal beschermen. Daarvoor heb ik al te veel rechterlijke dwalingen meegemaakt.

Bij de terminal is een chauffeurscafé. Forbes kiest een tafel en bestelt koffie en een fles water.

Het uur daarna pluist hij mijn privé-leven, mijn vrienden en bekenden na. Keer op keer herhaal ik dat ik geen idee heb hoe een label met mijn naam en adres op Hasan Khans kleding terecht is gekomen.

'Heeft het met mijn huidskleur te maken?' vraag ik uiteindelijk.

Zijn gezicht betrekt. 'Waarom gooien mensen toch altijd weer die racismekaart op tafel? Als iemand uit een minderheidsgroepering wordt ondervraagd, kun je er vergif op innemen. Dit heeft niets te maken met uw huidskleur of geloofsovertuiging of waar u bent geboren. Het zijn úw naam en adres die in de kleren van een dode jongen zitten ingenaaid. Een illegaal. En daarom hebben we u in de peiling.'

Ik wou dat ik de vraag kon terugnemen.

Hij haalt een half pakje sigaretten tevoorschijn en telt ze, zichzelf een rantsoen toemetend. 'Hebt u enig benul van de omvang van mensensmokkel?' Met zijn tong klakkend alsof hij zichzelf vermaant steekt hij het pakje weer weg.

'Het afgelopen jaar werden meer dan vierhonderdduizend mensen West-Europa binnengesmokkeld. De Italiaanse maffia, de Russen, de Albanezen, de Japanse yakuza, de Chinese slangenkoppen – ze zijn er allemaal bij betrokken. En na de grote syndicaten zijn er duizenden kleinere zelfstandige bendes die niet meer gebruiken dan een paar mobiele telefoons, een speedboot en een transportbusje. Ze kopen grenswachten om, politici, politiemensen en douanebeambten. Het is krengenvretend geteisem dat loert op menselijke ellende. Geloof me, ik haat ze.'

Hij kijkt me strak aan. Weer dat geluid met zijn tong. Ineens

136

besef ik waar hij me aan doet denken: aan Road Runner. Wile E. Coyote was altijd bezig die arrogante, piepende vogel te vangen, met de meest vreemdsoortige boobytraps en valstrikken. Ik hoopte altijd dat de coyote een keertje zou winnen. Dat de zware halter, de dynamietstaaf of de katapult zijn werk zou doen en hij die schriele vogelnek kon omdraaien.

Alsof het zo moet zijn klinkt de dubbele piep van Forbes' semafoon. Hij gaat achter in het café staan bellen. Er moet hem iets zijn verteld, want als hij terugkomt is zijn houding veranderd.

'Sorry dat ik u zo lang hier heb gehouden, agent Barba.'

'Dus ik kan gaan?'

'Uiteraard, maar het is al erg laat. Er is onderdak geregeld in de stad. De pub ziet er niet slecht uit. Ik kan u morgenochtend terug naar Londen laten brengen.'

Hij trekt zenuwachtig aan de mouwen van zijn colbert, alsof hij bang is dat ze te kort zijn geworden. Ik vraag me af wie de beller was. Sikh-meisjes hebben geen vrienden in hoge kringen.

De pub is ouderwets en rustiek, hoewel ik nooit precies heb geweten wat 'rustiek' inhoudt. De restaurantuitbouw heeft een lage zoldering met visnetten aan de balken; boven de bar zit een harpoen vastgeschroefd.

Forbes nodigt me uit voor het diner. 'Ook al ben ik dan inspecteur, u mag weigeren,' zegt hij in een poging charmant te doen.

Ik ruik de keuken. Mijn maag rommelt. Misschien kom ik meer te weten over Hasan Khan.

Hij werkt zich uit zijn grijze colbert, strekt zijn benen onder tafel en maakt een heel vertoon van het bestellen en keuren van de wijn.

'Deze is erg goed,' oordeelt hij terwijl hij het glas tegen het licht houdt. 'Weet u zeker dat u niet neemt?' Zonder mijn antwoord af te wachten schenkt hij zichzelf nog eens in.

Ik heb hem tot nu toe 'meneer Forbes' of gewoon 'meneer' genoemd. Hij wil dat ik hem met Robert aanspreek. Hoewel ik hem geen toestemming geef, noemt hij me toch al Alisha. Hij vraagt of ik getrouwd ben.

'Dat weet je al.'

'Dat is waar ook.'

Hij heeft Scandinavische ogen en zijn ondertanden staan scheef, maar hij heeft een plezierige glimlach en lacht gemakkelijk. Het klakgeluid lijkt achterwege te blijven als hij zich ontspant. Misschien is het een zenuwenkwestie, zoals stotteren.

'Vertel eens iets over je familie,' vraagt hij. 'Wanneer zijn ze hierheen gekomen?'

Ik vertel hem over mijn grootvader, geboren in een dorpje in de Gujarat, die op zijn veertiende als keukenhulp bij het Britse leger ging en later kok werd. Na de oorlog nam een majoor van de Royal Artillery hem mee naar Engeland als huiskok. Mijn opa reisde met een stoomschip dat drie weken nodig had voor de reis van Bombay naar Engeland. Hij reisde alleen. Dat was in 1947.

Hij verdiende drie pond per week, maar spaarde desondanks genoeg om mijn grootmoeder over te laten komen. Ze waren de eerste Indiërs in Hertfordshire, maar verhuisden later naar Londen.

Mijn enige herinnering aan mijn grootouders is de keer dat ze me vertelden over hun eerste Engelse winter. Ze hadden nog nooit sneeuw gezien en zeiden dat het net een scène uit een Russisch sprookje was.

Ironie ontgaat me soms, maar mijn grootvader deed zijn hele leven zijn best een blanke te worden, om uiteindelijk op Richmond Hill doodgedrukt te worden onder een omgevallen kolenauto waar hij roetzwart onder vandaan werd gehaald.

Forbes heeft zijn tweede fles wijn achter de kiezen en kijkt melancholiek.

'Ik moet even naar het toilet,' zegt hij.

Ik zie hem tussen de tafels door laveren, afwisselend met zijn linkerschouder en rechterschouder naar voren. Als hij weer terug is, bestelt hij een cognac. Hij vertelt over zijn jeugd in Milton Keynes, een kunstmatige stad die pas in de jaren zestig ontstond. Nu woont hij in Londen. Over een vrouw zegt hij niets, maar die is er wel, weet ik.

Ik wil het met hem over de illegalen hebben voordat hij te ver heen is. 'Hebben jullie de vrachtwagen getraceerd?' vraag ik.

'Transportcontainers hebben een code. Ze kunnen waar ook ter wereld worden gevolgd.'

'Waar kwam deze vandaan?'

'De vrachtwagen vertrok gisterochtend vroeg bij een fabriek aan de rand van Amsterdam. De sloten zouden bestand moeten zijn tegen gerommel.'

'Hoe kwam je aan de naam Hasan Khan?'

'Hij had papieren bij zich. Hij had een stoffen draagtas rond zijn middel gebonden. Volgens de Nederlandse politie was hij negentien maanden geleden uit Afghanistan aangekomen. Hij woonde met een groep asielzoekers boven een Chinees restaurant in Amsterdam.'

'Wat zat er nog meer in die tas?'

Forbes slaat zijn ogen neer. 'Tekeningen en foto's. Ik zou ze je kunnen laten zien…' Hij stopt even. 'We zouden naar mijn kamer kunnen gaan.'

'Je kunt ook even die tas halen,' opper ik.

Hij schurkt met zijn sok langs mijn kuit en trakteert me op zijn stoute-jongensglimlach.

Ik wil iets lelijks zeggen, maar kan er even niet op komen. Ik ben nooit goed in terechtwijzingen. In plaats daarvan glimlach ik beleefd en zeg hem dat hij moet stoppen nu hij nog voorligt.

Hij fronst. Hij begrijpt het niet.

Mijn god, je bent niet eens aantrekkelijk. Bel je vrouw en wens haar welterusten.

Forbes gaat stommelend de trap op. 'We hebben 'm aardig geraakt, niet?'

'Een van ons wel, ja.'

Het duurt even voor hij zijn sleutel heeft. Een paar maal probeert hij vergeefs het sleutelgat te vinden. Ik neem het van hem over. Hij valt op bed neer, rolt om en blijft wijdbeens liggen, als een zoenoffer aan de duivelse god van de drank.

Ik trek hem zijn schoenen uit en hang zijn colbertje over de stoel. De stoffen tas ligt op het nachtkastje. Bij het naar buiten gaan schuif ik de veiligheidsstang voor de deurpost, zodat de deur niet helemaal dichtvalt.

Weer in mijn kamer bel ik Ruiz en Groentje Dave. Dave wil me komen ophalen. Ik zeg hem thuis te blijven. Ik bel hem morgen.

Een kwartier later ga ik terug naar Forbes' kamer. De deur staat nog op een kier en hij snurkt. Ik loop de kamer door en luister of zijn ademhaling verandert. Mijn vingers klemmen zich om de tas. Forbes verroert zich niet.

Plotseling klinkt er een ander geluid. Een zangerige beltoon.

Ik laat me vallen en hurk tussen de radiator en het gordijn.

Als Forbes het licht aandoet, zal hij me zien of merken dat de tas weg is.

Hij rolt half uit bed, pakt zijn jasje en rommelt met zijn mobiele telefoon.

'Ja, sorry lief, ik had moeten bellen. Ik was laat terug en wilde jou en de kinderen niet wakker maken. Nee, prima, niet dronken, nee. Een paar glazen maar. Het nieuws niet gezien, nee. O, geweldig, ja, oké. Morgenochtend bel ik. Ga maar gauw slapen. Ik ook van jou.'

Hij legt de telefoon naast zich en staart naar het plafond. Heel even denk ik dat hij in slaap valt, totdat hij kreunt en uit bed rolt. Het badkamerlicht floept aan. Achter zijn rug wordt mijn schuilplaats keurig ingekaderd door het schijnsel. Hij laat zijn boxershort zakken en begint te plassen.

Ik kruip weg van het licht, de vloer over, en doe zachtjes de deur achter me dicht. Ik ben duizelig en tril. Ik heb een van Ruiz' basisregels geschonden: in stressvolle situaties nooit vergeten adem te halen.

In mijn kamer laat ik de inhoud van de gekleurde katoenen tas op bed vallen. Er zit een zakmes bij waarvan één lemmet afgebroken is en het andere intact, een spiegeltje, een met zand gevuld medicijnflesje, een houtskooltekening van twee kinderen en een gedeukte koektrommel.

Elk voorwerp is van belang. Waarom zou hij ze anders bij zich hebben? Dit zijn de aardse bezittingen van een zestienjarige jongen. Lucht in zijn longen blazen of me zijn angsten en verlangens duidelijk maken kunnen ze niet. Ze schieten tekort. Hij verdient meer.

In de koektrommel zitten een vlekkerige militaire onderscheiding en een in tweeën gevouwen zwart-witfoto. De opname lijkt van een groep arbeiders te zijn, opgesteld voor een fabriek met een geroest ijzeren dak en houten luiken voor de ramen. Tegen de muur staan verzendkisten gestapeld en er liggen vaten en pallets.

Er zijn twee rijen arbeiders. De voorste rij zit op krukjes. In het midden is een familieoudste of de fabriekseigenaar te zien in een stoel met hoge rugleuning. Hij zit kaarsrecht en heeft een strenge houding en een in de verte gerichte blik. Eén hand ligt op zijn knie. De andere hand ontbreekt; zijn mouw is bij de elleboog dichtgebonden.

Naast hem zie ik een andere man, die uiterlijk op hem lijkt, misschien zijn broer. Hij draagt een kleine fez en heeft een keurig verzorgde baard. Ook hij mist een hand en zijn linkeroog lijkt slechts een lege oogkas. Ik laat mijn blik langs de twee rijen arbeiders gaan, van wie velen verminkt, kreupel of onvolledig zijn. Er zijn mensen op krukken, anderen met een huid als gesmolten plastic. Een jongen op de voorste rij knielt op een skateboard. Nee, niet waar. Wat ik eerst denk dat zijn knieën zijn, van onder een korte broek, zijn beenstompen.

Geen van de arbeiders glimlacht. Ze hebben een olijfkleurige huid, hun trekken zijn onscherp en geen enkele vergroting zal het beeld helderder kunnen maken, of de mannen er minder stram en nors kunnen doen uitzien.

Ik doe de foto terug in de trommel en bekijk de rest van de curiosa. De houtskooltekening is gekreukeld aan de hoeken. De twee kinderen, een jongen en een meisje, zijn rond de zes en acht. Ze heeft haar arm om zijn schouders geslagen. Ze heeft een hoog voorhoofd en een kaarsrechte scheiding. Hij ziet er verveeld en rusteloos uit, met een sprankje licht dat door een raam in zijn ogen weerspiegelt. Hij wil buiten zijn.

Het papier voelt zacht aan. De houtskool is met fixatief bespoten tegen het vlekken. In de linkerbenedenhoek staat een handtekening. Nee, een naam. Twee namen. De tekening laat het jongetje Hasan zien met zijn zusje, Samira.

Achteroverliggend staar ik naar het plafond en luister naar de peilloze nacht. Het is zo stil dat ik mezelf hoor ademhalen. Wat een schitterend geluid.

Dit is een verhaal dat uit stukken bestaat. Een kroniek van verzinsels. Cate simuleerde haar zwangerschap. Brendan Pearl reed haar en Felix aan. Haar arts loog. Donavon loog. Een adoptieagentschap loog. Er worden mensen gesmokkeld. Er worden baby's gekocht en verkocht.

Ik las ergens dat mensen die door een lawine zijn overvallen niet altijd meer weten wat onder is en wat boven, en niet weten in welke richting ze moeten graven. Ervaren skiërs en klimmers hebben een trucje: ze kwijlen. De zwaartekracht wijst hun de weg.

Zo'n truc heb ik nodig. Ik ben ondergedompeld in iets duisters en gevaarlijks, en weet niet of ik op de goede weg ben of juist dieper wegzink. Ik ben een toevallig slachtoffer.

Mijn dromen zijn echt. Zo echt als dromen maar kunnen zijn. Ik hoor baby's huilen en moeders voor hen zingen. Ik word achternagezeten door mensen. Het is dezelfde droom als altijd, maar ik weet nooit wie ze zijn. En ik word altijd op hetzelfde moment wakker, terwijl ik val.

Ik bel Ruiz. Bij de tweede keer overgaan neemt hij op. De man slaapt nooit.

'Kun je me komen halen?'

Hij vraagt niet waarom. Hij legt de telefoon neer. Ik zie voor me hoe hij zich aankleedt, in de auto stapt en door het boerenlandschap rijdt.

Hij is dertig jaar ouder dan ik. Hij is drie keer getrouwd geweest en heeft een privé-leven met meer kruitdamp dan een schietbaan, maar ik ken hem beter en vertrouw hem meer dan wie ook.

Ik weet wat me te doen staat. Tot dusverre heb ik geprobeerd me Cates situatie voor te stellen: de plaatsen die ze heeft bezocht, wat ze probeerde te verbergen. Maar het heeft geen zin dezelfde telefoonnummers na te bellen of te proberen me haar omzwervingen voor te stellen. Ik moet in haar voetsporen treden, haar inhalen.

Ik ga naar Amsterdam, Samira zoeken. Ik kijk op de klok. Niet morgen. Vandaag.

Twee uur later laat ik Ruiz binnen. Ik vraag me soms af of hij mijn gedachten kan lezen of dat hij degene is die ze daar heeft geplant en ze daarna leest als een pokerspeler die zijn kaarten telt.

'We moeten naar Amsterdam,' zegt hij.

'Ja.'

BOEK TWEE

The bitterest tears shed over graves are for words left unsaid and deeds left undone.

Harriet Beecher Stowe

1

In ons tweede jaar op de universiteit in Londen werd Cate een keer niet ongesteld. Ze dacht dat ze zwanger was. Wij liepen gelijk – zelfde tijd, zelfde plaats, zelfde stemmingen. Wie van haar foute vriendjes haar verdediging had doorbroken herinner ik me niet meer, haar reactie wel degelijk. Paniek.

We deden een zwangerschapstest en daarna nog een tweede. Ik ging met haar mee naar de gezinsplanningkliniek, een afschuwelijk groen gebouw in Greenwich, niet ver van het observatorium. Waar de tijd werd geboren eindigde het leven.

De verpleegster stelde Cate een aantal vragen en zei haar naar huis te gaan en nog eens zeven dagen te wachten. Kennelijk is te vroeg testen de meest voorkomende oorzaak van een vals-negatieve uitslag.

Ze werd ongesteld.

'Misschien was ik wel zwanger en is het vanzelf afgebroken,' zei ze na afloop. 'Misschien had ik het sterker moeten willen.'

Later, zonder aanleiding, vroeg ze: 'Wat doen ze er eigenlijk mee?'

'Waarmee?'

'Met geaborteerde baby's.'

'Die noemen ze geen baby's. Ik neem aan dat ze die afvoeren.'

'Afvoeren?'

'Ik weet het niet, nou goed?'

Ik vraag me af of deze angstige episode waarin het bijna misliep, haar heeft achtervolgd toen ze later zwanger probeerde te worden. Wist Felix ervan? Vroeg ze zich af of dit Gods straf was omdat ze niet genoeg van de eerste had gehouden?

Ik weet tóch nog hoe het foute vriendje heette. We noemden hem Knappe Barry. Hij was een Canadese skileraar die het hele jaar gebronsd rondliep en onvoorstelbaar witte tanden had. Wat is dat toch met skileraren? In de bergen krijgen ze die goddelijke aura, alsof de ijle lucht hun schoonheid vergroot of (waarschijnlijker) vrouwen minder kritisch maakt.

In de kerstvakantie werkten we in een skihotel in de Franse Alpen, in de schaduw van de Mont Blanc (die vanwege de laaghangende bewolking helemaal geen schaduw wierp).

'Heb jij ooit een sikh zien skiën?' vroeg ik Cate.

'Jij kunt de eerste zijn,' drong ze aan.

We deelden een kamer in cellenblok H, zoals we het medewerkersverblijf noemden. Ik werkte als kamermeisje, vijf dagen in de week van zes uur 's ochtends tot halverwege de middag. Cate, die 's avonds in een bar werkte, zag ik nauwelijks. Ze oefende haar Russische accent door zich uit te geven voor Ntalia Radzinsky, dochter van een gravin.

'Waar ben jij in 's hemelsnaam met Barry naar bed geweest?' vroeg ik.

'Ik had je moedersleutel even gepikt. We hebben een van de gastensuites genomen.'

'Jullie hebben wát?'

'Rustig maar. Ik heb er een handdoek onder gelegd.'

Ze leek meer geïnteresseerd in mijn liefdesleven. 'Wanneer ga jij je laten ontmaagden?'

'Als ik er klaar voor ben.'

'Op wie wacht je?'

'Op meneer Perfect,' zei ik, maar ik dacht eigenlijk aan 'meneer Zorgzaam' of 'meneer Waardig', of eigenlijk elke 'meneer' die mij maar graag genoeg wílde.

Misschien was ik toch mijn moeders dochter. Ze was al bezig me te koppelen, aan mijn neef Anwar, die in Bristol filosofie studeerde. Anwar, lang en dun, met grote bruine ogen en een ziekenfondsbrilletje, had een geweldige smaak op kledinggebied en was gek op platen van Judy Garland. Hij ging ervandoor met een jongen van de universiteitsboekwinkel, hoewel mijn moeder nog altijd weigert te geloven dat hij homo is.

Sinds we van Heathrow zijn opgestegen heeft Ruiz nauwelijks iets gezegd. Hij kan heel welbespraakt zwijgen.

Ik had gezegd dat hij niet mee hoefde. 'Jij bent met pensioen.'

'Klopt, maar ik ben nog niet dood,' zei hij terwijl een flauw glimlachje zijn ooghoeken deed rimpelen.

Na zes jaar weet ik nog altijd verbazingwekkend weinig over hem. Hij heeft kinderen – een tweeling – maar heeft het niet over ze. Zijn moeder zit in een bejaardentehuis. Zijn stiefvader is dood. Over zijn echte vader weet ik niets.

Ik heb nog nooit iemand ontmoet die zo genoeg aan zichzelf heeft. Hij lijkt niet te talen naar menselijk contact, niemand nodig te hebben. Als hij zou meedoen aan zo'n survivalprogramma op tv, waarin deelnemers worden gesplitst in elkaar beconcurrerende stammen, zou Ruiz zijn eigen stam zijn, in zijn eentje. En die norse ouwe kerel zou nog elke keer winnen ook.

Amsterdam. Mij doet het denken aan softdrugs, gedoogde prostitutie en klompen. Dit wordt mijn eerste bezoek. Ruiz is eveneens een 'Nederlandse maagd' (zijn uitdrukking, niet de mijne). Hij heeft me zijn minirapport over de Nederlanders al gegeven: 'Uitstekend bier, een paar redelijke voetballers en die kaas met zo'n rode waslaag eromheen.'

'De Nederlanders zijn erg beleefd,' probeer ik.

'Het zijn waarschijnlijk de aardigste mensen ter wereld,' gaf hij toe. 'Ze zijn zo plooibaar dat ze prostitutie en marihuana liever legaliseren dan tegen iemand nee te moeten zeggen.'

Ondanks zijn zigeunerbloed was Ruiz nooit een zwerver geweest. Zijn enige buitenlandse vakantie bracht hij door in Italië. Hij is een gewoontedier – lauw bier, stevig voedsel en rugby – en zijn xenofobie neemt steevast toe naarmate hij verder van huis is.

We hebben een plaats bij de galley weten te veroveren, zodat ik met mijn schoenen uit mijn voeten tegen de muur kan leggen en mijn roze-en-wit gestreepte sokken kan laten zien. De lege stoel tussen ons in heb ik met mijn boek, waterfles en koptelefoon bezet verklaard. Hebben is hebben, maar krijgen is de kunst.

Vanuit het raampje gezien ligt het Nederlandse landschap erbij als een oud biljartlaken, hier en daar opgelapt met rechthoekjes vilt. Ik zie schattige boerderijen, schattige windmolens en af en toe een dorp. Dat hele onder-de-zeespiegel-gedoe is uiterst merkwaardig. Zelfs de bruggen zouden onder water verdwijnen als de dijken het ooit begaven. Maar de Nederlanders zijn zo goed in landaanwinning dat ze waarschijnlijk op een dag de Noordzee zullen dichtgooien en we de M11 kunnen doortrekken naar Moskou.

Tijdens de rit vanaf het vliegveld lijkt de taxichauffeur te verdwalen en rondjes te rijden. Hij steekt althans telkens dezelfde grachten en dezelfde bruggen over. De enige aanwijzingen voor waar Cate is geweest zijn de centrumkaart van Amsterdam en het feit dat het Red Tulip Hotel omcirkeld was.

De baliemedewerker begroet ons met een brede glimlach. Ze is halverwege de twintig, stevig gebouwd en een pondje of twee van overgewicht verwijderd. Achter haar hangt een prikbord met folders van rondvaarten, fietstochten en dagtochten naar de bollenvelden.

Ik leg een foto van Cate op de balie. 'Herkent u deze vrouw?'

Ze kijkt eens goed. Cate is een lange blik waard. Ze herkent haar niet.

'Misschien zegt het een van de andere medewerkers iets.'

Een portier is bezig onze koffers op een trolley te zetten. Hij is in de vijftig en draagt een rode pandjesjas die aan de knopen te zien strak om zijn witte overhemd en buik zit.

Ik laat hem de foto zien. Zijn ogen vernauwen zich van de concentratie. Ik vraag me af wat hij van gasten onthoudt – hun gezichten, hun koffers, hun fooien?

'Kamer 12,' zegt hij heftig knikkend.

Ruiz draait zich naar de balie. 'U hebt hier ongetwijfeld een gastenboek. Ze zou hier in de tweede week van maart kunnen zijn geweest.'

Ze werpt een blik over haar schouder of de manager haar niet ziet en tikt iets in. Ik bekijk de lijst die op het scherm verschijnt. Cate komt er niet op voor. Wacht! Een andere naam herken ik wel. 'Ntalia Radzinsky.'

'Ja, de gravin,' knikt de portier heftig. 'Ze had één blauwe tas,' voegt hij er bij wijze van verder bewijs aan toe. Hij gebaart hoe groot ongeveer. 'En nog een kleinere. Erg zwaar.' Hij spreekt slecht Engels.

'Had ze iemand bij zich?'

Hij schudt zijn hoofd. 'Erg zwaar. Van metaal.'

'U hebt een uitstekend geheugen.'

Hij straalt.

Ik kijk opnieuw naar het scherm. Het voelt alsof Cate een aanwijzing voor me heeft achtergelaten die niemand anders zou herkennen. Het idee dat de doden berichten achterlaten voor de levenden is natuurlijk dwaasheid. De arrogantie van de archeoloog.

Het Red Tulip Hotel telt zestien kamers, waarvan de helft op de gracht uitkijkt. Die van mij is op de eerste verdieping, Ruiz' kamer recht erboven. Het zonlicht weerkaatst in de ramen van een passerende rondvaartboot met toeristen. Bellende fietsers slingeren zich tussen de voetgangers door.

Ruiz klopt aan en we stellen een plan op. Hij gaat langs bij de Immigratie en Naturalisatie Dienst (IND), die in Nederland de aanvragen van asielzoekers behandelt. Ik ga naar het laatst bekende adres van Hasan Khan.

Ik neem een taxi naar de Gerard Doustraat, in de Pijp, of *the pipe*, zoals mijn chauffeur in zijn beste Engels uitlegt. Het echte Amsterdam, meent hij. Lange tijd had het een louche reputatie, maar nu wemelt het er van de restaurants, cafés en bakkerijen.

De Vlammende Wok is een Chinees restaurant met bamboe rolgordijnen en namaak bonsaiboompjes. Er zijn geen gasten. Bij de keukendeur hangen twee obers rond. Aziaten. Keurig verzorgd, in zwarte broeken en witte overhemden.

Van de voordeur kijk ik door tot aan de keuken, waar aan het plafond pannen en stoommandjes hangen. Een oudere man, in het wit, is bezig gerechten voor te bereiden. In zijn hand stuitert een mes.

De obers spreken menu-Engels. Ze blijven me een tafel opdringen. Ik vraag naar de eigenaar.

Terwijl hij zijn handen aan een theedoek afveegt komt meneer Weng zijn keuken uit. Hij buigt.

'Ik wil iets weten over de mensen die hierboven hebben gewoond.'

'Zij weg.'

'Ja.'

'U wil flat?'

'Nee.'

Hij haalt onverschillig zijn schouders op, wijst naar een tafel, gebaart me te gaan zitten en roept om thee. De obers, zijn zoons, verdringen zich om die te mogen brengen.

'Over die huurders…' zeg ik.

'Zij komen, zij gaan,' antwoordt hij. 'Soms vol, soms leeg.' Zijn handen fladderen terwijl hij praat. Af en toe pakt hij ze vast, alsof ze weg zouden kunnen vliegen.

'Uw laatste huurders, waar kwamen die vandaan?'

'Overal vandaan. Estland, Polen, Oezbekistan…'

'En deze jongen?' Ik laat hem het houtskoolportret van Hasan zien. 'Hij is ouder nu – zestien.'

Hij knikt beslist. 'Deze goed. Hij doen afwas voor eten. Anderen uit vuilnisbak eten.'

De groene thee is gearriveerd. Meneer Weng schenkt in. Theeblaadjes wervelen rond in de kleine witte kopjes.

'Wie betaalde de huur?'

'Geld vooruitbetalen. Zes maanden.'

'Maar u moet een huurovereenkomst hebben gehad?'

Meneer Weng begrijpt het niet.

'Was er een contract?'

'Niet contract.'

'En de elektriciteit, de telefoon?'

Hij knikt en glimlacht. Hij is te beleefd om te zeggen dat hij geen antwoord paraat heeft.

Ik wijs naar het meisje op de tekening en haal de foto van Samira tevoorschijn. 'En dit meisje?'

'Veel meisjes komen.' Hij kromt zijn linkerwijsvinger en duim en steekt zijn andere wijsvinger door het gat. 'Plostituee,' zegt hij verontschuldigend, alsof de toestand van de wereld hem bedrukt.

Ik vraag of ik de flat mag zien. Een van zijn zoons biedt zich aan. Hij gaat me voor door een nooddeur die uitkomt in een steeg. We gaan een achtertrap op. Boven doet hij een deur van het slot.

Ik ben vaker in deprimerende appartementen geweest, maar hier is het zeldzaam bedrukkend. De woning bestaat uit één slaapkamer, een zitkamer, een keuken en een badkamer. Het enige meubilair is een lage ladekast met spiegel en een bank met brandgaten.

'De matrassen zijn weggegooid,' legt hij uit.

'Hoeveel mensen woonden hier?'

'Tien.'

Ik heb de indruk dat hij de huurders beter kende dan zijn vader.

'Herinner jij je dit meisje?' Ik laat hem de foto zien.

'Zou kunnen.'

'Woonde ze hier?'

'Ze kwam weleens op bezoek.'

'Weet je waar ze woont?'

'Nee.'

De huurders hebben niets achtergelaten, behalve een paar blikjes voedsel, oude kussens en gebruikte internationale telefoonkaarten. Dit levert niets op.

Ik neem een taxi en tref Ruiz voor een bar op de Nieuwmarkt, een bestraat vierkant plein vlak bij de Oude Kerk. Hier buiten zijn de meeste tafels leeg. Voor rugzakkers en Amerikaanse toeristen begint het te laat in het jaar te worden.

'Ik had niet gedacht dat je er een zou kopen,' zeg ik terwijl ik naar zijn gidsje wijs.

'Nou ja, eh… ik heb een hekel aan de weg vragen,' bromt hij. 'Ik weet zeker dat ik te horen krijg: "U wilt wáárheen?" En dat ik dan ontdek dat ik in het verkeerde kloteland ben.'

Het stel aan de tafel naast ons is van hier. Ik kan niet uitmaken of ze ruzie hebben of het juist roerend met elkaar eens zijn.

'Nederlanders weten meer lettergrepen in een zin te persen dan wie ook,' zegt Ruiz, iets te hard. 'En die raspende Nederlandse *gggg* is helemaal een vuile provocatie.'

Hij kijkt weer in zijn gidsje. We bevinden ons aan de westkant van de hoerenbuurt, de Wallen.

'Dat gebouw met al die kantelen is de Waag,' legt hij uit. 'Het was ooit een stadspoort.'

Een jonge serveerster komt onze bestelling opnemen. Ruiz wil nog een bier, 'met minder schuim en meer Heineken'. Ze glimlacht begripvol mijn kant op.

Met zijn gemarmerde opschrijfboek opengeslagen vertelt Ruiz hoe Hasan en Samira Khan in juni 2004 in het bagageruim van een toeristenbus over de Duitse grens Nederland werden binnengesmokkeld. Ze werden naar een aanmeldcentrum in Ter Apel gebracht en door de IND ondervraagd. Hasan beweerde vijftien jaar oud te zijn en Samira zeventien. Ze vertelden de autoriteiten dat ze in Kabul geboren waren en drie jaar in een vluchtelingenkamp in Pakistan hadden gewoond. Nadat hun moeder was gestorven aan dysenterie nam hun vader, Hamid Khan, de kinderen mee terug naar Kabul, waar hij in 1999 werd doodgeschoten. Hasan en Samira werden naar een weeshuis gestuurd.

'Dat is het verhaal dat ze, zowel samen als onafhankelijk van elkaar, in elk verhoor en gesprek vertelden. Zonder haperen.'

'Hoe kwamen ze hier terecht?'

'Via smokkelaars, maar allebei weigerden ze namen te noemen.' Ruiz kijkt opnieuw in zijn opschrijfboek. 'Na gescreend te zijn werden ze ondergebracht in een centrum voor minderjarige asielzoekers van de Valentijnstichting. Drie maanden later werden ze overgeplaatst naar een centrum in Deelen, dat aan honderdtachtig kinderen onderdak biedt. In december vorig jaar werd hun visum ingetrokken.'

'Waarom?'

'Dat weet ik niet. Ze kregen achtentwintig dagen de tijd om Nederland te verlaten. Er werd beroep aangetekend, maar ze verdwenen.'

'Verdwenen?'

'Dit soort mensen blijft meestal niet rondhangen tot ze worden uitgezet.'

'Wat bedoel je met "dit soort mensen"?'

Hij kijkt me ongemakkelijk aan. 'Foutje.' Hij nipt aan zijn bier. 'Ik heb de naam van een advocaat die hen vertegenwoordigde, Lena Caspar. Ze heeft een kantoor hier in Amsterdam.'

Er zit wit schuim op zijn bovenlip. 'En nog iets. De jongen is al eerder het Kanaal overgestoken. Hij werd gesnapt en binnen vierentwintig uur weer uitgezet naar Nederland.'

'Hij heeft kennelijk een nieuwe poging gedaan.'

'En had opnieuw pech.'

2

Het advocatenkantoor aan de Prinsengracht is gehuisvest in een vier verdiepingen tellend pand dat een graad of twee lijkt over te hellen boven de straatklinkers. Via een hoge gewelfde doorgang komen we op een klein plaatsje waar een oude vrouw met emmer en dweil het natuursteen aan het dweilen is. Ze wijst naar de trap.

Op de eerste verdieping stappen we een wachtkamer vol Noord-Afrikanen binnen, voor een groot deel met kinderen. Een jongeman kijkt op van zijn bureau en duwt zijn Harry Potter-brilletje recht. We hebben geen afspraak. Hij bladert door het afsprakenboek.

Op dat moment gaat er achter hem een deur open en verschijnt er een Nigeriaanse, gekleed in een volumineuze jurk. Een klein meisje houdt haar hand vast, op haar schouder slaapt een baby.

Heel even zie ik niemand anders. Dan duikt er een kleine vrouw op, als uit de plooien van de jurk van de Nigeriaanse.

'Zodra ik het bezwaar heb ingediend stuur ik je een afschrift,' zegt ze. 'Als je intussen verhuist, moet je het me laten weten.'

Met haar katoenen blouse met lange mouwen, zwarte vest en grijze broek ziet ze er zeer advocaatachtig en zakelijk uit. Ze glimlacht afwezig mijn kant uit, alsof we elkaar kennen, kijkt naar Ruiz en rilt.

'Mevrouw Caspar, sorry dat we storen, maar een woordje apart, zou dat kunnen?'

Ze lacht. 'Wat een typisch Engelse beleefdheid. Eén woordje maar? Ik zou bijna ja zeggen, alleen om te horen wat dat woord dan wel mag zijn.' De huid rond haar ogen is gerimpeld als een perzikpit. 'Vandaag zit ik vol. U zult geduld moeten hebben tot…'

Halverwege de zin zwijgt ze opeens. Ik hou een foto van Samira op. 'Haar broer is dood. We moeten haar zien te vinden.'

Mevrouw Caspar houdt de deur van haar kantoor voor ons open. De kamer is bijna vierkant, de houten vloer is glimmend gepoetst. Ze vertelt dat het pand al generaties lang familiebezit is. Ook haar grootvader en vader hadden hier hun advocatenpraktijk.

Ook al vertelt ze dit uit zichzelf, mevrouw Caspar is op haar hoede, zoals elke advocaat.

'U ziet er niet uit als een politieagent,' zegt ze tegen me. 'Ik dacht dat u een beroep op mijn diensten kwam doen.' Ze draait zich naar Ruiz. 'U daarentegen ziet er echt uit als een politieman.'

'Niet meer.'

'Over Hasan,' zegt ze, nu weer tegen mij. 'Wat is er met hem gebeurd?'

'Wanneer hebt u hem voor het laatst gezien?'

'Elf maanden geleden.'

Ik vertel hoe ze in de vrachtwagen zijn lichaam ontdekten en dat mijn naam en adres in zijn kleding zaten genaaid. Mevrouw Caspar staat met haar gezicht naar het raam. Misschien wel met opkomende tranen, al betwijfel ik of een vrouw als zij tegenover vreemden haar emoties toont.

'Wat moest hij met uw naam?'

'Dat weet ik niet. Ik hoopte dat u het wist.'

Ze schudt haar hoofd.

'Ik probeer Samira te vinden.'

'Waarom?'

Hoe ga ik dit aanpakken? Recht vooruit maar. 'Ik verdenk een vriendin van me, die geen kinderen kon krijgen, ervan dat ze geprobeerd heeft in Amsterdam een baby te kopen. Ik vermoed dat ze Samira heeft ontmoet.'

'Samira heeft geen kind.'

'Nee, maar wel een baarmoeder.'

Mevrouw Caspar kijkt me ongelovig aan. 'Een moslimmeisje leent haar baarmoeder niet uit voor geld. U vergist zich.'

Haar opmerking klinkt bot, als een feit of dogma. Ze loopt naar de andere kant van de kamer, opent een archiefkast en pakt er een map uit. Aan haar bureau gezeten loopt ze de inhoud door.

'De regering hier moedigt asielzoekers niet aan. Het wordt hun steeds moeilijker gemaakt. We hebben zelfs een minister voor Vreemdelingenzaken die beweert dat maar twintig procent van de aanvragers uit "echte vluchtelingen" bestaat, en dat de rest leugenaars en bedriegers zijn.

Helaas worden ook legitieme asielzoekers verketterd. Ze worden behandeld als economische vluchtelingen die van land naar land trekken tot ze ergens definitief worden toegelaten.'

Haar bittere stem doet haar kleine lijf trillen.

'Samira en Hasan hadden geen papieren bij zich toen ze hier arriveerden. De IND beweerde dat ze die opzettelijk hadden vernietigd. Ze geloofden niet dat Samira minderjarig was. Ze zag er eerder uit als twaalf dan als twintig, maar toch lieten ze haar tests ondergaan.'

'Tests?'

'Een leeftijdstest. Een röntgenfoto van het sleutelbeen, waarmee je geacht wordt te kunnen bepalen of iemand jonger of ouder dan twintig is. Van Hasan werd zijn pols gefotografeerd. Er werd een rapport opgemaakt door Harry van der Pas, fysisch antropoloog aan de Universiteit van Tilburg.

Het keerde zich tegen hen. Zij leek zelfs nog jonger dan de leeftijd die ze opgegeven had. Eenzijdige voeding en ondervoeding hadden haar groei geremd. Ze kregen allebei een tijdelijk visum. Ze mochten blijven, maar slechts totdat er aanvullend onderzoek was gedaan.'

Ze slaat een bladzijde om.

'Tegenwoordig is het beleid om minderjarige asielzoekers terug te sturen naar het land van herkomst. Hasan en Samira hádden geen familie meer. Afghanistan is nauwelijks in staat zijn mensen te voeden. Kabul is een stad van weduwen en wezen.'

Ze schuift een vel aantekeningen mijn kant op, een familiege-schiedenis. 'Ze waren wees. Beiden spraken Engels. Hun moe-der was opgeleid aan de Universiteit van Delhi. Tot de taliban de macht greep werkte ze als vertaalster voor een uitgeverij.'

Ik bekijk de aantekeningen. Samira werd in 1987 geboren, tij-dens de Russische bezetting van Afghanistan. Ze was twee jaar toen de Sovjets vertrokken en tien toen de taliban kwam.

'En hun vader?'

'Die had een fabriek.'

Ik herinner me de foto die Hasan bij zich droeg.

'Ze maakten vuurwerk,' legt mevrouw Caspar uit. 'De taliban sloot de fabriek. Vuurwerk was verboden. Het gezin vluchtte naar Pakistan en leefde daar in een kamp. Hun moeder stierf aan dy-senterie. Hamid Khan had het er moeilijk mee om als alleenstaan-de vader zijn kinderen op te voeden. Toen hij het zat was om als bedelaar in een vreemd land te leven, nam hij zijn gezin mee terug naar Kabul. Nog geen zes maanden later was hij dood.'

'Hoe?'

'Samira en Hasan waren getuige van zijn executie. In hun ap-partement dwong een tiener met een kalasjnikov hem te knielen en schoot hem daarna door het achterhoofd. Ze gooiden zijn li-chaam uit een raam op straat en dwongen zijn kinderen het acht dagen lang met rust te laten. Tegen die tijd hadden de honden zich er al aan tegoed gedaan.'

Ze heeft een brok in haar keel. 'Ik heb Samira een Afghaans gezegde horen gebruiken: *Voor een mierenkolonie is de dauw een vloed.*'

Verdere uitleg is overbodig.

'Wanneer hebt u haar voor het laatst gezien?'

'Half januari. Ze had een verrassing voor mijn verjaardag. Zelf-gemaakt vuurwerk. Ik weet niet hoe ze aan de chemicaliën en het kruit kwam. Ik had nog nooit zoiets moois gezien.'

'En hun asielaanvraag?'

De advocate haalt nog een brief tevoorschijn. 'Voor een asiel-zoeker in dit land is achttien een sleutelleeftijd. Vanaf die leeftijd word je behandeld als een volwassene. Samira's tijdelijke verblijfs- vergunning werd herzien. Ze werd oud genoeg geacht om voor Hasan te zorgen, dus zijn visum werd ook ingetrokken. Hun bei- den werd asiel geweigerd en ze moesten vertrekken.

Uiteraard tekende ik beroep aan, maar ik kon niet voorkomen dat ze op straat terechtkwamen. Ze moesten de campus in Deelen af. Zoals zo veel afgewezen jonge asielzoekers kozen ze ervoor te vluchten in plaats van op uitzetting te wachten.'

'Waarheen?'

Ze heft haar handen.

'Hoe kunnen we Samira op het spoor komen?'

'Dat gaat niet.'

'Ik moet het proberen. Had ze vrienden in het asielzoekerscen- trum?'

'Ze had het weleens over een Servisch meisje. Haar naam weet ik niet.'

'Is die nog daar?'

'Nee. Ze is of uitgezet, of weggelopen.'

Mevrouw Caspar kijkt Ruiz aan en dan mij weer. De toekomst staat in de lijnen op haar gezicht geschreven. Het is een moeilijke reis.

'Een vriend van mij, een gepensioneerd politieman, net als u, meneer Ruiz, heeft zijn halve leven in het gebied rond de Wallen gewerkt. Hij kent iedereen: de prostituees, de pooiers, de dealers en hun klanten. Langs de muren kruipen muizen, muizen hebben oren en hij kan ze verstaan.'

Ze noteert de naam van ons hotel en belooft een bericht achter te zullen laten.

'Als jullie Samira vinden, doe dan rustig aan. Als ze hoort wat er met haar broer gebeurd is, zal dat hard aankomen.'

'Denkt u dat we haar zullen vinden?'

Ze kust me op beide wangen. 'Als je je gevoel volgt, wie weet.'

Terug in het hotel bel ik inspecteur Forbes. Het eerste wat hij vraagt is waar ik zit. Een stemmetje in mijn binnenste zegt me te liegen. Een stemmetje dat ik de laatste tijd vaker heb gehoord.

'Is de vrachtwagenchauffeur al verhoord?'

'Zit jij in Amsterdam?' kaatst hij terug.

'Wat heeft hij gezegd?'

'Jij kunt niet zomaar het land uit gaan, godverdomme. Je bent verdachte.'

'Van enige beperking is me niets verteld.'

'Gelul. Als jij op eigen houtje op onderzoek uit bent, laat ik disciplinaire maatregelen treffen. Je carrière kun je dan wel vergeten. En thuiskomen ook.'

Ik hoor het irritante klakgeluid weer. Zijn vrouw zal er wel gek van worden, alsof ze met een levende metronoom samenleeft.

Als ik hem over Hasan vertel, komt hij eindelijk tot bedaren. We wisselen informatie uit. De vrachtwagenchauffeur is aangeklaagd voor doodslag, maar er is een complicerende factor. Voordat het roll-on-roll-off-schip in Harwich afmeerde waren Britse immigratieofficieren getipt over een verdacht voertuig. Ze wisten het kenteken en hadden gehoord dat ze moesten uitkijken naar een groep illegale immigranten.

'Van wie kwam die tip?'

'Bij de havenautoriteiten in Rotterdam kwam twee uur na vertrek een anoniem telefoontje binnen. Wij vermoeden van de smokkelaars.'

'Hoe dat zo?'

'Als afleidingsmanoeuvre.'

'Dat begrijp ik niet.'

'Door een klein groepje illegalen op te offeren, zouden ze vele handen kunnen binden. De douane en immigratiedienst zouden het zo druk hebben dat ze een veel groter transport over het hoofd zouden zien.'

'Aan boord van hetzelfde schip?'

'Met twee trucks met oplegger is iets aan de hand. De op de vrachtbrief genoemde bedrijven bestaan niet. In hun laadruim zouden zo'n honderd mensen kunnen zijn binnengesmokkeld.'

'Zouden de luchtgaten opzettelijk dicht kunnen zijn gestopt, om de valstrik nog effectiever te maken?'

'Dat zullen we mogelijk nooit te weten komen.'

'Ik zoek geen fitnesscentrum, maar een sportschool,' zeg ik tegen de receptioniste, die het verschil niet snapt. Ze duikt weg voor mijn boksbeweging. Nu snapt ze het.

Ik weet wel iets van sportscholen. In ons laatste jaar op Oaklands wist ik Cate over te halen mee naar karateles te gaan. De lessen werden gegeven in een achterafzaaltje in Penwick Street, dat vooral bezocht werd door boksers en in hemdjes geklede oude mannen wier aderen op hun hoofd opzwollen als ze op de halterbank lagen.

De karateleraar was een Chinees met een cockney-accent die door iedereen 'Peking' werd genoemd, wat tot PK werd afgekort, waar hij geen bezwaar tegen leek te hebben.

Je had daar een boksring en een gewichtenzaal met spiegels en voor karate een apart uitbouwtje met matten op de vloer. De eerste lessen besteedde PK aan de principes waarop karate is gebaseerd, wat Cate niet bovenmatig interesseerde. 'De mentale discipline, fysieke training en beoefening zelf dragen bij aan het respect voor de medemens,' zei hij.

'Ik wil ze gewoon een trap voor hun kloten kunnen geven,' zei Cate.

'De twee Japanse karakters waaruit het woord "karate" bestaat, betekenen letterlijk "lege handen",' legde PK uit. 'Het is een systeem voor zelfverdediging dat zich in de loop der eeuwen heeft ontwikkeld. Elke beweging is gebaseerd op kennis van de spieren en gewrichten, en de relatie tussen beweging en balans.'

Cate stak haar hand op. 'Wanneer leer ik nou klappen uit te delen?'

'Je gaat hier de technieken van de tegenaanval leren.'

Daarna legde hij uit dat het woord 'karate' afstamde van Mandarijnse en Kantonese uitdrukkingen als *Chan Fa* en *Ken Fat*, wat Cate een giechelaanval bezorgde. De letterlijke betekenis is 'de wet van de vuist'. Aanvallen naar het kruis van de tegenstander worden in de meeste vechtsporten niet getolereerd. In karate zijn daarnaast de heupgewrichten, knieën, wreef, schenen, bovenbenen en het gezicht geen legitiem doelwit.

'Wat heb je er dan aan?'

'Ik denk dat hij het over wedstrijdkarate heeft.'

'Wedstrijden interesseren me niet. Ik wil hun ballen laten schrijnen.'

Ze bleef de theorie volgen, maar viel hem elke week weer lastig met dezelfde vraag: 'Wanneer leren we nou de kruistrap?'

Uiteindelijk ging PK overstag. Hij gaf Cate na sluitingstijd een privé-les. De gordijnen gingen dicht en hij deed alle lampen uit, op de ringverlichting na.

Ze kwam met een blos en een glimlach op haar gezicht naar buiten, met een vlek in haar nek die verdacht veel op een zuigzoen leek. Het was haar laatste les in zelfverdediging.

Ik bleef gaan en werkte verschillende banden af. PK wilde dat ik voor de zwarte band opging, maar ik zat inmiddels al op de politieacademie.

Als ik het restaurant binnenkom, zit Ruiz aan zijn tweede biertje. Hij kijkt hoe de pizzabakker een schijf deeg de lucht in gooit, op zijn knokkels opvangt en weer opgooit.

De bediening is jong. Twee van hen staan naar me te kijken en zeggen iets tegen elkaar. Ze gissen wat voor relatie ik heb met Ruiz. Wat doet een jonge Aziatische vrouw met een twee keer zo oude man? Voor hen ben ik ofwel een importbruidje, ofwel zijn minnares.

Het restaurant is bijna leeg. In Amsterdam eet niemand zo vroeg. Bij de ingang zit een oude man met een hond. Onder tafel voert hij hem stukjes eten.

'Ze kan overal en nergens zijn,' zegt Ruiz.

'Ze zou niet zijn weggegaan uit Amsterdam.'

'Waarom denk je dat?'

'Hasan was pas zestien. Ze zou hem niet alleen hebben gelaten.'

'Hij is twee keer zonder haar het Kanaal overgestoken.'

Daar weet ik niets op te zeggen.

Tot dusverre hebben we onze speurtocht kunnen doen zonder de aandacht te trekken. Waarom zouden we niet van tactiek veranderen? Posters laten maken of een advertentie zetten.

Ruiz is het niet met me eens. 'Cate Beaumont probeerde dit in de openbaarheid te brengen, en zie wat er van haar is geworden. Dit is geen spontane operatie waarbij iemand in paniek is geraakt en de Beaumonts heeft vermoord. We hebben te maken met een georganiseerde bende, met figuren als Brendan Pearl.'

'Ze zullen het niet verwachten.'

'Maar wel te weten komen dat we op zoek zijn.'

'We jagen ze uit hun schuilplaats.'

Ruiz blijft tegenwerpingen maken, maar begrijpt wat ik bedoel. Wat er nu gaat gebeuren zal niet door het toeval of het lot worden bepaald. Wij kunnen ervoor zorgen dat er dingen gaan gebeuren.

Eenpersoons hotelkamers in onbekende steden zijn eenzame plekken waar de menselijke geest haar dieptepunt kan bereiken. Ik lig op bed, maar kan de slaap niet vatten. Mijn hoofd weigert het beeld los te laten van een kind in een Mickey Mouse-T-shirt dat naast zijn moeder ligt, onder een dichtgestopt ventilatiegat.

Ik wil de klok terugdraaien naar de avond van de reünie en verder. Ik wil tegenover Cate zitten en om beurten praten en huilen en zeggen dat het ons spijt. Ik wil de afgelopen acht jaar goedmaken. Maar bovenal wil ik vergiffenis.

3

Onder mijn kussen trilt zachtjes een telefoon.

Ik hoor de stem van Ruiz. 'Hup, eruit jij.'

'Hoe laat is het?'

'Even over zevenen. Er staat iemand beneden. Gestuurd door Lena Caspar.'

Ik trek mijn spijkerbroek aan, gooi water over mijn gezicht en doe mijn haar naar achteren.

Nicolaas Hokke is halverwege de zestig en heeft springerig, kort grijs haar en een baard. Zijn ruim een meter tachtig lange gestalte helpt het beginnende buikje te verbloemen dat onder zijn versleten leren jasje zichtbaar is.

'Ik heb begrepen dat u een gids nodig hebt,' zegt hij terwijl hij met beide handen mijn hand pakt. Hij ruikt naar tabak en talk-poeder.

'Ik ben op zoek naar een meisje.'

'Een meisje.'

'Een asielzoekster.'

'Hmm. Laten we aan het ontbijt verder praten.'

Hij weet een gelegenheid. Op loopafstand. De kruispunten zijn een wirwar van trams, auto's en fietsen. Hokke laveert ertussendoor met de zelfverzekerdheid van een god die over een meer loopt.

Ik begin nu al van Amsterdam te houden. Met zijn bestrate pleinen, grachten en gevels als bruidstaarten is de stad lieflijker en schoner dan Londen. Ik voel me hier veiliger: de anonieme buitenlander.

'Veel mensen vragen om een rondleiding door de rosse buurt,' vertelt Hokke. 'Schrijvers, sociologen, buitenlandse politici. Ik neem ze twee keer mee: één keer overdag en nog een keer 's avonds. Zo zien ze als het ware twee kanten van de medaille: licht en donker.'

Hokke loopt slenterend, zijn in elkaar gestrengelde handen op zijn rug. Af en toe blijft hij staan om iets markants aan te wijzen of een straatnaam uit te leggen.

'Was dit jouw wijk?' vraagt Ruiz.

'Uiteraard.'

'Wanneer ben je gestopt?'

'Twee jaar terug. En jij?'

'Een jaar geleden.'

Ze knikken elkaar toe alsof ze elkaar niets hoeven te vertellen.

We slaan een hoek om en voor het eerst zie ik de beroemde 'ramen' van Amsterdam. Op het eerste gezicht zijn het simpele glazen deuren met houten kozijnen en koperen huisnummers. Van sommige zijn de gordijnen gesloten. Andere zijn open voor klandizie.

Pas als ik dichterbij ben, zie ik wat dat inhoudt. Op een krukje zit een magere, donkere vrouw in een glitterbeha en string met haar benen over elkaar en laarzen dichtgeritst tot op haar dijen. In het ultraviolette licht zien de kneuzingen op haar dijen eruit als grauwe vlekken.

De schaamteloosheid van haar pose en haar bedoelingen doet me heel even ineenkrimpen. Ze werpt me een agressieve blik toe. Ze wil niet dat ik hier met deze mannen ben. Met mij erbij zullen ze niet bij haar naar binnen gaan.

We gaan nog meer steegjes door. We passeren ramen die zo dicht tegenover elkaar liggen dat mijn blik naar links en naar rechts wordt getrokken, alsof ik bij een tenniswedstrijd de heen en weer gaande bal volg. Ruiz kijkt recht voor zich uit.

Een grote Dominicaanse vrouw roept iets naar Hokke en zwaait. Haar enorme borsten worden door een rode met kwastjes versierde push-upbeha op hun plaats gehouden. Ze zit ineengezakt op een kruk. Haar uitpuilende buik bedekt haar kruis.

Hokke blijft staan, praat even met haar in het Nederlands en komt weer terug.

'Ze heeft vier kinderen,' legt hij uit. 'Eentje zit op de universiteit. Al twintig jaar prostituee, maar nog altijd vrouw.'

'Hoe bedoelt u, vrouw?'

'Sommigen veranderen in hoeren.'

Hij zwaait naar verschillende andere prostituees, die hem kusjes toewerpen of hem jennen door op hun pols te slaan. Even verderop komt een oudere vrouw een winkel uit lopen en ze omhelst hem als een lang verloren zoon. Ze geeft hem een zak met kersen.

'Dit is Gusta,' stelt hij haar voor. 'Ze zit nog altijd achter de ramen.'

'Parttime,' verbetert ze hem.

'Maar u bent toch al…'

'Vijfenzestig,' zegt ze trots. 'Ik heb vijf kleinkinderen.'

Hokke moet lachen om onze verbazing. 'Jullie vragen je natuurlijk af hoeveel klanten er naar bed zouden willen met een grootmoeder.'

Gusta legt haar handen op haar heupen en beweegt ze verleidelijk heen en weer. Hokke zoekt naar een beleefde manier om onze vraag te beantwoorden.

'Bij sommige jongere, knappere meisjes staan de mannen buiten in de rij. Zij maken zich niet druk of klanten terugkomen of niet.

Er staan er altijd genoeg te wachten. Maar een vrouw als Gusta moet het niet van een lieve glimlach of een stevig lichaam hebben. En dus moet ze kwaliteit leveren en een bepaalde expertise die met de jaren komt.'

Gusta knikt instemmend.

Hokke lijkt de prostituees en hun werk niet af te keuren. De drugsverslaafden en dealers zijn een ander verhaal. Een Noord-Afrikaanse man hangt tegen een brugleuning. Hij herkent Hokke en danst zijn richting uit. Hokke blijft niet staan. De Afrikaan heeft betelvlekken op zijn tanden en verwijde pupillen. Hokkes gezicht is leeg, neutraal. De Afrikaan kakelt in het Nederlands, woest grinnikend. Hokke loopt door.

'Een oude vriend?' vraag ik.

'Ik ken hem al dertig jaar. Zo lang is hij ook al aan de heroïne.'

'Dat hij dan nog leeft.'

'Verslaafden gaan niet dood aan de drugs, maar aan hun levens-stijl,' zegt hij stellig. 'Als drugs minder duur waren, zou hij niet hoeven te stelen om ze te kunnen betalen.'

Aan de andere kant van de brug komen we nog een junkie te-gen, jonger en met een nog minder appetijtelijk uiterlijk. Met de punt van zijn brandende sigaret wijst hij mijn kant op en zegt op vleierige toon iets tegen Hokke. Er ontstaat ruzie. Ik weet niet wat ze zeggen.

'Ik vroeg hem of hij clean was,' legt Hokke uit.

'En?'

'Hij zei: "Ik ben altijd clean." '

'Jullie maakten ruzie.'

'Hij wilde weten of jij te koop was.'

'Is hij een pooier?'

'Als het hem uitkomt wel.'

We komen bij het café aan en nemen buiten een tafel onder de kale takken van een grote, met feestverlichting versierde boom. Hokke drinkt zijn koffie zwart en bestelt geroosterd zuurdesem-brood met jam. Na afloop stopt hij een pijp die zo klein is dat hij voor leerling-pijprokers gemaakt lijkt.

'Mijn enige zonde,' zegt hij.

Ruiz lacht. 'Dus in al die jaren ben je nooit in de verleiding gekomen?'

'Welke verleiding?'

'Om met sommigen van die vrouwen achter de ramen naar bed te gaan. Er moeten zich ongetwijfeld kansen hebben voorgedaan.'

'Kansen wel, ja. Ik ben al veertig jaar getrouwd, Vincent. Als je ik je Vincent mag noemen. Ik heb alleen met mijn eigen vrouw geslapen. Aan haar heb ik genoeg. Deze vrouwen doen het voor geld. Dan moet je niet verwachten dat ze hun lichaam gratis weggeven. Welke zakenvrouw zou dat doen?'

Zijn gezicht verdwijnt bijna in een wolk pijprook.

'Dat meisje dat jullie zoeken, denken jullie dat ze mogelijk prostituee is?'

'Ze is uit Afghanistan gesmokkeld.'

'Afghaanse prostituees zijn een zeldzaamheid. De moslimmeisjes zijn meestal Turks of Tunesisch. Als ze hier illegaal is, zal ze pas achter de ramen gaan werken als ze valse papieren heeft.'

'Kost dat veel moeite?'

'Nigeriaanse en Somalische vrouwen ruilen hun papieren onderling omdat ze op elkaar lijken, maar normaliter zijn de ramen het gemakkelijkst te controleren. Op straat en in privé-clubs is dat lastiger. Het is als met een ijsberg: wij zien alleen het topje. Onder water zijn er honderden prostituees, van wie sommigen minderjarig, die op parkeerterreinen, in toiletten of in clubs hun werk doen. Hun klanten krijgen ze via mond-tot-mondreclame en de mobiele telefoon.'

Ik vertel hem over Samira's verdwijning uit het opvangcentrum.

'Wie heeft haar naar Nederland gebracht?'

'Smokkelaars.'

'Hoe heeft ze hen betaald?'

'Hoe bedoel je?'

'Ze willen natuurlijk iets terugzien in ruil voor het smokkelen.'

'Zij en haar broer zijn wees.'

Hij klopt zijn pijp uit op de rand van de asbak.

'Misschien hebben ze nog niet betaald.' Terwijl hij zijn pijp weer stopt, legt hij uit hoe bendes binnen asielzoekerscentra opereren. Ze pikken meisjes op en maken ze tot prostituee, terwijl de jongens als drugskoerier of bedelaar worden ingezet.

'Soms nemen ze niet eens de moeite om de kinderen te kidnappen. Ze halen ze op voor het weekend en brengen ze weer terug. Dat is veiliger voor de pooiers, omdat de meisjes niet compleet verdwijnen en men geen aanleiding ziet tot een zoekactie. Ondertussen worden ze gevoed en gehuisvest en leren ze een beetje Nederlands, op kosten van de Nederlandse regering.'

'Denk je dat dat Samira is overkomen?'

'Ik weet het niet.'

'Als ze jong is zal ze van stad naar stad worden verhuisd of verkocht aan handelaren in andere landen. Het is net een carrousel. Jonge en nieuwe meisjes worden aangeprezen als vers vlees. Ze leveren meer geld op. Door ze steeds te verhuizen zijn ze voor de politie of hun familie lastiger op te sporen.'

Hokke staat op en rekt zich uit. Hij gebaart ons mee te komen. Over de keien gaan we links- en rechtsom, dieper de rosse buurt in. Er zijn nu meer ramen open. Vrouwen tikken op de ruit om Hokkes aandacht te trekken. Een Marokkaanse schudt naar hem met haar borsten. Een ander slaat zich op haar achterwerk, wiegend op een liedje dat alleen zij kan horen.

'Kent u ze allemaal?' vraag ik.

Hij lacht. 'Ooit misschien wel, ja. Ik hoorde al hun verhalen. Tegenwoordig is er een soort muur tussen de politie en de prostituees. Vroeger was het merendeel Nederlands. Daarna kwamen de Dominicaanse en de Colombiaanse vrouwen. Daarna de Surinaamse. En nu komen ze uit Nigeria en Oost-Europa.'

Elke straat is weer anders, legt hij uit. De Oudekerksteeg is Afrikaans gebied. De Boomsteeg is van de Zuid-Amerikanen, de Aziaten domineren de Oudekennissteeg en Barndesteeg, terwijl de Bloedstraat de transseksuelen herbergt. De Oost-Europese meisjes zitten in de Molensteeg en op de Achterburgwal.

'Het wordt steeds moeilijker om geld te verdienen. Een prostituee moet minstens twee klanten hebben om de huur van haar raam te kunnen betalen. Daarna nog eens vier klanten voor het aandeel dat haar pooier pakt. Dan is ze door zes mannen gebruikt en heeft ze voor zichzelf nog geen cent verdiend.

In vroeger tijden spaarden prostituees om een raam te kunnen kopen en zelf verhuurster te worden aan andere meisjes. Nu behoren de ramen toe aan ondernemingen, die ze soms gebruiken om geld wit te wassen door de verdiensten van de meisjes kunstmatig te verhogen.'

In weerwil van zichzelf klinkt hij melancholiek. Hij heeft heimwee naar vroeger.

'Het gebied is tegenwoordig schoner. Minder gevaarlijk. De problemen hebben zich naar verderop verplaatst.'

We lopen langs een gracht, langs striptenten en bioscopen. Op afstand zien de seksshops eruit als souvenirwinkels. Pas als je dichterbij komt blijken de snuisterijen dildo's en kunstvagina's te zijn. Het fascineert en verwart me. Ik wil naar binnen gluren en uitzoeken wat waarvoor bedoeld is.

Hokke is een steeg ingeslagen en klopt ergens aan. Een grote man met uitpuilende buik en bakkebaarden doet open. Achter hem zie ik een kamertje waarin hij maar net zijn kont kan keren. Langs de wanden staan rijen pornovideo's en filmspoelen.

'Dit is Nico, de hardst werkende filmoperateur van Amsterdam.'

Nico grijnst ons aan terwijl hij zijn handen afveegt aan zijn shirt.

'Sommigen van de actrices zijn inmiddels oma,' zegt Nico.

'Zoals Gusta,' valt Hokke hem bij. 'Dat was me toch ooit een schoonheid.'

Nico knikt instemmend.

Hokke vraagt hem of hij Afghaanse meisjes kent die achter de ramen werken of in clubs.

'Afghaans? Nee. Ik herinner me wel een Irakese. Weet je nog, Hokke? Basinah. Jij had een oogje op haar.'

'Ik? Welnee,' lacht de ex-politieman. 'Ze had problemen met haar huisbaas en vroeg of ik kon helpen.'

'Heb je hem opgepakt?'

'Nee.'

'Hem neergeknald?'

'Nee.'

'Jij was niet echt geslaagd als politieman, of wel soms, Hokke? Altijd maar fluiten. 'De drugsdealers hoorden je van mijlenver aankomen.'

Hokke schudt zijn hoofd. 'Als ik ze wilde pakken, werd er niet gefloten.'

Ik laat Nico de foto van Samira zien. Hij herkent haar niet.

'De meeste handelaars houden het dicht bij huis. Meisjes uit China worden gesmokkeld door Chinezen, Russische door Russen.' Hij spreidt zijn handen. 'Afghanen blijven thuis en geven hun papavers water.'

Nico zegt in het Nederlands iets tegen Hokke.

'Dat meisje. Waarom zijn jullie naar haar op zoek?'

'Omdat ze waarschijnlijk iets af weet van een baby.'

'Een baby?'

'Ik heb een vriendin.' Ik verbeter mezelf. 'Ik hád een vriendin die deed alsof ze zwanger was. Ik vermoed dat ze met iemand in Amsterdam had geregeld dat die haar een baby zou leveren. Mijn vriendin werd vermoord. Ze liet deze foto na.'

Hokke stopt andermaal zijn pijp. 'Denk je dat ze bezig waren die baby te smokkelen?'

'Ja.'

Hij stopt halverwege, de lucifer nog brandend tussen zijn vingers. Ik heb hem verrast – de man die dacht dat hij na dertig jaar hier alles al gezien en gehoord had.

Ruiz wacht buiten en neemt het carnaval van geiligheid en gulzigheid in zich op. Er zijn nu meer mensen op straat. Gekomen om de beroemde rosse buurt te zien, maar niet aan te raken. Een groep Japanners wordt voortgestuwd door een vrouw die een felgele paraplu boven haar hoofd houdt.

'Samira had een broer,' leg ik aan Hokke en Nico uit. 'Hij verdween tegelijk met haar uit het opvangcentrum. Waar zou hij in dat geval heen gaan?'

'Ook jongens kunnen de prostitutie in gaan,' zegt Hokke zakelijk. 'Ze kunnen ook drugskoerier worden, of zakkenroller of bedelaar.

Ga maar eens naar het Centraal Station. Het wemelt ervan.'

Ik laat hem het houtskoolportret van Hasan zien. 'Hij heeft een tatoeage aan de binnenkant van zijn pols.'

'Wat voor tatoeage?'

'Een vlinder.'

Hokke en de filmoperateur kijken elkaar aan.

'Dat is een eigendomstatoeage,' zegt Nico terwijl hij zich onder zijn oksel krabt. 'Hij is iemands bezit.'

Hokke kijkt strak naar de geblakerde binnenkant van zijn pijpje. Het is duidelijk geen goed nieuws.

Ik wacht op zijn uitleg. Terwijl hij met zorg zijn woorden kiest, vertelt hij dat bepaalde criminele bendes delen van de stad beheersen en vaak het eigendom over asielzoekers en illegalen opeisen.

'Ze moet uit de buurt blijven van De Souza,' zegt Nico.

Hokke houdt een vinger tegen zijn lippen. Ik zie een blik van verstandhouding.

'Wie is De Souza?' vraag ik.

'Niemand. Vergeet die naam maar.'

Nico knikt. 'Dat is beter voor iedereen.'

Er zijn inmiddels nog meer ramen open. Meer klanten. Mannen die elkaar passeren houden hun ogen omlaag gericht.

Ik heb prostitutie altijd verwarrend gevonden. In mijn jeugd gaven films als *Pretty Woman* en *American Gigolo* er een geïdealiseerd en gesteriliseerd beeld van. De eerste keer dat ik echte prostituees zag was met Cate. We waren in Leeds voor een atletiekevenement. Vlak bij het station, waar de meeste goedkopere hotels zaten, zagen we vrouwen op straathoeken staan. Sommigen zagen er uitgeput en onfris uit, heel anders dan Julia Roberts. Anderen zagen er zo verscheurend uit dat ze meer weg hadden van zeeduivels dan van lustobjecten.

Misschien is mijn idee van seks als iets moois of magisch of bovenaards wel naïef. Dat kan het zijn. Ik heb nooit van schuine moppen of seksueel geladen gedrag gehouden. Cate noemde me preuts. Prima, houden zo.

'Waar denk je aan, meneer?'

'Ik vraag me af waarom ze het doen.'

'De vrouwen?'

'De mannen. Ik vind het niet erg als iemand de toiletbril voor me voorverwarmt, maar er zijn plekken waar ik liever niet als tweede kom, of derde…'

'Vind je dat prostitutie verboden moet worden?'

'Ik constateer slechts.'

Ik vertel hem over een artikel dat ik op de universiteit las, van Camille Paglia. Zij stelde dat prostituees niet het slachtoffer waren van mannen, maar juist hun overwinnaars.

'De feministen op hun achterste benen zeker?'

'Dat kun je wel zeggen, ja.'

In stilte lopen we verder. Na een tijdje gaan we ergens zitten. Een veeg zonneschijn strijkt over het plein. Op een onder een boom neergezette zeepkist staat iemand in het Nederlands te preken of voor te dragen. In mijn oren zou het *Hamlet* kunnen zijn, maar voor hetzelfde geld is het het telefoonboek.

Terug in het hotel plegen we een reeks telefoontjes. We werken Hokkes lijst met namen van stichtingen, asieladvocaten en steungroepen af. Hoewel we het grootste deel van de dag aan het bellen zijn, weet niemand iets over Samira. Misschien moeten we dit op de ouderwetse manier aanpakken: langs de deuren gaan.

Op het Damrak vind ik een kopieerwinkel. Een medewerker maakt een vergroting van Samira's portret en draait er een stapeltje kleurenkopieën van. De geur van papier en inkt nestelt zich in mijn hoofd.

Ruiz gaat met de foto naar het Centraal Station om hem aan mensen te laten zien. Ik ga de vrouwen achter de ramen langs, die tegenover mij waarschijnlijk spraakzamer zullen zijn. Ruiz is het helemaal eens met de taakverdeling.

Voor ik op pad ga bel ik Barnaby Elliot over de komende begrafenissen. Hij heeft mijn stem nog niet gehoord of hij begint me ervan te beschuldigen dat ik het huis van Cate en Felix in de as heb gelegd.

'De politie zegt dat jij daar bent geweest, dat jij de brand hebt gemeld.'

'Ik heb een inbraak gemeld, geen vuur aangestoken.'

'Wat deed je daar? Je vroeg om haar computer en haar brieven. Die kwam je nu zeker stelen, hè?'

Ik reageer niet, wat hem nog woester maakt.

'We hebben hier rechercheurs over de vloer gehad met vragen. Ik heb hun verteld dat jij allerlei wilde beweringen hebt gedaan over Cate. Door jouw toedoen willen ze de lichamen niet vrijgeven. We kunnen de begrafenis niet regelen – de kerk, de toespraken, de rouwadvertentie, niks. We kunnen geen afscheid nemen.'

'Dat spijt me, Barnaby, maar daar kan ik niks aan doen. Cate en Felix zijn vermoord.'

'EN NU HOU JE OP! OPHOUDEN!'

'Luister nou…'

'Nee! Ik hoef die verhalen van jou niet. Ik wil dat je mijn gezin met rust laat. Blijf uit onze buurt.'

Zodra hij heeft opgehangen tjilpt mijn mobiele telefoon als een jong vogeltje.

'Hallo? Alisha? Hallo.'

'Ik hoor u, mama.'

'Alles goed?'

'Ja, prima.'

'Heeft Hari je nog gebeld?'

'Nee.'

'Er heeft ene commissaris North geprobeerd je te bereiken. Je was niet op je werk verschenen, zei hij.'

Hendon! Mijn nieuwe baan bij Werving en Selectie. Volkomen vergeten.

'Hij wil dat je terugbelt.'

'Oké.'

'Weet je zeker dat alles goed is?'

'Ja, mama.'

Ze begint een verhaal over mijn neefjes en nichtjes – wie er aan het wisselen is, hun eerste glimlachje, stapjes of woordjes. Daarna de balletvoorstellingen, voetbalwedstrijden en schoolconcerten.

Kleinkinderen vormen het middelpunt van haar leven. In plaats van overweldigd voel ik me eerder leeg.

'Kom zondag lunchen. Iedereen is er. Behalve Hari. Hij heeft een studieafspraak.'

Aha, de nieuwe benaming.

'Vraag die aardige sergeant ook.' Ze bedoelt Groentje Dave.

'Ik had hem laatst niet uitgenodigd, hoor.'

'Hij was heel aardig.'

'Mama, hij is geen sikh.'

'Trek je maar niets van vader aan. Die blaft harder dan hij bijt. Ik vond je vriend heel beleefd.'

'Beleefd.'

'Ja. Je moet er niet op rekenen dat je een prins trouwt. Maar met een beetje geduld en hard werken kun je er wel een máken. Kijk maar naar mij en je vader.'

Ik kan het niet helpen, ik hou van haar. Ze drukt een kusje op de hoorn. Dat zie je niet vaak meer. Ik stuur een kusje terug.

Als op commando belt Groentje Dave. Misschien spelen ze wel onder één hoedje.

'Hallo, lief meisje.'

'Dag, lieve jongen.' Ik hoor duidelijk zijn ademhaling, alsof hij naast me staat.

'Ik mis je.'

'Iéts in je mist me.'

'Nee, alles.'

Gek genoeg mis ik hem ook. Een nieuw gevoel.

'Hebben jullie haar gevonden?'

'Nee.'

'Ik wil dat je naar huis komt. We moeten praten.'

'Ga je gang.'

Hij wil me iets meedelen. Ik hoor hem bijna oefenen hoe hij het zal brengen. 'Ik neem ontslag.'

'Mijn god!'

'Aan de zuidkust staat een kleine zeilschool te koop.'

'Een zeilschool.'

'Het is een goede broodwinning. 's Zomers komt er geld binnen

174

en 's winters kan ik op een vissersboot werken of in de beveiliging.'

'Waar denk je het geld vandaan te halen?'

'Ik koop het samen met Simon.'

'Die werkt toch in San Diego?'

'Ja, maar Jacquie en hij komen terug.'

Simon is Daves broer. Hij is zeilmaker of bootontwerper; ik kan
nooit onthouden welke van de twee.

'Maar ik dacht dat je het naar je zin had als rechercheur.'

'Het is geen baan voor iemand met een gezin, als dat ervan
komt.'

Daar heeft hij gelijk in. 'En je bent dichter bij je pa en ma.' (Die
wonen in Poole.)

'Dat ook, ja.'

'Zeilen kan leuk zijn.' Meer weet ik niet te zeggen.

'En nu komt het, Ali. Ik wil dat je met me meekomt. Als zakenpartner.'

'Partner?'

'Je weet dat ik verliefd op je ben. Ik wil met je trouwen. Samen
met je zijn.' Hij spreekt snel nu. 'Je hoeft nog geen antwoord te
geven. Denk er maar over na. Ik neem je mee naar het zuiden. Ik
heb een huisje gevonden in Milford-on-Sea. Het is schitterend.
Zeg geen nee. "Misschien" is genoeg. We gaan eerst kijken.'

Ik voel iets in me verspringen. Ik wil zijn grote hand in mijn
kleine handen nemen en zijn oogleden kussen. Wat hij ook zegt,
ik weet dat hij een antwoord verwacht. Dat kan ik hem niet geven.
Vandaag niet, morgen niet. De toekomst is een panorama dat elk
uur verspringt.

4

Ik kom andermaal langs de Oude Kerk en de Trompettersteeg.
Hokke had gelijk: bij avond is de rosse buurt anders. Ik kan de
testosteron en de gebruikte condooms bijna ruiken.

Bij elk raam dat ik passeer houd ik een foto tegen de ruit. Sommige prostituees schreeuwen tegen me of schudden boos met een vinger. Anderen glimlachen verleidelijk. Ik wil hen niet in de ogen kijken, maak ik moet er zeker van zijn dat ze naar Samira kijken.

Ik loop door de Goldbergersteeg en Bethlehemsteeg en prent mezelf in van welke ramen de gordijnen dicht zijn, zodat ik later terug kan komen. Er is maar één vrouw die probeert me over te halen binnen te komen. Ze legt twee vingers tegen haar lippen en steekt haar tong ertussendoor. Ze zegt iets in het Nederlands. Ik schud mijn hoofd.

In het Engels nu. 'You want a woman.' Ze schudt haar in paarsrood gehulde borsten.

'Ik doe het niet met vrouwen.'

'Maar je hebt er weleens aan gedacht.'

'Nee.'

'Ik kan een man zijn. Ik heb het gereedschap.' Nu lacht ze naar me.

Ik loop verder, de hoek om, langs de gracht, door de Boomsteeg naar de Molensteeg. Er zijn drie ramen naast elkaar, bijna beneden straatniveau. Van het middelste raam is het gordijn geopend. Een jonge vrouw slaat haar ogen op. In het ultraviolette licht lichten haar blonde haar en witte slipje op als neon. Een minuscuul driehoekje bedekt haar kruis, twee driehoekjes iets hoger op haar borst zijn samengetrokken om een decolleté te creëren. De enige andere schaduwen verduisteren de uitholling aan weerszijden van haar schaambeen, waar de bikini strak om haar heupen gespannen zit.

Aan de ruit hangt een ballon. Serpentines. Verjaardagsversiering? Ik hou de foto tegen het glas. Een flits van herkenning. Iets in haar ogen.

'Ken je haar?'

Ze schudt haar hoofd. Ze liegt.

'Help me.'

In haar jukbeenderen en kaaklijn gaan nog sporen van schoonheid schuil. Ze heeft haar haar in een scheiding. De dunne haargrens is donker in plaats van wit. Ze slaat haar ogen neer. Ze is nieuwsgierig.

De deur gaat open. Ik stap naar binnen. De kamer is net breed genoeg voor een tweepersoonsbed, een stoel en een kleine wastafel aan de muur. Alles is roze: de kussens, de lakens en de schone handdoek daarbovenop. Een spiegel die ditzelfde tafereel laat zien beslaat een complete wand, zodat het lijkt of we de kamer delen met een ander 'raam'.

Ze nipt van een blikje frisdrank. 'Ik heet Eva, net als de eerste vrouw op aarde.' Ze lacht sarcastisch. 'Welkom in mijn Hof van Eden.'

Ze buigt zich voorover en pakt van onder haar kruk een pakje sigaretten. Haar borsten deinen. Ze heeft niet de moeite genomen het gordijn te sluiten. In plaats daarvan blijft ze bij het raam. Ik kijk naar het bed en de stoel en vraag me af waar ik zal gaan zitten.

Eva wijst naar het bed. 'Twintig euro, vijf minuten.'

Haar accent is een mengsel van Nederlands en Amerikaans. Het is het zoveelste bewijs van de macht van Hollywood, dat generaties mensen in uithoeken van de wereld Engels heeft leren spreken.

Ik overhandig het geld. Ze grist het weg als een goochelaar die een speelkaart laat verdwijnen.

Ik hou opnieuw de foto op. 'Ze heet Samira.'

'Ze is een van de zwangeren.'

Ik ga rechtop zitten. Onzichtbaar pantser. Kennis.

Eva haalt haar schouders op. 'Maar goed, ik kan het ook mis hebben.'

De duimafdruk op haar arm is een bloeduitstorting. Die in haar nck is nog donkerder.

'Waar heb je haar gezien? Wanneer?'

'Soms word ik gevraagd te helpen met de nieuwe meisjes. Ze dingen te laten zien.'

'Wat voor dingen?'

Ze lacht en steekt een sigaret op. 'Wat dacht je? Soms kijken ze toe vanuit de stoel of vanaf het bed, afhankelijk van waar de klant voor heeft betaald. Sommigen vinden het leuk te worden bekeken. Dan gaat het sneller.'

Ik sta op het punt te vragen waar ze een stoel voor nodig heeft als ik de reep vloerbedekking zie om haar knieën te beschermen.

'Maar je zei dat ze zwanger was? Waarom zou je haar dit dan laten zien?'

Ze rolt met haar ogen. 'Ik geef je de vijf-minutenversie. Dat is waar je voor hebt betaald.'

Ik knik.

'In januari zag ik haar voor het eerst. Ik weet het nog omdat het die dag zo koud was.' Ze wijst naar de wastafel. 'Alleen koud water. Als ijs. Ze brachten haar hier om toe te kijken. Haar ogen waren groter dan zo.' De prostituee balt haar handen tot vuisten. 'Ik dacht dat ze zou gaan overgeven. Ik zei dat ze de wastafel moest gebruiken. Ik wist dat ze het nooit zou gaan redden. Het is maar seks. Een fysieke daad. Ze kunnen me hier raken of hier,' zegt ze terwijl ze naar haar hart en hoofd wijst. 'Dit meisje gedroeg zich alsof ze zichzelf spaarde. Nog zo'n rotmaagd!' Ze tikt de as van haar sigaret.

'En toen?'

'De tijd is om.' Ze houdt haar hand op voor meer geld.

'Dat was geen vijf minuten.'

Ze wijst naar de wand achter me. 'Zie je die klok? Op mijn rug liggen en ernaar kijken is mijn beroep. Niemand die zo precies vijf minuten aftelt als ik.'

Ik geef haar nog eens twintig euro. 'Je zei dat ze zwanger was.'

'Dat was de volgende keer dat ik haar zag.' Eva duidt de zwelling aan. 'Het was in een kliniek in Amersfoort. Ze zat daar in de wachtkamer met een Servisch meisje. Ze waren allebei zwanger. Ik ging ervan uit dat het was om een uitkering te krijgen, of dat ze probeerde in het land te blijven door hier een kind te baren.'

'Heb je met haar gesproken?'

'Nee. Ik weet nog dat ik verbaasd was omdat ik dacht dat zij de laatste maagd op aarde zou zijn.' De sigaret brandt tot vlak bij haar knokkels.

'Ik heb de naam en het adres van de kliniek nodig.'

'Dokter Beyer. Hij staat in het telefoonboek.'

Ze vermorzelt de sigaret onder haar open schoentje. Een klop op het raam trekt haar aandacht. Buiten staat een man, die eerst naar mij en dan naar Eva wijst.

'Hoe heet je?' fluistert ze samenzweerderig.

'Alisha.'

Ze buigt zich naar de deur. 'Hij wil ons allebei, Alisha.'

'Niet opendoen!'

'Doe niet zo bleu. Hij ziet er schoon uit. Ik heb condooms.'

'Ik ben geen…'

'Geen hoer. Maar ook geen maagd. Je kunt wat verdienen. Knappe kleren kopen.'

Buiten is een oploop ontstaan. Er gluren meer mannen naar binnen. Ik ben gaan staan. Ik wil weg. Ze probeert me nog steeds over te halen.

'Wat heb je te verliezen?'

Ik wil zeggen: mijn zelfrespect.

Ze doet de deur open. Ik moet me langs haar wringen. Haar vingernagel strijkt langs mijn wang en haar tongpunt bevochtigt haar onderlip. Mannen verdringen zich in het steegje met zijn gladde en harde klinkers. Ik moet me een weg langs hen heen banen. Ik ruik hun lichamen terwijl ik langs ze schamp. Mijn voet raakt een stoepje en ik struikel. Een hand strekt zich uit om me te helpen. Het is niet echt logisch, maar ik sla hem weg en wil de man keihard uitschelden. Ik zat goed wat betreft Samira. Goed wat betreft de baby. Dáárom simuleerde Cate haar zwangerschap en had ze Samira's foto bij zich. Ik wou dat ik fout zat.

Boven de menigte doemt een klein stukje grijze lucht op. Plotseling ben ik ervan verlost en sta ik in een bredere straat, diep ademhalend. Het donkere water van de gracht is met rode en paarse strepen doorsneden. Ik hang over een leuning en kots mijn eigen bijdrage aan de kleurenpracht uit.

Mijn mobiele telefoon trilt. Ruiz is op de been.

'Misschien heb ik iemand gevonden.' Hij hijgt een beetje. 'Bij het Centraal Station heb ik Samira's foto laten zien. De meeste mensen wilden nergens van weten, maar deze jongen deed heel raar toen hij de foto zag.'

'Denk je dat hij haar kende?'

'Misschien. Hij zou de waarheid nog niet zeggen als God de Almachtige het hem vroeg.'

'Waar is hij nu?'

'Hij liep weg. Ik loop vijftig meter achter hem.'

De inspecteur raffelt een beschrijving af van een tiener in een kaki camouflagejack, spijkerbroek en sportschoenen.

'Verdomme!'

'Wat is er?'

'Mijn batterij is bijna leeg. Ik had hem vannacht moeten opladen. Er belt verdomme nooit iemand.'

'Ik wel.'

'Ja, nou, dat laat ook meteen zien wat voor een armzalig bestaan jij leidt. Even kijken of ik je de naam van een zijstraat kan geven. Verderop is een gracht.'

'Welke?'

'Ze zien er allemaal hetzelfde uit.'

Op de achtergrond hoor ik muziek en meisjes die van achter de ramen roepen.

'Wacht even. Barndesteeg,' zegt hij.

In het schijnsel van een straatlantaarn vouw ik een toeristenkaart open en laat mijn vinger langs de namen gaan tot ik de coördinaten van de straten heb. Ze liggen niet ver uit elkaar.

Films en tv-series doen het voorkomen alsof het heel simpel is iemand te achtervolgen zonder zelf gezien te worden, maar de werkelijkheid is anders. Als dit een echte schaduwactie van de politie was, zouden we twee auto's hebben, een motorrijder en twee of zelfs drie agenten te voet. Elke keer dat het doelwit afsloeg, zou hij een nieuw iemand achter zich hebben lopen. Die luxe hebben wij niet.

Ik steek de Sint-Jansbrug over en loop snel langs de gracht. Ruiz is twee straten oostelijker en komt me door de Stoofsteeg tegemoet. De jongen zal me dichtbij passeren.

Het is druk op straat. Ik moet naar links en naar rechts stappen, strijk hier en daar langs schouders. De lucht is zwaar van de hasj en frituurgeuren.

Ik zie hem pas op het allerlaatste moment. Hij is al bijna voorbij. Hij heeft holle wangen, met behulp van gel en zijn vingers opgezette haren, en springt van de stoep in de goot en weer terug om mensen te ontwijken. Hij kijkt over zijn schouder. Hij weet dat hij wordt gevolgd, maar hij is niet bang.

Ruiz heeft zich laten terugzakken. Ik neem het over. We komen bij de gracht en steken de brug over. Ik loop bijna dezelfde weg van daarnet terug. Hij loopt dichter bij het water dan bij de gevels. Als hij een achtervolger wil afschudden, waarom dan de open kant genomen?

Dan begint het me te dagen: hij lokt Ruiz weg. Iemand op het station moet Samira hebben gekend. Hij wil niet dat Ruiz hem of haar vindt.

Hij houdt in en wacht. Ik loop langs hem. De inspecteur duikt niet op. Ineens draait de jongen om, om zeker te zijn. Nu waant hij de kust veilig.

Hij kijkt niet om als hij weer doorloopt. Ik volg hem door de smalle stegen tot hij de Warmoesstraat bereikt en daarna de Dam. Bij een beeld blijft hij wachten tot er een slank meisje opduikt in een spijkerboek en een roze corduroy jasje. Haar steile korte haar heeft de kleur van sterke thee.

Hij praat druk gesticulerend tegen haar, zijn betoog illustrerend met handgebaren. Ik bel Ruiz op zijn mobiel. 'Waar ben je?'

'Achter je.'

'Heb je bij het station een meisje gezien in een spijkerbroek en een roze jasje? Donker haar. Achttien, negentien jaar. Nu nog knap.'

'Samira?'

'Nee. Een ander meisje. Ik vermoed dat hij je probeerde weg te lokken. Hij wilde niet dat je haar zou vinden.'

Ze maken nog steeds ruzie. Het meisje schudt haar hoofd, de jongen trekt aan haar mouw. Ze rukt zich los. Hij roept iets. Ze kijkt niet om.

'Ze gaan verschillende kanten op,' fluister ik in mijn mobiele telefoon. 'Ik ga achter het meisje aan.'

Ze heeft een merkwaardig lichaam, een lange romp en korte benen, met licht gespreide voeten als ze loopt. Ze haalt een blauwe sjaal uit haar zak en wikkelt hem om haar hoofd, met een knoop onder haar kin. Het is een hijab, een hoofdbedekking. Ze zou moslima kunnen zijn.

Ik blijf dicht achter haar, me bewust van de menigte en het verkeer. In het midden van de weg voeren de trams op de rails met hun beugels een soort steekspel uit. Auto's en fietsen slingeren zich erlangs. Wat is ze klein. Ik verlies haar telkens uit het oog.

Het ene moment loopt ze nog voor me en het volgende… Waar is ze gebleven? Ik sprint vooruit en kijk vergeefs in portieken en etalages. Ik zoek de zijstraten af in de hoop een glimp op te vangen van haar roze jasje of het blauw van haar hidjab.

Op een vluchtheuvel draai ik me om en doe een stap naar voren. Er klinkt een doordringend gebel. Ik draai mijn hoofd om. Een onzichtbare hand rukt me terug op het moment dat er in een wirwar van geluid en luchtdruk een tram langs me heen schiet.

Het meisje in het roze jasje staart me aan; haar hart klopt sneller dan het mijne. De vlekken onder haar ogen zijn tekenen van vroege rijpheid of verval. Ze wist dat ik haar volgde. Zij was degene die me redde.

'Hoe heet je?'

Haar lippen verroeren zich niet. Ze draait zich om en loopt weg. Ik moet een paar sprintpassen doen om vóór haar te komen.

'Wacht! Niet weglopen. Kunnen we even praten?'

Ze antwoordt niet. Misschien begrijpt ze me niet.

'Spreek je Engels?' Ik wijs op mezelf. 'Ik heet Alisha.'

Ze stapt langs me heen.

'Stop. Alsjeblieft.'

Ze stapt opnieuw langs me heen. Ik moet mensen ontwijken terwijl ik tegelijkertijd achteruit probeer te lopen en tegen haar praat. Ik hou mijn handen samen als in gebed. 'Ik ben op zoek naar Samira.'

Ze stopt niet. Ik kan haar niet dwingen met me te praten.

Ineens slaat ze af, een gebouw binnen, een zware deur openduwend. Ik zie haar geen sleutel gebruiken of een zoemer indrukken. Binnen ruikt het naar soep en elektrische kachels. Achter een tweede deur duikt een grote, kale zaal vol tafels en stoelen met schrapende poten op. Er zitten mensen te eten. Een non in zwarte tuniek schept vanaf een rolwagen soep in kommen. Een motortype met een lange baard deelt borden en lepels uit. Iemand anders deelt broodjes rond.

Aan de dichtstbijzijnde tafel zit een oude man over zijn eten gebogen. Hij doopt stukken brood in het dampende mengsel. Hij heeft zijn rechterarm om de kom gelegd, alsof hij hem beschermt. Naast hem doet een lange figuur met een wollen muts op met zijn hoofd op tafel een poging om te slapen. Ik schat dat er zo'n dertig mensen in de zaal zijn, het merendeel met grauwe kleren, zenuwtrekken en een lege maag.

'Wou je iets eten?'

Ik keer me naar de stem.

'Would you like something to eat?' klinkt het nu in het Engels.

De vraag komt van een oudere non met een smal gezicht en een speelse blik. Haar zwarte tuniek is groen afgebiesd en haar witte achteroverliggende haar verdwijnt onder een kapje.

'Nee, dank u.'

'Er is genoeg. Het is goede soep. Ik heb hem zelf gemaakt.'

Een werkschort ter breedte van haar schouders reikt tot aan haar enkels. Ze haalt borden van de tafels, die ze op één arm opstapelt. Ondertussen heeft het meisje een rij metalen blikken bij de soepketel neergezet.

'Wat is dit hier?'

'Wij zijn zusters augustinessen. Ik ben zuster Vogel.'

Ze moet in de tachtig zijn. De andere nonnen zijn van een vergelijkbaar bouwjaar, maar minder ineengekrompen. Ze is klein, krap anderhalve meter, met een stem als grind dat ronddraait in een trommel.

'Weet je zeker dat je niets wilt eten?'

'Nee, dank u.' Mijn blik blijft op het meisje gericht.

De non gaat voor me staan. 'Wat wil je van haar?'

'Alleen even praten.'

'Dat zal niet gaan.'

'Waarom niet?'

'Ze zal je niet horen.'

'Nee, u begrijpt me niet. Als ik alleen even met haar kan praten…'

'Ze kán je níet horen.' Haar stem wordt zachter. 'Ze is een van Gods speciale kinderen.'

Eindelijk begrijp ik het. Het gaat niet om taal of om willen. Het meisje is doof.

De soepblikken zijn gevuld. Het meisje schroeft op elk blik een deksel en doet ze in een schoudertas. Ze steekt haar hoofd door het hengsel en legt hem over haar borst. Ze vouwt een papieren servet open en pakt twee stukken brood in. Een derde stuk neemt ze mee, knabbelend aan de randen.

'Weet u hoe ze heet?'

'Nee. Ze komt drie keer per week eten halen.'

'Waar woont ze?'

Zuster Vogel is niet van plan dat uit zichzelf te zeggen. Er is maar één stem die ze gehoorzaamt: die van een superieur.

'Ze heeft niets misdaan,' stel ik haar gerust.

'Waarom wil je met haar praten?'

'Ik ben naar iemand op zoek. Het is heel belangrijk.'

Zuster Vogel zet de soepborden neer en veegt haar handen af aan haar schort. In plaats van door de zaal te lopen, lijkt ze in haar lange tuniek een fractie boven de vloerplanken te zweven. Naast haar voel ik me een lomperik.

Ze gaat voor het meisje staan en tikt haar handpalm aan voordat ze er met haar vingers figuren in begint te tekenen.

'Spreekt u gebarentaal?'

'Ik ken sommige letters. Wat wil je vragen?'

'Haar naam.'

Ze wisselen tekens uit.

'Zala.'

'Waar komt ze vandaan?'

'Afghanistan.'

Ik haal de foto uit mijn jaszak. Zuster Vogel pakt hem aan. De reactie komt onmiddellijk. Zala schudt heftig haar hoofd. Angstig. Ze wil het beeld niet nog een keer zien.

Zuster Vogel probeert haar te kalmeren. Haar stem is zacht. Haar handen zijn nog zachter. Zala blijft haar hoofd schudden, zonder met haar ogen ook maar een moment de grond los te laten.

'Kunt u vragen of ze Samira kent?'

Zuster Vogel probeert de tekens te maken, maar Zala deinst terug.

'Ik moet weten waar Samira is.'

De non schudt haar hoofd en wijst me terecht. 'Mensen bang maken doen wij hier niet.'

Zala is al bij de deur. Door het gewicht van de soep kan ze niet rennen. Als ik aanstalten maak haar te volgen grijpt zuster Vogel me bij de arm. 'Laat haar alsjeblieft met rust.'

Ik kijk haar smekend aan. 'Dat kan ik niet.'

Zala is buiten. Over haar schouder kijkt ze om. Haar wangen glimmen onder de straatlantaarns. Ze huilt. Haar haren zijn deels losgeraakt van onder haar hidjab. Ze heeft geen hand meer vrij om het uit haar gezicht te strijken.

De inspecteur neemt zijn mobiele telefoon niet op. Waarschijnlijk een lege accu. Ik laat me terugvallen en blijf achter Zala terwijl ze me wegleidt van het klooster. De straten en grachten komen me niet langer bekend voor. Ze worden geflankeerd door oude, afbladderende panden, die opgedeeld zijn in eenkamerappartementen, flats en maisonnettes. Deurbellen vormen keurige rijen.

We komen langs een rijtje winkels waarvan de luiken dicht en op slot zijn. Op de volgende hoek steekt ze de straat over en gaat een hek binnen. Het hoort bij een groot, vervallen blok appartementen dat midden op een T-splitsing staat. De struiken buiten steken als wolkjes groen af tegen de donkere bakstenen. De ramen op de begane grond zijn van stangen voorzien, de hogere verdiepingen hebben luiken. Achter de luiken brandt licht.

Ik loop langs het hek en kijk of er nog andere ingangen zijn. Ik wou dat Ruiz hier was. Wat zou hij doen? Op de deur kloppen? Zich voorstellen? Nee, hij zou wachten en kijken. Hij zou kijken wie er binnenging en wie er naar buiten kwam. Het ritme van de plek bestuderen.

Ik kijk op mijn horloge. Het is even over achten. Waar zit hij? Hopelijk leest hij mijn sms'je met het adres.

De wind is aangewakkerd. Rond mijn voeten dwarrelen bladeren en papiertjes. Weggedoken in een portiek ben ik beschermd, verborgen.

Ik heb het geduld niet om te gaan staan posten. Ruiz is daar goed in. Hij kan alles buitensluiten en geconcentreerd blijven zonder te dagdromen of te worden afgeleid. Als ik te lang naar hetzelfde schouwspel kijk, brandt het zich in mijn onderbewuste in en draait het zichzelf keer op keer in een lus af, tot ik de veranderingen niet meer waarneem. Dat is waarom surveillanceteams bij de politie elke paar uur worden afgelost. Verse paren ogen.

Er stopt een auto. Dubbel geparkeerd. Er gaat een man het gebouw binnen. Vijf minuten later komt hij naar buiten met drie vrouwen. Keurig opgemaakt. Piekfijn gekleed. Ruiz zou zeggen dat het naar seks ruikt.

Twee andere mannen stappen naar buiten om te roken. Ze zitten op de trap met hun benen uit elkaar, op hun gemak. Achter een van hen duikt een jongetje op dat speels zijn ogen dichthoudt. Vader en zoon stoeien vrolijk, totdat het jongetje weer naar binnen wordt gestuurd. Het lijken me immigranten. Het is het soort plek waar Samira naartoe zou gaan, om de bescherming van de grotere getallen te zoeken.

Ik kan hier niet de hele avond blijven. En ik kan het me ook niet permitteren weg te gaan en het risico te lopen de verbinding met haar kwijt te raken. Waar zit Ruiz nou toch, verdomme?

De mannen op de trap kijken op als ik dichterbij kom.

'Samira Khan?'

Een van de twee gooit zijn hoofd in zijn nek: boven. Ik stap langs hen heen. De deur is open. De hal ruikt naar specerijen en duizend uitgemaakte sigaretten.

Aan de voet van de trap spelen drie kinderen. Een van hen pakt mijn been en probeert zich achter me te verstoppen, en rent vervolgens weer weg. Ik klim naar de eerste overloop. Tegen de muren staan lege gasflessen naast zakken afval. Er huilt een baby. Kinderen maken ruzie. Ingeblikt gelach dringt door dunne muren naar buiten.

Voor de deur van een flat zitten twee tienermeisjes met de hoofden bij elkaar gestoken geheimen uit te wisselen.

'Ik zoek Samira.'

Een van hen wijst omhoog.

Ik klim verder naar boven, van verdieping naar verdieping, me bewust van het afbrokkelend stucwerk en opkrullend linoleum. Er hangt wasgoed over trapleuningen en ergens is een toilet overgelopen.

Ik bereik de bovenste verdieping. Aan het eind van de gang staat een badkamerdeur open. In de deuropening verschijnt Zala, haar schouders gekromd onder een emmer water. In het halfduister van de gang zie ik nog een deur openstaan. Ze wil hem bereiken voordat ik erbij ben. De emmer valt. Er gutst water langs haar voeten.

In strijd met alles wat ik heb geleerd ren ik een onbekende kamer binnen. Op een zitbank met hoge rug zit een meisje. Ze is jong. Zelfs in haar te ruime trui en boerenrok is ze overduidelijk in verwachting. Haar schouders krommen zich, alsof ze zich schaamt voor haar borsten.

Zala wringt zich langs me en gaat tussen ons in staan. Samira is gaan staan, met een hand op de schouder van het dove meisje. Haar ogen nemen me op alsof ze me probeert thuis te brengen.

'Ik wil je geen pijn doen.'

Haar Engels is schools. 'U moet weg hier. Het is hier niet veilig.'

'Ik ben Alisha Barba.'

Haar ogen lichten op. Ze kent mijn naam.

'Gaat u alstublieft weg. Nu.'

'Vertel me hoe je weet wie ik ben.'

Ze geeft geen antwoord. Haar rechterhand glijdt naar haar bolle buik. Ze streelt hem zachtjes en schommelt lichtjes heen en weer, alsof ze haar passagier in slaap wiegt. De beweging lijkt haar vechtlust te temperen.

Ze gebaart naar Zala dat ze de deur op slot moet doen en duwt haar naar de keuken, waar glad gesleten spikkeltjeslinoleum op de vloer ligt en een plank hangt met potjes kruiden en een zak rijst. De soepblikken zijn afgewassen en staan naast de spoelbak te drogen.

Ik laat mijn blik door de rest van het appartement gaan. De

187

kamer is groot en vierkant. Langs de randen van het hoge plafond lopen scheuren en er zijn bladderende sporen van een lekkage. Tegen de muren staan matrassen geleund, met keurig gevouwen dekens erbovenop. Er staat een klerenkast waarvan de deuren met een metalen hangertje dicht worden gehouden.

Ik zie een koffer, een houten kist met daarop een ingelijste foto. Hij is van een gezin in een formele pose. De moeder zit met een baby in haar armen. De vader staat achter hen, een hand op de schouder van zijn vrouw. Aan haar voeten zit een klein meisje – Samira – dat de zoom van haar rok vasthoudt.

Ik draai me naar haar om. 'Ik heb je gezocht.'

'Alstublieft, gaat u weg.'

Ik kijk heel even naar haar zwangere buik. 'Wanneer moet het komen?'

'Binnenkort.'

'Wat ga je met de baby doen?'

Ze steekt twee vingers op. Heel even denk ik dat ze iets tegen Zala zegt, maar dit gebaar heeft niets met doofheid te maken. De boodschap is voor mij. Twee baby's! Een tweeling.

'Een jongen en een meisje,' zegt ze terwijl ze haar handen samenvouwt, smekend. 'Alstublieft, gaat u nu. U mag hier niet zijn.'

Mijn nekharen kriebelen. Waarom is ze zo bang?

'Wat betreft de baby's, Samira, ga je ze houden?'

Ze schudt haar hoofd.

'Wie is de vader?'

'Allah de Barmhartige.'

'Ik begrijp je niet.'

'Ik ben nog maagd.'

'Je bent zwanger, Samira. Je weet best hoe dat komt.'

Ze reageert opstandig op mijn sceptische toon. 'Ik heb nog nooit met een man geslapen. Ik ben maagd.'

Wat voor fantasieën zijn dit? Het is belachelijk. En toch heeft haar stelligheid de overtuiging van een bekeerling.

'Wie heeft de baby's in jou gestopt, Samira?'

'Allah.'

'Heb je hem gezien?'

'Nee.'

'Hoe heeft hij het gedaan?'

'De dokters hebben hem geholpen. Zij hebben de eitjes in me gestopt.'

Ze heeft het over IVF. De embryo's zijn ingeplant. Daarom draagt ze een tweeling.

'Van wie zijn de eitjes in je buik?'

Bij deze vraag kijkt Samira omhoog. Ik weet het antwoord al. Cate had twaalf geschikte embryo's. Barnaby zei dat ze zes IVF-behandelingen had ondergaan, maar dokter Banerjee was er zeker van dat het er maar vijf waren. Daarmee zijn twee eitjes nog niet verklaard. Cate moet ze mee naar Amsterdam hebben genomen. Ze had een draagmoederschap geregeld.

Daarom moest ze ook doen alsof ze zwanger was. Ze ging Felix zijn eigen kind geven, dat genetisch volmaakt overeenkwam, zodat niemand zou kunnen bewijzen dat het niet van hen was.

'Ga nu weg, alstublieft,' zegt Samira. Ze huilt bijna.

'Waarom ben je zo bang?'

'U begrijpt het niet.'

'Vertel me alleen waarom je dit doet.'

Met haar duim en wijsvinger strijkt ze haar haar naar achteren. Haar ogen houden de mijne gevangen tot precies het moment waarop het ongemakkelijk wordt. Ze heeft een sterke wil. Opstandig.

'Heeft iemand je geld betaald? Hoeveel? Was het Cate?'

Ze geeft geen antwoord. In plaats daarvan wendt ze haar gezicht af en staart naar het raam, een donkere rechthoek tegen een donkere muur.

'Ken je daardoor mijn naam? Cate heeft hem je gegeven. Ze zei dat als er iets zou gebeuren, als er iets misging, dat je contact met mij moest zoeken. Klopt dat?'

Ze knikt.

'Ik moet weten waarom je dit doet. Wat hebben ze je geboden?'

'Vrijheid.'

'Van wat?'

Ze kijkt me aan alsof ik het nooit zal begrijpen. 'Slavernij.'

Ik kniel neer en pak haar hand, die verrassend koel is. In een van haar ooghoeken zit een beetje slaap. 'Ik wil dat je me precies vertelt wat er gebeurd is. Wat hebben ze je verteld? Wat hebben ze je beloofd?'

Op de gang klinkt een geluid. Zala stapt bij de deur weg. Op haar gezicht staat angst geschreven. Haar hoofd schiet heen en weer, zoekend naar een plek om zich te verstoppen.

Samira gebaart haar naar de keuken te gaan en draait zich om naar de deur. Wachten. Een brokkelig schraapgeluid. Mijn zenuwuiteinden trillen.

De deur gaat open. Een magere man met roze omrande ogen en een slecht gebit lijkt een rolling te krijgen als hij me ziet. Zijn rechterhand doet een greep in zijn dichtgeritste nylonjack.

'Wie bent u?' blaft hij in het Nederlands

Ik geloof dat hij vraagt wie ik ben.

'Ik ben de verpleegster,' zeg ik.

Hij kijkt naar Samira. Ze knikt.

'Dokter Beyer heeft me gevraagd op weg naar huis hierlangs te gaan en Samira te onderzoeken. Ik woon hier niet ver vandaan.'

Hij maakt een zuigend geluid met zijn tong en zijn ogen schieten door de kamer alsof hij de muren ervan beschuldigt dat ze deel uitmaken van het bedrog. Hij gelooft me niet, maar is er niet zeker van.

Samira wendt zich tot mij. 'Ik heb krampen gehad. Ik kan er 's nachts niet van slapen.'

'U bent geen verpleegster,' zegt hij beschuldigend. 'U spreekt geen Nederlands!'

'Ik ben bang dat u zich vergist. Engels is de officiële taal van de Europese Gemeenschap.' Ik zet mijn beste Mary Poppins-stem op. Autoritair. Zakelijk. Ik weet niet hoe ver ik bij hem kan gaan.

'Waar woont u?'

'Zoals ik al zei: hier vlak om de hoek.'

'Het adres?'

Ik herinner me een zijstraat. 'Als u het niet erg vindt, ik heb hier nog een onderzoek te doen.'

Hij vertrekt zijn mond tot een spotlach en iets in zijn ongenaakbare houding doet diepere gronden van wreedheid vermoeden. Wat zijn relatie met Samira of Zala ook is, hij boezemt hun angst in. Ze had het over slavernij. Hasan had een eigendomstatoeage op zijn pols. Ik heb niet alle antwoorden, maar ik moet hier weg zien te komen.

Hij blaft opnieuw een vraag in het Nederlands.

Samira knikt terwijl ze haar ogen neerslaat.

'Lieg niet tegen me, kutwijf. Ik vermoord je!'

Hij heeft zijn rechterhand nog steeds in zijn zak. Hij is lenig en pezig als een marathonloper en zal iets boven de tachtig kilo wegen. Het verrassingselement meegerekend zou ik hem misschien aankunnen.

'Wilt u even de kamer uit gaan?' vraag ik.

'Nee, ik blijf hier.'

Zala kijkt toe vanuit de keuken. Ik wenk haar en vouw een deken uit, die ik haar als een gordijn laat ophouden zodat Samira wat privacy heeft.

Samira ligt achterover op de bank en doet haar trui omhoog tot aan haar borsten. Mijn handen zijn klam. Haar dijen zijn glad. Bovenin bevindt zich een strakke driehoek van witte katoen. De huid van haar gezwollen buik is als overtrekpapier, zo strakgetrokken dat ik de vage blauwe bloedvaten onder het oppervlak kan zien.

De baby's bewegen. Haar hele romp lijkt te rimpelen. Een elleboog of een knie maakt een uitstulpinkje en schiet weer weg. Onder haar huid voel ik de contouren van kleine lichaampjes, harde kleine schedeltjes en gewrichtjes.

Ze tilt haar knieën op en kantelt haar heupen, als teken dat ik haar ondergoed moet uittrekken. Ze heeft net zomin als ik een idee wat we moeten doen. Haar oppasser staat nog steeds bij de deur. Samira kijkt hem strijdlustig aan, alsof ze wil zeggen: 'Wil jij dit echt zien?'

Hij slaagt er niet in haar blik te blijven beantwoorden. In plaats daarvan draait hij zich om en loopt de keuken in terwijl hij een sigaret opsteekt.

'Wat kunt u goed liegen,' fluistert Samira.

'Anders jij wel. Wie is hij?'

'Yanus. Hij zorgt voor ons.'

Ik kijk de kamer rond. 'Niet al te best, als je het mij vraagt.'

'Hij brengt ons eten.'

Yanus staat weer in de deuropening.

'Nou, de baby's liggen in elk geval goed,' zeg ik hardop. 'Ze zijn op weg omlaag. De krampen zouden Braxton Hicks-contracties kunnen zijn, een soort oefenweeën. Je bloeddruk is iets hoger dan voorheen.'

Ik heb geen idee waar ik deze informatie vandaan haal; een deel via verbale osmose, van mijn moeders plastische beschrijvingen van de manier waarop mijn neefjes en nichtjes ter wereld kwamen. Ik weet veel meer dan me lief is over slijmproppen, ontsluiting en fundusmetingen. Daarnaast ben ik ook nog eens een kenner op het gebied van pijnbestrijding: ruggenprikken, pethidine, Entonox, elektrostimulatieapparaten en elk homeopathisch, de geest beïnvloedend huismiddeltje dat er bestaat.

Yanus loopt weer weg. Ik hoor hem de toetsen van zijn mobiele telefoon indrukken. Hij belt iemand. Voor advies. Ik heb niet veel tijd meer.

'Je hebt een vriendin van mij ontmoet. Cate Beaumont. Herinner je je haar nog?'

Ze knikt.

'Zijn jouw baby's van haar?'

Hetzelfde knikje.

'Cate is afgelopen zondag gestorven. Ze werd aangereden en vermoord. Haar echtgenoot is ook dood.'

Samira klapt dubbel alsof haar ongeborenen het nieuws hebben begrepen en nu al rouwen. Haar ogen schieten vol met een mengeling van ongeloof en waarheidsbesef.

'Ik kan je helpen,' zeg ik smekend.

'Niemand kan me helpen.'

Yanus staat in de deuropening. Hij grijpt opnieuw in zijn jaszak. Ik zie zijn langer wordende schaduw op de grond. Ik draai me naar hem om. Hij heeft zijn hand om een blik bonen geklemd. Hij haalt uit met een korte zwaai vanaf de heup. Ik voel het aankomen, maar kan niet op tijd reageren. De klap doet me door de kamer tollen. Het is alsof één kant van mijn hoofd in brand staat.

Samira slaakt een kreet. Het is meer een gesmoord huilen dan een schreeuw.

Yanus komt opnieuw op me af. Ik proef bloed. Eén kant van mijn gezicht zwelt al op. Hij geeft me een klap, waarbij hij het blik als een hamer hanteert. In zijn rechterhand blikkert een mes.

Hij houdt zijn ogen met extatische intensiteit op de mijne gericht. Dit is zijn roeping: pijn doen. Voor mijn ogen danst het lemmet heen en weer, telkens een acht beschrijvend. Het had een verrassingsaanval moeten zijn. Het tegenovergestelde is gebeurd. Ik heb hem onderschat.

Nog een voltreffer. Metaal op bot. De kamer wordt een waas.

Sommige dingen, echte dingen, lijken half in de geest en half in de buitenwereld te gebeuren, terwijl ze ergens halverwege gevangenzitten. De geest ziet ze eerst, zoals nu, een laars die mijn kant op zwaait. Ik vang een glimp op van Zala, die zich afzijdig houdt. Ze wil wegkijken, maar kan haar ogen niet van me afhouden. De laars maakt contact en ik zie een felle kleurengloed.

Yanus graait hardhandig in mijn zakken en haalt er mijn mobiele telefoon, paspoort en een paar honderd euro uit.

'Wie ben jij?'

'Een verpleegster.'

'Leugenaar!'

Hij houdt het mes tegen mijn hals. De punt prikt in mijn huid. Op het uiteinde van het lemmet blijft een bloedrode traan achter.

Zala loopt op hem af. Ik gil dat ze moet blijven staan. Ze kan me niet horen. Yanus slaat haar opzij met het blik bonen. Zala valt en grijpt naar haar gezicht. Hij vloekt. Ik hoop dat hij zijn vingers heeft gebroken.

Mijn gezwollen linkeroog zit nu dicht en uit mijn oor druppelt bloed, dat warm aanvoelt in mijn nek. Hij dwingt me rechtop te gaan staan, trekt mijn armen naar achteren en doet een plastic bandje om mijn polsen. De nokjes trekken het zo strak dat het in mijn huid snijdt.

Hij slaat mijn paspoort open. Leest de naam.

'Politieagent! Hoe ben je hier terechtgekomen?' Hij spuugt naar Zala. 'Zíj heeft je de weg gewezen.'

'Als je ons verder met rust laat, zal ik mijn mond houden. Je kunt weggaan.'

Yanus vindt dit grappig. De punt van zijn mes glijdt langs mijn wenkbrauw.

'Mijn maat weet dat ik hier ben. Hij is onderweg. Hij brengt nog meer mensen mee. Als je nu vertrekt, kun je nog wegkomen. Wat zoek je hier?'

'Ik zocht Samira.'

In het Nederlands zegt hij iets tegen Samira. Ze begint haar spullen te pakken.

Een paar kledingstukken, de familiefoto.

'Wacht buiten op me,' zegt hij tegen haar.

'Zala.'

'Buiten.'

'Zala,' zegt ze opnieuw, vastberadener.

Hij zwaai het mes voor haar gezicht. Ze vertrekt geen spier. Ze is als een standbeeld. Onbeweeglijk. Ze gaat hier niet weg zonder haar vriendin.

Plotseling klapt de deur naar binnen, alsof hij uit zijn scharnieren wordt geblazen. Ruiz vult de deuropening. Ik vergeet weleens hoe groot hij zichzelf kan maken.

Yanus deinst nauwelijks terug. Hij draait zich om, zijn mes vooruit. Dit is een nieuwe uitdaging. De avond is voor hem nog vol beloften. Ruiz neemt de situatie in zich op en laat zijn blik op Yanus rusten, met dezelfde intensiteit.

Maar ik weet wat er staat te gebeuren. Yanus gaat hem mollen. Hem langzaam doodmaken. Het mes is als een verlengstuk van hemzelf, een dirigeerstokje dat een onzichtbaar orkest leidt. Naar stemmen luistert.

De inspecteur houdt iets in zijn hand. Een halve baksteen. Het is niet genoeg. Yanus gaat in spreidstand staan, heft een hand en kromt een uitnodigende vinger.

Ruiz laat zijn vuist door de lucht zwaaien. Ik kan de turbulentie voelen. Yanus maakt een schijnbeweging naar links. De baksteen daalt neer en mist. Yanus grijnst. 'Je bent te langzaam, ouwe.'

Het lemmet leeft. Ik kan de beweging bijna niet volgen. Er welt een donkere vlek op op Ruiz' hemdsmouw, maar hij blijft naar voren stappen en dwingt Yanus achteruit.

'Kun je lopen, Alisha?'

'Ja, meneer.'

'Sta dan op en smeer 'm.'

'Niet zonder jou, meneer.'

'Alsjeblieft, wees nou eens voor één keer...'

'Ik maak jullie allebei kapot,' zegt Yanus.

Mijn handen zitten op mijn rug. Ik kan niets doen. In mijn keel komt de zure prikkeling van misselijkheid op. Samira gaat voor me uit en stapt de gang op. Zala, die nog altijd haar wang vasthoudt, volgt haar. Yanus schreeuwt tegen haar in het Nederlands, dreigend. Hij haalt uit naar Ruiz, die het lemmet ontwijkt. Ik keer me naar de deur en ren naar de trap, wachtend op het geluid van een vallend lichaam.

Op elke verdieping gooi ik mijn schouder tegen de gesloten deuren, bonk er met mijn hoofd tegenaan en schreeuw om hulp. Ik wil dat iemand mijn handen losmaakt, de politie belt, me een wapen geeft. Niemand reageert. Niemand wil het weten.

We bereiken de begane grond en de straat, slaan rechts af en rennen richting gracht. Samira en Zala liggen op me voor. Wat een merkwaardig trio vormen we terwijl we ons door de nacht haasten. We komen bij de hoek. Ik draai me naar Samira. 'Ik moet hem gaan helpen.' Ze begrijpt het. 'Ik wil dat je rechtstreeks naar de politie gaat.'

Ze schudt haar hoofd. 'Dan sturen ze me terug.'

Ik heb geen tijd voor tegenargumenten. 'Ga dan naar de nonnen. Snel. Zala weet de weg.'

Ik voel nog steeds de adrenaline door mijn lichaam pompen. Hardlopend nu, me bewust van de leegte in mijn maag, sprint ik naar het huis. Buiten lopen mensen rond. Ze drommen samen rond een gestalte die ineengedoken op de trap zit. Ruiz. Iemand heeft hem een sigaret gegeven. Hij trekt er gretig aan, zuigt zijn wangen naar binnen en ontspant ze langzaam weer.

Opluchting stroomt als vloeistof onder mijn huid door me heen. Ik weet niet of ik moet huilen of lachen, of allebei. Zijn overhemd is doorweekt met een donkere vlek. Hij houdt een vuist tegen zijn borst gedrukt.

'Ik denk dat je me misschien maar naar een ziekenhuis moet brengen,' zegt hij, moeizaam ademend.

Als een gek geworden vrouw begin ik tegen mensen te gillen dat ze een ziekenwagen moeten bellen. Een tiener verzamelt genoeg moed om me te zeggen dat er een onderweg is.

'Ik moest dichtbij komen,' legt Ruiz met hese fluisterstem uit. Zijn voorhoofd en bovenlip zijn bezaaid met zweetdruppeltjes. 'Ik moest hem me laten steken. Als hij mij kon raken, kon ik hém raken.'

'Niet praten. Gewoon stil zijn.'

'Ik hoop dat die klootzak er geweest is.'

Er komen meer mensen uit de flats naar buiten. Ze willen de bloedende man bekijken. Iemand snijdt mijn boeien door en het plastic krult zich als sinaasappelschillen aan mijn voeten.

Ruiz staart naar de nachtelijke hemel boven de daken.

'Een paar van mijn exen hebben me dit al tijden toegewenst,' zegt hij.

'Dat is niet waar. Miranda is nog steeds gek op je.'

'Hoe weet jij dat?'

'Dat zie ik. Ze flirt de hele tijd met je.'

'Daar kan ze niets aan doen. Ze flirt met iedereen. Dat doet ze om aardig te zijn.'

Zijn ademhaling gaat moeizaam. Er gorgelt bloed in zijn longen.

'Wil je een mop horen?'

'Niet praten, rustig blijven zitten.'

'Het is een hele ouwe. Ik hou van ouwe moppen. Hij gaat over een beer. Ik hou van beren. Beren kunnen grappig zijn.'

Dit houdt niet op.

'In het Noordpoolgebied woont een familie ijsberen. Het is midden in de winter. Op een dag gaat baby ijsbeer naar zijn moeder en zegt: "Mam, ben ik echt een ijsbeer?"

"Natuurlijk ben jij een ijsbeer, zoon," zegt ze.

Waarop het beertje antwoordt: "Weet u zeker dat ik geen panda-beer ben, of een zwarte beer?"

"Ja, honderd procent zeker. Ga nu maar buiten in de sneeuw spelen."

Maar hij is nog steeds verward en dus gaat baby ijsbeer op zoek naar zijn vader en treft hem vissend aan bij een gat in het ijs. "Hé, pa, ben ik een ijsbeer?"

"Maar natuurlijk, zoon," antwoordt hij knorrig.

"Weet u zeker dat ik geen grizzlybeer ben, of misschien wel een koala?"

"Nee, zoon, ik kan je vertellen dat je een honderd procent zui-vere ijsbeer bent, net als ik en je moeder. Waarom vraag je dat in 's hemelsnaam?"

"Omdat mijn ballen eraf vriezen hier buiten.'"

De inspecteur lacht en kreunt tegelijk. Ik sla mijn armen om zijn borstkas heen om hem warm te houden. In mijn hoofd, on-uitgesproken, klinkt luider en luider een mantra: 'Alsjeblieft, ga niet dood. Alsjeblieft, ga niet dood. Alsjeblieft, ga niet dood.'

Dit is mijn schuld. Hij had hier niet moeten zijn. Er is zo veel bloed.

5

Spijt is zo'n rare emotie omdat het altijd net te laat komt, op een moment waarop je het gebeurde alleen in je verbeelding nog zou kunnen herschrijven. De dingen waarvan ik spijt heb zijn als bloemen die tussen de pagina's van een dagboek geperst zitten. Broze herinneringen aan voorbije zomers, zoals de laatste zomer voor ons eindexamen, de zomer die niet groot genoeg was om zijn eigen geschiedenis te kunnen bevatten.

Het zou het laatste feest moeten zijn geweest voordat ik de 'ech-te wereld' zou betreden. De London Metropolitan Police had me een toelatingsbrief gestuurd. Ik behoorde tot de volgende groep die de opleiding in Hendon zou gaan doen. Lichting 1998.

Toen ik naar de lagere school ging, kon ik me niet voorstellen dat ik ooit naar de middelbare school zou gaan. En op Oaklands dacht ik nooit na over de vrijheid van de universiteit. En toch stond ik daar, op het punt mijn diploma te krijgen en uit te groeien tot een heuse, gesalarieerde volwassene met een sofi-nummer en een studieschuld. 'Godzijdank halen wij de veertig niet,' grapte Cate.

Ik had twee baantjes: de telefoon aannemen in de garage van mijn broers en een weekendbaantje achter een marktkraam. De Elliots hadden me weer uitgenodigd voor Cornwall. Cates moeder had toen al haar attaque gehad en was tot een rolstoel veroordeeld.

Barnaby Elliot had nog altijd politieke ambities, maar er was geen veilige zetel vrijgekomen. Hij was niet uit het juiste hout gesneden: niet traditioneel genoeg om de fanatieke Conservatieven te behagen en niet vrouwelijk, beroemd of etnisch genoeg om de nieuwlichters binnen de partij tevreden te stellen.

Ik vond hem nog steeds knap. En hij bleef met me flirten en vond altijd een aanleiding om tegen me aan te hangen of een stomp tegen mijn arm te geven of me zijn 'Bollywood Beauty' of 'Indiase Prinses' te noemen.

Zondagochtend gingen de Elliots steevast in het dorp naar de kerk, ongeveer tien minuten lopen. Ik bleef in bed liggen tot ik ze had horen weggaan.

Ik weet niet waarom Barnaby terugkwam, welk excuus hij voor de anderen had bedacht. Ik stond onder de douche. De tv stond hard, op een videoclipzender. De klok tikte alsof er niets was gebeurd.

Ik hoorde hem niet de trap op komen. Hij was er ineens. Ik trok de handdoek tegen me aan, maar gilde niet. Hij liet zijn vingers zachtjes over mijn schouder en langs mijn armen gaan. Volmaakte vingernagels. Ik keek omlaag. Ik kon zijn grijze broek zien en de neuzen van zijn schoenen die daar onderuit groeiden.

Hij kuste me in mijn hals. Ik moest mijn hoofd achteroverbuigen om plaats voor hem te maken. Ik keek naar het plafond en hij bewoog zijn lippen omlaag naar de ruimte tussen mijn borsten. Ik hield zijn hoofd vast en drukte me tegen hem aan.

Mijn haar was lang in die tijd, samengebonden in een Franse vlecht die tot op mijn lendenen hing. Hij hield hem in zijn vuisten en draaide hem als een touw om zijn knokkels. Terwijl hij nietszeggende woordjes in mijn oor fluisterde die meer betekenden dan dat, duwde hij op mijn schouders om aan te geven dat ik moest knielen. Ondertussen blèrde de tv en tikte de klok en kookte het water in de fluitketel.

Ik had de deur beneden niet horen opengaan en ook geen voetstappen gehoord op de trap. Ik weet niet waarom Cate was teruggekomen. Sommige details doen er niet toe. Ze moet onze stemmen en de andere geluiden hebben gehoord. Ze moet het geweten hebben, maar kwam, aangetrokken door de geluiden, steeds dichterbij, tot ze bij de deur was.

In de vastgoedwereld is locatie alles. Barnaby stond naakt achter me. Ik stond op handen en voeten met mijn knieën uit elkaar. Cate zei geen woord. Ze had genoeg gezien, maar bleef staan kijken voor meer. Ze zag me niet vechten of worstelen. Ik vocht of worstelde ook niet.

Zo herinner ik het me. Hoe het gebeurde. Het enige wat er nog restte was dat Cate me zei dat ik moest gaan en dat ze me nooit meer wilde zien. Er was genoeg tijd voor haar om op bed te gaan liggen snikken. Een bed verder pakte ik mijn tas in. Ik ademde haar verdriet in en deed mijn best om iets door te slikken wat ik niet kon uitspugen.

Barnaby bracht me zwijgend naar het station. De meeuwen krijsten, beschuldigden mij van verraad. De regen was gekomen en verdronk de zomer.

Het was een lange reis terug naar Londen. Ik trof mama aan achter haar naaimachine, bezig aan een jurk voor de bruiloft van mijn nicht. Voor het eerst sinds jaren wilde ik bij haar op schoot kruipen. In plaats daarvan ging ik naast haar zitten en legde mijn hoofd op haar schouder. Toen huilde ik.

Later die avond stond ik met mama's grote kleermakersschaar voor de badkamerspiegel en knipte voor het eerst mijn haar af. De bladen van de schaar sneden door de strengen en ze dwarrelden op de grond. Ik knipte mijn haar zo kort als de schaar toeliet en nam huid mee. Bloed bevlekte de schaarbladen en pieken stonden als ontkiemende tarwe rechtop op mijn schedeldak.

Het waarom kan ik niet uitleggen. Op de een of andere manier werkte het verzachtend. Mama was ontzet. (Ze zou minder geschokt zijn geweest als ik mijn polsen had doorgesneden.)

Ik liet berichten achter voor Cate en schreef haar briefjes. Ik kon haar niet thuis opzoeken zonder een ontmoeting te riskeren met haar vader of, nog erger, haar moeder. Wat als ze ervan wist? Ik nam dezelfde bussen en treinen als Cate. Ik orkestreerde toevallige ontmoetingen en volgde haar soms gewoon, maar het had geen effect. Spijt was niet genoeg. Ze wilde me niet meer zien of met me praten.

Uiteindelijk staakte ik mijn pogingen. Ik sloot mezelf uren achtereen op, kwam alleen naar buiten om hard te lopen en te eten. Een maand later liep ik een persoonlijk record. Ik wilde niet langer de toekomst inhalen, ik was bezig weg te rennen van het verleden. Ik stortte me op mijn politieopleiding en studeerde fanatiek. Schreef kladblokken vol. Flitste door examens.

Mijn haar groeide weer aan. Mama kwam tot rust. In de jaren daarop dagdroomde ik vaak dat Cate en ik elkaar weer zouden ontmoeten en op de een of andere manier de verloren jaren zouden inhalen. Maar één beeld bleef me achtervolgen: dat van Cate die zwijgend in de deuropening stond te kijken hoe haar vader haar beste vriendin neukte op het ritme van een tikkende klok en een afkoelende elektrische waterkoker.

In alle jaren nadien is er geen dag voorbijgegaan dat ik niet wilde veranderen wat er was gebeurd. Cate vergaf me niet. Ze haatte me met een haat die fataler was dan onverschilligheid, omdat hij het tegenovergestelde was van liefde.

Nadat er geruime tijd was verstreken dacht ik niet meer elk uur of elke dag aan haar. Ik stuurde haar kaarten op haar verjaardag en met kerst. Ik hoorde van haar verloving en zag de trouwfoto's in de etalage van een fotograaf in Bethnal Green. Ze zag er gelukkig uit, Barnaby trots. Haar bruidsmeisjes (ik kende al hun namen) droegen het soort jurkjes waarvan ze altijd had gezegd dat ze die wilde. Felix kende ik niet. Ik wist niet waar ze elkaar hadden leren kennen of hoe hij haar had gevraagd. Wat zag ze in hem? Was het liefde? Ik zou het haar nooit kunnen vragen.

Ze zeggen dat de tijd alle wonden heelt, maar met make-up niet overweg kan. Mijn wonden werden er echter niet door geheeld. De tijd bedekte ze met lagen berouw en ongemakkelijkheid als lagen pancake. Wonden zoals die van mij genezen niet. De littekens worden alleen dikker en blijvender.

De gordijnen zwaaien heen en weer; ze ademen in en uit als longen die rusteloze lucht binnenhalen. Langs de randen valt licht binnen. Een nieuwe dag.

Ik moet in slaap zijn gedommeld. Ik slaap nog maar zelden echt vast. Niet zoals toen ik een kind was en de wereld nog een mysterie. Tegenwoordig schiet ik bij het minste geluidje of beweginkje wakker. De littekens op mijn rug kloppen en zeggen me te gaan staan en strekoefeningen te doen.

Ruiz ligt op een bed in het halfduister. Hij zit gevangen in draden, vloeistoffen en machines. Een kapje levert zuurstof. Drie uur geleden hebben chirurgen een buisje ingebracht in zijn borstkas en zijn rechterlong weer opgepompt. Ze hebben zijn arm gehecht, waarbij ze opmerkingen maakten over zijn talrijke littekens.

Mijn oor is ingezwachteld met kleefpleister. Het ijskompres op mijn wang is inmiddels gesmolten, de zwelling is minder geworden. De beurse plekken zullen er straks lelijk uitzien, maar ik kan mijn haar losmaken en de ergste erachter verbergen.

De arts en het verplegend personeel zijn erg aardig geweest. Gisteravond wilden ze dat ik de kamer van de inspecteur zou verlaten. Ik argumenteerde. Ik smeekte. Daarna meen ik me te herinneren dat ik op de linoleumvloer lag en zei dat ze me dan maar moesten wegslepen. Ze lieten me blijven.

Ik voel me verdoofd. In loopgraafshock. Dit is mijn schuld. Ik sluit mijn ogen voor het duister en luister hoe hij ademt. Iemand heeft een dienblad neergezet met een glas jus d'orange waarop een gekarteld papieren dekseltje zit. Er liggen koekjes. Ik heb geen trek.

Dit gaat dus allemaal om een baby. Twee baby's. Cate Beaumont probeerde vergeefs zwanger te worden via IVF. Daarna ontmoette ze iemand die haar ervan wist te overtuigen dat voor tachtigduizend pond een andere vrouw haar baby voor haar zou baren. Niet zomaar een baby, maar haar eigen genetische nakomeling.

Ze reisde naar Amsterdam, waar twee van haar bevruchte eicellen werden teruggeplaatst in de baarmoeder van een Afghaans tienermeisje dat geld schuldig was aan mensensmokkelaars. Beide embryo's begonnen te groeien.

Ondertussen liet Cate in Londen mensen weten dat ze 'zwanger' was. Vrienden en familie vierden het nieuws. Ze begon aan een ingewikkelde misleiding die ze negen maanden moest zien vol te houden. Wat was er misgegaan? Op Cates echo's, die nep waren, was maar één baby te zien. Zelf hield ze geen rekening met een tweeling.

Iemand moet de IVF-procedure hebben geregeld. Er waren artsen bij nodig. Fertiliteitsspecialisten. Vroedvrouwen. Oppassers.

In de deuropening verschijnt een verpleegster. Een engel in gebroken wit. Ze loopt om het bed heen en fluistert iets in mijn oor. Er is een rechercheur die me wil spreken.

'Hij slaapt nog wel even,' fluistert ze met een blik op Ruiz. 'Ik hou de wacht.'

Een plaatselijke politieman heeft op de gang de hele nacht op wacht gezeten. Hij ziet er heel verzorgd uit in een donkerblauwe broek, een lichtblauw overhemd, een stropdas en een jasje. Hij praat tegen een superieur. Ik wacht tot ze klaar zijn.

De hogere in rang stelt zichzelf voor als Spijker, wat uit zijn mond als een soort straf klinkt. Een voornaam geeft hij me niet. Misschien heeft hij maar één naam. Hij is lang en dun, met een smal gezicht en dunner wordend haar. Hij kijkt me met waterige ogen aan alsof hij nu al allergisch reageert op wat ik zou kunnen gaan zeggen.

Een kleine moedervlek op zijn bovenlip danst op en neer als hij spreekt. 'Uw vriend gaat het wel redden, denk ik.'

'Ja, meneer.'

'Ik zal met hem moeten praten zodra hij wakker is.'

Ik knik.

We lopen naar de conversatiezaal, die veel verzorgder is dan alles wat ik ooit in een Brits ziekenhuis heb gezien. Er zijn eieren en vleeswaren en plakken kaas op een schaal, met daarnaast een mand broodjes. De rechercheur wacht tot ik zit en pakt een vulpen, die hij op een groot schrijfblok legt. Zelfs zijn kleinste handelingen hebben een functie.

Spijker legt uit dat hij voor de jeugd- en zedenpolitie werkt. Onder normale omstandigheden zou dit me misschien als een vreemde combinatie in de oren hebben geklonken, maar niet als ik denk aan Samira's leeftijd en wat ze heeft doorgemaakt.

Terwijl ik hem het verhaal vertel, gebeurtenissen verklaar, valt me op hoe onwaarschijnlijk het allemaal klinkt. Een Engelse vrouw neemt in een kleine koelbox bevruchte eicellen mee naar Amsterdam. De eitjes worden in de baarmoeder van een onvrijwillige draagmoeder geplaatst. Een maagd.

Met zijn handen op de zijkanten van zijn stoel leunt Spijker iets voorover. Heel even denk ik dat hij misschien aambeien heeft en even de druk wil verlichten.

'Wat geeft jou het idee dat dit meisje gedwongen werd zwanger te worden?'

'Dat heeft ze me verteld.'

'En jij gelooft haar?'

'Ja, meneer.'

'Misschien stemde ze toe.'

'Nee. Ze was smokkelaars geld schuldig. Ofwel ze werd prostituee, ofwel ze zou een baby baren.'

'Mensensmokkel is een ernstig vergrijp. Commercieel draagmoederschap is eveneens verboden.'

Ik vertel hem over de prostituee in de Molensteeg, die zei dat ze nóg een zwanger meisje had gezien, een Servische. Volgens Lena Caspar had Samira in het asielzoekerscentrum een Servische vriendin.

Er zouden er meer kunnen zijn. Baby's geboren voor geld, onder bedreigingen en afpersing de wereld in gestuurd. Ik heb geen idee hoe groot deze zaak is en hoeveel mensen erbij betrokken zijn.

Spijkers gezicht verraadt niets. Hij praat langzaam, alsof hij zijn Engels oefent. 'En dit is dus de reden van uw bezoek aan Amsterdam?'

Aan de vraag zit een weerhaakje. Hier heb ik op zitten wachten: de kwestie van bevoegdheid. Mag een Britse politieagent achter mogelijk in Nederland gepleegde misdaden aan? Er moeten protocollen worden gevolgd, er zijn regels waaraan moet worden voldaan.

'Ik was als privé-persoon informatie aan het verzamelen. Het is geen officieel onderzoek.'

Spijker lijkt tevredengesteld. Hij heeft duidelijk gemaakt wat hij wilde zeggen: ik ben binnen Nederland niet bevoegd.

'Waar is de vrouw die zwanger is?'

'Veilig.'

Hij wacht, tot ik hem een adres geef. Ik vertel hem over haar asielaanvraag en het uitzettingsbevel. Ze is bang dat ze terug naar Afghanistan wordt gestuurd.

'Als dit meisje de waarheid spreekt en getuige wordt, zijn er wetten die haar beschermen.'

'Zou ze dan kunnen blijven?'

'Tot aan het proces.'

Ik wil hem vertrouwen, ik wil dat Samira hem vertrouwt, en toch heeft zijn houding iets wat richting scepsis gaat. Het kladblok en de vulpen heeft hij niet aangeraakt. Het zijn slechts rekwisieten.

'Een interessant verhaal dat u daar vertelt, agent. Werkelijk heel interessant.' (Hij lijkt te genieten van zijn kennis van het Engels.) De moedervlek op zijn bovenlip trilt. 'Ik heb echter een andere versie te horen gekregen. De man die we ter plaatse bewusteloos aantroffen zegt dat hij jou bij thuiskomst in zijn appartement aantrof. Jij beweerde dat je verpleegster was en bezig was zijn verloofde te onderzoeken.'

'Zijn verloofde?'

'Inderdaad, zijn verloofde. Hij zegt dat hij u om een identiteits-

bewijs vroeg. U weigerde. Hebt u juffrouw Khan lichamelijk onderzocht?'

'Zij wist dat ik geen verpleegster was. Ik probeerde haar te helpen.'

'De heer Yanus beweert daarnaast dat hij door uw collega werd
aangevallen toen hij probeerde zijn verloofde te beschermen.'

'Yanus had een mes. Kijk wat hij gedaan heeft!'

'Uit zelfverdediging.'

'Hij liegt.'

Spijker knikt, maar niet uit instemming. 'U begrijpt mijn dilemma, agent Barba. Ik heb twee verschillende versies van dezelfde gebeurtenis. De heer Yanus wil jullie beiden aanklagen voor
geweldpleging en het ontvoeren van zijn verloofde. Hij heeft een
goede advocaat. Een érg goede advocaat zelfs.'

'Dit is belachelijk. U gelooft hem toch zeker niet?'

De rechercheur onderbreekt me met een handgebaar. 'Wij Nederlanders staan bekend om onze ruimdenkendheid, maar dat is
niet hetzelfde als onwetendheid of naïviteit. Ik heb bewijzen nodig. Waar is het zwangere meisje?'

'Ik kan u naar haar toe brengen, maar dan moet ik eerst met
haar praten.'

'Om jullie verhalen kloppend te maken, zeker?'

'Nee!' Ik klink te schel. 'Haar broer is drie dagen geleden gestorven. Ze weet het nog niet.'

In stilte rijden we terug naar mijn hotel. Ik krijg de tijd om me
te douchen en om te kleden. Spijker wacht in de lobby.

Ik trek mijn kleren uit, trek een hotelkamerjas aan en ga in
kleermakerszit op het bed zitten. Ik blader door de berichten die
bij de receptie lagen te wachten. Groentje Dave heeft vier keer
gebeld, mijn moeder twee keer en commissaris North heeft een
kort leg-dat-maar-eens-uit-bericht achtergelaten. Ik maak er een
prop van en spoel hem door. Misschien is dit wat hij bedoelde
met mensen en prioriteiten herschikken.

Ik zou Ruiz' familie moeten bellen. Wie eigenlijk? Ik heb de
nummers van zijn kinderen en zijn ex-vrouwen niet, zelfs niet dat
van de laatste in de rij, Miranda.

Ik pak de telefoon en toets een nummer. Dave is op het bureau. Op de achtergrond hoor ik stemmen.

'Hallo lieve meid, waar heb jij gezeten?'

'Mijn mobiele telefoon is gestolen.'

'Hoe?'

'Bij een ongeluk.'

Zijn stemming verandert. 'Een ongeluk?'

'Niet echt een ongeluk.' *Dit pak ik niet echt goed aan.*

'Wacht even.' Ik hoor dat hij zich tegenover iemand verontschuldigt. Hij schakelt me over naar een toestel waar we alleen zijn met elkaar.

'Wat is er? Gaat het goed?'

'De inspecteur ligt in het ziekenhuis. Iemand heeft hem neergestoken.'

'Shit!'

'Je moet iets voor me doen. Het nummer van zijn ex-vrouw.'

'Welke?'

'Miranda. Zeg haar dat hij in het Academisch Medisch Centrum ligt. Een ziekenhuis in Amsterdam.'

'Komt hij er weer bovenop?'

'Ik denk het wel. Ze hebben hem geopereerd.'

Dave wil alle details weten. Ik probeer er zo'n draai aan te geven dat het klinkt als een scenario van op het verkeerde moment op de verkeerde plaats. Helaas. Hij is niet overtuigd. Ik weet wat er nu gaat komen. Hij gaat vast heel aanhankelijk en pathetisch doen en vragen of ik naar huis kom, en alle redenen waarom ik niet getrouwd ben zullen me weer helder voor de geest staan.

Maar dat gebeurt niet. Hij is zakelijk en direct, noteert het nummer van het ziekenhuis en Spijkers naam. Hij gaat uitzoeken waar de Nederlandse politie mee bezig is.

'Ik heb Samira gevonden. Ze is zwanger.'

Ik kan horen dat Dave in zijn hoofd de implicaties daarvan de revue laat passeren. Hij is zorgvuldig en methodisch, als een timmerman die twee keer meet en één keer zaagt.

'Cate heeft voor een baby betaald. Een draagmoeder.'

'Jezus, Ali.'

'Het wordt nog erger. Ze heeft zelf de embryo's gedoneerd. Het is een tweeling.'

'Aan wie behoren de baby's toe?'

'Dat weet ik niet.'

Hij wil het hele verhaal horen, maar ik heb geen tijd. Ik sta op het punt op te hangen als hij zich iets herinnert.

'Het is waarschijnlijk niet het goede moment,' zegt hij, 'maar ik ben gebeld door je moeder.'

'Wanneer?'

'Gisteren. Ze heeft me uitgenodigd om zondag te komen lunchen.'

Dat dreigde ze al te doen, en ze heeft het nog gedaan ook!

Dave wacht op een reactie.

'Ik weet niet of ik dan al terug ben,' zeg ik.

'Maar je wist ervan?'

'Natuurlijk,' lieg ik. 'Ik heb haar gevraagd je uit te nodigen.'

Hij lijkt gerustgesteld. 'Ik dacht heel even dat ze het misschien wel achter jouw rug om deed. Dat zou pas een blamage zijn: de moeder van mijn vriendin die afspraakjes voor me regelt. Het verhaal van mijn leven: moeders die mij mogen en hun dochters die het op een lopen zetten.'

Nu zit hij te wauwelen.

'Het is goed, Dave.'

'Geweldig.'

Hij wil niet ophangen. In plaats daarvan doe ik het voor hem. De douche loopt. Ik stap onder de straal en schrik als het hete water mijn wang en de snee in mijn oor raakt. Schoon en droog open ik mijn tas en pak mijn Dolce & Gabbana-broek en een donkere bloes. In de spiegel zie ik minder van mezelf terug dan ik me kan herinneren. Toen ik nog wedstrijden liep was zesenvijftig kilo mijn ideale gewicht. Ik kwam aan toen ik bij de MET ging werken. Zo gaat dat als je nachtdiensten draait en kantinevoer eet.

Ik ben altijd nogal weinig meisjesachtig geweest. Ik ga niet naar een manicure of pedicure en lak mijn nagels alleen bij speciale gelegenheden (zodat ik de lak er weer af kan pulken als ik me verveel).

De dag waarop ik mijn haar afknipte was bijna een overgangs-rite. Nadat het weer aangroeide hield ik een praktisch laagjeskapsel. Mijn moeder huilde. Bij haar zijn tranen nooit op rantsoen geweest.

Sinds mijn tienerjaren ben ik voortdurend doodsbang geweest voor sari's en rokken. Ik droeg pas op mijn veertiende een beha en werd later ongesteld dan wie ook. Ik stelde het me voor als iets wat zich achter een damwand ophoopte en, als de deuren werden opengezet, het op een scène uit een Tarantino-film zou lijken, maar dan zonder Harvey Keitel om de boel op te ruimen.

In die tijd dacht ik dat ik me nooit vrouw zou voelen, maar langzaam gebeurde dat toch. Nu ben ik bijna dertig en zelfbewust genoeg om make-up te dragen – een beetje lipgloss en mascara. Ik epileer mijn wenkbrauwen en hars mijn benen. Ik heb nog altijd geen enkele rok, en elk voorwerp in mijn kledingkast, op mijn spijkerbroeken en sari's na, is een variatie op de kleur zwart. Dat geeft niet. Kleine stapjes.

Ik pleeg nog één telefoontje. Ik word doorgeschakeld en Lena Caspar neemt op. Op de achtergrond galmt een omroepsysteem. Ze staat op een perron. Ze heeft een hoorzitting in Rotterdam, legt ze uit. Een asielzoeker wordt beschuldigd van het stelen van levensmiddelen.

'Ik heb Samira gevonden.'

'Hoe is het met haar?'

'Ze heeft uw hulp nodig.'

De details komen later wel. Ik geef haar Spijkers naam en telefoonnummer.

Als ze willen dat ze getuigt, zal Samira bescherming nodig hebben en garanties ten aanzien van haar status.

'Ze weet het niet van Hasan.'

'Jij moet het haar vertellen.'

'Weet ik.'

De advocate begint hardop te denken. Ze gaat iemand zoeken die de rechtszaak in Rotterdam van haar kan overnemen. Dat kan een paar uur duren.

'Ik heb een vraag.'

Mijn woorden gaan verloren in een spoorwijziging die wordt omgeroepen. Ze wacht even. 'Sorry. Wat zei je?'

'Ik heb een hypothetische vraag voor u.'

'Ja?'

'Als een getrouwd stel een embryo levert aan een draagmoeder die later het kind baart, aan wie zou de baby dan toebehoren?'

'De draagmoeder.'

'Zelfs als het kind het DNA van het echtpaar heeft?'

'Dat maakt niet uit. De Nederlandse wet zegt hetzelfde als de Britse: de moeder die het kind baart is de wettige moeder. Niemand anders kan die status opeisen.'

'En de vader dan?'

'Die kan om omgangsrecht vragen, maar de rechtbank zal ten gunste van de moeder oordelen. Waarom wil je dat weten?'

'Dat zal Spijker u uitleggen.'

Ik hang op en kijk opnieuw in de spiegel. Mijn haar is nog nat. Als ik het los laat hangen zal het de zwelling op mijn wang verbergen. Ik zal mijn natuurlijke neiging om het achter mijn oren te strijken moeten onderdrukken.

Beneden tref ik de rechercheur en de receptionist in gesprek aan. Er staat een opengeklapte laptop. Zodra ze me zien stoppen ze met praten. Spijker is mijn gegevens aan het natrekken. Dat zou ik bij hem ook doen.

Het is maar een kort ritje naar het augustinessenklooster. We draaien de Warmoesstraat in en zetten de auto in een parkeergarage. Een Afrikaanse parkeerwacht komt aanrennen. Spijker laat hem een badge zien en verscheurt het parkeerkaartje.

Tegen beter weten in heeft hij erin toegestemd dat ik eerst met Samira praat. Ik heb twintig minuten. Ik ga de betonnen trappen af en open een zware branddeur. Aan de overkant van de straat staat het klooster. Uit de voordeur komt een bekende. Gekleed in haar roze jasje en enkellange rok, met haar gezicht omlaag, haast ze zich over de stoep. Haar blauwe hijab verbergt de kneuzing op haar gezicht. Ze zou niet buiten moeten zijn. Ik bedwing de aanvechting haar te volgen.

Een rijzige non met een blozend gezicht doet open. Net als de anderen is ze gerimpeld en aan het verschrompelen, terwijl ze probeert het gebouw te overleven. Door een gang word ik naar zuster Vogels kantoor geleid, dat een curieuze mix van oude en nieuwe dingen bevat. Een kast met glazen deuren is in dezelfde donkere kleur geschilderd als het mahoniehouten bureau. In de hoek staan een fax en een kopieerapparaat. Op de schoorsteenmantel staat een hartvormige doos met kaarsen, met daarnaast foto's die van haar neefjes en nichtjes zouden kunnen zijn. Ik vraag me af of zuster Vogel weleens spijt heeft van haar roeping. God kan een barre echtgenoot zijn.

Ze duikt naast me op. 'Je hebt me niet verteld dat je politieagente was.'

'Zou dat iets hebben uitgemaakt?'

Ze reageert niet. 'Je hebt nog meer mensen gestuurd om te voeden.'

'Ze eten maar weinig.'

Ze slaat haar armen over elkaar. 'Zit dat meisje in de problemen?'

'Ja.'

'Is ze in de steek gelaten?'

'Misbruikt.'

Verdriet vult elke groef en rimpel van haar gezicht. Ze ziet de kneuzing op mijn wang en maakt een meelevend gebaar. 'Wie heeft je dit aangedaan?'

'Maakt niet uit. Ik moet Samira spreken.'

Ze neemt me mee naar een kamer op de tweede verdieping, die met dezelfde donkere panelen is gedecoreerd. Samira staat bij het raam als de deur opengaat. Ze draagt een lange knoopjesjurk met een plat, rond kraagje. Onder de stof tekent in het vensterlicht de omtrek van haar lichaam zich af. Terwijl ze me aandachtig aankijkt neemt ze plaats op de bank. Haar zwangere buik rust op haar dijen.

Zuster Vogel blijft niet. Als de deur zich sluit, kijk ik de kamer rond. Aan de muur hangt een schilderij van de Maagd Maria, Johannes de Doper en het Kindeke Jezus. Ze staan afgebeeld naast een riviertje waarlangs vruchten aan de bomen hangen en dikke, naakte nimfen boven het water dansen.

Samira ziet me kijken. 'Ben jij christen?'

'Sikh.'

Ze knikt, tevredengesteld.

'Heb je een hekel aan christenen?'

'Nee. Mijn vader heeft me verteld dat christenen minder geloven dan wij. Ik weet niet of dat waar is. Ik ben geen erg goede moslim. Ik vergeet soms te bidden.'

'Hoe vaak word je geacht te bidden?'

'Vijf keer per dag, maar mijn vader zei altijd dat drie keer genoeg was.'

'Mis je hem, je vader?'

'Bij elke ademteug.'

Haar koperkleurige ogen zijn doorschoten met goud en onzekerheid. Ik kan me geen voorstelling maken van wat ze in haar korte leven al hebben gezien. Als ik me Afghanistan voorstel, zie ik in zwart gehulde vrouwen als afgedekte standbeelden, met sneeuw gekroonde bergen, oude karavaansporen, niet-geëxplodeerde mijnen, verschroeiende woestijnen, huizen van klei, antieke monumenten en eenogige woestelingen.

Dit keer stel ik mezelf netjes voor en vertel Samira hoe ik haar heb gevonden. Ze kijkt beschaamd weg als ik de prostituee in de Molensteeg ter sprake breng. Op hetzelfde moment houdt ze haar hand tegen haar borstkas en drukt erop. Op haar voorhoofd zie ik pijn.

'Gaat het?'

'Maagzuur. Zala is een middeltje aan het halen.' Ze werpt een blik op de deur, mist haar vriendin nu al.

'Waar heb je haar leren kennen?'

'In het weeshuis.'

'Zijn jullie niet samen uit Afghanistan weggegaan?'

'Nee. We moesten haar achterlaten.'

'Hoe is ze hier gekomen?'

'Achter in een vrachtwagen en daarna per trein.'

'In haar eentje?'

Samira's gezicht verzacht zich. 'Zala slaagt er altijd in duidelijk te maken wat ze bedoelt.'

'Is ze al haar hele leven doof?'

'Nee.'

'Hoe komt het dan?'

'Haar vader vocht met de moedjahedien tegen de taliban. Toen de talibs de macht overnamen, hebben ze hun vijanden gestraft. Zala en haar moeder werden gevangengezet en gemarteld met zuur en smeltend plastic. Het duurde acht dagen voordat haar moeder stierf. Tegen die tijd kon Zala haar al niet meer horen schreeuwen.'

Het verhaal zuigt de zuurstof uit de kamer en ik voel mezelf naar adem happen. Samira kijkt weer naar de deur, wachtend op Zala. Haar vingers liggen gespreid op haar buik, alsof ze de bobbels en de schopjes leest. Hoe zou dat aanvoelen, als er in je binnenste iets groeit? Een leven, een organisme dat zonder te vragen neemt wat het nodig heeft, slaap rooft, hormonen verandert, uit elkaar duwt en op organen drukt. Ik heb mijn vriendinnen en schoonzusters horen klagen over broze nagels, haaruitval, pijnlijke borsten en striae. Het is een offer dat mannen niet zouden kunnen brengen.

Samira zit naar me te kijken. Ze wil iets vragen.

'U zei dat mevrouw Beaumont dood is.'

'Ja.'

'Wat gaat er nu met haar baby's gebeuren?'

'Dat is aan jou.'

'Waarom?'

'Ze zijn van jou.'

'Nee!'

'Het zijn jouw baby's.'

Haar hoofd draait van links naar rechts. Ze is heel stellig.

Ineens staat ze op, schommelt lichtjes en strekt haar hand uit, leunend op de rug van de bank. Ze loopt de kamer door en staart uit het raam, in de hoop Zala te zien.

Ik denk nog steeds na over haar ontkenning. Houdt ze van haar ongeboren tweeling? Stelt ze zich voor hoe hun toekomst eruit zal zien? Of draagt ze de kinderen alleen maar en telt ze de dagen af tot de bevalling, als haar taak erop zal zitten?

'Wanneer heb je mevrouw Beaumont ontmoet?'

'Ze kwam naar Amsterdam. Ze kocht kleren voor me. Yanus was erbij. Ik moest net doen of ik geen Engels sprak, maar mevrouw Beaumont praatte toch tegen me. Ze gaf me een papiertje met uw naam. Ze zei dat ik, als ik ooit in de problemen kwam, u zou moeten zien te vinden.'

'Wanneer was dat?'

'In maart zag ik haar voor het eerst. In september kwam ze me opnieuw opzoeken.'

'Wist ze dat je een tweeling ging krijgen?'

Ze haalt haar schouders op.

'Had ze enig idee waarom?'

'Hoe bedoelt u?'

'Wist ze van de schuld? Wist ze dat jij was gedwongen zwanger te worden?'

Haar stem wordt milder. 'Ze bedankte me. Ze zei dat ik met iets goeds bezig was.'

'Iemand dwingen een kind te baren is een misdaad. Ze deed iets heel doms.'

Samira haalt opnieuw haar schouders op; ze weigert zo hard te oordelen. 'Soms doen vrienden dwaze dingen,' zegt ze. 'Mijn vader zei me dat vrienden als gouden munten zijn. Schepen worden stukgebeukt door stormen en liggen honderden jaren op de zeebodem. Wormen vernietigen het hout. IJzer corrodeert. Zilver wordt zwart, maar goud verandert niet in zeewater. Het verliest niets van zijn glans of kleur. Het komt net zo boven water als toen het zonk. Dat is ook met vriendschap zo. Ook die overleeft schipbreuken en de tijd.'

De zwelling in mijn borst doet ineens pijn. Hoe kan iemand die zo jong is zo wijs zijn?

'Je moet de politie vertellen wat er is gebeurd.'

'Dan sturen ze me terug.'

'Deze mensen hebben hele slechte dingen gedaan. Je bent hun niets verschuldigd.'

'Yanus zal me weten te vinden. Hij zal me nooit laten gaan.'

'De politie kan je beschermen.'

'Ik vertrouw ze niet.'

'Vertrouw mij dan.'

Ze schudt haar hoofd. Ze heeft geen reden mij te geloven. Praatjes vullen geen gaatjes en wekken ook geen dode broers tot leven. Ze weet het nog steeds niet van Hasan. Ik kan me er niet toe zetten het haar te vertellen.

'Waarom zijn jullie uit Kabul weggegaan?'

'*Brother.*'

'Je broer?'

'Nee. Een Engelsman. We noemden hem Brother.'

'Wie is hij?'

'Een heilige.'

Met haar wijsvinger tekent ze de omtrek van een kruis in haar hals. Ik moet denken aan Donavons tatoeage. Zou het kunnen?

'Die Engelsman, was hij soldaat?'

'Hij zei dat hij door God gestuurd was.'

Ze vertelt dat hij het weeshuis bezocht en voedsel en dekens meebracht. Er zaten zestig kinderen tussen de twee en zestien jaar oud, die in slaapzalen sliepen, 's winters dicht tegen elkaar aan gekropen, levend van liefdadigheid en wat ze bij elkaar konden scharrelen.

Toen de taliban de macht had gegrepen, nam ze jongens uit het weeshuis mee om hun geweren te helpen laden, en de meisjes als echtgenotes. De wezen juichten toen de Noordelijke Alliantie en de Amerikanen Kabul bevrijdden, maar het nieuwe regime bleek nauwelijks anders. Soldaten kwamen naar het weeshuis, op zoek naar meisjes. De eerste keer verborg Samira zich onder een stapel dekens. De tweede keer kroop ze de latrine in. Een ander meisje wierp zich van het dak, liever dan te worden meegenomen.

Ik ben verbaasd hoe ambivalent ze klinkt. Doorslaggevende beslissingen, zaken van leven en dood, verteld met de nuchterheid van een boodschappenlijstje. Ik kan niet zeggen of ze gewend is geraakt aan schokkende dingen of er juist door is verpletterd.

Brother kocht de soldaten af met geld en medicijnen. Hij zei Samira dat ze weg moest uit Afghanistan omdat het niet veilig was. Hij zei dat hij werk voor haar zou vinden in Londen.

'En Hasan?'

'Brother zei dat hij moest achterblijven. Ik zei dat ik niet zonder hem zou vertrekken.'

Ze werden voorgesteld aan een smokkelaar die Mahmoud heette, en die hun reis regelde. Zala moest achterblijven omdat geen enkel land een doof meisje zou toelaten, vertelde Mahmoud hun.

Hasan en Samira werden per bus over land naar Pakistan gebracht en via Quetta naar het zuiden gesmokkeld en daarna in westelijke richting Iran binnen, totdat ze Tabriz bereikten, bij de grens met Turkije. In de eerste week van de lente liepen ze door het Araratgebergte en werden ze bijna het slachtoffer van de vriesnachten en de wolven.

Aan de Turkse kant van de bergrug smokkelden schaapherders hen van dorp naar dorp en zorgden ervoor dat ze achter in een vrachtwagen naar Istanbul werden gebracht. Twee maanden lang werkten broer en zus in een duister atelier in de textielwijken van Zeytinburno, waar ze schapenleren jasjes in elkaar zetten.

Het smokkelsyndicaat eiste meer geld voor de tocht naar Engeland. De prijs was gestegen tot tienduizend Amerikaanse dollars. Samira schreef een aan Brother gerichte brief, maar wist niet waar ze hem heen moest sturen. Eindelijk gingen ze op weg. Een vissersboot bracht hen de Egeïsche Zee over naar Italië, waar ze met vier andere illegalen een trein naar Rome namen. Ze werden opgewacht op het station en meegenomen naar een huis.

Twee dagen later ontmoetten ze Yanus. Hij nam hen mee naar een busstation en verstopte hen in het bagageruim van een toeristenbus die via Duitsland naar Nederland ging. 'Niet bewegen en niet praten, anders vinden ze jullie,' zei hij tegen hen. Zodra de bus de Nederlandse grens had bereikt moesten ze asiel aanvragen. Hij zou hen weten te vinden.

'Maar we moeten naar Engeland,' zei Samira.

'Engeland komt later,' antwoordde hij.

De rest van het verhaal komt overeen met wat ik van Lena Caspar heb gehoord.

Zuster Vogel klopt zachtjes op de deur. In haar handen heeft ze een dienblad met thee en koekjes. De oortjes van de verfijnde kopjes zijn beschadigd. Door een kapot zeefje schenk ik de thee in. Samira pakt een koekje en wikkelt het in een papieren servetje om het voor Zala te bewaren.

'Zegt de naam Paul Donavon je iets?'

Ze schudt haar hoofd.

'Van wie hoorde je over de IVF-kliniek?'

'Yanus. Hij zei dat we hem moesten betalen voor onze reis van-uit Kabul. Hij dreigde me te zullen verkrachten. Hasan probeerde hem tegen te houden, maar Yanus bewerkte hem met een mes. Wel honderd sneden.' Ze wijst op haar borst. Wat Noonan had gezien waren de sporen van de verwondingen op Hasans boven-lichaam.

'Wat wilde Yanus dat je deed?'

'Hoer worden. Hij liet me zien wat ik zou moeten doen. Daarna stelde hij me voor de keus. Hij zei dat ik met een baby mijn schuld kon afbetalen. Zonder mijn maagdelijkheid te verliezen.'

Het laatste zegt ze bijna strijdlustig. Dit is een waarheid die Sa-mira overeind houdt. Ik vraag me af of ze juist daarom een mos-limmeisje hebben genomen. Ze zou bijna alles hebben gedaan om haar maagdelijkheid te beschermen.

Ik weet nog altijd niet hoe Cate erbij betrokken is geraakt. Was het haar idee of dat van Donavon?

Buiten wacht Spijker. Ik kan dit niet langer uitstellen. Ik open mijn tas, haal de houtskooltekening eruit en strijk de hoeken glad.

De opwinding doet haar ogen van binnenuit stralen. 'Hasan! U hebt hem gezien!'

Ze wacht. Ik schud mijn hoofd. 'Hasan is dood.'

Haar hoofd schiet omhoog alsof het aan een touw vastzit. Het licht in haar ogen maakt plaats voor woede. Ongeloof. Ik doe snel mijn verhaal, in de hoop haar te sparen, maar er is geen pijnloze manier om dit te vertellen. Zijn reis. Zijn overtocht. Zijn gevecht om in leven te blijven.

Ze slaat haar handen over haar oren.

'Het spijt me, Samira. Hij heeft het niet gehaald.'

'U liegt! Hasan is in Londen.'

'Ik spreek de waarheid.'

Ze wiegt heen en weer, met haar ogen dicht; haar mond gaat geluidloos open en weer dicht. Het woord dat ze wil zeggen is nee.

'Je moet je toch hebben afgevraagd waarom je niets van hem hoorde?' zeg ik. 'Hij zou nu toch moeten hebben gebeld of geschreven? Jij naaide mijn naam in zijn kleding. Op die manier heb ik je weten te vinden.' Ik ga dichter bij haar zitten. 'Ik heb geen reden om tegen je te liegen.'

Ze verstijft en deinst terug terwijl ze me met een angstwekkend intense blik aankijkt.

Van beneden galmt de stem van Spijker. Hij is het wachten beu.

'Je moet de politie alles vertellen wat je mij hebt verteld.'

Ze antwoordt niet. Ik weet niet of ze het begrijpt.

Terwijl ze zich naar het raam keert noemt ze Zala's naam.

'Zuster Vogel zorgt wel voor haar.'

Ze schudt koppig haar hoofd, haar ogen vol stompzinnige hoop.

'Ik zal haar vinden en voor haar zorgen.'

Heel even verzet iets in haar binnenste zich nog. Dan laat ze het los en geeft zich over. Het noodlot zelf bevechten is te zwaar. Ze moet zichzelf sparen om datgene te bevechten waar het noodlot mee voor de dag komt.

Midden op de Wallen is een apotheek, legt zuster Vogel uit. De apotheker is een vriend van haar. Ze heeft Zala naar hem toe gestuurd. Ze had een briefje bij zich.

Achter elke hoek die ik omsla verwacht ik een roze flits te zien of haar blauwe hijab op me af te zien komen. Ik passeer een groentewinkel en vang de geur van sinaasappels op, waardoor ik aan Hasan denk. Wat gaat er nu met Samira gebeuren? Wie zal er voor haar zorgen?

Ik sla de Oudekerksteeg in. Nog altijd geen teken van Zala. Ik voel een tikje op mijn arm en draai me om. Eerst herken ik Hokke niet, die een wollen muts draagt. In combinatie met zijn lichte baard ziet hij eruit als een Noordzeevisser.

'Hallo vriendin.' Hij bekijkt me van dichtbij. 'Wat heb je gedaan?' Zijn vinger strijkt langs de kneuzing op mijn wang.

'Geknokt, misschien?'

'En, gewonnen?'

'Nee.'

Over zijn schouder heen speur ik het plein af naar Zala. Mijn gespannen blik doet ook hem omkijken.

'Ben je nog steeds op zoek naar dat Afghaanse meisje?'

'Nee, nu gaat het om een ander meisje.'

Het klinkt achteloos, alsof ik de hele tijd mensen kwijtraak. Hokke heeft in een café op het plein gezeten. Zala moet hem gepasseerd zijn, maar hij kan zich niet herinneren dat hij haar heeft gezien.

'Misschien kan ik je helpen zoeken.'

Terwijl ik de mensen om ons heen bekijk, loop ik achter hem aan tot we bij de apotheek komen. De kleine zaak heeft smalle looppaden en keurig ingerichte schappen. Achter een toonbank staat een man in een gestreept overhemd en witte jas klanten te helpen. Als hij Hokke ziet, spreidt hij zijn armen en omhelzen ze elkaar. Oude vrienden.

'Een doof meisje zou ik me moeten herinneren,' zegt hij in het Engels.

'Ze had een briefje bij zich van zuster Vogel.'

Hij roept iets naar een assistent. Van achter een rek ansichtkaarten komt een hoofd tevoorschijn. Opnieuw gepraat in het Nederlands. Schouderophalen. Niemand heeft haar gezien.

Hokke loopt met me mee naar buiten. Ik doe een paar passen en blijf tegen een muur geleund staan. Er komt een vage trilling in me opzetten, een dreigende gedachte die zich niet laat bedwingen. Zala is niet weggelopen. Ze zou Samira niet moedwillig in de steek laten. Nooit.

Het hoofdbureau van politie is gelegen aan een meer naar buiten gelegen gracht, ten westen van het centrum. Het product van de verbeelding van een architect ziet er schoongeboend uit en werpt een lange schaduw over het water. De glazen deuren openen zich automatisch. Beveiligingscamera's zoeken de entree af.

Er gaat een melding naar Spijker, die ergens boven zit. Hij antwoordt dat ik bij de receptie moet wachten. Mijn haast heeft geen enkel effect op de receptioniste, die net zo'n uitgestreken gezicht heeft als de boerendochter op het schilderij *American Gothic*.

Hier heb ik geen bevoegdheden. Ik heb geen macht om eisen te stellen of op mensen te leunen.

Hokke biedt aan me gezelschap te houden. Hij heeft niet één keer gevraagd hoe ik Samira heb gevonden of wat er met Ruiz is gebeurd. Hij stelt zich tevreden met de informatie die hem wordt geboden, in plaats van ernaar op zoek te gaan.

Er is veel gebeurd de afgelopen week en toch voelt het alsof ik geen stap vooruitgekomen ben. Het is net als met de klok aan de muur boven de receptiebalie, met zijn witte wijzerplaat en dikke zwarte wijzers die het vertikken sneller te gaan.

Samira is ergens boven mij. Er zullen wel niet veel kelders zijn in Amsterdam, een stad die lijkt te drijven op vaste pontons die door de bruggen bijeen worden gehouden. Misschien zakt hij wel langzaam weg in de prut, als een Venetië van het Noorden.

Ik kan niet stilzitten. Ik zou bij Ruiz in het ziekenhuis moeten zijn. Ik zou in Londen aan mijn nieuwe baan moeten beginnen of ervoor moeten bedanken.

Aan de overkant van de hal glijden de dubbele deuren van een lift open. Er klinken stemmen en diep, sonoor gelach. Een van de stemmen is die van Yanus. Zijn linkeroog is gezwollen en zit gedeeltelijk dicht. Verwondingen aan het hoofd beginnen in te raken. Hij is niet geboeid en heeft geen politiebegeleiding.

De man naast hem moet zijn advocaat zijn. Hij is groot en ziet er afgetobd uit, met een breed voorhoofd en een nog breder achterwerk. Zijn gekreukte pak heeft een driedubbele split en permanente vouwen.

Yanus kijkt me aan en vertrekt zijn dunne lippen tot een glimlach.

'Dit misverstand spijt me heel erg,' zegt hij. 'Vergeten en vergeven?'

Hij biedt me zijn hand. Ik kijk uitdrukkingsloos. Links van hem, iets achter hem, verschijnt Spijker.

Yanus is nog altijd aan het woord. 'Ik hoop dat ze goed voor meneer Ruiz zorgen. Het spijt me heel erg dat ik hem heb gestoken.'

Ik heb mijn blik nog steeds op Spijker gericht. 'Wat gaan jullie doen?'

'De heer Yanus wordt op vrije voeten gesteld. Het kan zijn dat we hem later nog verhoren.'

De dikke advocaat tikt ongeduldig met zijn voet. Zijn gezicht schudt ervan. 'Samira Khan heeft bevestigd dat de heer Yanus haar verloofde is. Ze is van hem in verwachting.' Zijn Engels is overdreven gewichtig, met een vleugje neerbuigendheid. 'Ze heeft ook een verklaring afgelegd die zijn versie van het gebeurde van gisteravond bevestigt.'

'Nee!'

'Gelukkig voor u heeft de heer Yanus ermee ingestemd geen officiële aanklacht wegens mishandeling, opzettelijke verwonding en het ontvoeren van zijn verloofde te zullen indienen tegen u of uw collega. In ruil daarvoor heeft de politie besloten hem niet in staat van beschuldiging te stellen.'

'Ons onderzoek zal worden voortgezet,' werpt Spijker tegen.

'De heer Yanus heeft zijn volledige medewerking verleend,' reageert de dikke advocaat laatdunkend.

Lena Caspar is zo klein dat ik bijna niet zie dat ze achter hem staat. Ik voel hoe ik iedereen beurtelings aankijk, als een kind dat wacht op de uitleg van een volwassene. Yanus heeft zijn hand teruggetrokken. Bijna instinctief steekt hij hem in zijn jaszak, waar normaal gesproken zijn mes zou zitten.

Terwijl ik denk dat ik er wel versuft en als met stomheid geslagen uit zal zien, is het tegenovergestelde het geval. Ik zie mezelf weerspiegeld in de tientallen glaspanelen rondom me en zie dat het nieuws de manier waarop ik kijk helemaal niet heeft beïnvloed. In mijn binnenste is het een heel ander verhaal. Van alle mogelijke uitkomsten was deze niet te voorspellen.

'Laat me met Samira praten.'

'Dat gaat niet.'

Lena Caspar legt haar hand op de mijne. 'Ze wil met niemand praten.'

'Waar is ze?'

'Onder de hoede van de Immigratie en Naturalisatie Dienst.'

'Wordt ze het land uit gezet?'

De dikke advocaat is haar voor. 'Mijn cliënt is bezig met de aanvraag van een visum waarmee zijn verloofde in Nederland kan blijven.'

'Ze is zijn verloofde helemaal niet,' kaats ik terug.

De advocaat zwelt nog verder op (wat nauwelijks mogelijk lijkt). 'U hebt echt geluk, juffrouw Barba, dat mijn cliënt zo vergevingsgezind is. Als dat niet zo was, dan zouden u ernstige zaken ten laste worden gelegd. De heer Yanus eist dat u hem nu met rust laat, en zijn verloofde eveneens. Elke poging van uw kant om een van hen te benaderen zal zeer hoog worden opgenomen.'

Yanus lijkt zich bijna te generen voor zijn eigen grootmoedigheid. Zijn hele persoonlijkheid is milder geworden. De kille, onverhulde, onwankelbare haat van gisteravond is verdwenen. Het is alsof ik naar een gladde zee kijk nadat de storm is geluwd. Hij steekt opnieuw zijn hand uit. Dit keer ligt er iets in: mijn mobiele telefoon en mijn paspoort. Hij geeft ze me en draait zich om. Hij en de dikke advocaat gaan weg.

Ik kijk Spijker aan. 'U weet dat hij liegt.'

'Dat maakt niets uit,' antwoordt hij.

Mevrouw Caspar vraagt me te gaan zitten.

'Er moet toch iets zijn,' zeg ik op smekende toon.

'Je zult het moeten begrijpen. Zonder Samira's getuigenverklaring is er helemaal geen zaak, geen bewijs van gedwongen zwangerschappen of een zwarte markt voor embryo's en ongeboren baby's. Een DNA-test of vaderschapstest zou het bewijs kunnen leveren, maar die kunnen niet plaatsvinden zonder Samira's toestemming en een chirurgische ingreep die de tweeling in gevaar kan brengen.'

'Zala zal mijn verhaal bevestigen.'

'Waar is ze?'

De toegangsdeuren glijden open. De dikke advocaat gaat als

eerste. Yanus haalt een lichtblauwe zakdoek uit zijn zak en veegt zijn voorhoofd af. Ik herken het weefsel. Hij laat het achter elkaar door zijn vingers gaan. Het is geen zakdoek. Het is een hoofddoek. Zala's hijab.

Spijker ziet me bewegen en houdt me tegen. Ik verzet me tegen zijn greep en roep beschuldigingen door de deuropening. Yanus draait zich om en glimlacht, waarbij hij een paar tanden ontbloot. De glimlach van een haai.

'Kijk, in zijn hand, de sjaal,' schreeuw ik. 'Dat is de reden waarom ze loog.'

Mevrouw Caspar gaat voor me staan. 'Het is te laat, Alisha.'

Spijker laat langzaam mijn armen los en ik ruk me los uit zijn vingers. Hij geneert zich dat hij me heeft aangeraakt. Er is nog iets anders in zijn houding: begrip. Hij gelóóft me! Hij had geen andere keus dan Yanus op vrije voeten stellen.

Frustratie, teleurstelling en woede wellen in me op, totdat ik het wil uitschreeuwen. Ze hebben Zala. Samira zal de volgende zijn. Met alle kneuzingen en bloedvergieten heb ik ze niet eens kunnen afremmen. Ik ben als Wile E. Coyote, platgedrukt onder een steen, die het satanische, triomfantelijke, gekmakende 'miep, miep!' van de Road Runner hoort.

6

Ruiz' huid is vaalgrijs en zijn ogen zijn bloeddoorlopen van de morfine. De jaren hebben hem in zijn slaap overvallen en al zijn zestig verjaardagen zijn hem aan te zien.

'Ik wist dat je het zou redden,' zeg ik. 'Jouw huid is taaier dan die van een neushoorn.'

'Wil je zeggen dat ik een dikke kont heb in deze pyjama?'

'Nee, in déze niet.'

De gordijnen zijn open en wat er nog over is van de dag verzamelt zich aan de einder.

Het kan aan de morfine liggen of aan zijn belachelijke mannelijke trots, maar de inspecteur blijft opscheppen over het aantal hechtingen dat hij in zijn borst en arm nodig had. Straks gaan we nog littekens zitten vergelijken. Ik heb dat niet nodig – de mijne zijn groter dan die van hem.

Waarom wordt het bij mannen altijd een wedstrijd? Is hun ego zo broos of zijn hun hormonen zo krachtig dat ze zichzelf moeten bewijzen? Wat een armoedzaaiers!

Ik geef hem een dikke, natte kus op zijn wang. Hij is sprakeloos.

'Ik heb iets voor u meegebracht, meneer.'

Hij zendt me een snelle blik toe, niet zeker of hij me kan vertrouwen. Ik haal een fles whisky uit een papieren zak. Het is een heimelijk grapje. Toen ik in het ziekenhuis lag met een kapotte ruggengraat nam Ruiz een fles voor me mee. Het is nog altijd de enige keer dat ik alcohol heb gedronken. Een eenmalig drankje, naar binnen geslurpt door een maf rietje, dat mijn ogen deed tranen en mijn keel branden. Wat zien mensen toch in alcohol?

Ik verbreek de sluiting en schenk hem in, met een beetje water erbij.

'Neem jij niet?'

'Nee, niet nu. Je mag de mijne opdrinken.'

'Dat is heel genereus van je.'

Er komt een verpleegster binnen. Hij stopt het glas weg. Ik verstop de fles. Ze geeft hem een plastic bekertje met twee pillen. Omdat we gestopt zijn met praten en schuldig kijken blijft ze bij de deur stilstaan. Ze zegt iets in het Nederlands. Een heilwens misschien, maar ik heb mijn twijfels.

'Ik denk dat ik hier maar blijf,' zegt Ruiz. 'Het eten is hier een stuk beter dan wat je in Engeland krijgt en de verpleegsters zijn best charmant. Ze doen me denken aan de vrouwelijke huismeesters op kostschool.'

'Dat lijkt verontrustend veel op een seksuele fantasie.'

Hij grijnst half. 'Niet helemaal.'

Hij neemt nog een nipje. 'Heb jij weleens gedacht over wat je zou willen dat er gebeurt als je doodgaat? De afspraken.'

'Ik heb een testament.'

'Oké, maar heb je iets op schrift staan voor de begrafenis? Cremeren of begraven of je as uit laten strooien vanaf het eind van de pier in Margate?'

'Niet specifiek, nee.' Dit begint nogal morbide te worden.

'Ik wil dat ze mijn as in een raket stoppen.'

'Maar natuurlijk, ik bel wel even met de NASA.'

'In een vuurpijl, bedoel ik. Ik wil uiteengeblazen worden in duizend vallende sterren. Dat kan tegenwoordig, as in vuurwerk stoppen. Dat heb ik ergens gelezen.'

'Weggaan met een knal.'

'In een glorieuze gloed.'

Hij glimlacht en houdt zijn glas op voor meer. 'Nog niet, uiteraard.'

'Uiteraard.'

De waarheid is dat ik er wel aan heb gedacht, aan doodgaan. Gedurende mijn zwarte herfst en winter, de maanden van operaties en fysiotherapie, waarin ik mezelf niet kon wassen, voeden of verzorgen, was een klein, geheim, kinderlijk deel van me bang dat ik nooit meer zou kunnen lopen. En een stilzwijgend, schuldbeladen, volwassen deel van me besloot dat ik dan liever zou sterven.

Iedereen vindt me zo sterk. Ze verwachten dat ik herfsten en winters zoals die van toen in de ogen kijk en vervolgens neersla, ze op de vlucht jaag. Maar zo sterk ben ik niet. Ik doe maar alsof.

'Ik ben gisteren gebeld door Miranda,' zegt hij. 'Ik weet nog steeds niet hoe ze aan het nummer was gekomen of wist dat ik in het ziekenhuis lag. Voorzover ik weet was ik gisteren het grootste deel van de dag buiten bewustzijn.' Zijn ogen vernauwen zich. 'Probeer wat minder schaapachtig te kijken, lammetje-lief.'

'Ik zei je toch dat ze nog steeds om je geeft.'

'Maar liever niet met me lééft.'

'Dat is omdat je een brompot bent.'

'En jij bent expert in dit soort zaken, zeker?'

'Nou, Groentje Dave heeft me anders wel ten huwelijk gevraagd.' Het floept eruit, niet gepland, spontaan.

Ruiz denkt even na. 'Ik had niet gedacht dat hij dat zou durven.'

'Denk je dat hij bang voor me is?'

'Elke man met enig benul zou een beetje bang voor jou moeten zijn.'

'Hoezo?'

'Ik bedoel dat op de aardigst mogelijke manier.' Zijn ogen dansen.

'Je hebt gezegd dat ik te scherp voor hem was.'

'En jij zei dat een man die jouw broek past niet in je broek mocht zitten.'

'Hij houdt van me.'

'Dat is een goed begin. En jij?'

Ik kan geen antwoord geven. Ik weet het niet.

Het is raar over liefde te praten. Ik had altijd een hekel aan het woord. Haat is te sterk. Ik was het zat er in boeken over te lezen, het in liedjes te horen, het in films te zien. Het leek me dat je een enorme last op iemand anders legt door hem lief te hebben, hem zoiets ontzettend breekbaars te schenken en te verwachten dat hij het niet stukmaakt, kwijtraakt of in bus 96 laat liggen.

Ik dacht dat ik een keuze had: verliefd worden, niet verliefd worden. Hij houdt van me, hij houdt niet van me. Zie je wel? Ik ben echt niet zo slim!

Mijn gedachten dwalen af naar Samira. Ik weet niet wat ik moet doen. Mijn ideeën zijn uitgeput. Tot nu toe ben ik ervan overtuigd geweest dat ik Cates baby's zou vinden, en dan – ja, wat dan? Wat stelde ik me voor dat er zou gebeuren? Cate overtrad de wet. Ze huurde een baarmoeder. Misschien realiseerde ze zich niet dat Samira gedwongen zou worden mee te werken. Van díe twijfel gun ik haar het voordeel.

Cate liep altijd vlak langs de rand. Dichter bij de dood, dichter bij het leven. Ze was een beetje gek. Niet voortdurend, maar af en toe. Zoals wanneer de wind vlak voor een storm plotseling anders wordt en kinderen op hol slaan en in kringetjes rond gaan lopen als opdwarrelende snippers papier. Cate kreeg dan zo'n zelfde gloed in haar ogen en dreef af naar de verkeerde kant van de scheidslijn.

Ze is meer herinnering dan realiteit. Ze hoort bij een tijd van tienerverliefdheden, eerste zoenen, volle collegezalen en rokerige pubs. Zelfs als ze nog had geleefd hadden we misschien niets anders gemeen gehad dan het verleden.

Ik zou het los moeten laten. Als Ruiz voldoende hersteld is, gaan we terug. Dan slik ik mijn trots in en neem ik elk baantje aan dat me wordt aangeboden, of ik trouw met Dave en ga met hem in Milford-on-Sea wonen. Ik had niet naar Amsterdam moeten komen. Hoe heb ik ooit kunnen denken dat ik iets kon uitrichten? Ik kan Cate niet terughalen. En toch, ondanks dit alles, laat één fundamentele vraag me maar niet los: wat gaat er met de baby's gebeuren?

Yanus en zijn trawanten zullen ze aan de hoogste bieder verkopen. Of dat, of ze zullen in Nederland ter wereld komen en ter adoptie worden aangeboden. Of, nog erger: teruggestuurd worden naar Afghanistan met Samira, die zal worden uitgestoten en als paria behandeld. In sommige delen van Afghanistan worden vrouwen die buitenechtelijke kinderen hebben gestenigd.

Cate loog en bedroog. Ze overtrad de wet. Ik weet nog altijd niet waarom Brendan Pearl haar heeft vermoord, al vermoed ik dat het was om haar het zwijgen op te leggen. Ze wendde zich tot mij. Dat zal me wel medeverantwoordelijk maken.

Ben ik aan nog iets schuldig? Is er iets anders dat ik had moeten doen? Moet ik Felix' familie vertellen dat hun zoon over een paar weken vader zou zijn geworden? Barnaby en mevrouw Elliot zijn de pseudo-grootouders van een surrogaattweeling.

Ik had nooit gedacht dat ik nog eens medelijden zou hebben met Barnaby – niet na wat er gebeurd was. Op de dag dat hij mij bij het station in Cornwall afzette dacht ik zijn ware aard te zien. Hij kon me niet eens aankijken of gedag zeggen.

Ik weet nog steeds niet of hij het zijn vrouw heeft verteld. Ik betwijfel het. Barnaby is het type dat ontkent, ontkent en ontkent, totdat hij met onweerlegbaar bewijs wordt geconfronteerd. Dan zal hij zijn schouders ophalen, zijn excuses aanbieden en de tragische held uithangen, onderuitgegaan door een overmaat aan liefde in plaats van een tekort.

Toen ik hem de eerste keer zag in het ziekenhuis, toen Cate in coma lag, viel me op dat hij nog altijd campagne voerde, nog steeds stemmen probeerde te winnen. Hij probeerde de hele tijd in de glazen deuren een glimp van zijn spiegelbeeld op te vangen, om zeker te kunnen zijn dat hij het goed deed, het rouwen. Misschien is dat niet eerlijk: een man schoppen die onderuit is gegaan.

Ruiz slaapt. Ik pak het glas van hem af, spoel het om in de wasbak en stop de fles in mijn tas.

Ik ben nog steeds niet dichter bij een besluit. Het is alsof ik een wedstrijd loop waarin ik niet weet hoeveel ronden er nog te gaan zijn of wie voorop ligt en wie gedubbeld is. Hoe weet ik wanneer ik moet aanzetten voor de laatste bocht en aan mijn eindsprint moet beginnen?

Een taxi zet me af bij mijn hotel. De bestuurder luistert naar een voetbalwedstrijd die op de radio wordt uitgezonden. De commentator heeft een tenorstem die meegolft met het eb en vloed van de actie op het veld. Ik heb geen idee wie er speelt, maar het donderende geluid van het publiek bevalt me. Het maakt dat ik me minder somber voel.

Er steekt een witte envelop uit mijn postvakje bij de receptie. Ik maak hem direct open.

Drie woorden: 'Hallo lief meisje.'

De receptioniste maakt een oogbeweging. Ik draai me om. Groentje Dave staat achter me.

Hij slaat zijn armen om me heen en ik begraaf mijn gezicht in zijn shirt. Ik blijf zo staan. Ik hou hem stijf vast, want ik wil niet dat hij mijn tranen ziet.

7

Het ene moment slaap ik, het volgende ben ik wakker. Ik kijk op de wekker. Vier uur 's nachts. Dave ligt naast me op zijn zij met zijn wang plat tegen het laken gedrukt. Zijn lippen trillen zachtjes.

Gisteravond hebben we niet gepraat. Uitputting en een warme

douche en de aanraking van zijn handen deden me in slaap vallen. Als hij wakker is, zal ik het goedmaken. Ik weet dat het niet best is voor het ego van een man als een vrouw zomaar naast hem in slaap valt.

Op één elleboog liggend bekijk ik hem. Zijn haar is zacht en gekreukeld als dat van een rode cyperse kater, met kleine plukjes blond erdoorheen. Hij heeft een groot hoofd. Wil dat zeggen dat hij grote baby's zou verwekken, met een groot hoofd? Onwillekeurig knijp ik mijn dijen samen.

Dave krabt aan zijn oor. Hij heeft leuke oren. Op het oor dat ik kan zien is iets zichtbaar dat erop zou kunnen wijzen dat er ooit een gaatje in heeft gezeten. Zijn hand ligt naar mij toe uitgestrekt op het laken. De nagels zijn breed en plat, recht afgeknipt. Ik laat mijn vingers langs de zijne gaan, ongemakkelijk dat ik me zo gelukkig voel.

Gisteren was misschien wel de rotste dag van mijn leven. En toen ik hem gisteravond vasthield voelde het alsof ik me aan drijfhout vastklampte. Hij maakte dat ik me veilig voelde. Hij sloeg zijn armen om me heen en de pijn sijpelde weg.

Misschien voel ik me daarom zoals nu, lig ik zo stil: omdat ik niet wil dat dit moment voorbijgaat.

Ik heb geen ervaring met de liefde. Sinds mijn puberteit heb ik de liefde gemeden, afgewezen, ernaar verlangd. (Die tegenstrijdigheid is een van de symptomen.) Ik ben de wijze vrouw geweest voor al mijn vriendinnen, luisterend naar hun huilverhalen over gearrangeerde huwelijken, ontrouwe echtgenoten, mannen die niet bellen of zich niet willen binden, over tijd zijn, seksuele neuroses, trouwplannen, postnatale depressie en mislukte afslankpogingen. Ik weet alles over de liefdesaffaires van anderen, maar ben een volslagen nieuweling als het om mezelf gaat. Daarom ben ik bang. Ik ga het vast verpesten.

Dave raakt de bloeduitstorting op mijn wang aan. Ik schrik. 'Wie heeft dat gedaan?'

'Hij heet Yanus.'

Ik kan bijna zien hoe hij deze informatie opslaat voor later ge-

228

bruik. Ruiz en hij lijken wat dat betreft op elkaar. Bij hen gebeurt niets halfslachtig of onbekookt. Zij zijn in staat hun kans op wraak af te wachten.

'Je hebt geluk dat hij je jukbeen niet heeft verbrijzeld.'

'Hij had nog veel meer schade kunnen aanrichten.'

Ik doe een stapje naar voren en kus hem op zijn lippen, snel, impulsief. Dan draai ik me om en ga douchen. Als ik me weer om-draai om iets te zeggen, zie ik hem een triomfantelijk vuistgebaar maken in de lucht.

Hij bloost.

'Zo'n bijzondere kus was het nou ook weer niet.'

'Voor mij wel.'

Even later zit hij op bed te kijken hoe ik me aankleed, wat me een ongemakkelijk gevoel geeft. Ik hou mijn rug naar hem toe gekeerd. Hij buigt zich opzij en omvat mijn borsten voordat mijn beha ze omsluit.

'Ik bied me aan als vrijwilliger,' zegt hij.

'Dat is heel edelmoedig van je, maar jij gaat echt niet de hele dag mijn borsten vasthouden.'

Ik duw zachtjes zijn handen opzij en ga verder.

'Je vindt mij echt aardig, hè?' zegt hij. Zijn brede, gekke grijns weerspiegelt zich in de kleerkastspiegel.

'Niet te ver gaan, jij,' waarschuw ik hem.

'Maar het is zo. Je vindt me écht aardig.'

'Dat zou kunnen veranderen.'

Zijn lach is niet geheel overtuigend.

We ontbijten in een café in de Paleisstraat, vlak bij de Dam. Blauw-witte trams ratelen en sissen onder zoemende bovenleidingen langs het raam. Een mager zonnetje weet amper door de wolken heen te breken en een bries rukt aan de kleding van voetgangers en fietsers.

Het café heeft een met zink beklede toog die één hele kant van de zaak bestrijkt. Boven de toog hangt een schoolbord met het menu en liggen vaten wijn of port. De zaak ruikt naar koffie en gebakken kaas. Mijn smaak komt weer terug. We bestellen vlees-waren, brood en kaas en koffie met geklopte melk.

Ik praat Dave bij over de gebeurtenissen. Af en toe onderbreekt hij me met een vraag, maar voor het merendeel eet en luistert hij. De hele zaak is doorregen met halve waarheden en in elkaar gedraaide verzinsels. De onzekerheden en dubbelzinnigheden lijken talrijker dan de feiten, en ze knagen aan me, maken me onrustig en onbehaaglijk.

Ik leen zijn schrijfblok en begin namen te noteren:

Brendan Pearl
Yanus
Paul Donavon
Julian Shawcroft

Daarnaast schrijf ik een tweede rij namen; de slachtoffers:

Cate en Felix Beaumont
Hasan Khan
Samira Khan

Er zijn er waarschijnlijk meer. Waar zet ik de mensen die ertussenin vallen, zoals Barnaby Elliot? Ik denk nog steeds dat hij tegen me gelogen heeft over Cates computer. En dokter Banerjee, haar fertiliteitsspecialist. Het was wel erg toevallig dat hij opdook op mijn vaders verjaardagsfeestje.

Ik ben er niet zeker van wat ik wil bereiken door dingen op te schrijven. Misschien geeft het me een frisse blik op de zaak of brengt het een nieuw verband naar boven. Ik ben op zoek naar een centrale figuur achter de gebeurtenissen, maar misschien is dat iets te simpel gedacht. Mensen zouden ook stuk voor stuk verbonden kunnen zijn als de spaken van een wiel, die alleen in het midden samenkomen.

Er is nog iets: waar moest de overdracht van de baby plaatsvinden? Misschien was Cate van plan een vakantie of een lang weekend in Nederland door te brengen. Ze zou 'weeën' krijgen, iedereen vertellen dat ze was bevallen en de baby mee naar huis nemen en daar nog lang en gelukkig leven.

Maar ook een pasgeboren baby heeft reisdocumenten nodig. Een paspoort. Dat betekent een geboorteakte, officiële verklaringen en van een handtekening voorziene foto's. Ik zou het Britse consulaat in Den Haag moeten bellen en vragen hoe Britse staatsburgers in het buitenland geboorteaangifte doen.

In een geval als dit zou het veel makkelijker zijn als de baby in hetzelfde land werd geboren als de aanstaande ouders. Het zou een thuisbevalling kunnen zijn, of een in een andere privé-woning, zonder dat er een kliniek of zelfs maar een vroedvrouw bij betrokken is.

Als de genetische ouders het pasgeboren kind eenmaal in handen hadden, zou niemand ooit kunnen bewijzen dat het hun niet toebehoorde. Bloedmonsters, DNA- en vaderschapstests zouden stuk voor stuk hun rechten onderschrijven.

Samira zei dat Hasan haar vooruit zou gaan naar het Verenigd Koninkrijk. Ze ging ervan uit dat ze hem zou volgen. Wat als ze van plan zijn haar daarheen te brengen? Het zou ook verklaren waarom Cate Samira mijn naam gaf voor het geval er iets mis zou gaan.

'Gisteravond zei je dat je het opgaf en naar huis ging,' zegt Dave.

'Ik weet het. Ik dacht alleen...'

'Je zei zelf dat de baby's aan Samira toebehoren. Dat is nooit anders geweest.'

'Iemand heeft mijn vriendin vermoord.'

'Dat kun jij niet ongedaan maken.'

'Ze hebben haar huis in de fik gestoken.'

'Het is jouw zaak niet.'

Ik voel een golf van boosheid. Verwacht hij echt van me dat ik dit aan Softell en zijn debiele kompanen overlaat? En Spijker boezemt me niet echt veel vertrouwen meer in nu hij Yanus heeft laten lopen.

'Gisteravond huilde je tranen met tuiten. Je zei dat het voorbij was.'

'Gisteravond, ja.' Ik kan de woede in mijn stem niet verbergen.

'Wat is er nu anders?'

'Mijn gedachten. Dat is een vrouwelijk voorrecht.' Ik wil zeggen: 'Wees toch niet zo'n enorme eikel, Dave, en hou op me na te bauwen.' Wat is dat toch met mannen? Net als je denkt dat het rationele vertegenwoordigers van het menselijk ras zijn, worden ze enorme neanderthalers en gaan ze je beschermen. Straks vraagt hij me nog hoeveel partners ik heb gehad en hoe de seks was.

Andere gasten beginnen onze kant op te kijken. 'Ik geloof niet dat we dit hier moeten bespreken,' fluistert hij.

'We gaan dit helemáál niet bespreken.' Ik maak aanstalten om te gaan.

'Waar ga je heen?'

Ik wil hem zeggen dat het hem geen moer aangaat. In plaats daarvan zeg ik dat ik een afspraak heb met Samira's advocaat, wat niet helemaal waar is.

'Ik ga met je mee.'

'Nee. Jij gaat bij Ruiz langs. Dat zal hij op prijs stellen.' Mijn stem wordt zachter. 'We zien elkaar later.'

Hij kijkt bedrukt, maar protesteert niet. Dat moet je hem nageven: hij leert snel.

De wachtkamer van Lena Caspar wordt gestofzuigd en aan kant gemaakt. Op een tafel liggen keurige stapels tijdschriften en het speelgoed is in een glimmende houten kist gestopt. Haar bureau is al net zo opgeruimd en leeg, op een doos tissues en een dienblad met een karaf water na. Zelfs de prullenbak is schoon.

De advocate draagt een knielange rok en een bijpassend jasje. Zoals veel vrouwen van haar leeftijd is ze perfect opgemaakt.

'Ik kan je niet vertellen waar ze is,' begint ze.

'Dat weet ik. Maar u kunt me wel vertellen wat er gisteren gebeurd is.'

Ze wijst naar een stoel. 'Wat wil je weten?'

'Alles.'

Ze legt haar handpalmen plat op het bureau. 'Ik wist dat er iets scheef zat toen ik de tolk zag. Samira's Engels is voortreffelijk, en toch deed ze alsof ze niet begreep wat ik tegen haar zei. Alles moest heen en weer worden vertaald. Samira liet niets los waar niet om werd gevraagd.'

'Is Yanus alleen met haar geweest.'

'Natuurlijk niet.'

'Heeft ze hem gezien?'

'Yanus nam deel aan een keuzeconfrontatie. Ze heeft hem van achter een confrontatiespiegel aangewezen.'

'Hij kon Samira niet zien?'

'Nee.'

'Had Yanus iets in zijn handen?'

Ze zucht, geïrriteerd door mijn wijsneuzigheid.

Ik dring aan: 'Had hij iets in zijn handen?'

Ze staat op het punt nee te zeggen, maar herinnert zich iets. 'Hij had een blauwe zakdoek en liet hem als een goochelaar in zijn vuist verdwijnen.'

Hoe had hij Zala weten te vinden? Behalve de nonnen wist niemand dat ze in het klooster was. Zuster Vogel zou haar niet hebben verraden. De Wallen vormen een klein gebied. Hoe had de advocate het ook alweer gezegd? 'Langs de muren zitten muizen en die muizen hebben oren.'

Mevrouw Caspar luistert geduldig terwijl ik uitleg wat er volgens mij is gebeurd. Zala is haar zorg niet. Ze heeft vierhonderd asielzoekers onder haar hoede.

'Wat gaat er nu met Samira gebeuren?' vraag ik.

'Ze zal worden teruggestuurd naar Afghanistan, wat denk ik een betere optie is dan een huwelijk met Yanus.'

'Hij zal niet met haar trouwen.'

'Nee.'

'Hij zal haar opsporen en haar baby's afpakken.'

Ze haalt haar schouders op. Hoe kan ze een dergelijke afloop zo monter accepteren? Op de vensterbank leunend kijkt ze omlaag naar de binnenplaats, waar aan de voet van een eenzame boom duiven zitten te pikken.

'Sommige mensen zijn geboren om te lijden,' zegt ze peinzend. 'Voor hen houdt het nooit op, geen seconde. Kijk maar naar de Palestijnen. Hetzelfde geldt voor Afghanen, Sudanezen, Ethiopiërs en Bangladeshi's. Oorlog, hongersnood, droogte, overstromingen – het lijden stopt nooit. Ze zijn ervoor gemaakt, ontlenen er hun bestaansrecht aan.

Wij in het Westen denken graag dat het anders kan, dat we die landen en die mensen kunnen veranderen, alleen omdat we ons dan beter voelen als we onze kinderen met gevulde magen in hun warme bedjes instoppen en onszelf vervolgens een glas wijn inschenken en toezien hoe op CNN andermans tragedie zich ontrolt.' Ze kijkt naar haar handen alsof ze er een afkeer van heeft. 'Tenzij we echt begrijpen hoe het is om in hun schoenen te staan, zouden we niet over mensen als Samira moeten oordelen. Zij doet haar best datgene te redden wat ze nog heeft.'

Er trilt nog iets door in haar stem: berusting. Acceptatie. Waarom is ze zo bereid het op te geven? In die fractie van een seconde besef ik dat ze iets voor me verzwijgt. Of ze kan zich er niet toe zetten het te zeggen, of Spijker heeft haar gewaarschuwd. Haar aangeboren gevoel voor eerlijkheid en rechtvaardigheid staat haar niet toe rechtstreeks tegen me te liegen.

'Wat is er met Samira gebeurd?'

'Ze is vannacht verdwenen uit het asielzoekerscentrum op de luchthaven Schiphol.'

8

Er is een wetenschappelijke theorie die bekendstaat als het 'onzekerheidsprincipe' en die stelt dat het onmogelijk is om iets echt te observeren zonder het te veranderen. Ik heb meer gedaan dan observeren. Door Samira op te sporen heb ik de loop der dingen veranderd.

Tijdens de taxirit naar het hoofdbureau van politie zijn mijn vuisten gebald en drukken mijn vingernagels zich in het zachte vlees. Ik wil het uitschreeuwen. Ik heb Spijker gewaarschuwd dat dit zou gebeuren. Ik zei dat Samira zou weglopen of dat Yanus haar zou vinden.

Ik ga ervan uit dat hij me niet zal willen ontvangen. Hij zal zich verschuilen achter werkdruk of de smoes dat ik al genoeg van zijn tijd heb verspild. Andermaal zit ik in de hal te wachten. Dit keer word ik direct ontboden. Misschien heeft hij dan toch een geweten.

De gangen zijn gestoffeerd met lichtgrijze vloerbedekking en staan vol met palmen. Het doet eerder aan een handelsbank denken dan aan een politiebureau.

Spijker heeft geen jasje aan. Zijn mouwen zijn opgerold. Het haar op zijn onderarmen heeft dezelfde kleur als zijn sproeten. De deur gaat dicht. Zijn jasje bungelt aan een hangertje aan de achterkant.

'Hoe lang ben je van plan in Amsterdam te blijven?' vraagt hij.

'Hoezo, meneer?'

'Je bent al langer gebleven dan gebruikelijk. De meeste bezoekers blijven maar een dag of twee.'

'Wilt u zeggen dat ik moet gaan?'

'Daar heb ik de bevoegdheid niet toe.' Hij draait rond op zijn stoel en staart uit het raam. Zijn werkkamer kijkt uit op het oosten, over het uitgaanscentrum tot aan de neogotische torens van het Rijksmuseum. Op de vensterbank staan rijtjes kleine cactussen in beschilderde aardewerken potjes. Dit is zijn tuin: vlezig, bolvormig en stekelig. Hij is op zijn planten gaan lijken.

Tijdens mijn taxirit had ik mijn verhaal voorbereid, waarin ik mijn gal spuwde en waarmee ik de taxichauffeur, die me in zijn achteruitkijkspiegel bekeek, een paar angstige momenten bezorgde. Nu lijken al mijn beste formuleringen zinloos en verspilde moeite. Ik wacht tot de rechercheur het woord neemt.

'Ik weet wat jij denkt, agent Barba. Jij denkt dat ik in deze zaak de bal heb laten vallen. Dat is een rugbyterm, toch? Een Brits spelletje, geen Nederlands. In Nederland pakken we de bal niet op. Alleen een doelman mag dat.'

'Had u haar niet moeten beschermen?'

'Ze heeft er zelf voor gekozen weg te lopen.'

'Ze is acht maanden zwanger en achttien jaar oud. U was niet in staat haar vierentwintig uur vast te houden.'

'Had ik haar handboeien om moeten doen soms?'

'U had haar tegen kunnen houden.'

'Ik probeer dit onderzoek buiten de schijnwerpers te houden. Ik wil niet dat de media er lucht van krijgen. Op de zwarte markt aangeboden baby's zorgen voor dramatische koppen.'

'Het was dus een politieke beslissing?'

'Binnen de Nederlandse politie speelt politiek geen rol.'

'Nee?'

'Niemand heeft het over politiek gehad.'

Ondanks zijn omlaagwijzende mondhoeken en droeve ogen komt Spijker over als een optimist, als een man die vertrouwen heeft in de mensheid.

'Ik heb er twintig dienstjaren op zitten. Ik weet hoe ik een zaak hard moet maken. Ik ben als het varkentje dat zijn huis van bakstenen bouwt. Jij bent het varkentje dat haar huis van stro bouwt. Weet je nog wat er met zo'n huis gebeurt?' Hij bolt zijn wangen en blaast. Er dwarrelt sigarettenas van zijn bureau in mijn schoot.

Sportmetaforen en sprookjesmetaforen – wat komt er nog meer? Hij doet de bovenste la van zijn bureau open en pakt er een map uit.

'Er is een fertiliteitskliniek in Amersfoort. Ze hebben een zeer goede reputatie en hebben duizenden echtparen geholpen een gezin te starten. Incidenteel, in gevallen waarin IVF geen resultaat had, is de kliniek ermee akkoord gegaan embryo's te plaatsen in de baarmoeder van een surrogaatmoeder. Dit wordt hoogtechnologisch draagmoederschap genoemd. In 2002 vonden slechts vier van dergelijke procedures plaats, op vijftienhonderd reguliere IVF-terugplaatsingen. In 2003 en 2004 waren het er in totaal twee.' Hij kijkt even naar de map. 'Het afgelopen jaar waren het er tweeëntwintig.'

'Tweeëntwintig! Dat is een toename van meer dan duizend procent.'

'Hoogtechnologisch draagmoederschap is in Nederland wettelijk toegestaan. Commercieel draagmoederschap niet. Evenmin als afpersing en slavernij.

Directie en staf van de kliniek houden vol dat ze zich er niet van bewust waren dat ze iets verkeerds deden. Volgens hen waren de surrogaatmoeders op de juiste wijze gescreend. Ze waren lichamelijk, financieel en psychologisch onderzocht.

Op 26 januari van dit jaar onderging Samira Khan een dergelijke reeks onderzoeken. Haar werden vragen gesteld over haar menstruatiecyclus en ze kreeg pillen en injecties – oestrogeen en progesteron – om haar baarmoeder gereed te maken voor de inplanting.

Op 10 maart kwam ze opnieuw naar de kliniek. Het terugplaatsen van de embryo's nam minder dan een kwartier in beslag. Via haar vagina werd een zacht buisje ingebracht op een vooraf bepaalde plek. Vervolgens werd een dunne binnenkatheter gevuld met twee embryo's, die in de uterus werden geïnjecteerd. Men vertelde Samira Khan dat ze een halfuur stil moest liggen, waarna ze kon gaan. Ze werd in een rolstoel naar de parkeerplaats gebracht en reed in de auto van Yanus weg. Twee weken later kwam de bevestiging dat ze zwanger was. Een tweeling.'

Uiteindelijk kijkt hij me weer aan. 'Maar dit weet je allemaal al.'

Er zitten nog meer documenten in de map.

'Hebt u de namen van de beoogde ouders?'

'Er is een juridische overeenkomst vereist tussen de echtparen en de surrogaatmoeders. De kliniek stelt die contracten niet zelf op, maar vraagt wel een schriftelijke verklaring van een jurist dat een dergelijk contract er is.'

'Hebt u de contracten gezien?'

'Ja.'

Een moment lang denk ik dat hij gaat zitten wachten tot ik het vraag, maar hij is geen wrede man.

'Het contract is getekend door Samira Khan en mede ondertekend door Cate Beaumont. Is dat wat je wilde weten?'

'Ja.'

Hij legt de map weer in de la en staat op uit zijn stoel, terwijl hij het uitzicht met een mengeling van trots en beschermingsdrang in zich opneemt.

'Van de tweeëntwintig procedures mondden er achttien uit in een zwangerschap. Een van de mislukkingen betrof een vrouw die

Zala Haseeb heette. Artsen stelden vast dat ze niet in staat was zwanger te worden als gevolg van een eerdere beschadiging aan haar voortplantingsorganen ten gevolge van met een stomp voorwerp toegebracht trauma.'

'Ze is gemarteld door de taliban.'

Hij reageert niet, maar ik weet dat hij me gehoord heeft. Lange tijd staart hij uit het raam, luisterend naar hoe de herfstwind tegen het glas drukt. Met een bedroefd gezicht draait hij zich om en kijkt me aan.

'Twaalf van de surrogaatmoeders zijn voorbij het einde van hun zwangerschap, maar we hebben nog geen bevestiging van de geboorten. Normaliter volgt de kliniek elk stadium van de zwangerschap en houdt men voor statistische doeleinden alle resultaten bij. In dit geval is men de vrouwen echter uit het oog verloren.'

'Uit het oog verloren?'

'We zijn bezig ze op te sporen. De kliniek heeft ons hun namen gegeven, maar de opgegeven adressen lijken niet te kloppen.'

'Ik denk dat u in Nederland geen spoor van de geboorten zult vinden,' zeg ik. 'Ik denk dat de moeders over de grens, of zelfs over zee, zijn gesmokkeld naar de plek waar de wensouders wonen. Op die manier kunnen de baby's direct na hun geboorte worden overhandigd en zonder verdere vragen worden aangegeven.'

Spijker ziet de logica hiervan in. 'Wij sporen de wensouders op via financiële transacties. Er zijn betalingsafschriften en onder ede afgelegde verklaringen.'

'Wie stelde de contracten op?'

'Een advocatenkantoor hier in Amsterdam.'

'Staan ze onder verdenking?'

Spijker blijft even zwijgen. 'Je hebt de seniorpartner gisteren ontmoet. Hij treedt op namens de heer Yanus.'

Zijn starende blik verstrakt. Voor het eerst besef ik wat voor een last hij torst. Ik was op jacht naar de waarheid omtrent één enkele vrouw. Hij heeft nu een zaak die tientallen, misschien wel honderden levens raakt.

Spijker stapt weg van het raam. Na een lange stilte zegt hij: 'Heb jij kinderen?'

'Nee, meneer.'

'Ik heb er vier.'

'Zo!'

'Te veel, niet genoeg – ik kom er niet uit.' Er speelt een lachje om zijn lippen. 'Ik begrijp wat het voor mensen betekent, dat ze zo erg naar een kind kunnen verlangen dat ze er bijna alles voor over-hebben.' Hij buigt zich iets naar voren en houdt zijn hoofd scheef. 'Ken je de legende van de doos van Pandora, agent Barba?'

'Ik ken de uitdrukking.'

'De doos was niet van Pandora. Hij was gemaakt door de Griek-se god Jupiter en was volgestopt met alle ziekten, rampen, zon-den en misdaden die de mens maar zouden kunnen treffen. Een boosaardiger brouwsel dan ik me kan voorstellen. De god Jupiter schiep ook Pandora, een schitterende vrouw, onderzoekend van aard. Hij wist dat ze de verleiding van een blik in de mysterieuze doos niet zou kunnen weerstaan. Ze hoorde een deerniswekkend fluisteren van uit de doos en tilde het deksel een klein stukje op. Al het kwaad in de wereld vloog naar buiten en streek neer op de zorgelozen en onschuldigen, en veranderde hun vreugde in kre-ten van wanhoop.'

Hij strekt zijn vingers en laat zijn handpalmen zien: leeg. Dit is waar hij bang voor is. Met een onderzoek als dit loop je het risico hele families uit elkaar te rukken. Hoeveel van die baby's hebben nu een liefdevol thuis? Bedenk wat een geluk zij hebben in een wereld waarin zo veel kinderen worden misbruikt en ongewenst zijn. Het argument roept een gevoel van déjà vu op. Julian Shaw-croft hield een soortgelijk betoog toen ik hem bij het adoptiecen-trum opzocht.

Ik begrijp de bezorgdheid, maar mijn beste vriendin is ver-moord. Niets wat iemand me zal zeggen zal haar dood kunnen rechtvaardigen en hun onheilspellende waarschuwingen klinken hol als ik me Cate voor de geest haal die geknakt op het wegdek ligt.

De les is voorbij. Spijker staat nogal formeel op en begeleidt me naar beneden.

'Gisteravond heb ik contact gehad met ene hoofdinspecteur

North van Scotland Yard. Hij vertelde me dat u zonder toestemming weg bent gebleven van de London Metropolitan Police. U staan disciplinaire maatregelen te wachten wegens plichtsverzuim.'

Daar kan ik niets op zeggen.

'Ik heb ook ene inspecteur Forbes gesproken, die de dood van een aantal illegalen op een veerboot in Harwich onderzoekt. U helpt hem bij het onderzoek. En er was, meen ik, ook een brigadier Softell die u wil spreken over een verdachte brand.'

Spijker had ook 'als verdachte van' kunnen zeggen, maar is daar veel te beleefd voor.

'Deze mannen hebben me gevraagd u op de eerstvolgende vlucht naar Londen te zetten maar, zoals ik hun heb uitgelegd, daar heb ik geen bevoegdheid toe.' Met zijn duim en wijsvinger knijpt hij in de brug van zijn neus. 'Daarnaast neem ik aan dat je Amsterdam niet zult willen verlaten zonder je vriend, meneer Ruiz. Ik heb hem vanochtend gesproken. Hij is aardig aan de beterende hand.'

'Ja, meneer.'

'Hij is dol op je.'

'We kennen elkaar al heel lang.'

'Hij denkt dat je een uitstekende speurder zult worden. Hij gebruikte een uitdrukking die ik niet kende. Hij zei dat je "scherper dan een gepunte stok" was.'

Dat klinkt als de inspecteur.

'Ik begrijp waarom je hier bent en waarom je wat langer zult willen blijven, maar het is nu tijd om dit onderzoek aan mij over te laten.'

'En Samira dan?'

'Ik zal haar vinden.'

9

Meestal vallen mensen me niet op als ik hardloop. Ik sluit me van de wereld af en zweef boven de grond als een vage schim. Vandaag is het anders. Ik hoor mensen praten, ruziën en lachen. Er zijn ge-

dempte voetstappen en dichtslaande autoportieren, het geroeze-
moes van verkeer en machines. Het onbekende van de stad maakt
het lastig me te oriënteren. Voor me zie ik twee identieke kerkto-
rens. Ik sla opnieuw af en ren langs winkels met rechte puien en
tralies voor de ramen of metalen rolluiken. Sommige dwarsstraten
en stegen zijn alleen voor fietsers of voetgangers breed genoeg.

Als ik eenmaal het Vondelpark bereik, kan ik flink doorrennen
zonder me zorgen te maken over autodeuren die opengaan of mensen die plotseling voor me staan. Het doet me denken aan rennen
in Victoria Park, tussen de bomen, langs meren, over bruggen.

Regen dreigt al de hele middag, maar het lukt me om net voor
de eerste druppels bij het Red Tulip Hotel terug te zijn. Ik neem
een douche en trek andere kleren aan voordat ik een taxi pak naar
het ziekenhuis waar Groentje Dave op me wacht.

De gangen zijn stil, regendruppels maken strepen op de ramen.
Ruiz slaapt.

'Hoe gaat het met hem?'

'Hij verveelt zich kapot. Vandaag heeft hij geprobeerd een mas-
sale uitbraak uit het ziekenhuis naar het dichtstbijzijnde café te
organiseren. Hij wist twee gasten over te halen om mee te doen,
allebei met een beenamputatie. Hij zei dat ze toch al niet op hun
benen konden staan en dat het dus niet uitmaakte.'

'Hoe ver zijn ze gekomen?'

'Tot de cadeauwinkel van het ziekenhuis. Een verpleegster kwam
achter het ontsnappingsplan en waarschuwde de beveiliging.'

'Hoe reageerde de inspecteur?'

'Hij zei dat de ondergrondse hem morgen komt bevrijden.'

Dave heeft met de artsen gesproken. 'Ruiz zou binnen een paar
dagen in staat moeten zijn het ziekenhuis te verlaten, maar mag
een maand lang niet vliegen.'

'We kunnen de veerboot nemen,' opper ik.

Dave speelt met mijn vingers en aait met zijn duim over mijn
handpalm. 'Eigenlijk hoopte ik dat je morgen met mij terug zou
vliegen. Ik heb maandag een rechtszaak in de Old Bailey.'

'Ik kan de inspecteur niet achterlaten. We zijn hier samen aan
begonnen.'

241

Hij begrijpt het. 'Hoe ga je dat doen met die baan?'

'Weet ik nog niet.'

'Je had al begonnen moeten zijn.'

'Weet ik.'

Er is nog iets wat hij wil vragen. Zijn gezichtsspieren worstelen ermee.

'Heb je al over dat andere nagedacht?' Hij bedoelt de zeilschool en het huisje aan zee. Het gevoel van verwachting en vrees vreet aan hem. Ik ben nog altijd verbaasd dat hij de moed heeft weten te verzamelen om het me te vragen. Soms is het leven net een film, met publiek dat joelt: 'Vraag het haar gewoon. Vraag het haar gewoon.'

'Ik dacht dat je altijd rechercheur had willen worden,' zeg ik.

'Toen ik zes was wilde ik brandweerman worden. Daar ben ik overheen gegroeid.'

'Ik werd verliefd op meneer Sayer, mijn pianoleraar, en wilde concertpianist worden.'

'Ik wist niet dat je pianospeelde.'

'Daar is men het ook nog steeds niet over eens.'

Hij wacht nog altijd op mijn antwoord.

'Wat is er dan gebeurd, Dave? Waarom heb je besloten te stoppen?'

Hij haalt zijn schouders op.

'Er moet iets zijn geweest.'

'Herinner jij je Jack Lonsdale nog?'

'Ik heb gehoord dat hij gewond is geraakt.'

Dave brengt zijn handen tot zwijgen door ze in zijn zakken te steken. 'We gingen achter een tip aan over iemand in de wijk White City die op borgtocht vrij was maar niet op de rechtszitting was verschenen. Een drugsdealer. Op de beste momenten is het daar al een godvergeten treurige plek, maar dit keer was het een zaterdagavond, halverwege juli. Heet. We vonden zonder moeite het huis en klopten aan. Het zou een simpele ophaalactie worden. Ik was bezig de dealer de handboeien om te doen toen zijn zoontje van vijftien de keuken uit kwam en een mes in Jonny's borst stak. Precies hier.' Hij wijst de plek aan. 'Het knaapje ging aan het mes hangen in een poging zijn ingewanden aan gort te trekken, maar ik wist hem los te wringen. Hij had ogen als schotels. Hij was verder heen dan een 747 in volle vlucht. Ik probeerde Jonny naar de auto te slepen, maar er stonden tweehonderd mensen buiten de flat, de meesten van West-Indische afkomst, die scheldwoorden riepen en met rotzooi gooiden. Ik dacht dat ons laatste uur geslagen had.'

'Waarom heb je me dit niet verteld?'

'Jij had je eigen sores.'

'Hoe is het nu met Jonny?'

'Ze hebben een stuk van zijn darm moeten weghalen en hij is met vervroegd pensioen. De dealer zit in de gevangenis in Brixton, zijn zoontje in een kindertehuis. De moeder leefde niet meer, geloof ik.'

Dave slaat zijn ogen neer, hij wil me niet aankijken. 'Ik weet dat het laf klinkt, maar ik moet er steeds aan denken dat ik daar zelf had kunnen liggen, bloedend op die smerige vloer – of erger nog: dat jij het had kunnen zijn.'

'Daarmee ben je nog geen lafaard. Het maakt je menselijk.'

'Nou ja, dat was in elk geval het moment waarop het idee opkwam om iets anders te gaan doen.'

'Misschien heb je gewoon behoefte de bakens te verzetten.'

'Misschien wel, ja.'

'Misschien wil je niet echt met me trouwen.'

'Ja, dat wil ik wel.'

'Als er geen kinderen kwamen, zou je het dan nog steeds willen?'

'Hoe bedoel je?'

'Ik vraag het je.'

'Maar jij wilt ze toch, kinderen?'

'En als ik nou geen kinderen kan krijgen?'

Hij schiet omhoog. Hij begrijpt het niet.

Ik probeer het uit te leggen. 'Soms komen er gewoon geen kinderen. Neem nou Cate. Ze kon niet zwanger worden, en daardoor raakte ze zo in de knoop dat ze een dwaasheid beging. Vind jij ook niet dat, als twee mensen van elkaar houden, dat genoeg zou moeten zijn?'

'Misschien wel, ja.'

Hij voelt nog steeds niet waar ik heen wil. Ik kan nergens anders heen dan naar de waarheid. Woorden tuimelen naar buiten en ik ben verrast hoe goed geordend ze klinken. Bijna volmaakte zinnen.

Het bekken van een vrouw wordt geacht op te rekken en te kantelen als er in haar binnenste een baby groeit. Mijn bekken kan dat niet. Mijn ruggengraat wordt bijeengehouden door metalen platen en pennen. Mijn bekken kan niet buigen of draaien. Een zwangerschap zou een enorme belasting betekenen voor de tussenwervelschijven en gewrichten in mijn onderrug. Met als risico dat ik verlamd raak en mijn baby zal moeten verzorgen terwijl ik in een rolstoel zit.

Hij ziet er verslagen uit. Desolaat. Het maakt niet uit wat hij nu gaat zeggen, ik heb een glimp van zijn ziel opgevangen. Hij wil een kind grootbrengen. En voor de eerste keer in mijn leven besef ik dat ik dat ook wil. Ik wíl moeder worden.

De uren daarna passeren alle mogelijkheden de revue. Tijdens de taxirit naar het hotel, aan tafel en daarna in bed. Dave heeft het over second opinions, alternatieven en operaties. We verbruiken zo veel lucht in de kamer dat ik nauwelijks kan ademhalen. Hij heeft mijn oorspronkelijke vraag niet beantwoord. De belangrijkste vraag. Hij heeft niet gezegd of het hem uitmaakt.

Nu ik toch aan het opbiechten ben, vertel ik hem over de keer dat ik met Barnaby Elliot heb geneukt en over de breuk met Cate. Er zijn momenten dat ik hem ineen zie krimpen, maar hij moet dit horen. Ik ben niet degene die hij denkt voor zich te hebben.

Mijn moeder zegt dat de waarheid er niet toe doet als het om de liefde gaat. Een gearrangeerd huwelijk heeft alles te maken met de verzinsels die men elkaar binnen een familie vertelt. Misschien heeft ze gelijk. Misschien betekent verliefd worden wel dat je een verhaal verzint en de waarheid ervan accepteert.

10

Tegen het ochtendgloren word ik wakker met zijn hart tegen mijn rug en zijn arm om me heen. Een deel van me wil zo blijven liggen, zonder te bewegen, bijna zonder adem te halen. Een ander deel wil de hotelgang en de trap af rennen, de straat op, de stad uit, weg!

Als ik me eenmaal uit bed heb laten glijden, loop ik de badkamer in. Ik trek een spijkerbroek en bloes aan, en steek geld en mijn mobiele telefoon bij me in mijn jasje. Ik buk me om mijn veters vast te maken en neem de pijn in mijn ruggengraat, die zo langzamerhand deel van me uitmaakt, voor wat hij is.

Daglicht sijpelt over de daken en de straten beginnen tot leven te komen. Een machine met draaiende borstels lijkt de keitjes te poetsen met de regen van de afgelopen nacht. Op de Wallen zijn de meeste ramen dicht, met toegetrokken gordijnen. Alleen de wanhopigen en eenzamen zijn op dit uur op straat.

Ik vraag me af of het zo voelt om vluchteling te zijn, om ergens vreemdeling te zijn, wanhopig en hoopvol tegelijk. Wachtend op wat komen gaat. Zo heb ik nog nooit geleefd.

Hokke staat voor het koffiehuis op me te wachten. Hij heeft het gehoord van Samira. 'Van een vogel,' verklaart hij terwijl hij zijn ogen opslaat. Alsof dit een teken was fladdert er een duif neer op een tak boven ons hoofd.

Binnen in het café is de lucht rumoerig van sissend stoom en kletterende pannen. De mensen achter de toog en de serveersters begroeten Hokke met gezwaai, geroep en handen schudden. Hij laat me heel even alleen en baant zich een weg tussen de tafels door. De keukendeur staat open. Drie jonge mannen staan over aanrechten gebogen pannen te schrobben. Ze begroeten Hokke met respect. Hij woelt door hun haar en ze lachen om een grap.

Ik kijk het koffiehuis rond, dat bijna leeg is, op een tafel met hippies na, die in een geheimtaal van onder hun haar komende klik- en klakgeluiden lijken te communiceren. Een jong meisje zit in haar uppie achter een warm drankje. Ze ziet er verwaarloosd en hologig uit: het ideale type om door pooiers met warme maaltijden en beloften te worden ingepalmd.

Hokke is weer terug. Ook hij merkt het meisje op. Hij wenkt een serveerster en bestelt op rustige toon een ontbijt voor het meisje: dikke sneden toast, jam, kaas en ham. Ze neemt het argwanend aan, overtuigd dat er iets aan vast zal zitten, en begint gulzig te eten.

Hij richt zijn aandacht weer op mij.

'Ik moet Samira vinden.'

'Alweer.'

'Er moet een manier zijn. Vluchtelingen hebben hun netwerken. Dat zei u zelf. U noemde een naam: De Souza. Zou hij me kunnen helpen?'

Hokke brengt een vinger naar zijn lippen. Hij buigt zich voorover en praat uit zijn ene mondhoek als een gevangene onder het oog van een bewaker. 'Alsjeblieft, kijk goed uit wanneer je een dergelijke naam in de mond neemt.'

'Wie is hij?'

Hokke antwoordt niet direct. Hij schenkt koffie uit een pot, waarbij het metaal het glas raakt. 'In tegenstelling tot wat jij hebt gelezen wordt Nederland eerder gekenmerkt door wat verboden is dan door wat we door de vingers zien. We hebben geen sloppenwijken. Graffiti wordt onmiddellijk verwijderd. Kapotte ruiten worden gerepareerd, autowrakken weggesleept. We verwachten dat treinen en trams op tijd rijden. We staan in de rij. De mensen worden er natuurlijk niet anders van, alleen de buitenkant.'

Hij knikt in de richting van de keuken. 'Nederland telt een half miljoen illegale arbeidskrachten – Iraniërs, Sudanezen, Afghanen, Bosniërs, Kosovaren, Irakezen. Ze werken in restaurants, hotels, wasserijen en fabrieken. Zonder hen zouden er geen kranten worden bezorgd, zouden hotellakens ongewassen blijven en huizen niet worden schoongemaakt. Mensen klagen, maar we kunnen niet zonder hen.'

In zijn hand duikt een pijp op. Hij stopt hem langzaam, met zijn duim tabak in de opening duwend. Een lucifer ontbrandt en flakkert op terwijl hij inhaleert.

'Stel je voor dat er iemand was die al die arbeidskrachten in zijn macht had. Hij zou machtiger zijn dan welke vakbondsleider of politicus ook.'

'Bestaat er zo iemand?'

Nu zet hij een fluisterstem op. 'Hij heet Eduardo de Souza. In deze stad is er niemand die meer werkelijke macht heeft dan hij.

Hij beschikt over een leger aan koeriers, opruimers, chauffeurs en spionnen. Hij kan je alles bezorgen: een pistool, een vals paspoort, een kilo van de beste Afghaanse heroïne. Drugs en prostitutie maken er maar een klein deel van uit. Hij weet welke politici met welke meisjes naar bed gaan, welke illegalen op hun kinderen passen of hun huizen schoonmaken of hun tuinen doen. Dat is échte macht. Lotsbestemming.'

Hij gaat weer achteroverzitten en knippert met zijn zachtblauwe ogen door de rook heen.

'U bewondert hem.'

'Het is een heel interessante man.'

Zijn antwoord komt merkwaardig over. Het doet vermoeden dat er dingen zijn die hij me niet heeft verteld.

'Hoe lang kent u hem al?'

'Al vele jaren.'

'Is hij een vriend?'

Hokke knippert opnieuw tegen de rook. 'Vriendschap is iets wat ik naarmate ik ouder word een steeds groter raadsel vind.'

'Zal hij me helpen Samira te vinden?'

'Hij zou achter de hele zaak kunnen zitten.'

'Waarom zegt u dat?'

'Yanus heeft ooit voor hem gewerkt.'

Hij legt zijn handen op tafel en drukt zichzelf op om te gaan staan, vermoeid.

'Ik zorg dat hij bericht krijgt.'

Zijn pijp glijdt in zijn jaszak. Hij wil me niet laten betalen voor het ontbijt. De rekening is al geregeld, zegt hij met een knik naar de eigenaar.

Buiten regent het weer. De glanzende plassen zijn zwart als olie. Hokke biedt me een paraplu aan. 'Ik bel je over een uur of wat. Doe inspecteur Ruiz de groeten van me, als je wilt. Zeg hem dat oude politiemannen nooit sterven. Ze krijgen alleen een nieuwe wijk.'

Barnaby neemt snel op, alsof hij een telefoontje verwacht. En het regent waarschijnlijk ook in Londen. Ik hoor autobanden over een nat wegdek slissen en regendruppels tikken op zijn paraplu. Ik vraag hem naar de begrafenissen. Er volgt een lange stilte. Ik neem de telefoon in mijn andere hand.

'Vrijdag op het West London Crematorium. Ze geven de lichamen niet eerder dan woensdag vrij.'

Er valt opnieuw een stilte. De gedachte aan Samira en de tweeling zwelt op in mijn borstkas. Juristen en medisch ethici kunnen debatteren wat ze willen over wie 'eigenaar' is van de tweeling, het feit blijft dat Cate de embryo's heeft geleverd. Barnaby zou het moeten weten.

'Ik moet je iets vertellen.'

Hij bromt een antwoord.

'Ik weet waarom Cate deed alsof ze zwanger was. Ze had een draagmoeder geregeld. Haar embryo's zijn in de baarmoeder van iemand anders geplaatst.'

Diep in zijn borstkas lijkt iets te bewegen. Een grom. 'Ik heb je gezegd dat je je buiten de zaken van mijn dochter moet houden.'

Deze reactie had ik niet verwacht. Hij zou toch nieuwsgierig moeten zijn? Wil hij niet weten wat ervan geworden is? Dan dringt tot me door dat dit alles geen nieuws voor hem is. Hij weet het al.

Hij loog over Cates computer, wat inhoudt dat hij al haar e-mails heeft gelezen. Als hij het inderdaad weet, waarom is hij dan niet naar de politie gestapt?

'Waar ben je mee bezig, Barnaby?'

'Mijn kleinkinderen te krijgen.'

Hij heeft geen idee waar hij tegenover staat. 'Luister naar me, Barnaby. Dit is niet wat jij denkt. Cate heeft de wet overtreden.'

'Gedane zaken nemen geen keer.'

'Deze mensen zijn moordenaars. Je kunt niet met hen onderhandelen. Kijk wat er met Cate is gebeurd.'

Hij luistert niet. In plaats daarvan barst hij los in een poging om dat wat volgens hem als volgende zou moeten gebeuren van logica en eerlijkheid te voorzien.

'Stop, Barnaby. Dat is gekkenwerk.'

'Cate zou het zo hebben gewild.'

'Niet waar. Het wordt je dood. Zeg me alleen waar je bent. Laten we er rustig over praten.'

'Hou jij je erbuiten. Bemoei je er niet mee.'

De verbinding valt weg. Hij zal niet nog een keer opnemen.

Voor ik Spijker kan bellen komt er een ander telefoontje binnen. De stem van inspecteur Forbes is hees van verkoudheid en het klakkende geluid in zijn keel wordt gedempt door slijm. Ik stel me voor dat een van zijn kinderen het van school heeft meegebracht en het als een plaag door het huis heeft verspreid.

'Heb je een leuke vakantie?'

'Het is geen vakantie.'

'Je weet het verschil tussen jou en mij: ik loop niet weg als het moeilijk wordt. Ik ben een professional. Ik blijf op mijn post. Ik heb vrouw en kinderen, verantwoordelijkheden…' *En losse handjes.*

Hij niest en snuit zijn neus. 'Ik wacht verdomme nog steeds op die verklaring van je.'

'Ik kóm terug.'

'Wanneer?'

'Vrijdag of daaromtrent.'

'Nou, reken maar op een warm onthaal. Er heeft ene commissaris North gebeld. Hij zei dat je niet op je werk bent verschenen. Hij klonk niet vrolijk.'

'Niet belangrijk,' zeg ik in een poging van onderwerp te veranderen. Ik vraag hem naar de twee niet-ingeschreven vrachtwagens op de veerboot die Hasan en de anderen vervoerde. Hij zegt dat de ene drie maanden geleden is gestolen van een Duits goederenemplacement en daarna overgespoten en in Nederland geregistreerd. Volgens de vrachtbrief had hij installatiemateriaal geladen bij een magazijn in Amsterdam, maar het adres daarvan bleek vals. De tweede vrachtwagen werd vijf weken geleden gehuurd van een zelfstandig chauffeur. Die dacht dat hij een rit deed van Spanje naar Nederland. De namen op de huurdocumenten en bankafschriften zijn vals.

Deze zaak wemelt van de mensen die op geesten lijken die met valse papieren grenzen over zweven. Mensen als Brendan Pearl.

'Ik moet u om een gunst vragen.'

Dit lijkt hem te amuseren. 'Ik zou niet eens met je moeten práten.'

'We zitten in hetzelfde team.'

'Hekkensluiters.'

'Maar steeds beter in vorm.'

'Waar gaat het om?'

'Dat u voor mij de douane- en immigratiebestanden van de afgelopen twee jaar nagaat. Waren er onder de verstekelingen en illegalen ook zwangere vrouwen?'

'Uit mijn hoofd twee gevallen in de afgelopen drie maanden. Ze zaten achter in een container verborgen.'

'Wat is er met hen gebeurd?'

'Dat weet ik niet.'

'Kunt u daarachter komen?'

'Ja, hoor. Naast de duizend andere rotklussen die ik op mijn bordje heb liggen.'

Ik voel mijn wangen gloeien.

'Er is nog iets. Hasan Khan heeft een zus, Samira. Ze is zwanger. Ik denk dat smokkelaars gaan proberen haar het Verenigd Koninkrijk binnen te krijgen.'

'Wanneer?'

'Dat weet ik niet. Misschien kunt u de douane tippen?'

'Ik ben in dit soort zaken niet vrij om te handelen.'

'Eén telefoontje maar. Als u het niet wilt, zeg het dan gewoon.'

'Niet zo snel aangebrand jij. Hoe gaan ze haar vervoeren?'

'Waarschijnlijk houden ze zich aan de bekende weg.'

'We kunnen niet elke vrachtwagen en container doorzoeken.'

Ik hoor hem een aantekening krassen op een schrijfblok. Hij vraagt hoe het bij Spijker ging en ik vertel hem de details van de draagmoederaffaire.

'Ik heb nog nooit iemand ontmoet die problemen aantrekt zoals jij.'

'Nu bent u net mijn moeder.'

'Hou je met haar wél rekening?'

'Niet echt.'

Het gesprek is ten einde en ik doe heel even mijn ogen dicht. Als ik ze weer opendoe, zie ik een klas schoolkinderen met hun juf. De jongens en meisjes houden elkaars handen vast terwijl ze wachten tot de stoplichten verspringen. Op onverklaarbare wijze voel ik een brok in mijn keel opkomen. Ik zal er nooit zo een hebben.

Voor het hotel staat een politiewagen geparkeerd. Bij de receptie wacht een agent in uniform, bijna in de houding.

Groentje Dave drentelt heen en weer als een jaloerse vrijer. 'Waar was je?'

'Ik moest iemand spreken.'

Hij pakt mijn hand stevig vast.

De agent stelt zichzelf voor en overhandigt me een portofoon. Van ver weg klinkt Spijkers stem. Ik hoor water. Meeuwen. 'We hebben iemand gevonden.'

'Wie?'

'Ik hoop dat jij me dat kunt vertellen.'

In mijn maag draait iets zachts en nats zich om.

De agent neemt de radio weer over om te horen wat de verdere instructies zijn.

'Ik ga met je mee,' zegt Dave.

'En je vliegtuig dan?'

'We hebben nog tijd.'

Tijdens de rit zwijgen we. Frustratie staat op zijn voorhoofd gegrift. Hij wil iets zeggen over gisteravond dat hij heeft voorbereid, gepland, maar het is nu niet het moment.

Ik heb een merkwaardig dubbel gevoel. Misschien is dat een teken dat ik niet klaar ben voor het huwelijk en niet echt verliefd. Het hele idee was een van die wat-als-momenten die de kater of het genadeloze ochtendlicht niet overleven.

De Nederlandse agent put uit een Engelse woordenschat van vier woorden en is niet bereid of niet in staat uit te leggen waar we naartoe gaan. Ondertussen voert hij ons langs smalle straten en bruggen en door een industriegebied met havenbekkens en opslagloodsen. Het lijkt alsof we dezelfde grauwe rechthoeken water meerdere malen passeren voordat we halt houden bij een verweerde houten pier. Politieauto's staan met de neuzen bij elkaar alsof ze uit dezelfde trog drinken.

Spijker is een kop groter dan de andere rechercheurs. Hij draagt een donker pak en gepoetste schoenen maar lijkt nog steeds niet geschikt voor zijn rol in het leven, alsof hij zich verkleed heeft in zijn vaders kleren.

Er is een houten helling die vanaf de kade afloopt in het water. Halverwege ligt een Zodiac, gemaakt van zwaar canvasrubber en met een houten bodem. Een tweede rubberboot ligt op het water te wachten met vier mannen aan boord.

Spijker overhandigt me een paar rubberlaarzen en een oliejack voor over mijn trui. Nadat hij voor Dave soortgelijke kleren heeft gevonden trekt ook hij zijn laarzen aan.

De Zodiac glijdt met een vloeiende beweging te water. Spijker houdt een hand uitgestoken en helpt me aan boord stappen. De koppeling pakt en we varen weg. De lucht is als een ononderbroken grijs laken zonder enige diepte. Zo'n vierhonderd meter verderop zie ik het vlak van een peddel opkomen en weer neerduiken: een kanoër die langs de oever vaart. Verder weg zie ik een veerpont, met stompe boeg en slierten zwarte rook uitstotend.

Ik probeer me te oriënteren. Meer dan tien kilometer naar het westen ligt de Noordzee. We lijken in een westelijke haven te varen. De lucht ruikt zoetig, naar chocola. Misschien is er in de buurt een fabriek. Dave zit naast me. Ik voel hem als ik opzij wieg en zijn linkerarm heel even mijn borst raakt.

Spijker is op zijn gemak als hij een boot bestuurt. Misschien krijg je dat erbij als je beneden de zeespiegel leeft, beschermd door dijken en vloedkeringen.

'Wat weet jij van de zee, agent Barba?'

Wat valt er te weten? Hij is koud, nat, ziltig…

'Mijn vader zat bij de koopvaardij,' vertelt hij zonder mijn antwoord af te wachten. 'Toen ik zeven was scheidde hij van mijn moeder, maar ik bracht wel de vakanties met hem door. Hij voer niet meer, maar aan wal was hij een andere man. Hij leek kleiner.'

Dave heeft niet veel gezegd sinds ik de twee aan elkaar heb voorgesteld, maar begint nu over de zeilschool die hij wil kopen. Algauw zijn ze druk in gesprek over zeilbootjes en zeiloppervlakten. Ik kan me Dave echt voorstellen in een kabeltrui, gebukt onder een giek. Hij lijkt geschikt voor het buitenleven, voor weidse ruimten vol wind, lucht en water.

Zo'n honderdvijftig meter voor ons uit vaart een containerschip. De haven van Amsterdam heeft honderden miljoenen uitgegeven in de waan dat ze Rotterdam zouden kunnen evenaren als spil in de internationale handel, legt Spijker uit. Het was weggegooid geld.

Langs het schip varend komen we aan bij een houten pier die steunend op palen en balken zeven meter boven het wateroppervlak uitsteekt. Aan onze kant ligt een drijvend platform afgemeerd.

Spijker zet de motor in z'n vrij en laat hem stationair draaien. Hij legt de Zodiac stil, gooit een touw om een roestige klamp op het platform en trekt ons dichterbij. Op hetzelfde moment floept er een lichtbundel aan die naar de donkere schaduwen onder de pier draait en het verweerde grijze hout afzoekt. Iets wits licht op. Een boven het water hangende gestalte, die op mij neerkijkt. Er is een lus om haar nek geslagen. Een tweede eind touw om haar middel hangt in het water, verzwaard.

Het lichaam wiegt zachtjes heen en weer, als door een onzichtbare hand bewogen, en haar gestrekte tenen lijken pirouetten te draaien op het wateroppervlak.

'Is dat het dove meisje?' vraagt Spijker.

Zala heeft haar ogen open. Twee karmozijnrode bollen. In het oogwit zijn bloedvaten gesprongen en de pupillen lijken te zijn verdwenen. Ze heeft hetzelfde roze jasje en dezelfde rok aan die ik haar de laatste keer zag dragen. Zout in de lucht heeft het weefsel stug gemaakt.

De Zodiac gaat op en neer op de lichte deining. Spijker houdt hem stil en ik stap het platform op. Een metalen ladder, die met bouten aan een steunpijler vastzit, loopt omhoog naar de pier. Vanaf de boeien en een nabijgelegen schuit kijken meeuwen toe. De andere Zodiac is gearriveerd, met aan boord touwen en een kooibrancard.

Spijker klimt de ladder op en ik volg hem. Dave komt achter mij aan. De planken van de pier zijn oud en diep gegroefd, met spleten ertussen die zo breed zijn dat ik de bovenkant van Zala's hoofd en haar schouders kan zien.

Het touw rond haar nek is vastgemaakt aan een bolder waaraan normaal gesproken schepen worden vastgelegd.

Een politieagent in klimuitrusting laat zich over de rand omlaagzakken. Hij bungelt in een gordel naast Zala's lichaam en we kijken zwijgend toe hoe ze in de gesloten brancard wordt vastgesnoerd. Het touw om haar middel zit vast aan een gasbetonblok. Ik kan het betonstof op haar handen en het voorpand van haar jasje zien zitten.

Ze hebben haar gedwongen te springen. De onweerlegbaarheid ervan is als een visioen. Ze hield het blok in haar armen en ze hebben haar het laatste duwtje gegeven. Ze viel vijf meter omlaag voordat het touw haar val brak. Het gasbetonblok werd uit haar handen gerukt en viel verder tot het tweede touw, om haar middel gebonden, zich straktrok. Mijn maag maakt de val opnieuw mee.

'Ze is even voor halftien door een visser gevonden,' zegt Spijker. 'Hij meldde zijn vondst aan de waterpolitie.' Ter bevestiging draait hij zich om naar een lagergeplaatste collega.

'Wat bracht u op het…?' Hij laat me mijn vraag niet afmaken.

'Ze voldeed aan de beschrijving.'

'Hoe is ze hier terechtgekomen?'

Spijker gebaart langs de pier. 'Alles is omheind. Er hangen waarschuwingsborden. Uiteraard moedigt dat mensen alleen maar aan.'

'U denkt niet aan zelfmoord?'

'Jouw dove meisje heeft dat brok beton echt niet zelf hierheen gezeuld.'

In de verte, waar het water minder beschut is, zijn schuimkoppen te zien van de wind. Er komt een vissersboot binnen, de ramen blikkerend in een karig straaltje zonlicht.

Ondanks zijn cynisme van de oudgediende voelt Spijker de behoefte medeleven te tonen en me te condoleren. Op de een of andere manier ben ik zijn enige schakel met dit meisje geworden.

'Ze kwam uit Kabul. Ze was wees,' leg ik uit.

'De zoveelste.'

'Hoe bedoelt u?'

'De lijst met draagmoeders van de IVF-kliniek. Zeker tien van hen waren wees. Dat maakt het moeilijk ze op te sporen.'

Wezen. Illegale immigranten. Wat een volmaakte combinatie van ongewensten en wanhopigen.

'Samira had het over een bezoek aan het weeshuis. Een westerling die zei dat hij een baan voor haar kon regelen. Hij had een kruis in zijn nek getatoeëerd. Ik weet mogelijk wie het is.' Ik geef hem Donavons naam en hij belooft hem na te zullen trekken in zijn bestanden.

Aan het andere uiteinde van de pier zijn de kadehekken van het slot gehaald. Er komt een busje met een forensisch team aanrijden. Een tweede auto krijgt opdracht ons naar ons hotel terug te brengen.

Terwijl ik de pier af loop, heb ik het gevoel dat Amsterdam is veranderd en donkerder en gevaarlijker is geworden. Ik snak naar het vertrouwde. Naar huis.

Dave komt naast me lopen.

'Gaat het?'

'Ja, prima.'

'Het is niet jouw schuld.'

'Wat weet jij daar nou van?' bits ik. Meteen ben ik kwaad op mezelf. Hij heeft niets misdaan. Na een paar minuten probeer ik mijn schuldgevoel te verlichten. 'Bedankt dat je erbij was. Sorry van gisteravond. Vergeet alles wat ik heb gezegd.'

'Ik denk dat we er nog eens over moeten praten.'

'Er valt niets te bepraten.'

'Ik hou van je.'

'Maar het is anders nu, toch?'

Dave legt zijn hand op mijn onderarm om me te laten stoppen.

'Het maakt me niet uit. Ik wil bij je zijn.'

'Dat zeg je nu, maar stel je het eens over vijf jaar of tien jaar voor. Dat zou ik je toch niet aan kunnen doen?'

Aan de oever staat een verlaten hijskraan te roesten. Hij ziet eruit als een wrak uit een langvervlogen oorlog. In gedachten zie ik Zala's lichaam nog ronddraaien, met haar tenen pirouetten draaiend in de golven.

Ik ben een dwaas geweest. Mijn goede bedoelingen hebben een keten van gebeurtenissen in gang gezet met dit als resultaat. Ik weet niet waar het eindigt of wie er nog meer slachtoffer zal worden. Ik ben van maar één ding zeker: ik wil elk wakend moment besteden aan de jacht op de mensen die Cate van me hebben weggenomen en Zala dit hebben aangedaan. Het gaat hier niet om oog om oog; het is groter dan dat. Ik wil hun ellende schrijnender en verschrikkelijker maken dan alles wat zij anderen hebben aangedaan. Nog nooit in mijn leven heb ik me zo in staat gevoeld iemand te doden.

Zijn haren zijn gekamd. Zijn tas is gepakt. Er is een taxi besteld naar de luchthaven. De klok is niet vooruitgekomen. Nog geen seconde. Ik zweer het. Ik haat het laatste uur voordat iemand vertrekt. Alles is gezegd en gedaan. Minuten slepen zich voort. Opmerkingen worden herhaald. Tickets worden nagekeken.

'Volgens mij is het tijd om dit te laten rusten,' zegt Dave terwijl hij zijn tandenborstel schoonspoelt. 'Het is over.'

'Hoe zijn we bij "over" gekomen?'

'Misschien denk jij,' zegt hij, zorgvuldig zijn woorden kiezend, 'dat ik dit zeg vanwege jou en mij. Dat is niet zo. Ik zou hetzelfde zeggen als ik niet van je hield.'

'Maar daarom zou jíj het ook moeten begrijpen.'

Hij pakt zijn tas op en zet hem weer neer.

'Je zou met me mee kunnen komen.'

'Ik laat Ruiz niet achter.'

Hij trekt zijn jasje aan.

'Jij zou kunnen blijven,' probeer ik.

'Ik moet getuigen voor de rechtbank.'

'Ik heb je nodig.'

'Jij hebt helemaal niemand nodig.'

Het is niet kwetsend bedoeld, maar ik krimp ineen alsof ik een klap krijg.

Hij opent langzaam de deur. Al die tijd blijf ik hopen dat hij zich zal omdraaien, me in zijn armen zal nemen, me zal dwingen in zijn ogen te kijken, me zal zeggen dat hij om niets anders geeft dan om mij – hopen dat hij het begrijpt.

De deur valt achter hem dicht. Mijn borstkas is leeg. Hij heeft mijn hart met zich meegenomen.

11

Twintig minuten lang staar ik naar de deur, wens ik dat hij open zal gaan, hoop ik dat hij terugkomt.

Toen ik met mijn beschadigde wervelkolom in het ziekenhuis lag, bang dat ik nooit meer zou kunnen lopen, begon ik gemene opmerkingen te maken tegen mensen. Ik bekritiseerde de verpleegsters en klaagde over het eten. Een mannelijke hulpverpleger noemde ik Dikke Albert, naar de figuur uit de *Cosby Show*.

Dave kwam me elke dag opzoeken. Ik weet nog dat ik tegen hem tekeerging en hem een imbeciel noemde. Dat verdiende hij niet. Ik had medelijden met mezelf omdat iedereen medelijden met me had. En gemeen doen tegen mensen leidde mijn gedachten een tijdlang af van mezelf.

Dave kwam daarna niet meer op bezoek. Ik wilde hem bellen. Ik wilde zeggen dat het me speet dat ik kwaad was geworden en of hij alsjeblieft terug wilde komen. Ik deed het niet. In plaats daarvan schreef ik hem een brief. Flink hoor. Ik verdien hem niet.

Op tafel rinkelt mijn mobiele telefoon.

'Je bent niet komen lunchen vandaag.'

'Ik zit nog op het vasteland, mama.'

'Je tante Meena had kulfi-ijs gemaakt. Je favoriet.'

Toen ik zes was, ja.

'Alle jongens waren er. Zelfs Hari.'

Typisch: hij komt pas opdagen als hij me daarmee voor schut kan zetten.

'Je vriend, inspecteur King, belde dat hij het niet ging redden.'

'Dat weet ik, mama.'

'Maar een andere buitengewoon begerenswaardige heer was er wel. Hij was teleurgesteld dat hij jou niet trof.'

'Wie hebt u nu weer de arm op zijn rug gedraaid?'

'Dokter Banerjee lijkt erg dol op je te zijn.'

Het kan geen toeval zijn. 'Wat moest hij?'

'Hij kwam bloemen brengen voor jou. Een heel attente man. En zijn tafelmanieren zijn onberispelijk.'

Als we trouwen zal ik schone tafelkleden hebben.

'Waar heb je hem gezegd dat ik zat?'

'Ik heb gezegd dat je in Amsterdam was. Je doet hier wel heel geheimzinnig over. Je weet dat ik niet van geheimen hou.'

Ze gaat door met een beschrijving van de brave arts en een grappig verhaal dat hij haar vertelde over zijn pasgeboren neefje. Ik hoor de clou niet. Ik ben te druk bezig hem in verband te brengen met Samira.

Banerjee had in totaal twaalf embryo's van Cate. In plaats van zes IVF-cycli waren er maar vijf, wat inhield dat er twee embryo's overbleven, bevroren en bewaard in vloeibare stikstof. Hij gaf ze aan Cate, wat betekent dat hij van haar draagmoederplan wist. Daarom regelde hij een uitnodiging voor mijn vaders verjaardagsfeestje: hij wilde me waarschuwen hiervan af te zien.

'Ik moet gaan, mama.'

'Wanneer ben je weer thuis?'

'Gauw.'

Ik hang op en bel Groentje Dave, die net in het vliegtuig stapt.

'Betekent dit dat je me mist?'

'Dat is een gegeven. Ik wil je om een gunst vragen.'

'Eentje maar?'

'Als je terug bent in Londen, buig je dan over dokter Sohan Banerjee.'

'Hij was op het feestje van je vader.'

'Die ja.'

'Wat wil je weten?'

'Of hij connecties heeft met fertiliteitsklinieken buiten het Verenigd Koninkrijk. Ga ook na of hij connecties heeft met adoptieorganisaties of liefdadigheidsfondsen voor kinderen.'

'Ik zal kijken wat ik kan doen.'

Een stewardess komt zeggen dat hij zijn telefoon moet uitschakelen.

'Behouden vlucht.'

'Jij ook.'

Forbes' verkoudheid is erger aan het worden en hij heeft een zeehondenhoest ontwikkeld die wordt afgewisseld met het klakkende geluid in zijn keel. Hij klinkt als een menselijke beatbox.

'Je had thuis moeten blijven,' opper ik.

'Mijn huis zit vol met zieken.'

'En dus besloot je de rest van de bevolking te gaan besmetten.'

'Inderdaad, ik ben Patiënt Nul.'

'Heb je ze gevonden, de zwangere asielzoeksters?'

'Ik had je moeten opsluiten toen ik de kans had.' Hij snuit zijn neus. 'Ze zijn begin juli in een vrachtcontainer het land binnengekomen. Een Russische, achttien jaar oud, en een Albanese, eenentwintig jaar. Ze zagen er allebei uit alsof ze elk moment konden bevallen. Hun vingerafdrukken werden afgenomen, ze kregen identiteitspapieren en werden naar een opvangcentrum in Oxfordshire gebracht. Drie dagen later werden ze naar een pension in Liverpool overgebracht. Ze hadden twee weken om een bewijsverklaring in te vullen en naar een advocaat te gaan, maar ze kwamen geen van beiden opdagen. Sinds die tijd zijn ze niet meer gezien.'

'En de baby's?'

'Bij geen enkel NHS-ziekenhuis is een melding van de geboorten terug te vinden, maar dat zegt nog niets. Veel mensen bevallen tegenwoordig thuis, tot in het bad aan toe. Godzijdank was ons bad niet groot genoeg.'

Ik heb plotseling het beeld voor ogen van zijn vrouw, als een walvis in de badkuip van het gezin.

'Veel logica zit er nog altijd niet in,' zegt hij. 'Een van de dingen waar asielzoekers op afkomen is gratis gezondheidszorg. Deze vrouwen hadden hun kinderen in een NHS-ziekenhuis ter wereld kunnen brengen. De regering verstrekt daarnaast een eenmalige toelage van driehonderd pond per pasgeboren baby en extra geld voor melk en luiers. Dat komt boven op de gewone voedselcoupons en de uitkering. Deze vrouwen beweerden dat ze geen familie of vrienden binnen het Verenigd Koninkrijk hadden die hen konden onderhouden, en toch maakten ze geen gebruik van de beschikbare voorzieningen. Dan komt toch de vraag op hoe ze zich in leven hebben gehouden.'

'En óf ze in leven zijn gebleven.'

Daar wil hij niet op ingaan.

In het Academisch Medisch Centrum zit Ruiz beneden op me te wachten. Hij ziet eruit als een jongetje dat van zomerkamp wordt opgehaald, maar dan zonder de vervelde neus of opengehaalde knieën.

'De staf wenste me een lang en gezond leven,' vertelt hij. 'Ze zeiden ook dat ik maar nooit meer in Nederland ziek moest worden.'

'Ontroerend.'

'Dat vond ik ook. Ik ben godverdomme een medisch wonder.' Hij houdt zijn ontbrekende vinger omhoog en begint te tellen. 'Ik ben neergeschoten, bijna verdronken en nu ook nog neergestoken. Wat heb je nog meer?'

'Ze zouden je kunnen opblazen, meneer.'

'Is al geprobeerd. Brendan Pearl en zijn IRA-vriendjes vuurden een mortiergranaat af die een politiebureau in Belfast binnenvloog. Hij miste me op een haar na.' Hij doet zijn Agent 86-imitatie.

Bij de draaideur staat hij even stil. 'Heb je gehuild, sprinkhaan?'

'Nee, meneer.'

'Ik dacht dat je misschien had zitten treuren.'

'Treuren niet, meneer.'

'Vrouwen mogen best warm en wollig zijn.'

'Dat klinkt alsof ik een speelgoedbeest ben.'

'Met heel scherpe tanden.'

Hij is in een goede stemming. Misschien van de morfine. Die houdt niet lang stand. Ik vertel hem over Zala en ik kan de pijn zien optrekken tot in zijn schouders en doorschieten naar zijn nek. Zijn ogen zijn gesloten. Ademend. Wachtend.

'Ze gaan Samira Engeland binnensmokkelen,' zeg ik.

'Dat kun je niet met zekerheid zeggen.'

'Zo is het met de anderen ook gegaan. Op die manier komen de baby's in het land van de ouders ter wereld.'

'De Beaumonts zijn dood.'

'Ze zullen andere kopers weten te vinden.'

'Wie zijn die "ze"?'

'Yanus. Pearl. Anderen.'

'Wat zegt Spijker?'

'Dat ik naar huis moet gaan.'

'Een wijs man.'

'Hokke zegt dat er iemand is die ons zou kunnen helpen Samira te vinden.'

'Wie dan?'

'Eduardo de Souza. Yanus heeft voor hem gewerkt.'

'Dit begint beter en beter te worden.'

Mijn mobiele telefoon gaat. Hokke is ergens waar het rumoerig is. De rosse buurt. Hij brengt daar tegenwoordig meer tijd door dan toen hij daar nog gewoon zijn ronde liep.

'Ik pik je om zeven uur op bij het hotel.'

'Waar gaan we heen?'

'Antwoorden om zeven uur.'

12

In het oosten is een enorme vaalbleke maan opgekomen die langs de hemel lijkt te bewegen, achter onze taxi aan. Zelfs in het donker herken ik sommige wegen. Schiphol is niet ver hiervandaan.

261

Dit is een ander gedeelte van Amsterdam. De schilderachtige gevels en historische bruggen hebben plaatsgemaakt voor het functionele en strenge: betongrijze flatgebouwen en winkels die beschermd worden door metalen rolluiken. Er is maar één winkel open. Voor de deur staat een tiental zwarte jongeren.

De Souza heeft geen vast adres, legt Hokke uit. Hij verplaatst zich van plek naar plek en slaapt nooit langer dan één nacht in hetzelfde bed. Hij woont bij de mensen die voor hem werken. Zij beschermen hem.

'Wees heel voorzichtig met wat je tegen hem zegt. En onderbreek hem niet als hij aan het woord is. Hou je ogen neergeslagen en je handen langs je lichaam.'

We zijn gestopt voor een flatgebouw. Hokke houdt het portier voor me open.

'Komt u met me mee?'

'Je moet alleen gaan. Wij zullen hier wachten.'

'Nee,' zegt Ruiz stellig. 'Ik ga met haar mee.'

Hokke antwoordt al even beslist: 'Ze gaat alleen, of er zal niemand op haar staan te wachten.'

Ruiz blijft protesteren, maar ik duw hem terug de auto in, waar hij zijn gezicht vertrekt en zijn armen voor zijn ingezwachtelde borstkas houdt.

'Onthoud wat ik je heb gezegd,' zegt de Nederlander terwijl hij naar een gebouw wijst dat identiek is aan het gebouw ernaast en dat daar weer naast. Tegen een muur staat een jongen geleund. Een tweede jongen bekijkt ons vanuit een raam op een verdieping. Uitkijkposten. 'Je moet nu gaan. Bel me als er een probleem is.'

Ik laat me uit de taxi glijden. De tegen de muur geleunde jongen is verdwenen. De tweede tiener staat nog steeds bij het raam. Ik loop over een betonnen galerij een rechthoekige binnenplaats op. Lichten weerspiegeld op water. Aan bladloze, tussen het onkruid opschietende bomen hangen Chinese lantaarns.

Ik duw een branddeur open en loop de trappen op, onderweg de verdiepingen tellend. Links afslaand op de verdieping vind ik de tweede deur. Er zit een klein wit knopje op bij wijze van deurbel.

Voor me verschijnt een andere tiener. Zijn glimmend zwarte ogen monsteren me, maar wenden zich af als ik zijn blik beantwoord. In de smalle gang staan schoenen en sandalen in een rij. De tiener wijst naar mijn laarzen. Ik trek ze uit.

De vloer kraakt heel even terwijl ik hem achternaloop naar het woongedeelte. Een groepje van vijf mannen van in de veertig en vijftig zit op kussens langs de randen van een geweven kleed.

Eduardo de Souza is onmiddellijk herkenbaar aan zijn positie in het midden. Gekleed in een wijdvallende witte lange broek en een donker shirt, ziet hij er Turks of zelfs Koerdisch uit, met een hoog voorhoofd, gebeeldhouwde kaken en een minzame glimlach. Hij staat op uit zijn kleermakerszit en raakt kort mijn hand aan.

'Welkom, juffrouw Barba, ik ben Eduardo de Souza.'

Zijn keurig getrimde baard is zwart met grijs – het grijs als van in een donkere vacht hangende ijssplinters. Niemand praat of beweegt, en toch hangt er een voelbare energie in de lucht, van een zich verscherpende concentratie. Ik hou mijn blik omlaaggericht terwijl ogen over me heen dwalen.

Door de deuropening naar de keuken zie ik een jonge Nigeriaanse vrouw in een golvende jurk met felle kleuren. Drie kinderen, twee jongetjes en een meisje, verdringen zich in de opening en kijken gefascineerd mijn kant uit.

Hij neemt opnieuw het woord. 'Dit zijn vrienden van me. Dit is Sunday. Hij is vanavond onze gastheer.'

Sunday glimlacht. Hij is een Nigeriaan, zijn tanden zijn blinkend wit. De man naast hem is een Iraniër met een Zwitser-Duits accent. Hij heet Farhad en zijn ogen liggen zo diep in hun kassen dat ik ze nauwelijks kan zien. Naast hem zit Oscar, die me Marokkaans lijkt en met een Frans accent spreekt.

Als laatste is er nog Dayel, een gladgeschoren Indiër met een litteken van een brandwond in zijn nek.

'Een van uw landgenoten, al is hij geen sikh,' zegt De Souza. Dayel glimlacht om de introductie.

Hoe weet hij dat ik een sikh ben?

Naast hem is een brokaatkussen onbezet. Ik word geacht te

gaan zitten. Sundays vrouw komt de kamer binnen met een dienblad met een bonte verzameling glazen en begint zoete thee in te schenken. Haar haren zijn in een gordijn van lange kralenstrengen gevlochten. Ze glimlacht verlegen naar me. Haar gebit is volmaakt en haar brede neusvleugels gaan zachtjes op en neer met haar ademhaling.

Er worden schotels binnengedragen. Een maaltijd. Met zijn handen tegen elkaar zit De Souza me over zijn vingertoppen heen te bestuderen, afwegend of hij me zal helpen of niet. Zijn Engels is onberispelijk, overgoten met een Brits accent dat vooral in de lange klinkers te horen is.

'Dit gedeelte van Amsterdam wordt de Bijlmermeer genoemd,' zegt hij met een blik uit het raam. 'In oktober 1992 steeg er een vrachtvliegtuig op van Schiphol en verloor twee motoren. Het boorde zich in een flatgebouw als dit, vol immigrantenfamilies die aan hun avondeten zaten. Bij de eerste klap werden vijftig appartementen verwoest. Nog eens honderd brandden later uit toen er vliegtuigbrandstof als rivieren van vuur door de galerijen stroomde. Mensen wierpen zich van balkons en daken om aan de vlammen te ontkomen.

Eerst zeiden ze dat het dodental tweehonderdvijftig bedroeg. Later werd de schatting verlaagd tot vijfenzeventig en officieel zijn slechts drieënveertig mensen omgekomen. De waarheid is dat niemand het echte aantal kent. Illegale immigranten hebben geen papieren en houden zich verborgen voor de politie. Het zijn geesten.'

Hij heeft het eten niet aangeraakt, maar lijkt buitengewoon voldaan de anderen te zien eten.

'Neem me niet kwalijk, juffrouw Barba, ik praat te veel. Mijn vrienden hier zijn te beleefd om me tot kalmte te manen. Het is gebruikelijk dat een gast iets meebrengt naar het feest of een of andere vorm van vermaak aanbiedt. Zingt of danst u misschien?'

'Nee.'

'Misschien bent u een verhalenverteller?'

'Ik begrijp echt niet wat u bedoelt.'

'U gaat ons een verhaal vertellen. De beste verhalen, heb ik het

idee, gaan over leven en dood, liefde en haat, trouw en verraad.'
Hij wuift met zijn hand alsof hij door de lucht roert. Zijn amber-
kleurige ogen zijn op de mijne gefixeerd.

'Ik ben geen erg goede verhalenverteller.'

'Laat dat oordeel maar aan ons over.'

Ik vertel hem het verhaal van twee tienermeisjes, die elkaar op
school hebben leren kennen en boezemvriendinnen zijn geworden. Zielsverwanten. Later, op de universiteit, ging een van hen
met de vader van de ander naar bed. Hij had haar verleid. Zij liet
toe dat ze werd verleid. De vriendschap was voorbij.

Ik noem geen namen, maar waarom zou ik hun een dergelijk
persoonlijk verhaal vertellen?

Naadloos schakel ik over op een tweede stel tienermeisjes, die
elkaar hebben leren kennen in een stad van weduwen en wezen.
Mensensmokkelaars hebben hen Afghanistan uit gesmokkeld en
tot aan Amsterdam gebracht. Ze kregen te horen dat ze hun nog
een bedrag verschuldigd waren voor hun ontsnapping. Ze kregen
de keuze om de prostitutie in te gaan of een baby te dragen voor
een kinderloos stel. Maagden kregen embryo's ingeplant in wat
een geritualiseerde vorm van medische verkrachting was. Ze waren de perfecte broedmachines. Fabrieken. Koeriers.

Nog terwijl ik dit verhaal aan het vertellen ben, krijg ik een droge keel doordat er alarmbellen bij me gaan rinkelen. Waarom heb
ik hem zulke persoonlijke verhalen verteld? Het kan net zo goed
zijn dat De Souza erbij betrokken is. Hij zou de aanstichter kunnen zijn. Ik heb geen tijd om over de implicaties na te denken. Ik
weet niet of ze me kunnen schelen. Ik ben al te ver op weg om me
nog terug te kunnen trekken.

Als ik klaar ben, is het even stil. De Souza buigt zich naar voren
naar een schaaltje en pakt een chocolaatje, dat hij op zijn tong laat
rollen terwijl hij er langzaam op kauwt.

'Het is een goed verhaal. Vriendschap is iets wat lastig te omschrijven valt. Oscar hier is mijn oudste vriend. Hoe zou jij
vriendschap omschrijven, Oscar?'

Hij gromt zachtjes, alsof het antwoord zonneklaar is. 'Vriendschap gaat over keuze en chemie. Het laat zich niet definiëren.'

'Maar dat is toch zeker niet het enige?'

'Het is een bereidheid fouten door de vingers te zien en te accepteren. Ik zou een vriend toestaan mij pijn te doen zonder terug te slaan,' zegt hij glimlachend, 'maar niet meer dan één keer.'

De Souza lacht. 'Bravo, Oscar, bij jou kan ik er altijd op vertrouwen dat je een argument weet terug te brengen tot zijn zuiverste vorm. Wat denk jij, Dayel?'

De Indiër rolt met zijn hoofd, trots dat hij is gevraagd als volgende te spreken.

'Vriendschap is voor iedereen anders en verandert in de loop van onze levens. Als je zes bent, gaat het over de hand vasthouden van je beste vriend. Op je zestiende gaat het om het avontuur dat voor je ligt. Op je zestigste gaat het over herinneren.' Hij steekt een vinger op. 'Je kunt het niet met één woord omschrijven, hoewel eerlijkheid er misschien het dichtstbij komt...'

'Nee, geen eerlijkheid,' onderbreekt Farhad hem. 'Integendeel, vaak moeten we onze vrienden afschermen van wat we werkelijk denken. Het is als een onuitgesproken overeenkomst. We negeren elkaars fouten en houden vertrouwelijkheden voor ons. Vriendschap gaat niet over eerlijk zijn. Liefde gaat over jezelf kennen. Wij zien onszelf door de ogen van onze vrienden. Die zijn als een spiegel die ons in staat stelt te beoordelen hoe het er met ons voor staat.'

Nu schraapt De Souza zijn keel. Ik vraag me af of hij zich bewust is van het ontzag dat hij de anderen inboezemt. Ik vermoed dat hij te intelligent en te menselijk is om dat niet te beseffen.

'Vriendschap kan niet worden gedefinieerd,' zegt hij streng. 'Zodra we redenen gaan noemen voor het feit dat we iemands vriend zijn, ondermijnen we de magie van de relatie. Niemand wil weten dat anderen van hem houden vanwege zijn geld of zijn gulheid of zijn schoonheid of zijn spitsvondigheid. Kies een motief uit en je geeft die persoon de gelegenheid te zeggen: "Is dat de enige reden?"'

De anderen lachen. De Souza valt in. Dit is een voorstelling.

Hij gaat verder. 'Proberen uit te leggen waarom we bepaalde vriendschappen aangaan is als proberen te vertellen waarom we van een bepaald soort muziek houden of van een bepaald gerecht. Je houdt er gewoon van, klaar.'

Hij richt zich nu op mij. 'Uw vriendin heet Cate Beaumont.'

Hoe weet hij dat?

'Bent u ooit jaloers op haar geweest?'

'Ik begrijp niet wat u bedoelt.'

'Vriendinnen kunnen jaloers op elkaar zijn. Oscar hier is afgunstig op mijn positie en mijn rijkdom.'

'Echt niet, mijn vriend,' protesteert de aangesprokene smekend.

De Souza glimlacht veelbetekenend. 'Was u jaloers op Cate Beaumonts schoonheid, of op haar succes?'

'Soms.'

'U wilde dat zij er minder van had en u meer.'

'Ja.'

'Dat is heel natuurlijk. Vriendschappen kunnen dubbelzinnig en tegenstrijdig zijn.'

'Ze is dood,' ga ik verder, hoewel ik voel dat hij dat al weet.

'Ze heeft geld betaald voor een baby. Een misdrijf,' stelt hij vroom vast.

'Ja.'

'Probeert u haar te beschermen?'

'Ik probeer de draagmoeder en de baby's te redden.'

'Misschien wilt u wel een baby voor uzelf?'

Mijn ontkenning is te heftig. Ik maak het erger. 'Ik heb nooit… Ik zou…'

Hij tast in een kleine buidel die aan de ceintuur van zijn lange hemd vastzit. 'Vindt u mij een crimineel, juffrouw Barba?'

'Ik weet niet genoeg…'

'Uw mening graag.'

Ik wacht. De gezichten in de kring bekijken me met een mengeling van geamuseerdheid en fascinatie.

'Dat is niet aan mij,' stamel ik.

Stilte. Er loopt zweet mijn rugholte in, kringelend langs de bobbels van mijn wervels.

De Souza wacht. Hij buigt zich dicht naar me toe, zijn gezicht op enkele centimeters van het mijne. Zijn ondertanden zijn brokkelig en gekarteld, vergelend als een oude krant. Hij heeft eigenlijk helemaal niet zo'n volmaakt gezicht.

'U hebt mij niets te bieden,' zegt hij laatdunkend.

Ik voel dat de situatie me ontglipt. Hij is niet van plan me te helpen.

De woede die plotseling in me opborrelt, aangewakkerd door vijandige gedachten en beelden van Zala, vindt ineens een uitlaatklep. Woorden tuimelen naar buiten. 'Voor mij bent u een crimineel en een vrouwenhater, maar u bent geen boosaardig mens. U buit geen kinderen uit en verkoopt geen baby's aan de hoogstbiedende.' Ik wijs naar Sundays echtgenote, die onze borden is komen ophalen. 'U zou deze vrouw, de vrouw van een vriend, niet vragen een van haar kinderen op te geven of haar dwingen het kind van een andere vrouw te baren. U steunt asielzoekers en illegale immigranten, u geeft hun banen en zorgt voor onderdak. Ze respecteren en bewonderen u. Wij kunnen deze handel stoppen. Ik kan hem stoppen. Help me.'

De vrouw van Sunday geneert zich dat de aandacht op haar valt. Ze gaat verder met het ophalen van de borden en maakt zich zo snel mogelijk uit de voeten. De spanning in de kamer wordt versterkt door de stilte. Elk van de mannen heeft zijn ogen op mij gericht. Oscar maakt een stikgeluid achter in zijn keel. Hij zou aan één hartslag genoeg hebben om mij de keel door te snijden.

Ineens staat De Souza op. De bijeenkomst is voorbij. Oscar doet een stap in mijn richting. De Souza gebaart hem te stoppen. In zijn eentje begeleidt hij me naar de voordeur en pakt mijn hand. In zijn vingers zit een klein stukje papier gedrukt.

De deur sluit zich. Ik bekijk het briefje niet. Het is te donker om het te lezen. De taxi staat te wachten. Ik laat me op de achterbank glijden en leun tegen Ruiz aan terwijl ik het portier dichttrek. Hokke geeft de bestuurder opdracht te gaan rijden.

Het kattebelletje is opgerold, tussen mijn duim en wijsvinger geklemd. Mijn handen trillen als ik het afrol en bij het binnenlampje hou.

Vijf woorden. Handgeschreven: *Ze vertrekt vanavond uit Rotterdam.*

Onze taxichauffeur rijdt de oprit naar een snelweg op.

'Hoe ver is het?'

'Vijfenzeventig kilometer.'

'En de haven?'

'Nog verder.'

Ik kijk op mijn horloge. Het is acht uur 's avonds.

'De haven van Rotterdam is veertig kilometer lang,' zegt Hokke. 'Er zijn tienduizenden containers, honderden schepen. Hoe denk je haar te vinden?'

'Via een scheepsnaam?' oppert Ruiz.

'Of een vertrektijd,' reageert Hokke.

Ik staar naar het velletje papier. Het is niet voldoende. We kunnen niet alvast bellen en de douane of politie waarschuwen. Wat zouden we moeten zeggen?

'Het meest waarschijnlijke is dat ze haar het Verenigd Koninkrijk willen binnensmokkelen,' zeg ik. 'Ze hebben Harwich al eerder gebruikt.'

'Ze zouden dit keer een andere haven kunnen kiezen.'

'Of zich houden aan wat ze kennen.'

Hokke schudt zijn hoofd. Het is een lukrake, onmogelijke jacht. Rotterdam is de grootste containerhaven van Europa. Hij heeft een idee. Een vriend, een voormalig politieagent, werkt voor een particulier beveiligingsbedrijf dat een aantal terminals bewaakt.

Hokke belt hem. Ze praten kortaf met elkaar, in zinnen vol Nederlandse medeklinkers. Ondertussen hou ik de helverlichte verkeersborden in de gaten en tel de kilometeraanduidingen en de minuten af. In het maanlicht ontwaar ik windmolens, als spookachtige reuzen over de velden verspreid.

Op de rechterbaan rijden vrachtwagens en trucks bumper aan bumper. Ik vraag me af of Samira zich in een van die voertuigen zou kunnen bevinden. Hoe zou dat zijn? Oorverdovend. Zwart. Eenzaam.

Hokke beëindigt het telefoongesprek en schetst de mogelijkheden. Rond de terminals en de havens is de bewaking streng, met camera's op de hekken, infraroodscanners en nog meer honden. Meer dan zesenhalf miljoen vrachtcontainers passeren jaarlijks de haven. Ze moeten op een speciale manier zijn verzegeld. Lege containers die wachten op een nieuwe bestemming zijn een ander verhaal, maar zelfs als iemand door de beveiliging heen zou breken en bij de containers zou kunnen komen, zou hij niet weten aan boord van welk schip ze gebracht zullen worden, tenzij hij over informatie van ingewijden beschikt.

'Wat inhoudt dat de kans groot is dat ze zich op een vrachtwagen zullen storten voordat die de haven bereikt,' zegt Ruiz. 'Een wagen waarvan ze weten dat hij op weg is naar het Verenigd Koninkrijk.'

Hokke knikt. 'Dan hebben we het waarschijnlijk over roll-on-roll-off-veerboten. Er zijn twee grote rederijen met veerdiensten van en naar Rotterdam. Stena Line heeft een terminal in Hoek van Holland. P&O opereert vanuit een haven vijftien kilometer landinwaarts, dicht bij het centrum.'

We zijn nog zo'n dertig kilometer van onze bestemming en het is bijna halfnegen.

Hokke pleegt nog een telefoontje en krijgt een lijst met namen en vertrektijden te horen, die hij hardop aan ons doorgeeft. Om negen uur vertrekt er een veerboot van P&O naar Hull. De nachtboot van Stena Line naar Harwich vertrekt om elf uur. Ze komen allebei in de vroege ochtend in Groot-Brittanië aan.

'Heb je een paspoort bij je, sprinkhaan?'

'Ja, meneer.'

'Wil je die eerste boot nemen of de tweede?'

'Ik neem de tweede.'

Hij knikt instemmend. 'Weet iemand iets van de weersvoorspelling?'

Hokke belt met P&O om te vragen of ze de passagiershekken open willen houden. Ze worden geacht een kwartier voor vertrek dicht te gaan, wat inhoudt dat we het niet gaan redden.

Onze aannames zijn gebaseerd op een verhouding van zo'n twee procent feiten en achtennegentig procent wensdenken. Zelfs als Samira zich aan boord van een van de veerboten bevindt, zal ze zich niet onder de andere passagiers mengen. Ze zullen haar verborgen houden. Hoe moeten we haar vinden?

Mijn hoofd doet zeer als ik aan haar denk. Ik heb beloftes gedaan. Ik zei dat ik Zala zou vinden en zou zorgen dat ze veilig was. Wat ga ik haar vertellen?

De Souza vroeg of ik de baby's voor mezelf wilde houden. Het was een idiote suggestie. Waarom zou hij dat zeggen? Ik doe dit voor Cate en voor Samira. Voor de tweeling.

De havens zijn kilometerslang verlicht. Hijskranen en loopkranen werken als enorme lichttorens die de rompen van schepen en rijen opgestapelde containers in het licht zetten. Het tussenliggende water is donker en ondoorgrondelijk. De golven zijn hun naam nauwelijks waard, eerder rimpels op een trage rivier.

De taxi stopt buiten de P&O-terminal. Ruiz staat al buiten voordat we helemaal stilstaan. Een week van gekmakende pijn en morfine zal hem niet afremmen.

'Succes!' roept hij zonder om te kijken. 'Ik ga haar als eerste vinden.'

'Tuurlijk. Jij gaat de hele reis lopen overgeven.'

Zijn hand komt omhoog, één vinger gestrekt.

De Stena Line-terminal bevindt zich aan de westkant van het havengebied, op de plek waar Hoek van Holland de Noordzee in steekt. De taxi zet me af en ik neem afscheid van Hokke.

'Ik zal je nooit kunnen terugbetalen.'

'Ik dacht het wel,' lacht hij terwijl hij naar de meter wijst.

Ik geef hem mijn laatste euro's. Hij moet nog thuis zien te komen.

Hij kust me drie keer – linkerwang, rechterwang en nog een keer mijn linkerwang.

'Wees voorzichtig.'

'Doe ik.'

Ik heb nog een uur voordat de Stena Britannica vertrekt. Het schip beheerst het uitzicht en torent boven de omliggende bouwsels uit. Het is zo lang als twee voetbalvelden en zo hoog als een gebouw van vijftien verdiepingen, met twee identieke schoorstenen die achteroverhellen en, zij het niet geheel overtuigend, de indruk van snelheid geven.

In de bundel van de schijnwerpers happen meeuwen naar insecten. In volle vlucht zien ze er elegant uit, maar eenmaal op de grond gaan ze als viswijven tegen elkaar tekeer. Ze klinken ook altijd zo wanhopig triest, miserabel uithalend als schepselen die bij leven al tot de hel veroordeeld zijn.

Veel vrachtwagens en aanhangers zijn al aan boord. Ik zie ze in rijen op de open dekken staan, dicht bij elkaar en vlak tegen de reling van het achterschip.

Er staan nog meer vrachtwagens in de rij om aan boord te mogen. Personenauto's en bestelwagens staan binnen een ander omheind gedeelte te wachten. De jonge vrouw in het kaartverkoopkantoor draagt een lichtblauwe rok en bijpassend jasje, als een soort zeestewardess.

'U dient de gegevens van uw voertuig in te vullen,' zegt ze.

'Ik heb geen voertuig.'

'Het spijt me, maar op deze dienst is geen loopbrug voor voetgangers. We kunnen geen voetpassagiers meenemen.'

'Maar ik móet deze boot halen.'

'Dat zal niet gaan.' Ze werpt een blik over haar schouder. 'Misschien, eh…?'

Er is zojuist een ouder echtpaar gestopt in een bejaarde Range Rover die een ouderwetse caravan trekt die eruitziet als een pompoenkoets uit Assepoester. De man is kaal en heeft een klein sikje dat hij net zo goed bij het scheren over het hoofd zou kunnen hebben gezien. Zijn vrouw is twee keer zijn omvang, met meters ribfluweel rond haar heupen. Ze komen uit Wales.

'Wat is er aan de hand, meid?' vraagt ze als ik haar kop thermosthee onderbreek.

'Ze willen me niet als voetpassagier aan boord laten gaan. Ik moet absoluut terug naar Engeland. Ik vroeg me af of ik met u mee kon rijden.'

De man en de vrouw kijken elkaar aan.

'Ben je een terrorist?'

'Nee.'

'Heb je drugs bij je?'

'Nee.

'Stem je conservatief?'

'Nee.'

'Ben je katholiek?'

'Nee.'

Hij knipoogt naar zijn vrouw. 'Niets op aan te merken.'

'Welkom aan boord,' zegt ze terwijl ze haar hand uitsteekt. 'Ik ben Bridget Jones. Niet het dikkerdje uit de films, maar uit Cardiff. Dit is Bryce, mijn echtgenoot.'

De Range Rover is afgeladen met koffers, boodschappentassen en taxfree aankopen. Hollandse kazen, Franse worst, twee dozen Stella Artois, een fles Bailey's Irish Cream en een verzameling souvenirs.

Ze zijn heel schattig. Een popperig stel met bijpassende afgedankte kussens en reismokken. Meneer Jones draagt vingerloze rallyhandschoenen en zij heeft wegenkaarten die met kleuren zijn gemerkt in een houder op het dashboard staan.

'We zijn in Polen geweest,' zegt ze ongevraagd.

'Zo.'

'Niemand die we kennen is ooit in Polen geweest. Zelfs onze vrienden Hettie en Jack van de caravanclub niet, die denken dat ze overal geweest zijn.'

'En naar Estland,' vult haar echtenoot aan. 'We hebben 5252 kilometer afgelegd sinds we op 28 augustus van huis zijn gegaan.' Hij streelt het stuurwiel. 'Ze heeft één op zes gereden, wat verdomd goed is voor een oud beestje, zeker na die tank slechte diesel in Gdansk.'

'Gdansk was kantje-boord,' valt zijn vrouw hem bij.

'Het zal wel koud zijn met zo'n caravan.'

'Daar hebben wij geen last van,' giechelt ze. 'Een wederhelft verwarmt beter dan een warme kruik.'

Meneer Jones knikt. 'Ja, het oudje rijdt nog lekker.'

Ik weet niet of hij het over zijn vrouw heeft of nog steeds over de auto.

Vóór ons is het verkeer gaan rijden. Voertuigen rijden de hellingbaan op en verdwijnen naar binnen, waar ze in smalle rijen worden gemanoeuvreerd die nauwelijks breed genoeg zijn voor hun asbreedte.

'Niet lummelen, lieverd,' zegt mevrouw Jones. 'Het buffet is bij de prijs inbegrepen. We willen de rij vóór zijn, nietwaar?'

Meneer Jones knikt. 'Hun appelkruimeltaart met custard is echt heel lekker.'

Bij mijn ticket zit een kaartsleutel. Hij hoort bij een hut op een van de hoteldekken. Op dek 8 hangen bordjes met het verzoek de rust te bewaren omdat er vrachtwagenchauffeurs slapen. Sommigen van hen zijn waarschijnlijk al uren geleden aan boord gegaan. Hoe moet ik Samira vinden?

Ik doe geen moeite naar mijn hut te gaan. Ik heb geen bagage om weg te stouwen. In plaats daarvan bestudeer ik een plattegrond van het schip, die bij een nooduitgang aan de wand geschroefd zit. Er zijn vier autodekken, waar gedurende de reis alleen bevoegd personeel mag komen. Op dek 10 hebben alleen bemanningsleden toegang. Waarschijnlijk de brug.

De gangen tussen de hutten zijn net breed genoeg om twee mensen elkaar te kunnen laten passeren. Ik loop ze af, op zoek naar het bekende en het onbekende. Dat was mijn taak in de tijd dat ik voor de Diplomatieke Beschermingseenheid werkte: letten op kleine veranderingen, proberen in een menigte de aanwezigheid van iemand te voelen of met één blik vast te stellen dat die persoon er niet meer is. Het kan iemand zijn die daar niet op zijn plaats is of die juist te hard zijn best doet daar op zijn plaats te zijn, of iemand op wie je oog om een andere reden valt.

De motoren van het schip zijn gestart. Ik voel de vage trillingen door mijn voeten gaan; ze lijken te worden doorgegeven aan mijn zenuwuiteinden.

Het buffet staat uitgestald in het Globetrotter Restaurant. De meeste passagiers lijken vrachtwagenchauffeur te zijn, gekleed in spijkerbroek en T-shirt. Het voedsel ligt hoog opgetast op hun borden: gestolde curry's, lamsvleespasteitjes, vegetarische lasagne. Dikke motoren moeten bijtanken.

De Nederlandse chauffeurs kaarten, terwijl de Britse chauffeurs roken en tabloids lezen. De veerboot is losgegooid en de rivier op gevaren. Terwijl de lichtjes op het land langs het raam glijden, voelt het alsof het land beweegt in plaats van de veerboot. Engeland is vijf uur varen.

Hokke had gelijk: de hooiberg is te groot. Ik zou de veerboot weken kunnen doorzoeken zonder haar te vinden. Ze zou opgesloten kunnen zitten in een vrachtwagen of in een van de hutten. Ze zou zelfs helemaal niet aan boord kunnen zijn. Misschien was het De Souza's bedoeling niet om mij haar te laten vinden, maar simpelweg om mij Nederland uit te krijgen.

Onder me bevinden zich de holle en donkere autodekken. Sommige zijn blootgesteld aan de elementen, terwijl andere afgesloten zijn. Ik zal ze moeten doorzoeken. Hoe? Moet ik op de zijkant van elke vrachtwagen bonken en haar naam roepen? Zal ze antwoorden?

Als er ook maar de kleinste kans is dat ze aan boord is, moet ik haar zien te vinden. Door gangen en langs trappen rennend hou ik mensen staande en laat hun Samira's foto zien. Ik loop mezelf achterna, verdwaald in een doolhof. Ben ik deze gang al door geweest? Is dat dezelfde passagier aan wie ik het daarnet al heb gevraagd? De meesten van hen zijn nu in hun hutten en leggen zich te ruste voor de nacht.

Ik sla de zoveelste hoek om en ineens weet ik het. Een siddering in de lucht. Het is een griezelig gevoel, alsof ik dingen kan voorvoelen. Verderop in een lange gang staat een gestalte met zijn rug naar me toe stil om een hutdeur open te maken. Ik zie iemands profiel en druk mezelf plotseling plat tegen een wand. Mijn schimmen zitten me op de hielen.

14

Het schip verandert van ligging en ik zet me schrap tegen een wand. Het metalen frame voelt koud aan tegen mijn handpalm. Ik weet zeker dat hij het is. Brendan Pearl. Hij is hier omdat zij hier is.

Mijn eerste reactie is de aftocht te blazen. Ik loop terug en haal op de trap een paar keer diep adem, ondertussen overdenkend wat ik zal doen. Ik haal mijn mobiele telefoon tevoorschijn en kijk of ik bereik heb. Niets. De veerboot is al te ver de zee op. Ik zou met de kapitein moeten praten. Hij kan per radio Forbes op de hoogte laten brengen.

Een bemanningslid komt de trap op lopen. Ondanks zijn donkere broek en witte overhemd met epauletten ziet hij er te jong uit voor een zeeman. Hij heeft een naamplaatje op zijn borst. Raoul Jackson.

'Hebt u de sleutels van alle hutten?'

'Is er een probleem?'

'Er is een man aan boord die gezocht wordt door de Britse politie. Hij verblijft in hut 8021.' Ik wijs langs het gangpad. Zijn ogen volgen mijn uitgestoken hand. 'Ik ben Brits politieagent, recherche. Is er een passagierslijst?' Ik toon hem mijn badge.

'Ja, uiteraard.'

Hij doet een deur open waarop *Authorised Personnel Only* staat, pakt een klembord en gaat met zijn vinger de pagina af tot hij het hutnummer heeft.

'Die hut wordt gebruikt door een zekere Patrick Norris. Een Britse chauffeur.'

Pearl heeft een nieuwe identiteit.

'Is het mogelijk na te gaan welk voertuig hij aan boord heeft gereden?'

Hij raadpleegt opnieuw de lijst. 'v743 LFB. Op dek 5.'

'Ik moet dat voertuig inspecteren.'

'Passagiers zijn niet gerechtigd zich op dat dek te bevinden.'

'Ik ben op zoek naar een illegale passagier. Ze zou in de vrachtwagen opgesloten kunnen zitten.'

'Misschien kunt u het best met de kapitein praten.'

'Dat begrijp ik, maar daar is nu geen tijd voor. Als u nou voor me naar de kapitein gaat. Ik wil dat hij deze man een bericht stuurt.' Ik krabbel Forbes' nummer op het klembord. 'Zijn naam is inspecteur Robert Forbes, recherche. Noem mijn naam. Zeg hem dat Brendan Pearl zich aan boord van deze veerboot bevindt.'

'Is dat het?'

'Hij begrijpt het wel.'

Raoul kijkt naar het telefoonnummer en werpt een blik de gang in naar Pearls hut.

'Is deze persoon gevaarlijk?'

'Ja, maar is geen reden tot paniek. Laat hem slapen.' Ik kijk op mijn horloge. 'Over vier uur zijn we in Harwich.' Ik kijk naar de trap. 'Zeg het tegen de kapitein. Ik moet gaan.'

Met twee treden tegelijk de trap af rennend zwaai ik de verdiepingen langs en kom op dek 5. Als ik op de rode knop sla, hoor ik sissend de lucht ontsnappen door de verbroken verzegeling. De metalen deur schuift open. Het lawaai van de scheepsmotoren wordt versterkt door de holle ruimte en zet zich met pulserende trillingen door in de vloer.

Ik stap de drempel over en loop langs de eerste rij voertuigen. Er staan telkens zeven rijen vrachtwagens bumper aan bumper, zo dicht bij elkaar dat er net genoeg ruime is om je ertussendoor te wurmen. Ik wou dat ik een zaklantaarn had. De tl-verlichting dringt nauwelijks door het duister heen en ik heb er moeite mee de nummerplaten te lezen.

In de lengterichting loop ik het hele dek af en weer terug, de looppaden volgend. Op momenten dat het schip beweegt en op de deining rolt, zet ik me met mijn hand schrap tegen een wielkast of een aanhanger. Mijn verbeelding trekt me de voertuigen binnen. Ik kan Hasan en de anderen zien zitten, gevangen, stikkend. Ik wil op de metalen zijkanten timmeren en de deuren opengooien, lucht binnenlaten.

Ik ben in de tweede doorgang aan stuurboord als ik beetheb. Het gevaarte bestaat uit een roodbruine Mercedes-truck en een witte oplegger. Ik stap op de treeplank, grijp de spiegel vast en trek mezelf op om in de cabine te kunnen kijken. De vloer ligt bezaaid met koffiebekertjes en etensverpakkingen.

Ik stap weer omlaag en loop langzaam om de trailer heen. Met mijn oor tegen de stalen huid gedrukt luister ik of ik hoor niezen of hoesten of fluisteren, welk geluid dan ook. Niets. De achterdeuren zijn verzegeld met een metalen grendel en een sluitnok. De trommel is gesloten en van een hangslot voorzien.

Er komt iemand mijn kant op lopen die een staaflantaarn vasthoudt. De lichtbundel zwaait van links naar rechts en verblindt me heel even. Ik schuif zijwaarts weg van de trailer. De duisternis dwarrelt om me heen.

'Jij hoort hier beneden niet te zijn,' zegt een stem.

Op datzelfde moment slaat een hand zich rond mijn gezicht en bedekt mijn mond. Alle geluid wordt gesmoord.

Ik krijg geen adem. Mijn voeten zijn van de grond. Zijn vingers graven in mijn wangen, rukken aan mijn kaken. Zijn andere onderarm slingert zich rond mijn nek, op zoek naar mijn luchtpijp. Ik zet mijn handen ertegenaan en schop naar achteren, in een poging zijn wreef of zijn knie te raken. Ik raak hem amper.

Hij tilt me nog hoger. Mijn tenen krabbelen over de grond, zonder grip te krijgen. Ik kan het bloed in mijn oren horen kloppen. Ik snak naar lucht.

Mijn karatetraining heeft me iets geleerd over drukpunten. Er is er een in het zachte vlees tussen de duim en de wijsvinger, boven de huidplooi. Ik vind de plek. Hij gromt van de pijn en laat zijn greep op mijn mond en neus los. Ik kan nog altijd niet ademen. Mijn luchtpijp wordt dichtgedrukt. Ik blijf mijn duim in zijn vlees jagen.

Een knie boort zich in mijn nieren. Een golf van pijn schoot door mijn lichaam. Ik laat zijn rechterhand niet los, maar zie op dat moment niet dat zijn linkervuist zich klaarmaakt. De klap komt aan alsof er met geweld een punt wordt gezet. Duisternis wast de pijn en de herinneringen weg. Ik ben bevrijd van Cate en Samira. Vrij van de ongeboren tweeling. Eindelijk vrij. Bevrijd van de veerboot en het niet-aflatende lawaai van de motoren.

Langzaam wordt de wereld breder. Lichter. Een moment lang zweef ik een paar centimeter boven mijn lichaam, neerkijkend op een merkwaardig tafereel. Mijn handen zijn met isolatietape achter mijn rug gebonden. Een ander stuk tape bedekt mijn mond, rond mijn hoofd gewikkeld als een masker, trekkend aan mijn gebarsten lip.

Er is een zwak schijnsel van een zaklantaarn die bij mijn voeten op de grond ligt. Mijn hoofd ligt op Samira's schoot. Ze buigt zich voorover en fluistert iets in mijn oor. Ze wil dat ik stillig. Er valt licht in haar pupillen. Haar vingers zijn als ijs.

Mijn hoofd ligt tegen haar baarmoeder gedrukt. Ik voel haar baby's bewegen. Ik kan het zuigen en gorgelen van het vruchtwater horen, de melodie van hun hartslag. Bloed glijdt heen en weer onder haar huid, zich in allengs nauwere kanaaltjes persend, zuurstof brengend.

Ik vraag me af of tweelingen zich bewust zijn van elkaars bestaan. Horen ze elkaars hartslag? Houden ze elkaar vast of communiceren ze via aanraking?

Beetje bij beetje veranderen verwarring en duisternis in iets wat in de buurt komt van ordening. Als ik me ontspannen hou, kan ik door de tape heen ademhalen.

Samira's lichaam vertrekt opeens en slaat vanaf haar middel dubbel, waardoor mijn hoofd tegen haar dijen wordt geperst. Ze hervindt zich, leunt achterover en haalt diep adem. Ik probeer mijn hoofd op te tillen. Ze wil dat ik stillig.

Door de knevel kan ik niet praten. Ze haakt haar vingers onder de plastic tape en trekt hem net ver genoeg van mijn lippen om me iets te kunnen laten zeggen.

'Waar zijn we?'

'In een vrachtwagen.'

Ons gefluister wordt uitvergroot door de holheid.

'Gaat het?'

Ze schudt haar hoofd. In haar ooghoeken wellen tranen op. Haar lichaam trekt zich weer samen. Ze heeft weeën.

'Wie heeft me hier gebracht?'

'Yanus.'

Pearl en hij werken waarschijnlijk samen.

'Je moet me losmaken.'

Haar ogen schieten in de richting van de gesloten achterdeuren en ze schudt haar hoofd.

'Alsjeblieft.'

'Ze vermoorden je.'

Ze vermoorden me hoe dan ook.

'Help me rechtop te zitten.'

Ze tilt mijn hoofd en schouders op tot ik met mijn rug tegen een wand geleund zit. Mijn inwendige gyroscoop is volkomen van slag. Misschien is er een trommelvlies gescheurd.

Zo te zien staat de trailer vol met pallets en kisten. Door een vierkante smalle opening zie ik een kruipruimte met een matras en drie plastic flessen. Iemand heeft een valse wand opgetrokken om in de trailer een geheim compartiment te maken. Douanebeambten zouden het verschil niet opmerken, tenzij ze de binnen- en buitenkant van de vrachtwagen zouden opmeten.

'Wanneer zijn de weeën begonnen?'

Ze kijkt me hulpeloos aan. Hier binnen kan ze niet beoordelen hoe laat het is.

'Hoeveel tijd zit ertussen?'

'Een minuut.'

Hoe lang ben ik buiten bewustzijn geweest? Raoul zal inmiddels wel naar de kapitein zijn gegaan. Ze zullen Forbes bellen en naar me op zoek gaan. Forbes zal hun zeggen dat ze voorzichtig moeten zijn.

'Maak mijn handen los.'

Samira schudt haar hoofd.

Ze laat de tape los en trekt een deken om mijn schouders. Ze maakt zich meer zorgen om mij dan over zichzelf.

'Je had niet moeten komen.'

Ik kan geen antwoord geven. Een nieuwe wee doet haar gezicht vertrekken. Haar hele lichaam lijkt op slot te slaan.

De achterdeuren zwaaien open. Ik voel de tocht en hoor Samira ademhalen.

'Ik zei dat je van haar af moest blijven,' zegt Yanus, die de trailer in springt. Hij pakt haar vast en wrijft zijn handen over haar gezicht, alsof hij haar met vuil besmeurt. Dan trekt hij haar lippen vaneen, wringt haar kaken open en spuugt in haar mond. Ze kokhalst en probeert zich weg te draaien.

Dan keert hij zich naar mij en rukt de knevel los. Het voelt alsof mijn halve gezicht mee getrokken wordt.

'Wie weten er dat je hier bent?'

'De kapitein. De bemanning… Ze sturen per radio een bericht vooruit,' zeg ik met dikke tong.

'Je liegt!'

In de achteropening van de trailer staat een tweede gestalte. Brendan Pearl. Hoewel hij daar niet langer dan een paar tellen kan hebben gestaan, heb ik het gevoel dat hij me al langere tijd aan het bekijken is.

Het licht achter hem doet zijn gelaatstrekken vervagen, maar ik kan zien hoe hij zijn uiterlijk heeft veranderd sinds de laatste keer dat ik hem zag. Hij laat zijn haar groeien en draagt een bril. De wandelstok is een aardige toevoeging. Hij houdt hem onderstebovens. Waarom? Het is geen wandelstok. Hij heeft een kromme haak, als een soort bootshaak. Ik herinner me hoe Ruiz hem noemde: de Vissersman van Shankill.

Yanus schopt me in mijn buik. Ik rol om en hij zet een schoen in mijn nek en duwt hem omlaag. Hij staat op mijn nek, met zijn volle gewicht op het punt waar mijn wervelkolom overgaat in mijn schedel. Hij zal ongetwijfeld breken.

Samira schreeuwt het uit, haar lichaam ten prooi aan een nieuwe contractie. Pearl zegt iets en Yanus tilt zijn voet op. Ik kan ademen. Hij loopt de lege trailer rond, komt terug en plant zijn hak opnieuw in mijn nek.

Ik dwing mezelf mijn arm uit te strekken en wijs naar Samira. Ze kijkt vol afgrijzen naar haar handen. Vocht bevlekt haar rok en verzamelt zich onder haar knieën.

Pearl duwt Yanus opzij.

'Haar vliezen zijn gebroken,' mompel ik.

'Ze heeft zichzelf bepist,' sneert Yanus.

'Nee. Ze is aan het bevallen. Ze heeft een arts nodig.'

'Zorg dat het stopt,' zegt Pearl.

'Dat kan ik niet.'

Een nieuwe wee dient zich aan, krachtiger dan tevoren. Haar schreeuw kaatst terug van de metalen wanden. Pearl legt de getande haak in haar nek. 'Nog één zo'n geluid en ik ruk haar strot eruit.'

Samira schudt haar hoofd en slaat haar handen voor haar mond.

Pearl trekt me in een zithouding en snijdt de tape rond mijn handen los. Hij stopt heel even terwijl hij op zijn wang kauwt als op een tabakspruim.

'Ze ziet er niet erg gezond uit, wel?' zegt hij in zangerig Iers.

'Ze heeft een arts nodig.'

'Er komt geen arts hier.'

'Maar ze krijgt een tweeling!'

'Al kreeg ze puppy's. Jij zult ze ter wereld moeten helpen.'

'Ik weet niet hoe dat moet!'

'Dan zou ik dat maar snel leren.'

'Doe niet zo stom!'

De stok van de pikhaak slaat tegen mijn kaak. Als de pijn verdwenen is, tel ik met mijn tong mijn tanden en kiezen na. 'Waarom zou ik jullie helpen?'

'Omdat ik je vermoord als je dat niet doet.'

'Vermoorden ga je me toch.'

'Ah, dat weet je.'

Samira's hand schiet uit en grijpt mijn pols. Haar knokkels zijn wit en de pijn staat op haar gezicht gegrift. Ze wil geholpen worden. Ze wil dat de pijn weggaat. Ik kijk naar Pearl en knik.

'Dat is buitengewoon grootmoedig.' Hij staat op en rekt zich uit terwijl hij de pikhaak in zijn vuist laat draaien.

'Hier kan het niet,' zeg ik. 'We moeten haar naar een hut zien te krijgen. Ik heb licht nodig. Schone lakens. Water.'

'Nee.'

'Kijk nou eens om je heen!'

'Ze blijft hier.'

'Dan gaat ze dood. En haar baby's ook! En degene die jullie betaalt, wie het ook is, krijgt niets.'

Ik heb het idee dat hij me weer gaat slaan. In plaats daarvan weegt hij de stok in beide handen, waarna hij hem omlaagzwaait tot de haak op de vloer rust en hij er weer op leunt als op een wandelstok. Yanus en Pearl overleggen fluisterend. Er moeten beslissingen worden genomen. Hun plan dreigt in duigen te vallen.

'Probeer het nog even vol te houden,' zeg ik tegen Samira. 'Het komt goed.'

Ze knikt, veel rustiger dan ik zelf ben.

Waarom is niemand me komen zoeken? Ze zullen Forbes nu toch wel hebben gebeld? Hij zal hun vertellen wat ze moeten doen.

Pearl komt terug.

'Oké, we gaan haar verplaatsen.' Hij tilt zijn overhemd op en laat zijn in de broekband gestoken pistool zien. 'Geen gekloot. Als jij ervandoor gaat, zal Yanus de baby's uit haar snijden. Hij is een gemankeerde kutchirurg.'

De Ier pakt Samira's spullen bij elkaar: een kleine katoenen tas en een reservedeken. Dan helpt hij haar overeind. Ze houdt haar handen beschermend onder haar buik, alsof ze het gewicht overneemt. Ik wikkel de deken om haar schouders. Haar klamme grijze rok kleeft aan haar dijen.

Yanus is vooruitgegaan om te kijken of het trappenhuis vrij is. Ik stel me voor dat bemanningsleden hem opwachten. Hij zal worden overmeesterd. Pearl zal geen andere keuze hebben dan zich over te geven.

Hij tilt Samira uit de laadruimte. Ik kom erachteraan en struikel lichtjes als ik neerkom. Pearl duwt me opzij, sluit de achterdeuren door de trommelsluiting op zijn plaats te schuiven. Er is iets veranderd aan de truck. De kleur. Die is niet hetzelfde.

Mijn maag draait om. Er zijn twee vrachtwagens. Yanus en Pearl moeten elk een vrachtwagen aan boord hebben gereden. Als ik naar het dichtstbijzijnde trappenhuis kijk, zie ik het oplichtende bordje EXIT. We bevinden ons op een ander dek. Ze weten niet waar ze me moeten zoeken.

Samira gaat als eerste. Ze heeft haar kin tegen haar sleutelbeen getrokken en lijkt een gebed te prevelen. Een wee doet haar plotseling stilstaan, haar knieën knikken. Pearl slaat een arm om haar middel. Hoewel hij halverwege de vijftig is, heeft hij in zijn bovenlichaam de kracht van iemand die zichzelf in de halterkamer van de gevangenis heeft opgepompt.

We gaan snel de trap op en lege gangen door. Yanus heeft een hut gevonden op dek 8, waar minder passagiers zijn. Hij neemt Samira over van Pearl en ik bekijk ze, vluchtig, van opzij. Het lijkt me sterk dat ze denken hiermee weg te kunnen komen.

De tweepersoonshut is akelig netjes. Er is een smalle eenpersoonskooi op zo'n dertig centimeter boven de grond en een tweede direct daarboven, scharnierend en plat tegen de wand gedraaid. Er is een vierkante patrijspoort met ronde hoeken. Het raam is donker. Land is opgehouden te bestaan en ik kan me alleen de leegte van de Noordzee voorstellen. Ik kijk op mijn horloge. Het is halfeen. Harwich is nog drie uur varen. Als Samira erin slaagt kalm te blijven en de weeën zich stabiliseren, zijn we misschien op tijd in Harwich. Op tijd voor wat?

Haar ogen staan wijd open en op haar voorhoofd parelt zweet. Tegelijkertijd bibbert ze. Ik zit op het bed met mijn rug tegen het schot, haar met mijn armen om haar heen tegen me aan trekkend, in een poging haar warm te houden. Haar buik bolt op tussen haar knieën en haar hele lichaam springt bij elke wee op.

Ik ga op mijn intuïtie af. Doe mijn best niet in paniek te raken of angst te tonen. De cursus EHBO die ik kreeg toen ik bij de MET ging was uitgebreid, maar bevallen zat er niet bij. Ik herinner me iets wat mijn moeder tegen mijn schoonzussen zei: 'Het zijn niet de artsen die kinderen ter wereld helpen, maar de vrouwen.'

Yanus en Pearl bewaken om beurten de deur. Er is niet genoeg ruimte in de hut voor hen allebei. Eentje houdt de gang in de gaten.

Yanus leunt tegen het smalle tafelblad en kijkt met lusteloze belangstelling toe. Hij haalt een sinaasappel uit zijn zak, pelt hem behendig en verdeelt hem in partjes, die hij op een rijtje op de bank legt. Uiteindelijk wordt elk partje tussen zijn tanden fijngedrukt en zuigt hij het sap zijn keel in, om daarna het wit en de pitten op de grond te spugen.

Ik heb nooit geloofd dat mensen echt verdorven konden zijn. Psychopaten worden gemaakt, niet geboren. Yanus zou de uitzondering kunnen zijn. Ik probeer me hem voor te stellen als jongen en me vast te klampen aan een sprankje hoop dat er ergens in hem warmte schuilt. Hij moet van iemand hebben gehouden, van iets – een huisdier, een ouder, een vriend. Ik kan geen spoor ervan ontwaren.

Een of twee keer kan Samira haar schreeuwen niet onderdrukken. Hij gooit een rol afplakband in mijn schoot. 'Zorg dat ze haar bek houdt.'

'Nee! Ze moet me kunnen zeggen wanneer de weeën komen.'

'Zorg dan dat ze zich koest houdt.'

Waar heeft hij zijn mes? Aan zijn borst gegespt aan de linkerkant, pal naast zijn hart. Hij lijkt mijn gedachten te raden en tikt op zijn jasje.

'Ik kan ze uit haar snijden, weet je. Dat heb ik al eerder gedaan, bij dieren. Ik begin gewoon hier te snijden.' Hij houdt zijn vinger net boven de gesp van zijn riem en trekt hem over zijn navel en verder omhoog. 'Dan sla ik haar huid terug.'

Samira huivert.

'Hou toch je mond, man.'

Hij schenkt me zijn haaienglimlach.

De nacht drukt zich tegen de patrijspoort. Er mogen dan vijfhonderd passagiers aan boord van de veerboot zijn, op dit moment voelt het alsof het licht van de hut in een koude, vijandige woestenij schijnt.

Samira buigt haar hoofd naar achteren tot ze me in de ogen kan kijken.

'Zala?' vraagt ze.

Ik wou dat ik tegen haar kan liegen, maar ze leest de waarheid op mijn gezicht. Ik kan haar bijna achteruit de duisternis in zien glijden en verdwijnen. Het is de blik van iemand die weet dat het lot haar in de steek heeft gelaten, met een triestheid zo diep dat niets haar nog kan raken.

'Ik had haar nooit moeten laten gaan,' fluistert ze.

'Het is niet jouw schuld.'

Haar borst gaat op en neer in een gesmoorde snik. Haar ogen hebben zich afgewend. Het is een gebaar dat alles zegt. Ik had gezworen Zala te vinden en haar te beschermen. Ik heb mijn belofte gebroken.

De weeën lijken minder heftig te zijn geworden. Haar ademhaling wordt rustiger en ze slaapt.

Yanus is afgelost door Pearl.

'Hoe is het met haar?'

'Uitgeput.'

Hij zet zich met zijn rug schrap tegen de deur en laat zich omlaagglijden tot hij gehurkt zit, zijn armen op zijn knieën. In een kleine ruimte als deze lijkt hij groter, uit proporties, met grote handen. Yanus heeft vrouwelijke handen, welgevormd en delicaat, snel met een mes. Die van Pearl zijn als botte werktuigen.

'Hier komen jullie nooit mee weg, dat weet je.'

Hij glimlacht. 'Er zijn veel dingen die ik weet en nog veel meer dingen die ik niet weet.'

'Luister. Jullie maken het alleen maar erger. Als zij sterft of de baby's sterven, worden jullie aangeklaagd wegens moord.'

'Ze gaat niet dood.'

'Ze heeft een arts nodig.'

'Genoeg gepraat.'

'De politie weet dat ik hier ben. Ik had je al gezien. Ik heb de kapitein gevraagd een radiobericht vooruit te sturen. In Harwich zullen honderd agenten staan te wachten. Je komt niet weg. Laat mij Samira meenemen. Misschien is er een arts aan boord, of een verpleegkundige. Ze hebben ongetwijfeld medicamenten en verbandmiddelen.'

Het lijkt hem niets te kunnen schelen. Is dat wat er gebeurt als je het grootste deel van je leven in de gevangenis doorbrengt of besteedt aan het plegen van de daden waardoor je daar terechtkomt?

Mijn hoofdhuid tintelt. 'Waarom heb je mijn vriendin Cate en haar man vermoord?'

'Wie?'

'De Beaumonts.'

Zijn ogen, die niet helemaal recht in zijn hoofd staan, maken een asymmetrische indruk, totdat hij praat en zijn gelaatstrekken ineens in lijn liggen. 'Ze was hebberig.'

'Op welke manier?'

'Ze had maar geld voor één baby, maar wilde ze allebei.'

'Heb je haar gevraagd te kiezen?'

'Ik niet. Iemand anders.'

'Walgelijk.'

Hij schokschoudert. 'Dat lijkt me niet al te moeilijk. Het leven draait om keuzes.'

Daar doelde Cate tijdens de reünie dus op toen ze zei dat ze probeerden haar baby af te pakken: ze wilden haar dubbel laten betalen. Haar bankrekening was leeg. Moest ze kiezen? De jongen of het meisje. Hoe kan een moeder een dergelijke beslissing nemen en de rest van haar leven in de ogen van het ene kind staren en daarin een ander kind weerspiegeld zien dat ze nooit heeft gekend?

Pearl is nog steeds aan het woord. 'Ze dreigde naar de politie te stappen. We waarschuwden haar. Ze negeerde het. Dat is het probleem met die lui van tegenwoordig: niemand neemt de verantwoordelijkheid voor zijn handelingen. Bega een vergissing en je betaalt de rekening. Zo is het leven.'

'Heb jij voor jouw vergissingen de rekening betaald?'

'Mijn hele leven lang.' Zijn ogen zijn gesloten. Hij wil me liever weer negeren.

Er wordt geklopt. Pearl haalt het pistool uit zijn riem en richt het op mij, met een vinger tegen zijn lippen. Hij opent de deur op een kier. Ik kan geen gezicht zien. Iemand vraagt iets over een passagier die zoek is. Ze zijn naar mij op zoek.

Pearl gaapt. 'Moet u me daarvoor wakker maken?'

Een tweede stem. 'Neem ons niet kwalijk, meneer.'

'Hoe ziet ze eruit?'

Ik kan het signalement niet verstaan.

'Nou, die heb ik niet gezien. Misschien is ze gaan zwemmen.'

'Dat hoop ik niet, meneer.'

'Oké, en nou moet ik gaan slapen.'

'Sorry, meneer, we zullen u niet meer storen.'

De deur sluit zich. Pearl wacht een moment, zijn oren tegen de deur gedrukt. Gerustgesteld steekt hij het pistool terug in zijn broekriem.

Er wordt opnieuw geklopt. Yanus.

'Waar zat je nou, godverdomme?' vraagt Pearl op hoge toon.

'Ik stond op de uitkijk,' antwoordt Yanus.

'Je had me moeten waarschuwen, eikel.'

'Dat had niet uitgemaakt. Ze kloppen op alle deuren. Ze komen nu niet meer terug.'

Samira schiet met een schreeuw omhoog. De wee is extreem heftig en ik schaar mijn benen om haar heen om haar op haar plaats te houden. Een onzichtbare kracht heeft haar in de greep en bestookt haar lichaam met stuiptrekkingen. Ik voel hoe ik naar haar pijn toe word getrokken. Erin gevangen raak. Ik adem als zij ademt.

Vrijwel meteen komt er een volgende wee. Haar rug kromt zich en haar knieën schieten omhoog.

'Ik moet nu persen.'

'Nee!'

'Het moet.'

Het is zover. Ik kan haar niet tegenhouden. Ik laat me achter haar vandaan glijden, leg haar neer, doe haar benen uit elkaar en trek haar ondergoed uit.

Pearl weet niet goed wat te doen. 'Diep ademhalen, goed zo meisje. Mooie, diepe halen. Heb je dorst? Ik haal een slokje water voor je.'

In de kleine badkamer vult hij een glas water en verschijnt weer.

'Moet je de baarmoederhals niet bekijken?'

'Jij zult er wel alles van weten.'

'Ik heb films gezien.'

'Als je het wilt overnemen, geef je maar een seintje.'

Hij bindt in. 'Wat kan ik doen?'

'Laat wat warm water in de wasbak lopen. Ik moet mijn handen kunnen wassen.'

Samira ontspant haar kaken als de pijn wat afneemt. Haar korte, hortende ademhaling wordt langer. Ze richt zich op Pearl en begint aanwijzingen te geven. Ze heeft dingen nodig: een schaar en draad, klemmen en handdoeken. Even denk ik dat ze ijlt, maar ik besef al snel dat zij meer van het baringsproces weet dan wie van ons ook.

Hij doet de deur open en geeft de aanwijzingen door aan Yanus. Ze maken ruzie. Pearl bedreigt hem

Samira heeft nog een aanwijzing: er mogen geen mannen aanwezig zijn bij de bevalling. Ik verwacht dat Pearl nee zal zeggen, maar zie hem aarzelen.

Ik richt me tot hem. 'Kijk eens om je heen. We kunnen geen kant op. Eén deur en een patrijspoort vijftien meter boven het wateroppervlak.'

Hij stemt toe en kijkt even op zijn horloge. Het is over tweeën. 'Over een uur moet ze weer in de vrachtwagen zijn.' Zijn hand rust op de deurkruk. Hij draait zich om en richt zich tot mij.

'Mijn moeder is een goede katholiek. Anti-abortus, begrijp je? Zij zou zeggen dat er al vijf mensen in deze ruimte zijn, inclusief de baby's. Als ik terugkom, verwacht ik datzelfde aantal te zien. Zorg dat ze blijven leven.'

Hij sluit de deur en Samira ontspant zich iets. Ze vraagt me een flanellen waslap uit de badkamer te halen. Ze vouwt hem een paar keer dubbel en klemt hem tussen haar tanden zodra ze een wee voelt opkomen.

'Waar heb je al die kennis vandaan?'

'Ik heb baby's geboren zien worden,' legt ze uit. 'Soms kwamen er vrouwen naar het weeshuis om te bevallen. Ze lieten de baby's bij ons achter omdat ze ze niet mee naar huis konden nemen.'

Haar weeën komen nu om de veertig seconden. Haar ogen puilen uit en ze bijt hard in het flanel. De pijn ebt weg.

'Jij moet voor me kijken of ik klaar ben,' fluistert ze.

'Hoe?'

'Steek twee vingers in me om te meten.'

'Hoe kan ik het zien?'

'Kijk naar je vingers,' zegt ze. 'Kijk hoe lang ze zijn. Meet daarmee.'

Ik doe wat ze vraagt. Ik heb nog nooit een vrouw zo intiem aangeraakt, ben ook nog nooit zo bang geweest.

'Ik denk dat je klaar bent.'

Ze knikt, klemt haar tanden op het flanel tijdens het eerste deel van de wee en ademt daarna met korte stoten om de pijn te verlichten.

'Ik moet op de grond zien te komen.'

'Ga je bidden?'

'Nee, ik ga een baby krijgen.'

Ze hurkt met haar benen wijd en zet zich met haar armen schrap tussen de bank en de klaptafel. De zwaartekracht zal haar bijstaan.

'Je moet voelen waar het hoofdje zit,' zegt ze.

Mijn hand zit in haar, draaiend en tastend. Ik voel een babyhoofdje. De bovenkant is nu zichtbaar. Zou er nu bloed moeten zijn?

'Als de baby's er eenmaal zijn, zullen ze je vermoorden,' fluistert Samira. 'Je moet weg zien te komen.'

'Later.'

'Nee, je moet gaan.'

'Maak je over mij geen zorgen.'

Er wordt geklopt. Ik doe de grendel los en Pearl overhandigt me een schaar, een bolletje draad en een roestige klem. Achter hem roept Yanus iets. 'Laat dat wijf haar kop houden!'

'Hou je bek. Ze is aan het bevallen!'

Hij valt naar me uit. Pearl duwt hem terug en sluit de deur. Samira is nu aan het persen, drie keer per wee. Ze heeft lange, slanke, maki-achtige voeten, met ruw eelt langs de buitenranden. Haar kin ligt tegen haar hals en vettige haarkrullen vallen over haar ogen.

'Als ik flauwval, moet je zorgen dat de baby's eruit komen. Laat ze niet in me zitten.' Tanden trekken aan haar onderlip. 'Doe wat je moet doen.'

'Ssst.'

'Beloof het.'

'Ik beloof het.'

'Bloed ik erg?'

'Je bloedt. Of het te erg is, weet ik niet. Ik kan het hoofdje van de baby zien.'

'Het doet pijn.'

'Ja.'

Het bestaan vernauwt zich tot ademen, pijn en persen. Ik strijk haar uit haar ogen en hurk tussen haar benen. Haar gezicht verkrampt. Ze schreeuwt in het flanel. Het hoofdje van de baby is eruit. Ik houd het in mijn gebogen hand, voel de kuiltjes en holtes van de schedel. De schouders zitten klem. Voorzichtig steek ik mijn vinger onder het kinnetje en het lichaampje draait zich binnen in haar. Bij de volgende wee verschijnt de rechterschouder, dan de linker, en de baby glijdt mijn handen in.

Een jongen.

'Wrijf met je vinger langs zijn neus,' zegt Samira.

Een vingertopje is hiervoor genoeg. Er klinkt een zacht, hikkend snikje, gereutel en dan ademhaling.

Samira geeft instructies. Ik moet het draad gebruiken om de navelstreng op twee plaatsen af te binden, en daarna tussen de twee knopen knippen. Mijn handen trillen.

Ze huilt. Uitgeput. Ik help haar op bed en ze leunt tegen het tussenschot. Ik wikkel het jongetje in een handdoek, houd hem dicht tegen me aan, ruik zijn warme adem, laat zijn neus langs mijn wang strijken. Wie ben jij eigenlijk, vraag ik me af?

Ik kijk op mijn horloge en prent me de tijd in: 2 uur 55 's nachts. Welke datum is het? 30 oktober. Waar zullen ze zeggen dat hij geboren is? In Nederland of Groot-Brittannië? En wie zal zijn echte moeder zijn? Wat een verwarde manier om een leven te beginnen.

De weeën zijn weer begonnen. Samira kneedt haar buik, zoekend naar de nog niet geboren tweeling.

'Wat is er?'

'Ze ligt de verkeerde kant op. Je moet haar draaien.'

'Ik weet niet hoe dat moet.'

Elke nieuwe wee brengt een kreun van berusting. Ze is bijna te uitgeput om nog te schreeuwen, te moe om te persen. Dit keer moet ik haar rechtop houden. Ze hurkt. Haar dijen spreiden zich.

Ik voel opnieuw in haar, probeer de baby terug te duwen, haar lichaampje te draaien, tegen de zwaartekracht en de weeën in. Mijn handen zijn glibberig. Ik ben bang haar pijn te doen.

'Het komt.'

'Persen nu.'

Het hoofdje verschijnt in een golf van bloed. In een flits zie ik iets wits met blauwe strepen om het nekje gewikkeld.

'Stop! Niet persen!'

Mijn handen glijden langs het gezichtje van de baby tot mijn vingers onder het kinnetje zijn en ik maak de navelstreng los.

'Samira, de volgende keer moet je écht persen. Dat is heel belangrijk.'

De wee begint. Ze perst één keer, twee keer... Niets.

'Persen.'

'Kan ik niet.'

'Dat kun je wel. Nog een laatste keer. Ik beloof het je.'

Ze gooit haar hoofd achterover en onderdrukt een schreeuw. Haar lichaam verstijft en schokt. Er komt een meisjesbaby tevoorschijn, blauw, glibberig, gerimpeld, in mijn twee tot een kom gevouwen handen. Ik wrijf haar neusje. Niets. Ik hou haar op haar zij, met mijn wijsvinger over haar mond en keel wrijvend in een poging het druipende slijm weg te vegen.

Ik leg haar over mijn hand, met haar armpjes en beentjes bungelend, en geef haar een harde tik op de billen. Waarom ademt ze niet?

Ik leg haar op een handdoek en begin met de punten van mijn wijsvingers en middelvingers ritmisch te drukken. Tegelijkertijd buig ik me voorover en blaas lucht in haar mond en neus.

Ik weet iets van reanimatie. Ik heb de cursus gevolgd en verpleegkundigen het tientallen keren zien doen. En nu sta ik in een lichaam te ademen dat nog nooit heeft ademgehaald. Kom op, kleine. Kom op.

Samira hangt half op het bed en half op de grond. Haar ogen zijn gesloten. De eerste van de tweeling is ingebakerd en ligt tussen haar arm en haar zij.

Ik blijf drukken en adem inblazen. Het is als een mantra, een lichamelijke bede. Bijna onopgemerkt komt het nietige borstkasje omhoog en knipperen er oogleden. Blauw is veranderd in roze. Ze leeft. Prachtig.

15

Een jongen en een meisje elk met tien vingers en tien tenen, wipneusjes, kleine oortjes. Heen en weer wiebelend op mijn hakken heb ik zin om te lachen van opluchting, totdat ik mezelf in de spiegel zie. Ik zit onder het bloed en de tranen, maar heb een blik van totale verwondering op mijn gezicht.

Samira kreunt zachtjes.

'Je bloedt.'

'Dat stopt wel zodra ik ze voed.'

Hoe komt het dat ze zoveel weet? Ze is haar buik aan het masseren, die rimpelt en zwabbert van leegte. Ik wikkel het meisje in en leg haar naast Samira.

'Ga nou!'

'Ik kan je niet alleen laten.'

'Alsjeblieft!'

Een gevoel van uitzonderlijke kalmte en zelfvertrouwen vloeit door me heen. Ik heb maar twee mogelijkheden: vechten of ten onder gaan. Ik neem de schaar, weeg hem in mijn hand. Misschien is er een uitweg.

Ik open de deur. Pearl staat op de gang.

'Snel! Ik heb een rietje nodig. Het meisje. Haar longen zitten vol vocht.'

'En als ik dat nou niet heb?'

'Een balpen, een buisje, iets wat erop lijkt. Schiet op!'

Ik sluit de deur. Hij zal de gang aan Yanus overlaten.

Ik neem de baby's over van Samira en leg ze zij aan zij op de badkamervloer, tussen het wasbakje en het toilet. Ik hou mijn handen onder de kraan, spoel het bloed af en was mijn gezicht.

Ik ben getraind in het gebruik van een vuurwapen. Met een pistool kan ik op de overdekte schietbaan vanaf dertig meter de perfecte score halen. Wat heb ik daar nu aan? Mijn vaardigheden met de blote hand zijn defensief gericht, maar ik weet waar de vitale organen zitten. Ik werp opnieuw een blik op de schaar.

Het is een plan dat ik maar één keer kan proberen. Liggend op de badkamervloer kijk ik richting slaapruimte, met de schaar als een ijspriem in een omgekeerde greep. Mijn duim zit door het oog van de schaar gehaakt. Als ik langs mijn tenen kijk zie ik de baby's.

Met een diepe ademteug open ik mijn longen en schreeuw om hulp. Hoe lang zal het duren?

Yanus beukt de deur open, het slot breekt. Hij stormt naar binnen met het mes voor zich uit. Halverwege kijkt hij omlaag. Onder zijn geheven voet ligt de nageboorte, paars glibberend en glinsterend. Ik weet niet wat hij denkt dat het is, maar de mogelijkheden gaan zijn begripsvermogen te boven. Hij deinst terug en ik drijf de schaar in het zachte vlees van zijn knieholte, mikkend op de slagader en de pezen die zijn been bedienen. De knie knikt en hij zwaait zijn arm met een boog omlaag in een poging mij te steken, maar ik lig te laag en het lemmet suist langs mijn oor.

Ik grijp zijn arm en zet hem op slot, priem de schaar in zijn elleboogholte, waarmee ik nog een slagader raak. Het mes glipt uit zijn vingers.

Hij probeert zich te draaien en me vast te grijpen, maar ik ben al buiten zijn bereik. Ik sta op, spring op zijn rug en werk hem naar de grond. Ik zou hem kunnen doden als ik wil. Ik zou het lemmet in zijn nieren kunnen planten.

In plaats daarvan voel ik in zijn zak en haal het afplakband tevoorschijn. Zijn rechterbeen gaat op en neer als de houten ledematen van een marionet. Ik trek zijn goede arm op zijn rug en tape hem in een soort omgekeerde mitella vast. Een ander stuk tape gaat over zijn mond.

Yanus kreunt. Ik grijp hem bij zijn gezicht. 'Luister. Ik heb de slagader in je been doorgesneden en de slagader in je arm. Jou als messenman vertel ik daarmee niets nieuws. Je weet ook dat je doodbloedt als je geen druk houdt op de wonden. Je zult op je hurken moeten gaan zitten en deze arm gebogen moeten houden.

Ik zorg dat iemand je komt helpen. Als je doet wat ik zeg, leef je misschien nog als we aankomen.'

Samira heeft met een merkwaardige afstandelijkheid zitten kijken. Ze kruipt het bed af en doet een paar pijnlijke stappen zijn kant op, om vervolgens voorover te bukken en hem in zijn gezicht te spugen.

'We moeten gaan.'

'Nee, jíj moet gaan. Neem de baby's mee.'

'Niet zonder jou.

Ik pak de kleinste van de tweeling, het meisje, dat me met open ogen ligt aan te kijken. Samira neemt het slapende jongetje. Voorzichtig speur ik de gang af. Pearl zal spoedig terugkomen.

Samira houdt een handdoek tussen haar dijen geklemd. Zo snel als haar toestand toelaat lopen we naar het trappenhuis. De gang is zo smal dat ik tegen de wand bots als ik Samira's arm probeer vast te houden. De mensen slapen. Ik weet niet welke hutten bezet zijn.

Er is een dienstlift. Ik kan de deur niet openen. Samira's benen wankelen. Ik hou haar overeind. Dit is dek 8. De brug is op dek 10. Ze is niet sterk genoeg om de trappen te kunnen nemen. Ik moet haar van de hut weg zien te krijgen en haar ergens verbergen.

Er is een linnenkamer met aan weerszijden planken vol gevouwen lakens en handdoeken. Ik zou haar hier kunnen achterlaten en op hulp uitgaan. Nee, ze mag niet alleen gelaten worden.

Ik hoor iets bewegen. Er is iemand wakker. Ik klop op de deur van de hut, die gehaast opengaat. Een man van middelbare leeftijd in pyjama en grijze sokken. Hij kijkt geërgerd. Uit de V-hals van zijn shirt piept een toef rood haar, waardoor het lijkt of zijn vulling naar buiten komt.

Ik duw Samira voor me uit. 'Help haar! Ik moet een arts zien te vinden!'

Hij zegt iets in het Duits. Dan ziet hij de bebloede handdoek tussen haar benen. Ik druk hem het meisje in zijn armen.

'Wie bent u?'

'Politie. Er is geen tijd om het uit te leggen. Help haar.'

Samira gaat op het bed liggen, haar armen om het andere kindje.

'Niet opendoen. Niemand mag weten dat ze hier is.'

Voordat hij kan protesteren stap ik weer de gang op en ren naar de trap. De passagierslounge is verlaten, op twee ruw uitziende mannen die over hun pints gebogen zitten na. Achter een kassa zit een vrouw haar nagels te vijlen.

Ik roep om de kapitein. Het is niet de wanhoop in mijn stem die de meeste indruk maakt; het is het bloed op mijn kleding. Ik kom van een nachtmerrieachtige plek, uit een andere dimensie.

Rennende mensen. Leden van de bemanning duiken op; ze roepen bevelen en leiden me verder omhoog. Tussen snuivende snikken door stromen de zinnen uit me. Ze luisteren niet naar me. Ze moeten Samira en de tweeling vinden.

De kapitein is een grote man met borstelige wenkbrauwen en een halve cirkel haar die zich over zijn oren en nek aan zijn schedel vastklampt. Zijn wit-blauwe uniform past bij de kleur van zijn ogen.

Hij staat in het midden van de brug, zijn hoofd naar voren gestoken, en hoort me aan zonder enig spoor van scepsis. De toestand van mijn kleren is voldoende bewijs. Er wordt een verpleger geroepen en ook de hoofdwerktuigkundige. Ondertussen heeft de kapitein via de noodfrequenties radioverbinding gemaakt en praat hij met de Britse kustwacht, de douane en de politie op het vasteland. Vanuit Felixtowe is een motorbarkas gestuurd om langszij te komen en vanuit Prestwick in Schotland wordt in allerijl een helikopter geregeld.

Pearl bevindt zich ergens aan boord. Yanus is dood aan het bloeden. Dit duurt te lang.

'U moet naar Samira,' hoor ik mezelf zeggen. Mijn stem klinkt schel en angstig. 'Ze heeft medische verzorging nodig.'

De kapitein laat zich niet opjagen. Hij volgt de protocollen en procedures die zijn vastgelegd voor gevallen van piraterij of noodsituaties op zee. Hij wil weten met z'n hoevelen ze zijn. Zijn ze gewapend? Zullen ze mensen in gijzeling nemen?

De informatie wordt doorgegeven aan de kustwacht en de politie. Het is nog twintig minuten naar de haven. Door enorme glazen ruiten is de naderende kustlijn te zien, die nog steeds in duisternis is gehuld. De brug is hoog geplaatst en kijkt uit over de boeg. Er is niets wat ook maar op een stuurwiel lijkt. In plaats daarvan zijn er computerschermen, knoppen en toetsenborden.

De hoofdwerktuigkundige wil me onderzoeken. Ik schud hem af, stap op de kapitein af en zeg dat hij naar me moet luisteren.

'Ik begrijp dat u een Brits politiefunctionaris bent,' zegt hij kortaf. 'Maar dit is een Nederlands vaartuig en u bent hier niet bevoegd. Mijn verantwoordelijkheid geldt de passagiers en de bemanning. Ik ga hun veiligheid niet in gevaar brengen.'

'Er is zojuist een vrouw bevallen. Ze bloedt. Ze heeft medische verzorging nodig.'

'Over twintig minuten meren we af.'

'Dus u doet niets?'

'Ik wacht mijn instructies af.'

'En de passagiers hier beneden? Ze zijn wakker aan het worden.'

'Ik denk niet dat die in paniek gebracht moeten worden. Onze noodplannen schrijven voor dat passagiers in de Globetrotter Lounge bijeen worden gebracht, waar de meesten zo meteen zullen ontbijten.'

De hoofdwerktuigkundige is een keurige, kleine man met een kostschoolkapsel.

'Gaat u met me mee?'

Hij aarzelt. Ik pak de EHBO-doos van tafel en draai me om om te gaan. De machinist kijkt naar de kapitein, om toestemming vragend. Ik weet niet wat zich tussen hen afspeelt, maar hij blijkt bereid me te volgen.

'Zijn er wapens aan boord?'

'Nee.'

God, wat maken ze het moeilijk! Dit keer gebruiken we een dienstlift om op dek 8 te komen. De deuren gaan open. Het gangpad is verlaten. Op het bovenliggende dek zitten de vrachtwagenchauffeurs, die als eersten van boord zullen gaan.

Op elke hoek verwacht ik Pearl te zien. Dit is voor hem gesneden koek. Zelfs mijn aanwezigheid op de veerboot bracht hem niet van de wijs. Hij stelde gewoon zijn verwachtingen bij en maakte een nieuw plan. Yanus is de meest onvoorspelbare van de twee, maar Pearl is de gevaarlijkste omdat hij in staat is zich aan te passen. Ik kan hem voor me zien, even van zijn à propos doordat hij Samira en de tweeling kwijt is, maar nog altijd zijn kansen op ontsnapping wegend.

Al voordat ik bij de hut ben, kan ik zien dat er iets niet in orde is. Een handvol passagiers verdringt zich op de gang, reikhalzend om over elkaars hoofd heen te kunnen kijken. Tussen hen in staat het echtpaar uit Wales. Mevrouw Jones ziet er zonder lippenstift naakt uit en heeft zich in een grijs trainingspak gehuld dat met moeite haar billen omsluit.

'Ze zitten overal,' zegt ze tegen de anderen. 'Schurken en misdadigers. En wat doet de politie? Niets. Te druk met bonnen uitdelen voor te hard rijden. En als ze al terechtstaan, dan komt er een of andere rechter of magistraat die hen vrijlaat vanwege hun drugsverslaving of moeilijke jeugd. En de slachtoffers dan? Daar hoor je niemand over.'

De deur van de hut staat open, het slot is opengebroken. Op zijn bed zit de Duitse vrachtwagenchauffeur met zijn hoofd naar achteren om zijn bloedneus te stoppen. Van Samira en de tweeling is geen spoor te bekennen.

'Waar zijn ze?' Ik grijp hem bij zijn schouder. 'Waar?'

De woede is niet het ergste. Het moordzuchtige verlangen achter die woede wel.

Mijn mobiele telefoon gaat. We hebben kennelijk bereik. Ik herken het nummer niet.

'Hallo?'

'Hallo,' zegt Pearl. 'Ken je die tv-reclame met dat Duracell-konijntje dat maar blijft gaan en gaan en gaan? Jij hebt wel iets van dat kolerekonijn weg. Jij stopt gewoon niet.'

Er zit een echo in zijn stem. Hij staat op het autodek.

'Waar is ze?'

'Ik heb haar gevonden, kleintje.'

'Ja.'

'En weet je hoe? Het bloed. Jullie hadden een heel spoor achtergelaten.' Op de achtergrond huilt een baby. 'Yanus heb ik ook

gevonden. Je had hem aardig toegetakeld, maar ik heb hem opgelapt.'

'Hij zal doodbloeden.'

'Maak jij je daar maar geen zorgen over, kleintje. Ik laat mijn
vrienden tenminste niet achter.'

Ik ben al op weg en ren door de gang naar de eerste hut. De
hoofdwerktuigkundige heeft moeite me bij te benen. Yanus is weg.
De vloer is glimmend rood en er staan bloederige voetafdrukken
in het gangpad, tientallen.

Mensen zijn ongelooflijk. Ze lopen een schouwspel als dit straal
voorbij en negeren het omdat het hun gewone, banale, alledaagse
begrip te boven gaat.

Hij is nog steeds aan de lijn. 'Jij komt nooit van de boot af,' gil
ik. 'Laat ze gaan. Alsjeblieft.'

'Ik moet de kapitein spreken.'

'Hij zal niet willen onderhandelen.'

'Ik wil godverdomme ook niet onderhandelen! Wij hebben een
gemeenschappelijk belang.'

'Wat dan?'

'Wij willen allebei dat ik dit schip verlaat.'

Mijn hoofd is helderder nu. Anderen nemen beslissingen voor
me. Het is drie uur voor zonsopgang en de kust van Essex ligt ergens voor ons in het duister. Vanaf de brug kan ik de motoren niet
horen en zonder aanknopingspunten lijkt het of de veerboot niet
beweegt. Twee kustwachtschepen varen naast de Stena Brittanica
om ons naar de haven te escorteren. De kapitein communiceert
rechtstreeks met zijn superieuren in Rotterdam.

Ik word erbuiten gehouden, op armlengte afstand, alsof ik een
sta-in-de-weg ben, of erger nog: een hysterische vrouw. Wat had
ik anders kunnen doen? Wijsheid achteraf is een onbarmhartige
leermeester. Ik had Samira en de tweeling nooit alleen moeten
laten. Ik had bij hen moeten blijven. Misschien had ik Pearl wel
de baas gekund.

Mijn gedachten gaan verder terug. Ik had nooit naar Amsterdam moeten gaan om haar te zoeken. Ik heb dingen erger ge-

maakt in plaats van beter. Ziedaar mijn levensverhaal: goede bedoelingen. En een honderdste van een seconde te traag zijn voor de overwinning in een wedstrijd waarin de eerste en de laatste een borstkasdikte uit elkaar lagen.

Hoe zouden ze met Pearl kunnen onderhandelen? Hij is niet te vertrouwen. De hoofdwerktuigkundige geeft me iets warms te drinken.

'Het duurt nu niet lang meer,' zegt hij terwijl hij naar de ramen wijst. De lichten van Harwich duiken op en verdwijnen weer terwijl we op de deining meebewegen. Reusachtige kranen met vier poten en langwerpige bovenkanten lijken wachters bij de toegangspoorten van de stad. Ik blijf bij het raam staan kijken hoe ze dichterbij komen.

De kapitein en de stuurman turen naar schermen terwijl buitencamera's hen helpen het schip te manoeuvreren en het voorzichtig tegen de kade te leggen. We staan zo hoog dat de havenwerkers eruitzien als lilliputters die een reus proberen vast te binden.

Inspecteur Forbes is als eerste aan boord en houdt net lang genoeg stil om mijn kleren met een mengeling van ontzag en walging te bekijken. Hij neemt de telefoon over van de kapitein.

'Vertrouw hem niet!' roep ik door de stuurruimte. Het is het enige wat ik nog kan uitbrengen voordat hij zich aan Pearl voorstelt. Ik kan maar één kant van het gesprek horen, maar Forbes herhaalt hardop de gestelde eisen. Na elke eis klinkt zijn klakkende keelgeluid als een soort leesteken.

Pearl wil dat de hoofddeuren van de veerboot worden geopend en voertuigen worden verplaatst om een doorgang voor zijn vrachtwagen te maken. Niemand mag naderbij komen. Als hij een politieagent ziet op het dek, of als hij een brandalarm hoort afgaan of er zich iets afwijkends of ongewensts voordoet, zal hij Samira en de tweeling doden.

'U moet me meer tijd gunnen,' zegt Forbes. 'Ik heb minstens een uur nodig. Dat is niet lang genoeg. Ik kan het niet in vijftien minuten. Geef me Samira. Ja, daarom wil ik ook met haar praten. Nee, dat wil ik niet. Er mogen geen gewonden vallen.'

Op de achtergrond huilt een van de baby's, of misschien wel allebei. Klinken tweelingen hetzelfde? Harmoniseren ze als ze huilen?

Op de autodekken zijn beveiligingscamera's. Een ervan is op de truck gericht. Yanus is duidelijk te zien achter het stuur. Samira zit op de bijrijdersstoel.

De overige passagiers worden over de loopbruggen geëvacueerd naar het hoofdgebouw van de terminal. Het havengebied is gesloten en afgegrendeld door speciale eenheden in zwarte kogelvrije vesten. Op omringende daken bevinden zich scherpschutters.

In mijn binnenste is het leed van de afgelopen uren verder aangezwollen, wat ademen moeilijk maakt. Ik voel mezelf in de achtergrond wegzinken.

Forbes heeft ermee ingestemd een beperkt aantal voertuigen van het schip te halen om zo een doorgang voor de truck te maken. Terwijl hij aanwijzingen geeft voor de ontruiming loop ik achter de rechercheur de loopplank af naar de kade. Mannen in gele reflecterende vesten gebaren de eerste opleggers de afrit af.

Forbes heeft Pearl op de luidspreker gezet. Hij knikt kalm. Zelfverzekerd. Misschien is het stoerdoenerij. Hij praat boven het geluid van motoren uit en zegt Forbes haast te maken. Langzaam ontstaat er op het autodek een duidelijke doorgang. De Mercedes-truck staat achterin, met felle koplampen en draaiende motor.

Ik begrijp nog steeds niet hoe hij denkt weg te komen. Buiten staan burgerwagens van de politie, in de lucht hangen helikopters. Hij kan ze niet ontlopen.

Yanus is dood aan het bloeden. Zelfs met een verbonden been en onderarm zal zijn bloeddruk blijven teruglopen. Hoe lang duurt het voordat hij het bewustzijn verliest?

'Je weet zeker dat je een pistool hebt gezien?' zegt Forbes, voor het eerst direct tegen mij.

'Ja.'

'Zou hij nog andere vuurwapens kunnen hebben?'

'Ja.'

'Wat voor lading heeft de truck?'

'Deze is leeg. Er staat er nog een op dek 3. Die heb ik niet van-binnen gezien.' Ik geef hem het kenteken.

'Het zou dus een smokkelrit kunnen zijn. Er zijn mogelijk il-legalen aan boord.'

'Dat zou kunnen, ja.'

De laatste opleggers zijn weggehaald. Yanus heeft vrij baan. Pearl is nog steeds bezig instructies te geven. De tweeling is stil.

In een moment van koortsige stilte realiseer ik me dat er iets niet klopt. Pearl is te rustig, te zelfverzekerd. Zijn plan snijdt geen hout. Op het moment dat dit tot me doordringt ben ik al op weg, duw me langs Forbes en sprint de hellingbaan op. De honderd meter is niet mijn favoriete afstand, maar ik loop hem in minder tijd dan de meeste mensen nodig hebben om hun veters vast te maken.

Forbes schreeuwt dat ik moet stoppen. Hij is te laat. Als reactie op de nieuwe gang van zaken geeft hij de teams specialisten op-dracht op te rukken. Zware laarzen stampen achter me aan de hel-lingbaan op en verspreiden zich langs de buitenste rijen vracht-wagens.

Yanus zit nog altijd achter het stuur, starend door de voorruit, niet onder de indruk van mijn nadering. Zijn ogen lijken me te volgen terwijl ik me naar de portiergreep draai en hem open-wring. Zijn handen zijn met tape aan het stuurwiel vastgemaakt. Op de vloer en rond zijn voeten is bloed gestroomd. Ik druk mijn hand tegen zijn nek. Hij is dood.

Samira's handen zijn eveneens vastgebonden. Ik buig me over Yanus heen en raak haar schouders aan. Haar ogen openen zich.

'Waar zijn ze?'

Ze schudt haar hoofd.

Ik zwaai omlaag en ren naar de achterkant van de truck. Het team specialisten heeft de deuren al opengemaakt, karabijnen zwaaien van links naar rechts. De trailer is leeg.

Forbes heeft ons ingehaald, met gepuf en gepiep waarin zijn verkoudheid nog doorklinkt. Ik grijp zijn telefoon. De verbinding is weggevallen.

In de commotie van de daaropvolgende minuten zie ik dingen op halve snelheid en kost het me moeite speeksel te vinden om mijn mond te bevochtigen. Forbes loopt bevelen te blaffen en schopt kwaad tegen de banden van de truck. Als hij niet kalmeert moet iemand hem straks nog neerleggen met een verdovingsgeweer.

De veerboot is afgezet door groepen politieagenten. Niemand mag erop of eraf. In de terminalhal worden passagiers gescreend en ondervraagd. De schijnwerpers rond het havenbassin doen het geheel eruitzien als een reusachtig toneel of filmset, klaar om de camera's te laten lopen.

Yanus kijkt en zit stil, alsof hij op zijn claus wacht. Mijn hart slaat over als ik besef dat ik hem heb gedood. Goed, hij verdiende het, maar ik was degene die het deed. Ik heb hem om het leven gebracht. Mijn kleren zijn nog steeds bevlekt met zijn bloed, naast dat van Samira.

Verplegers tillen haar op een brancard. De handdoek zit nog steeds tussen haar dijen geklemd. Als ik kom aanlopen, leiden de helpers me zorgzaam naar één kant. Ze kan nu niet met me praten. Ik wil zeggen dat het me spijt, dat het mijn schuld is. Dat ik haar nooit alleen had mogen laten. Dat ik bij hen had moeten blijven. Misschien had ik hem kunnen tegenhouden.

Een tijdje later komt Forbes me zoeken.

'Laten we een eindje lopen.'

Instinctief pak ik zijn arm vast. Ik ben bang dat mijn benen me in de steek laten.

'Hoe laat is het?'

'Vijf uur dertig.'

'Volgens mijn horloge vijf uur vijftien.'

'Dat loopt achter.'

'Hoe weet jij dat het jouwe niet voorloopt?'

'Omdat de rederij van die grote joekels van klokken aan de muur heeft hangen die zeggen dat jouw horloge het in vier verschillende tijdzones bij het verkeerde eind heeft.'

We lopen de hellingbaan af, over de kade, weg van de veerboot. Tanks van raffinaderijen en scheepscontainers werpen schaduwen tegen de helder wordende lucht. Wind, rook en voortjagende wolken bewegen boven ons langs.

'Je gelooft niet dat hij nog op de boot zit, hè?' vraagt Forbes.

'Inderdaad.'

Opnieuw een lange stilte. 'We hebben ontdekt dat er aan stuurboordzijde een reddingsboei ontbreekt. Hij kan overboord zijn gesprongen.'

'Dan had iemand hem gezien.'

'We werden afgeleid.'

'Dan nog.'

Ik kan nog altijd de tweeling ruiken en de zachtheid van hun huid voelen. We denken beiden aan hetzelfde: wat is er van hen geworden?

'Je had nooit aan boord van die veerboot moeten gaan,' zegt hij.

'Ik kon niet zeker weten of ze aan boord was of niet.'

Hij haalt een pakje sigaretten uit zijn zak en telt de inhoud.

'Je zou niet moeten roken met een verkoudheid.'

'Ik zou helemaal niet moeten roken. Volgens mijn vrouw kunnen mannen en vrouwen precies dezelfde kwaal hebben, met dezelfde symptomen, maar is het dan altijd de man die er slechter aan toe is.'

'Dat komt doordat mannen hypochonders zijn.'

'Ik heb een andere theorie. Ik denk dat het komt doordat, hoe ziek een vrouw ook is, er altijd een klein deel van haar brein is dat aan schoenen denkt.'

'Ik wed dat je dat niet tegen haar hebt gezegd.'

'Ik ben wel ziek, maar niet achterlijk.'

Zijn houding is veranderd. In plaats van sarcasme en cynisme proef ik bezorgdheid en toenemende vastberadenheid.

'Wie zit hierachter?'

'Samira had het over een Engelsman die zichzelf Brother noemt. Ze zei dat hij een kruis in zijn nek had. Er is iemand die je zou moeten natrekken. Hij heet Paul Donavon. Hij zat bij Cate Beaumont en mij op school. Hij was er die avond bij toen ze werd aangereden.'

'Denk je dat hij hierachter zit?'

'Samira ontmoette Brother in een weeshuis in Kabul. Donavon was met het Britse leger in Afghanistan. Ze richtten zich op wezen omdat dat minder complicaties gaf. Geen families die naar hen op zoek zouden gaan of vragen zouden stellen. Sommigen werden gesmokkeld voor de seksindustrie. Anderen kregen de keuze om draagmoeder te worden.'

'De zwangere illegalen waar jij naar vroeg. Die beweerden allebei wees te zijn.'

Forbes heeft nog altijd zijn sigaret niet aangestoken. Hij hangt tussen zijn lippen en wipt op en neer als hij praat. Over zijn schouder werpt hij een blik op de veerboot.

'Wat betreft die avond.'

'Welke avond.'

'Toen we dat etentje hadden.'

'O ja.'

'Heb ik toen mijn fatsoen weten te houden? Ik bedoel, heb ik me gedragen?'

'Je was een absolute heer.'

'Gelukkig,' mompelt hij. 'Ik bedoel, dat dacht ik ook.' Stilte. 'Je hebt toen iets meegenomen wat niet van jou is.'

'Ik beschouw het liever als gedeelde informatie.'

Hij knikt. 'Misschien zou je eens na moeten denken over je loopbaankeuze, agent Barba. Ik weet niet of jij wel een, zoals ik het noem, teamspeler bent.'

Hij kan niet blijven. Er is een debriefing waar hij bij moet zijn en die pittig wordt. Zijn superieuren zullen willen weten hoe hij Pearl heeft kunnen laten ontkomen. En als de media hier eenmaal lucht van krijgen, zal het voorlopig nog niet uit de aandacht zijn verdwenen.

Forbes kijkt naar mijn kleren. 'Als hij niet meer op de veerboot zit, hoe is hij er dan af gekomen?'

'Hij zou nog steeds aan boord kunnen zijn.'

'Dat geloof je zelf niet.'

'Nee. Wat dacht je van de bemanning?'

'Denk je dat hij een uniform heeft gepikt?'

'Dat is een mogelijkheid.'

Hij draait zich abrupt om en beent weg in de richting van de wachtende politiewagens. De beelden van de bewakingscamera's zullen hoogstwaarschijnlijk het antwoord gaan leveren. Op elke uithoek van de kade en op elk dek van het schip hangen camera's. Een ervan moet Pearl toch hebben vastgelegd.

'Bananen,' roep ik hem na.

'Pardon?'

'Mijn moeders middeltje tegen verkoudheid.'

'Je zei dat je nooit naar haar luisterde.'

'Bijna nooit.'

De afgelopen tijd zijn er te veel ziekenhuizen geweest. Te veel lange zitten op ongemakkelijke stoelen, te veel snacks uit automaten en bekers met instantkoffie en poedermelk. Dit ziekenhuis ruikt naar gekookt eten en uitwerpselen, en er liggen macabere geblokte tegels op de gangen, gladgesleten door de rolwagens.

Ruiz belde me vanuit Hull, waar zijn veerboot afmeerde. Hij wilde me komen ophalen, maar ik heb hem gezegd naar huis te gaan en te rusten. Hij heeft genoeg gedaan.

'Wordt er voor je gezorgd?'

'Het gaat prima.'

'Samira?'

'Die herstelt wel.'

Ik hoop dat ik gelijk heb. Ze slaapt al tien uur en werd zelfs niet wakker toen ze haar uit de ambulance tilden en naar een eigen kamer reden. Daar heb ik zitten wachten, wegdoezelend in mijn plastic stoel, met mijn hoofd naast haar schouder op het bed.

Het is halverwege de middag als ze uiteindelijk wakker wordt. Ik voel het matras bewegen, sla mijn ogen op en kijk in de hare.

'Ik moet naar de wc,' fluistert ze.

Ik pak haar bij haar elleboog en help haar naar het zijkamertje.

'Waar ben ik?'

'In een ziekenhuis.'

'Welk land?'

'Engeland.'

Een instemmend knikje, maar geen teken van een reis die is volbracht of een doel dat is bereikt.

Ze wast haar gezicht, oren, handen en voeten, intussen zachtjes in zichzelf pratend. Ik pak haar weer bij de arm en begeleid haar terug naar het bed.

Ze gebaart naar het raam, ze wil naar buiten kijken. Boven de daken en tussen de gebouwen door is nog net de Noordzee te zien. Hij heeft de kleur van mat staal.

'Als kind vroeg ik me altijd af hoe de zee eruit zou zien,' zegt ze. 'Ik had er alleen foto's van gezien in boeken en op tv.' Ze staart naar de horizon.

'En hoe vind je hem nu?'

'Hij lijkt wel hoger dan het land. Waarom kan het water niet binnenrollen en ons wegspoelen?'

'Dat gebeurt ook weleens.'

Ik zie dat ze een handdoek in haar hand heeft. Ze wil hem als gebedskleed gebruiken, maar weet niet welke kant Mekka op ligt. Ze draait langzaam rond als een kat die zich aan het nestelen is.

Er staan tranen in haar ogen en haar lippen trillen terwijl ze worstelt met de woorden.

'Ze zullen straks honger hebben. Wie zal ze voeden?'

BOEK DRIE

Love and pain are not the same. Love is put to the test – pain is not. You do not say of pain, as you do of love: 'That was not true pain or it would not have disappeared so quickly.'

'The Blue Afternoon', William Boyd

Sinds de geboorte van de tweeling ben ik 's nachts talloze malen verdronken, trappelend en rukkend aan het beddengoed. Ik zie kleine lichamen in velden zeewier drijven of aanspoelen op stranden. Mijn longen geven het op voordat ik bij ze kan komen en laten me naar adem snakkend en verdoofd door een duistere angst achter. Ik vraag me af of er zoiets bestaat als een gezwollen hart.

Ook Samira is wakker. Om drie uur 's ochtends loopt ze door het huis alsof haar voeten met de grond hebben afgesproken dat zij altijd lichtvoetig zal lopen en in ruil daarvoor nooit meer een pad zal tegenkomen dat te steil is.

Er zijn vijf dagen verstreken sinds de verdwijning van de tweeling. Pearl is door de kieren gezakt en verdwenen. We weten hoe hij van het schip af is gekomen. Een bewakingscamera op dek 3 pikte een man op met een veiligheidshelm en reflecterend jack, die niet als een van de bemanningsleden kon worden geïdentificeerd. Op het materiaal kwam zijn gezicht niet duidelijk in beeld, maar wel was te zien dat hij een reiskooi voor huisdieren droeg. In de vierkante doos van grijs plastic hadden twee Siamese katten moeten zitten, die echter ronddolend in een trappenhuis werden aangetroffen.

Een andere camera op het douaneterrein gaf de helderste beelden van de onbekende man. Op de voorgrond worden trucks gescand met infraroodapparatuur voor het opsporen van illegalen. Op de achtergrond echter, aan de rand van het beeld, is een pompoenvormige caravan zichtbaar die achter een oud model Range Rover hangt. Te zien is hoe de heer en mevrouw Jones uit Cardiff na doorzocht te zijn hun belastingvrije aankopen en souvenirs opnieuw inpakken. Als de auto en caravan wegrijden is op het asfalt naast de plek waar zij geparkeerd stonden een vierkante grijze reiskooi te zien.

Het echtpaar uit Wales werd zondag kort na de middag op de M4 even ten oosten van Reading aangehouden. De caravan was leeg, maar op de tafel en de aluminium deur werden Pearls vingerafdrukken aangetroffen. Het echtpaar was bij een benzinepomp aan de M25 gestopt om te tanken. Een kassamedewerker kon zich herinneren dat Pearl zuigflessen en babymelkpoeder kocht. Kort daarna, om 10.42 uur, werd gemeld dat er van een aanpalend parkeerterrein een auto was gestolen. Het voertuig is nog niet teruggevonden.

Forbes leidt het onderzoek, in nauw contact met Spijker in Amsterdam. Ze hebben hun krachten gebundeld en laten hun gezamenlijke wilskracht op het probleem los. Ze zijn de namen van de ivf-kliniek aan het vergelijken met de gegevens van de Britse Immigratiedienst.

Tegenover de pers zijn geen mededelingen gedaan over de vermiste tweeling. Inspecteur Forbes heeft die beslissing genomen. Gestolen kinderen zorgen voor dramatische krantenkoppen en hij wil paniek voorkomen. Een jaar geleden werd een pasgeborene weggegrist uit een ziekenhuis in Harrogate en werden er de eerste twee dagen twaalfhonderd vermeende waarnemingen gemeld. Moeders werden lastiggevallen op straat en als kidnappers behandeld. Huizen werden onnodig bestormd. Onschuldige gezinnen hadden te lijden.

De enige openbare mededeling had betrekking op Pearl, voor wie een arrestatiebevel is uitgevaardigd. Het zoveelste. Ik zal mijn pistool weer moeten gaan dragen. Zolang hij op vrije voeten is, zal ik het bij me houden. Ik wil Samira niet nog een keer kwijtraken.

Ze logeert bij me sinds ze woensdag het ziekenhuis heeft verlaten. Hari heeft de logeerkamer afgestaan en slaapt beneden op een bedbank. Hij lijkt nogal gecharmeerd van onze logee. Sinds kort draagt hij overal in huis een shirt, omdat hij voelt dat ze zijn andere dracht afkeurt.

Ik moet voor een tuchtcommissie van de politie verschijnen. Plichtsverzuim, liegen en misbruik van gezag zijn nog maar drie van de aanklachten. Het feit dat ik niet op Hendon ben verschenen is nog de minste zorg. Barnaby Elliot heeft me beschuldigd van intimidatie en brandstichting. Het onderzoek staat onder supervisie van de klachtencommissie van de politie. Ik ben schuldig tot het tegendeel bewezen is.

Op de gang spoelt een toilet door. Een lichtschakelaar klikt uit. Een paar minuten later klink het zoemgeluid van een machine en het ritmische zuigen van een elektrisch kolfapparaat. Samira's melkproductie is op gang gekomen en ze moet elke zes uur afkolven. Het geluid van de pomp is merkwaardig slaapverwekkend. Ik doe mijn ogen weer dicht.

Ze heeft niets gezegd over de tweeling. Ik vraag me telkens af wanneer ze zal instorten, in stukken gebroken door het verlies. Zelfs toen ze in het mortuarium van Westminster Hasans lichaam identificeerde hield ze alles binnen.

'Het is niet erg om te huilen,' zei ik tegen haar.

'Daarom heeft Allah ons tranen geschonken,' antwoordde ze.

'Denk je dat God hier een rol in speelt?'

'Hij zou mij dit lijden niet schenken als Hij niet dacht dat ik het kan verdragen.'

Hoe kan ze zo wijs zijn en tegelijkertijd zo aanvaardend? Gelooft zij echt dat dit onderdeel is van een of ander groots overkoepelend plan, of dat Allah haar zo wreed op de proef zou stellen?

Een dergelijk geloof lijkt volkomen middeleeuws, en toch is ze leergierig. Dingen die ik vanzelfsprekend vind, vindt zij fascinerend, zoals de centrale verwarming, toiletten met twee spoelstanden en mijn wasmachine-drogercombinatie. In Kabul moest ze water de trap op dragen naar hun flat en viel de stroom bijna dagelijks uit. In Londen heeft elke straat verlichting die de hele nacht brandt. Samira vroeg of wij Britten misschien bang zijn voor het donker. Ze begreep niet waarom ik moest lachen.

Gisteren nam ik haar mee uit winkelen in Canary Warf, voor kleding. 'In heel Afghanistan is niet zo veel glas als hier,' zei ze, wijzend naar de kantoortorens die in de ochtendzon schitterden. Ik kon zien hoe ze de kantoorwerkers observeerde die in de rij stonden voor koffie en 'light' muffins, de vrouwen in nauwsluitende rokken, strakke topjes en jasjes, terwijl ze vluchtig een hand door hun korte haar haalden en in hun mobiele telefoons babbelden.

De kledingboetieks waren te veel voor haar. De winkelmeisjes gingen gekleed als begrafenisgangers en de winkels voelden aan als uitvaartcentra. Ik zei Samira dat er een betere plek was om kleren op te duiken. We gingen op pad naar Commercial Road, waar kledingstukken opeengepakt aan rekken hingen en uit bakken puilden. Ze koos twee rokken uit: een bloes met lange mouwen en een vest. Bij elkaar was het minder dan zestig pond.

Ze bestudeerde de biljetten van twintig pond.

'Is dat jullie koningin?'

'Ja.'

'Ze ziet eruit alsof ze haar in gips hebben gedoopt.'

Ik moest lachen. 'Ja, nou je het zegt.'

Overal hingen kerstversieringen. Zelfs de bagelbakkerij en de halalslager hadden kerstlampjes en nepsneeuw. Samira stopte even om in de etalage van een restaurant het kreeftenaquarium te bekijken.

'Ik ga nooit in zee zwemmen.'

'Waarom niet?'

'Ik wil niet een van die beesten tegenkomen.'

Volgens mij had ze visioenen van kreeften die krioelend over elkaar heen kropen, net als in het aquarium.

'Voor jou moet zoiets als dit sciencefiction zijn.'

'Science? Fiction?'

'Dat betekent "als in een fantasie". Onwerkelijk.'

'Ja, onwerkelijk.'

Door Londen door haar ogen te zien heb ik een nieuwe kijk op de stad gekregen. Zelfs het meest alledaagse tafereel wordt nieuw leven ingeblazen. Toen ik haar meenam de trap af om de ondergrondse te nemen hield ze mijn hand vast terwijl een naderende trein door de tunnel raasde en, zoals zij het noemde, klonk als een 'monster in een grot'.

De achteloze weelde die uitgestald ligt is gênant. In het East End zijn meer dierenartsen dan er artsen waren in Kabul. En de dieren zijn beter gevoed.

314

Het kolven is gestopt. Ze heeft Hari's tv aangezet en zapt van zender naar zender. Ik laat me uit bed glijden, loop op mijn tenen de gang over en klop op haar deur. Ze heeft mijn oude peignoir aan, die met een geborduurde uil op een van de zakken.

'Kun je niet slapen?'

'Nee.'

'Ik maak een slaapdrankje voor ons klaar.'

Haar ogen worden groot.

Ze volgt me de trap af, door de hal de keuken in. Ik doe de deur dicht, pak een fles melk uit de koelkast en schenk twee mokken vol. Twee minuten in de magnetron en ze staan te dampen. Ik breek stukken donkere chocola af, laat ze in de melk vallen en kijk hoe ze smelten. Samira vist de smeltende brokken eruit met haar lepeltje en likt het schoon.

'Vertel me eens over je familie.'

'De meesten van hen zijn dood.'

Ze likt nog eens aan het lepeltje. Ik breek meer stukken chocola af en doe ze in haar mok.

'Had je een grote familie?'

'Niet echt. In Afghanistan overdrijven mensen wat hun familie allemaal heeft gedaan. Die van mij niet uitgezonderd. Een van mijn voorouders zou met Marco Polo naar China zijn gereisd, beweren ze, maar ik geloof dat niet. Ik denk dat hij een smokkelaar was die buskruit van India naar Afghanistan bracht. De koning hoorde hoe betoverend het was en vroeg om een demonstratie. Volgens mijn vader vlogen er wel duizend vuurpijlen langs de hemel. Bamboe kastelen dropen van het vuur. Vuurwerk werd het familiebedrijf. De recepten werden van vader op zoon doorgegeven, en aan mij.'

Ik herinner me de uit Hasans spullen afkomstige foto van een fabriek met in rijen opgestelde arbeiders ervoor, de meesten met ontbrekende ledematen of ogen, of op een andere manier incompleet. Hasan had littekens van brandwonden op zijn armen.

'Het moet gevaarlijk werk zijn geweest.'

Samira steekt haar handen omhoog en laat haar vingers zien. 'Ik ben een van degenen die geluk hebben gehad.' Ze klinkt bijna teleurgesteld. 'Mijn vader raakte allebei zijn duimen kwijt toen er een voetzoeker ontplofte. Oom Rashid verloor zijn rechterarm en zijn vrouw haar linker. Ze hielpen elkaar bij het koken, het naaiwerk en autorijden. Mijn tante schakelde en mijn oom stuurde. Mijn vaders andere broer, Farhad, raakte zijn vingers kwijt bij een groot vuurwerk. Hij was een bedreven gokker, maar begon te verliezen toen hij niet meer zelf de kaarten kon schudden.

Mijn grootvader heb ik nooit gezien. Hij kwam vóór mijn geboorte om bij een fabrieksontploffing. Bij dezelfde brand kwamen nog twaalf mensen om, onder wie twee van zijn broers. Mijn vader zei dat het een offer was dat alleen onze familie in staat was te brengen. Eén hand is genoeg om te zondigen, zei hij. Eén hand is genoeg om te redden.'

Ze kijkt naar de donkere rechthoek die het raam is. 'Het was onze roeping om de hemel te beschilderen. Mijn vader geloofde dat onze familie op een dag een vuurpijl zou maken die de weg naar de hemel zou verlichten. In de tussentijd zouden we vuurpijlen maken die de blik van Allah zouden trekken, in de hoop dat Hij onze familie zou zegenen en ons geluk en goede gezondheid zou schenken…' Ze zwijgt even en denkt na over de ironie van haar uitspraak. Roerloos zit ze schuin over de tafel gebogen, sterk en toch breekbaar. Haar starende blik lijkt van diep achter in haar ogen te komen.

'Wat is er van de fabriek geworden?'

'De talibs hebben hem dichtgegooid. Vuurwerk was zondig, zeiden ze. Mensen vierden feest toen ze verschenen. Ze zouden de krijgsheren een halt toeroepen en een eind maken aan de corruptie. Dingen veranderden, maar niet ten goede. Meisjes mochten niet naar school. Ramen werden dichtgeschilderd, zodat vrouwen niet meer konden worden gezien. Er was geen muziek of tv of video's, geen kaartspelen, geen vliegers. Ik was acht en ze dwongen me een boerka te dragen. Ik mocht geen dingen kopen bij mannelijke winkeliers. Ik mocht niet met mannen praten. Ik mocht niet lachen in het openbaar. Vrouwen moesten er onopvallend uitzien. Onzichtbaar zijn, onwetend. Mijn moeder gaf ons in het geheim les. De boeken werden elke avond verstopt, ons huiswerk moesten we vernietigen.

Mannen met baarden en tulbanden patrouilleerden over straat, de oren gespitst of ze muziek of video's hoorden spelen. Ze sloegen mensen met in water geweekte zwepen en met kettingen. Sommigen werden afgevoerd en kwamen niet meer terug.

Mijn vader nam ons mee naar Pakistan. We leefden in een kamp. Daar stierf mijn moeder en mijn vader gaf zichzelf de schuld. Op een dag kondigde hij aan dat we naar huis teruggingen. Hij zei dat hij liever verhongerde in Kabul dan te moeten leven als een bedelaar.'

Ze valt stil en schuift heen en weer op haar stoel. De motor van de koelkast komt rammelend tot leven en ik voel eenzelfde soort siddering door me heen gaan.

'De Amerikanen wierpen vanuit de lucht strooibiljetten waarin stond dat ze ons kwamen bevrijden, maar er was niets meer om ons van te bevrijden. Desondanks juichten we omdat de talibs waren vertrokken, als bange honden. Maar de Noordelijke Alliantie was niet veel anders. We hadden geleerd niet te veel te verwachten. In Afghanistan slapen we met de doornen en niet met de bloemen.'

De inspanning die het haar heeft gekost om herinneringen op te halen heeft haar slaperig gemaakt. Ik spoel de mokken om en volg haar naar boven. Bij mijn deur blijft ze staan. Ze wil iets vragen.

'Ik ben niet gewend aan de rust.'

'Vind jij Londen rustig?'

Ze aarzelt. 'Zou ik misschien bij jou op de kamer mogen slapen?'

'Is er iets niet goed? Het bed?'

'Nee.'

'Ben je bang?'

'Nee.'

'Wat is er dan?'

'In het weeshuis sliepen we op de grond, in dezelfde kamer. Ik ben het niet gewend om alleen te zijn.'

Mijn hart krimpt samen. 'Waarom heb je niet eerder wat gezegd? Natuurlijk kun je bij mij slapen.'

Ze haalt een deken en spreidt hem uit op de grond naast mijn klerenkast.

'Mijn bed is groot genoeg voor ons allebei.'

'Nee, dit is beter.'

Ze rolt zich op op de grond en ademt zo zachtjes dat ik de neiging heb te kijken of ze er nog is.

'Welterusten,' fluister ik. 'Dat je maar tussen de bloemen mag slapen, in plaats van tussen de doornen.'

De volgende ochtend verschijnt inspecteur Forbes vroeg als altijd. Gekleed in een antracietkleurig pak en gele das is hij klaar om de pers te woord te staan. De radiostilte naar de media is opgeheven. Hij heeft hulp nodig bij zijn zoektocht naar de tweeling.

Ik ga hem voor naar de keuken. 'Je verkoudheid klinkt al beter.'

'Ik kan geen banaan meer zien.'

Hari zit met Samira in de voorkamer. Hij laat haar zijn oude X-Box zien en probeert uit te leggen wat er allemaal mee kan.

'Je kunt mensen neerschieten.'

'Waarom?'

'Voor de lol.'

'Waarom zou je voor de lol mensen neerschieten?'

Ik kan Hari's teleurstelling bijna horen. Arme jongen. De twee hebben iets gemeen. Hari studeert chemische techniek en Samira weet meer van chemische reacties dan wie van zijn docenten ook, zegt hij.

'Het is een apart grietje,' zegt Forbes fluisterend.

'Hoe bedoel je?'

'Ze zegt niet veel.'

'De meeste mensen praten te veel en hebben niets te melden.'

'Wat is ze van plan te gaan doen?'

'Weet ik niet.'

Wat zou ik doen als ik in haar schoenen stond? Ik ben nog nooit van vrienden of familie afgesneden geweest of gestrand in een vreemd land (tenzij je Wolverhampton meerekent, dat echt al behoorlijk vreemd is).

Hari komt de keuken binnenlopen en kijkt nogal zelfvoldaan.

'Samira gaat me leren hoe ik vuurwerk moet maken,' meldt hij terwijl hij een koekje pakt van het schoteltje van Forbes.

'Zodat je jezelf kunt opblazen.'

'Ik ben heel voorzichtig.'

'O ja. Zoals die keer dat je die koperen buis met buskruit vulde en een gat in de gevelbetimmering blies.'

'Toen was ik vijftien.'

'Oud genoeg om beter te weten.'

'Zondag is het Guy Fawkes' Night. We gaan een donderster maken.'

'En dat is?'

'Een vuurpijl die fluit en witte en rode sterren spuugt, met een saluut aan het eind.'

'Aha, een saluut.'

'Een grote knal.'

Hij heeft al een lijst met ingrediënten opgesteld: kaliumnitraat, zwavel, bariumchloraat en koperpoeder. Ik heb geen idee wat dit spul doet, maar ik zie bijna voor me hoe het vuurwerk in zijn ogen ontploft.

Forbes bekijkt het lijstje. 'Is dit spul toegestaan?'

'We gaan niet verder dan tot acht centimeter dik.'

Het is geen antwoord op de vraag, maar de inspecteur laat het erbij.

Hoewel ze niets zegt over de tweeling twijfel ik er niet aan dat ze aan hen denkt, net als ik. Er gaat vrijwel geen minuut voorbij of mijn gedachten dwalen weer naar hen af. Ik kan hun huid tegen mijn lippen voelen en hun smalle ribbenkastjes zien bewegen bij elke ademhaling. Het meisje had moeite met ademhalen. Misschien waren haar longetjes niet volgroeid. We moeten haar vinden.

Forbes heeft het portier opengedaan en wacht tot Samira achterin plaatsneemt. Ze heeft haar nieuwe kleren aan: een lange wollen rok en witte bloes. Ze lijkt heel beheerst. Kalm. Ze draagt een landschap in zich waar ik nooit bij zal kunnen komen.

'Je hoeft straks geen vragen te beantwoorden,' legt hij uit. 'Ik zal je helpen een verklaring op te stellen.'

Hij rijdt voorovergebogen over het stuur en kijkt met een frons naar de weg alsof hij het stadsverkeer haat. Ondertussen praat hij. Spijker en hij hebben vijf asielzoeksters achterhaald die in de fertiliteitskliniek zwanger zijn gemaakt en die daarna in het Verenigd Koninkrijk zijn opgedoken.

'Ze geven alle vijf toe een kind gebaard te hebben en beweren dat de baby's hun zijn afgenomen. Ze hebben elk vijfhonderd pond gekregen en te horen gekregen dat hun schuld was ingelost.'

'Waar zijn ze bevallen?'

'Een privé-adres. Ze konden geen precieze locatie geven. Ze waren daar in het laadruim van een bestelbusje met afgeplakte ramen heen gebracht. Twee van hen hadden het over vliegtuigen die binnenkwamen om te landen.'

'Ligt het onder een aanvliegroute?'

'Dat denk ik, ja.'

'Geboorten moeten worden aangegeven. Op die manier kunnen we de baby's ongetwijfeld vinden.'

'Het is niet zo simpel als jij denkt. Normaliter brengt het ziekenhuis of de zorginstelling de burgerlijke stand op de hoogte van een geboorte, maar niet als die in een privé-woning of buiten de nationale gezondheidszorg om plaatsvindt. In dat geval is het aan de ouders. En hoe gaat dat dan? Ma en pa hoeven niet eens bij de burgerlijke stand te verschijnen. Ze kunnen iemand anders sturen die bij de bevalling aanwezig was, of de eigenaar van het huis.'

'Is dat alles? En hoe zit het dan met doktersattesten en medische rapporten?'

'Niet nodig. Het kost meer papierwerk om een auto te laten registreren dan een baby.'

We passeren het Royal Chelsea Hospital op de Embankment, gaan linksaf over Albert Bridge en rijden om Battersea Park heen.

'Hoe zit het met dokter Banerjee?'

'Hij geeft toe dat hij Cate Beaumont haar overtollige embryo's heeft overhandigd, maar zegt niets te weten van het plan voor draagmoederschap. Ze zei hem dat ze naar een andere fertiliteits-kliniek zou gaan die een hoger slagingspercentage had.'

'En u gelooft hem?'

Forbes haalt zijn schouders op. 'De embryo's behoorden haar toe. Ze had alle recht ze mee te nemen.'

Dit verklaart nog altijd niet waarom Banerjee tegen mij loog. Of waarom hij opdook op mijn vaders verjaardagsfeestje.

'En Paul Donavon?'

'Hij maakte twee missies naar Afghanistan mee en zat zes maanden in Irak. Kreeg de Queen's Gallantry Medal. Die vent is verdomme een roodkoperen held.'

Samira heeft geen woord gezegd. Soms heb ik het idee dat ze is afgehaakt of zich heeft afgewend, of andere stemmen volgt.

'We zijn bezig contact op te nemen met het weeshuis in Kabul en twee andere in Albanië en Rusland,' zegt Forbes. 'Hopelijk kunnen die ons meer vertellen dan alleen een bijnaam.'

De vergaderzaal is een kale, raamloze ruimte met plastic stoelen en lichtbollen vol verbrande vliegjes. Dit was ooit het gebouw van de Nationale Criminele Inlichtingen Dienst, dat inmiddels is verbouwd en omgedoopt tot onderkomen voor het nieuwe misdaad-bestrijdingsagentschap, inclusief nieuwe initialen. Ondanks alle persaandacht en geavanceerde apparatuur doet het AGZM mij eerder denken aan Loch Ness dan aan Elliot Ness, jagend op schimmige monsters die zich op donkere plekken schuilhouden.

De voorste rij is in beslag genomen door radioverslaggevers die bezig zijn het logo van hun zender op de microfoons te plakken. In de middelste rijen zitten dagbladjournalisten onderuitgezakt, terwijl hun collega's van de televisie, met wittere tanden en beter gekleed, achterin staan.

Tijdens mijn inspecteursopleiding op Bramshill moesten we in groepjes een lijkschouwing bijwonen. Ik zag de patholoog sectie verrichten op het lijk van een kampeerder die na twee weken was gevonden.

Terwijl hij een glazen potje omhooghield, zei hij: 'Dit knaapje hier is een Sarcophaga-vlieg, maar ik noem hem altijd onze misdaadrapporteur. Let op de rode dronkemansoogjes en zijn grijze geblokte buik, waar bloedvlekken zo lekker op blijven zitten. Belangrijker is echter dat hij een lijk altijd als eerste opmerkt...'

Forbes kijkt op zijn horloge. Het is elf uur precies. Hij doet zijn das recht en trekt even aan de mouwen van zijn pak.

'Ben je er klaar voor?'

Samira knikt.

Flitslampen gaan af en verblinden me terwijl ik achter Samira aan naar de vergadertafel loop. Fotografen vechten om een plekje, hun camera's boven hun hoofd als in een merkwaardige schommeldans.

Forbes biedt Samira een stoel aan, reikt over tafel naar een kan water en schenkt voor haar een glas vol. Zijn ietwat pokdalige gezicht is bleek in het felle licht van de tv-ploegen.

Hij schraapt zijn keel en begint. 'We zijn bezig met een onderzoek naar de ontvoering van twee pasgeboren baby's, een tweeling van een jongen en een meisje, geboren zondag, vroeg in de ochtend, aan boord van een veerboot die onderweg was van Hoek van Holland naar Harwich. De Stena Brittanica meerde om 3 uur 36 in de ochtend aan en de baby's zijn dertig minuten eerder voor het laatst gezien.'

Flitslampen flitsen in zijn ogen.

Forbes maakt geen melding van babyhandel of illegaal draagmoederschap. In plaats daarvan beperkt hij zich tot de details van de reis en de ontvoering. Op het scherm achter hem wordt een afbeelding van Brendan Pearl geprojecteerd, met een gedetailleerde beschrijving.

'Agent Barba was op de terugreis van een kort verblijf in Amsterdam toen ze op een mensensmokkeloperatie stuitte. Ze hielp de tweeling ter wereld brengen, maar kon niet voorkomen dat de baby's werden weggenomen.

Ik wil met nadruk verklaren dat het hier niet om een ruzie in de huiselijke sfeer gaat en dat Brendan Pearl geen familiebanden heeft met de tweeling. Pearl is voorwaardelijk vrijgelaten in het kader van het Goede Vrijdag-akkoord. Hij wordt als gevaarlijk beschouwd. We raden mensen aan hem onder geen beding aan te spreken, en de politie te bellen als ze zijn verblijfplaats kennen. Juffrouw Khan zal nu een korte verklaring afleggen.'

Hij schuift de microfoon naar Samira. Ze bekijkt hem argwanend en vouwt een vel papier open. De flitslampen zorgen voor een muur van licht en ze struikelt over de eerste woorden. Iemand roept dat ze harder moet praten. Ze begint opnieuw: 'Ik wil iedereen bedanken die de afgelopen dagen voor me heeft gezorgd, met name juffrouw Barba voor haar hulp toen ik op de veerboot van de tweeling beviel. Ik ben ook de politie dankbaar voor alles wat die heeft gedaan. Ik roep de man die de tweeling heeft ontvoerd op ze terug te brengen. Ze zijn heel klein en hebben medische verzorging nodig. Breng ze alstublieft naar een ziekenhuis of laat ze op een veilige plek achter.'

Samira kijkt op van het papier. Ze gaat van haar script afwijken. 'Dit vergeef ik je, maar Zala vergeef ik je niet. Daarvoor hoop ik dat je eeuwig zult lijden, elke seconde van elke dag van de rest van je leven.'

Forbes houdt zijn hand over de microfoon in een poging haar te stoppen. Samira staat op om te gaan. Vanuit de zaal worden vragen geroepen.

'Wie is Zala?'

'Kende u Brendan Pearl?'

'Waarom heeft hij uw baby's ontvoerd?'

In het verhaal zitten meer gaten dan in de stemkaarten in Florida. De journalisten ruiken dat hier een groter verhaal in zit. Het decorum sneuvelt.

'Is er losgeld geëist?'

'Hoe kon Pearl met de tweeling van de veerboot af komen?'

'Denkt u dat ze nog in leven zijn?'

Samira krimpt ineen onder de vragen.

'Hebben ze al namen?'

Ze draait zich om naar de vragensteller en knippert met haar ogen in het flitslicht. 'Een maagd kan dingen naamloos laten, een moeder moet haar kinderen een naam geven.'

Het antwoord brengt de zaal tot zwijgen. Mensen kijken elkaar aan, zich afvragend wat ze bedoelt. Moeders? Maagden? Wat heeft dat er nou mee te maken?

Forbes' schouders staan strak van woede.

'Godverdomme, wat een ramp,' moppert hij als ik hem op de gang achterhaal.

'Zo erg was het nou ook weer niet.'

'God weet wat ze morgen zullen schrijven.'

'Ze zullen schrijven over de tweeling. Dat is waar het ons om gaat. We gaan ze vinden.'

Hij houdt ineens stil en draait zich om. 'Dat is nog maar het begin.'

'Wat bedoel je?'

'Ik wil je iemand laten zien.'

'Wanneer?'

'Nu.'

'Vandaag zijn de begrafenisplechtigheden.'

'Het duurt niet lang.' Hij kijkt voor ons uit. Samira staat te wachten bij de lift. 'Ik zorg dat ze wordt thuisgebracht.'

Twintig minuten later houden we stil voor een blok victoriaanse herenhuizen in Battersea, met uitzicht op het park. Krullende takken van een blauweregen, naakt en grijs, omlijsten de benedenramen. De hoofdingang is open. Er staat een lege kinderwagen, klaar voor een uitstapje. Ik hoor de moeder de trap af komen. Ze is aantrekkelijk, ergens in de dertig. Op haar arm heeft ze een baby, te oud om een van de tweeling te zijn.

'Mevrouw Piper?'

'Ja.'

'Ik ben inspecteur Forbes van de recherche. Dit is agent Barba.'

Haar glimlach verflauwt. Nauwelijks waarneembaar verstevigt ze haar greep op het kind. Een jongetje.

'Hoe oud is hij?' vraag ik.

'Acht maanden.'

'Wat een knappe jongen ben jij.' Ik buig me voorover. De moeder buigt zich achterover.

'Hoe heet hij?'

324

'Jack.'

'Hij lijkt op u.'

'Hij heeft meer weg van zijn vader.'

Forbes onderbreekt ons. 'We hoopten dat we heel even met u konden praten.'

'Ik sta op het punt om weg te gaan. Ik heb een afspraak met iemand.'

'Het hoeft niet lang te duren.'

Haar ogen schieten van zijn gezicht naar het mijne. 'Ik denk dat ik beter mijn man kan bellen,' zegt ze. En met nadruk voegt ze eraan toe: 'Hij werkt bij Binnenlandse Zaken.'

'Waar hebt u uw kind ter wereld gebracht?' vraagt Forbes.

Ze stottert nerveus. 'Het was een thuisbevalling. Ik ga naar boven om mijn man te bellen.'

'Waarom?' vraagt Forbes. 'We hebben u nog niet eens verteld waarvoor we hier zijn, en u maakt zich nu al druk over iets. Waarom hebt u toestemming van uw man nodig om met ons te praten?'

Het moment vertoont een breuk, een rimpeling van onrust.

Forbes gaat verder: 'Bent u ooit in Amsterdam geweest, mevrouw Piper? Hebt u daar een fertiliteitskliniek bezocht?'

Achteruitlopend naar de trap schudt ze haar hoofd, minder als ontkenning dan uit ijdele hoop dat hij zal stoppen met vragen stellen. Ze staat op de trap. Forbes loopt naar haar toe. Hij houdt een visitekaartje in zijn hand. Ze wil het niet aannemen. In plaats daarvan legt hij het op de kinderwagen.

'Wilt u uw man vragen mij te bellen?'

Ik hoor mezelf excuses maken dat we haar hebben lastiggevallen. Tegelijkertijd wil ik van haar weten of ze heeft betaald voor een baby. Aan wie? Wie regelde het? Forbes heeft mijn arm vast en dirigeert me de trap af. Ik stel me mevrouw Piper voor, boven, aan de telefoon. De tranen en de verwarring.

'Hun namen doken op in de bestanden die Spijker me heeft gestuurd,' legt Forbes uit. 'Ze hebben een draagmoeder gebruikt. Een meisje uit Bosnië.'

'Dan is het dus niet hun baby.'

'Hoe bewijzen we dat? Je hebt het kind gezien. Vaderschapstests, DNA-tests, bloedmonsters – ze zullen stuk voor stuk laten zien dat de kleine Jack bij de Pipers hoort. En er is hoe dan ook geen rechter in dit land die ons toestemming zou geven om monsters af te nemen.'

'We kunnen bewijzen dat ze in Nederland een IVF-kliniek hebben bezocht. We kunnen bewijzen dat hun embryo's bij een surrogaatmoeder zijn ingeplant. We kunnen bewijzen dat dit resulteerde in een zwangerschap en een geslaagde bevalling. Dat is toch zeker genoeg?'

'Het bewijst nog niet dat er geld van eigenaar is gewisseld. We hebben een van deze stellen nodig als getuige.'

Hij overhandigt me een lijst met namen en adressen:

Robert & Helena Piper
Alan & Jessica Case
Trevor & Toni Jury
Anaan & Lola Singh
Nicholas & Karin Pederson

'Ik heb alle vijf de stellen ondervraagd. Ze hebben stuk voor stuk een advocaat gebeld en hun verhaal volgehouden. Geen van hen zal meewerken, niet als dat betekent dat ze hun kind kwijtraken.'

'Ze hebben de wet overtreden!'

'Misschien heb je gelijk, maar hoeveel rechtbankjury's zullen een veroordeling uitspreken? Als dat jouw vriendin was daarnet, met haar kindje op haar arm, zou jij het dan van haar afnemen?'

2

De begrafenissen zijn om twee uur. Ik heb een zwart gilet, een zwart jasje, een zwarte broek en zwarte schoenen aangetrokken. Het enige kleuraccent is mijn lippenstift.

Samira gebruikt na mij de badkamer. Het is moeilijk te geloven dat ze net een stel kinderen heeft gebaard. Over haar buik lopen striae, maar voor de rest is haar huid smetteloos. Af en toe merk ik een tic of een trilling van pijn op als ze zich beweegt, maar verder wijst niets op eventueel ongemak.

Ze legt haar kleren uit op het bed en vermijdt zorgvuldig dat haar bloes kreukt.

'Je hoeft niet mee te komen,' zeg ik tegen haar, maar haar besluit staat al vast. Ze heeft Cate maar twee keer ontmoet. Ze spraken via Yanus in vormelijke zinnen in plaats van een echt gesprek te voeren. En toch deelden ze een band als geen andere: een ongeboren tweeling.

We zitten naast elkaar in de taxi. Ze is gespannen, rusteloos. In de verte braakt een schoorsteen een kolom witte rook uit, als een stoomtrein die nergens heen gaat.

'De politie zal de tweeling vinden,' meld ik, alsof we diep in gesprek zijn.

Ze geeft geen antwoord.

Ik probeer het nog eens. 'Wil jij dat ze gevonden worden?'

'Mijn schuld is voldaan,' fluistert ze terwijl ze op haar onderlip bijt.

'Je bent deze mensen niets verschuldigd.'

Ze antwoordt niet. Hoe kan ik het haar laten begrijpen? Onaangekondigd komt ze zelf met een antwoord, haar woorden in zorgvuldige zinnen gegoten.

'Ik heb geprobeerd niet van ze te houden. Ik dacht dat het makkelijker zou zijn ze af te staan als ik niet van ze hield. Ik heb zelfs geprobeerd ze de schuld te geven van wat er met Hasan en Zala is gebeurd. Dat is niet eerlijk, toch? Ik kan niet anders. Mijn borsten lopen over, voor hen. In mijn dromen hoor ik ze huilen. Ik wil dat dat geluid ophoudt.'

Voor de kapel van het West London Crematorium staat een dubbele baar. Een tapijt van kunstgras voert naar een oprit waar op een klein zwart bord met verwisselbare letters de namen van Felix en Cate staan.

Samira loopt met verbazingwekkende elegantie over het grindpad, wat niet gemakkelijk is. Ze blijft staan om de marmeren en stenen graftomben te bekijken. Tuinlieden leunen op hun spade en bekijken haar. Ze lijkt haast buitenaards, uit een andere wereld.

Barnaby Elliot begroet mensen en neemt condoleances in ontvangst. Ruth Elliot zit naast hem in haar rolstoel, gestoken in rouwkleding die haar huid er bloedeloos en broos doet uitzien.

Zij ziet mij als eerste. Haar mond vouwt zich om mijn naam. Barnaby draait zich om en komt naar me toe lopen. Hij kust me op beide wangen en ik ruik de scherpe alcoholgeur van zijn aftershave.

'Wie heb jij in Amsterdam opgezocht?' vraagt hij.

'Een rechercheur. Waarom heb je gelogen over Cates computer?'

Hij geeft geen antwoord. In plaats daarvan slaat hij zijn ogen op naar de bomen, waarvan er enkele zich nog vastklampen aan de geelgouden overblijfselen van de herfst.

'Ik vind dat je moet weten dat ik een advocaat opdracht heb gegeven de voogdij over de tweeling te verkrijgen. Ik wil ze allebei.'

Ik kijk hem ongelovig aan.

'En Samira dan?'

'Het zijn ónze kleinkinderen. Ze horen bij ons.'

'Niet volgens de wet.'

'De wet weet niets.'

Ik kijk opzij naar Samira, die is achtergebleven, misschien omdat ze voelt dat er een probleem is. Aan Barnaby is die discretie niet besteed. 'Wíl ze ze eigenlijk wel?' zegt hij op iets te luide toon.

Ik moet mijn kaken uit elkaar wringen om iets te kunnen uitbrengen. 'Jij blijft uit haar buurt.'

'Hoor eens...'

'Nee! Jíj moet luisteren. Ze heeft al genoeg meegemaakt. Zij is álles kwijt.'

Terwijl hij me plotseling verdwaasd intens aanstaart, haalt hij met zijn vuist uit naar een heg. De mouw van zijn jas blijft hangen en hij rukt er zo wild aan dat de stof scheurt en op en neer flappert. Met dezelfde snelheid hervindt hij zijn beheersing. Het is alsof ik naar een diepe ademhalingsoefening uit een cursus zelf-beheersing kijk. Hij grijpt in zijn zak en haalt een visitekaartje tevoorschijn.

'De executeur-testamentair van Felix en Cate heeft morgenmiddag om drie uur een raadkamerzitting in Grey's Inn. Hij wil dat jij daarbij aanwezig bent.'

'Waarom?'

'Dat heeft hij niet gezegd. Dit is het adres.'

Ik pak het kaartje aan en kijk hoe Barnaby terugloopt naar zijn vrouw. Ze pakt zijn arm, draait haar hoofd in zijn handpalm en houdt de hand tegen haar wang. Ik heb hen nog nooit innig zien doen, niet zoals nu. Misschien heb je wel de ene tragedie nodig om de andere te herstellen.

De kapel is zacht verlicht door achter glas flikkerende rode lampjes. De kisten zijn bedekt met een tapijt van bloemen dat doorloopt tot op het middenpad en bijna tot aan mevrouw Elliots rolstoel. Barnaby zit naast haar, met Jarrod aan zijn andere kant. Ze houden alle drie elkaars handen vast, alsof ze elkaar steun geven.

Ik herken andere familieleden en vrienden. De enige die ontbreekt is Yvonne. Misschien had ze het gevoel dat ze een dag als deze niet zou aankunnen. Het moet zijn alsof je een dochter verliest.

Aan de andere kant van de kerk zit de familie van Felix, die er veel Poolser uitzien dan Felix ooit heeft gedaan. De vrouwen zijn klein en hoekig, met sluiers op hun hoofd en rozenkranskralen tussen hun vingers.

De begrafenisondernemer draagt zijn hoge hoed op zijn gebogen arm. Zijn zoon, identiek gekleed, heeft zijn houding overgenomen, al zie ik achter zijn oor een propje kauwgum zitten.

Er wordt een psalm ingezet, 'Komt laat ons onze vrienden volgen naar omhoog', die niet helemaal in Cates straatje past. Maar het moet ook moeilijk zijn om iets passends te vinden voor iemand die ooit haar eeuwige liefde betuigde aan een foto van Kurt Cobain.

In zijn lezing uit de bijbel zegt dominee Lund iets over de wederopstanding en dat we allemaal op dezelfde dag zullen opstaan en als Gods kinderen verder zullen leven. Terwijl hij dit doet, strijkt hij met een vinger langs de rand van Cates kist, alsof hij het vakmanschap ervan bewondert.

'Liefde en pijn zijn niet hetzelfde,' zegt hij, 'maar soms voelt het of dat wel zo zou moeten zijn. Liefde wordt elke dag op de proef gesteld. Pijn niet. En toch zijn de twee onlosmakelijk met elkaar verbonden, omdat echte liefde geen gescheiden-zijn kan verdragen.'

Zijn stem klinkt ver weg. Ik heb de afgelopen acht jaar in een toestand van uitgestelde rouw om Cate geleefd. Triviale, alledaagse geluiden en geuren roepen herinneringen op: hopeloze zaken, jazzschoenen, cola met smeltend schaafijs, liedjes van Simply Red, een tiener met een haarborstel als microfoon, paarse oogschaduw... Dit soort dingen doet me of bijna glimlachen, of zwelt pijnlijk op in mijn borst. Daar heb je het weer: liefde en pijn.

Ik zie niet meer hoe de kisten uit het zicht verdwijnen. Tijdens de laatste psalm glip ik naar buiten, op zoek naar frisse lucht. Aan de overkant van de parkeerplaats, in de schaduw van een boog, zie ik een lange, bekende gestalte rustig staan wachten. Hij draagt een overjas en een rode das. Donavon.

Samira wandelt door de rozentuin aan de kant waar de kapel staat. Ze zal hem zien zodra ze de hoek omgaat.

Zonder me een moment te bedenken overbrug ik de afstand. Als iemand me zag, zou hij verklaren dat wat ik doe aan geweld grenst. Ik grijp Donavons arm beet, draai die op zijn rug en duw hem tegen een muur, met zijn gezicht tegen de bakstenen.

'Waar zijn ze? Wat heb je met ze gedaan?'

'Ik weet niet waar je het over hebt.'

Ik wil dat hij verzet biedt. Ik wil hem pijn doen. Samira bevindt zich achter me, aarzelend omdat ze misschien voelt dat er problemen dreigen.

'Ken jij deze man?'

'Nee.'

'De Engelsman die je in het weeshuis hebt ontmoet. Je zei dat hij een kruis in zijn nek had.' Ik trek Donavons sjaal opzij en ontbloot zijn tatoeage.

Ze schudt haar hoofd. 'Een góúden kruis. Hier.' Ze tekent de omtrek in haar hals.

Donavon lacht. 'Schitterend speurwerk, yindoo.'

Ik heb zin om hem te slaan.

'Jij was in Afghanistan.'

'Als dienaar van koningin en vaderland.'

'Laat dat vaderlandslievende gelul maar achterwege. Je hebt tegen me gelogen. Je hebt Cate al vóór de reünie ontmoet.'

'Inderdaad.'

'Waarom?'

'Dat zou jij niet begrijpen.'

'Probeer het maar.'

Ik laat hem los en hij draait zich om, langzaam knipperend. Zijn bleke ogen zijn iets meer bloeddoorlopen dan ik me herinner. Begrafenisgangers verlaten de kapel. Hij kijkt naar de menigte met een mengeling van gêne en bezorgdheid. 'Niet hier. Laten we ergens anders praten.'

Ik laat hem voorgaan. We verlaten het kerkhof en lopen in oostelijke richting langs Harrow Road, die verstopt zit met verkeer en een polonaise van bussen. Terwijl ik af en toe een tersluikse blik op Donavon werp, kijk ik hoe hij naar Samira kijkt. Hij lijkt haar niet te herkennen. In plaats daarvan houdt hij zijn ogen neergeslagen in een houding van berouw en bedenkt antwoorden op de vragen waarvan hij weet dat ze gaan komen. Meer leugens.

We kiezen een café met krukken voor het raam en daarachter tafels. Donavon bekijkt het menu, om tijd te winnen. Samira laat zich van haar stoel glijden en knielt bij het tijdschriftenrek. Ze bladert ze door in een tempo alsof ze verwacht dat iemand haar elk moment kan tegenhouden.

'De tijdschriften zijn gratis,' leg ik uit. 'Je kunt ze rustig inkijken.'

Donavon draait aan zijn pols, wat een witte striem op zijn huid achterlaat. Bloed stroomt terug in de uitgerekte huid.

'Ik kwam Cate drie jaar geleden tegen,' vertelt hij. 'Het was net voordat ik de eerste keer naar Afghanistan ging. Het duurde even voordat ik haar had gevonden. Ik wist niet hoe ze heette sinds ze was getrouwd.'

'Waarom?'

'Ik wilde haar ontmoeten.'

Ik wacht tot er nog iets volgt. Hij verandert van onderwerp. 'Heb je weleens parachute gesprongen?'

'Nee.'

'Dat is echt kicken. Geen enkel ander gevoel haalt het daarbij. Op drieduizend meter hoogte in de deuropening van een vliegtuig staan, met bonzend hart, helemaal opgeladen. Dan neem je die laatste stap en de schroefwind zuigt je naar buiten. En dan vallen, alleen voelt het niet als vallen. Het is vliegen. De lucht drukt je wangen naar binnen en giert langs je oren. Ik ben op grote hoogte uitgesprongen, met zuurstof, van ruim achtduizend meter. Ik zweer je dat ik mijn armen had kunnen spreiden en de hele planeet had kunnen omarmen.'

Zijn ogen glanzen. Ik weet niet waarom hij me dit vertelt, maar ik laat hem praten.

'Het beste wat me ooit is overkomen is dat ik van school getrapt werd en bij de para's ben gegaan. Tot die tijd deed ik maar wat. Kwaad. Ik had geen enkele ambitie. Het heeft mijn leven veranderd.

Ik heb inmiddels een dochtertje. Ze is drie. Haar moeder woont niet meer bij me. Ze zitten in Schotland, maar ik stuur ze elke maand geld, en cadeautjes met haar verjaardag en met kerst. Ik bedoel geloof ik te zeggen dat ik veranderd ben.'

'Waarom vertel je me dit?'

'Omdat ik wil dat je het begrijpt. Jij denkt dat ik een schurk en een bullebak ben, maar ik ben veranderd. Wat ik Cate heb aangedaan was onvergeeflijk, maar ze heeft het me vergeven. Daarom zocht ik haar. Ik wilde te weten komen hoe het met haar gegaan was. Ik wilde niet blijven denken dat ik haar leven had verpest met wat ik haar had aangedaan.'

Ik wil hem niet geloven. Ik wil hem blijven haten, omdat de

332

wereld er volgens mij zo uitziet. De geschiedenis zoals vastgelegd door mij.

'Waarom wilde Cate jou ontmoeten?'

'Ik denk dat ze nieuwsgierig was.'

'Waar zagen jullie elkaar?'

'We hebben koffiegedronken in Soho.'

'En?'

'We hebben gepraat. Ik zei dat het me speet. Ze zei dat het goed was. Vanuit Afghanistan heb ik haar een paar brieven geschreven. Als ik met verlof thuis was gingen we meestal een keer lunchen of koffiedrinken.'

'Waarom heb je me dit niet eerder verteld?'

'Zoals ik al zei: je zou het niet begrijpen.'

Het is niet goed genoeg als reden. Hoe kon Cate hém vergeven voordat ze míj vergaf?

'Wat weet jij van het New Life Adoption Centre?'

'Cate heeft me een keer meegenomen. Ze wist dat Carla maar niet kon besluiten wat ze met de baby aan moest.'

'Hoe wist Cate van het adoptiecentrum?'

Hij haalt zijn schouders op. 'Haar fertiliteitsspecialist zit in de adoptiecommissie.'

'Dokter Banerjee. Weet je dat zeker?'

'Ja.'

Julian Shawcroft en dokter Banerjee kennen elkaar. Nog meer leugens.

'Heeft Cate je verteld waarom ze naar Amsterdam ging?'

'Ze zei dat ze nog een keer IVF zou ondergaan.'

Ik kijk even naar Samira. 'Ze heeft betaald voor een draagmoeder.'

'Dat begrijp ik niet.'

'Er is een tweeling.'

Hij lijkt met stomheid geslagen. Sprakeloos.

'Waar?'

'Ze worden vermist.'

Ik kan zien hoe de informatie doordringt in zijn hoofd en blijkt te kloppen met andere details. Het nieuws over de tweeling heeft de radio en de vroege edities van de *Evening Standard* al gehaald. Ik heb hem heviger geraakt dan ik voor mogelijk hield.

'Wat Cate deed, was in strijd met de wet,' breng ik uit. 'Ze was van plan de zaak openbaar te maken. Klokkenluider te zijn. Daarom wilde ze met me praten.'

Donavon heeft iets terug van wat op kalmte lijkt. 'Is dat de reden dat ze haar hebben vermoord?'

'Ja. Cate heeft Samira niet toevallig gevonden. Iemand heeft hen bij elkaar gebracht. Ik ben op zoek naar een man die "Brother" wordt genoemd, een Engelsman die naar Samira's weeshuis in Kabul kwam.'

'Julian Shawcroft is in Afghanistan geweest.'

'Hoe weet jij dat?'

'Het kwam zo ter sprake. Hij vroeg me waar ik had gediend.'

Ik klap mijn mobiele telefoon open en druk een snelkiesnummer in. Groentje Dave neemt bij de tweede keer overgaan op. Sinds Amsterdam heb ik hem niet meer gesproken. Ik heb niet gebeld. Uit sloomheid. Uit angst.

'Hallo, lieve jongen.'

Hij klinkt aarzelend. Ik heb geen tijd om te informeren waarom.

'Toen je Julian Shawcroft natrok, wat heb je toen gevonden?'

'Hij is eerder directeur geweest van een kliniek voor gezinsplanning in Manchester.'

'En daarvoor?'

'Hij heeft theologie gestudeerd in Oxford en is daarna bij een of andere religieuze orde gegaan.'

'Een religieuze orde?'

'Hij trad in als broeder.'

Daar heb je het verband! Cate, Banerjee, Shawcroft en Samira – ik kan ze koppelen.

Dave is niet meer aan de lijn. Ik weet niet meer of ik gedag heb gezegd.

Donavon heeft tegen me gepraat, vragen gesteld. Ik heb niet geluisterd.

'Leken ze op Cate?' vraagt hij.

'Wie?'

'De tweeling.'

Ik weet niet goed wat ik moet antwoorden. Ik ben niet goed in het beschrijven van pasgeboren baby's. Ze lijken allemaal op Winston Churchill. Waarom zou het hem interesseren?

3

Een zilverkleurige Lexus rijdt de oprit op van een vrijstaand huis in Wimbledon, Zuid-Londen. Hij heeft een persoonlijke kentekenplaat waarop BABYDOC staat. Sohan Banerjee pakt zijn spullen van de achterbank en schakelt de centrale vergrendeling in. Er flitsen lampjes. Kon alles in het leven maar met één druk op de knop worden geregeld.

'Op mensensmokkel staat een straf van veertien jaar,' zeg ik.

Hij draait zich om, zijn aktetas als een schild tegen zijn borst geklemd. 'Ik weet niet waar je het over hebt.'

'Ik weet niet wat er staat op commercieel draagmoederschap, maar als je medische verkrachting en ontvoering erbij optelt, weet ik zeker dat je lang genoeg in de gevangenis zult zitten om nieuwe vrienden te maken.'

'Ik heb niets misdaan.'

'En dan vergeet ik bijna nog moord. Automatisch levenslang.'

'Je pleegt huisvredebreuk,' schreeuwt hij.

'Bel de politie maar.'

Hij kijkt naar zijn huis en vervolgens naar de aanpalende huizen, wellicht bezorgd over wat ze wel zullen denken.

'Jij wíst dat Cate Beaumont naar Amsterdam zou gaan. Jij gaf haar een vaatje vloeibare stikstof met daarin haar overgebleven embryo's. Je vertelde haar over de Nederlandse kliniek.'

'Nee, nee.' Zijn onderkinnen trillen.

'Zou jij de bevalling doen?'

'Ik weet niet waar je het over hebt.'

'Hoe goed ken jij Julian Shawcroft?'

'We hebben een werkrelatie.'

'Jullie waren tegelijkertijd in Oxford. Hij studeerde theologie. Jij studeerde medicijnen. Zie je wat ik allemaal weet? Niet slecht, hè, voor een stijfkoppig sikh-meisje dat maar niet aan de man kan komen.'

Zijn aktetas rust nog steeds op de richel van zijn maag. Mijn huid prikt van iets wat lichamelijker is dan walging.

'Jij zit in zijn adoptiecommissie.'

'Een onafhankelijk orgaan.'

'Jij hebt Cate over het New Life Adoption Centre verteld. Jij hebt haar bij Shawcroft geïntroduceerd. Wat dacht je dat je aan het doen was? Dit was niet de een of andere menslievende kruistocht om de kinderlozen te helpen. Jij hebt je met vrouwensmokkelaars en moordenaars ingelaten. Jonge vrouwen zijn verkracht en uitgebuit. Er zijn mensen gestorven.'

'Je hebt het helemaal mis. Ik heb met dat soort dingen niets van doen gehad. Welk motief zou ik gehad kunnen hebben?'

Motief? Ik begrijp het waarom nog steeds niet. Geld kan het niet zijn. Misschien was hij klemgezet of er ingeluisd om iemand een dienst te bewijzen. Eén uitglijder is genoeg om de haak te laten aanslaan.

Hij kijkt opnieuw naar het huis. Binnen is geen vrouw die op hem wacht. Geen kinderen in de deuropening.

'Het is iets persoonlijks, hè?'

Hij geeft geen antwoord.

Forbes heeft me een lijst met namen laten zien. Er stonden echtparen op die embryo's hadden geleverd aan de IVF-kliniek in Amsterdam. Ineens dringt zich een naam op: Anaan en Lola Singh uit Birmingham.

'Heb jij familie in het Verenigd Koninkrijk, dokter Banerjee? Een zus wellicht? Nichten of neven?'

Hij wil het ontkennen, maar de waarheid staat in zijn gelaatstrekken gedrukt als vingerafdrukken in klei. Mama zei dat hij een neef had. De brave arts was zo trots dat hij tijdens de zondagse lunch verhalen over hem opdiste. Ik doe een gooi naar de rest van het verhaal. Zijn zus kon niet zwanger raken. En zelfs haar zo slimme broertje, een fertiliteitsspecialist, kon haar niet helpen.

Julian Shawcroft opperde dat er mogelijk een uitweg was. Hij regelde een surrogaatmoeder in Nederland en Banerjee bracht het kind ter wereld. Hij dacht dat het een eenmalig iets was, maar Shawcroft wilde dat hij nog meer baby's ter wereld zou helpen brengen. Nee zeggen kon niet.

'Wat wil je van me?'

'Dat je me Julian Shawcroft bezorgt.'

'Dat kan ik niet doen.'

'Maak je je zorgen over je carrière, je reputatie?'

Hij glimlacht wrang, een gebaar van verslagenheid. 'Ik woon al tweederde van mijn leven in dit land, Alisha. Ik heb masters en doctoraten behaald in Oxford en Harvard. Ik heb artikelen gepubliceerd, lezingen gegeven en ben gastonderzoeker geweest aan de Universiteit van Toronto.' Hij werpt opnieuw een steelse blik op de dichte gordijnen en lege kamers verderop. 'Mijn reputatie is het enige wat ik heb.'

'Je hebt de wet overtreden.'

'Is het zo erg? Ik dacht dat wij de kinderlozen hielpen en asielzoekers een nieuw leven boden.'

'Jullie hebben ze uitgebuit.'

'We hebben ze uit het weeshuis gered.'

'En sommigen van hen het bordeel in gedwongen.'

Zijn dichte wenkbrauwen fronsen zich.

'Geef me Shawcroft. Leg een verklaring af.'

'Ik moet mijn zuster en haar kind beschermen.'

'Door hém te beschermen.'

'We beschermen elkaar.'

'Ik zou je kunnen laten arresteren.'

'Ik zal alles ontkennen.'

'Vertel me dan in elk geval waar de tweeling is.'

'Ik zie de gezinnen nooit. Die kant van de zaak regelt Julian.' Zijn stem wordt anders. 'Ik smeek je: laat dit rusten. Er kan niets goeds uit voortkomen.'

'Voor wie?'

'Voor wie dan ook. Mijn neefje is een prachtig jongetje. Hij is bijna een jaar.'

'Als hij groter is, ga je hem dan vertellen over de medische ver-
krachting die tot zijn geboorte heeft geleid?'
'Het spijt me.'
Iedereen heeft maar spijt. Het zal de tijdgeest wel zijn.

4

Forbes schudt een stapeltje foto's en legt ze in drie rijen uit op
een bureau, alsof hij gaat patiencen. Julian Shawcrofts foto ligt
helemaal rechts. Hij ziet eruit als de zo uit de kaartenbak van het
castingbureau geplukte baas van een liefdadigheidsinstelling: har-
telijk, glimlachend, joviaal...
'Ik wil dat je als je iemand herkent diens foto aanwijst,' zegt de
rechercheur.
Samira aarzelt.
'Maak je geen zorgen dat je iemand in de problemen brengt, zeg
me alleen of hier iemand tussen zit die je al eens hebt gezien.'
Haar ogen gaan de foto's langs en houden plotseling stil. Ze
wijst naar Shawcroft.
'Deze.'
'Wie is hij?'
'Brother.'
'Weet je zijn echte naam?'
Ze schudt haar hoofd.
'Waarvan ken je hem?'
'Hij bezocht het weeshuis.'
'In Kabul?'
Ze knikt.
'Wat kwam hij daar doen?'
'Hij bracht dekens en eten.'
'Heb je met hem gesproken?'
'Hij sprak geen Afghaans. Ik vertaalde voor hem.'
'Wat voor dingen vertaalde je?'
'Hij had besprekingen met meneer Jamal, de directeur. Hij zei dat
hij voor een deel van de wezen een baan kon regelen. Hij wilde al-

leen meisjes. Ik zei hem dat ik zonder Hasan niet weg kon. Hij zei dat het dan meer geld ging kosten, maar dat ik hem kon terugbetalen.'

'Hoeveel geld?'

'Tienduizend Amerikaanse dollars per persoon.'

'En hoe werd je geacht dat geld terug te betalen?'

'Hij zei dat God voor mij een manier zou vinden om te betalen.'

'Zei hij iets over een kind baren?'

'Nee.'

Forbes haalt een vel papier uit een map. 'Dit is een lijst met namen. Ik wil dat je me zegt of sommige je bekend voorkomen.'

Haar vinger glijdt over de pagina en stopt. 'Dit meisje, Allegra. Zij zat in het weeshuis.'

'Waar ging ze heen?'

'Ze vertrok eerder dan ik. Brother had een baan voor haar.'

De rechercheur glimlacht strak. 'Zeg dat wel, ja.'

Forbes' kantoor bevindt zich op de tweede verdieping, tegenover de ruime kantoortuin die de meldkamer vormt. Op een archiefkast staat een foto van zijn vrouw. Ze ziet eruit als een nuchtere plattelandsmeid die er nooit helemaal in is geslaagd haar babyvet kwijt te raken.

Hij vraagt Samira buiten te wachten. Er staat een drankautomaat bij de lift. Hij geeft haar wat kleingeld. We kijken hoe ze wegloopt, een vrouw in wording.

'We hebben voldoende voor een aanhoudingsbevel,' zeg ik.

'Nee.'

'Ze heeft Shawcroft aangewezen.'

'Jawel, maar dat brengt hem nog niet in verband met het draagmoedercomplot. Het is haar woord tegen het zijne.'

'Maar de andere wezen…'

'Die hebben het over een vroom man die aanbood ze te helpen. We kunnen niet bewijzen dat hij hun smokkel geregeld heeft. We kunnen ook niet bewijzen dat hij hen met chantage onder druk heeft gezet om zwanger te worden. We moeten een van de kopers als getuige laten optreden, wat wel inhoudt dat ze zichzelf tot verdachte maken.'

'We zouden ze tegen vervolging kunnen laten vrijwaren.'

'Als ze eenmaal toegeven dat ze voor een draagmoeder hebben betaald, kan de draagmoeder haar kind opeisen. We kunnen ze niet vrijwaren tegen een civielrechtelijke aanklacht.'

Ik hoor het in zijn stem: berusting. Het blijkt een te zware taak. Hij zal niet opgeven, maar ook niet dat stapje extra zetten, het extra telefoontje plegen, nog één deur verder aankloppen. Hij vindt dat ik me aan strohalmen vastklamp, dat ik dit niet goed heb doordacht. Ik ben nog nooit zekerder geweest.

'Samira moet naar hem toe gaan.'

'Wat?'

'Ze zou een zendertje kunnen dragen.'

Forbes zuigt lucht tussen zijn tanden. 'Ben je gek geworden? Shawcroft zou het onmiddellijk doorzien. Hij wéét dat ze aan onze kant staat.'

'Dat klopt, maar onderzoek doen is druk opbouwen. Op dit moment denkt hij dat we hem niks kunnen maken. Hij is op zijn gemak. We moeten hem even door elkaar schudden, hem van zijn gerieflijke plekje duwen.'

Er bestaan strikte regels voor het afluisteren van telefoons en gesprekken in huizen van mensen. Er moet toestemming zijn van de rechter-commissaris. Een zendertje is iets anders, zolang het maar binnen de openbare ruimte blijft.

'Wat moet ze tegen hem zeggen?'

'Dat hij haar een baan heeft beloofd.'

'Is dat alles?'

'Ze hoeft niet eens wat te zeggen. Laten we zien wat hij zegt.'

Forbes vermorzelt een keelpastille tussen zijn tanden. Zijn adem ruikt naar citroen.

'Kan ze het aan?'

'Dat denk ik wel.'

Je kunt elke sport belachelijk laten klinken als je hem in zijn bouw-stenen ontleedt – stok, bal, gat – maar de aantrekkingskracht van golf heb ik nooit goed begrepen. De banen zijn op een kunstma-tige manier mooi, als Japanse tuinen die tot op het laatste steentje en struikje gepland zijn.

Julian Shawcroft speelt elke zondagochtend met hetzelfde vier-tal, met naast hemzelf een stedebouwkundige, een autodealer en een plaatselijke zakenman. Ze slaan even na tienen af.

De club ligt op de grens van Sussex en Surrey, in de groene zoom annex het rijkeluisgebied. Bruin is een kleur die je hier zelden ziet, tenzij je de bal mist en een pol gras wegmept.

Samira heeft een batterij ter grootte van een luciferdoosje onder op haar rug zitten en een dunne rode draad loopt onder haar ok-sel door naar een knopgroot microfoontje dat tussen haar borsten zit vastgeplakt.

Terwijl ik haar bloes goed doe sla ik mijn ogen naar haar op en glimlach bemoedigend. 'Je kunt nog terug als je wilt.'

Ze knikt.

'Weet je al wat je gaat zeggen?'

Opnieuw een knikje.

'Als je bang wordt, loop je gewoon weg. Als je je bedreigd voelt, weglopen. Bij alles wat naar onraad ruikt, oké?'

'Ja.'

Groepjes golfspelers staan buiten de kleedkamer en op het oe-fenveldje, wachtend tot de starter hun namen afroept. Shawcroft heeft de hardste lach, maar niet de schreeuwerigste broek, die omhult de benen van een van zijn medespelers. Naast de eerste tee maakt hij een oefenswing en hij ziet Samira boven aan de stenen trap staan, met de zon in haar rug. Hij schermt zijn ogen af.

Zonder te aarzelen loopt ze op hem af en blijft op een meter of twee staan.

'Kan ik iets voor u doen?' vraagt een van de andere spelers.

'Ik kom voor Brother.'

Shawcroft aarzelt en kijkt langs haar heen. Zijn ogen zoeken ons.

'Er is hier niemand die Brother heet, meisje,' zegt de autodealer.

Samira wijst. Ze draaien zich om naar Shawcroft, die een ontkenning stottert. 'Ik ken haar niet.'

Forbes past het volume van de digitale opnameapparatuur aan. We staan op iets minder dan tachtig meter afstand geparkeerd onder de takken van een plataan, tegenover de golfwinkel.

Samira is een kop kleiner dan de mannen. Haar lange rok waaiert uit in de wind.

'Waarom maak je haar geen caddie, Julian?' grapt een van hen.

'Je kent me nog wel, Brother,' zegt Samira. 'Jij hebt me gevraagd hiernaartoe te komen. Je zei dat je een baan voor me had.'

Shawcroft kijkt verontschuldigend naar zijn medespelers. Achterdocht begint in woede te veranderen. 'Gewoon negeren. Laten we beginnen.'

Hij draait zich om, maakt een gehaaste oefenzwaai en produceert als openingsslag een afzwaaier die naar rechts vliegt en tussen de bomen neerkomt. Vol weerzin smijt hij zijn club op de grond.

De anderen slaan af. Shawcroft zit al achter het stuur van een golfkarretje. Het schiet vooruit en hij snelt weg.

'Ik zei al dat hij hier niet in zou trappen.'

'Wacht. Kijk.'

Samira loopt hen achterna de fairway af, de zoom van haar rok steeds donkerder van de dauw. De karretjes hebben nu elk een andere richting genomen. Shawcroft is in de struiken op zoek naar zijn wilde slag. Hij kijkt op en ziet haar naderen. Ik hoor hem naar zijn partner roepen: 'Verloren bal, ik sla opnieuw af.'

'Je hebt nog niet eens naar deze gezocht.'

'Doet er niet toe.'

Hij laat een nieuw balletje vallen en geeft het een zwiep, meer als een houthakker dan als een golfer. Het wagentje begint weer te rijden. Samira vertraagt haar pas niet.

Ik voel een brok in mijn keel. Dit meisje blijft me verbazen. Ze volgt ze helemaal tot aan de green, omzeilt de bunkers en neemt een smal houten bruggetje over een beek. Shawcroft, die voortdurend over zijn schouder kijkt, haalt uit naar de bal en haast zich verder.

'Ze dreigt buiten ons bereik te komen,' zegt Forbes. 'We moeten haar tegenhouden.'

'Wacht. Nog heel even.'

Het viertal is meer dan driehonderd meter van ons vandaan, maar ik kan ze door de verrekijker nog behoorlijk goed zien. Samira staat aan de rand van de green toe te kijken en te wachten.

Eindelijk verliest Shawcroft zijn geduld. 'Van de golfbaan af jij, of ik laat je oppakken.'

Zwaaiend met zijn club stormt hij op haar af. Ze vertrekt geen spier.

'Rustig aan, ouwe jongen,' probeert iemand.

'Wie is dat, Julian?' vraagt een ander.

'Niemand.'

'Het is een lekker ding. Heb je niemand nodig om je ballen te wassen?'

'Hou je bek! Hou jij gewoon je bek!'

Samira is onbeweeglijk blijven staan. 'Ik heb mijn schuld voldaan, Brother.'

'Ik weet niet waar je het over hebt.'

'Je zei dat God een manier voor me zou vinden om te betalen. Ik heb dubbel betaald. Een tweeling. Ik heb voor Hasan en mij betaald, maar hij is dood. Zala heeft het evenmin gehaald.'

Shawcroft grijpt haar ruw bij haar arm en sist: 'Ik weet niet wie je gestuurd heeft. Ik weet niet wat je wilt, maar ik kan je niet helpen.'

'En die baan dan?'

Hij leidt haar weg van het groepje. Een van zijn medespelers roept: 'Waar ga je heen, Julian?'

'Ik ga haar van de baan laten gooien.'

'En ons rondje dan?'

'Ik haal jullie wel in.'

De autodealer moppert: 'Toch niet weer, hè?'

Een ander viertal is al tot halverwege de fairway gevorderd. Shawcroft loopt langs hen terwijl hij Samira nog altijd bij haar arm heeft. Ze moet rennen om niet te vallen.

'U doet me pijn.'

'Hou je bek, stomme slet. Ik weet niet wat voor kunstje je aan het uithalen bent, maar het zal je niet lukken. Wie heeft je gestuurd?'

'Ik heb mijn schuld afgelost.'

'Die schuld zal me aan mijn reet roesten. Ik heb geen baan voor je! Je valt me lastig. Als je in mijn buurt komt, laat ik je arresteren.'

Samira geeft niet op. God, wat is ze goed.

'Waarom is Hasan gestorven?'

'Dat heet leven. Dingen gebeuren.'

Ik geloof mijn oren niet. Hij citeert Donald Rumsfeld. Waarom gebeuren die dingen niet bij mensen als Shawcroft?

'Het heeft me lang gekost u te vinden, Brother. We hebben in Amsterdam gewacht tot u zou komen of iets van u zou laten horen. Op het laatst konden we niet langer wachten. Ze maakten aanstalten ons terug te sturen naar Kabul. Hasan ging alleen op weg. Ik wilde met hem mee, maar hij zei dat ik moest wachten.' Haar stem staat op breken. 'Hij zou u gaan opzoeken. Hij zei dat u uw belofte was vergeten. Ik zei hem dat u een eerbaar en vriendelijk mens was. In het weeshuis bracht u ons eten en dekens. U had het kruis om...'

Shawcroft draait haar pols om, in een poging haar tot zwijgen te brengen.

'En nou hou je je mond!'

'Iemand heeft Zala vermoord.'

'Ik weet niet waar je het over hebt.'

Ze naderen het clubhuis. Forbes is uit de auto gestapt en loopt op hen toe. Ik blijf achter. Shawcroft gooit Samira in een bloembed. Ze stoot haar knie en schreeuwt het uit.

'Dat geldt als geweldpleging.'

Shawcroft kijkt op en ziet de rechercheur. Dan kijkt hij langs hem heen en ziet mij.

'U hebt het recht niet! Mijn advocaat zal hiervan horen.'

Forbes overhandigt hem een aanhoudingsbevel. 'Prima. Ik hoop voor u dat hij vandaag geen golfafspraken heeft.'

6

Shawcroft beschouwt zichzelf als een intellectueel en halve advocaat, maar lijkt het wetboek van strafrecht en de Geneefse Conventie door elkaar te halen als hij er vanuit zijn arrestantencel allerlei beschuldigingen over inhumane behandeling uitgooit.

Intellectuelen lopen er te veel mee te koop en wijze mensen zijn gewoon saai. (Mijn moeder zegt me de hele tijd dat ik geld opzij moet leggen, vroeg naar bed moet gaan en geen dingen moet uitlenen.) Ik geef de voorkeur aan slimme mensen die hun talenten verborgen houden en zichzelf niet al te serieus nemen.

Een tiental agenten is bezig archiefmappen en computerbestanden van het New Life Adoption Centre door te spitten. Anderen zijn bezig in Shawcrofts huis in Hayward's Heath. Ik verwacht niet dat ze een papieren spoor zullen vinden dat naar de tweeling leidt. Daar is hij te zorgvuldig voor.

Er is echter wel een kans dat kandidaat-kopers in eerste instantie voor een legale adoptie naar het centrum zijn gekomen. Tijdens onze eerste ontmoeting vroeg ik hem naar de brochure die ik in Cates huis had aangetroffen en waarin het verhaal van een jongetje stond dat door een prostituee ter wereld was gebracht. Shawcroft hield stug vol dat alle adoptiefouders grondig werden gescreend. Dat kon gesprekken omvatten, rapporten van psychologen en het nagaan van een mogelijk strafblad. Als hij me destijds de waarheid heeft verteld, zou degene bij wie de tweeling nu is in het verleden op een wachtlijst van het adoptiecentrum kunnen hebben gestaan.

Sinds zijn arrestatie zijn er vier uur verstreken. Forbes had geregeld dat we hem door de voordeur binnen konden leiden, langs de openbare wachtruimte. Hij wilde een maximum aan ongemak en schaamte teweegbrengen. Hoewel hij ervaren is, voel ik dat hij niet van het niveau is van Ruiz, die precies weet wanneer hij onvermurwbaar moet zijn en wanneer hij iemand nog een uurtje extra moet laten zweten in een arrestantencel, in gezelschap van zijn demonen.

Shawcroft wacht op zijn advocaat, Eddie Barrett. Ik had kunnen raden dat hij om de 'Bulldog' zou vragen, een ouderwetse letselschadejager met een zekere faam voor hofmakerij richting de media en het tegen de haren in strijken van politiefunctionarissen. Ruiz en hij zijn oude tegenstanders met een wederzijdse afkeer en een niet van harte beleden wederzijds respect.

Op de gang klinkt bewonderend gefluit en gelach. Barrett is gearriveerd, gekleed in spijkerbroek, cowboylaarzen, ruitjeshemd en een enorme hoed.

'Hé, daar heb je Willie Nelson!' roept iemand.

'Is dat een proppenschieter in je zak, Eddie, of ben je gewoon allejezus blij me te zien?'

Iemand barst los in een vrolijk dansje. Eddie haakt zijn duimen achter zijn broekriem en maakt een paar lijndanspasjes. Het lijkt hem niet te deren dat ze de draak met hem steken. Meestal is het andersom en laat hij tijdens ondervragingen of voor de rechtbank de politie een modderfiguur slaan.

Barrett is een vreemd uitziende man met een ondersteboven gekeerd lichaam (korte benen en een lang bovenlichaam) en hij loopt net als George W. Bush, dus met zijn armen van het lichaam af, een onnatuurlijk rechte rug en zijn kin te ver omhoog. Misschien iets wat cowboys doen.

Een van de mannen in uniform gaat hem voor naar een verhoorkamer. Shawcroft wordt naar boven gehaald. Forbes doet een plastic dopje in zijn oor, een ontvanger die ons in staat stelt tijdens de ondervraging met elkaar te praten. Hij pakt een stapel mappen en een lijst met vragen. Dit heeft net zoveel te maken met voorbereid líjken als met voorbereid zíjn.

Ik weet niet of Forbes zenuwachtig is, maar ik kan de spanning voelen. Het gaat over de tweeling. We zullen ze nooit vinden als Shawcroft niet breekt of samenwerkt.

De liefdadigheidsman heeft nog steeds z'n golfkleren aan. Barrett zit naast hem en legt zijn cowboyhoed op tafel. De formaliteiten worden afgewerkt: namen, locatie en tijdstip van het verhoor. Vervolgens legt Forbes vijf foto's op tafel. Shawcroft neemt niet de moeite ernaar te kijken.

'Deze vijf asielzoeksters beweren dat u hen hebt overgehaald hun vaderland te verlaten en illegaal het Verenigd Koninkrijk binnen te komen.'

'Nee.'

'U beweert dat u ze niet kent?'

'Misschien heb ik ze ooit ontmoet. Ik kan het me niet herinneren.'

'Misschien helpt het als u hun gezichten bekijkt.'

Barrett komt tussenbeide. 'Mijn cliënt heeft uw vraag beantwoord.'

'Waar zou u hen kunnen hebben ontmoet?'

'Mijn stichtingen hebben vorig jaar meer dan een half miljoen pond binnengehaald. Ik heb weeshuizen bezocht in Afghanistan, Irak, Albanië en Kosovo.'

'Hoe weet u dat deze vrouwen wees zijn? Dat heb ik niet gezegd.'

Shawcroft verstrakt. Ik kan bijna zien hoe hij zichzelf in stilte uitfoetert vanwege de uitglijder.

'Dus u ként deze vrouwen?'

'Zou kunnen.'

'En Samira Khan kent u ook.'

'Ja.'

'Waar hebt u haar ontmoet?'

'In een weeshuis in Kabul.'

'Hebt u het toen gehad over haar overkomst naar het Verenigd Koninkrijk?'

'Nee.'

'Hebt u haar een baan aangeboden hier?'

'Nee.' Hij glimlacht zijn onschuldige glimlach.

'U hebt haar in contact gebracht met een man die haar naar Nederland heeft gesmokkeld en daarna naar Groot-Brittannië.'

'Nee.'

'De prijs was tienduizend Amerikaanse dollars. U zei haar dat

God voor haar een manier zou vinden om dat bedrag terug te betalen.'

'Tijdens mijn reizen heb ik tal van weeskinderen ontmoet, inspecteur, en ik geloof niet dat er ook maar één was die niet weg wilde. Daar droomden ze van. Voor het slapengaan vertelden ze elkaar verhalen over ontkomen naar het Westen, waar zelfs bedelaars autoreden en honden op dieet moesten, zo veel voedsel was er.'

Forbes legt een foto van Brendan Pearl op tafel. 'Kent u deze man?'

'Dat kan ik me niet herinneren.'

'Hij is veroordeeld wegens moord.'

'Ik zal voor hem bidden.'

'En zijn slachtoffers, gaat u daar ook voor bidden?' Forbes houdt een foto van Cate op. 'Kent u deze vrouw?'

'Ze zou het adoptiecentrum kunnen hebben bezocht. Dat kan ik niet met zekerheid zeggen.'

'Wilde ze een adoptie?'

Shawcroft haalt zijn schouders op.

'U zult een antwoord moeten geven voor de bandopname.'

'Ik kan het me niet herinneren.'

'Kijk nog eens goed.'

'Er mankeert niets aan mijn ogen, inspecteur.'

'En aan uw geheugen?'

Barrett onderbreekt ons. 'Hoor eens, dokter Phil, het is vandaag zondag. Ik heb wel wat beters te doen dan te gaan zitten luisteren hoe u uw paal zit op te wrijven. Waarom vertelt u niet gewoon wat mijn cliënt geacht wordt te hebben gedaan?'

Forbes legt een bewonderenswaardige zelfbeheersing aan de dag. Hij legt nog een foto op tafel, ditmaal van Yanus. Het vragen gaat verder. De antwoorden zijn steeds hetzelfde: 'Dat weet ik niet meer. Kan ik me niet herinneren.'

Julian Shawcroft is geen pathologische leugenaar (waarom zou je liegen als je meer hebt aan de waarheid?), maar hij is een geboren misleider, en misleiden gaat hem net zo makkelijk af als ademhalen. Telkens als Forbes hem onder druk heeft staan, ontrolt hij met zorg een lappendeken van leugens, flinterdun en toch zorgvuldig in elkaar gezet en hij repareert elk foutje in het weefsel voordat het een grote scheur kan worden. Hij verliest zijn geduld niet en is niet zichtbaar angstig. In plaats daarvan straalt hij een grote kalmte uit en is zijn blik krachtig en vast.

In de in het adoptiecentrum aangetroffen mappen komen de namen voor van minstens twaalf stellen die ook voorkomen in de papieren van de IVF-kliniek in Amsterdam. Ik geef de informatie via een zendertje door aan Forbes. Ter bevestiging tikt hij tegen zijn oor.

'Bent u weleens in Amsterdam geweest, meneer Shawcroft?' vraagt hij.

Ik spreek het hier in en het komt er daar uit – net tovenarij.

'Meerdere malen.'

'Hebt u ooit een fertiliteitskliniek in Amersfoort bezocht?'

'Kan ik me niet herinneren.'

'U zou zich die kliniek toch zeker nog wel herinneren.' Forbes noemt de naam en het adres. 'Zoveel zult u er toch niet bezoeken.'

'Ik ben een drukbezet man.'

'Dat is precies waarom ik ervan uitga dat u agenda's en afsprakenlijstjes bijhoudt.'

'Klopt.'

'Waarom hebben we dan niets van dat alles aangetroffen?'

'Ik bewaar mijn programma nooit langer dan een paar weken voordat ik het weggooi. Ik haat rommel.'

'Kunt u verklaren hoe het komt dat echtparen die door uw adoptiecentrum zijn gescreend ook voorkomen in de bestanden van een IVF-kliniek in Amsterdam?'

'Misschien kwamen ze daar voor een IVF-behandeling. Mensen die aan adoptie denken proberen vaak eerst IVF.'

Barrett staart naar het plafond. Bij hem dreigt de verveling toe te slaan.

'Deze stellen hebben geen IVF-behandeling gekregen,' zegt Forbes. 'Ze leverden embryo's aan die werden ingeplant in de baarmoeders van asielzoeksters die gedwongen werden de vrucht te voldragen, waarna de baby's van hen werden afgenomen.'

Forbes wijst naar de vijf foto's op tafel. 'Deze vrouwen, meneer Shawcroft, dezelfde vrouwen die u in verschillende weeshuizen hebt ontmoet, dezelfde vrouwen die u aanmoedigde te vertrekken, deze vrouwen hebben u herkend. Ze hebben verklaringen afgelegd bij de politie. En elk van hen herinnert zich dat u hetzelfde zei: "God zal een manier voor je vinden om je schuld terug te betalen."'

Barrett pakt Shawcrofts arm. 'Mijn cliënt doet een beroep op het zwijgrecht.'

Forbes' antwoord komt rechtstreeks uit het boekje: 'Ik hoop dat uw cliënt zich realiseert dat, als hij nalaat feiten te melden waarvan hij later bij zijn verdediging gebruikmaakt, dit door de hoven negatief kan worden geïnterpreteerd.'

'Daar is mijn cliënt zich van bewust.'

Barretts kleine donkere ogen schitteren. 'Doe wat u moet doen, inspecteur. Wat we tot dusverre hebben gehoord is een reeks verzonnen verhalen die voor feiten moeten doorgaan. Wat zegt het als mijn cliënt met deze vrouwen heeft gesproken? U hebt geen bewijs dat hij hun illegale binnenkomst in dit land heeft georganiseerd. En ook geen bewijs dat hij betrokken was bij dit Goebbelsiaanse sprookje over gedwongen zwangerschappen en gestolen baby's.'

Hij zit volmaakt bewegingloos, in evenwicht. 'Mijn indruk, inspecteur, is dat uw hele zaak berust op de getuigenis van vijf illegale immigranten die alles zullen doen om maar in dit land te mogen blijven. Als u daar een zaak op wilt baseren, ga uw gang.'

Barrett staat op, strijkt zijn smal toelopende spijkerbroek glad en doet zijn riemgesp met buffelschedel goed. Hij kijkt even naar Shawcroft. 'Ik adviseer u te zwijgen.' Hij opent de deur en loopt met verende tred de gang af, zijn hoed in de hand. Opnieuw dat loopje.

7

'Stuivertje voor Guy Fawkes.'

Een groep jongens met piekhaar hangt rond op de straathoek. De kleinste is uitgedost als zwerver, in kleren die hem te groot zijn. Hij ziet eruit alsof hij getroffen is door een krimpstraal.

Een van de jongens geeft hem een zetje. 'Laat se je tanden eens sien, Lachie.'

Lachie doet traag zijn mond open. Twee tanden zijn zwartgemaakt.

'Stuivertje voor Guy Fawkes,' zeggen ze opnieuw in koor.

'Jullie gaan hem toch niet op een vreugdevuurtje gooien, hè?'

'Nee, mevrouw.'

'Gelukkig.' Ik geef ze een pond.

Samira heeft staan toekijken. 'Wat zijn ze aan het doen?'

'Geld aan het ophalen voor vuurwerk.'

'Door te bedelen.'

'Niet helemaal.'

Hari heeft haar uitgelegd wat Guy Fawkes Night is. Het resultaat is dat ze de afgelopen drie dagen met z'n tweeën in mijn tuinschuurtje hebben doorgebracht, als manische wetenschappers in katoenen kleren gestoken en ontdaan van alles wat statische elektriciteit zou kunnen opwekken of een vonk veroorzaken.

'Die Guy Fawkes, hè, was dat een terrorist?'

'Ja, in zekere zin wel. Hij probeerde het House of Lords op te blazen met vaten buskruit.'

'Om de koning te vermoorden?'

'Ja.'

'Waarom?'

'Zijn medesamenzweerders en hij waren ontevreden over de manier waarop de koning de katholieken achterstelde.'

'Het ging dus om het geloof?'

'Eigenlijk wel, ja.'

Ze kijkt naar de jongens. 'En zij vieren dat?'

'Toen het complot mislukte, staken mensen vreugdevuurwerk af en verbrandden ze poppen die Guy Fawkes moesten voorstellen. Dat doet men nog steeds.' *Laat niemand je ooit wijsmaken dat protestanten geen wrok koesteren.*

Terwijl we richting Bethnal Green lopen, denkt ze hier in stilte over na. Het is bijna zes uur en de lucht is al zwaar van de geur van zwavel en rook. Overal op het gras zijn vreugdevuurtjes te zien met gezinnen eromheen, met dekens om zich heen geslagen tegen de kou.

Mijn hele familie is gekomen om naar het vuurwerk te kijken. Hari, die uit het schuurtje is opgedoken met een oude munitie-kist in zijn armen waarin de vruchten van zijn inspanningen en Samira's kennis zitten, is in zijn element. Ik weet niet waar hij de benodigdheden vandaan heeft gehaald: de chemicaliën, speciale zouten en metaalpoeders. Het belangrijkste ingrediënt, buskruit, kwam van een hobbywinkel in Notting Hill, of liever gezegd: uit zorgvuldig uit elkaar gehaalde schaalmodellen, waarna het werd fijngewreven.

Overal op het gras dansen fakkels en wordt klein vuurwerk ont-stoken. Kleine vuurpijlen, Romeinse kaarsen, vliegende slangen, rotjes en Bengaalse vuurpotjes. Kinderen tekenen met sterretjes in de lucht en elke hond in Londen blaft, zodat elke baby wakker is. Ik vraag me af of de tweeling zich onder hen bevindt. Mis-schien zijn ze nog te klein om bang te zijn voor het lawaai.

Met mijn arm door die van Bada gehaakt kijken we hoe Samira en Hari een zware plastic pijp in de grond planten. Samira heeft haar rok tussen haar benen gestoken en strak rond haar dijen gesla-gen. Haar hoofddoek zit ingestopt onder de kraag van haar jas.

'Wie is er zo gek geweest hem dat bij te brengen?' zegt Bada. 'Straks blaast hij zichzelf nog op.'

'Hij redt zich wel.'

Hari is altijd de favoriet onder zijn gelijken geweest. Als jongste heeft hij mijn ouders de afgelopen zes jaar voor zichzelf gehad. Ik denk soms dat hij het enige is wat hen nog verbindt met de mid-delbare leeftijd.

Met haar handpalm een bleke, taps toelopende kaars afscher-mend hurkt Samira laag bij de grond. Er gaan een of twee secon-den voorbij. Een vuurpijl zoeft de lucht in en verdwijnt uit het zicht. Een, twee, drie seconden gaan voorbij, totdat hij plotseling hoog boven ons in neerdruppelende sterren uiteenspat die in het duister wegsmelten. Vergeleken met het eerdere vuurwerk is dit hoger, feller en harder. Mensen onderbreken hun eigen vuurwerk om te kunnen kijken.

Hari roept zingzeggend de namen af – Drakenadem, Gouden Feniks, Glitterpalm, Ontploffende Appels – terwijl Samira rustig tussen de buizen heen en weer loopt. Grondvuurwerk sproeit bundels vonken om Samira heen en haar ogen weerspiegelen de lichtjes.

Hari's Luchthuiler vormt de finale. Samira laat hem de lont aansteken. Het projectiel schiet gillend omhoog tot het niet meer dan een vlekje licht is, om even later als een madeliefje uiteen te spatten in een cirkel van wit. Net als het geheel lijkt te stoppen, ontploft er een rode bal binnen de eerste kring. Het eindsaluut is een harde knal die de ramen in de buurt doet rammelen en hier en daar een autoalarm doet afgaan. De menigte applaudisseert. Hari maakt een buiging. Samira is al bezig de geschroeide papieren kokers en flarden papier op te ruimen, die ze in de oude munitiekist stopt.

Hari is in de wolken. 'We moeten het vieren,' zegt hij tegen Samira. 'Ik neem je mee uit.'

'Uit?'

'Ja.'

'Waar is uit?'

'Kan me niet schelen. We kunnen iets gaan drinken of naar een bandje gaan luisteren.'

'Ik drink niet.'

'Je kunt een sapje nemen, of frisdrank.'

'Ik kan niet met jou uitgaan. Het is niet goed als een meisje met een jongen alleen is.'

'We zijn vast niet alleen. De pub zit altijd stampvol.'

'Ze bedoelt zonder chaperonne,' zeg ik tegen hem.

'O, oké.'

Ik vraag me soms af waarom ze Hari als mijn slimste broertje beschouwen. Hij kijkt beteuterd.

'Het heeft iets met het geloof te maken, Hari.'

'Maar ik ben helemaal niet gelovig.'

Ik geef hem een draai om zijn oren.

Ik heb Samira nog altijd niet verteld wat er tijdens Shawcrofts ondervraging is gebeurd of – nog belangrijker – wat er níet is gebeurd. De liefdadigheidsbaas liet niets los. Forbes moest hem laten gaan.

Hoe kan ik de regels van bewijs en bewijslast uitleggen aan iemand die nooit de luxe van rechtvaardigheid of eerlijkheid heeft gekend?

Ik laat de anderen voorgaan, geef Samira een arm en probeer het haar duidelijk te maken.

'Maar hij is degene die al die dingen heeft gedaan,' zegt ze terwijl ze zich naar me toe draait. 'Dit zou allemaal niet gebeurd zijn als hij er niet was geweest. Hasan en Zala zouden er nog zijn. Er zijn zo veel mensen dood.' Ze slaat haar ogen neer. 'Misschien zijn zij wel de geluksvogels.'

'Dat mag je niet zeggen.'

'Waarom niet?'

'Omdat de tweeling een moeder nodig zal hebben.'

Ze onderbreekt me met een vinnig handgebaar. 'Ik zal nóóit hun moeder zijn!'

Haar gezicht staat anders. Verwrongen. Ik zie een ander gezicht onder het eerste, een gevaarlijk gezicht. Het duurt maar een fractie van een seconde, maar lang genoeg om me van slag te brengen. Ze knippert en het is weg. Ik heb haar weer terug.

We zijn bijna thuis. Zo'n vijftien meter achter ons is een auto langzamer gaan rijden, traag voortrollend zonder ons in te halen. Angst kruipt mijn keel in. Ik reik naar achteren en trek mijn hemd losser. De Glock zit in een holster onder op mijn rug.

Hari is al de hoek om, Hanbury Street in. Mama en Bada zijn naar huis gegaan. Tegenover het volgende verkeerslicht loopt een voetpad tussen de huizen door. Samira heeft de auto opgemerkt.

'Niet omkijken,' zeg ik tegen haar.

Als we onder de straatlantaarn zijn, duw ik haar in de richting van het voetpad en roep dat ze het op een lopen moet zetten. Ze gehoorzaamt zonder iets te vragen. Ik kan de bestuurder niet goed zien. Ik richt mijn pistool op zijn hoofd en zijn handen gaan omhoog, de handpalmen naar voren, als een mimespeler tegen een denkbeeldige wand.

Een van de achterramen gaat open. Het binnenlampje springt

aan. Ik zwenk mijn wapen naar de opening. Julian Shawcroft heeft
één hand op het portier en in de andere iets wat een gebedenboek
zou kunnen zijn.

'Ik wil je iets laten zien,' zegt hij.

'Gaat u mij ook laten verdwijnen?'

Hij kijkt teleurgesteld. 'Vertrouw op God als je beschermer.'

'Brengt u me naar de tweeling?'

'Ik zal je helpen het te begrijpen.'

Een windvlaag, gespetter van regendruppels: de avond is storm-
achtig aan het worden en slechtgeluimd. Mensen zijn op weg naar
huis, vreugdevuren doven langzaam uit. We steken de rivier over en
rijden door Bermondsey zuidwaarts. Tussen gebouwen door en boven de boomtoppen is de uivormige koepel van St. Paul's te zien.

Shawcroft zwijgt. In de bundel van passerende koplampen
kan ik zijn gezicht zien – ik met mijn pistool op schoot, hij met
zijn boek. Ik zou bang moeten zijn. In plaats daarvan voel ik een
merkwaardige kalmte. Ik heb alleen mijn huis gebeld, om te controleren of Samira veilig was thuisgekomen.

De auto draait de weg af een oprit op en houdt stil op een ach-
terplaats. Tegen de achtergrond van het glimmende dak zie ik
voor het eerst het gezicht van de bestuurder. Het is niet Brendan
Pearl. Dat had ik ook niet verwacht. Shawcroft is ook weer niet zo
gek dat hij zich met een moordenaar laat zien.

Aan Shawcrofts kant duikt een vrouw op in een Franse boerin-
nenrok en een ruimvallende trui. Haar haar is zo strak achter-
overgespeld dat haar wenkbrauwen omhoog worden getrokken.

'Dit is Delia,' zegt hij. 'Ze runt een van mijn stichtingen.'

Ik schud een gladde, droge hand.

Door dubbele deuren gaat ze ons voor, een smalle trap op. Aan
de muur hangen affiches met confronterende beelden van honger
en verwaarlozing. Op een ervan is een Afrikaans kindje afgebeeld
met een opgezwollen buik en smekende bolle ogen. In de bene-
denhoek staat een logo van een tikkende klok met in plaats van
cijfers de letters O R P H A N W A T C H, en het gezichtje van een kind
op 12.

Achter op mijn rug laat ik mijn wapen in de holster glijden.

Er is een kantoor met bureaus en archiefkasten en een beeldscherm, donker en in slaapstand. Shawcroft keert zich naar Delia.

'Is hij open?'

Ze knikt.

Ik loop achter hem aan een tweede kamer binnen, die is ingericht als een kleine huisbioscoop met een scherm en een projector. Er hangen nog meer posters en ook krantenknipsels, waarvan sommige aan de randen omgevouwen, gescheurd of gerafeld. Een klein meisje in een vieze witte jurk kijkt de camera in, een jongetje met zijn armen over elkaar kijkt me uitdagend aan. Er zijn meer beelden, tientallen, die de muur bedekken. De spotjes waaronder ze hangen maken ze tot tragische kunstwerken.

'Dit zijn kinderen die we hebben kunnen redden,' zegt hij met zijn bleke priesterhanden gevouwen voor zich.

De wandpanelen zijn als een harmonica samengevouwen. Hij trekt ze uit om nog meer foto's te laten zien.

'Herinner je je de weeskinderen van de tsunami in Azië nog? Niemand weet precies hoeveel het er zijn, maar sommige schattingen hielden het op twintigduizend. Dakloos. Verstoken van alles. Getraumatiseerd. Gezinnen stonden in de rij om ze te adopteren, regeringen werden bestormd met aanbiedingen, maar vrijwel alle verzoeken werden afgewezen.'

Zijn blik glijdt over me heen. 'Zal ik je vertellen wat er met de tsunamiwezen is gebeurd? In Sri Lanka lijfden de Tamil Tijgers ze in om te vechten, sommigen pas zeven jaar oud. In India ruzieden hebzuchtige verwanten om de kinderen vanwege de door de overheid geboden hulpgelden, om ze vervolgens in de steek te laten zodra het geld binnen was.

In Indonesië weigerden de autoriteiten adoptie aan ieder echtpaar dat geen moslim was. Soldaten haalden driehonderd wezen van een reddingsvlucht, omdat die georganiseerd was door een christelijke liefdadigheidsinstelling. Ze werden zonder voedsel aan hun lot overgelaten. Zelfs landen die adoptie door buitenlanders toestaan, zoals Thailand en India, sloten plotseling hun grenzen, schichtig geworden door onbevestigde verhalen over weeskinderen die het land uit werden gesmokkeld door bendes pedofielen. Het was te gek voor woorden. Als iemand een bank berooft, ga je niet het internationale bancaire systeem platleggen. Je grijpt de bankrovers. Je vervolgt ze. Helaas wil men, telkens als er sprake is van kindersmokkel, het internationale adoptiesysteem stilleggen en maakt men de zaken voor miljoenen weeskinderen nog erger.

Mensen hebben geen idee van de enorme schaal van dit probleem. Jaarlijks worden twee miljoen kinderen gedwongen de prostitutie in te gaan. En in Afrika worden wekelijks meer kinderen wees dan het totale aantal weeskinderen als gevolg van de tsunami in Azië. In het gebied beneden de Sahara zijn het er alleen al dertien miljoen.

De zogenaamde deskundigen zeggen dat kinderen niet als handelswaar mogen dienen. Waarom niet? Is het niet beter als handelswaar te worden behandeld dan als een hond? Hongerig. Koud. In vuiligheid levend. Als slaaf verkocht worden. Verkracht. Ze zeggen dat het niet om geld mag gaan. Om wat dan wel? Hoe gaan we die kinderen anders redden?'

'U vindt dat het doel de middelen heiligt.'

'Ik vind dat het in ieder geval een rol moet spelen.'

'U kunt mensen niet als een soort grondstof behandelen.'

'Natuurlijk kan ik dat. Economen doen niet anders. Ik ben een pragmaticus.'

'U bent een monster.'

'Ik bekommer me er tenminste om. De wereld heeft mensen zoals ik nodig. Realisten. Mannen die van wanten weten. Wat doen jullie? Een kind sponsoren in Burundi of donateur worden van de Cliniclowns. Jullie proberen één kind te redden terwijl tienduizend anderen verhongeren.'

'En wat is het alternatief?'

'Er eentje opofferen en tienduizenden redden.'

'Wie bepaalt dat?'

'Pardon?'

'Wie kiest het ene kind dat je opoffert?'

'Dat doe ik. Ik vraag niet van anderen om dat voor me te doen.'

Dit is het moment waarop ik hem haat. Met al zijn donkere charme en verfijnde intensiteit is hij een beul en een fanaticus. Dan heb ik nog liever Brendan Pearls motieven. Hij probeert zijn moorden tenminste niet te rechtvaardigen.

'En als de cijfers nou anders liggen? Zou u vijf levens opofferen om er vijfhonderd te redden? En tien om er elf te redden?'

'Zullen we dat maar aan de mensen zelf vragen?' antwoordt hij sarcastisch. 'Elf stemmen voor mij, jij maar tien. Ik heb gewonnen.'

Heel even, tot mijn schrik, begrijp ik wat hij zegt, maar ik kan een wereld die zo meedogenloos zwart-wit is niet accepteren. Moord, verkrachting en marteling zijn het gereedschap van terroristen en niet van beschaafde samenlevingen. Als we zoals zij worden, welke hoop rest ons dan nog?

Shawcroft beschouwt zichzelf als een rechtschapen mens, een barmhartig mens, een vroom mens, maar dat is hij niet. Hij is deel geworden van het probleem in plaats van de oplossing – door vrouwen te smokkelen, baby's te verhandelen, de kwetsbaren uit te buiten.

'Niets geeft u het recht die keuzes te maken,' zeg ik hem.

'Ik heb die rol aanvaard.'

'U denkt dat u God bent.'

'Inderdaad. En weet je waarom? Omdat iemand dat moet doen. Weekhartige types zoals jij bewijzen de armen en hulpbehoevenden alleen lippendienst. Jullie dragen een gekleurd armbandje en beweren dat jullie de armoede tot het verleden zullen laten behoren. Hoe dan?'

'Dit gaat niet over mij.'

'O, jawel.'

'Waar is de tweeling?'

'Er wordt van ze gehouden.'

'Waar?'

'Waar ze thuishoren.'

Het pistool ligt tegen mijn onderrug, warm als bloed. Mijn vingers sluiten zich eromheen. In één beweging zwaait het wapen naar hem toe, tot tegen zijn voorhoofd.

Ik verwacht angst te zien. In plaats daarvan knipoogt hij mismoedig naar me. 'Dit is als een oorlog, Alisha. Ik weet dat we die term al te gemakkelijk hanteren, maar soms is hij gerechtvaardigd. Sommige oorlogen zijn gerechtvaardigd. De oorlog tegen de armoede. De oorlog tegen honger. Zelfs pacifisten kunnen niet tegen dat soort oorlogen zijn. Bij conflicten raken onschuldige mensen gewond. Jouw vriendin was een slachtoffer.'

'U hebt haar opgeofferd.'

'Om anderen te beschermen.'

'Om uzelf te beschermen.'

Mijn vinger spant zich om de trekker. Twee ons druk erbij en het is over. Langs de loop kijkt hij me aan, nog altijd niet bang. Een kort moment denk ik dat hij bereid is te sterven nu hij zijn zegje heeft gedaan en vrede met zichzelf heeft gesloten.

Hij doet zijn ogen niet dicht. Hij wéét dat ik het niet kan doen. Zonder hem vind ik de tweeling misschien wel nooit terug.

8

Op een groot portret boven de schouw is een aristocratisch uitziende man te zien in rechterstoga, met op zijn onderarm een paardenharen pruik die verrassend veel weg heeft van een Shi-Tzu. Hij kijkt ernstig neer op een glimmend gepoetste tafel die omgeven is door stoelen met hoge rugleuning.

Felix' moeder is gekleed in een tweedjasje en zwarte vrijetijdsbroek en houdt haar handtas vast alsof ze bang is dat iemand hem pikt. Naast haar zit een andere zoon met zijn vingers op tafel te trommelen, nu al verveeld.

Barnaby staat door het raam de kleine binnenplaats te bestuderen. Ik zie Jarrod niet als hij komt aanlopen. Hij raakt mijn schouder aan.

'Is het waar? Ben ik oom?'

Zijn haar is bij zijn slapen naar achteren geborsteld en blijkt al dunner te worden.

'Ik weet niet precies wat jij bent, technisch gesproken.'

'Mijn vader zegt dat het een tweeling is.'

'Ze behoren niet toe aan Cate. Een meisje werd gedwongen ze te dragen.'

Zijn ogen stralen onbegrip uit. 'Biologisch gezien behoren ze bij Cate. Dat maakt mij tot hun oom.'

'Misschien wel, ik weet het niet.'

De juridisch adviseur komt de spreekkamer binnen en neemt een stoel. Hij is midden vijftig, gekleed in een driedelig krijtstreeppak, stelt zich voor als William Grove en vertrekt zijn gezicht tot een strak glimlachje. Zijn hele houding is er een van ingehouden vaart. Tijd is geld. Elk kwartier is factureerbaar.

Stoelen gaan schrapend naar achteren. Mensen gaan zitten. Meneer Grove werpt een blik op zijn instructies.

'Dames en heren, aan dit testament werd zes weken geleden een codicil toegevoegd met als ontstaansgrond de gerede kans dat de Beaumonts ouders van een kind zouden worden.'

Een huivering verstoort de lucht als een plotselinge verandering van luchtdruk. De jurist kijkt op en geeft een rukje aan de manchetten van zijn overhemd. 'Mag ik hieruit concluderen dat dit huwelijk kinderen heeft voortgebracht?'

Stilte.

Uiteindelijk schraapt Barnaby zijn keel. 'Daar lijkt het wel op.'

'Hoe bedoelt u? Verklaar u nader.'

'Wij hebben reden om aan te nemen dat Cate en Felix een draagmoederschap hadden geregeld. Acht dagen geleden is er een tweeling geboren.'

De volgende minuut is er een van uitroepen en ongeloof. Felix' moeder maakt achter in haar keel een snikgeluid. Barnaby kijkt naar zijn handen en wrijft met zijn vingertoppen. Jarrod heeft zijn ogen niet van me afgewend.

Meneer Grove, die niet goed weet wat hij nu moet, neemt even de tijd om tot rust te komen. Hij besluit verder te gaan. De nalatenschap bestaat uit een zwaar verhypothekeerde eengezinswoning in Willesden Green, Noord-Londen, die recentelijk beschadigd is door brand. De verzekering zal de kosten van herbouw vergoeden. Felix had daarnaast een door zijn werkgever verstrekte levensverzekering.

'Als niemand bezwaar maakt, zal ik de laatste wilsbeschikkingen voorlezen, die ogenschijnlijk gelijkluidend zijn.' Hij neemt een slokje water.

'"Dit is de uiterste wilsbeschikking en testament van mij, Cate Elisabeth Beaumont (geboren Elliot), opgesteld op de veertiende dag van september 2006. Ik herroep hierbij alle wilsbeschikkingen eerder door mij opgesteld en verklaar dat dit mijn laatste wilsbeschikking en testament is. Ik benoem William Grove van Sadler, Grove & Buffett tot executeur en bewindvoerder van onderhavige wilsbeschikking. Ik geef, vermaak en testeer aan mijn echtgenoot Felix Beaumont (eerder bekend als Felix Buczkowski) mijn gehele nalatenschap, op voorwaarde dat hij mij dertig dagen overleeft. Indien dit laatste niet het geval is gaat mijn volledige nalatenschap over op mijn kind of kinderen, door hen gelijkelijk te verdelen als gemeenschappelijke eigenaren.

Ik benoem Alisha Gaur Barba tot voogd over mijn pasgeboren kinderen en draag haar op hen lief te hebben en te verzorgen en zoveel als nodig van de nalatenschap aan te wenden voor hun opvoeding, opleiding en vooruitgang in het leven."'

Barnaby is opgestaan, zijn kaak gaat in protest op en neer. Heel even denk ik dat er misschien wel sprake is van een hartaanval.

'Dit is belachelijk! Ik laat mijn kleinkinderen godverdomme niet door een vreemde opvoeden.' Hij priemt met een vinger in mijn richting. 'Jij wist hiervan!'

'Nee.'

'Jij hebt het al die tijd geweten.'

'Nee, dat heb ik niet.'

Meneer Grove probeert hem tot bedaren te brengen. 'Meneer, ik kan u verzekeren dat alles correct is ondertekend in het bijzijn van getuigen.'

'Denkt u dat ik gek ben? Dit is gelul. Ik laat me door niemand mijn kleinkinderen afpakken.'

Na de uitbarsting is het doodstil in de kamer. Het enige geluid is dat van de airconditioning en waterleidingen die zich in de verte vullen en weer leeglopen. Een moment lang denk ik dat Barnaby me weleens zou kunnen gaan slaan. In plaats daarvan schopt hij zijn stoel naar achteren en stormt naar buiten met Jarrod achter hem aan. Mensen draaien zich naar me om. Mijn nek wordt warm.

Meneer Grove heeft een brief voor me. Als ik hem aanpak, moet ik mijn hand dwingen niet te trillen. Waarom zou Cate dit doen? Waarom kiest ze mij? Ik voel de verantwoordelijkheid al tegen mijn longen drukken.

Terwijl ik de spreekkamer verlaat, door de hal loop en zware glazen deuren openduw, zit de envelop gekreukt in mijn hand. Ik heb geen idee waar ik heen loop. Is dit het? Eén lullig briefje dat alles moet verklaren? Zal het opwegen tegen acht jaar stilte?

Ineens krijgt mijn verwarring gezelschap van nog een gedachte: misschien wordt mij hier wel de kans geboden het goed te maken, mezelf te bevrijden van schuld. Om rekenschap af te leggen voor mijn nalatigheid, mijn fouten, de onuitgesproken dingen, alles wat me ontgaan is en wat ik begaan heb. Mij wordt gevraagd haar kostbaarste erfenis te beschermen en daar beter mee om te gaan dan met onze vriendschap.

In de portiek van een drankwinkel blijf ik staan en haal mijn vinger onder de flap van de envelop door.

Lieve Ali,
Het is maf om een brief te schrijven die pas zal worden geopend en gelezen als je dood bent. Het lukt me echter niet er al te bedroefd over te worden. En als ik dood ben is het aan de late kant om me nog druk te maken, want dan nemen gedane zaken pas echt geen keer meer.
Het enige waar ik me druk om maak ben jij. Jij bent het enige wat me spijt. Vanaf dat we elkaar op Oaklands leerden kennen en jij met Paul Donavon vocht om mijn eer te verdedigen en je je voortanden verloor, heb ik bevriend met je willen zijn. Jij was écht, Ali, en geen nepper.
Ik weet dat je spijt hebt van wat er is voorgevallen met mijn

vader. Ik weet dat het eerder zijn fout was dan de jouwe. Jou heb ik het al lang geleden vergeven. Hem heb ik het vergeven omdat – nou ja, je weet wel hoe dat gaat met vaders. Jij was, tussen haakjes, niet de eerste met wie hij een scheve schaats reed, maar dat had je denk ik al in de smiezen.

De reden dat ik je dit nooit heb kunnen vertellen is een belofte die ik mijn moeder heb gedaan. Ze was erachter gekomen van jou en mijn vader. Hij had het haar verteld omdat hij dacht dat ik het haar zou vertellen.

Mijn moeder liet me beloven dat ik jou nooit meer zou zien, nooit meer met je zou praten, je nooit meer bij ons uit zou nodigen en nooit meer jouw naam in de mond zou nemen.

Ik weet dat ik haar had moeten negeren. Ik had moeten bellen. Dat is vele malen bijna gebeurd. Dan had ik de telefoon al beet. Soms had ik het nummer van je ouders al ingetoetst, maar dan wist ik niet wat ik tegen je moest zeggen. We hadden er te veel tijd overheen laten gaan. Hoe zouden we ooit om een stilte die zo groot was als een olifant die in de kamer zit heen kunnen komen?

Ik ben altijd aan je blijven denken. Ik volgde zo goed als ik kon je carrière, pikte verhalen op van andere mensen. Die arme Felix werd gek van mijn verhalen over jouw wapenfeiten en avonturen – als we in een brandend vliegtuigwrak omkomen of zelfmoordterroristen hun oog hebben laten vallen op de supermarkt op Willesden Green, willen we dat jij voogd wordt over onze kinderen.

Mijn moeder krijgt een rolberoerte als ze dit te weten komt, maar ik heb me aan mijn belofte gehouden, waarin niets stond over postuum contact met jou. Er zijn geen kleine lettertjes. Ik ga geen beperkende bepalingen of instructies geven. Als jij de taak op je wilt nemen, is hij van jou. Ik weet dat je net zoveel van mijn kinderen zult houden als ik. En ik weet dat je hun zult leren voor elkaar te zorgen. Je zult de dingen tegen ze zeggen die ik zou hebben gezegd en hun vertellen over mij en over Felix. De goede dingen, uiteraard.

Ik weet niet wat ik nog meer moet zeggen. Ik denk vaak hoe an-

ders mijn leven zou zijn geweest – hoeveel gelukkiger – als jij er
deel van had uitgemaakt. Ooit.
Liefs, Cate

Het is even over vijven. Door mijn tranen heen zijn de straatlantaarns vlekkerig. Gezichten glijden voorbij. Hoofden keren zich
af. Tegenwoordig vraagt niemand een huilende vrouw nog wat
er is, niet in Londen. Ik ben gewoon een van de mafkezen die je
ontwijkt.

Tijdens de taxirit naar West Acton zie ik mezelf weerspiegeld
in het raam. Donderdag word ik dertig – dichter bij de zestig dan
bij mijn geboorte. Ik zie er nog steeds jong uit, maar wel uitgeput
en koortsig, als een kind dat op een volwassenenfeestje te lang is
opgebleven.

Voor de flat van Groentje Dave staat een bord met TE KOOP. Het
is hem ernst, hij gaat de kit verlaten om zeilles te gaan geven aan
kinderen.

Ik overleg bij mezelf of ik naar boven zal gaan. Ik loop naar de
voordeur, staar naar de bel en loop terug naar de weg. Ik wil geen
dingen uitleggen. Ik wil gewoon een fles wijn opentrekken, een
pizza bestellen en me op de bank neervlijen met zijn benen tussen
de mijne en zijn handen die mijn tenen warm wrijven, die ijskoud
aanvoelen.

Sinds Amsterdam heb ik hem niet meer gezien. Voor die tijd
belde hij me elke dag, soms twee keer. Toen ik hem na de begrafenissen belde, klonk hij aarzelend, bijna nerveus.

Het is de olifant in de kamer. Je kunt er niet over praten, maar je
kunt hem ook niet negeren. Mijn opgelapte bekken is ook zoiets.
Mensen willen me ineens kinderen geven. Is dat ironisch? Ik weet
het nooit met ironie; die term wordt zo vaak misbruikt.

Ik loop opnieuw naar de deur. Het duurt een tijd voor er iemand reageert. Door de intercom klinkt een vrouwenstem. Verontschuldigend. Ze stond onder de douche.

'Dave is er niet.'

'Mijn schuld. Ik had moeten bellen.'

'Hij is onderweg naar huis. Wil je binnenkomen en wachten?'

'Nee, dat hoeft niet.'
Wie is zij? Wat doet zij hier?
'Ik zal zeggen dat je bent geweest.'
'Oké.'
Een stilte.
'Je moet nog zeggen wie je bent.'
'O ja. Sorry. Laat maar. Ik bel hem wel.'
Ik loop terug naar de weg terwijl ik mezelf wijsmaak dat het me niets kan schelen.
Kut! Kut! Kut!

Het huis is merkwaardig stil. In de voorkamer staat de tv zachtjes aan en boven brandt licht. Ik glip het zijpad over en de achterdeur door. Hari is in de keuken.
'Je moet haar tegenhouden.'
'Wie?'
'Samira. Ze gaat weg. Ze is boven aan het pakken.'
'Waarom? Wat heb je met haar gedaan?'
'Niets.'
'Heb je haar alleen gelaten?'
'Twintig minuutjes maar, ik zweer het. Dat is alles. Ik moest de auto van een vriend wegbrengen.'
Samira is in mijn slaapkamer. Haar kleren liggen gevouwen op bed: een paar simpele rokken, bloes, een versleten trui... Hasans koektrommel staat boven op de stapel.
'Waar ga je heen?'
Ze lijkt haar adem in te houden. 'Ik ga. Jullie willen me niet.'
'Waarom zeg je dat? Heeft Hari iets gedaan? Heeft hij iets gezegd dat hij niet had moeten zeggen?'
Ze wil me niet aankijken, maar ik zie de bloeduitstorting die op haar wang opkomt, een ruwe cirkel onder haar rechteroog.
'Wie heeft dat gedaan?'
Ze fluistert: 'Er kwam een man langs.'
'Wat voor man?'
'De man die met jou praatte, bij de kerk.'
'Donavon?'

'Nee, die andere man.'

Ze bedoelt Barnaby. Hij is langs geweest om ruzie te zoeken.

'Hij stond op de deur te slaan, hij maakte een hele hoop herrie. Hij zei dat je tegen mij had gelogen en tegen hem had gelogen.'

'Ik heb nog nooit tegen jou gelogen.'

'Hij zei dat je de baby's voor jezelf wilde en dat jij en ik nog niet van hem af waren.'

'Je moet niet naar hem luisteren.'

'Hij zei dat ik niet welkom was in dit land, dat ik terug moest gaan naar waar ik vandaan kwam, tussen de terroristen.'

'Nee.'

Ik steek mijn arm naar haar uit. Ze deinst terug.

'Heeft hij je geslagen?'

'Ik probeerde de deur dicht te doen. Hij duwde.' Ze voelt aan haar wang.

'Hij had het recht niet om zulke dingen te zeggen.'

'Is het waar? Wil jíj de baby's hebben?'

'Cate heeft een testament geschreven, een juridisch document. Ze heeft mij benoemd tot voogd voor als ze kinderen zou krijgen.'

'Wat betekent voogd? Is de tweeling dan van jou?'

'Nee. Jij hebt ze gebaard. Ze mogen dan Cates ogen hebben en Felix' neus, ze zijn in jouw lichaam gegroeid. En wat mensen ook zullen zeggen, ze behoren jou toe.'

'En als ik ze nou niet wil?'

Mijn mond opent zich, maar ik antwoord niet. Iets heeft zich in mijn keel vastgezet: verlangen en twijfel. Wat Cate ook wilde, het zijn niet mijn baby's. Mijn motieven zijn zuiver.

Ik sla mijn arm om Samira's schouders en trek haar dicht tegen me aan. Haar adem voelt warm in mijn nek en haar eerste snik ploft neer als een schep die in de natte klei neerkomt. Er breekt iets in haar binnenste. Ze heeft haar tranen gevonden.

9

De digitale cijfers van mijn wekker gloeien op in het donker. Het is net vier uur. Slapen zal ik niet meer. Samira ligt opgerold naast me, zachtjes ademend. Ik spaar olifanten. Sommige zijn pluchen speelgoedfiguren, andere beeldjes van geslepen glas, porselein, jade of kristal. Mijn favoriet is vijftien centimeter hoog en gemaakt van zwaar glas, ingelegd met spiegeltjes. Normaal gesproken staat hij onder mijn leeslampje en strooit kleurige sterren uit over de muren. Nu staat hij er niet. Ik vraag me af wat ermee gebeurd kan zijn.

Ik laat me zachtjes uit bed glijden, trek mijn loopspullen aan en stap naar buiten de duisternis van Hanbury Street in. Er zit een scherp kantje aan de wind. Wisseling der seizoenen.

Vroeger hielp Cate me na school bij mijn trainingen. Dan reed ze op haar fiets naast me en zette aan als we de heuvels naderden, omdat ze wist dat ik haar er in de klim uit kon lopen. Toen ik meeliep met de nationale leeftijdskampioenschappen in Cardiff, smeekte ze haar ouders haar mee te laten gaan. Ze was de enige leerling van Oaklands die me daar zag winnen. Die dag vloog ik als de wind. Snel genoeg om onscherp op de foto te komen.

Ik kon haar niet zien zitten op de tribunes, maar kon wel mijn moeder eruit pikken, die een fel karmozijnrode sari droeg die als een lik verf afstak tegen de blauwe zitjes en grauwe toeschouwers.

Mijn vader heeft me nooit een wedstrijd zien lopen. Hij keurde het niet goed.

'Hardlopen is niet iets wat een dame betaamt. Een vrouw gaat ervan zweten,' zei hij tegen me.

'Mama zweet de hele tijd als ze in de keuken is.'

'Dat is een ander soort zweet.'

'Ik wist niet dat er verschillende soorten zweet waren.'

'Ja hoor, dat is een bekend wetenschappelijk feit. Het zweet van hard werken en het bereiden van eten is zoeter dan het zweet van heftige lichaamsoefening.'

Ik lachte niet. Een brave dochter respecteert haar vader.

Later hoorde ik mijn ouders ruziemaken.

'Hoe kan een jongen haar nou te pakken krijgen als ze zo hard loopt?'

'Ik wil niet dat jongens haar te pakken krijgen.'

'Heb je haar kamer gezien? Ze heeft gewichten. Mijn dochter tilt halters.'

'Ze is in training.'

'Gewichten zijn niet vrouwelijk. En heb je gezien wat ze aanheeft? Die korte broeken zijn net ondergoed. Ze rent in haar ondergoed.'

In het donker loop ik twee rondjes Victoria Park; ik hou me aan de asfaltpaden en gebruik de straatlantaarns als kompas.

Mijn moeder vertelde me vaak een volksverhaaltje over een dorpsezel die altijd werd bespot omdat hij dom en lelijk was. Op een dag kreeg een goeroe medelijden met het dier. 'Als je kon brullen als een tijger zouden ze niet lachen,' meende hij. Dus nam hij een tijgervel en legde het over de rug van de ezel. De ezel ging terug naar het dorp en ineens werd alles anders. Vrouwen en kinderen renden gillend weg. Mannen verscholen zich in hoeken. Al snel was de ezel alleen op de markt en deed zich tegoed aan de heerlijke appels en wortelen.

De dorpelingen waren doodsbang en moesten de 'tijger' kwijt zien te raken. Er werd een vergadering bijeengeroepen en ze besloten de tijger terug te jagen naar het woud. Trommelslagen weerklonken over de markt en de arme, van zijn stuk gebrachte ezel ging nu eens die kant op en dan weer die. Hij rende het woud in, maar de jagers kwamen hem op het spoor.

'Dat is geen tijger,' riep een van hen. 'Het is die ezel van de markt maar.'

De goeroe verscheen en lichtte kalm het tijgervel op van het doodsbange beest. 'Onthoud dit,' zei hij tegen de mensen. 'Dit beest heeft de huid van een tijger, maar de ziel van een ezel.'

Zo voel ik me nu: een ezel in plaats van een tijger.

Op het moment dat ik Smithfield Market passeer, daalt er een besef op me neer. Het begint als niet meer dan een vaag vermoeden. Ik vraag me af waardoor zo'n reactie wordt opgewekt. Misschien is het een patroon van voetstappen of een geluid dat daar niet hoort of een beweging die een gedachte op gang brengt. Een gedachte die nu in me opkomt. Ik weet hoe ik de tweeling kan vinden!

Tot nu toe heeft Forbes zich geconcentreerd op echtparen die erin zijn geslaagd een kind te krijgen met behulp van een genetisch surrogaat. Die kunnen geen belastende verklaring tegen Shawcroft afleggen zonder een verdenking op henzelf te laden. Waarom zouden ze dat ook doen? Ze hebben de wetenschap aan hun kant. Niemand kan bewijzen dat zij de ouders niet zijn.

Maar degenen die de tweeling hebben, moeten het doen zonder een genetisch vangnet. DNA-tests zullen hen ontmaskeren in plaats van steunen. Zij hebben geen tijd gehad om een zwangerschap te simuleren of een ingewikkelde kunstgreep toe te passen. Ze moeten zich op dit moment kwetsbaar voelen.

Op dit uur van de ochtend valt het niet mee om in Kennington, vlak bij Forbes' kantoor, een parkeerplaats te vinden. De meeste rechercheurs beginnen om negen uur, wat betekent dat de meldkamer verlaten is, op een agentrechercheur na die nachtdienst heeft gehad. Hij is ongeveer van mijn leeftijd en op een norse manier behoorlijk knap. Misschien heb ik hem wakker gemaakt.

'Forbes heeft me gevraagd hierheen te komen,' lieg ik.

Hij kijkt me bedenkelijk aan. 'De baas heeft vanochtend een bespreking op Binnenlandse Zaken. Hij is pas later weer op kantoor.'

'Hij wil dat ik een mogelijke aanwijzing natrek.'

'Wat voor aanwijzing?'

'Gewoon een idee, meer niet.'

Hij gelooft me niet. Ik bel Forbes om zijn goedkeuring te vragen.

'Als dit godverdomme maar wel belangrijk is,' hoor ik hem brommen.

'Goedemorgen, meneer.'

'Met wie spreek ik?'

'Agent Barba.'

'Laat dat goedemorgen maar achterwege.'

'Sorry, meneer.'

Ik hoor de gedempte stem van mevrouw Forbes zeggen dat hij stil moet zijn. Beddenpraat.

'Ik wil Shawcrofts telefoongegevens inzien.'

'Het is zes uur in de ochtend.'

'Ja, meneer.'

Hij staat op het punt nee te zeggen. Hij vertrouwt me niet. Ik breng narigheid of onheil. Alles wat ik heb aangeraakt is in stront veranderd. Ik voel dat er nog een reden is: een bepaalde nervositeit. Sinds hij Shawcroft heeft laten gaan is hij aan het terugkrabbelen en verontschuldigingen aan het maken. Hij zal hier en daar wel een douw hebben gekregen, maar dat hoort bij de risico's van het vak.

'Ik wil dat je weer naar huis gaat, agent Barba.'

'Ik heb een aanknopingspunt.'

'Geef maar door aan de rechercheur van dienst. Jij maakt geen deel uit van dit onderzoek.' Zijn stem wordt milder. 'Zorg voor Samira.'

Waarom is hij zo negatief? En vanwaar de briefing bij Binnenlandse Zaken? Die gaat vast over Shawcroft.

'Hoe maakt uw vrouw het, meneer?'

Forbes aarzelt. Ze ligt naast hem. Wat kan hij zeggen?

Er volgt een lange stilte. 'We staan aan dezelfde kant, meneer,' fluister ik. 'U hebt me die avond niet guh-neukt, dit keer wil ik niet worden vur-neukt.'

'Prima. Ja, dat lijkt me geen probleem,' antwoordt hij. Ik geef de telefoon aan de nachtrechercheur en luister naar hun 'ja meneer, nee meneer'-gesprek. Ik krijg de telefoon terug. Forbes wil nog een laatste woord.

'Alles wat je vanaf nu tegenkomt, draag je aan mij over.'

'Ja, meneer.'

Het gesprek is ten einde. De nachtrechercheur kijkt me aan en we glimlachen allebei. Het wakker bellen van een meerdere is een van de kleine genoegens des levens.

Hij heet Rod Beckley, maar iedereen noemt hem Becks. 'Omdat ik voetbal als een krant,' grapt hij.

Nadat hij een bureau voor me heeft vrijgemaakt en een stoel gepakt, komt hij met een stuk of tien ringbanden aanzetten. Elk binnenkomend en uitgaand gesprek van het New Life Adoption Centre staat vermeld, inclusief de nummers, de duur van elk gesprek, het tijdstip en de datum. Ze hebben zes gesprekslijnen en twee faxlijnen, plus een rechtstreeks nummer naar Shawcrofts kantoor.

Andere mappen betreffen zijn mobiele telefoon en telefoon thuis. Sms'jes en e-mails zijn afgedrukt en in chronologische volgorde aan elkaar geniet.

Ik pak een markeerstift en begin de gesprekken te groeperen.

In plaats van me op de telefoonnummers te richten, kijk ik naar de tijdstippen. De veerboot kwam om 3 uur 26 op zondagochtend in Harwich aan. We weten dat Pearl even na vieren van de boot liep. Om 10 uur 25 kocht hij luiers en babymelkpoeder bij een benzinestation aan de M25, om daarna een auto te stelen.

Ik bekijk de lijst met telefoontjes naar Shawcrofts mobiele nummer. Er was een binnenkomend gesprek om 10 uur 18 dat minder dan dertig seconden duurde. Ik kijk het nummer na. Het komt maar één keer voor. Het zou een verkeerd verbonden kunnen zijn.

Aan de andere kant van het kantoor zit Becks op een toetsenbord te rammelen. Ik ga op de rand van zijn bureau zitten tot hij opkijkt.

'Kunnen we uitzoeken van wie dit nummer is?'

Hij maakt verbinding met de landelijke politiecomputer en tikt de cijfers in. Er verschijnt een kaart van Hertfordshire. De gegevens worden in een apart venster getoond. Het telefoonnummer is van een openbare telefooncel bij Potter's Bar, een pompstation aan de M25 vlak bij afslag 24. Het is hetzelfde pompstation waar Brendan Pearl voor het laatst is gezien. Hij moet Shawcroft hebben gebeld voor instructies over waar hij de tweeling moest afleveren. Dichter bij een verband tussen de twee mannen ben ik nog niet eerder geweest, maar sluitend is het niet.

Als ik me weer over de mappen buig, loopt mijn spoor dood. De drie uren daarna heeft Shawcroft zijn mobiele telefoon niet gebruikt. Als zijn plan mis dreigde te lopen, zou hij zeker iemand hebben gebeld.

Ik probeer me afgelopen zondagochtend voor de geest te halen. Shawcroft was op de golfbaan. Zijn viertal sloeg af om 10 uur 05. Een van zijn medespelers zei iets toen Samira hun potje onderbrak en Shawcroft haar van de baan probeerde te slepen: 'Nee hè, niet weer.'

Het was kennelijk al een keer gebeurd, een week eerder. Na het telefoontje van Pearl moet Shawcroft zijn ronde eraan hebben gegeven. Waar ging hij heen? Hij moest de koper of kopers laten weten dat de tweeling was gearriveerd. Hij moest de overdracht naar voren schuiven. Het was riskant om zijn eigen mobiele telefoon te gebruiken, dus zocht hij een andere telefoon, een die niet te traceren viel.

Ik loop weer naar Becks. 'Is het mogelijk erachter te komen of er een openbare telefooncel is op een golfclub in Surrey?'

'Misschien wel. Heb je een naam?'

'Ja. Twin Bridges Country Club. Hij zou zich buiten een kleedkamer kunnen bevinden of in een lounge. Ergens waar het rustig is. Ik ben geïnteresseerd in de uitgaande gesprekken die er op zondag 20 oktober tussen 9 uur 20 en 10 uur 30 zijn geweest.

'Is dat alles?' vraagt hij schertsend.

'Nee. Daarna moeten we ze naast de wachtlijst voor adoptie van het New Life Adoption Centre leggen.'

Hij begrijpt het niet, maar begint desondanks aan zijn zoektocht. 'Jij denkt dat we een overeenkomst zullen vinden.'

'Als we geluk hebben.'

10

Groentje Dave hoort mijn stem door de intercom en wacht heel even voordat hij op de zoemer drukt om de voordeur te ontgrendelen.

Als ik bij zijn flat aankom, staat de deur op een kier. Hij is in de keuken, verf aan het roeren.

'Je gaat het huis dus echt verkopen.'

'Ja.'

'Heb je al bieders?'

'Nog niet.'

In het afdruiprek staan twee kopjes en in de gootsteen liggen naast een verfroller en kwasten twee koude theezakjes uit te lekken. De plafonds moeten een sneeuwwitte tint krijgen. Ik heb hem de kleuren helpen uitzoeken. De muren zijn vaag groen, half gemengd met wit; de drempels en deurposten zijn onverdund gedaan.

Ik loop achter hem aan naar de eetkamer. De paar meubelstukken die hij heeft zijn naar het midden geschoven en met oude lakens afgedekt.

'Hoe gaat het met Samira?' vraagt hij.

Die vraag had ik niet verwacht. Dave heeft haar nooit ontmoet, maar zal de tv-verslagen en de kranten wel hebben gezien.

'Ik maak me zorgen over haar. Ik maak me zorgen over de tweeling.'

Hij doopt zijn roller in het verfbakje.

'Wil je me helpen?'

'Het is onze zaak niet.'

'Ik heb ze mogelijk gevonden. Help me, alsjeblieft.'

Hij klimt de trapleer op en haalt de roller met lange strepen verf over het plafond.

'Wat maakt het uit, Dave? Je hebt ontslag genomen. Je vertrekt. Mijn carrière is voorbij. Het maakt niet uit op welke tenen we gaan staan of wie we tegen de haren in strijken. Er is iets mis met deze zaak. Mensen lopen er behoedzaam omheen, supervoorzichtig, terwijl de echte boosdoeners bezig zijn documenten te verscheuren en hun sporen uit te wissen.'

'Je doet alsof die kinderen van jou zijn.'

Ik moet mezelf dwingen om niet boos omhoog te kijken. Van boven aan het trapje kijkt hij op me neer. Waarom zetten mensen telkens vraagtekens bij mijn drijfveren? Eduardo de Souza, Barnaby, en nu Dave. Ben ik degene die de waarheid niet kan zien? Nee, ze hebben het mis. Ik wil de tweeling niet voor mezelf.

'Ik doe dit omdat een vriendin van me, mijn beste vriendin,

mij datgene heeft toevertrouwd waarvan ze het meeste hield, haar kostbaarste bezit. Cate heb ik niet kunnen redden en Zala ook niet, maar de tweeling kan ik wel redden.'

Er volgt een lange stilte. Maar slechts een van ons tweeën voelt zich ongemakkelijk. Groentje is altijd makkelijker te typeren geweest door wat hij niet leuk vindt dan door wat hij wel leuk vindt. Hij heeft een hekel aan katten, bijvoorbeeld, en aan hypocrieten. Hij walgt daarnaast van reality-tv, rugbyfans uit Wales en getatoeëerde vrouwen die in de supermarkt tegen hun kinderen tekeergaan. Met zo'n man kan ik leven. Zijn stiltes zijn een ander verhaal. Hij schijnt er geen problemen mee te hebben. Ik wil weten wat hij denkt. Is hij kwaad dat ik niet samen met hem uit Amsterdam ben vertrokken? Stoort het hem hoe we de dingen hebben laten rusten? We hebben allebei zo onze vragen. Ik wil weten wie gisteravond de intercom opnam en zo uit zijn douche kwam.

Ik draai me om naar zijn slaapkamer. De deur staat open. Ik zie een koffer tegen de muur staan en een bloes die aan de binnenkant van de deur hangt. Ik realiseer me niet dat ik sta te staren en merk niet dat Dave het trapje af is gekomen en met zijn roller naar de keuken is gelopen. Hij wikkelt hem zorgvuldig in vershoudfolie en legt hem op het aanrecht. Hij trekt zijn shirt uit en gooit het in een hoek.

'Geef me vijf minuten. Ik moet even douchen.' Hij krabt aan zijn ongeschoren kin. 'Of nee, maak er maar tien van.'

Twee adressen: eentje net over de rivier in Barnes en het andere in Finsbury Park, Noord-Londen. Het eerste adres is van een stel waarvan de namen ook op een wachtlijst van het New Life Adoption Centre voorkomen. Het adres in Finsbury Park komt niet in de bestanden voor.

Zondag een week geleden, even na tienen, kwam op beide adressen een telefoontje binnen afkomstig van een openbare telefoon bij de kleedkamers van de Twin Bridges Country Club in Surrey. Op het moment dat de telefoontjes werden gepleegd was Shawcroft daar.

Het is een vermoeden. Te veel dingen die samenvallen om nog

toeval te kunnen zijn. Het is een bezoekje waard.

Dave is gekleed in een lichte ribbroek, een overhemd en een leren jasje.

'Wat ben je van plan?'

'Een kijkje nemen.'

'Hoe zit het met Forbes?'

'Dat soort sprongen maakt hij niet. Uiteindelijk zal hij er misschien wel op uitkomen, door de vakjes af te vinken, zonder na te denken, maar stel nou dat daar geen tijd voor is?'

Ik zie de kleinste van de tweeling voor me, worstelend om adem te halen. Mijn eigen keel wordt dichtgeknepen. Ze zou in het ziekenhuis moeten liggen. We hadden haar nu eigenlijk al gevonden moeten hebben.

'We hebben twee adressen. Ik weet nog steeds niet wat je van plan bent.'

'Misschien klop ik wel gewoon op de voordeur en vraag ik: "Hebt u een tweeling die niet van u is?" Ik kan je wel vertellen wat ik níet ga doen. Ik ga niet achteroverleunen en wachten tot ze verdwenen zijn.'

Bruine bladeren dwarrelen vanuit een parkje op straat en weer terug het gras op, alsof ze de straat niet over willen. De temperatuur is niet uit de enkele cijfers gekomen en de wind drukt hem verder omlaag.

We staan geparkeerd in een typische straat in Barnes, met huizen met hoge gevels en platanen langs de stoep die zo woest zijn gesnoeid dat ze bijna misvormd lijken.

Dit is een voorstad van effectenmakelaars, vol welvarende middenklassegezinnen die hierheen zijn verhuisd vanwege de scholen en parken en de nabijheid van de City. Ondanks de kou zijn er een stuk of zes moeders of au pairs op de speelplaats; ze houden kleuters in de gaten die eruitzien als michelinmannetjes, zo veel kleren hebben ze aan.

Terwijl Dave de appetijtelijke mammies bestudeert, richt ik mijn blik op het huis, nummer 85.

Robert en Noelene Gallagher rijden in een Volvo-stationcar, betalen hun kijkgeld op tijd en stemmen op de liberaal-democraten. Ik raad natuurlijk maar wat, maar zo'n soort wijk is het, zo'n soort huis.

Dave harkt met zijn vingers door zijn scheve haarbos.

'Mag ik iets vragen?'

'Tuurlijk.'

'Heb je ooit van me gehouden?'

Dit had ik niet zien aankomen.

'Wat geeft jou het idee dat ik nu niet van je hou?'

'Je hebt het nooit gezegd.'

'Hoe bedoel je?'

'Misschien heb je het woord weleens gebruikt, maar niet in een zin waar mijn naam in voorkwam. Je hebt nooit gezegd: "Ik hou van je, Dave."'

Ik laat mijn gedachten teruggaan, wil het ontkennen, maar hij lijkt heel zeker. De nachten dat we naast elkaar lagen, zijn armen om me heen, voelde ik me zo veilig, zo gelukkig. Heb ik het nooit tegen hem gezegd? Ik herinner me mijn filosofische discussies en argumenten over het wezen van de liefde en hoe ondermijnend die kan zijn. Speelden die zich allemaal in mezelf af? Ik probeerde mezelf wijs te maken dat ik níet van hem hield. Vergeefs, maar dat kon hij onmogelijk weten.

Ik zou het nu tegen hem moeten zeggen. Maar hoe? Het zal gekunsteld of geforceerd klinken. Het is te laat. Ik kan proberen excuses te vinden. Ik kan het op het feit gooien dat ik geen kinderen kan krijgen, maar de waarheid is dat ik hem van me af stoot. Er woont een andere vrouw in zijn flat.

Hij doet het weer: niets zeggen. Wachten.

'Je hebt iets met iemand,' gooi ik eruit, wat klinkt als een beschuldiging.

'Hoe kom je daarbij?'

'Ik heb haar ontmoet.'

Hij draait zich met zijn hele lichaam om in de chauffeursstoel en kijkt eerder verbaasd dan schuldbewust.

'Ik was gisteren bij je aan de deur. Je was niet thuis. Ze beantwoordde de intercom.'

'Jacquie?'

'Ik heb haar naam niet genoteerd.' *Ik klink godvergeten jaloers.*

'Mijn zus.'

'Je hebt geen zus.'

'Mijn schoonzus. De vrouw van mijn broer. Jacquie.'

'Die zitten in San Diego.'

'Ze logeren bij mij. Simon is mijn nieuwe zakenpartner. Dat heb ik je gezegd.'

Kan dit nog erger worden? 'Je zult me wel een enorme oen vinden,' zeg ik. 'Sorry. Ik bedoel, ik ben niet van het jaloerse type, meestal. Alleen dacht ik, na wat er in Amsterdam was gebeurd, toen je mij niet belde en ik jou niet... het is echt stom hoor... dat je iemand anders had gevonden die niet zo onhandig, moeilijk of lastig was. Lach me niet uit, alsjeblieft.'

'Ik lach niet.'

'Wat doe je dan?'

'Ik kijk naar die auto.'

Ik volg zijn blik. Tegenover het voorhek van nummer 85 staat een Volvo-stationcar geparkeerd. Door het naar ons toe gekeerde achterraampje zie ik een zonneschermpje en iets wat eruitziet als een babyzitje.

Dave biedt me een uitweg. Hij is als een galante heer die zijn jas uitspreidt over een modderplas.

'Ik moet even gaan kijken,' zeg ik terwijl ik het autoportier open. 'Wie weet is er een babyzitje.'

Dave kijkt me na. Hij weet dat ik andermaal de kwestie ontwijk. Ik heb hem onderschat. Hij is slimmer dan ik. Aardiger.

Ik steek over, loop de stoep af en stop even bij de Volvo om mijn veters vast te maken. De ramen zijn getint, maar aan de binnenkant kan ik afdrukken van kinderhandjes onderscheiden en een Garfield-sticker op het achterraam.

Ik kijk Daves kant uit en maak een klopbeweging met mijn knuist. Hij schudt zijn hoofd. Het teken negerend doe ik het voorhek open en loop de treden op.

De deurbel klinkt. De deur gaat op een kier. Een meisje van ongeveer vijf kijkt me heel serieus aan. Op haar handen zitten verfspatten en boven haar wenkbrauwen zit een opgedroogde roze verfvlek als een uit koers geraakte bindi.

'Hallo, hoe heet jij?'

'Molly.'

'Wat een mooie naam.'

'Weet ik.'

'Is je mammie thuis?'

'Die is boven.'

Ik hoor een schreeuw uit die richting: 'Als dat de man van de cv-ketel is, die hangt recht de hal door in de keuken.'

'Het is niet de man van de ketel,' roep ik terug.

'Het is een Indiase mevrouw,' zegt Molly.

Mevrouw Gallagher verschijnt boven aan de trap. Ze is midden veertig en draagt een corduroy rok met een brede riem die laag op haar heupen hangt.

'Sorry dat ik u lastigval. Mijn man en ik komen hier in de straat wonen, en ik hoopte dat ik u iets mag vragen over de scholen hier en huisartsen, dat soort dingen.'

Ik zie haar nadenken wat ze zal doen. Het is meer dan gewone voorzichtigheid.

'Wat een prachtige krullen,' zeg ik terwijl ik Molly's haar streel.

'Dat zegt iedereen,' antwoordt het grietje.

Waarom zou iemand met een kind een baby kopen?

'Ik heb het momenteel nogal druk,' zegt mevrouw Gallagher terwijl ze haar pony naar achteren strijkt.

'Ik begrijp het volkomen. Neem me niet kwalijk.' Ik draai me om en wil weer gaan.

'Welk huis hebt u gekocht?'

'Nee, niet gekocht. Nog niet. Een huurhuis, nummer 68.' Ik wijs langs de straat in de richting van het Te Huur-bordje.

'We komen uit Noord-Londen. Mijn man heeft een nieuwe baan. We werken allebei. Maar we willen snel een gezin stichten.'

Mevrouw Gallagher is nu beneden aan de trap. Het is te koud om de deur open te laten. Of ze vraagt me binnen, of ze vraagt me te gaan.

'Het is nu niet echt een goed moment,' zegt ze. 'Misschien zou ik u, als ik een telefoonnummer had, later kunnen bellen.'

'Heel erg bedankt.' Ik zoek naar een pen. 'Hebt u misschien een velletje papier?'

Ze zoekt op de plank op de verwarming. 'Ik pak er eentje voor u.'

Molly wacht in de vestibule, nog altijd de deur vasthoudend.

'Wilt u een van mijn schilderijen zien?'

'Graag.'

'Ik ga er een halen.' Ze vliegt naar boven. Mevrouw Gallagher is in de keuken. Ze vindt een gebruikte envelop en komt weer terug, rondkijkend waar Molly is.

'Ze is naar boven gegaan om een van haar schilderijen te halen,' leg ik uit. 'Een kunstenaar in de dop.'

'Ze smeert meer verf op haar kleren dan op het papier.'

'Zo is mijn vriend ook.'

'Ik dacht dat u zei dat u getrouwd was.' Ze fixeert me met een strakke blik. Er gaat onverzettelijkheid achter schuil.

'We zijn verloofd. We zijn al zo lang bij elkaar dat het voelt alsof we getrouwd zijn.'

Ze gelooft me niet. Molly gilt van boven aan de trap: 'Mammie, Jasper huilt.'

'O, u hebt er nog een?'

Mevrouw Gallagher maakt een beweging naar de deur. Mijn voet is sneller. Mijn schouder komt direct daarna. Ik heb geen recht om naar binnen te gaan. Ik heb een huiszoekingsbevel nodig of een gerede grond.

Ik sta onder aan de trap. Mevrouw Gallagher schreeuwt tegen me dat ik weg moet gaan. Ze grijpt mijn arm. Ik schud hem af. Boven het lawaai uit hoor ik een baby huilen.

Ik ren met twee stappen tegelijk de trap op en ga op het geluid af. De eerste deur is de echtelijke slaapkamer. De tweede die van Molly. Ze heeft een schildersezel neergezet op een oud laken. Ik probeer een derde deur. Felgekleurde vissen draaien langzaam in het rond boven een wieg. In de wieg, strak ingewikkeld, ligt een baby tegen de schepping te protesteren.

Mevrouw Gallagher wringt zich langs me heen en pakt het jongetje op. 'Ga mijn huis uit!'

'Is hij van u, mevrouw Gallagher?'

'Ja.'

'Hebt u hem ter wereld gebracht?'

'Eruit! Eruit! Ik bel de politie.'

'Ik bén de politie.'

Zonder dat ze iets zegt schudt ze haar hoofd heen en weer. De baby is stil geworden. Molly trekt aan haar rok.

Ineens zakken haar schouders omlaag en lijkt ze in mijn bijzijn leeg te lopen. Nog altijd met de baby in haar armen, weigerend los te laten, valt ze in mijn armen. Ik weet haar naar een stoel toe te manoeuvreren.

'We hebben hem geadopteerd,' fluistert ze. 'Hij is van ons.'

Ze schudt haar hoofd. Ik kijk de kamer rond. Waar is ze? Het meisje. Mijn hart springt over tussen de slagen door. Langzaam, dan snel.

'Er was ook een meisje. Zijn tweelingzusje.'

Ze kijkt in de richting van de wieg. 'Hij is alleen.'

Nu gaan de ergst denkbare scenario's door mijn hoofd. Ze was zo klein. Ze vocht om adem te halen. God, alstublieft, laat haar veilig zijn!

Mevrouw Gallagher heeft een papieren zakdoekje opgedoken in de mouw van haar vest. Ze snuit haar neus en snottert. 'Ons werd verteld dat hij ongewenst was. Ik zweer dat ik het niet wist, niet van de vermiste tweeling. Pas toen ik het op tv zag. Toen begon ik me af te vragen…'

'Wie heeft hem u gegeven?'

'Een man heeft hem gebracht.'

'Hoe zag hij eruit?'

'Halverwege de vijftig, kort haar – hij had een Iers accent.'

'Wanneer was dat?'

'Vorige week zondag.' Ze veegt haar ogen af. 'Het was een volslagen verrassing. We verwachtten hem pas twee weken later.'

'Wie had de adoptie geregeld?'

'Meneer Shawcroft zei dat er een jong meisje was dat een tweeling verwachtte, maar niet voor allebei kon zorgen. Ze wilde een van de twee ter adoptie aanbieden. Voor vijftigduizend pond zouden wij de eersten zijn.'

'U wist dat het in strijd met de wet was.'

'Meneer Shawcroft zei dat het wettelijk onmogelijk was om tweelingen uit elkaar te halen. We moesten alles in het geheim doen.'

'U deed alsof u zwanger was.'

'Daar was geen tijd voor.'

Ik kijk naar Molly, die met een doos schelpen zit te spelen en ze in patronen neerlegt.

'Is Molly…?' Ik maak de vraag niet af.

'Ze is van mij,' zegt ze afgemeten. 'Ik kon geen kinderen meer krijgen. Er waren complicaties. Medische problemen. Ze vertelden ons dat we te oud waren om te adopteren. Mijn man is zesenvijftig, weet u.' Ze veegt in haar ogen. 'Ik zou hem moeten bellen.'

Van beneden hoor ik mijn naam roepen. Groentje Dave moet de aanvaring in de deuropening hebben gezien. Hij hield het niet meer.

'Hier, boven.'

'Alles in orde?'

'Ja ja.'

Hij duikt op bij de deur en neemt het tafereel in zich op. Mevrouw Gallagher. Molly. De baby.

'Het is een van de tweeling,' zeg ik.

'Eén?'

'Het jongetje.'

Hij gluurt in de wieg. 'Weet je het zeker?'

Ik volg zijn blik. Het is verbazingwekkend hoe een pasgeborene in nog geen tien dagen van uiterlijk kan veranderen, maar ik weet het zeker.

'En het meisje?'

'Dat is niet hier.'

Shawcroft pleegde twee telefoontjes vanaf de golfclub. Het tweede was naar het adres in Finsbury Park, naar een zekere mevrouw Y. Moncrieffe, een naam die niet overeenkomt met enige naam in de bestanden van het New Life Adoption Centre.

Ik kan niet weg. Ik moet blijven en met Forbes praten (en hem daarna ongetwijfeld van het plafond lospeuteren).

'Kun jij op het andere adres gaan kijken?'

Dave legt de implicaties en verwikkelingen naast elkaar. Hij maakt zich geen zorgen over zichzelf. Ik ben degene die voor een tuchtcommissie moet verschijnen. Hij kust me op de wang.

'Soms maak je het wel moeilijk, dat weet je.'

'Ja, weet ik.'

11

Inspecteur Forbes dendert het huis door, zijn gezicht verstrakt tot een masker van razernij en kille haat. Hij gebiedt me mee te komen naar de achtertuin, waar hij het modderige gras negeert en heen en weer begint te benen.

'Je had geen enkele bevoegdheid!' roept hij uit. 'Het was een onwettige huiszoeking.'

'Ik had reden om aan te nemen…'

'Wat voor reden?'

'Ik was een mogelijk aanknopingspunt aan het natrekken.'

'Dat je aan míj had moeten vertellen. Dit is godverdomme míjn onderzoek!'

Zijn rechthoekige bril wiebelt op zijn neus. Ik vraag me af of het hem stoort.

'Mijn oordeel als professional zegt dat ik een noodzakelijke keuze maakte, meneer.'

'Je weet niet eens of het een van de tweeling is. Er zijn geen geboorteakten of adoptiepapieren.'

'Mevrouw Gallagher heeft mij bevestigd dat zij niet de biologische moeder is. De baby werd bij haar afgeleverd door een man die voldoet aan Brendan Pearls signalement.'

'Je had moeten wachten.'

'Met alle respect, meneer, u deed er te lang over. Shawcroft is vrij. Hij is bezig bestanden te vernietigen, zijn sporen uit te wissen. U wílt hem niet vervolgen.'

Ik heb het idee dat hij op ontploffen staat. Zijn stem draagt tot in de omliggende tuinen en modder zuigt aan zijn schoenen.

'Ik had je bij de tuchtcommissie moeten aangeven toen je naar Amsterdam ging. Je hebt getuigen gekweld, je bevoegdheden misbruikt en de orders van een hoger geplaatste genegeerd. Je bent er bij vrijwel elke gelegenheid in geslaagd je onprofessioneel te gedragen.'

Zijn voet gaat omhoog en zijn schoen blijft staan. Een sok zakt zuigend tot aan zijn enkel in de modder. We doen allebei of het niet gebeurd is.

'Je bent voorlopig van je functie ontheven. Begrijp je me? Ik ga er persoonlijk voor zorgen dat jouw carrière voorbij is.'

Het maatschappelijk werk is erbij geroepen, in de persoon van een grote vrouw met een enorm achterwerk, waardoor het lijkt of ze een tournure draagt. Meneer en mevrouw Gallagher praten in de zitkamer met haar. Ze lijken bijna opgelucht dat het voorbij is. De afgelopen paar dagen moeten ondraaglijk zijn geweest, vol vragen en wachtend op de klop op de deur. Bang om verliefd te raken op een kind dat misschien wel nooit echt het hunne zou zijn.

In haar slaapkamer laat Molly een politieagente zien hoe ze bloemen schildert en het papier op de verwarming te drogen legt. De baby slaapt. Ze hebben hem Jasper genoemd. Hij heeft nu een naam.

Forbes heeft zijn sok afgestroopt en hem in de vuilnisbak gegooid. Op de achtertrap zittend schraapt hij met een schroevendraaier de modder van zijn schoenen.

'Hoe wist je het?' vraagt hij, gekalmeerd.

Ik vertel hem over de telefoontjes vanaf de golfclub en het vergelijken van de nummers met de adoptiebestanden, op zoek naar een overeenkomst.

'Zo heb ik de Gallaghers opgespoord.'

'Pleegde hij nog meer telefoontjes?'

'Eentje.'

Forbes wacht even. 'Moet ik je soms laten arresteren om je eindelijk echt te laten meewerken?'

Elk restje kameraadschap is verdwenen. We zitten niet langer in hetzelfde team.

'Ik had vanochtend een interessant gesprek met een jurist,' zegt hij. 'Hij vertegenwoordigde Barnaby Elliot en beweerde dat jij in deze zaak een belangenconflict hebt.'

'Er is geen conflict, meneer.'

'De heer Elliot vecht de laatste wilsbeschikking van zijn overleden dochter aan.'

'Hij kan geen wettelijke aanspraak maken op de tweeling.'

'En jij ook niet!'

'Dat weet ik, meneer,' fluister ik.

'Als Samira Khan besluit dat ze de kinderen niet neemt, zullen ze in een kindertehuis worden geplaatst en uiteindelijk bij pleegouders.'

'Dat weet ik. Ik doe dit niet voor mezelf.'

'En dat weet je zeker.'

Het is een beschuldiging, geen vraag. Mijn motieven liggen weer onder vuur. Misschien hou ik mezelf voor de gek. Ik kan het me niet permitteren dat te geloven. Dat zal ik ook niet.

Mijn mobiele telefoon trilt in mijn zak. Ik klap hem open.

'Ik heb haar mogelijk gevonden,' zegt Dave. 'Maar er is een probleem.'

12

De Neonatale Intensive Care Unit (NICU) van het Queen Charlotte's Hospital bevindt zich op de derde verdieping, boven de kraamkamers en kraamafdeling. Tussen gedimde lampen, behoedzaam lopende mensen en het gezoem van apparaten staan vijftien van een hoog koepeldeksel voorziene couveuses.

Het afdelingshoofd loopt twee passen voor me uit, Dave twee passen achter me. Onze handen zijn gewassen met een desinfecterend middel en onze mobiele telefoons zijn uitgeschakeld.

Bij het eerste wiegje kijk ik omlaag. Het lijkt leeg, op een roze dekentje en een teddybeer, na die in een hoek zit. Dan zie ik een armpje, niet dikker dan een vulpen, onder het dekentje uitsteken. Vingertjes krommen en strekken zich. Oogjes blijven gesloten. Slangetjes worden in een piepklein neusje gestoken en persen snelle ademstoten lucht in onvolgroeide longen.

Het hoofd staat stil en wacht. Misschien doen mensen dat hier vaak: stilstaan, staren en bidden. Pas op dat moment merk ik de gezichten aan de andere kant van het wiegje op, vervormd door het glas.

Ik kijk om me heen. In het halfduister zitten meer ouders, kijken en wachten, praten op fluistertoon. Ik vraag me af wat ze tegen elkaar zeggen. Kijken ze naar andere wiegjes en vragen ze zich af of die baby sterker of zieker of nog vroeger geboren is? Het is onmogelijk dat ze het allemaal zullen halen. Bidden ze stiekem: 'Red die van mij! Red die van mij!?'

We zijn aan de andere kant van de NICU aangekomen. De stoelen naast het wiegje zijn leeg. Op een hoge kruk zit een verpleegster bij een beeldscherm; ze houdt de machines in de gaten die een kind in de gaten houden.

In het midden van een effen wit laken ligt een meisjesbaby, met alleen een luier aan. Ze is kleiner dan ik me herinner, maar wel twee keer zo groot als sommige andere te vroeg geborenen op de NICU. Op haar borstkas zijn kleine kussentjes bevestigd die haar hartslag en haar ademhaling registreren.

'Claudia is gisteravond binnengebracht,' legt het hoofd uit. 'Ze heeft een ernstige longinfectie. We geven haar antibiotica en voeden haar intraveneus. Het apparaatje aan haar been is een bloedgasmonitor. Hij zendt licht door haar huid zodat we kunnen zien hoeveel zuurstof haar bloed bevat.

'Gaat ze het redden?'

Ze neemt heel even de tijd om haar woorden te kiezen. De vertraging duurt lang genoeg om me de stuipen op het lijf te jagen. 'Ze is stabiel. De volgende vierentwintig uur zijn erg belangrijk.'

'U noemde haar Claudia.'

'Dat is de naam die we hebben doorgekregen.'

'Van wie?'

'De vrouw die met haar mee was gekomen in de ziekenauto.'

'Ik wil graag het opnameformulier zien.'

'Natuurlijk. Als u meeloopt naar kantoor, print ik een exemplaar voor u uit.'

Dave tuurt door het glas. Ik kan zijn lippen bijna zien bewegen, meeademend met de baby. Claudia heeft zijn aandacht gevangen, ook al zijn haar slaapoogjes dichtgekleefd.

'Is het goed als ik nog even blijf?' vraagt hij, evenzeer aan mij als aan het hoofd. Elke andere patiënt op de afdeling heeft iemand naast zich zitten. Claudia is alleen. Hij vindt het niet eerlijk.

We draaien ons om en ik volg het hoofd naar haar kantoor.

'Ik heb vanochtend maatschappelijk werk gebeld,' zegt ze. 'Politie had ik niet verwacht.'

'Wat bracht u ertoe te bellen?'

'Sommige antwoorden die ik kreeg bevielen me niet helemaal. Claudia kwam even na middernacht binnen. Eerst zei de vrouw dat ze het kindermeisje van de baby was. Als naam van de moeder gaf ze Cate Beaumont op. Daarna begon ze een ander verhaal en zei ze dat Claudia was geadopteerd, maar dat ze me geen nadere gegevens over het adoptiebureau kon verstrekken.'

Ze overhandigt me het opnameformulier. Claudia's geboortedatum staat vermeld als zondag 29 oktober. De naam van de moeder als Cate Elisabeth Beaumont. Het adres is Cates door brand beschadigde huis.

Waarom Cates naam? Hoe zou ze die zelfs maar kunnen weten?

'Waar is die vrouw nu?'

'Een van onze consulterend specialisten wilde met haar praten. Ik denk dat ze in paniek is geraakt.'

'Is ze weggelopen?'

'Ze pleegde een telefoontje. Daarna is ze naar buiten gegaan.'

'Hoe laat was dat?'

'Rond zes uur 's ochtends.'

'Weet u met wie ze belde?'

'Nee, maar ze heeft wel mijn telefoon gebruikt.'

Ze wijst naar haar bureau. Het telefoontoestel is een moedertoestel, met een geheugen voor de laatst gekozen nummers. Op een LCD-schermpje is de gesprekslijst te zien. Het afdelingshoofd herkent het nummer en ik druk op de nummerherhaling.

Er neemt een vrouw op.

'Hallo?'

'Met het Queen Charlotte's Hospital,' zeg ik. 'Iemand heeft vanochtend vanaf dit nummer naar uw huis gebeld.'

Ze geeft geen antwoord, maar in de stilte herken ik een geluid. Ik heb het eerder gehoord: het piepen van wielen op een parketvloer.

Ik beschik niet over Ruiz' fotografische geheugen of zijn moeders gaven om de toekomst te voorspellen. Ik weet niet eens of ik wel een bepaalde werkwijze heb. Ik voeg feiten op goed geluk bij elkaar. Soms door een sprong vooruit te maken of te kijken of dingen passen. Het is niet erg efficiënt. Het valt niet aan te leren, maar voor mij werkt het.

De vrouw zegt weer iets. Zenuwachtig. 'U hebt waarschijnlijk het verkeerde nummer.'

Het is een doordringende stem, net geen kostschooltimbre. Het is de stem waarmee ik haar, ook al is het tien jaar geleden, vaak genoeg haar man een uitbrander heb horen geven omdat hij te laat thuis was en naar shampoo en doucheschuim rook.

De verbinding is verbroken. Ruth Elliot heeft opgehangen. Op hetzelfde moment wordt er op de deur geklopt. Een verpleegster glimlacht verontschuldigend en fluistert iets tegen het afdelingshoofd, dat me vervolgens aankijkt.

'U vroeg naar de vrouw die Claudia heeft binnengebracht. Ze is niet weggelopen. Ze zit beneden in de kantine.'

Een drukplaat in de vloer opent automatisch de deuren. De kantine is klein en licht, met gespikkelde tafels om de kruimels te verbergen. Bij de deuren staan dienbladen opgestapeld. Uit warmhoudbakken stijgt damp op.

Een handjevol verpleegsters is bezig sandwiches en een kop thee te pakken. Gezonde keuzes uit een menu waarvan al het overige met patat wordt geserveerd.

Yvonne zit op een afgeschutte bank, met haar hoofd op haar onderarmen. Heel even denk ik dat ze misschien slaapt, maar haar hoofd komt omhoog en ze knippert naar me met vochtige ogen. Er ontsnapt haar een diepe kreun en ze laat haar hoofd zakken. Waar haar grijze haar dunner is geworden is de bleekheid van haar hoofdhuid te zien.

'Wat is er gebeurd?'

'Ik heb iets echt doms gedaan, meissie,' zegt ze, in haar elleboog-holte pratend. 'Ik dacht dat ik haar beter kon maken, maar ze werd almaar zieker en zieker.'

Een schuddende ademhaling doet haar lichaam trillen. 'Ik had haar mee moeten nemen naar een arts, maar meneer en mevrouw Elliot zeiden dat niemand ooit van Cates baby mocht weten. Zij zei dat mensen Claudia wilden weghalen en haar aan iemand wilden geven bij wie ze niet hoort. Ik weet niet waarom mensen zoiets zouden doen. Mevrouw Elliot legde het niet echt goed uit, niet goed genoeg voor mij, begrijp je?'

Ze gaat rechtop zitten, hopend dat ik het misschien begrijp. Haar ogen zijn vochtig en er kleven kruimels aan haar wang.

'Ik wist dat Cate helemaal geen baby ging krijgen,' legt ze uit. 'Ze had helemaal geen baby in haar buik. Ik weet het wanneer een vrouw zwanger is. Ik kan het aan haar ogen zien, en aan haar huid. Ik kan het ruiken. Soms kan ik het zelfs zien als een vrouw het kind van een andere man draagt, door de huid rond haar ogen, die donkerder is omdat ze bang is dat haar man erachter zal komen.

Ik heb geprobeerd iets tegen mevrouw Elliot te zeggen, maar ze zei dat ik gek was en lachte. Ze heeft het waarschijnlijk aan kleine Cate verteld, want die ontweek me daarna. Als ik aan het werk was, kwam ze niet langs.'

Details beginnen te bewegen en te verschuiven, zoekend naar hun juiste plek. Gebeurtenissen zijn niet langer hersenspinsels of raadsels, niet langer onderdeel van mijn fantasie. Barnaby wíst dat ik in Amsterdam was. En al voordat ik Samira ter sprake bracht wíst hij dat ze in verwachting was van een tweeling. Hij had Cates e-mails gelezen en begon haar sporen uit te wissen.

In het begin was het waarschijnlijk om zijn kostbare reputatie te beschermen. Later bedachten zijn vrouw en hij een ander plan. Ze zouden afmaken waar zij aan begonnen was. Barnaby benaderde Shawcroft met een boodschap: 'Aan het leven van Cate en Felix is een eind gekomen, aan onze afspraak niet.'

Waarom zou Shawcroft ermee instemmen? Hij moest wel. Barnaby had de e-mails. Hij zou naar de politie kunnen stappen en de illegale adopties en babyhandel onthullen. Chantage is een akelig woord. Kidnapping ook.

Bij de begrafenis zei hij tegen me dat hij voor de tweeling zou vechten. 'Ik wil ze allebei,' zei hij. Ik realiseerde me toen niet wat hij bedoelde. Hij had al een van de twee, Claudia. Hij wilde ook het jongetje. En zijn tirade op kantoor bij zijn advocaat en de scène voor de deur van mijn huis waren slechts voor de show. Hij was bang dat hij zou worden geweigerd, zo niet door Samira dan wel door mij.

De Elliots lieten Yvonne zweren dat ze haar mond zou houden. Ze droegen haar op voor Claudia te zorgen en hopelijk voor haar broertje als ze de tweeling wisten te herenigen. Als het schandaal openbaar zou worden en Shawcroft werd ontmaskerd, zouden ze de bedroefde ouders kunnen spelen die hun best hadden gedaan hun dochters kostbare erfenis, hun kleinkinderen, te beschermen.

Yvonne aanvaardde de loodzware last. Ze kon het niet riskeren met Claudia naar een arts te gaan. Ze probeerde haar eigen middeltjes: de warme kraan laten lopen en de badkamer met stoom vullen, in een poging haar beter te laten ademen. Ze gaf haar druppeltjes paracetamol, wreef haar met warme flanellen doeken, lag de hele nacht naast haar wakker, horend hoe haar longetjes zich met vocht vulden.

Barnaby kwam de baby opzoeken, zijn duimen achter zijn broekriem gehaakt en de voeten uit elkaar. Hij keek in het wiegje met een bevroren glimlach, enigszins teleurgesteld. Misschien wilde hij het jongetje, de gezonde van de twee.

Ondertussen werd Claudia steeds zieker en Yvonne steeds wanhopiger.

'Ik kon het niet meer aan,' fluistert ze terwijl ze haar ogen opslaat naar het plafond. 'Ze was stervende. Elke keer dat ze hoestte schokte haar lichaampje, tot ze niet meer de kracht had om te hoesten. Op dat moment heb ik de ambulance gebeld.'

Ze knippert met haar ogen. 'Ze gaat dood, hè?'

'Dat weten we niet.'

'Dan is het mijn fout. Arresteer me maar. Sluit me op. Ik verdien het.'

Ik wil dat ze ophoudt met over de dood te praten. 'Wie heeft de naam gekozen?'

'Mevrouw Elliot heet zo.'

'Haar voornaam is Ruth.'

'Haar middelste naam. Ik weet dat je mevrouw Elliot niet echt mag, maar ze is strenger voor zichzelf dan voor wie ook.'

Wat ik vooral voel is wrok. Misschien hoort dat wel bij rouwen. Het voelt niet alsof Cate weg is. Ik denk telkens dat ze gewoon weggelopen is en zo meteen terug zal komen en deze warboel in orde zal maken.

Ik heb wekenlang in haar leven lopen graven, haar gangen en motieven nagetrokken, en ik begrijp nog steeds niet hoe ze zo veel risico's heeft kunnen nemen en zovelen in gevaar heeft kunnen brengen. Ik blijf de hoop koesteren dat ik ergens in een stapeltje papieren of een stoffig bundeltje brieven op het antwoord zal stuiten. Ik weet dat het zo niet zal gaan. De ene helft van de waarheid ligt boven, vastgemaakt als een insect dat opgeprikt zit in een glazen vitrine. De andere helft is onder de hoede van het maatschappelijk werk.

Het klinkt belachelijk, maar ik ben nog altijd bezig haar handelwijze te rechtvaardigen, in een poging een vriendschap uit het hiernamaals tevoorschijn te toveren. Ze was een onhandige dief, een kinderloze echtgenote en een dwaze dromer. Ik wil niet meer over haar nadenken. Ze heeft haar eigen herinnering bedorven.

'De politie zal willen dat je een verklaring aflegt,' zeg ik.

Yvonne knikt en veegt haar wangen af.

Ze staat niet op als ik wegloop. En hoewel ze haar gezicht naar het raam gedraaid heeft, weet ik dat ze me nakijkt.

Op de NICU zit Groentje Dave nog altijd naast Claudia, voorovergebogen op een stoel door het glas te turen. Hij pakt mijn hand. We zitten bij elkaar. Ik weet niet hoe lang. De klok aan de wand verspringt niet. Nog geen seconde, ik zweer het. Misschien gaat dat zo op een plek als deze: dat de tijd trager wordt. Iedere seconde gaat tellen.

'Je bent een klein meisje met heel veel geluk, Claudia. Weet je waarom? Je hebt twee moeders. Eentje die je nooit zult ontmoeten, maar dat geeft niet, ik zal je over haar vertellen. Ze heeft een paar vergissingen begaan, maar ik weet zeker dat je niet te hard over haar zult oordelen. Je andere moeder is ook heel bijzonder. Jong. Mooi. Bedroefd. Soms kan het leven in een oogwenk veranderen, zelfs in een wenk van zulke kleine oogjes als die van jou.'

Het afdelingshoofd tikt me op mijn schouder. Een politiefunctionaris wil me spreken.

Forbes klinkt ver weg. 'De Gallaghers hebben een verklaring afgelegd. Ik ben onderweg naar de arrestatie van Julian Shawcroft.'

'Dat is mooi. Ik heb het meisje gevonden. Ze is heel ziek.'

Dit keer volgt er geen tirade. 'Wie moeten we hebben?'

'Barnaby Elliot en zijn vrouw, en hun huishoudster, Yvonne Montcrieffe.'

Achter me gaat een deur open en klinkt een elektronisch alarm. Door een kijkraam zie ik dat de gordijnen rond Claudia's bedje worden dichtgetrokken.

De telefoon ligt niet meer in mijn hand. Net als iedereen lijk ik te bewegen. Ik duw me door de gordijnen heen. Iemand duwt me terug en ik struikel.

'Wat is er aan de hand? Wat zijn ze aan het doen?'

Een arts staat aanwijzingen te geven. Een hand met daarin een masker bedekt Claudia's gezichtje. Een zak wordt samengeknepen en opnieuw samengeknepen. Het masker gaat omhoog en er wordt een slangetje in haar neus gestoken en langzaam tot in haar longen gevoerd. Witte pleisters zitten in een kruis op haar wangen.

Dave heeft mijn arm vast en probeert me weg te trekken.

'Wat zijn ze aan het doen?'

'We moeten buiten wachten.'

'Ze doen haar pijn.'

'Laat ze hun werk doen.'

Dit is mijn fout. Mijn vergissing. Als ik sterker, fitter en sneller was geweest, had ik Claudia uit Pearls handen kunnen redden. Ze zou rechtstreeks naar het ziekenhuis zijn gegaan in plaats van de veerboot af te zijn gesmokkeld. Ze zou nooit bij Yvonne terecht zijn gekomen of een longinfectie hebben opgelopen.

Dit soort gedachten kwellen me terwijl ik de minuten aftel, vijftien om precies te zijn, uitgerekt en vervormd door mijn verbeelding. De deur zwaait open. En verschijnt een jonge arts.

'Wat is er gebeurd?'

'De bloedgasmonitor sloeg alarm. Haar zuurstofspiegels waren te laag geworden. Ze is te zwak om zelf te ademen en daarom hebben we haar aan de beademing gelegd. We gaan haar een tijdje helpen met ademen en kijken hoe sterk ze morgen is.'

Het gevoel van opluchting zuigt het laatste restje energie uit me weg en ik voel me plotseling duizelig. Mijn ogen plakken en ik kan de kopersmaak in mijn mond niet wegkrijgen. Ik heb het Samira nog niet verteld en nu al is mijn hart aan flarden.

13

Soms is Londen een parodie op zichzelf. Zoals vandaag. De hemel is dik en zwaar en de wind koud, zij het niet koud genoeg voor sneeuw. De wedkantoren van Ladbrokes wedden 3 tegen 1 dat Londen een witte kerst krijgt. Eén enkele sneeuwvlok op het dak van het Meteorologisch Instituut is voldoende.

De borgtochthoorzitting is vandaag. Ik heb mijn rechtbankkleren aan: een rode kokerrok, een crèmekleurige bloes en een kort jasje dat fraai genoeg gesneden is om een duur merkje te hebben, maar helemaal geen merkje heeft.

Shawcroft heeft mensensmokkel, gedwongen zwangerschap en vergrijpen conform de wet op de kinderbescherming ten laste gelegd gekregen. Alleen al voor smokkel geldt een maximumstraf van dertig jaar. Er hangen hem nog meer zaken boven het hoofd, waaronder mogelijke uitlevering aan Nederland.

Samira zit op het bed toe te kijken hoe ik me opmaak. Op haar schoot ligt een overjas. Ze is al uren aangekleed, na vroeg te zijn ontwaakt en te hebben gebeden. Ze hoeft niet eerder te getuigen dan tijdens de rechtszaak, wat nog wel een jaar kan duren, maar ze wil toch mee naar de hoorzitting van vandaag.

'Shawcroft is nog slechts verdachte,' zeg ik. 'In ons rechtssysteem is een verdachte onschuldig tot het tegendeel bewezen is.'

'Maar wij weten dat hij schuldig is.'

'Ja, maar dat moet een jury uitmaken, na alle bewijs te hebben aangehoord.'

'Wat is borgtocht?'

'Een rechter zal in sommige gevallen een beklaagde tot aan het proces op vrije voeten laten als hij belooft niet te zullen vluchten en geen contact te zoeken met eventuele getuigen. Om te garanderen dat dit ook echt niet gebeurt zal de rechter een hoog geldbedrag opleggen dat de beklaagde niet terugkrijgt als hij de wet overtreedt of niet komt opdagen.'

Ze kijkt stomverbaasd. 'Gaat hij de rechter geld geven?'

'Dat geld is in feite een borgsom.'

'Een omkoopsom.'

'Nee, geen omkoopsom.'

'Dus jij wilt zeggen dat Brother geld kan betalen en dan de gevangenis uit mag?'

'Ja, maar het is niet wat jij denkt.'

Het gesprek blijft in kringetjes ronddraaien. Ik leg het niet al te best uit.

'Ik weet zeker dat het niet zal gebeuren,' stel ik haar gerust. 'Hij zal niet nog eens iemand kwaad kunnen doen.'

Er zijn drie weken verstreken sinds Claudia uit het ziekenhuis is gekomen. Ik maak me nog steeds zorgen over haar – ze lijkt zo klein in vergelijking met haar broertje – maar de infectie is over en ze begint aan te komen.

De tabloids hebben de tweeling tot beroemdheden gemaakt: Baby X en Baby Y, zonder voornamen of achternamen. De rechter die over de voogdij beslist heeft om DNA-tests verzocht en om medische rapporten uit Amsterdam. Samira zal moeten aantonen dat zij hun moeder is en dan beslissen wat ze wil.

Ondanks het gerechtelijk onderzoek dat naar hem gaande is, heeft Barnaby zijn campagne voor het voogdijschap voortgezet door links en rechts advocaten in te huren en weer weg te sturen. Vanwege zijn voortdurende onderbrekingen en beschuldigingen van partijdigheid heeft rechter Freyne gedreigd hem wegens minachting van het hof te laten opsluiten.

Ik had ondertussen mijn eigen hoorzitting te doorstaan: een tuchttribunaal ten overstaan van drie hoge politiefunctionarissen. Op de eerste dag diende ik mijn ontslag in. De voorzitter weigerde het te aanvaarden.

'Ik dacht dat ik het makkelijker voor ze maakte,' zei ik tegen Ruiz.

'Ze kunnen je niet ontslaan en ze willen je niet laten gaan,' legde hij uit. 'Denk je de krantenkoppen eens in.'

'Wat willen ze dan?'

'Je ergens veilig wegstoppen in een kantoor, waar je geen problemen kunt veroorzaken.'

Samira doet haar borstkompressen goed en knoopt haar bloes dicht. Ze kolft vier keer per dag melk af voor de tweeling, die per koerier naar het pleeggezin wordt gebracht. Ze mag ze elke middag drie uur lang onder begeleiding zien. Ik heb haar nauwlettend geobserveerd, op zoek naar een signaal dat ze naar hen toe trekt. Ze voedt, baadt en zorgt en maakt de indruk dat ze veel bedrevener en beter thuis is in het moederschap dan ik ooit had kunnen denken. Tegelijkertijd zijn haar bewegingen bijna mechanisch, alsof ze doet wat van haar verwacht wordt in plaats van wat ze zelf wil.

Ze heeft een merkwaardige tic ontwikkeld als ze met de tweeling bezig is. Of ze nu aan het kolven is, luiers verwisselt of ze aankleedt, ze gebruikt alleen haar rechterhand. Als ze een van de twee oppakt, steekt ze haar arm tussen hun beentjes langs hun ruggengraat en pakt ze in één beweging op, het hoofdje met haar handpalm ondersteunend. En als ze hen voedt, klemt ze een fles onder haar kin of legt ze de baby op haar dijen.

Een tijdlang dacht ik dat het een moslimgewoonte was, zoals dat je alleen met je rechterhand eet. Toen ik haar ernaar vroeg, sloeg ze smalend haar ogen op. 'Eén hand is genoeg om te zondigen. Eén hand is genoeg om te redden.'

'Wat betekent dat?'

'Precies wat het zegt.'

Hari is beneden. 'Weet je zeker dat je niet wilt dat ik met je meega?'

'Heel zeker.'

'Ik zou een paraplu omhoog kunnen houden.'

'Het regent niet.'

'Dat doen ze voor filmsterren die niet gefotografeerd willen worden, een paraplu omhooghouden. Hun lijfwachten doen dat.'

'Jij bent geen lijfwacht.'

Hij is als een smachtende puppy. De universiteit is dicht vanwege kerst en hij wordt geacht zijn broers te helpen in de garage, maar hij vindt telkens weer excuses om tijd door te brengen met Samira. Ze vindt het zelfs goed om alleen met hem te zijn, maar dan alleen in het tuinschuurtje om aan een pyrotechnisch project te werken. Het vuurwerk had iets eenmaligs zullen zijn, maar Hari heeft een bepaald lontje brandend gehouden, om voor de hand liggende redenen.

Groentje Dave staat ons buiten op te wachten.

'Draag je geen zwart?'

'Gek, hè, vind je niet?'

'Rood staat je goed.'

'Dan moet je mijn ondergoed eens zien,' fluister ik.

Samira trekt haar overjas aan, met houtjes in plaats van knopen. Hij is van Hari geweest en de mouwen zijn zo lang dat de manchetten twee keer moeten worden teruggeslagen.

De dag begint lichter te worden, op weg naar de middag. Dave laveert door het verkeer en parkeert één straat bij de rechtbank in Southwark vandaan, klaar voor het spervuur. Voor ons uit, op de stoep, staan televisiecamera's en fotografen te wachten.

De aanklachten tegen Julian Shawcroft zijn niet meer dan een extra attractie bij het hoofdprogramma – het voogdijgevecht om de tweeling – dat alles in zich heeft waar de tabloids van smullen: seks, een knappe 'maagd' en gestolen baby's.

Om ons heen gaan flitslampen af. Samira buigt het hoofd en houdt haar handen in haar zakken. Dave forceert een pad door de menigte, niet bang om zijn schouder in iemand te boren die niet opzij wil gaan. Het zijn manoeuvres die op het rugbyveld thuishoren, niet op een zeilschool.

De rechtbank van Southwark is een zielloos modern bouwwerk met minder charme dan de Old Bailey. We lopen de detectiepoortjes door en gaan de trap op. Ik herken sommige mensen die in de gangen staan te overleggen en met hun raadslieden de laatste tactische manoeuvres doornemen. In de verwachting dat hij zal worden aangeklaagd heeft dokter Sohan Banerjee zijn eigen raadsman ingehuurd. Shawcroft en hij hebben zich nog altijd niet op elkaar gestort, maar volgens Forbes zijn beschuldigende vingers nog slechts een kwestie van tijd.

Shawcrofts advocaat is een vrouw, een meter vijfenzeventig op vijf centimeter lange naaldhakken, met witblond haar en pareloorhangers die heen en weer zwaaien als ze praat.

De aanklager, Francis Hague, *Queen's Counsel*, is ouder en grijzer, met zijn bril boven op zijn hoofd. Hij praat met Forbes en maakt aantekeningen op een smal schrijfblok. Ook brigadier Softell is gekomen, misschien in de hoop op een aanknopingspunt in de zoektocht naar Brendan Pearl, die van de aardbodem verdwenen lijkt. Ik vraag me af hoeveel verschillende identiteiten hij inmiddels heeft gestolen.

Samira is nerveus. Ze beseft dat mensen naar haar kijken, rechtbankmedewerkers en verslaggevers. Ik heb geprobeerd haar gerust te stellen dat de publiciteit zal stoppen zodra de tweeling thuis is. Niemand zal hun identiteit te weten mogen komen.

We nemen plaats op de publieke tribune achter in de rechtszaal, Dave aan de ene kant en ik aan de andere. Samira duikt in haar jas ineen. Ik zie Donavon de rij achter ons in glippen. Zijn ogen zoeken de rechtszaal af en rusten even op mij voordat hij verder loopt. De perstribune is al snel gevuld en er zijn geen zitplaatsen meer op de publieke tribune. De griffier, een Aziatische vrouw van onbestemde leeftijd, komt binnen, gaat zitten en begint op een toetsenbord te tikken.

Geschuifel van voeten en iedereen staat op voor de rechter, die verrassend jong is en op een saaie manier best aantrekkelijk. Enkele minuten later verschijnt Shawcroft via een trap die rechtstreeks naar de beklaagdenbank voert. Gekleed in een net pak, een gespikkelde das en gepoetste schoenen draait hij zich om en glimlacht naar de tribune, de atmosfeer in zich opzuigend alsof dit een voorstelling is die te zijner bate is georganiseerd.

'U wilt een aanvraag indienen voor borgtocht?' vraagt de rechter.

Shawcrofts raadsvrouw, Margaret Curillo, is al opgestaan en stelt zich op geaffecteerde en onderdanig-kruiperige toon voor. Francis Hague plant zijn handen op tafel, komt met zijn billen een paar centimeter van zijn stoel en stelt zich mompelend voor. Misschien heeft hij het idee dat iedereen hem al kent of op z'n minst zou moeten kennen.

De deur van de rechtszaal gaat zachtjes open en er komt een man binnen. Hij is lang en dun en heeft iets verwijfds over zich. Hij knikt afwezig naar de rechter en tilt zijn gepoetste schoenen nauwelijks van het tapijt als hij naar de advocatentafel schrijdt. Vooroverbuigend zegt hij iets tegen Hague, die zijn hoofd scheef houdt.

Mevrouw Curillo is begonnen aan haar openingspleidooi en schetst de talrijke 'uitnemende verrichtingen' van haar cliënt gedurende een 'leven van dienstbaarheid aan de gemeenschap'.

Dit keer staat de aanklager wel helemaal op.

'Edelachtbare, ik moet me verontschuldigen dat ik mijn waarde collega onderbreek, maar ik wil u om een korte schorsing verzoeken.'

'We zijn net begonnen.'

'Ik moet nader advies inwinnen, edelachtbare. Klaarblijkelijk is de directeur van het Openbaar Ministerie bezig een aantal details van deze zaak opnieuw te bekijken.'

'Met welk oogmerk?'

'Daar kan ik op dit moment geen antwoord op geven.'

'Hoe lang hebt u nodig?'

'Als ik zo vrij mag zijn, edelachtbare, wil ik voorstellen deze zaak voor drie uur vanmiddag opnieuw op de rol te zetten.'

De rechter staat abrupt op en veroorzaakt een kettingreactie in de rechtszaal. Shawcroft wordt al de trap af geleid. Ik kijk naar Dave, die zijn schouders ophaalt. Samira kijkt naar ons, wachtend op een verklaring. Buiten, op de gang, zoek ik Forbes, die lijkt te zijn verdwenen, evenals Softell. Wat is er in 's hemelsnaam gaande?

De twee daaropvolgende uren wachten we. Er worden zaken afgeroepen voor verschillende rechtbanken. Advocaten houden besprekingen. Mensen komen en gaan. Samira zit met haar schouders gekromd, nog altijd in haar overjas.

'Geloof jij in de hemel?' vraagt ze.

De vraag is zo onverwacht dat ik mijn mond iets voel openzakken. Ik doe hem bewust weer dicht. 'Waarom vraag je dat?'

'Denk je dat Hasan en Zala in de hemel zijn?'

'Dat weet ik niet.'

'Mijn vader geloofde dat wij onze levens vele malen moeten leven, dat het elke keer beter wordt en we pas naar de hemel gaan als we volkomen gelukkig zijn.'

'Ik weet niet of ik het leuk zou vinden keer op keer hetzelfde leven te leiden.'

'Waarom niet?'

'Het zou afbreuk doen aan de gevolgen. Ik stel dingen nu al uit tot een andere dag. Stel je voor dat ik ze uitstel tot een volgend leven.'

Ze slaat haar armen om zich heen. 'Afghanistan is uit me aan het weggaan.'

'Wat bedoel je?'

'Ik vergeet dingen. Ik weet niet meer wat voor soort bloemen ik op mijn vaders graf heb geplant. Op een keer had ik die bloemen tussen de bladzijden van zijn koran geperst en hem erg kwaad gemaakt. Hij zei dat ik Allah onteerde. Ik zei dat ik hem een bloemenhulde bracht. Daar moest hij om lachen. Mijn vader kon nooit lang kwaad op me blijven.'

We drinken onze middagthee in de kantine, de verslaggevers mijdend, die geleidelijk aan weggaan. Francis Hague en Shawcrofts advocaat zijn nog steeds niet terug en Forbes ook niet. Zou het kunnen dat ze kerstinkopen zijn gaan doen?

Even voor drieën komt een advocaat van de openbaar aanklager ons halen. De verdediging wil met Samira spreken. Ik word meegevraagd.

'Ik wacht hier op jullie,' zegt Dave.

We gaan een reeks trappen op en worden door een deur geleid waarop ALLEEN RECHTBANKPERSONEEL staat. Een lange gang met aan weerszijden kantoren. Aan het ene uiteinde staat een eenzame palm in een pot met daarnaast een nogal geërgerd kijkende vrouw die op een stoel zit te wachten. Haar in zwarte kousen gestoken benen steken als verbrande lucifers onder een bontjas uit.

De advocaat klopt zachtjes op een deur. Er wordt opengedaan. De eerste die ik zie is Spijker, die er zelfs voor zijn begrippen deprimerend somber uitziet. Hij pakt mijn hand, kust me drie keer op de wang en maakt een lichte buiging naar Samira.

Shawcrofts advocaat zit aan de andere kant van de tafel, tegenover Francis Hague. Naast hem zit een andere man, die niet veel tijd lijkt te hebben. De vrouw in de bontjas zou zijn vrouw kunnen zijn, die buiten zit te wachten en had gedacht elders te zullen zijn.

'Mijn naam is Adam Greenburg,' zegt hij terwijl hij opstaat en Samira de hand schudt. 'Ik ben plaatsvervangend directeur van het parket van de openbaar aanklager.'

Hij verontschuldigt zich voor de benauwde atmosfeer in de kamer en bet met een zakdoek zijn voorhoofd.

'Ik zal u uitleggen wat mijn werk inhoudt, mejuffrouw Khan. Als iemand wordt gearresteerd voor een misdrijf, komt die niet automatisch voor de rechter en in de gevangenis. De politie moet eerst bewijsmateriaal verzamelen en de taak van het parket van de openbaar aanklager is dat bewijsmateriaal te beoordelen en te zorgen dat de juiste persoon wordt vervolgd voor het juiste misdrijf en dat alle relevante feiten het hof ter hand worden gesteld. Kunt u me volgen?'

Samira kijkt naar mij en weer terug naar Greenburg. Er zit een olifant op mijn borstkas.

De enige die zich niet heeft voorgesteld is de man die de rechtszaal binnen kwam lopen en de borgtochtzitting verstoorde. Hij
staat bij het raam in een duur maatpak en heeft het profiel van
een roofvogel en merkwaardig uitdrukkingsloze ogen. Desondanks suggereert iets in zijn houding dat hij van iedereen in de
kamer een geheim weet.

Meneer Greenburg gaat verder. 'De beslissing om tot vervolging
over te gaan bestaat uit twee stadia. Het eerste stadium is de be-
wijskrachttoetsing. Procureurs-generaal moeten ervan overtuigd
zijn dat er voldoende bewijsmateriaal voorhanden is voor een realistisch vooruitzicht op veroordeling van elke beklaagde op elke
aanklacht.

Het tweede stadium is de toetsing van het openbaar belang. We
moeten ervan overtuigd zijn dat vervolging een publiek belang
dient. Het parket van de openbaar aanklager zal een vervolging
pas inzetten of voortzetten als een zaak alle twee de toetsingen
heeft doorstaan, ongeacht het verdere belang of de ernst van de
zaak.'

Meneer Greenburg staat op het punt tot de kern van de zaak te
komen. Spijker durft me niet aan te kijken. Alle ogen zijn op de
tafel gericht.

'Het parket van de openbaar aanklager heeft besloten de vervolging van de heer Shawcroft niet voort te zetten, omdat deze de
toetsing van aannemelijk publiek belang niet doorstaat en omdat
hij heeft toegezegd de politie volledige medewerking te zullen ver-
lenen en bepaalde aannames gerechtvaardigd zijn ten aanzien van
zijn gedrag in de toekomst.'

Een moment lang beneemt de schok me de adem en ben ik niet
in staat te reageren. Ik kijk naar Spijker, hopend op steun. Hij
staart naar zijn handen.

'Een zaak als deze roept serieuze morele en ethische vragen op,'
legt Greenburg uit. 'Er zijn veertien zuigelingen geïdentificeerd als
geboren uit onwettig draagmoederschap. Deze kinderen wonen
in stabiele, liefhebbende gezinnen bij hun biologische ouders.

Als we de heer Shawcroft vervolgen, zullen deze gezinnen uit
elkaar worden gescheurd. Ouders zullen worden aangeklaagd als

medesamenzweerders en hun kinderen zullen in een kindertehuis geplaatst worden, mogelijk voorgoed. Door één individu te vervolgen lopen we het risico de levens van talloze anderen te verwoesten.

De Nederlandse autoriteiten staan voor een soortgelijk dilemma, waarbij zes kinderen van illegale draagmoeders betrokken zijn. De Duitse autoriteiten hebben vier geboorten vastgesteld, terwijl het in Frankrijk mogelijk om wel dertien gevallen gaat.

Ik ben net zo geschokt en ontzet door deze boosaardige handel als wie ook, maar wij dienen hier vandaag beslissingen te nemen die bepalend zijn voor de blijvende gevolgen die dit zal hebben.'

Ik vind mijn stem terug. 'U bent niet verplicht de ouderparen aan te klagen.'

'Als we ervoor kiezen te persisteren, zo heeft de raadsvrouwe van de heer Shawcroft aangegeven, zal zij alle betrokken echtparen laten dagvaarden die wettelijk en ethisch gezien kinderen grootbrengen die de facto iemand anders toebehoren.

Dat is de situatie waarvoor wij staan. En de vraag die wij dienen te beantwoorden is of wij hier een streep onder zetten of doorgaan en de levens van onschuldige kinderen ontwrichten.'

Samira hangt lusteloos onderuit in haar overjas. Ze heeft zich niet verroerd. Alles gebeurt met zo'n beleefdheid en zo veel gevoel voor decorum dat het geheel iets onwerkelijks heeft.

'Hij heeft onschuldige mensen vermoord.' Mijn stem klinkt hol.

Mevrouw Curillo protesteert. 'Mijn cliënt ontkent elke betrokkenheid bij een dergelijke misdaad en is niet aangeklaagd in verband met een dergelijke gebeurtenis.'

'En Cate en Felix Beaumont dan? En Hasan Khan en Zala?'

Greenburg heft zijn hand ten teken dat ik moet zwijgen.

'In ruil voor herroeping van alle aanklachten heeft de heer Shawcroft de politie de verblijfplaats van Brendan Pearl genoemd, een vermoedelijke mensensmokkelaar en voortvluchtige crimineel die nog altijd een voorwaardelijke straf heeft voor in Noord-Ierland begane vergrijpen. De heer Shawcroft heeft een verklaring afgelegd waarin hij stelt niet betrokken te zijn geweest bij de dood van de Beaumonts en zegt dat Brendan Pearl in zijn eentje handelde. Hij houdt ook staande dat hij geen rol heeft gespeeld in de smokkeloperatie die heeft geleid tot de betreurenswaardige doden in Harwich International Port in oktober. Een criminele bende heeft misbruik gemaakt van zijn naïviteit. Hij geeft betrokkenheid bij commercieel draagmoederschap toe, maar zegt dat Brendan Pearl en zijn kompanen het plan hadden overgenomen en hem chanteerden om deel te nemen.'

'Dit is belachelijk! Hij heeft de hele zaak opgezet! Hij heeft vrouwen gedwongen zwanger te worden! Hij heeft de baby's weggehaald!' Ik kan mezelf niet horen gillen, maar er verheffen zich geen andere stemmen. Terwijl ik mijn woede op Greenburg richt, gebruik ik woorden als 'rechtvaardigheid' en 'eerlijkheid', terwijl hij terugkomt met termen als 'gezond verstand' en 'openbaar belang'.

Mijn taal begint uiteen te rafelen. Ik noem hem laf en corrupt. Hij wordt mijn woedeaanval beu en dreigt me te laten verwijderen.

'De heer Pearl zal worden uitgeleverd aan Nederland, waar hij terecht zal staan in verband met prostitutie, mensensmokkel en moord,' legt hij uit. 'Daarnaast heeft de heer Shawcroft ermee ingestemd alle betrokkenheid bij zijn stichtingen en het New Life Adoption Centre te beëindigen, met onmiddellijke ingang. De vergunning van het centrum om adopties te coördineren is ingetrokken. De Commissie Liefdadigheidsinstellingen stelt momenteel een persbericht op. Ik meen dat "vervroegde uittreding" de gekozen formulering is. Het parket van de openbaar aanklager zal daarnaast een verklaring doen uitgaan waarin staat dat de aanklachten wegens gebrek aan bewijs zullen worden ingetrokken.'

De zin heeft iets definitiefs. Zijn taak zit erop. Terwijl hij opstaat trekt hij zijn jasje recht. 'Ik had mijn vrouw beloofd met haar te zullen lunchen. Dat zal nu wel een dineetje worden. Dank u voor uw medewerking.'

Samira schudt me van zich af, wringt zich langs mensen heen en loopt struikelend naar de lift.

'Het spijt me, Alisha,' zegt Spijker.

Ik kan niet reageren. Hij heeft me hiervoor gewaarschuwd. We zaten in zijn kantoor in Amsterdam en hij had het over de doos van Pandora. Sommige deksels kunnen beter gesloten blijven, vastgelijmd, -gespijkerd en -geschroefd en onder twee meter aarde begraven.

'Er zit een zeker logica in, weet je. Het heeft geen zin de schuldigen te straffen als we daarmee de onschuldigen straffen,' zegt hij.

'Iemand zal hiervoor moeten boeten.'

'Er zál ook iemand boeten.'

Ik staar over de bestrate binnenplaats, waar duiven de standbeelden met muisgrijze uitwerpselen hebben bedekt. De wind is weer opgestoken en jaagt naalden van natte sneeuw tegen het glas.

Ik bel Forbes. Windvlagen happen aan zijn woorden.

'Wanneer wist je het?'

'Rond de middag.'

'Heb je Pearl?'

'Dat is mijn feestje niet meer.'

'Ben je van de zaak afgehaald?'

'Als publieksdienaar ben ik niet hoog genoeg om dit af te handelen.'

Ineens zie ik de stille man voor me die bij het raam aan zijn manchetknopen stond te plukken. Hij was van MI5. De geheime diensten willen Pearl. Forbes is gedwongen teruggetreden.

'Waar ben je nu?'

'Arrestatieteams hebben een pension in Southend-on-Sea omsingeld.'

'Is Pearl binnen?'

'Hij staat voor het raam te kijken.'

'Hij zal niet vluchten.'

'Daar is het te laat voor.'

Er verschijnt nog een beeld. Dit keer van Brendan Pearl die het pension uit wandelt met een pistool in zijn broekband gestoken, klaar om te vechten of te vluchten. Hij gaat hoe dan ook niet terug de gevangenis in.

Samira. Wat ga ik haar zeggen? Hoe kan ik dit ooit uitleggen? Ze heeft gehoord wat Greenburg zei. Haar zwijgen sprak boekdelen. Het was alsof ze al die tijd al wist dat het hierop zou uitdraaien. Verraad. Verbroken beloften, dubbelhartigheid. Ze is hier eerder geweest, heeft deze plek al bezocht. 'Sommige mensen worden geboren om te lijden,' zei Lena Caspar. 'Voor hen houdt het nooit op, geen seconde.'

Daar staat ze nu, vlekkerig door het natte glas, bij het beeld, met Hari's jas aan. Ik wil haar over de toekomst vertellen. Ik wil haar de kerstverlichting in Regent Street laten zien, haar vertellen over de krokussen in de lente, haar echte dingen laten zien, waarachtige dingen, geluk.

Er is een donker gekleurde auto gestopt die langs de stoeprand wacht. Fotografen en cameralieden komen de rechtbank uit stromen, achteruitlopend en elkaar wegduwend voor een plekje. Julian Shawcroft komt naar buiten, geflankeerd door zijn advocate en Eddie Barrett. Zijn zilverkleurige haar glimt in de tv-lampen.

Hij maakt geintjes met de verslaggevers, ontspannen, joviaal, meester van het moment.

Ik zie Samira in een zigzagbeweging zijn kant op lopen. Haar handen zitten diep in de zakken van haar jas gestoken.

Ik heb het op een lopen gezet en ontwijk op de gang links en rechts mensen. Ik geef een klap op de knop van de lift en kies in plaats daarvan de trap, slinger me over elke tussenverdieping en ga uiteindelijk de dubbele branddeuren op de begane grond door.

Ik zit aan de verkeerde kant van het gebouw. Welke kant op? Links.

Sommige baanatleten zijn goede bochtenlopers. Ze hellen over naar binnen en verschuiven hun zwaartepunt in plaats van de middelpuntvliedende krachten te bevechten die hen eruit proberen te gooien. De truc is om je niet tegen die kracht te verzetten, maar er gebruik van te maken door je pas te verkorten en tegen de binnenrand aan te blijven lopen.

Een Russische coach vertelde me ooit dat ik de beste bochtenloopster was die hij ooit had gezien. Hij gebruikte zelfs een video van mij om zijn jonge lopers op de academie in Moskou te trainen.

Op dit moment heb ik geen schuin oplopende baan en de straatstenen zijn glibberig van de regen, maar ik loop deze bocht alsof mijn leven ervan afhangt. Ik hou mezelf voor dat ik de bocht moet volgen en kom er als een pijl uit een boog uit tevoorschijn. Afzetten. Afzetten. Alles schrijnt – mijn benen, mijn longen – maar ik vlieg.

De tweehonderd meter was mijn handelsmerk. Ik heb de longen niet voor de middenafstanden.

Voor me zie ik de persoploop. Samira staat er vlak buiten; ze wipt van de ene voet op de andere als een popelend kind. Dan baant ze zich toch een weg naar binnen, schouders opzij duwend. Een verslaggever ziet haar en doet een stap achteruit. Een andere volgt. Meer mensen maken zich los; ze voelen dat zich hier een verhaal aandient.

Samira's jas hangt open. Ze heeft iets in haar hand dat het licht vangt: een glazen olifant met kleine spiegeltjes. Mijn olifant.

Shawcroft is te druk om haar op te merken. Ze omhelst hem van achteren, slaat haar armen om zijn middel, drukt haar linkervuist tegen zijn hart en haar hoofd tegen het midden van zijn rug. Hij probeert haar van zich af te schudden, maar ze laat niet los. Een sliert rook kringelt op tussen haar vingers.

Iemand schreeuwt en mensen duiken weg. Ze zeggen dat het een bom is! Wat?

Het geluid van mijn schreeuw verdwijnt in de knal van een explosie die de lucht beetgrijpt en hem doet sidderen. Shawcroft tolt traag om zijn as, tot hij mijn kant op kijkt, met een niet-begrijpende blik. Het gat in zijn borstkas heeft de grootte van een soepbord. Ik kan zo naar binnen kijken.

Samira valt de andere kant op, met haar knieën uit elkaar. Haar gezicht raakt als eerste de grond doordat haar linkerarm de val niet kan breken. Ze heeft haar ogen open. Een hand strekt zich naar me uit. Vingers zijn er niet. Er zit helemaal geen hand.

Mensen rennen rond en schreeuwen, brullend als verdoemden, hun gezichten bezaaid met glassplinters.

'Het is een terroriste!' schreeuwt iemand. 'Pas op!'

'Ze is geen terroriste,' antwoord ik.

'Er kunnen nog meer bommen zijn.'

'Die zijn er niet.'

Over de lengte van haar armen zitten stukjes spiegel en glas, maar haar gezicht en lichaam, die achter Shawcrofts rug schuilgingen, zijn aan de kracht van de ontploffing ontsnapt.

Ik had het me moeten realiseren. Ik had het moeten zien aankomen. Hoe lang geleden heeft ze dit gepland? Weken, misschien wel langer. Ze had mijn olifant van het nachtkastje gepakt. Zonder het te weten hielp Hari haar door modelraketmotoren te kopen die vol met buskruit zaten. De ontsteking moet op haar onderarm geplakt hebben gezeten: de reden dat ze haar jas niet uitdeed. Het glas en de spiegeltjes hebben de metaaldetectors niet doen afgaan.

De gerafelde voering van de mouw van haar jas smeult na en het verbrande poeder heeft het vlees rond een gekarteld stuk bot dichtgeschroeid. Ze draait haar hoofd.

'Is hij dood?'

'Ja.'

Tevredengesteld doet ze haar ogen dicht. Twee verplegers nemen haar voorzichtig van me over en leggen haar op een brancard. Ik probeer op te staan, maar val achterover. Ik wil blijven vallen.

Ik dacht dat ik alles wist over vriendschap en gezinnen: de blijheid, de eenvoud en de vreugde die erbinnen kunnen heersen. Maar toewijding heeft een keerzijde, die Samira begrijpt. Ze is per slot van rekening haar vaders dochter.

Om te zondigen is één hand genoeg. Om te redden is één hand genoeg.

EPILOOG

Afgelopen nacht droomde ik dat ik trouwde in een witte jurk in plaats van een sari. Mijn vader kwam, mij heftig toesprekend, het gangpad af stormen en de kerkgangers braken in een spontaan applaus uit in de overtuiging dat het een stukje sikh-variété was.

Samira was er ook, die Jasper omhooghield, die trappelde en kraaide en opgewonden met zijn armpjes zwaaide. Hari hield Claudia boven zijn hoofd om haar te kunnen laten kijken. Zij was veel serieuzer en leek klaar om in huilen uit te barsten. Mijn moeder vergoot emmers, uiteraard. Op dat onderdeel kon ze voor twee landen uitkomen.

Ik heb de laatste tijd vaak van dit soort dromen. Volmaakte levensfantasieën, vol ideale koppels en eindigend als een soap. Zie je wat een weekdier ik ben geworden? Ik was altijd een meisje dat niet huilde als het triest afliep en niet sentimenteel werd van baby's. Tegenwoordig moet ik op mijn lip bijten om de tranen tegen te houden en wil ik wel door het plafond zweven zoveel als ik van ze hou.

Jasper is altijd vrolijk en lacht zonder aanwijsbare reden, terwijl Claudia de wereld met bezorgde ogen bekijkt. Soms, als je er het minst op verdacht bent, produceert ze tranen van rampzalige triestheid en weet ik dat ze huilt voor degenen die dat niet meer kunnen.

Hun namen zijn gebleven. Dat gebeurt soms: iets krijgt een naam en het lijkt gewoon niet goed om die te veranderen. Ik ga de mijne niet veranderen als ik trouw, maar andere dingen zijn al wel anders geworden. Het was altijd Mij, nu is het Wij en Ons.

Ik rol op mijn zij en glij met mijn vingers over het laken tot ze Daves borst raken. Het dekbed zit om ons heen geslagen en het voelt veilig, beschermd, beschut tegen de wereld.

Hij laat inmiddels zijn haar groeien. Het past bij zijn nieuwe manier van leven. Ik had nooit gedacht dat ik verliefd zou worden op een man die visserstruien en zeilbroeken draagt. Zijn hand ligt tussen ons in. Er beginnen eeltplekken op zijn handpalmen te komen van het werken met de schoten en het hijsen van de zeilen.

Uit de kamer naast de onze komt een nasaal kreetje. Na een poosje hoor ik het opnieuw.

'Het is jouw beurt,' fluister ik terwijl ik Daves oor kietel.

'Jij staat toch op,' mompelt hij.

'Dat maakt niet uit.'

'Het is het meisje.'

'Hoe weet je dat?'

'Zij roept zeurderig.'

Ik geef hem een harde por in zijn ribben. Meisjes zeuren niet. En sinds wanneer wordt er onderscheid gemaakt?

Hij laat zich uit bed rollen en zoekt zijn boxershort.

'Hou jij het bed maar warm.'

'Altijd.'

Hoewel het nog maar zes weken geleden is, zijn de gebeurtenissen van die dag veranderd in een surrealistisch waas. Er was geen strijd om de voogdij. Barnaby Elliot trok zich bruusk terug toen hij geconfronteerd werd met aantijgingen dat hij informatie voor de politie had achtergehouden en medeplichtig was door steun achteraf.

Rechter Freyne oordeelde dat Samira de moeder van de tweeling was, al bracht de DNA-test een nieuwe wending in het verhaal teweeg. De tweeling waren broer en zus en de embryo's waren afkomstig van Cate, maar ze waren bevrucht door een derde, iemand anders dan Felix. Er ging meer dan een rimpeling door de rechtszaal toen dat kleine stukje informatie openbaar werd.

Hoe was dat mogelijk? Dokter Banerjee oogstte twaalf levensvatbare embryo's en implanteerde er tien tijdens IVF-procedures. Cate nam het overblijvende paar mee naar Amsterdam.

Het kan natuurlijk zijn dat er dingen door elkaar zijn gehaald en dat het sperma van iemand anders het proces heeft verstoord.

Volgens dokter Banerjee was de belangrijkste reden dat Felix en Cate geen kinderen konden krijgen dat haar baarmoeder zijn sperma behandelde als kankercellen en ze vernietigde. In een andere baarmoeder, met krachtiger sperma, wie weet... Maar er was nog een kwestie. Een recessief gen waarvan Cate en Felix drager waren en dat een zeldzame genetische afwijking veroorzaakte, een dodelijke vorm van dwerggroei. Zou ze zwanger worden, dan was er een kans van vijfentwintig procent dat de foetus de aandoening zou hebben.

In de slaapkamer of in haar hart zou Cate Felix nooit bedrogen hebben, maar ze verlangde zo ontzettend naar een kind en nu ze al zo lang had gewacht en zulke risico's had genomen, kon ze zich een volgende teleurstelling niet permitteren. Misschien vond ze iemand die ze vertrouwde, iemand die Felix nooit zou ontmoeten, iemand die erg op hem leek, iemand die haar iets verschuldigd was.

Het is natuurlijk maar een theorie. Niets dan speculatie. Hij kwam voor het eerst in me op toen ik zag hoe de tweeling lag te slapen en ik boven hun hoofdjes naar de droomvanger keek en mijn vingers langs de veertjes en kralen liet gaan.

Ik betwijfel of Donavon enig idee had van wat ze van plan was. En als hij inderdaad de vader is, heeft hij zich aan zijn belofte aan haar gehouden en het aan niemand verteld. Het is beter zo.

Ik glip uit bed, rillend terwijl ik mijn sportbroek en een met fleece gevoerd topje aantrek. Tegen de tijd dat ik het huis uit stap wordt het al licht boven de Solent en het eiland Wight. Over Sea Road loop ik langs The Smuggler's Inn, sla links af over de parkeerplaats en kom bij een lange landtong van kiezelstenen die bijna tot halverwege de oversteek naar het eiland reikt.

Waadvogels stijgen op uit het drasland als ik erlangs ren en de lichtbundel van de vuurtoren flitst om de paar seconden, vervagend tegen de lichter wordende hemel. Het geluid van mijn schoenen op het dichte kiezeldek klinkt geruststellend terwijl ik de laatste anderhalve kilometer afleg naar Hurst Castle, dat de westelijke toegang tot de Solent bewaakt. Op sommige dagen, als noordoosters de zee tot een schuimend monster hebben opgezweept, kom ik niet tot bij het kasteel. Grote rollers met witte koppen buigen dan omhoog en slaan stuk tegen de zeemuur, waarna ze exploderen in een mist die de lucht ondoorzichtig en massief maakt. Ik kan dan nauwelijks tegen de wind in lopen en moet voorovergebogen het zout wegknipperen.

Het weer is zacht vandaag. Er zijn al zeilbootjes op het water en links van me zijn een vader en een zoon kokkels aan het zoeken in de poelen. In april wordt de zeilschool heropend. De zeilboten zijn klaar en ik ben een kei geworden in het repareren van zeilen. (Al die jaren dat ik mama achter haar naaimachine aan het werk heb gezien zijn toch niet helemaal voor niets geweest.)

Mijn leven is in de afgelopen acht weken ingrijpend veranderd. De tweeling laat me niet langer dan tot zes uur 's ochtends slapen en sommige nachten neem ik ze bij me in bed, hoewel alle deskundigen zeggen dat ik dat niet moet doen. Ze hebben me van mijn slaap beroofd, me helemaal in beslag genomen en me laten lachen. Ik ben betoverd. Mijn hart is twee keer zo groot geworden om plaats voor ze te maken.

Als ik de strandkant van de landtong nader, zie ik op een omgekeerde roeiboot een gestalte zitten met zijn laarzen in de kiezels geplant en zijn handen in zijn zakken. Naast hem staan een canvas vistas en een hengel.

'Ik weet dat je niet slaapt, meneer, maar dit is belachelijk.'

Ruiz tilt zijn haveloze pet op. 'Je moet vroeg opstaan om een vis te vangen, sprinkhaan.'

'Waarom zit je dan niet te vissen?'

'Ik heb besloten ze een voorsprong te geven.'

Hij slingert de tas over zijn schouder en loopt met me mee de rotsige helling op.

'Heb je ooit weleens echt een vis gevangen, meneer?'

'Gaan we brutaal doen?'

'Het lijkt of je geen aas gebruikt.'

'Dat betekent dat we als gelijken van start gaan. Ik geloof niet in oneerlijk voordeel.'

We lopen in stilte voort terwijl onze adem de lucht in dampt.

Vlak bij huis stop ik aan de overkant van Milford Green en koop een krant en muffins.

Samira is in de keuken, in een pyjama en mijn oude ochtendjas met de op de zak genaaide uil. Jasper ligt in de holte van haar linkerarm genesteld aan haar rechterborst te snuffelen. Claudia ligt in haar wiegje bij de haard, fronsend alsof ze het er niet mee eens is dat ze haar beurt moet afwachten.

'Goedemorgen, meneer Ruiz.'

'Goedemorgen.' Ruiz neemt zijn pet af en buigt zich over het wiegje. Claudia schenkt hem een allergelukzaligste glimlach.

Samira keert zich naar mij. 'Hoe waren ze vannacht?'

'Engeltjes.'

'Dat zeg je altijd. Zelfs als ze je vijf keer wakker maken.'

'Ja.'

Ze lacht. 'Bedankt dat je me hebt laten slapen.'

'Hoe laat is je examen?'

'Om tien uur.'

Ruiz biedt aan haar een lift te geven naar Southampton, waar ze aan het City College haar middelbareschooldiploma probeert te halen. De examens zijn pas in juni en de grote vraag is of ze ze zal maken zoals het Hare Majesteit behaagt of in een gewoon kaslokaal met andere scholieren.

Haar advocaten lijken er vertrouwen in te hebben dat ze een geval van niet-volledige verantwoordelijkheid of tijdelijke ontoerekeningsvatbaarheid kunnen bepleiten. Gezien wat ze heeft doorgemaakt zal niemand erg enthousiast zijn als ze gevangen wordt gezet, zelfs niet meneer Greenburg, die zijn emoties moest wegslikken toen hij haar vertelde dat het Openbaar Ministerie de aanklacht wegens moord doorzette.

'Wat is hier het openbaar belang?' vroeg ik sarcastisch.

'De mensen hebben het op de BBC zien gebeuren, op primetime. Ze heeft een man gedood. Ik moet het voor een jury brengen.'

Samira is op borgtocht vrij dankzij Ruiz en mijn ouders. De inspecteur is als een grootvader geworden voor de tweeling, die in de ban lijkt te zijn van zijn verweerde gezicht en het diepe rommelen van zijn stem. Misschien is het zijn zigeunerbloed, maar hij lijkt te begrijpen wat het is om op een gewelddadige wijze de wereld binnen te komen en je aan het leven vast te klampen.

Mijn moeder is de volgende die betoverd is. Ze belt vier keer per dag voor het laatste nieuws over hoe ze slapen, eten en groeien.

Ik neem Jasper van Samira over en hou hem over mijn schouder terwijl ik zachtjes zijn rug wrijf. Ze neemt Claudia op met haar rechterarm en biedt haar een borst, die ze gretig besnuffelt, tot haar mond de tepel vindt.

Een ontbrekende hand lijkt niet eens een handicap als je haar zo met de tweeling bezig ziet. Ze is volkomen stapel op ze en is dagelijks bezig met dingen als wassen en voeden en luiers verschonen. Ze is een slimme, knappe tienermoeder van een babytweeling.

Samira praat niet over de toekomst. Ze praat niet over het verleden. Vandaag is belangrijk. De tweeling is belangrijk.

Ik weet niet hoe lang ze bij ons zullen blijven of wat de volgende stap is, maar ik ben gaan beseffen dat we zoiets nooit kunnen weten. Er zijn geen zekerheden. Het einde van het ene verhaal is het begin van het volgende.

DANKWOORD

Dit verhaal had niet verteld kunnen worden zonder Esther Brandt en Jacqueline de Jong, wier hulp van onschatbare waarde was bij mijn research. Via hen ontmoette ik Sytze van der Zee, Leo Rietveld en de opmerkelijke Joep de Groot, mijn gids door de beroemde Amsterdamse Wallen.

Verder ben ik dank verschuldigd aan Ursula Mackenzie en Mark Lucas voor hun vriendschap, advies en vertrouwen dat er verhalen in mij schuilen die het waard zijn verteld te worden. Voor hun gastvrijheid ben ik Richard, Emma, Mark en Sara dankbaar. En omdat ze me jong houden, alhoewel grijs, dank ik mijn drie dochters Alex, Charlotte en Bella.

Maar wederom is het Vivien die de meeste lof verdient. Mijn researcher, meedenker, lezer, recensent, minnares en vrouw: zij is míjn liefdesverhaal.